冨嶽三十六景
神奈川沖
浪裏

葛飾北齋畫

大望
대망3 도쿠가와 이에야스
야마오카 소하치/박재희 옮김

도쿠가와 이에야스

대망3/차례

불여귀(不如帰) … 5

한낮의 부엉이 … 34

비 젖은 잎사귀 … 47

사나이 대 사나이 … 59

보이지 않는 실 … 80

가이의 바람 … 93

인생기로(人生岐路) … 109

미카타가하라(三方原) … 123

밑바닥에 흐르는 것 … 142

모략의 도가니 … 156

운명의 별자리 … 184

비극의 보리 … 208

여자의 싸움 … 222

먹구름 … 235

매미 … 249

어지러운 가문 … 262

반역심 … 275

파멸 … 288

여인 자객 … 306

불기둥 … 323
두 가지 책모 … 349
가을 하늘 … 363
차남 탄생 … 376
업화(業火) … 390
운명의 사자 … 408
낙화(落花) 향기 … 421
히데요시라는 인물 … 434
대지의 탄식 … 456
소리 없는 소리 … 475
쌍거울 … 490
파우(破雨) … 513
담력은 어디에서 … 531
야시로의 계산 … 548
소심소의(小心小義) … 561
탄로 … 574
아내의 입장 … 591
심판하는 자 … 602
싸움의 시작 … 615

불여귀(不如歸)

새잎들이 돋은 오다니산(小谷山)은 맑게 갠 봄볕을 받아, 모든 게 명공(名工)의 손으로 이루어진 비취 세공품처럼 아름답게 하늘로 반사되고 있었다.

요코야마(橫山), 가나쿠소(金糞), 이부키(伊吹)의 세 산을 배경으로 왼쪽은 도라히메산(虎姬山)이고 오른쪽은 아득히 호수를 바라보고 있다. 가나쿠소 산기슭에서 흘러나온 아네강(姉川)의 물도 맑고, 나뭇잎 사이로 첩첩이 이어진 지붕을 보이는 성곽도 평화로운 봄을 축복하는 듯 보였다.

맨 꼭대기에 본성을 두고 산 모양을 그대로 살려 가운뎃성, 교고쿠성(京極城), 산오성(山王城), 아카오성(赤尾城)을 쌓아올린 오다니성이었다. 이 성이 조부 스케마사(亮政), 은거한 히사마사(久政), 그리고 지금의 성주인 나가마사(長政)로 이어지는 아사이 가문 3대의 번영을 도와준 견고한 성이건만 보기에는 흡사 한 폭의 그림 같았다.

그 본성 내전에서 오이치 부인은 지금 맏딸 자차히메(茶茶姬)에게 종이로 학을 접어주고 있다.

노부나가의 막냇누이로 태어난 오이치 부인. 목덜미에 봄볕을 받으며 무심히 손가락을 놀리는 옆얼굴이 그대로 햇볕에 녹아버릴 듯 아름다운 모습이었다. 긴 속눈썹이 얼마쯤 쓸쓸해 보인다. 그러나 윤곽도, 이목구비도, 머리도, 살결도 한 점 나무랄 데 없었다.

이것이 두 아이의 어머니……가 아니라 이미 셋째 아이를 잉태한 어머니의 모습인 것일까. 아직 20살도 안 되어 보인다. 그 어머니를 닮아 학이 만들어지기를 기다리는 자차히메 또한 인형처럼 깎아 만든 듯 사랑스럽고 예뻤다.

시녀는 방에 없었다. 둘째 딸 다카히메(高姬)가 무릎 옆에 엎드려 이따금 말도 안 되는 귀여운 소리를 내며 다다미를 톡톡 치고 있다.

"어머니, 아직 멀었어?"

"조금만 더. 자차는 착한 아이지. 얌전하게 기다려요."

"응, 자차는 착한 아이야, 기다리겠어."

아름답기로 소문난 오다 일족 중에서도 특히 뛰어난 오이치 부인. 오빠 노부나가의 패업을 위해 이 아사이 가문으로 출가했다. 그 어머니를 닮은 자차히메의 앞날에는 어떤 운명이 기다리고 있을까, 하고 오이치 부인이 문득 생각했을 때 뜰에서 목소리가 났다.

"부인……."

남편 아사이 나가마사였다. 나가마사는 26살. 아버지 히사마사가 은거하여 두 단 아래에 자리한 산오성으로 옮겨간 뒤 이 본성에서 여러 가문, 여러 세력의 흥망을 끊임없이 지켜보고 있다. 물론 노부나가와 인연을 맺은 것도 그러한 정략 가운데 하나였지만, 지금은 진심으로 오이치 부인에게 끌리고 있었다.

"그대는 교토로 가신 오빠의 마음을 어떻게 보고 있소?"

별안간 질문받고 오이치 부인은 그 의미를 이해하지 못했다.

"네…… 오빠께서 무슨."

무심히 얼굴을 들다가 오이치 부인은 섬찟했다. 남편 표정에서 심상치 않은 곤혹의 그림자를 보았기 때문이다.

"오빠께서 무슨?"

"아니, 아무것도 아니오."

나가마사는 생각을 돌린 듯 한숨 쉬었다.

"자차가 기다리고 있군. 빨리 접어주구려."

말을 던지고 그길로 뜰을 돌아나갔다. 오이치 부인은 저도 모르게 손길을 멈추고 남편의 뒷모습과 딸의 모습을 번갈아보았다. 시아버지 히사마사는 언제나 말끝마다 의(義)를 입에 올렸다. 생김새는 남편보다 우아하지만 성미는 남편 이상으로 격렬한 것을 오이치 부인도 잘 알고 있었다.

그러나 솔직히 말해 오빠 노부나가에 대해서는 오이치 부인도 그 성격을 판단할 수 없었다. 주위 사람들 중에는 오빠를 '큰 멍청이'라고 부르는 자도 있고, '천하를 잡을 그릇'이라고 칭찬하는 사람도 있고, '잔혹하기 이를 데 없다'고 폄훼하는 사람도 있고, 세세한 곳까지 마음 쓰는 어진 정사를 베푼다고 눈물 흘리는 자도 있었다.

노부나가는 막냇누이 오이치 부인에게 더할 데 없이 감미롭고 그리운 오빠였다. 도쿠가와 가문에 출가한 도쿠히메에게도, 다케다 가쓰요리에게 출가했으나 산후 회복이 좋지 못하여 얼마 뒤 죽은 양녀 유키히메(雪姬 ; 노부나가의 매부 나에키 간타로(苗木勘太郞)의 맏딸)에 대해서도 마찬가지였다. 자신을 무릎에 안아올려 볼을 비빌 때는 눈물을 글썽인 적도 곧잘 있었다.

"여자는 슬픈 존재, 사랑스러운 존재야."

그 오빠가 올해 상경하면서 도중에 일부러 씨름대회를 열고 교토에서 꽃구경도 하며 몹시 기분 좋게 지내고 있다는 소문을 들었다.

시아버지 히사마사는 무엇이든 부드럽게, 그러나 가리지 않고 마음먹은 대로 털어놓는 성미였다. 오빠가 교토에 오래 머무르게 되어 올케 노히메를 기후에서 불러들인다는 말을 들었을 때, 오이치 부인에게 들으라는 듯 말했다.

"방심하면 안 된다, 오다 님은 엉큼한 분이니. 마님의 옷이라면서 나르는 궤짝 속이 아무래도 수상해. 아사쿠라 공격을 위한 총이 들어 있다고 보는 것은 공연한 자격지심일까?"

그러고 보니 일부러 길을 돌아서라도 오이치 부인을 만나고 가야 할 노히메는 오다니성에 들르지 않고 그냥 갔다. 그때도 시아버지 히사마사는 비꼬는 듯 미소 띠고 말했다.

"교토로 간 것은 마님이 아닐 거다. 가짜일 거야."

오빠가 어째서 그렇듯 시아버지로부터 경계를 받는 것일까. 적어도 이쪽에 적의가 없다면 그토록 무참한 짓은 하지 않으리라고 오이치 부인은 생각하건만 히사마사는 철두철미하게 오빠를 싫어하는 것 같았다. 히사마사로서는 사정이야 어떻든 혈육인 아우 노부유키를 베고 또 노히메의 친정 조카인 사이토 다쓰오키를 기후에서 쫓아내고 자신이 들어앉은 일이 용납되지 않는 모양이었다.

"두고 봐. 우리 가문도 틀림없이……."

그런 말을 듣는 것이 오이치 부인은 매우 가슴 쓰렸으며 남편 나가마사도 괴로운 듯했다.

"세상에는 성미가 맞지 않는 사람이 있는데 아버지와 그대 오빠 사이가 아마 그런가 봐."

나가마사로부터 이 말을 들었을 때, 오이치 부인은 만일 그런 슬픈 일이 생긴다면 목숨을 걸고라도 오빠에게 간언하겠다고 잘라 말했다. 그 오빠가 교토에서 무슨 일을 한 것일까. 남편의 얼굴빛도 예사롭지 않고, 문득 물으려다 그만둔 말도 마음에 걸렸다.

"자차야, 다 되었어. 착한 아이니 여기서 잠깐 놀고 있거라."

오이치 부인은 손뼉 쳐서 시녀를 부른 다음 조용히 옷매무시를 고치고 방을 나갔다.

해는 아직 높다. 그러나 뜰을 거닐고 난 남편이 자기 방에서 무언가 생각에 잠겨 있는 것이 몸으로 느껴진다. 찾아가 물어볼 생각이었다.

오이치 부인이 예상한 대로 나가마사는 도라히메산이 바라보이는 작은 서원에서 애도(愛刀)를 손질하며 생각에 잠겨 있었다.

"방해가 될까요?"

나가마사는 오이치 부인을 흘끗 쳐다보고는 다시 말없이 칼 손질을 계속했다.

"오빠가 왕도에서 무슨 일을 했나요?"

"음."

"걱정됩니다, 들려주세요."

나가마사는 칼을 내려놓았다. 그리고 자기 앞에 고개를 갸웃하고 있는 아내의 불안한 표정을 바라보며 가슴이 좀 아파오는 것을 느꼈다.

"나는 노부나가 님 뜻을 알 수 있어."

"그러시면?"

"천하통일…… 그 목적을 방해하는 자는 모두 짓밟으실 생각. 이것은 부인, 여간한 자신감이 아니오. 자신이 아니면 이 난세를 구할 자 없다고 결심하신 큰 자신감…… 그러나 그러한 큰 봉황의 뜻도 보는 자의 눈에 따라서는 불손하게 비칠 수도 있지."

오이치 부인은 고개를 갸웃하며 남편을 올려다본 채 잠자코 있었다.

"건방지다, 오다의 우수리 애송이 놈이……라는 게 아사쿠라 님 생각이겠지. 아니, 그 아사쿠라 님도 뒤에 혼간사가 있고, 히에이산이 있고, 노부나가에 대한 쇼군 가문의 불만이 있다는 것을 몰랐다면 순순히 상경했을 텐데……."

"그럼, 오빠와 아사쿠라 님 사이에 전쟁이라도?"

"부인!"

"네."

"무슨 일이 있어도 놀라지 마오. 그대는 이 나가마사의 아내, 딸들의 어머니요."

"네."

"에치젠의 아사쿠라 가문으로부터 노신 야마자키 요시이에(山崎吉家)가 밀사로 이 성에 와 있소."

"오이치는 당신의 아내, 알아듣도록 말씀해 주세요…… 어떤 일이 있어도 동요되지 않는 마음으로 있고 싶습니다."

나가마사는 고개를 끄덕이고 다시 잠시 동안 지그시 오이치 부인을 지켜보았다.

"아사쿠라 님이……."

"네……."

"나와 노부나가 님 사이에 주고받은 서약의 파기를 강요해 왔소."

"그럼…… 오빠와 적이 되어?"

나가마사는 얼굴을 돌리고 고개를 끄덕였다.

"미요시(三好) 잔당을 꼬드기고, 쇼군을 뒤에서 움직이고, 가이의 다케다, 혼간사 신도, 히에이산의 사나운 중들, 그리고 아사이와 아사쿠라의 힘을 합쳐 노부나가 님을 타도하자—그러지 않으면 아사이와 아사쿠라는 모두 흙발에 짓밟힐 거라고 말해왔소. 나는 잠시 생각할 여유를 달라고 하며 밀사를 산오성에 기다리게 하고 돌아오는 길인데……."

거기까지 말하고 문득 말을 끊은 것은, 아무것도 모르는 아내에게 이러한 일을 들려주는 것은 너무 잔혹하다는 생각이 들었기 때문이었다.

'나가마사가 망설일 정도의 일, 어찌 여자인 부인이 알 수 있으랴…….'

그곳에 근위무사 기무라 고시로(木村小四郎)가 나타났다.

"주군, 노주군께서 급히 산오성으로 오시라는 전갈입니다."

"그래, 곧 간다고 일러둬라."

가볍게 대답하고 그는 일어났다.

"부인, 아직 걱정할 것까지는 없소. 나도 생각하는 바가 있으니 아이들한테 가 있으시오."

부드럽게 말했지만 미간에 어린 수심의 빛은 여전히 깊었다.

나가마사가 본성에서 아버지가 있는 산오성으로 내려가보니, 에치젠의 아사쿠라로부터 다음 사자가 또 아버지한테 와 있었다.

아버지 히사마사는 그 사자도 사신실에서 기다리게 해두고 나가마사를 자기 방으로 불러들였다.

"나가마사, 노부나가는 이미 스루가로 쳐들어갔다."

"예?"

"두 번째 사자가 샛길을 질러 말을 달려왔다. 이제 이러쿵저러쿵 궁리할 여지가 없다. 마음을 정해야만 한다."

60살에 가까운 히사마사는 나가마사보다 더 깊은 고뇌를 미간에 새기고 있었다.

"아사쿠라 가문과의 부조 3대에 걸친 공수 동맹. 그 의리를 취하느냐, 이치히메의 인척을 취하느냐인데."

아들의 마음을 살피듯 거기서 일단 말을 멈추었다가 다시 이었다.

"아무튼 분명히 답변하지 않으면 안 되게 되었다."

나가마사는 아버지 앞에 앉아 천천히 바깥의 녹음을 바라보았다.

"푸르러졌군요, 어린 나뭇잎들이."

"음, 머지않아 두견새 소리가 들릴 텐데, 또 전쟁이군."

"아버님."

나가마사는 자기 방에서와 같은 수심의 빛은 여기서 보이지 않았다. 호탕하다고도 할 만한 미소를 떠올렸다.

"가르침을 받고 싶습니다. 어느 쪽에 편드는 게 가문을 위하고 천하를 위하는 일이겠습니까."

"곧 군사를 내어 노부나가의 퇴로를 끊으라, 야전이라면 몰라도 산악전이라면 자신 있다, 이제 노부나가의 목을 찌를 수 있겠다고 에치젠에서는 말해왔는데……."
"아버님, 아사쿠라 님 말씀대로 과연 가이의 다케다, 혼간사 신도, 히에이산 중이 모두 궐기할까요?"
"노부나가가 죽은 뒤라면 궐기할 필요도 없겠지."
"만일을 위해 이것은 생각해 두고 싶습니다만, 노부나가가 죽은 뒤 누가 나라 안의 안정을 도모할까요."
"글쎄, 그것은……."
"가이의 다케다가 일어나고 아사쿠라 님이 그 막하에 서게 될까요, 아니면 아사쿠라 집안이 진출하여 다케다가 그 밑에 들어갈까요."
"……."
"어떻든 모처럼 대궐과 니조 저택이 완성되었는데 이제 왕도가 다시 싸움터가 되겠군요."
"나가마사."
"예."
"그대는 나에게 간언하고 있구나. 아사쿠라 편을 들면 가문이 멸망한다, 또 천하를 위해서도 옳지 않다고 말하고 싶은 거겠지."
"아버님, 이 점은 신중히 고려해야 할 갈림길이라고 생각합니다만."
"알았다, 나가마사. 아사이 가문을 이미 그대에게 물려준 이상 은거한 늙은이가 참견하는 것은 가풍을 문란케 하는 일이지…… 그러나 소원이다. 이 늙은이만은 에치젠 편을 들게 해다오. 아사이 가문이 오늘날까지 안전할 수 있었던 것은 뒤에 아사쿠라가 있었기 때문이다. 나만은 이 의리를 지키게 해다오."
말하며 슬그머니 무릎에서 두 손을 내려 다다미를 짚는다. 늙은 눈에 번쩍이는 이슬이 맺혀 있었다.
아버지 히사마사의 생각에 의하면 에치젠의 아사쿠라가 있고 난 뒤 북오미의 아사이 가문이라는 것이었다. 오미는 본디 사사키 미나모토씨인 록가쿠와 교고쿠(京極) 두 집안의 세력 아래 있었고, 그 두 집안으로부터 공격받아 뻗어날 길 없던 아사이 가문을 뒤에서 늘 도와준 것이 아사쿠라였다.
히사마사는 말했다.
"나가마사, 이 늙은이에게 시대의 흐름이 전혀 보이지 않는 것은 아니다. 그러나

나만은 여기서 조그만 의리를 지키며 죽고 싶구나."

나가마사는 대답하지 않았다. 머릿속에서 큰 돌풍이 불기 시작했다. 아버지가 말하는 아사쿠라에 대한 의리를 이해 못 하는 나가마사는 아니었다. 그러나 나가마사로서는 그 의리를 이미 다 갚은 듯한 생각이 든다. 내 가문을 위해 아사쿠라가 록가쿠와 교고쿠 두 집안의 방패가 되어준 것과 마찬가지로 아사이 또한 아사쿠라를 위해 미노의 사이토 도산 부자의 방패막이가 되어왔다. 아니, 사이토를 누르기 위해 나가마사의 누나 아쓰히메(篤姬)는 이나바산의 다쓰오키한테 출가했으며, 그가 노부나가에게 쫓기자 그길로 이 성에 돌아와 지금 누구와도 만나지 않으며 쓸쓸한 나날을 보내고 있다. 아사이와 아사쿠라의 동맹은 이를테면 서로가 서로를 필요로 했을 때의 공수 동맹이며, 그것은 시대 변화와 더불어 다시 생각해 봐야 할 거라고 여겨졌다.

"나가마사, 그대는 이 아비의 심정을 모르겠나?"

"그것은 잘 압니다만……."

"안다면 눈감아다오."

나가마사는 다시 침묵했다. 신하들 중에는 엔도 기에몬(遠藤喜右衛門), 유게 로쿠로자에몬(弓削六郎左衛門) 등 노부나가에게 마음을 허락하지 않는 중신이 많다. 그러나 나가마사로서는 아무리 생각해도 노부나가가 아사쿠라에게 지리라고 생각되지 않았다. 그렇게 되면 어쩔 수 없이 아버지를 처남 손에 죽게 내버려두어야만 한다.

"아버님, 단념하실 수 없겠습니까?"

"용서해 다오. 사자는 촌각을 다툰다며 나에게 대답을 독촉하고 있다. 결단이 늦으면 이길 전쟁도 지게 마련이다."

여기에도 부드러운 훈풍이 어루만지듯 흘러들어왔지만, 그 바람에게조차 나가마사는 왠지 화가 치밀었다. 의리란 무엇일까?

"그 혼인은 승낙할 수 없다."

자기와 오이치 부인의 정혼에까지 노골적으로 간섭해 왔던 아사쿠라, 그 때문에 이 혼인이 성립되기까지 3년이나 걸렸었건만…… 성급하기로 이름난 노부나가가 그 3년 동안 노하지도 않고 마침내 아사쿠라, 아사이, 오다의 세 동맹을 맺도록 한 것은 아사이 가문이 기후에서 왕도로 가는 도중에 자리한 탓도 있지만 아사이와 아사쿠라 두 집안을 적으로 돌리는 어리석음을 되도록 피하려는 속셈인 것 같았다.

아마도 아사쿠라가 그 뒤 순순히 상경했다면 이 전쟁은 일어나지 않았을 게 틀림없다. 그러나 아사쿠라의 좁은 시기심과 시세를 보지 못하는 자기 고집으로 끝내 슬픈 일이 되고 말았다.

밝은 햇볕 속에 진눈깨비의 비애를 느끼면서 나가마사는 불쑥 한마디 했다.

"알았습니다, 마음대로 하십시오. 이 나가마사도 아버지를 따라 싸우겠습니다."

"뭣이, 그대도 아비와 함께 싸우겠단 말이냐?"

"예, 나가마사도 고집 있는 무사, 처자에의 사랑에 빠져 아버님 혼자 죽이러 보냈다는 평은 듣고 싶지 않습니다."

"허 참, 싸움은 살아 있는 존재나 다름없는 것, 어느 쪽이 이길지 모르지 않나."

"물론 그것은 알 수 없습니다만……."

"나가마사, 역시 아비 혼자만 보내다오. 아사쿠라 님이 이긴다면 이 아비가 그대와 이치히메에게 아무 화가 없도록 주선하마. 만일 진다면 그대는 아사쿠라에 편들지 않았으니 무사할 일. 그렇지, 그것이 좋지 않겠느냐?"

나가마사는 볼을 붉히며 대들 듯 쏘아붙였다.

"아버님, 의를 지키겠다던 아버님의 말씀 같지 않으시군요…… 참다운 무사의 지조는 승패를 초월한 데 있어야 합니다. 이겨도 좋고 지는 것 역시 부득이한 일, 부자가 생사를 함께하는 게 자식 된 도리인 줄 압니다."

"그래, 내가 잘못했다…… 아니, 나는 네가 동의하지 않을 줄 알았기 때문에."

"아버님, 이 싸움의 결과가 어떻게 되든 오이치에게는 아무 허물이 없습니다. 오이치를 나무라지 말아주십시오."

"오, 물론이지. 출가해 왔으면 우리 집 식구, 어찌 그런 좁은 소견을 가지겠느냐. 그럼, 곧 야마자키를 이 자리에 부르자."

히사마사는 진심으로 기쁜 듯 손뼉 쳐 시동을 불렀다.

"아사쿠라 님 사자를 이리로 모셔오너라."

그런 다음 얼굴 가득 웃음을 띠고 무릎을 쳤다.

"이번만은 노부나가 놈, 제 발로 함정에 뛰어들었어."

본디 노부나가를 싫어해서 그러는 것만이 아니고, 히사마사는 이 싸움에서 이기리라 굳게 믿고 있음을 알 수 있었다.

야마자키가 들어섰다. 부자의 의논이 어떻게 결정되었는지 살피듯 핼쑥하게 긴장된 눈을 들고 헛기침했다.

"화창한 날씨군요."

히사마사는 윗몸을 내밀며 말했다.

"야마자키 님, 나가마사도 우리에게 동의해 함께 노부나가의 배후를 찌르기로 결정했소."

40살을 하나둘 넘은 듯한 야마자키는 온 얼굴에 활짝 밝은 빛을 떠올렸다.

"거참, 고맙습니다. 이제 이겼습니다. 아니…… 이렇게 정해졌으니 말씀드리지요. 사실 이번의 상경 거절은 모두 쇼군 요시아키 공과 의논한 다음의 책략이었습니다."

"뭐라고 쇼군님과……?"

놀라서 나가마사가 참견하자 상대는 미소 지으며 고개를 끄덕였다.

"그러면 성급한 노부나가가 반드시 에치젠으로 쳐들어올 터이니 그때야말로 아사이 가문과 협력해 독 안에 든 쥐로 만들 수 있다고…… 하하하하, 우선 그대로 되었습니다만."

"그러면 쇼군은 전부터……?"

"예, 우리 주군에게 은근히 노부나가 토벌의 밀서를 보내신 게 한두 번이 아니었습니다."

"흠."

나가마사는 머리 꼭대기에 구정물을 뒤집어쓴 듯한 기분이 들어 입을 다물었다.

'이 얼마나 배은망덕한 쇼군의 음흉스러운 짓일까…….'

여기는 에치젠의 스루가군(敦賀郡) 한바라(葉原) 북쪽 산마루에 있는 고노메(木芽) 고개 기슭이었다. 긴긴 겨울에서 벗어난 온 산의 녹음 속에 점점이 큰 적갈색 기치가 바람에 나부끼고 있다.

4월 26일 점심때가 지난 무렵. 20일에 오미의 사카모토성(坂本城)을 떠난 오다군은 23일 스루가에서 이에야스의 미카와 군과 합류하여 이미 여기까지 파죽지

세로 계속 진격해 오고 있었다. 고개를 넘으면 아사쿠라의 본거지인 이치조 골짜기(一乘谷)까지 단숨에 밀어닥칠 수 있다.

스루가 앞쪽의 난공불락을 자랑하던 가네가사키성(金崎城)에서는 아사쿠라의 사촌동생 아사쿠라 가게쓰네(朝倉景恒)가 데즈쓰산(手筒山)과 가네가사키에서 오다와 도쿠가와 동맹군을 막아보려고 필사적으로 애썼지만 헛일이었다.

'―야전에는 강하지만 산악에서라면…….'

생각했던 것이 한낱 헛된 바람임을 알았을 때는 이미 백성들까지 침입군에게 갈채를 보내기 시작하고 있었다.

"얼마나 휘황찬란해 보이는 군사들일까."

빨갛게 칠한 3간 자루 긴 창부대도, 네 줄로 행진하는 소총부대도, 붉고 검은 화살막이를 두른 기마무사도 북국의 들에 꽃잎을 뿌려놓은 듯 현란했으며, 그것이 순식간에 성안 군사들의 반격을 압도해 갔다.

"과연 오다 님은 굉장한 분이야."

"이래서야 아사쿠라 님은 어림도 없지."

"천하는 이제 결판났어."

겨우 하루 만에 가네가사키성을 점령하고 다음 날에는 데즈쓰산의 적을 무찌르며 물밀듯 고노메 고개로 치닫고 있다. 이치조 골짜기에서 비록 어떤 원군이 온다 하더라도 고갯마루까지 퇴각한 패잔군은 견디지 못하리라.

오다 군 선봉은 시바타 곤로쿠, 제2진은 아케치 미쓰히데.

이에야스 군은 오다 군의 좌익인 해변 쪽으로 포진하여 이 역시 한 발도 물러서지 않는 강한 힘을 과시하고 있다.

선봉의 시바타 군이 고노메 고개의 진격로를 확보했다고 판단되자, 노부나가는 신겐에게서 선사받은 '리토쿠로(利刀黑)'라는 명마에서 내렸다. 이곳 북쪽 사람들의 눈을 놀라게 한, 흰 별을 3개 겹친 눈에 번쩍 뜨일 듯한 투구를 벗고 군사들에게 점심식사를 하도록 명한 다음 본진으로 들어갔다.

이마의 땀을 씻으면서 노부나가는 말했다.

"여봐라, 미쓰히데를 불러라. 고개를 넘으면 단숨에 쳐들어갈 수 있다. 그가 지리에 밝을 테니 불러오너라."

모리 산자에몬의 장남이 알아듣고 나가 곧 미쓰히데를 데리고 나타났다. 미쓰히데 역시 투구를 막 벗은 참인지 숱이 적어진 머리에서 김이 모락모락 피어오른다. 그는 노부나가의 걸상 앞에 한 무릎을 꿇었다.

"미쓰히데, 고개를 넘으면 그대는 내 옆에서 떠나지 마라."

"그 말씀은?"

미쓰히데는 버릇인 엄숙한 말투로 탐색하듯 노부나가를 올려다보았다.

"핫핫하, 그대는 내가 그대를 경계하는 줄 생각하나?"

"아니, 그런 것이 아니라."

"거짓말 마라, 그대 눈에 그렇게 나타나 있다. 염려 마라. 그대가 아무리 아사쿠라의 가신이었다 해도 경계할 정도로 노부나가는 형편없는 인물이 아니다."

"황송합니다."

"여봐, 미쓰히데. 내일 나는 이치조 골짜기의 성을 차지한다. 문제는 그 뒤인데, 에치젠을 누구에게 맡기는 게 좋을까?"

미쓰히데는 금방 대답하지 않았다. 에치젠을 다스릴 자—라면 중대한 문제이다. 무엇을 궁리하고 무엇을 생각해서 노부나가가 그 같은 일을 자기에게 맨 먼저 의논하는 것일까?

미쓰히데가 일단 그렇게 생각하는 데는 이유가 있었다.

"노부나가에게는 희망이 없다."

그는 자신의 지혜를 짜낸 계산에서 이렇게 결론짓고 아사쿠라 쪽에 가담했던 과거가 있기 때문이었다. 괴승 즈이후를 따라 다케노우치 나미타로를 찾아가 노부나가에게 추천해 주도록 부탁해 놓고도 다시금 노부나가의 그 난폭한 성미를 위태롭게 여겨 아사쿠라 가문을 섬겼다.

노부나가에게는 교양과 옛 의식에 대한 경건함이 없었다. 그것이 스스로 교양 있는 자로 자부하던 그즈음의 미쓰히데로서는 견딜 수 없었다. 에치젠의 아사쿠라에게는 그것이 있었다. 이치조 골짜기의 산골에 있으면서도 그의 생활은 풍류를 지키며 멋을 버리지 않았다. 에이로쿠 2년(1559) 8월에는 일부러 교토로부터 공경들을 초대하여 아와가(阿波賀) 강변에서 곡수(曲水) 잔치(궁중에서 하던 음력 3월 3일의 축제. 정원의 흐르는 물에 띄운 술잔이 자기 앞을 지나기 전에 詩歌를 읊던 잔치)를 베풀기도 했다. 다이카쿠지 요시토시(大覺寺義俊), 요쓰쓰지 다이나곤 히데토(四辻大納言秀遠), 아스카이 주나곤(飛鳥井中紙言) 등도 참석하여 그 연회 자리에서 시가를 읊었다.

꽃잎 띄운 옛날을 떠올린 산수(山水)의
나뭇잎 하나 유인하는 가을의 청량함.

그러한 풍류가 유랑하는 교양아(教養兒)를 이끌어 아사쿠라를 섬기게 했던 것인데, 섬겨보니 실망되는 일이 많았다. 풍류는 있지만 결단이 없었다. 멋은 있지만 억센 등뼈를 느낄 수 없었다.

그때 역시 유랑하던 아시카가 요시아키가 호소카와 후지타카(細川藤孝)를 따라 몸을 의지해 왔다. 아사쿠라에게 결단력이 있다면 이때야말로 요시아키를 내세우고 왕도로 나가 마쓰나가 히사히데(松永久秀)를 쳐야 했을 텐데, 아사쿠라는 그만한 실력이 있는 것 같은데도 일어나지 않았다.

요시아키를 데리고 간 호소카와도 실망했지만 미쓰히데도 실망했다. 풍류와 무단(武斷)은 같은 곳에 있지 않았다. 그렇다면 이 난세에 무단을 가진 편이…… 그렇게 계산하고 호소카와와 계책을 세워 노부나가에게 요시아키를 데려가 미쓰히데 또한 비로소 노부나가의 가신이 되었던 것이다.

노부나가는 요시아키라는 선물을 가져온 미쓰히데에게 대뜸 8만 석의 녹봉을 주고 여러모로 이용했다. 그러므로 미쓰히데는 은혜와 더불어 한 가닥 꺼림칙한 생각이 드는 것도 어쩔 수 없었다.

"에치젠은 그대가 일찍이 있었던 곳이니 백성들 기풍을 잘 알 테지?"

"예, 그곳에는 이번 싸움의 선봉이며 무공이 뛰어나신 시바타 님이 적임일까……."

말이 채 끝나기도 전에 노부나가는 웃어젖혔다.

"핫핫하, 그 대답은 마음에 안 든다. 안 들어, 미쓰히데."

"그럼, 주군 생각으로는?"

"어째서 그대가 다스려 보이겠다고 하지 않나. 내 마음은 결정되어 있지만, 이치조 골짜기에서는 다스리기 어려울걸. 새로운 성은 어디에 쌓지?"

"예, 저……라면, 기타노조(北庄)에 두는 게 좋을까 생각합니다."

그때 본진 장막 밖이 별안간 소란스러워졌다. 어디서 급한 파발마라도 온 모양이다. 소란스러움을 뚫고 말발굽 소리가 귀에 들려왔다.

순간 미쓰히데도 노부나가도 귀를 기울였다. 말발굽 소리는 장막 밖에 멈췄다.

"어디서 왔나?"

묻는 소리에 대답하여 굵직한 목소리가 들려왔다.

"오다니성 아사이 님 사자 오노기 도사(小野木土佐)라고 하오. 노부나가 님을 뵙게 해주시오."

노부나가는 마음속으로 외쳤다.

"아뿔싸!"

오다니성의 사자라는 말을 듣기만 해도 사태는 곧 짐작된다. 노여움이 가슴에서 머리로 치솟고 새파란 하늘에 번갯불이 마구 치달렸다. 이전의 노부나가라면 여기서 곧 큰 소리로 고함질렀을 게 틀림없다. 아니, 달려나가 두말 않고 사자의 목을 직접 베었으리라.

그러나 지금 노부나가는 입을 한일자로 굳게 다물고 성미를 억눌렀다. 노여워하기보다 먼저 선후책을 세울 분별을 지녀야 할 위치에 있다. 미쓰히데 또한 얼어붙은 듯 노부나가를 응시하고 있었다. 노부나가는 갑자기 큰 소리로 웃음을 터뜨렸다.

모리가 들어왔다.

"오다니성 아사이 님으로부터 사자가……."

끝까지 듣지 않고 노부나가는 명했다.

"들여보내라!"

그리고 곧 미쓰히데를 돌아보았다.

"진격을 중지하고 장수들을 소집해라. 그리고 마쓰나가 히사히데가 도망치지 못하게 해라."

"옛."

히사히데는 틈만 나면 왕도에 풍파를 일으킬 음모병에 걸려 있다고 판단하여 이번에 일부러 전열에 참가시켜 데리고 와 있었던 것이다.

창백한 미쓰히데와 엇갈려 아사이 나가마사의 사자 오노기가 모리의 안내를 받아 들어왔다. 이마에서 목 언저리까지 땀이 흠뻑 배어 오노기의 얼굴 역시 흙빛. 쨍쨍 내리쬐는 햇볕만이 인간들의 감정을 비웃는 듯 화창했다.

"오노기 도사라고 했지? 용건은 말할 것까지도 없다. 맹세 서약서를 돌려주러 왔겠지, 내놔!"

노부나가가 칼집으로 땅바닥을 쾅 울리자 상대는 튕기듯 말했다.

"우선 말씀부터 전하겠습니다. 오다 님은 아사이, 아사쿠라, 오다 세 가문의 서약을 어기고 아사쿠라를 공격했습니다. 이는 의를 중히 여기는 우리들이 단연코 승복할 수 없는 일. 고로 아사이, 오다 두 집안의 동맹은 이것으로 깨어졌습니다. 서약서를 반환하고, 귀하와 일진을 불사하겠다는 결의를 전하러 왔습니다."

노부나가는 웃어젖혔다.

"핫핫하…… 뭐 그렇게 떨 것 없다, 오노기. 노부나가가 너를 벨 줄 아느냐. 돌아가 나가마사에게 전해라. 네놈의 의는 우물 안 개구리의 의리, 개구리 놈에게는 끝내 노부나가의 대의가 보이지 않더냐 하더라고."

"그럼, 서약서를 분명히 돌려드렸습니다."

"받았다! 언젠가 싸움터에서 만나자. 여봐라, 사자에게 마실 물을 주어라."

상대는 노부나가를 한 번 흘끗 쳐다보고 얼굴이 흙빛인 채 앙연히 가슴을 펴고 밖으로 나갔다.

노부나가는 걸상에서 일어났다. 어지간한 그도 마음이 가라앉지 않았다. 싸움터에서는 드디어 에치젠의 정예부대와 맞부딪치려 하고 있다. 커다란 운명의 갈림길에 있을 때 배후의 아사이가 퇴로를 끊고 일어난 것이다.

'내 생애도 여기까지인가…….'

불길함이 문득 가슴을 스칠 만큼 그것은 뜻밖이었으며 동시에 막연히 두려워하던 일이기도 했다.

미쓰히데의 전갈을 들은 듯 히데요시가 맨 먼저 본진으로 달려왔다.

"주군, 무슨 일입니까?"

기노시타 도키치로가 히데요시(秀吉)라고 이름을 바꾼 것은, 이세의 기타바타케 공격 때였다. 이때 자진해서 어려운 일을 떠맡은 용기를 가상히 여겨 노부나가는 말했다.

"아사히나 요시히데(朝比奈義秀)에게 비교할 만한 자."

그 요시히데를 거꾸로 해서 히데요시라고 고친 것이다. 그러나 그 뒤 '요시(義)라는 자는 장군 요시아키(義昭)의 요시'인 게 꺼림칙하다면서 요시(吉)로 고쳤다.

"원숭이! 아사이가 아사쿠라 편으로 돌아섰다."

그 말을 듣자 어지간한 히데요시도 단 한마디 내뱉었다.

"아뿔싸!"

에치젠까지 쳐들어가 이치조 골짜기에서 적을 가까스로 유인해 낸 참인 것이다. 이제 철수한다면 상대는 한사코 추격해 올 것이며, 지리에 밝은 아사이의 주력부대에게 퇴로가 차단된다.

'이 얕은꾀는 아사이와 아사쿠라만이 꾸민 것은 아니리라.'

틀림없이 배후에 쇼군 요시아키의 배은망덕한 음모의 손길이…… 하고 깨달아 보았자 행차 뒤의 나팔 격.

"그래서…… 주군은 어쩌시렵니까?"

노부나가는 대답하지 않았다. 대답 대신 눈썹을 곤두세워 눈을 부라리며 어린 잔디를 짓밟으며 빙빙 돌아다닌다.

모리 산자에몬이 나타났다. 나와 나가히데와 삿사 나리마사(佐佐成政)에 이어 달려온 시바타 곤로쿠가 투구에 적병의 피를 묻히고 들어왔다.

"주군, 아사이 놈이 아사쿠라를 편들었다고요?"

노부나가는 그 말에도 대답하지 않는다. 어디까지나 신중히 진퇴를 결정해야지…… 생각하는 뒤에서 나가마사에 대한 분노의 불길이 활활 타오르고 있다. 누이를 출가시키고 숙적 록가쿠씨를 쫓아주었으며 어떤 일이 있어도 아사이 가문의 존속은 도모해 주리라고, 노부나가만 한 사나이가 우스우리만큼 꼼꼼히 설복하고 다짐해 온 그 나가마사에게 깨끗이 당한 것이다…….

사쿠마 우에몬(佐久間右衛門)이 핏대 선 얼굴로 들어왔다. 이어서 우익 대장 마에다 도시이에가 역시 팔가리개에 아직 마르지 않은 피를 잔뜩 묻힌 채 들어왔다.

"주군! 어떻게 하시렵니까?"

이어서 사카이 우콘(坂井右近)과 도쿠가와 이에야스. 이에야스의 모습을 보자 노부나가의 마음은 한층 아팠다.

명령한 대로 미쓰히데가 마쓰나가 히사히데를 데리고 돌아오자 노부나가는 비로소 여러 장수를 둘러보았다.

"둘러앉도록 해라. 이야기는 들었을 거다. 뜻하지 않은 곳에서 앞뒤로 적을 맞게 되었다."

순간 본진은 물을 끼얹은 듯 조용해지고 장막 밖의 계곡물 소리가 마음속으로 졸졸 스며들었다.

"노부나가쯤 되는 자가 아사쿠라 따위에게 쫓겨갔다면 두고두고 치욕으로 남을 것이다. 운은 하늘에 맡기겠다! 단숨에 이치조 골짜기로 쳐들어가 결전을 벌여, 운이 있으면 아사쿠라를 쳐부수고 돌아와 아사이를 친다. 운이 없으면 나아가 죽기로 마음을 정했다!"

시바타가 대답했다.

"좋습니다. 이치조 골짜기를 단숨에 짓밟아버립시다."

"과연, 그 밖에는 달리 방법이 없으리다."

모두들 그 말에 동의하려 했을 때 이에야스가 노부나가를 향해 무릎 위에 군선(軍扇)을 고쳐 세웠다.

"오다 님, 잠깐."

"도쿠가와는 내 의견에 반대인가?"

물어뜯을 듯이 노부나가가 되묻자 이에야스는 천천히 고개를 끄덕였다.

"오다 님답지 않은 짧은 생각인 줄 압니다."

여러 장수들의 눈은 약속한 듯 이에야스에게로 쏠렸다. 여전히 계곡물 소리가 졸졸 들려왔다. 장수들은 일제히 이에야스를 쳐다보고 노부나가를 쳐다보았다. 어떠한 때에도 남의 말에 귀 기울이지 않는 노부나가의 성격이다.

"결정했다!"

노부나가가 한번 외치면 나중에 대꾸할 수 있는 자는 아무도 없었다. 그 노부나가에게 이에야스는 천천히 고쳐 앉으며 정면으로 반대한 것이다.

노부나가는 튕기듯 눈꼬리를 치켜뜨며 되물었다.

"들어보자, 무엇이 노부나가답지 않다는 거지?"

"예……."

이에야스의 표정은 조용했지만 그 눈은 똑바로 노부나가를 마주 보았다.

"아사이가 어째서 일부러 서약서를 돌려보내 왔는지, 오다 님은 이 사실을 어떻게 해석하십니까?"

"하나에도 둘에도 조그만 의리를 주장하는 아사이 부자의 건방진 버릇이지."

"그렇게 아신다면, 한 번 더 생각해 주십시오."

"뭣이! 그러면 그대는 일부러 서약서를 돌려보내 온 나가마사의 행위 속에 다른 수수께끼라도 있다는 건가?"

이에야스는 똑바로 눈길을 주시한 채 희미하게 고개를 양옆으로 저었다.

"거기까지 나아간다면 지나친 생각이겠지요. 사실 그 속에 수수께끼가 있다 하더라도 그것에 의지하는 건 방심하는 게 됩니다. 다만 서약서를 돌려주지 않고는 마음이 개운치 않은…… 그 고지식한 성미에 눈길을 돌려주십시오."

"음."

노부나가는 신음 소리를 낸 다음 희미하게나마 노여움을 누그러뜨렸다.

"마음먹은 대로 말해보게, 허심탄회하게 들을 터이니."

"오다 님! 오다 님의 적은 한낱 아사쿠라뿐만 아닐 것입니다. 만일 이대로 장기전에 들어간다면 교토도, 기후도 위태롭습니다. 진격하는 것처럼 꾸미고 이곳에서 곧 군사를 물리십시오. 이 이에야스가 보건대 아사이 부자는 아직 퇴로에 대한 방비를 충분히 하지 못했으리라 생각됩니다."

"……."

"고지식한 자의 싸움은 장기전에 강하며 돌발적 출동에는 꾸물거리는 법, 하물며 서약서를 돌려보내지 않고는 개운치 못하다고 여기는…… 그 마음에 아군의 활로가 있습니다. 만일 철수하는 게 염려되신다면 미거하나마 이 이에야스가 뒤에 남아 아사쿠라 군을 상대하며 교토까지 군사들을 물러나게 해 보이겠습니다."

노부나가는 다시 한번 신음하며 고개를 끄덕이고 떠나갈 듯한 목소리로 웃었다.

"어떤가, 모두들? 도쿠가와 님 의견을 어떻게 생각하나?"

맨 먼저 히데요시가 입을 열었다.

"주군! 도쿠가와 님 의견대로 여기선 재빨리 물러가는 게 옳을까 합니다."

"시바타는 어떻게 생각하나?"

"나는 반대입니다. 먼저 뿌리를 끊은 다음 돌아가면 아사이 군은 싸우지 않고도 무너질 것입니다. 아사쿠라 따위를 두려워해 물러간다면 앞으로의 위엄이 서지 않을 것입니다."

"마에다는?"

"히데요시와 같습니다."

"사쿠마는?"
"시바타 님 의견을 따르고 싶습니다."
노부나가는 다시 웃었다.
"핫핫핫…… 어떤가, 히사히데는 어떻게 생각하나?"
그러자 위험인물로 지목되어 일부러 데려온 히사히데는 빙그레 웃으며 노부나가에게 말했다.
"주군 마음에 맡기겠습니다."
이에야스는 노부나가에게로 돌아앉았다.
"결단을 내리십시오. 이미 서약서를 돌려준 사자는 오다니성을 향해 말을 달리고 있습니다."
이에야스에게 독촉받고 노부나가는 결심을 굳힌 듯 걸상에서 벌떡 일어났다. 과연 이에야스다! 놀랍도록 예리한 눈을 가지고 있다. 지금 당장 군사를 물리면 아사이 부자는 아직 성을 나오지 않았을지도 모른다.
노부나가는 외쳤다.
"좋아! 다시 시작하자. 다시 시작하는 일에 무사로서 무슨 수치가 있을쏘냐. 이 노부나가는 천황이 계시는 왕도를 맡고 있는 몸이다."
히데요시가 머리를 조아렸다.
"지당한 말씀, 도쿠가와 님에게만 부탁할 수 없습니다. 이 히데요시에게도 후군을 명해주십시오."
노부나가는 이에야스와 얼굴을 마주 보았다. 여기서 한 사람도 자청하여 나서는 자가 없었다면 노부나가는 이에야스에게 큰 빚이 생겼으리라.
'영특한 녀석…….'
이 원숭이는 위험이 닥치면 반드시 자청하고 나선다. 용기라기보다 오히려 자기에 대한 끊임없는 시련이며 운을 시험해 보려는 것 같기도 했다.
"그것을 능히 해내겠나?"
"걱정하지 마십시오. 히데요시에게는 지혜의 샘이 있습니다."
"장하다, 원숭이. 그럼, 도쿠가와, 교토에서 만나세."
"안녕히."
"가자, 여기서 곧 철수한다."

여러 장수들은 안도의 숨을 내쉬며 노부나가 뒤를 따랐다. 그들 역시 앞뒤로 적을 맞으며 이 북쪽 나라에 머무르는 게 불리하다는 것을 잘 알고 있었다.

지리에 익숙지 못한 원정에서 후퇴하는 일만큼 어려운 것은 없다. 온 힘을 다해 덤벼드는 적에게 추격받으면 그대로 풍비박산되고 만다. 추격당할 바에야 차라리 진격하여 활로를 찾는 게……라고 생각했던 것인데, 그 후군을 이에야스와 히데요시가 맡아준다면 문제가 다르다. 노부나가는 가네가사키로 일단 철수하여 여러 장수의 철수 순서를 정하고, 자신은 모리와 마쓰나가를 데리고 구쓰키(朽木)를 넘어갈 계획을 세웠다.

기치도 장막도 그대로 두고 여러 장수들이 나가자, 히데요시는 혼자 남아 가만히 팔짱을 끼고 있는 이에야스 앞으로 가서 한 손을 짚고 절했다.

"도쿠가와 님, 오늘의 조언, 참으로 마음속 깊이 명심하겠습니다."

"과찬의 말씀이오."

"아니, 크나큰 용기가 없다면 그런 말씀을 하실 수 없습니다. 이로써 우리 대장님도 살아나실 수 있게 되었습니다."

그리고 히데요시는 붙임성 있는 웃음을 지으며 가볍게 말했다.

"자, 도쿠가와 님도 철수할 준비를 갖추시지요."

이에야스는 깜짝 놀란 듯 히데요시를 다시 보았다. 오다 가문에 기노시타가 있다는 말은 들었지만, 노부나가조차 염려하는 이 어려운 철수를 이 조그만 사나이는 혼자서 해낼 셈인가?

"기노시타 님, 내가 오다 님에게 약속한 것을 들었을 것이오. 아사쿠라 군의 추격은 이 이에야스가 교묘하게 상대해 줄 테니 구경하시오."

히데요시는 다시 싱글벙글 웃으며 머리 숙였다.

"고마운 말씀. 후의는 고맙기 이를 데 없습니다만, 이 일만은 사양하겠습니다. 어서 철수를."

이에야스는 알 수 없다는 얼굴로 다시금 히데요시를 달리 보지 않을 수 없었다.

'얼마나 간이 큰 자인가.'

그 웃는 얼굴이 또한 세상에서 보기 드문 모습이다. 버릇없이 자라온 어린아이 같다. 몸도 작고 뼈도 가늘다. 그러면서도 스스로 지혜의 샘을 갖고 있다고 노부나가에게 말했었는데…….

"기노시타 님, 내가 있으면 철수작전에 방해라도 된다는 말이오?"

히데요시는 대답했다.

"황송합니다! 다만 아사쿠라 따위의 추격을 처리하는 데 도쿠가와 님에게 폐끼친다면 나중에 히데요시가 꾸중 듣습니다."

"음."

이에야스는 상대의 마음을 살피는 눈초리가 되었다.

"오다 편에도 사람이 있다는 말을 하고 싶은 모양이군."

히데요시는 다시 녹을 듯이 웃었다.

"천만의 말씀입니다. 젊으면서도 의리가 두터우시고 크나큰 용기를 지니신 도쿠가와 님, 그렇듯 얻기 어려운 대장님에게 만일의 일이라도 생기면 천하의 큰 손실입니다. 여기는 히데요시에게 맡기고 물러가시기를."

"이거 참, 과분한 칭찬을 받으며 따돌림당하는군. 그러나 그 말을 듣고 보니 더욱 이에야스는 먼저 물러갈 수 없겠는걸……."

"그 점을 굽히시고 철수해 주시오."

"하지만 만일 기노시타 님에게 잘못이 생긴다면 내 체면이 서지 않을 거요. 만에 하나도 염려 없다는 말씀인가요?"

상대는 스스럼없이 웃었다.

"하하하…… 저의 생사를 알 수 없는 어려운 싸움이니 물러가주십사고 부탁드리는 겁니다."

"허허, 재미있는 말을 듣는군."

"도쿠가와 님, 저는 한낱 졸개의 자식입니다."

"기노시타 님은 출세하신 분이라고 듣고 있었소만."

"본디 졸개의 자식이므로 목숨도 가볍게 다룹니다. 어떤 싸움이든 자청해 사지에 몸을 던지고, 거기서 죽을 수 있다면 굳이 후회도 없습니다. 그러나 도쿠가와 님은 명문 집안 출신이시니 저희같이 가볍게 움직여서는 안 됩니다."

마침내 히데요시의 여느 때 버릇이 나왔다. 아무리 점잖게 이야기를 시작해도 도중에서 반드시 그 나름의 설교 투로 바뀌어가는 것이다. 이에야스는 잘도 움직이는 히데요시의 입매를 잠자코 바라보고 있었다.

"그렇지 않습니까. 저는 지금 오미의 오하마(小濱)에서 3만 석, 부하는 겨우 700 명뿐입니다. 에치젠 80만 석의 군사를 상대로 옥쇄한들 조금도 아까울 게 없습니다. 왜냐하면 3만 석으로 온 힘을 다하여 그것으로 죽도록 태어난 인간이라고 생각되기 때문입니다. 그러나 도쿠가와 님은 그렇지 않지요. 미카와, 도토우미로 해가 떠오르듯 영지를 넓혀, 오늘날에는 60만 석이지만 내일은 얼마나 뻗어날지 모르는 분, 그런 분을 3만 석으로 끝낼 싸움에서 만일 생명을 잃게 한다면 우리 대장 노부나가 님도 비웃음당하고 이 히데요시도 죽어서 염라대왕에게 꾸중 듣게 됩니다. 그러니 이번은 히데요시의 생각대로 따라주십시오."

이에야스는 듣고 있다기보다 히데요시의 이상하게 잘 움직이는 입매를 바라보고 있었다.

"좋소. 그럼, 기노시타 님 말을 좇아 이에야스는 먼저 철수하지요. 나는 와카사의 오하마로부터 하리바타(針畑)를 넘어 구라마(鞍馬)로 나가겠소. 내가 무사히 지나거든, 기노시타 님도 안심하고 후퇴하시오."

"이거 참, 황송합니다. 그럼, 교토에서."

이에야스가 일어나자 히데요시는 아장아장 걸어가 갑옷의 먼지를 털어주었다.

진격할 때 노부나가는 얼굴도 마주 볼 수 없을 만큼 무서운 투지의 화신이지만, 철수할 때는 끊임없이 농담하는 게 여느 때의 버릇이었다.

"교토에서 낙향한다는 말은 있지만, 가네가사키에서 낙향하는 건 노부나가가 처음일 거다. 어때, 히사히데? 야마토(大和)에 있었으면 좋았을 거라고 후회하고 있겠지?"

시바타, 사쿠마, 니와, 마에다로 부대를 나눈 후퇴라 구쓰키를 넘어 고슈(江州)의 다카시마군(高島郡)에서 교토로 가는 사잇길로 철수하는 노부나가의 본대는 300기도 채 되지 않았다.

노부나가는 녹음을 보며 껄껄 웃고 산 모양을 우러르고는 눈길을 좁힌다. 입에서 차례로 튀어나오는 신랄한 빈정거림도, 대꾸도 하지 못하게 하는 진격할 때의 매서움과는 다른 부드러움을 지니고 있었다.

"대감께서는 이 히사히데의 마음을 의심하고 계십니다."

"천만에. 그대의 지혜는 넓은 나라 안에 비길 자가 없다. 그러니 노부나가가 곁을 떠나지 못하게 하는 거지."

말을 나란히 하여 나아가는 히사히데는 반백의 머리를 바람에 흩날리며 못마땅한 듯 잠자코 있었다. 전 쇼군 요시테루를 멸망시키고 미요시(三好) 3인조를 눌러 왕도에 패권을 세우려 했던 지혜와 용기가 뛰어난 히사히데. 그 히사히데가 노부나가의 막하에 머물러 있는 것은 물론 표면적인 일이었다. 그가 왕도에 남아 있었다면, 노부나가의 말대로 이 기회를 놓치지 않고 또 한 번 획책하여 아사이에게 병력을 쪼개 기후를 습격하게 했을 것이다. 야마토에서는 이즈미(和泉), 셋쓰(攝津)에 책동해 왕도에서의 노부나가 세력을 뒤엎을 절호의 기회를 잡았을 게 틀림없다.

그러나 그런 의미로서는 그 또한 노부나가와 같은 오산을 하고 말았다.

'아사이가 노부나가의 배후를 찌를 줄이야……?'

참으로 히사히데가 이상히 여기는 것은 그러한 그의 속셈을 너무나 잘 알면서도 성급하기로 소문난 노부나가가 히사히데를 베지 않고 용서하는 일이었다.

"대감, 그처럼 믿을 수 없는 히사히데라면 어째서 속 시원히 목을 베지 않으십니까?"

"핫핫하…… 그대 같은 사나이라면 목이 떨어져나간 뒤에도 계속 계략을 꾸밀 거야. 이봐, 히사히데."

"예."

"때로는 독약도 약이 되는 것일세. 그대는 얻기 어려운 독약이니 그냥 두는 거야, 알겠나? 이 노부나가에게 방심하는 데가 보이면 언제라도 그대의 본성을 드러내어 목을 자르러 와도 좋아."

"농담도 지나치십니다. 그러면 히사히데, 몸 둘 곳이 없습니다."

"본디 몸 둘 곳이 있던 놈이던가? 물속에 들어가면 심연의 물귀신, 산에 있으면 같은 족속까지 속이는 너구리일 텐데……."

말하다가 노부나가는 두세 걸음 뒤떨어져 오는 모리 산자에몬을 말 옆으로 불렀다.

"모리!"

이미 오미의 산속 구쓰키 골짜기로 접어들고 있다. 파릇파릇 새싹들이 뒤덮은 바위, 바위가 구획 짓는 좁다란 산길 앞쪽으로 구쓰키 모토쓰나(朽木元綱)의 저택이 보이기 시작한다.

"그대가 먼저 가서 오늘 밤 내가 묵을 숙소를 모토쓰나와 의논하고 오너라."

"예."

모리는 곧 부하 16명을 거느리고 좁은 길을 달려갔다.

어제 27일 밤은 사카키(佐柿)성에서 구리야 엣추노카미(栗屋越中守)에게 쾌히 영접받았다. 그는 여기서도 그것이 통할 줄 생각하고 있었던 모양이다.

모리의 모습이 보이지 않게 되자, 히사히데는 일부러 노부나가에게 들리도록 말 위에서 훗훗훗흐 하고 웃었다.

"히사히데, 무엇이 우스우냐?"

노부나가가 묻자 히사히데는 정색하고 노부나가를 돌아보았다.

"심연의 물귀신, 심산의 너구리, 그 너구리가 곰곰이 생각하건대 모토쓰나는 우리들이 이 골짜기를 그리 쉽사리 지나가게 내버려두지 않을 줄 압니다."

"뭣이, 모토쓰나가 이 노부나가에게 반항한단 말인가?"

"그렇습니다. 모토쓰나는 사사키 일족으로 아사이의 적이지만 대감에게 그 이상의 원한을 품고 있습니다. 여기서는 아사이에게 편들어 대감과 일전을 벌여 만약 운이 있다면……."

"멈춰라!"

히사히데의 말이 끝나기도 전에 노부나가는 군사들의 행진을 정지시켰다. 확실히 히사히데의 말대로였다.

노부나가는 히데요시에게 후군을 맡기고 스루가에서 철수할 때부터 아사이와 아사쿠라 연합군을 언제 어디서 어떻게 때려 부술까 하는 데 정신 팔려 구쓰키 모토쓰나의 마음속 따위는 문제 삼지도 않았는데…….

"히사히데!"

노부나가의 목소리도 자세도 다시 싸우는 자의 그것으로 바뀌었다. 무지개를 품을 것 같던 그 두 눈이 상대에게 정면으로 응시되면 이미 다음 작전이 번개처럼 머릿속에 떠오르는 노부나가였다.

"내가 그대를 데리고 온 까닭을 알겠나?"

"무슨 말씀인지?"

"모리가 돌아오면 다음에는 너구리가 나선다."

히사히데는 히죽 웃었다.
"물론 각오한 바입니다."
"……그럴 것이다. 알고 있구나."
"예, 나아가도 죽음, 물러가도 죽음이 되고 보면 너구리도 필사적이 됩니다. 이래 봬도 야마토에 이름난 마쓰나가 너구리, 여기서 구쓰키 골짜기의 너구리 새끼 따위에게 죽고 싶지는 않습니다."
"맹독(猛毒)인 만큼 효험도 빠르군, 핫핫핫하."
이미 해는 기울어가고 양쪽 절벽으로 구분된 머리 위의 하늘에는 저녁놀이 비치고 있다. 여기서 밤과 적을 동시에 맞는다면 견딜 재간이 없었다.
히사히데는 신중히 고개를 갸우뚱하며 말했다.
"이 너구리, 지혜를 짜내어 모토쓰나를 우리 편으로 끌어들여 상대가 동의한다면 볼모를 데리고 마중 오겠습니다. 만일 제가 돌아오지 않을 때는 구쓰키 모토쓰나와 싸우다 죽은 줄 아시고, 길을 바꾸어 다른 곳으로 철수하도록 하십시오."
노부나가는 가볍게 고개를 끄덕였다.
"사양할 것 없다, 히사히데. 이 노부나가가 구쓰키 모토쓰나 따위의 칼에 쓰러질 것같이 보이거든, 그대도 함께 내 목을 자르러 오너라."
히사히데는 다시 희미하게 웃었다. 노부나가는 그를 전혀 믿는 기색이 없다. 그러면서도 히사히데가 진지하게 구쓰키 모토쓰나를 설복해야 할 입장은 엄격하게 결정되어 흔들림 없었다.
이윽고 모리 산자에몬이 저녁노을이 깃든 골짜기의 사잇길을 숨을 헐떡이며 말을 달려왔다.
"주군, 모토쓰나는 갑옷으로 무장하고 군사를 움직일 모양으로, 우리들에게 성문을 열어주지 않습니다."
"알았다, 알았어."
노부나가는 다시 산이 울릴 정도로 웃어젖혔다.
"걱정 말아라. 우리 편에는 1000년 묵은 너구리가 있다."
모리가 말에서 내리는 것을, 히사히데는 미소를 머금고 쳐다보더니 노부나가에게 말했다.

"그럼, 너구리의 혓바닥이 효험 있는 줄 믿고 기다려주십시오."

"오, 눈을 크게 뜨고 지켜보겠네."

노부나가는 말을 한 바퀴 빙그르르 돌게 하고 꾸짖듯 구쓰키의 성을 가리켰다.

"가거라!"

히사히데는 웃음을 거두고 세 부하에게 명했다.

"따라와."

단지 세 부하만 이끌고 무장을 갖추고 있는 구쓰키 군 속으로 태연하게 갈 작정인 것 같다.

히사히데의 모습이 멀어지자 노부나가는 안장 위에서 다시 소리 내어 웃었다. 히사히데가 만일 실패한다면…… 하는 불안은 없었다. 자기만 한 자가 이런 곳에서 목숨을 잃을쏘냐 하는 뿌리 깊은 자신에 넘쳐 있었다.

노부나가에게 등을 보이고 구쓰키성으로 가는 히사히데도 마찬가지였다. 이전의 장군도, 미요시 무리들도 차버린 정도의 인물이, 구쓰키 따위 하나를 다루지 못하여 이런 곳에서 노부나가 손에 죽어서 될 말인가.

어떻든 노부나가는 무섭다. 이지(理智)가 조직적으로 쌓아올려진 게 아니고 번개와 같은 직감으로 늘 사태의 진상을 꿰뚫는다. 틈이 보인다면 구쓰키와 함께 자기 목을 자르러 오라니 얼마나 얄미운 말인가.

'보고 있으라. 노부나가가 갖지 못한 히사히데의 힘을 똑똑히 보여주마.'

히사히데가 말발굽을 울리며 구쓰키성 문 앞으로 올라가자 무장한 부하가 2간 길이 창을 말 콧등에 들이댔다.

"누구냐?"

히사히데는 눈길을 좁히며 창끝을 보았다. 그러고는 천천히 성문을 뒤덮은 큰 느티나무를 올려다보며 말했다.

"수고한다. 허, 상당한 노목이로군. 600, 700년은 되었을까."

창을 들이댄 무사는 어리둥절해하며 물었다.

"어디서 오셨는지?"

"오, 나 말인가. 모토쓰나 님에게, 물샐틈없는 경비가 고마워 오다 진중에서 마쓰나가 히사히데가 인사하러 왔다고 전갈하시오."

"예?"

상대는 히사히데의 태연한 표정에 억눌려 고개를 갸웃하며 안으로 들어갔다.

그동안 히사히데는 말에 탄 채 유유히 저녁 경치를 바라보고 있었다.

문안에는 곳곳에 화톳불과 횃불이 준비되어 있다. 역시 밤에 노부나가를 습격할 생각인 것 같았다. 광대뼈가 튀어나온 얼굴에 어마어마한 수염을 단 모토쓰나가 허둥지둥 문 쪽으로 달려왔다.

"모토쓰나 님이오?"

"그렇소. 마쓰나가 히사히데 님이라고 들었소만."

"오늘은 수고가 많소. 노부나가 님에게도 아사이 나가마사 님에게도 그대의 호의는 잘 말씀드리리다. 노부나가 님께서 이 언저리까지 오셨으니, 자제분이라도 마중을 내보내는 게 좋을 거요."

"뭐라고 말씀하셨습니까……?"

아니나 다를까 모토쓰나는 눈을 희번덕거렸다. 노부나가와 나가마사가 손을 끊었다는 말을 듣고, 나가마사에게 가담하여 운이 있으면 노부나가의 목이라도 벨까 생각하고 있는 이때 히사히데가 불쑥 꺼낸 말은 너무도 기괴했다. 나가마사에게도 노부나가에게도 구쓰키의 호의를 전해준다니 대체 무슨 말인가.

히사마쓰는 능청스러운 표정으로 부하의 도움을 받으며 천천히 말에서 내렸다.

"모토쓰나 님, 노부나가 님을 구태여 마중 나갈 것까지는 없다고 생각하시오?"

말에서 내리자 갑옷을 털고 싱글벙글 웃으며 히사히데는 모토쓰나에게 다가갔다.

"그렇다면 그것은 귀하의 생각이 좀 모자라는 거요. 귀하는 본디 오미 미나모토씨의 사사키 일족, 아사이 나가마사와 노부나가 님의 합의 아래 이루어진 이번의 구쓰키 통과에 모처럼 무장까지 갖추고 도중의 경비까지 하려고 생각하셨을 정도라면 가능한 한 두 마음이 없다는 것을 보이는 게 상책이라고 여기는데요."

"뭐라고 말씀하셨소? 이번의 구쓰키 통과는 오다와 아사이 두 집안이 미리 합의한 일이란 말씀이오?"

"쉿—그것은 비밀…… 표면적이지 않은 일은 입에 올리지 마시오. 교토에 있는 쇼군의 거동이 수상하오. 일각이라도 빨리……라는 밀사가 아사이로부터 와 있소……."

구쓰키 모토쓰나의 표정이 복잡하게 움직였다. 그가 얻고 있는 정보와 전혀 반대되는 이야기였다. 그보다도 목을 노리고 있던 노부나가로부터 도중의 호위에 수고한다고 칭찬받는 뜻밖의 일이 그의 마음을 어리둥절하게 했다.

히사히데는 껄껄 웃었다.

"늙은이는 쓸데없는 주책을 부리거든. 노부나가 님은 다만 이 히사히데에게 수고한다, 폐를 끼치게 되었다고 전하고 오라—고 분부하셨을 뿐이니…… 마중 나가는 일은 귀하 마음대로 하시구려."

모토쓰나는 초조하게 주위를 둘러보며 당황하여 말했다.

"우선 들어오십시오. 게 누구 없느냐, 걸상을 가져오너라."

"아니오, 이제 늦었으니 급히 돌아가야겠소."

"잠깐만."

"그러시면 이 늙은이 말대로 자제분이나 누구를 마중 보내시겠소? 아니, 공연한 노파심이지만 모처럼 숙소를 빌리면서 사사키 일족이라고 생각하면 섭섭히 여기실 것으로 생각되어서 말이오."

과연 너구리의 솜씨는 능란했다. 우선 선수를 써서 상대를 혼란시킨 다음, 차례차례 꼼짝 못 할 암시의 쐐기를 박아간다.

그곳으로 가신이 걸상을 가져왔다.

모토쓰나는 말했다.

"화톳불을 피워라. 노부나가 님이 곧 이리로 오실 테니 언덕길을 밝게 해놓도록……."

그리고 고개를 갸우뚱하며 생각한 다음 말을 이었다.

"말씀대로 마중 나가겠습니다. 잠시 기다리시오."

"고맙소, 하하하…… 볼모를 주신다면 이 늙은이도 안심하고 기다릴 수 있소. 자제분이겠지요?"

"예, 장남, 차남 두 아들을 마중 보내지요."

"그것이 좋을 거요. 뭐니 뭐니 해도 다음 천하는 노부나가 님이오. 미리 뵈어두는 게 뒷날을 위해 좋으리다. 술이나 목욕 준비는 필요 없지만, 식사는 마련되겠지요?"

"아닙니다, 술도 목욕도 준비……시키겠습니다."

"어디까지나 빈틈없구려. 이 히사히데가 다시 인사드리겠소. 이제 내일이면 교토로 들어가게 되겠군요. 교토에서는 이미 두견새가 울고 있을 것입니다."

"예, 그렇고말고요……."

모토쓰나는 이마에 번진 땀을 닦으며 그대로 바중할 준비를 명하기 위해 달려갔다.

히사히데는 웃지도 않고 슬며시 턱을 쓰다듬고 있다.

한낮의 부엉이

기후성의 위용은 이나바 산기슭 센조다이(千疊台) 성관에서부터 시작된다. 거대한 돌을 쌓아올린 우람한 돌축대와 그것을 에워싼 어린잎이 겹겹이 돋아난 가지 위로 봄볕이 찬란하게 쏟아지고 있었다.

이 성을 처음 방문한 포르투갈 선교사 플로에는 분고(豊後)에 와 있는 같은 선교사 피겔렌드에게 기후성에 대하여 이렇게 써보내고 있다.

"돌의 크기가 엄청나며, 이것을 결합하는 데 석회를 조금도 쓰지 않았다."

그즈음 포르투갈의 인도총독 관저인 고아 저택보다 훨씬 크다고 기록하고 있다.

그 센조다이 성관 뜰에 지금 배꽃이 아련하게 가물거리듯 피어 있었다.

교토에서 돌아온 노히메는 그 든든한 석축문을 빠져나갈 때도, 큰 현관에서 성관을 지나 배꽃이 바라보이는 한 층 위의 내전에 들 때도 전혀 입을 열지 않았다. 내전의 경계까지 황급히 마중 나온 측실들에게도 흘끗 한 번 시선을 던졌을 뿐, 말없이 그대로 자기 방으로 들어갔다. 노히메는 시녀 다마오(玉緖)를 불러 나직한 소리로 물었다.

"바깥대기실에 어느 분이 당직하고 계시느냐?"

"네…… 저, 어느 분이신지 확실히는."

"모른단 말이냐. 그렇다면 주의가 부족하구나. 아마 오늘은 후쿠토미(福富) 님이 출사하셨을 테니 이리로 들라 하여라."

"네."

다마오가 허둥지둥 나가는 것과 엇갈려 나기사(渚)가 찻잔을 받쳐들고 들어와 노히메 앞에 놓았다. 노히메는 찻잔을 집어들고 비로소 가물거리듯 피어 있는 배꽃을 바라보았다.

아직 남편 노부나가가 가네가사키를 철수하기 전이었다. 노히메는 중얼거렸다.

"마음이 꺼림칙해……."

아버지가 쌓은 이 성은 노히메의 눈앞에서 네 번이나 주인이 바뀌었다. 아버지 도산에서부터 아버지를 죽인 요시타쓰로 바뀌고, 다시 그 아들 다쓰오키를 거쳐 지금은 남편 노부나가였다.

그 노부나가가 에치젠에 출병한다는 말을 들었을 때만 해도 노히메는 아무 걱정 하지 않았었는데…… 부부의 애정에서가 아니라, 한 인간으로서 노히메는 남편의 재능을 충분히 인정하고 있었다. 적이 된다면 이토록 무서운 적은 없다. 그러나 그 풍부한 재능을 알고 가까이 가는 자에게는 넘칠 듯한 정을 갖고 대해 준다.

그러므로 노히메는 자신이 느끼는 제 나름의 판단으로, 오이치 부인의 남편 나가마사도, 노부나가의 도움으로 쇼군이 된 요시아키도 노부나가를 인정하는 줄로만 믿고 있었다. 그런데 그것이 착각이었던 모양이다.

노부나가가 사카모토를 출발한 날 숙소로 삼고 있던 나카라이의 집에서 노히메는 쇼군 요시아키로부터 차모임에 초대받았다. 노히메는 아사야마 니치조(朝山日乘)를 종자로 데리고 기꺼이 방문했다.

쇼군의 니조 저택은 남편 노부나가가 민심 안정을 위해 많은 돈을 들여 지어 고스란히 헌납한 것이며, 그 낙성 잔치 때 쇼군 스스로 노부나가에게 술을 따라 주기까지 했다고 들었다. 그러므로 아무 거리낌 없이 방문했는데, 가보니 공기가 써늘하여 심상치 않음을 느꼈다. 아마도 상대는 노히메를 그대로 인질로 잡아두려는 눈치인 듯했다…….

지금의 노히메는 그러한 분위기에 허둥대지 않을 만큼 단련되어 있었다. 노부나가를 '기후 왕'이라고 부르는 선교사 플로에 등에게 '왕비—'라 불리고, 그 부름에 손색없는 위엄과 아름다움이 안으로부터 절로 우러나오고 있는 노히메였다. 그 점에서는 자식을 두고도 여태껏 방황하고 있는 오카자키의 쓰키야마 마님과 비교도 안 될 강함을 지녔다.

온 나라 안에서 수집해 온 명석(名石) 언저리에 마련된 니조 저택의 다실에는, 주인인 요시아키 쇼군 외에 히노(日野)와 다카쿠라(高倉)가 초대되고 호소카와 후지타카와 미부치(三淵)가 함께 자리하고 있었다.

그 속에서 조금도 짓눌리지 않는 침착한 태도의 노히메 모습은 호소카와를 놀라게 할 정도였다.

'과연 도산의 딸이로구나.'

그런데 차를 마시고 간단한 음식상이 나온 뒤 돌아오려는 때 심상치 않은 것을 느꼈다. 노히메가 데려온 아사야마가 대궐 공사장에 급한 일이 생겨 먼저 갔으니 잠시 기다려달라며…… 시동이 안내한 곳은, 쇼군의 거처에서 훨씬 떨어진 다다미 6장 크기의 비좁은 경의실(更衣室)이었다.

'이상한걸……?'

그렇게 생각되자 노히메는 곧 그 방을 나와 뜰로 내려가는 문을 확인했다. 그리고 댓돌 위에 놓인 신발을 발견하자 그것을 신고 아무렇지 않은 태도로 뜰에 내려섰다. 여느 여성이었다면 아마도 이상한 공기에 두려움을 느끼고 조그맣게 움츠러들었으리라. 그러나 노히메는 그 반대였다.

'노부나가의 아내 되는 내가…….'

노히메는 태연히 나무와 돌의 배치를 구경하는 눈길로 빙 돌아 쇼군의 거실 뒤로 나갔다.

"정원의 아름다움에 이끌려서."

들키면 그렇게 대답하려고 마음먹으며 창밖의 늙은 매화나무 옆까지 갔더니 뜻밖에 요시아키 쇼군과 호소카와가 다투는 목소리가 들려왔다.

호소카와는 요시아키에게 신하의 예를 지키고 있었다. 그러나 실제로 호소카와는 요시아키뿐 아니라 이전의 쇼군 요시테루의 배다른 형이었다.

"쇼군은 잘못을 저지르고 계십니다. 이미 새 저택에서 아시카가 가문의 부흥을 이루셨으니 조용히 노부나가 님과 천하를 도모하시는 것이 첫째."

"후지타카, 그대는 노부나가를 모르오. 노부나가는 이렇듯 나를 내세워두었다가 머잖아 나를 베고 스스로 쇼군이 될 셈인 게 분명하오. 그러므로 내가 아무리 권해도 부쇼군 지위에 오르지 않는 거요."

"쇼군답지 않으신 말씀이군요. 보시는 바와 같은 이 난세, 쇼군께서 손수 무력을 사용하는 토벌은 생각지도 못할 일. 대신하여 몸을 아끼지 않는 노부나가 님의 도량을 크게 인정해 주시지 않으면 안 됩니다."

요시아키는 웃었다.

"흐흐흐, 이미 늦었소. 늦었소, 후지타카."

"늦었다……니요?"

"이미 아사이 부자가 아사쿠라 공격에 나선 노부나가의 배후를 찌르고 있을 거요. 나도 노부나가는 싫소. 그러나 나뿐만이 아니오. 히에이산도 혼간사도 몹시 싫어하고 있소. 그리고 후지타카, 나는 이미 가이의 다케다에게도 밀서를 내려놓았소. 급히 상경해서 노부나가의 영지를 거둬들이라고."

노히메는 두 볼이 경련되고 눈썹이 곤두섰다. 몸을 부들부들 떨며 창밖에 있었다. 노히메에게 있어 이처럼 뜻밖의 일은 없었다.

"요시아키 님은 에치젠이 믿음직스럽지 못하다며 오다에게 의지하려고 합니다."

갈 곳이 없어 외사촌뻘 되는 아케치 미쓰히데를 통해 노부나가한테 의지해 왔을 때의 요시아키는 한낱 낙오자였다. 그런데 지금 세이이타이쇼군으로서 교토의 아이들도 깜짝 놀랄 만큼 훌륭한 이 니조 저택의 주인이 되어 있다. 더욱이 젓가락에서 신발에 이르기까지 노부나가의 도움을 받지 않은 것이란 하나도 없으며, 그러니만치 요시아키는 진심으로 노부나가에게 고맙게 여기고 있을 거라고 믿었다.

그 쇼군이 나가마사에게 남편의 배후를 찌르게 하고, 가이의 다케다를 꼬드겨 남편을 없애려 음모를 꾸미고 있을 줄이야…….

다케다에게도 이미 밀서를 내렸다는 말을 듣고 호소카와 역시 크게 놀라는 눈치였다.

"이건 또 무슨 말씀입니까! 그런 밀서를 받고 다케다가 곧 상경하리라고 쇼군은 생각하십니까?"

요시아키는 다시 웃었다.

"하하하, 후지타카는 잊은 모양이구려. 기후의 전 주인 사이토 다쓰오키가 에치젠의 아사쿠라에게 몸을 의탁하고 있소. 사이토, 아사쿠라, 아사이의 여러 장수에게는 히에이산, 혼간사가 편들고 있소. 이럴진대 오늘날 으뜸가는 무력을 지닌 다케다가 어찌 상경을 주저하겠소."

호소카와는 가로막았다.

"천부당한 말씀!—다케다에게는 거추장스러운 에치고의 우에스기가 있습니다. 사가미의 호조, 미카와와 도토우미의 도쿠가와가 있습니다. 비록 그들을 무찌른다 해도 긴키의 오다 영지를 쉽사리 지나갈 수 없습니다."

"아니, 그것은 그대의 오산이오. 그때 이미 노부나가는 아사쿠라와 아사이의 협공을 만나 이 세상에 없을지도 모르오. 그리고 만일 살아남았을 때의 볼모로 삼기 위해 미노 부인까지 오늘 이곳에 초대한 것이오."

"안 됩니다!"

호소카와의 목소리는 장지문을 쩌렁쩌렁 흔들었다.

"이 후지타카의 눈이 검은 동안은 미노 마님을 볼모로 삼는 일 따위는 생각도 못할 일입니다."

"그럼, 어떤 일이 있어도 이대로 돌려보내라는 건가?"

"물론이지요. 그런 쩨쩨한 처사는 후세의 웃음거리가 될 겁니다."

거기까지 듣고 노히메는 살며시 창 옆을 떠났다. 노여움은 이미 사라지고 의식(衣食)이 넉넉해지면 음모를 꾸미는 소인배의 가엾음이 찰싹찰싹 가슴을 때렸다.

노히메는 조금 전의 방으로 돌아가자 손뼉을 쳐서 니조 저택의 하인을 불러 곧 돌아갈 뜻을 알렸다.

얼마 뒤 호소카와와 미부치가 아무 일도 없었던 표정으로 나타났다.

노히메는 그들에게 조용히 목례하고 숙소로 돌아가 반 시간도 되기 전에 남자용 가마로 숙소를 떠나, 도중 사카모토에서 하룻밤 묵고 돌아왔다. 남편의 안부를 염려하기보다도, 남편이 없는 동안에 처신하는 부드러우면서도 강한 여자의 고집이었다고 할 수 있다.

그 노히메가 무사히 기후에 이르러 차를 한 잔 마시고 났을 때 후쿠토미가 나타났다.

"마님께서 갑작스레 돌아오셔서 마중도 해드리지 못하고……."

그렇게 말하는 후쿠토미를 바라보며 노히메는 조용히 찻잔을 내려놓았다. 노히메는 잠시 후쿠토미와 배꽃을 번갈아본 다음 조용히 물었다.

"성주님한테서 소식은?"

보아하니 아직 아사이의 배반을 모르는 눈치였다.

"예, 에치젠으로 출전하신 이래 아무 소식도 없습니다만, 이미 이치조 골짜기에 다가가 있을 무렵이라 생각됩니다."

노히메는 그 말에는 대꾸하지 않고 해가 거듭함에 따라 더욱 풍만해지는 턱을 비스듬히 보이며 한숨 쉬었다. 기후로 아무 소식이 없는 것은 아사이 군에게 길을 차단당하고 있다는 뜻이 되었다.

"후쿠토미 님."

"예."

"오늘은 내가 참견해야겠어요."

"예……?"

"바깥일에 대해 참견하지 말라고 성주님께서 단단히 분부하셨지만, 오늘은 그 계율을 어기겠습니다."

후쿠토미는 깜짝 놀란 듯 노히메를 우러러보며 눈을 깜박거렸다. 부드러운 행동 속에 노부나가도 한풀 꺾일 만한 강함을 숨겨 지닌 마님. 그 마님이 노부나가의 부재중에 하는 말이니만큼 가슴에 울려오는 게 있었다.

"후쿠토미 님, 아사이 부자는 아사쿠라에게 돌아섰어요. 그때의 준비를 설마 게을리하지 않았겠지요?"

"예? 아사이 님 부자가……."

후쿠토미는 무릎의 옷자락을 움켜잡았다.

"그게 참말입니까?"

"준비는 되었느냐고 묻고 있어요. 물음에 대답하시도록."

"예, 주군께서 출전하고 안 계신 동안이라, 분부가 있으시면 언제든 원군을 출동시킬 수 있도록 수배되어 있습니다만."

노히메는 꾸짖듯 말했다.

"원군이 아닙니다. 곧 성의 수비를 엄중히 하고, 이쪽에서 아사이 부자의 오다니성을 공격해야 합니다. 그 준비를."

"예."

"기다리세요."

일어서려는 후쿠토미를 노히메는 불러 세웠다. 깊은 광채가 깃든 그 눈은 벌처럼 맑다. 풍만한 볼에 미소가 흘끗 엿보였다.
"이번의 아사쿠라 공격에 마음을 허락한 근위장수들은 모두 성주님 옆에 있어요. 곧바로 오다니성을 공격하라고 한 것은 표면상의 일…… 아시겠지요?"
후쿠토미는 침을 꿀꺽 삼키고 고개를 크게 끄덕였다.
"내막적으로는 아사이 부자의 공격에 대비해 농성하라는 분부로 생각됩니다만."
"그래요. 그러나 단순히 농성하는 것으로 보여서는 성주님에게 도움이 되지 않습니다. 금방이라도 에치젠으로 향하는 아사이의 배후를 찌르는 것처럼 보여야만."
후쿠토미는 그제야 노히메의 말뜻이 똑똑히 이해된 모양으로 가슴을 쳤다.
"알았습니다!"
"서두르세요, 시각을 다툽니다."
"예."
후쿠토미가 물러가고 얼마 안 있어 성 안팎에 인마의 웅성거림이 일었다. 노히메는 그 소리에 가만히 귀 기울이며 조각처럼 움직이지 않는다. 요시아키 쇼군의 불신과 아사이 부자. 그에 이어지는 오이치 부인과 그 자식의 일 등, 인생의 얽히고설킨 인연의 야릇함이 숨 막힐 듯 가슴을 압박해 왔다.
노히메는 무한한 감개를 담아 남편의 환영에 대고 불렀다.
"성주님!"
새삼 생각할 것까지도 없이 아내로서 노히메의 생활은 험한 가시밭길이었다. 틈만 있으면 사위를 치려는 수단을 위해 나고야성으로 출가해 와, 사랑하지 않으리라고 속으로 경계하면서도 어느덧 노부나가를 사랑하고 있다. 인위와 자연과, 자연과 인위의 소용돌이 속에서 여자의 행복은 남편을 사랑하는 데 있다……고 깨달은 것은 노부나가 역시 같은 과정을 거쳐 자신을 사랑하게 되어 있었기 때문이다.
그런데 신은 노히메에게 사랑하는 이의 자식을 점지해 주지 않았다. 그리고 자기와 사랑을 겨루는 자리에 오루이, 나나, 미유키 세 사람이 나타났다. 그럴 때 여자의 마음은 얼마나 슬프게 흔들리는 것일까…… 그녀에게 주지 않았던 노부나가의 자식을 신은 세 측실에게 차례차례 낳도록 했다.

노히메의 치열한 내면에서의 싸움은 그 무렵이 정점이었다. 처음으로 태어난 도쿠히메를 보았을 때의 그 말할 수 없는 감회. 이어서 기묘마루(노부타다), 차센마루(노부카쓰), 산시치마루(노부타카)로 차례차례 태어나는 아이들을 보고 있으려니 측실의 위치는 흔들리지 않는 무게를 더하고 반대로 아이를 못 낳는 자기의 그림자는 다 다들이가는 촛불처럼 엷고 희미해지는 것만 같았다.

아마도 그때 노히메가 한 걸음 비틀거렸다면 노히메의 그림자는 사라져버리고 말았을 게 틀림없다. 노히메는 끓어오르는 질투를 억눌렀다. 측실들과 총애를 다투는 대신 측실들 위에 앉아 부드럽게 그들을 다루어나갔다.

'이 여자들과 같은 위치로 자신을 끌어내리다니 될 말인가.'

그 억센 투쟁은 이윽고 노히메를, 남편과 더불어 무럭무럭 뻗어나게 키워갔다.

지금 도쿠히메는 도쿠가와 가문으로, 노부카쓰는 기타바타케 가문으로, 노부타카는 고베(神戶) 가문으로 저마다 아버지 슬하를 떠나고, 이 성에 남은 것은 장남 노부타다뿐이지만 어느 자식이나 정실인 노히메를 진심으로 따르고 있다.

노히메는 생각한다.

'지지 않았다!'

아내로서, 여자로서, 인간으로서도. 노히메는 잠시 꼼짝도 하지 않고 가물거리는 듯한 배꽃 속에 자기 과거를 응시하고 있더니, 이윽고 매무시를 고치고 일어나 다시 본성으로 내려갔다.

오다니성을 공격하는 듯 보이게 하고 사실은 농성. 모든 게 믿을 수 없는 요시아키 쇼군과 아사이 부자의 거취에 자극받은 탓이었지만, 이 난세에 섣불리 세자인 노부타다를 성에서 내보낼 수 없었다. 지난날의 기묘마루, 노부타다는 이미 성인식을 올린 14살이 되어 있다.

노히메는 센조다이로 건너오자 곧장 넓은 회의실로 나갔다. 정면의 노부타다는 이미 갑옷을 입고 엄숙하게 주위를 둘러보고 있다가 노히메를 보자 천진난만한 얼굴로 돌아가 고개를 꾸벅했다.

"작은성주님, 늠름하군요!"

노히메는 걸상 옆으로 성큼성큼 가서 앉았다.

"비록 아버님에게 어떤 일이 있더라도 당황해선 안 돼요. 승패는 병가의 상사이니까."

"예!"

노부타다는 굳은 표정으로 고개를 끄덕였다.

노부타다 옆에는 성주가 부재중인 성을 지키는 중신들이 잇따라 모여들고 있었다. 오다 노부카네(織田信包)의 지시로 다키가와며 가와지리(川尻)에게 사자가 달려가고, 이코마와 후쿠토미의 지시로 첩자가 사방으로 내보내졌다.

"오다니성을 향해 기후 군 출전!"

첩자가 퍼뜨리는 이 유언비어로 아사이 군이 둘로 갈라지면, 노부나가의 배후를 습격하는 세력이 반으로 줄어든다.

고둥이 뚜—뚜—울리기 시작했다.

노히메는 그 소리에 귀 기울이면서 볼에 미소 지었다. 너무도 심한 인생사의 변천을 보아왔으므로, 노부나가가 무사하기를 비는 심정보다 비웃음받지 않고 그 생애를 닫을 수 있도록 해주십사 하는 대담한 바람이 더 강했다.

"죽이는 자는 죽임을 당한다."

그것이 피치 못할 현실인 한, 살해되는 게 문제가 아니고 그 죽음에 어떤 심정으로 대했느냐가 문제였다.

'과연 최선을 다하고 있었을까?'

노히메는 이미 자기와 노부나가 사이에 아무 대립도 느끼지 않았다. 자신은 노부나가의 일부이고 노부나가는 노히메의 일부였다. 자식이 있고 없음이 문제가 아니라 거기에 '노부나가 부부'라는 모든 생명을 의식하며 살고 있는 것이다.

소라고둥이 울리기 시작하자 아니나 다를까 내전에서 모두들 허둥거리기 시작했다. 측실들은 저마다 노부나가의 자식을 낳았으면서도 노부나가와는 따로따로 살고 있다. 노부나가의 뜻을 몰랐으며, 어떻게 행동해야 하는지도 전혀 몰랐다.

오루이 부인이 맨 먼저 헐레벌떡 달려와 자기 자식을 불렀다.

"작은성주님."

그런 다음 옆에 있는 노히메를 보자 한 단 아래에 무너지듯 앉았다.

"전쟁인가요?"

이어서 나나 부인이 손에 단검을 쥔 채 달려왔다.

"출전을 알리는 고둥 소리가 났습니다만……."

노히메는 엄숙한 얼굴로 두 사람을 제지했다.

"노부타다 님이 계셔요. 소란 피워서는 안 돼요."

노부타다는 그 목소리에 힘입어 대범하게 말했다.

"걱정할 것 없습니다. 적에 대한 방비니까. 그렇지, 내전으로 물러갔다가 만일의 일이 있을 때는 산 위의 성채까지 철수할 수 있도록 준비하십시오."

"네, 그런데 쳐들어온 적은?"

"오다니성의 아사이 군이 배반했습니다."

"어머나, 아사이 님이……."

나나 부인과 얼굴을 마주 보며 놀라는 오루이를 보고 있으려니 노히메는 자기와 저들이 살아가는 방식의 차이가 가슴에 밀려왔다. 오루이 부인도 나나 부인도 노히메보다 훨씬 가련한 위치에 있었다. 노부나가의 아내가 아니라 어디까지나 사육당하고 있는 여자이며 기생목인 것이다.

푸드덕 소리가 났다. 고동 소리에 놀란 부엉이가 한 마리 창문으로 뛰어들어와 북쪽 중방에 부딪쳐 방에 떨어졌다. 순간 어린아이로 돌아간 노부타다는 걸상에서 일어났다.

"아, 부엉이다, 부엉이다."

오루이 부인과 나나 부인이 갑작스러운 침입자에 놀라 허둥대는 꼴이 이 소년의 흥미를 끌었던 모양이다. 부엉이는 다시 푸드덕 날개를 버둥거렸다.

노히메는 나무랐다.

"노부타다 님!"

노부타다는 자신의 늠름한 무장 차림을 깨달았던지 겸연쩍은 듯 걸상으로 돌아갔다.

"부엉이 놈, 사람과 말들의 소란스러운 소리에 놀랐군."

부엉이는 다다미 위에서 날개를 사렸다. 동그란 눈이 불길처럼 반짝여 자못 사나운 날짐승다운 위엄이 있지만 실제로는 아무것도 보이지 않는다. 노히메는 그 부엉이에 질겁하여 몸을 뒤로 뺀 오루이 부인과 나나 부인의 모습에서, 아무 연관도 없이 요시아키 쇼군의 얼굴을 떠올렸다.

"부엉이…… 한낮의…… 부엉이……."

부엉이가 아니어서 다행이라고 노히메는 새삼 자신이 살아온 길을 회상했다.

"걱정할 것 없어요. 만일의 일이 있을 때는 노부타다 님으로부터 지시가 있겠지요. 두 분은 물러가도록 해요."
"네, 그럼 실례하겠습니다."
"실례합니다."
두 여자가 가고 나자 노히메는 비로소 노부타다에게 웃는 얼굴을 돌렸다.
"길을 잘못 찾아든 한낮의 부엉이, 작은성주님은 어떻게 처리하겠어요?"
노부나가라면 누가 말리든 달려가 날개를 와락 찢어놓을지도 모른다……고 생각하면서 웃는 얼굴을 보이자, 노부타다는 맑은 눈을 노히메에게로 흘끗 돌렸다.
"가만히 잡아서 놓아주겠습니다."
"왜……?"
"아버님이 적지에 계시므로."
"오, 좋은 생각이에요. 따뜻하고 훌륭한 마음씨군요."
"이코마, 그 부엉이는 눈이 보이지 않는다. 불쌍하니 놓아주어라."
"예, 분부대로 하겠습니다."
이코마가 푸드덕거리는 부엉이를 마루에서 밖으로 놓아주었을 때였다.
"전령입니다!"
야베(矢部)의 부축을 받으며 노부나가로부터의 첫 전령 헤이나이(平內)가 이마의 머리띠를 새까맣게 땀으로 물들이고 도착했다.
"오, 헤이나이냐. 마님 앞으로 나아가거라."
노부타다의 명을 받고 그는 위태롭게 앞으로 비틀거렸다. 말을 타고 먼 길을 달려와 무릎 관절이 말을 듣지 않는 모양이다.
노부타다가 재촉했다.
"헤이나이, 속히 전갈을 말해라."
"예, 대장님께서 스루가에서 가네가사키, 데즈쓰산으로 차례차례 진을 전진시키시어 이치조 골짜기를 단숨에 짓밟으려 할 때, 아사이 나가마사로부터 동맹을 폐기한다는 통지……."
"알고 있다. 그다음 아버님은?"
"곧 에치젠을 철수, 교토로 돌아갈 작정이지만 어떤 싸움이 될지 모르니 대장님 부재중의 대비를 게을리하지 말라는 분부입니다."

그 말을 듣자 노부타다는 노히메를 흘끗 바라보며 자랑스레 웃었다.

"그 준비라면 이미 하고 있다. 걱정 마라."

"도중에서 들으니 준비는커녕 오다니성으로 밀고 나온다 하니…… 그것은…… 그것은…… 두 번째 전령을 기다려서."

"걱정 마라. 함부로 성을 나갈 성싶으냐? 좋아, 물러가 쉬어라."

이번에는 노히메가 미소를 머금었다. 이미 노부나가의 마음을 알아차리고 조금도 어긋남이 없는 것 같았다.

'이것이 부부…….'

첫 전령이 도착한 다음 날인 4월 30일에 두 번째 전령이 사카모토성으로부터 왔다. 노부나가 일행이 무사히 구쓰키 골짜기를 지나 교토로 향했다는 것이었다. 이에야스의 선견지명대로 아사이 부자는 노부나가가 그처럼 빠르게 군사를 돌릴 줄 꿈에도 생각지 못하여 퇴로를 완전히 끊지 못했던 것이다.

전령을 받고 노히메는 비로소 노부타다의 곁을 떠나 내전으로 돌아갔다.

"아버님에게서 무슨 지시가 있을 때까지 수비를 풀지 말도록."

지금쯤은 노히메가 풀어놓은 첩자들이 노부나가를 놓친 아사이 군을 허둥거리게 하고 있을 게 틀림없다—고 생각하자 웃음이 치밀어올랐다.

진격의 빠름은 번갯불에 비유되지만 철수의 빠름 또한 멋들어져 감탄을 자아내게 했다.

"아!"

아마 아사쿠라 군의 추격도 그리 시원치 못하리라. 노부나가가 기후로 돌아오지 않고 교토로 갔다는 것은 그동안의 여유를 웅변적으로 말해주었다.

내전으로 돌아가자 노히메는 곧 세 측실을 자기 방으로 불러 모았다. 30일은 아침부터 가물거리듯 비가 내려 뜰의 배꽃이 감미로운 향기와 더불어 녹을 듯이 젖어 있었다.

"부르셨습니까?"

"부르셨어요?"

오루이 부인을 앞세우고 미유키와 나나의 순서로 들어선다. 고개를 끄덕이면서 세 사람의 얼굴을 보아가니 누구 하나 미워할 수 없었다. 총애를 다투는 적수로서 마음에 파도를 일으켰던 지난 일이 오히려 우습게 여겨지기도 했다.

"다 왔나요?"
"네."
"성주님한테서 온 소식을 곧 알려주리다. 성주님은 무사히 에치젠에서 교토로 돌아가셨으니 모두 안심하도록 하오."
"어머나, 무사히!"
"성주님에게는 역시 신의 도움이 계셨군요."
전에 노히메의 시녀였던 미유키는 잠자코 있었지만, 오루이 부인과 나나 부인은 거리낌 없이 서로 기뻐한다. 그것이 노히메는 흐뭇하게 여겨졌다.
이 여자들은 노히메의 적이 아니라 순진한 하녀였다. 정실부인이라는 노히메의 입장을 넘보지 못할 것으로 알고 저마다의 운명에 아무 의심도 갖고 있지 않다.
"성주님은 어째서 성으로 돌아오시지 않고 교토로 가셨을까요?"
나나 부인이 말하자 오루이 부인은 노히메를 올려다보았다.
"글쎄……?"
그런 하찮은 설명까지 직접 노히메에게서 듣고 싶어 하는 사람들이었다.
노히메는 미소를 머금었다.
"성주님께서는…… 이제 미노와 오와리 두 나라만의 태수님이 아니에요. 먼저 천황님에게 문안드린 다음 돌아오시는 게 도리겠지요."
조용히 말하자 문득 가슴이 뜨거워졌다. 이미 천하를 잡으려는 사람, 자신이 그 아내라고 생각하자 더욱 행복이 느껴졌다.
'이 여자들은 한낮의 부엉이…….'
측실들은 노히메의 설명에 우스우리만큼 진지한 얼굴빛이 되어 서로 고개를 끄덕였다.

비 젖은 잎사귀

오카자키의 쓰키야마 저택 뜰도 5월 비에 촉촉이 젖어, 날로 짙어가는 푸른 잎사귀 빛이 답답하리만큼 두껍게 추녀 끝에 드리워져 있었다.

세나는 그 추녀 끝에서 떨어지는 물방울을 하나하나 눈으로 좇으면서 목젖 언저리에서 목소리를 떨었다.

"그대는 내 분한 마음을 알 거요. 요즘의 하늘처럼 내 눈은 마를 사이가 없구려. 성주님은……."

"예."

세나 앞에 단정히 앉아 있는 사람은 이번 봄부터 회계역으로 발탁된 오가 야시로(大賀彌四郎)였다. 야시로는 다부진 오카자키 사람들 가운데 드물게도 뼈가 가늘고 남사당 같은 부드러움을 지녔다. 졸개에서 회계역으로 발탁된 것은 수판 솜씨와 누가 보든 안 보든 열심히 일하는 점을 이에야스에게 인정받아서였다.

"나날의 용돈까지 그대 손을 거쳐 받아야 하다니…… 그렇다고 그것을 불평하는 게 아니오. 듣자니 하마마쓰성에서는 내가 부리던 오만까지 보란 듯 방을 주고 총애하신다는 소문……."

야시로는 허여멀건 얼굴에 난처한 빛을 띠고 맞장구쳤다.

"이해합니다."

"본성에서는 도쿠히메에게 업신여김을 받고 가신들한테서는 이마가와 가문 핏줄이라고 경멸받는구려. 작은성주님이 없다면 벌써 자결이라도 했을 거요."

이는 또 기후의 노히메와는 극단적인 차이였다. 이에야스를 함께 걸어가야 할 남편으로서가 아니라 어느덧 불구대천의 원수처럼 여기고 있다. 더욱이 그러한 세나의 푸념을 순순히 들어주는 이는 세나의 용돈을 가져다주는 야시로 외에 달리 없었다.

"야시로."

"예."

"그대는 요즈음의 성주님을 어떻게 생각하오?"

"무슨…… 말씀인지?"

"그래서야 미카와, 도토우미 두 나라의 태수라고 할 수 있느냐 말이오. 오다 님의 가신이 아니고 뭐냔 말이오?"

야시로는 고개를 수그린 채 대답하지 않았다.

"그렇지 않소? 이번 봄에 상경하여 에치젠 공격에 동원되었다가 목숨만 겨우 건져 교토로 철수했다고 들었소. 그리하여 이달 18일에 가까스로 하마마쓰에 돌아오셨나 싶자 또 출전 준비라면서."

세나는 참을 수 없는 듯 훌쩍거렸다.

"오다 님 명령이라면 이 세나가 쓸 돈마저 절약해 미노, 오미까지 군사를 움직이니…… 야시로, 나는 이제 용돈 절약 따위는 딱 질색이오!"

"그렇기는 하지만……."

"생각 좀 해보오. 오다는 나에게 있어 외숙부님의 원수. 그 원수를 위해 날마다 쓸 돈까지…… 아흐흐!"

감정이 치밀면 위경련을 일으킨다고 듣고 있었다. 세나가 갑자기 새우처럼 등을 구부리고 괴로워하기 시작했으므로 야시로는 깜짝 놀라 그 등을 눌렀다.

"아…… 누구 없나! ……마님…… 마님이……."

당황해 불러대는 야시로의 손을 잡고 세나는 이를 악물며 고개를 흔들었다.

"부르지 마…… 부르지 마…… 아흐……."

야시로는 당황했다. 아픔 때문에 제정신이 아닌 것이리라. 세나의 손이 단단히 자기 팔에 얽혀 아픈 데를 누르고 있다.

"좀 더 세게…… 좀 더 힘을 주어요."

"예…… 예, 이렇게 말씀입니까? 이렇게……."

"좀 더 왼쪽, 아, 앞이 안 보여. 숨이 멎는구나…… 야시로, 힘껏."

야시로는 어찌할 바 몰랐다. 힘을 주는 것도 쓰다듬는 것도 마다할 수 없다. 그러나 30대 여인의 풍만한 살집이 섬뜩하게 손에 닿는다. 아니, 그것도 몸과 마음을 바치고 있는 주군 이에야스의 마님만 아니라면 그리 놀랄 것도 없었다.

그에게도 아내가 있었다. 세나와 비교할 수도 없는 소상지처였지만, 그 감촉은 이렇듯 섬뜩하고 기분 나쁘게 매끄럽지 않다.

야시로는 생각한다.

'두려워하고 있기 때문이다…….'

졸개의 자식으로 태어나 이에야스가 매사냥 나갈 때 활잡이를 하거나 도시락을 짊어지고 따라가기도 했다. 그 섬기는 태도의 어디에 장래성이 있어 보였던 것일까? 이에야스는 야시로가 눈에 들어 곧 주방으로 돌렸으며, 그 뒤 공사감독 밑에서 일하게 했다. 그리고 지금은 주산 솜씨가 집안에서 으뜸이라고 칭찬하며 회계역으로 발탁해 주었다. 겨우 5명의 부하를 거느렸던 자리에서 80석의 녹봉을 받는 지위가 되었다.

야시로에게 있어 이에야스는 절대적인 주군이었다. 그 마님이라고 생각하면 기가 억눌린다.

"야시로…… 왜 좀 더 힘껏 눌러주지 않느냐. 그대도 이 세나를 이마가와의 핏줄이라고 깔보는가……?"

"당치도 않은 말씀, 황송합니다. 이렇게 말입니까?"

"오, 거기 좀 더 힘을 주어서……."

세나는 이마에 흥건히 진땀을 뿜으며 금방이라도 숨이 넘어갈 듯 괴로워했다. 그러면서도 야시로가 누군가를 부르려고 하면 한사코 막았다.

"아, 이제 좀 편해졌어……."

후유 하고 숨을 돌렸지만 여전히 손은 놓지 않는다.

"야시로…… 나의 이 병도 모두 성주님 탓이오."

야시로는 무서워졌다. 핏기 없는 얼굴에 처마의 푸른 잎사귀 빛깔이 그대로 어려 살아 있는 사람의 살갗 같지 않았다.

"머지않아 성주님도 후회할걸……."

"……."

“그렇잖소, 이 일본 땅에 무장이 오다 님뿐일까. 오다와라의 호조도 있고 가이의 다케다도 있는데…… 머잖아 그 누군가에게 성주님도 멸망당할 때가 오리라. 그때는 이 세나가 큰 소리로 웃어줄 테요.”

“마……마……마님.”

“그대가 보아도 알 테지. 성주님은 어떻게 하면 나를 괴롭힐지 그 일만 생각하고 있어. 그렇지 않다면 어찌 오만 따위를 측실로 둔단 말이오. 손도 댈 수 없는 바람둥이라 내가 여기서 쫓아낸 계집인데.”

야시로는 견딜 수 없어 살며시 손을 떼려고 했다. 신이며 부처님처럼 알고 있는 주군 이에야스에게, 마님한테서 이런 원한이 퍼부어지고 있는 줄은 생각지도 못했으므로 온몸에 소름이 끼쳤다.

세나의 이 저주가 야시로에게는 질투만으로 여겨지지 않았다.

‘우리 주군은 그토록 마님에게 냉혹하신 분일까?’

아니, 그럴 리 없다. 마님에게 무언가 오해가 있다. 그 오해를 어떻게 풀어야 좋을지…… 생각했을 때 이번에는 세나가 하염없이 울기 시작했다.

“야시로, 그대만은 나를 저버리지 말아주오. 어째서 그처럼 나를 피하려고만 하지?”

“아닙니다…… 그리 피하려고는.”

“아니야, 피하려 손을 빼려고 했소. 불쌍히 여긴다면 꼬옥 껴안아주오. 성주님에게도 가신들에게도 버림받은 이 세나를.”

어린아이처럼 칭얼거리며 검은 머리를 설레설레 흔들었다.

야시로는 왠지 모르게 슬퍼졌다. 가난한 내 집의 마누라에 비해 얼마나 감사하고 감사해도 모자랄 만큼 행복한 분이라고 여기던 그 사람에게도 역시 슬픔은 있었던 것이다.

어쨌든 한 번 아픈 곳을 눌러준 손을 세나가 놓아주지 않는 것이 난처하기만 했다. 상대가 아파하는 동안이라면 또 몰라도 고통은 이미 가라앉은 모양이다. 그런데도 자기 팔에 손을 감고 전보다 한결 더 세게 눌러온다. 누른다기보다 매달려온다고 할 만큼 가엾은 모습이었다.

“마님, 야시로도 슬슬 나가보지 않으면 오늘 할 일이 끝나지 않습니다. 누군가 다른 사람을 부르지요.”

"야시로!"
"예."
"소원이오. 이 세나를 죽여주오."
야시로는 깜짝 놀라 물러나려 했다.
"무슨 말씀입니까. 당치도 않은 말씀을."
"나는 죽고 싶어. 이렇게 살아서 욕보느니 차라리 죽는 편이 낫겠어."
세나는 꼭 잡은 야시로의 팔에 볼을 대고 또 울었다. 세나 자신으로서는 결코 거짓말하는 게 아니었다. 비용 절약의 용돈 이야기로부터 이에야스의 행동에 생각이 미칠 때면 머릿속으로 부글부글 피가 솟아올랐다. 그 광경이 연상되면 언제나 숨이 멎을 듯 격심한 위경련 발작이 일어났다. 30대 여인의 정욕에 질투의 불길이 더해지면 이미 상식으로는 이해 못 할 광란으로 바뀌어간다. 모든 여자가 저주스럽고 온갖 이성이 그립다. 그런 때 옆에 있었던 것이 야시로의 불운이었다.
"응, 야시로, 죽여주오……."
세나는 상대의 감정이나 염려 따위는 생각하지 않았다. 붙잡은 사나이의 손에서 떨어지고 싶지 않은 본능만이 그녀의 이성 위에 있다.
"자, 죽여주오. 죽여줘, 야시로……."
왼손을 야시로에게 얹은 채 오른손이 야시로의 어깨로 돌아갔다. 야시로는 질겁하며 고개를 외면했다. 그렇게 하지 않으면 강간당한다……는 생각이 야시로 속의 '사나이'에게 반사되어 왔던 것이다…… 인간 내부에 숨은 야수성은 계곡에 쏟아지는 물의 힘과 흡사하다. 막는 것이 있으면 있을수록 광란의 물보라를 튀기며 기세를 더한다. 그것은 세나의 죄도 야시로의 죄도 아니다. 하물며 이 비극의 책임을, 하마마쓰성에 있는 이에야스에게로 돌린다는 것은 가혹한 일이다.
이에야스는 에치젠 공격의 고배를 적에게 되돌려주려는 노부나가와 함께 아사쿠라, 아사이 연합군을 어떻게 무찌르냐에 온 힘을 기울이고 있었다. 가네가사키에서 교토로 철수한 것이 5월 6일. 그리고 5월 18일에는 일단 하마마쓰성으로 돌아왔다. 그 이에야스가 세나를 찾지 않은 것이 병적인 세나의 질투를 광란에 이르게 했다. 하지만 일단 하마마쓰로 돌아온 이에야스는 여기서 다시 보급대를 편성해 한 달 안으로 오미에 출전하기로 약속되어 촌각을 아끼고 있었다.
야시로가 자기 목에 감긴 세나의 팔을 뿌리친 것이 반미치광이처럼 되어 있는 세나를 단숨에 본능의 포로로 만들었다. 이미 이에야스의 아내도 노부야스의 어머니도 아니었다. 야시로라는 사나이를 삼키지 않고는 둘 수 없는 여자의 욕망 그 자체였다. 만일 희미하게나마 이성이 남아 있었다 해도 그것 역시 이 자리에 불길을 더하는 야릇한 겉치레에 지나지 않았다.

"야시로…… 그대는 이 세나에게 자결하란 말인가? 이토록 부끄러운 모습을 보이고 이대로 내가 살 수 있을 줄 아는가……."

"마님! 용서하십시오…… 용서를."

"안 돼. 자, 죽여주오! 죽여줘……."

필사적인 팔이 다시 야시로의 목에 감긴다. 푸른 잎사귀에 내리는 비는 드디어 차분히 대지로 흘러떨어지며 여주인의 광태를 후덥지근하게 에워싸고 있다. 마침내 야시로는 비밀을 가짐으로써 비밀의 누설을 막으려는 여자의 욕망 앞에 꼼짝할 수 없게 되고 말았다.

다시 말한다. 그것은 세나의 죄도 야시로의 죄도 아니다. 신은 인간에게 그러한 하나의 약점을 주어서 시험하는 냉엄성을 숨기고 있다. 그리고 그 시험을 이겨낸 자와, 패한 자의 미래를 냉철하게 구별한다. 얼마 동안의 시간이 흐르자 세나는 흠칫 놀라며 손을 놓았다. 폭풍우가 지나고 나니 맨 먼저 머리에 되살아나는 것이 자기 이마에 찍힌 '간통'이라는 저주받을 낙인이었다.

세나는 살며시 야시로를 보았다. 야시로는 얼굴도 들지 못하고 아직 그 자리에 엎드려 있다. 체면, 부끄러움, 공포, 절망. 그것들의 사이를 누비고 불손한 생명력의 자기변명이 차츰 고개를 쳐들었다.

"야시로……."

"……."

"용서해 다오. 그러나 이것은 그대가 나쁜 것도 내가 나쁜 것도 아니야. 모두 성주님이 나빠. 성주님은…… 이런 일을 자기만…… 언제나."

말하며 세나는 야시로에게 다시 다가앉아 살며시 그의 어깨에 손을 얹었다. 야시로는 다다미에 엎드려 있었지만 울고 있는 것은 아니었다. 그에게도 이 있을 수 없는 신의 시련이, 다음에 살아나갈 방법의 변화를 찾도록 강요하고 있다.

'무슨 낯을 들고 마님을 대해야 할지…….'

그에게 있어 절대적인 존재에 가까운 주군 이에야스. 그의 마님이 자기 아내와 같은 여자였다는 멍한 놀라움에, 희미하게나마 정복욕의 만족감마저 더해져 있다. 지금까지 우러러보기조차 눈부셨던 이에야스에게 세나의 육체를 통해 한 걸음 가까이 다가간 생각도 들었고, 그렇게 생각하는 일이 이미 용서받지 못할 불신인 것처럼 여겨지기도 한다. 한없이 이에야스를 미워하는 세나와, 한없이 이에야스에게 심복하고 있는 자기가 똑같이 '간통자'로 전락했다.

'아니, 전락한 게 아니라 자기라는 사나이가 이에야스와 똑같은 인간임을 알려준 신의 암시가 아니었을까?'

"야시로, 왜 잠자코 있소. 그대도 이 세나를 싫어하는가?"

야시로는 세나의 목소리가 완전히 변한 것을 느꼈다.

'어째서일까?'

지금까지 세나의 목소리는 이에야스 다음으로 자기를 압박하는 위엄 비슷한 울림을 지니고 있었다. 그런데 지금은 자기 아내와 똑같은 가련함으로 바뀌어 있다…….

야시로의 아내는 졸개 곤고 다자에몬(金剛太左衛門)의 딸이었다. 졸개 동료 사이에서는 미인이라는 평판을 얻고 있었다. 그들이 조그만 졸개 행랑채에서 혼례식을 올렸을 때, 노인들은 인형을 보는 것 같다고 칭찬해 주었다. 이름은 오쿠메(粂)라고 한다.

오쿠메는 야시로에게 늘 말했다.

"당신은 반드시 출세하실 분이라고 여기고 있어요."

그리고 출세할 때마다 말했다.

"동료들의 시기를 받지 않도록 하세요. 벼 이삭은 영글수록 고개를 숙인다는 것……을 잊지 마세요."

지금은 조그만 집을 하사받았으며 채소는 직접 심어 먹는다. 그러므로 손가락도 살결도 세나의 부드러움과는 비교도 되지 않았다. 그런데 세나가 그 오쿠메와 같은 목소리로…… 하고 생각하다가 야시로는 다시 흠칫했다.

'이 불륜 관계가 만일 이에야스 귀에 들어간다면 어떻게 될 것인가……?'

"응, 야시로, 제발 뭐라고 말 좀 해주오."

세나는 목소리를 점점 더 안타까이 떨면서 다시 살그머니 야시로의 목덜미에 입술을 대어왔다. 지금껏 깨닫지 못한 고귀한 향락의 향기가 살포시 콧구멍을 스쳐 지나갔다.

야시로는 점점 더 얼굴을 들지 못하게 되었다. 얼굴을 드는 순간 야시로의 인생은 새로운 결정을 강요당한다. 주군을 배신한 불손한 가신으로서 두려움에 떨며 살아갈 것인가, 아니면 세나를 정복한 사나이로서 조그만 불륜 따위엔 개의치 않고 뻗어갈 것인가…… 야시로에게 있어 그것은 사느냐 죽느냐의 문제나 다름없다.

이윽고—

야시로는 얼굴에서 모든 표정을 지우고 조용히 몸을 일으켜 세나를 무시하고 옷매무시를 고치기 시작했다.

세나는 참다못한 듯이 말을 걸었다.

"야시로, 어째서 그토록 쌀쌀한 얼굴을 하지요?"

야시로는 대답 대신 젖은 푸른 잎사귀로 시선을 던지고 천천히 옷매무시를 고쳤다. 그는 마음속으로 이미 어떻게 살 것인지 결정한 모양이다. 이를테면 지금의 몸단장은 새로운 인생으로 출발하는 몸가짐이라고도 할 수 있었다.

자세를 단정히 바로 하고 나자, 야시로는 세나를 똑바로 보며 고쳐 앉았다.

"마님, 이 야시로에게 이제부터 어떻게 해주시렵니까?"

"야시로, 그렇게 무서운 눈을 하지 마오. 모두 성주님이 나빠서 그래."

"좋고 나쁜 것을 말하는 게 아닙니다. 만일 그것을 말한다면, 마님은 가신과 불륜을 저지르신 분, 야시로는 주군의 내실을 훔친 비인간입니다."

"야시로, 그만해요. 아무도 본 사람 없소. 그대와 내 가슴속에 깊이깊이 숨겨두면 되오."

"그것이 마님의 마음이라고 받아들여도 괜찮겠습니까?"

"그럴 수밖에 달리 방법이 없잖소."

"그렇다면 뜰을 빌리고 싶습니다."

"이 비 오는 뜰…… 뜰에서 무엇을 하려고?"

야시로는 자기 자신도 깜짝 놀랄 만큼 냉랭한 목소리로 선언했다.

"할복하겠습니다. 아무도 본 자가 없었다니 한심하신 말씀. 야시로의 양심은 불길의 수레에 태워지고 있습니다. 어차피 탄로 나서 참형받을 몸, 나 스스로 주군에게 사과드리고 싶습니다."

"야시로!"
"예."
"그대는 그토록 성주님이 무섭소? 이런저런 여자들에게 손대며 멋대로 행동하는 성주님이."
"마님, 그 두려움보다도 야시로는 마님 말씀이 한심스럽습니다."
"내 말이 한심스럽다니?"
"똑똑히 말씀드리지요. 정을 건네온 것은 마님, 그러나 야시로는 마님을 원망하지 않습니다. 이 야시로에게 허술한 구석이 있었다…… 무사의 마음가짐에 모자라는 데가 있었다 여기고 깨끗이 배를 가르겠습니다. 배를 가르는 마음속에 무엇이 있는지를 모르시는 마님의 말씀을 원망하겠습니다. 야시로가 할복하면 이 세상에 이 잘못을 아는 이는 없게 됩니다."
"그럼…… 그대는 나를 위해 죽겠다는 거요?"
"예, 부디 허락해 주시기를."
야시로는 말하고 나서 마음속으로 깜짝 놀랐다. 여태까지 마음먹은 말의 반도 하지 못했던 자기가 지금 생각지도 못한 말까지 술술 나오는 것이다. 남자와 여자라는 대등한 관계가 단번에 세나의 지위로까지 자기를 밀어올리고 만 것인지, 아니면 세나가 자기 선(線)까지 내려온 것인지.
세나는 마치 사람이 달라진 것처럼 순순히 눈물지었다.
"야시로, 과분하게 생각되는군. 그대 마음씨, 꿈에도 소홀히 생각지 않겠소. 그러나 할복만은 용서 못 하오. 응, 세나를 위해 죽을 결심까지 한 그대, 세나를 위해 살아주오. 세나도 그대에게 모든 것을 걸고 살아갈 테니."
야시로는 그렇게 말하는 세나를 냉정하게 쳐다보고 있었다. 비는 여전히 나뭇잎을 때리고 있다. 성안에는 아무 소리도 들리지 않고, 비구름 위에서 차츰 움직여가는 해의 위치만이 시각의 흐름을 느끼게 할 뿐이었다.
"마님, 지금 하신 말씀에 거짓이 없으십니까?"
"무슨 거짓이 있겠소. 세나는 그대에게 몸을 맡겼는데."
야시로는 다시 입을 다물었다. 여자가 몸을 맡기고 나면 그토록 약해지는 것인지 믿을 수 없다. 몸을 맡긴다는 것은 주군 이에야스에게나 할 말. 그런데 반대로 이에야스를 저주하면서 그 말단 가신에게 끔찍한 부정을 저지르도록 도발하고 있다. 약하기는커녕 주군 이에야스조차 어찌할 수 없는 강함이라고 할 수 있었다.
야시로는 생각했다.
'그럼, 이 여자가 약함을 드러내 보이는 원인은 무엇일까…….'
도덕에 대한 양심의 두려움일까. 아니다! 그런 것은 전혀 느껴지지 않는다. 알고 있는 것은 두 사람뿐이라는 대담한 말이 그것을 증명하고도 남는다.
'그렇다. 무서워하는 것은 이에야스의 칼에 의해 내려지는 제재…… 그 폭력, 무력에 대한 무서움뿐이다.'
그렇게 깨닫자 야시로는 점점 더 냉정해졌다.
"그럼, 말씀대로 우선 할복은 단념하겠습니다."
"그렇게 해주오. 내가 어찌 거짓말을 입에 올리겠소."
"그러나……."
야시로는 목소리를 떨어뜨렸다.
"마님께서 변심하실지도 모르니 이 야시로, 주군께 명백히 내 죄를 사과드리고 깨끗이 죽겠습니다."
그것은 세나에게 있어 찌르는 칼날만큼이나 아픈 협박이었다. 하지만 세나는 이미 듣고 있지 않다. 모든 게 이성에 굶주린 요사스러운 마성의 짓이리라.
"내가 변심할 여자로 보이오? 원망스러운 말을 하는구려……."
야시로가 할복을 단념했다는 걸 알고 안심하는 것인지, 아니면 아직 몸속에서 꿈틀거리는 게 있는 것인지 세나는 갑자기 야시로에게 다시 다가앉았다.
"야시로……."
불처럼 뜨거운 목소리를 내며 곧장 가슴에 안겼다. 그것은 야시로에게 있어 아내가 매달려온 어느 날의 경험보다도 훨씬 끈질긴 교태였다.
야시로는 문득 사나운 노여움을 느꼈다. 이 여자를 마음껏 자기 무릎 밑에 깔고 앉아 꾸짖으며 때려주고 싶은 충동이 치밀었다. 어쩌면 어딘가에서 자기 생애의 방향을 바꾸어놓고 만 보이지 않는 것에 대한 분노가 있었는지도 모른다. 그는 이미 자기가 이에야스의 가신이며, 세나가 자신이 심취해 있는 주군의 아내라는 것도 잊고 사납고 거친 한 마리의 황소가 되어 세나에게 군림해 갔다. 그러한 일이 뒷날 어떤 커다란 파멸의 원인이 될지 예상치 못하게 하는 것이 이런 종류의 시련에 신이 내리는 수법인 듯하다.

세나는 야시로의 분노에 새끼 고양이처럼 유순했다.

오가 야시로는 쓰키야마 저택을 나선 자신의 감각이, 문안드리러 올 때와는 전혀 달라져 있는 데 대해 스스로 고개를 갸웃했다. 지금까지 오카자키성에서 가장 다루기 어려운 존재였던 쓰키야마 마님. 한순간도 얼굴을 똑바로 바라볼 수 없었던 요염하고 고귀한 여인. 그녀가 이제 자기 앞에 모든 것을 내던지고 우는 한낱 계집으로 전락했다. 어제까지 야시로에게 야릇한 위압감으로 명령하던 사람을 오늘부터는 야시로가 꾸짖어줄 수 있을 것 같았다.

"이렇게 하십시오."

시녀의 배웅을 받으며 현관을 나설 때 야시로는 자기가 여느 때보다 훨씬 거만하게 가슴을 젖히고 있는 것을 알았다.

'기묘한 일이다……'

아니, 놀라움은 그뿐만이 아니었다. 비를 맞으며 이것저것 생각에 잠겨 고개를 갸우뚱하고 본성으로 돌아오는 도중, 주위의 경치에서 받은 인상조차 확 달라져 있었다. 으리으리한 누각문도 새하얀 망루도 허리를 굽힌 것처럼 작아 보인다. 주군의 여자를 무릎 꿇게 했다는 사실이 그의 성격까지 뿌리째 바꿔놓고 만 것일까?

본성으로 돌아가자 작은주군이 회의실에서 기다린다고 히사마쓰 도시카쓰가 알려주었다. 그 히사마쓰도 여느 때처럼 여겨지지 않는다.

"알겠습니다."

대답하는 목소리도 수월했으며, 머뭇거리며 언제나 마음에 거리끼던 소심함이 없어진 게 이상하기만 했다.

작은주군 앞으로 나갔다. 나라(奈良)의 와카쿠사산(若草山)을 커다랗게 그려놓은 삼나무문을 등지고 앉은 아직 어린 노부야스 앞에 꿇어 엎드렸다.

"오가 야시로, 지금 돌아왔습니다. 어머님으로부터 별고 없으시냐는 안부 말씀이 있었습니다."

인사하고 얼굴을 들었을 때 야시로는 문득 웃음이 나올 것 같았다. 어째서 그런지는 자기도 모른다. 아마도 그곳에 엄숙하게 앉아 있는 사람이 세나의 배 속에서 나온 인간이라는 사실이 떠올라서가 아니었을까. 아니, 그 세나의 육체를 자기도 알고 있기 때문인지도 모른다.

"야시로."

"예."

"아버님 명령을 전한다. 알겠느냐, 단단히 마음에 새겨두어라."

"예."

"이달 28일까지 쌀 600섬, 말먹이 200가마를 준비해 놓도록."

"분부 말씀, 잘 알았습니다."

오미로 또 출병하는구나. 그 비밀도 가장 먼저 아는 위치에 있다…… 게다가, 하고 생각하며 얼굴을 들자 다시 웃음이 치밀어오를 듯했다. 왠지 노부야스가 우스꽝스러워 보였다. 한 층 높은 단 위에 앉아 아무것도 모르는 아이가 화려한 의상에 싸여 팔걸이에 의젓하게 기대어 있는…… 모든 것이 우스꽝스러운 희극처럼 눈에 비친다. 그것이 바로 배신의 싹이 트는 것인 줄 야시로는 아직 모른다.

작은주군 앞을 물러나오자 야시로는 고개를 갸웃하고 싱글싱글 웃으며 집으로 돌아갔다.

비는 여전히 후드득후드득 푸른 잎사귀를 때리고 있었다.

사나이 대 사나이

이에야스가 오미를 향해 하마마쓰성을 다시 출발한 것은 한여름 뙤약볕이 대지를 지글지글 굽는 6월 22일. 5월 18일에 일단 성으로 돌아온 지 한 달쯤 되는 날이었다.

가는 길에 오카자키성에 들러 아들 노부야스와 대면하고 24일 아침 일찍 오카자키를 떠났다. 노신들 중에는 노부나가를 위해 출병하는 것을 이번에도 좋아하지 않는 이가 있었지만 이에야스는 문제 삼지 않았다.

성주가 없는 동안 성을 지키는 총대장 노부야스는 14살. 불안감이 없는 것은 아니다. 그러나 29살 된 이에야스의 핏속에는 노부나가의 아사이, 아사쿠라 공격을 방관하지 못하게 하는 것이 있었다.

올봄에 처음으로 상경하여 노부나가의 실력을 보고 드디어 그 막하에 들어갈 생각이 든 것은 아닐까…… 하는 관찰이 불평을 품은 사람들 마음속에 있었지만, 이에야스의 생각은 전혀 달랐다.

많은 희생과 위험을 무릅쓰고 에치젠까지 일부러 군사를 움직였으면서도, 이에야스는 자기 군대의 용맹성을 노부나가에게 보여주지 못했다. 보기에 따라 하나의 '의리'는 지켰다. 그러나 이에야스는 에치젠까지 의리를 지키러 갈 만큼 계산이 어두운 것도 아니고 노부나가를 두려워하지도 않았다. 이에야스의 출병에는 어디까지나 젊어서 일어나는 자의 열정과 선견지명이 숨겨져 있다. 노부나가가 그에게 보인 실력, 이것이 이에야스로서는 침묵을 지킬 수 없는 문제인 것이다. 이에야스가 앞으로 노부나가에게 경멸받지 않으려면, 그 역시 자신의 실력을 노부나가의 마음에 똑똑히 새겨둘 필요가 있었다.

"과연 이에야스, 의리도 철석같고 군사도 강하다."

그렇게 여기게 하는 것만이 노부나가에게 얕보이지 않을 유일한 길이다. 그 의미에서 말하면 에치젠으로의 출병은 이번 출병을 통해 자기가 비로소 살 수 있는 길이 열리는 것이며, 이번에 망설인다면 그전의 출병은 약자가 강자의 압박을 받아 부득이 했던 무의미한 일로 떨어지고 만다.

"아버지는 오다 님에게 아버지의 힘을 똑똑히 보여주고 오겠다, 너 노부야스도 나 없는 동안 과연 아버지의 아들답다고 신하들을 감탄시켜라."

아들 노부야스에게 단단히 이르고 오카자키성을 나설 때 이에야스는 배웅하는 사람들 속에서 세나의 얼굴을 찾고 있었다. 성문 앞에는 어머니 오다이 부인도 가케이인도 보였다. 12살 난 도쿠히메도 세 시녀를 거느리고 몰라보리만큼 숙성해져서 이에야스에게 목례하고 있었다. 그러나 마땅히 보여야 할 아내 모습은 아무 데도 없었다. 이에야스는 말 위에서 가볍게 머리를 내젓고, 싸움터에 나가는 몸가짐으로 매섭게 마음을 다잡았다.

선두는 이번에도 사카이 다다쓰구와 이시카와 이에나리. 근위무사로는 23살이 된 혼다 헤이하치로를 비롯해 도리이 모토타다, 사카키바라 고헤이타, 그리고 만치요였던 이이 나오마사가 눈을 샛별처럼 반짝이며 따르고 있다. 총병력은 선발된 정예 5000명.

성급한 노부나가는 이미 오다니성을 향해 기후를 출발했다고 한다. 야하기강을 건너자마자 그 통지를 받았다.

"모두 서두르자!"

전열이 미카와를 지나 오와리, 미노를 거쳐 투지만만하게 오미의 싸움터에 도착한 것은 6월 27일, 깃발도 땀에 젖는 무더위 속이었다. 이에야스 군이 오미에 들어선 것은 노부나가가 아사이 부자와 격렬하게 일전을 벌이고 난 다음이었다.

적의 원군인 아사쿠라 군이 에치젠 골짜기로부터 잇따라 병력을 보내오고 있다. 그 전에 유리한 위치를 구축하려고 노부나가는 우선 오다니성으로 육박해 갔다. 그러나 노부나가가 위협하며 공격하는 동안 아사이 군은 성에서 나오지 않는다. 아사쿠라 군의 도착을 기다리는 것이다.

노부나가는 22일에 군사를 일단 아네강 남쪽으로 물렸다. 아사쿠라 군에게 배후를 차단당하지 않으려는 대책이었다. 그리고 아네강 기슭의 적 전초진지 요코야마성(橫山城)을 맹렬히 공격했다. 요코야마성에서 오다니성으로 시시각각 구원을 청해오자 마침내 아사이도 성을 나와 노무라(野村) 마을로 본진을 진출시켰다. 이에 호응해 아사쿠라 군도 노무라 마을 왼쪽인 미타(三田)에 진을 쳤다.

드디어 아네강을 사이에 두고 양군이 결전을 벌일 때가 차츰 다가왔다.

27일 오전 11시였다.

노부나가는 적의 요코야마성이 자리한 가류산(臥龍山)과 봉우리를 이은 북쪽 류가바나(龍鼻)에 진을 치고 군대를 지휘했다. 둘레에 장막을 둘러쳤지만, 이 본진에 천장은 없다. 6월 끝 무렵의 뜨거운 햇볕이 사정없이 내리쬐고 장막은 바람을 막는 방풍막이 되어 있다. 격식을 따르지 않는 노부나가는 단정하게 갑옷 따위를 걸치고 있을 사나이가 아니었다. 먼저 갑옷을 벗어 던지고 새하얀 홑옷 위에 은박으로 나비 무늬를 박은 전투복을 입고 검은 삿갓 차림으로 언제나 그렇듯 떠나갈 듯 큰 소리로 고함치더니, 이윽고 그 전투복도 벗어버렸다.

"몹시 찌는군. 차라리 잘됐어. 에치젠의 원숭이 놈들, 갑옷 속이 땀띠투성이가 되어 쩔쩔 매고 있을 거다. 그렇지, 이것도 벗어버려야지."

나중에는 한 겹의 홑옷도 벗어부친다. 하얀 살갗에 늠름하게 불거진 근육을 따가운 직사광선에 그대로 드러내고 삿갓만 쓰고 있으니 그 모습은 웃음이 터져 나올 만큼 괴상망측했다.

거기에 니와 나가히데가 무거운 무장 차림으로 물속에서 나온 것처럼 땀을 줄줄 흘리며 나타났다.

"미카와의 이에야스 님이 도착하셨습니다."

"뭐, 하마마쓰의 사돈이 왔다고…… 오, 반갑다."

노부나가는 장막 밖으로 성큼성큼 나갔다.

"여—"

언덕길을 올라오는 이에야스에게 그는 손을 흔들었다.

"나가히데, 하마마쓰의 사돈이 도착했으니 곧 군사회의를 열겠다. 장수들을 이리로 소집해라."

손을 흔들면서 명해놓고 크게 웃었다.

"앗핫핫핫하."
그 웃음소리는 이에야스를 맞이하는 환영의 소리였다.
"자, 자, 들어오시오. 들어와 우선 땀을 씻으시오. 참, 좋은 더위요. 이제 올해도 풍작이 틀림없으리다. 기분 좋은 싸움인걸, 핫핫핫하."
이에야스는 근엄하게 말에서 내려 허리를 굽혔다.
"지금 도착했습니다."
이에야스가 장막 안으로 들어와 투구를 벗자, 노부나가의 눈짓으로 졸개 두 사람이 큰 부채로 양옆에서 부채질을 해 보냈다.
"도쿠가와 님은 또 살이 쪘군. 나는 이처럼 말랐는데."
노부나가는 벌거숭이 자기 팔뚝을 철썩 때렸다.
"특별히 맛있는 것을 먹지도 않습니다만, 느긋한 탓인가 싶습니다."
"핫핫핫, 도쿠가와 님이 느긋하다니. 가네가사키에서는 혼났었지. 아니, 그래도 마르지 않는다면 그 간덩이도 방심하지 못할 만큼 큰데."
말하다가 자기의 벗은 웃통을 깨달은 듯 삿갓을 두들겼다.
"너무 더워, 용서하오."
이에야스는 얼굴 가득 웃음 지었다. 곁에서 보면 어디까지나 스스럼없는 형제 이상의 친숙함이 느껴진다. 그러나 난세를 살아가는 사나이와 사나이의 마음가짐에 조금도 빈틈이 없었다.
"도쿠가와 님, 매사에 치밀한 분이니 여기까지 오는 동안 적의 정세를 살펴보셨겠지. 어디에 본진을 두겠소?"
이에야스는 얼굴에서 웃음을 지우지 않고 대답했다.
"적은 아네강 맞은편인 노무라 미다 마을에 포진했다고 생각합니다만."
"과연! 오른편이 아사이, 왼편이 아사쿠라요."
"우리들은 미카와에서 일부러 달려왔으니 니시가미 고개(西上坂) 언저리에서 강을 끼고 아사쿠라의 본대와 대치하고 싶습니다."
노부나가의 눈이 번쩍 빛났다.
"그렇게 되면 도쿠가와 님에게 형편이 좋지 않아. 그것만은 사양해야 할걸."
이에야스 역시 눈을 번뜩이며 노부나가를 쏘아보았다.
"사양하다니 이상한 말씀을 하십니다."

"아니, 이 노부나가를 위해 일부러 달려와준 호의, 그 호의를 잊고 에치젠의 정예와 맞서게 하여 만일의 일이라도 생긴다면 노부나가는 무사도를 모르는 놈이라고 후세 사람들에게 비웃음받겠지."

이에야스는 비로소 표정이 굳어졌다. 노부나가의 말 속에서 두 가지 의미를 느꼈기 때문이다. 하나는 혼자 힘으로도 이길 수 있는 싸움에서 되도록 은혜를 입지 않으려 한다. 또 하나는 이에야스의 병력에 상처 입히지 않으려는 것이 반드시 책략으로서가 아니라 그의 마음속에 넘치는 진실이라는 점이다. 그 마음이 이에야스의 젊은 피를 지글지글 끓게 했다.

노부나가의 시동이 시원한 냉수를 길어와 두 사람 앞에 내놓았다. 그러자 이에야스를 따라와 곁에 서 있던 이이 만치요가 곧 그것을 받아 시음했다. 노부나가는 흐흐흐 웃었지만, 이에야스는 만치요의 시음에도 노부나가의 웃음에도 개의치 않는 듯 냉수를 마시고 나서 조용히 말했다.

"성주님께서는 이 이에야스의 나이를 잊지 않고 계시겠지요."

"도쿠가와 님의 나이를 잊을 리 있나. 올해 29살 아닌가."

"29살이면 한창 일할 나이라고 생각되지 않으십니까? 그 한창나이의 우리가 이곳까지 일부러 와서 늙은이처럼 예비군으로 있을 수 없습니다. 에치젠에서 달려온 아사쿠라 군을 무찔러버리겠습니다."

"알았소! 그 생각은 잘 알았소. 그러나 도쿠가와 님에게 만일의 일이 생기면 스루가, 도토우미로부터 미카와 일대는 혼란에 빠지오. 그것을 생각해 보았소?"

노부나가 속에서 사나이다움을 발견할수록 이에야스는 뒤로 물러날 수 없는 자신을 느꼈다. 미카와, 도토우미의 60만 석 영주 이에야스가 240만 석 영주 노부나가에게 동정받는다면 앞으로 꼼짝 못 하게 되고 만다. 영원히 남의 아래에 설 것인지 어떤지의 여부는 이러한 경우 의기(意氣)와 마음가짐으로 결정된다. 상대의 강함에 의지하는 심정이 된다면, 두말할 나위 없이 노부나가의 가신으로 전락할 것이다. 이에야스는 눈썹을 불만스레 치뜨며 노부나가를 상대했다.

"이것은 오다 님 말씀답지 않습니다. 우리들이 오늘 여기에 달려온 것은 미카와, 도토우미의 수비보다 더 중대한 일인 줄 알기 때문입니다."

"도쿠가와 님 영지는 혼란에 빠져도 좋다는 말인가?"

"말씀할 여지도 없는 일. 천황님이 계시는 일대를 평정하는 일이야말로 으뜸가는 일. 이에야스가 죽어 후회할 만한 싸움터라면, 소중한 가신들을 거느리고 달려오지 않습니다."

"알았소!"

노부나가는 손을 저었다.

'과연 도쿠가와답다, 이치에 닿는 말을 한다.'

노부나가는 이에야스가 믿음직하기도 하고 밉기도 했다. 은연중에 노부나가도 이에야스도 같은 천황의 무장이며 높고 낮음이 없다는 독립자존의 패기가 똑똑히 느껴진다.

"그러면 도쿠가와 님은 이번 싸움을 천하의 대사로 판단하고 달려왔단 말이지?"

"이번뿐만이 아닙니다. 목숨을 건 진퇴, 언제 어떤 경우라도 마찬가지입니다."

"도쿠가와 님, 그러면 내가 이번 일은 내 손으로……라고 말한다면…… 어떻게 하겠나?"

노부나가가 날카로운 눈초리에 미소를 떠올리며 말하자, 이에야스는 서슴지 않고 대답했다.

"그러시다면 이에야스, 곧 하마마쓰로 돌아가겠습니다."

"흠."

"오다 님! 오다 님께서는 이 이에야스의 정예가 아사쿠라 군을 당해내지 못하리라고 여기십니까?"

"아니, 그렇게 생각지 않소. 그러나 실은 이미 제1진은 사카이 우콘(坂井右近), 제2진은 이케다 노부테루(池田信輝), 제3진은 기노시타 히데요시 등으로 수배해 두었소. 도쿠가와 님을 약하다고 본 것은 아니오. 먼 길을 온 사람에게 고통스러운 싸움을 시키고 싶지 않아서 그러오."

"그 염려는 거둬주시기 바랍니다. 우리 군사가 어떤 타격을 입든, 천하에 영향을 미치지 않습니다. 그러나 만일 오다 군이 타격 입는다면 어쩌시렵니까? 미요시 무리들을 비롯해 마쓰나가 히사히데, 혼간사의 중들……."

꼽아나가기 시작하자 노부나가는 다시 너털웃음으로 가로막았다. 노부나가의 마음속에 딸의 시아버지를 위하는 진정한 염려가 있는 것과 마찬가지로, 분발하는 이에야스의 용기 속에도 자청해 위험을 부담하려는 크나큰 성의가 짐작된다.

'이런 점은 원숭이 녀석과 흡사하구나.'

다른 장수들은 대개 그 활동 이면에 출세와 보신을 노골적으로 드러내고 있다. 그러나 원숭이 히데요시에게는 그것이 없었다. 언제나 노부나가의 시선 끝을 알아차리고 '천하를 위해' 스스로 위험 속에 몸을 던진다. 그 원숭이에 흡사한 열정을 지금 이에야스는 노부나가에게 똑똑히 보여주었다.

"그러면 도쿠가와 님은 이 노부나가에게 이미 결정한 작전을 새로이 세우라는 거로군."

노부나가는 짓궂게 목소리를 낮추었다. 따지는 말투였다.

이에야스는 다시 서슴없이 응했다.

"변경하지 못하시겠다면 하마마쓰로 돌아갈 따름입니다."

"도쿠가와 님, 그 말이 온당치 못한 것을 모르겠는가?"

노부나가는 땀이 번들번들 내뿜어지는 가슴팍을 아무렇게나 주먹으로 문질렀다.

"그렇다면 사람들은 우리 두 사람의 의가 상했다고 할지도 모르지."

이에야스는 근엄하게 고개 저었다.

"반대겠지요. 오다 님께서 자신만만하여 이에야스의 도움도 받아들이지 않았다고 쑥덕거릴 게 틀림없습니다."

"그러면 도쿠가와 님이 내 말대로 예비군으로 대기하고 있다면 체면이 깎인다는 것인가?"

내뱉듯 질문하자, 이에야스는 윗몸을 앞으로 쑥 내밀었다. 그가 하고 싶은 말은 그 한마디에 있었던 것이다.

"이 이에야스는 후세에 이르기까지 비웃음을 받습니다."

"용기가 모자란다고 여겨져서인가?"

"아닙니다. 오다 님에게 아부하는 겁쟁이 놈이라고 비웃음받겠지요."

"뭐……뭐라고, 겁쟁이 소리를 듣는다고……?"

뜻하지 않은 말을 듣고 노부나가의 눈이 야릇하게 번뜩였다.

이에야스는 더욱 침착하게 대답했다.

"그렇습니다. 필요도 없는 싸움터에 비위 맞추러 달려간 이에야스 군은 나라를 평안케 해야 하는 대의(大義)를 잊은 사심을 지닌 군사, 이 땅에 쓸데없는 난리만

초래하는 들도적 근성을 가졌다고 비웃음받겠지요."

"음."

노부나가는 신음했다. 정통으로 한 대 얻어맞았다.

'이놈, 그새 대단한 인물이 되었구나!'

적어도 노부나가의 가신들 가운데 이토록 명확히 말할 수 있는 자는 없었다. 그러고 보면 노부나가의 불같은 성미에 겁먹고 누구든 얼마쯤 아부하는 경향이 있다. 어쩌면 이에야스가 그러한 일에 대한 경고도 포함해 노부나가를 대하고 있는 것인지도 모른다.

노부나가의 얼굴이 기묘하게 일그러졌다.

"그럼, 도쿠가와 님은 이 노부나가에게 자기 부하의 용맹함을 똑똑히 보여주겠다는 거로군."

"그렇습니다. 그렇지 않다면 도움이 되지 않겠지요."

"될 수 있다면 내 얼을 뽑아 놀라게 해주겠다는 거로군."

이에야스는 순순히 고개를 끄덕였다.

"오다 님을 놀라게 하는 데는 이 이에야스를 당할 자가 없다는 것을……."

"왓핫핫핫하…… 정말 뱃심 센 사나이야. 노부나가가 일단 정한 작전을 바꾸게 한 것은 도쿠가와 님뿐이다. 알았어! 그럼, 제1진을 맡기지."

"들어주시겠습니까. 이에야스, 이제 가신들에게 면목이 섭니다."

"그럴듯한 말을 하는군…… 아니, 이로써 후련해졌어. 기분 좋군. 도쿠가와 님, 여기서 곧 가주게."

이에야스는 비로소 다시 환하게 웃었다. 이에야스의 도착을 통지받고 군사회의를 위해 장수들이 잇따라 모여들고 있다. 이에야스에게 제1진을 승낙했다고 하면, 그들 가운데 불만을 나타내는 자가 나올 것이 뻔하기 때문이리라.

"그럼, 니시가미 고개에 진을 치겠습니다."

이에야스는 절하고 일어났다. 유지매미가 요란스럽게 울고 있다.

이에야스는 사방의 지형을 자세히 살피면서 류가바나를 내려갔다. 어디까지나 얕은꾀가 아니라 당당히 노부나가와 상대하여 과연 도쿠가와, 믿음직한 사나이……라고 똑똑히 인상 짓게 해야만 되었으며, 그렇게 여기도록 하려면 당연히 온 힘을 다하여 실력을 나타내 보여야 되었다. 노부나가를 통해 나타내는 '실력'

만이 지금의 일본에 이에야스의 존재를 보여주는 방법인 것이다.

눈 아래 은빛 뱀처럼 굽이굽이 흐르는 아네강. 그 맞은편 다이이산(大依山)에는 에치젠에서 온 아사쿠라 군의 숱한 깃발이 녹음 속에 나부끼고, 그 왼편 오다니산으로부터 이베(伊部), 야시마(八島)에 이르는 길에는 드디어 요코야마성을 구원하러 성을 나온 아사이 군의 모습이 한눈에 굽어보인나. 그들은 아네강 건너편 기슭 노무라 마을 언저리에 진을 칠 것이고, 아사쿠라 군은 산을 내려와 미타까지 진출해 올 게 틀림없다.

이에야스는 아네강 변에 펼쳐질 결전의 양상을 이것저것 머릿속에 그리면서, 니시가미 고개에 집결하도록 명해놓은 미카와 군의 뒤를 쫓았다.

이에야스의 예상은 들어맞았다. 이튿날인 28일, 아사쿠라 군은 강을 끼고 미카와 군 앞쪽으로 전진해 왔다. 선봉대장은 아사쿠라 가게다카인 모양이다.

이에야스의 주장에 의해 변경된 오다 군의 배치는 어떤가. 아사쿠라 군의 선봉을 이에야스에게 맞게 했으므로 제2진에 시바타와 아케치를 두고, 제3진은 이나바 잇테쓰(稻葉一鐵), 아사이 군 제1진에는 사카이 우콘, 제2진에는 이케다 쓰네오키(池田恒興), 니와 나가히데는 요코야마성을 대비하도록 돌리고, 노부나가 자신은 히데요시와 모리 산자에몬 등의 직속무장을 거느리고 본진을 이에야스의 오른쪽인 아즈마가미 고개(東上坂)로 진출시키고 있다.

이에야스는 싱긋 웃었다. 그의 진언에 의해 노부나가는 물샐틈없는 철통같은 태세로 적의 공격을 기다리는 것으로 보였다.

"이렇게 해야 한다!"

노부나가는 이미 교토 일대의 안정 세력, 화려한 진용으로는 이에야스에게 비웃음받는다—는 것을 염두에 둔 포진임을 잘 알 수 있었다.

날이 새면 6월 29일(양력 8월 11일).

새벽 강 안개가 천천히 북쪽으로 흘러가기를 기다려 아사이, 아사쿠라 군은 일제히 아네강을 건너는 이에야스, 노부나가의 본진을 목표로 덤벼들었다. 아사쿠라 군은 8000여 기, 창을 빈틈없이 치켜들고 5000의 미카와 군을 단숨에 짓밟으려 다가온다.

상대방이 강을 반쯤 건넜을 때 미카와 군도 쳐나갔다. 이에야스는 강변에 서서 아침 해를 등지고 지그시 싸움을 지켜보았다.

"이 싸움, 미카와 군의 용맹을 천하에 나타내는 싸움이다. 머뭇거리지 말라!"

준엄하게 일러놓았건만, 양군이 부딪치자마자 곧 '와' 하고 아군이 두 쪽으로 갈라지며 밀려온다.

"이상하다?"

이에야스는 발돋움했다. 그러자 아군의 제2선을 무찌르며 아수라처럼 전진해오는 적의 기마무사 하나가 눈에 들어왔다. 말도 사람도 무지무지하게 큰 검은 갑옷 차림. 그 머리 위에서 춤추는 칼날의 큼직한 원둘레를 보고, 이에야스는 그만 손에 땀을 쥐었다.

"에치젠에서 소문난 마가라 나오타카(眞柄直隆), 졸개무사 따위는 상대하지 않는다. 이에야스 님과 승부를!"

5자 2치, 늘 네 하인에게 메게 하고 다닌다는 자랑하는 큰 칼을 휘둘러 아군을 풀 베듯 헤치며 달려왔다. 이에야스의 젊은 피가 화끈하게 온몸을 달군다. 에치젠의 마가라라는 이름은 그 호도(豪刀)와 더불어 널리 알려져 있었다. 나이는 이미 50살을 넘고 있다. 그러나 단련된 팔 힘은 좀처럼 빠질 줄 모른다. 이따금 덤벼드는 자가 있으면 그때마다 아침 햇살에 피무지개가 활짝 일어난다.

그 세력에 밀려 나아가지 못하고 있던 아군은 이윽고 한 발 한 발 물러나기 시작했다. 그렇게 되면 반대로 적은 더욱 날뛴다. 무언가 고함치며 건너편 기슭으로 나와 지휘하고 있는 적장 아사쿠라의 모습이 보인다.

"따르라!"

이에야스는 고삐를 확 당기며 눈을 부릅뜨고 20, 30간 앞으로 나아갔다. 그러나 그때 이미 전선에서 이쪽으로 방향을 돌린 자가 있었다. 이에야스의 이가 투구 안에서 으드득 소리를 냈다.

어디선가 탕! 하고 총소리가 아침 하늘에 메아리쳤다. 그러나 그것은 선두로 달려오는 마가라를 빗나가 오히려 그에게 저돌적 공격 기회를 주고 말았다.

직속무장 혼다 헤이하치로가 이에야스의 얼굴을 노려보았다.

"주군!"

"기다려라!"

이에야스의 대답은 헤이하치로에게라기보다 자기 자신의 혈기를 누르는 질타였다.

"주군, 적에게 등을 돌리면 싸움은 끝장이오, 주군!"
"못난 것!"
이에야스의 이마에 진땀이 배어올랐다. 그는 오른편의 오다 군이 아사이 군에게 공격해 들어가기를 기다리고 있는 것이다. 밀물처럼 밀려오는 힘 앞에서는 어떤 힘도 막이낼 수 없다. 오히려 몰러오도록 내버려두었다가 한숨 돌릴 때, 물살이 둔해질 때야말로 기회이다. 그리고 오다 군이 강을 건너면 적은 배후에도 신경 써야 된다. 오다 군 선봉이 강을 건넜다.
"주군은 못난이!"
헤이하치로가 창으로 안장을 치는 것과 이에야스가 등자를 밟고 서는 것이 동시였다.
"근위대, 돌격해라!"
지휘채가 아침 햇살 속에서 춤추었다. 깃발 아래를 무너뜨려 싸우는…… 그것은 이미 한 발자국도 물러서지 않겠다는 결전의 증거였다.
깃발 아래의 활부대가 쏘아대는 화살 뒤를 쫓아 헤이하치로의 말이 강변으로 곧바로 달렸다. 이가 하치만의 신관이 만든 노루뿔 전립을 단 투구는 미카와 군의 명물로 널리 알려져 있다. 헤이하치로는 곧장 마가라 앞으로 말을 달려가 부르짖었다.
"미카와의 노루다!"
콧잔등 정면에 창끝이 들이대지는 순간 마가라의 말은 앞발을 쳐들려 한다. 마가라는 그것을 홱 돌려 진정시켰다.
"헤이하치로냐, 비켜라!"
헤이하치로도 마주 소리 질렀다.
"마가라냐, 물러가라! 내가 나아가는 데 방해된다. 늙다리는 물러가라!"
"흠, 고작 그것이 미카와 애송이의 인사냐?"
적군의 피를 뒤집어쓴 네모진 얼굴이 히죽 웃었다.
"간다, 애송이!"
"간다, 늙다리!"
네 개의 눈이 공중에서 불똥 튀듯 맞부딪자 미카와 군의 발걸음이 겨우 멈춰졌다.

피아간의 고둥 소리가 강변을 누르고 울려온다.

마가라는 정면으로 큰 칼을 쳐들었다. 에치젠의 지요즈루(千代鶴)가 아리쿠니(有國), 가네노리(兼則) 등의 칼장이와 더불어 만든 이 5자 2치의 대검을 지요즈루의 다로(太郎)라고 부른다. 지요즈루에는 지로(次郎)도 있으며, 그것은 4자 3치. 지로는 마가라의 아들 나오모토(直基)가 들고 역시 어딘가에서 날뛰고 있을 것이다.

헤이하치로는 그 다로 대검 앞에 창을 들이대고 서서히 말을 왼쪽으로 돌렸다. 이런 명검에 스친다면 사람도 말도 남아나지 못한다. 틈을 발견하고 창을 휙 내지르자, 마가라는 싱긋 웃으며 오른쪽으로 피하여 한달음에 말을 몰아왔다.

그 순간이었다.

"헤이하치로를 죽게 하지 마라! 네놈들은 겁쟁이냐!"

그것은 뒤이어 달려온 이에야스의 목소리—라고 생각했을 때, '와' 하고 함성을 올린 근위대 젊은 무사들과 헤이하치로의 부하들이 일제히 두 사람 사이로 쏟아져 들어갔다. 고헤이타의 얼굴이 보인다. 가토 기스케(加藤嘉介)가 있다. 아마노 사부로베도 있다. 그들은 헤이하치로를 구한다기보다 이에야스의 사람 울타리가 되기 위해 약속한 듯 뛰어들었는데, 이것이 미카와 군에게 맹반격의 용기를 주었다.

이에야스의 목소리가 다시 울렸다.

"물러나지 마라! 뒤쪽의 오다 군에게 비웃음받는다."

사카이 다다쓰구의 제1부대, 오가사하라 나가타다(小笠原長忠)의 제2부대는 이 목소리에 격려받아 적을 밀어내고 순식간에 강을 건넜다.

헤이하치로는 일단 스치고 지나간 말을 돌려 다시 마가라에게 덤벼들었다.

"혼다 님, 그 적을 우리들에게."

"누구냐, 사키사카 형제냐?"

"그렇소, 사키사카 시키부(向坂式部)."

"그 아우 고로지로(五郎次郎)."

"막내아우 로쿠로사부로(六郎三郎). 그 적은 우리 형제가 맡겠습니다."

"오, 멋지게 해라. 맡겼다."

헤이하치로는 도망치려는 아군의 사기를 돌리는 역할을 이미 완수했다. 마가라를 사키사카 형제에게 맡기고 전선으로 곧장 말을 몰았다.

그 무렵부터 우익의 오다 군 형세가 불리해졌다. 아사이 군 제1부대 이소노(磯野)가 오다 군 선봉 사카이 우콘과 그 아들 히사조(久藏)를 죽이고 이케다의 제2진을 향해 파죽지세로 쇄도하기 시작했던 것이다.

해는 점점 높아졌다. 아네강 변도, 논도 피보라와 칼날로 가득하고, 고둥 소리와 북과 외침 소리로 채워졌다. 이시이 나가마사는 이소노가 노부나가의 본진 가까운 기노시타 군에게 쳐들어가는 것을 보고 총공격을 명했다. 이에야스는 그것을 보고 마침내 고헤이타까지 자기 곁에서 내보내며 명했다.

"고헤이타, 오다 군에게 가세하는 것처럼 꾸며 아사쿠라의 본진 오른쪽을 찔러라."

먼저 아사쿠라 군을 혼란시켜 대세를 결판낸 다음 스스로 노부나가 곁으로 달려갈 작정이었다. 고헤이타는 부하를 이끌고 물보라를 튀기며 강을 건너갔다.

그 무렵부터 드디어 아사쿠라 군의 패색이 짙어졌으며, 최전선에는 사키사카 형제에게 둘러싸인 마가라 혼자 남은 꼴이 되어 있었다. 마가라는 드디어 지치기 시작했다. 사키사카 형제는 마가라의 큰 칼을 경계하여 빙글빙글 주위를 돌며 덤벼들려 하지 않았다. 그러면서도 물러가려 하면 곧 창을 내지른다. 패배가 절실하게 느껴졌고 폭양 아래 목이 칼칼하게 탔으나 마가라는 여기서 말을 돌릴 마음은 나지 않았다. 말을 돌리면 반드시 웃음거리가 되리라. '마가라가 도망쳤다'는 소리는 결코 듣고 싶지 않았다. 5자 2치의 명검을 자랑해 온 그에게 있어 사는 보람은 무사다운 무사, 호걸다운 호걸이라는 오로지 이 한 길뿐이었다.

"덤빌 테냐!"

그가 다로 대검을 하늘로 높이 쳐들고 말을 멈추었을 때는, 고헤이타의 미카와 군이 함성을 지르며 아사쿠라 군 본진으로 돌입한 무렵이었다.

시키부가 대답했다.

"오, 천하의 마가라 호걸 님, 어찌 목을 베지 않고 돌려보낼 것인가."

"좋아, 그 집요한 끈기가 마음에 들었다. 천하무쌍이라 불리던 용사 마가라, 너희들 형제의 공으로 삼으라. 귀찮다, 형부터 하나씩 덤벼라."

"뭣이?"

"그럴 용기가 없다면 짓밟아버리고 갈 줄 알아라."

"알았다, 덤벼라."

시키부는 외치며 창을 썩 내질렀다. 그 창날이 마가라의 갑옷에 닿았다 싶자 다로 대검이 윙 소리를 내며 그것을 떨쳤다.

"앗!"

시키부는 말 위에서 벌렁 몸을 젖히고 한 바퀴 돌며 땅바닥에 굴러떨어졌다. 투구의 뿔이 납작해지고 창이 손에서 멀리 날아가 있다.

마가라도 말에서 홱 뛰어내렸다.

"이놈, 아우 고로가 있다!"

마가라가 쳐든 두 번째 대도에 형을 죽게 하지 않으려고 아우 고로지로가 대도를 받아냈다. 그러나 여느 칼로 이 명검을 받아낼 리 없다. 고로의 칼은 손잡이에서 잘려 근처에 뻗어 있는 버드나무 가지로 날아갔다.

"막내아우 로쿠로가 여기 있다!"

로쿠로사부로가 순간 십자창을 휘둘러 고로를 막았다. 고로는 칼이 잘렸을 뿐 아니라 오른쪽 허벅지에 칼끝이 스친 듯 검은 피가 주변 흙을 물들이고 있다. 형제의 부하 야마다(山田)도 주인을 보호하려고 마가라에게 마구 쳐들어갔다.

그러나 마가라는 그 두 사람을 베려 하지 않았다. 마가라는 이미 그다운 죽음을 생각하고 있었던 것이다. 부상 입은 시키부와 고로를 비교해 보며 마가라는 중얼거렸다.

"도리를 아는 녀석, 아깝지만……."

비틀비틀 일어나 마가라는 칼을 뽑았다. 가장 중상인 고로지로에게 힘껏 칼을 내리쳤다. 고로의 몸은 소리 없이 두 쪽 나, 소리 내며 피를 콸콸 뿜었다. 그 순간 막내 로쿠로의 십자창이 마가라의 어깻죽지로 파고들었다.

마가라는 웃었다.

"하하…… 장하다! 자, 용사의 목을 베어 공을 세워라."

다로 대검을 홱 내던지고 뜨겁게 달구어진 땅바닥에 무너지듯 주저앉았다. 로쿠로는 재빨리 창을 휘둘렀다. 옆구리를 푹 찔렀지만, 마가라의 몸은 꿈쩍도 하지 않는다.

"형님, 빨리 목을!"

그러나 시키부는 부상을 입어 칼이 빗나갈 염려가 있었다. 힘없이 모래 위에 무릎 꿇으며 말했다.

"로쿠로, 네가 쳐라. 용사의 목이다. 웃음을 사선 안 된다. 명심하고 쳐라."
로쿠로는 대도를 쳐들고 마가라 뒤로 돌아갔다. 마가라는 눈을 확 부릅뜬 채 자기 손으로 투구를 벗어젖히고 다이이산 봉우리를 노려보았다. 말라붙은 적의 피와 어깨에서 뿜어나온 자신의 피로 마가라의 몸은 절반쯤 젖어 있다.
로쿠로는 외치며 대도를 내리쳤다.
"얏!"
그리고 상투를 움켜잡아, 눈을 부릅뜬 마가라의 목을 높이 치켜들었다.
"이름난 에치젠의 용사 마가라 나오타카의 목을 미카와의 사키사카 형제가 베었노라!"
강변을 압도하는 목소리로 외치고 나서, 그 목에 두 손 모아 합장하여 눈을 쓸어 감게 했다.
마가라가 죽었음을 알고 혼란에 빠진 아사쿠라 군으로부터 기마무사 하나가 화살처럼 달려나왔다. 마가라의 아들 나오모토였다.
"이놈, 어딜 가느냐?"
가로막는 것을, 나오모토는 대도를 휘둘러 물리쳤다.
"아버지 것보다는 못한 지로 대검이지만, 네놈들의 가냘픈 목을 치기엔 아깝다. 길을 비켜라!"
양쪽으로 쫙 갈라지는 병사들 사이로 아버지가 전사한 장소까지 단숨에 달렸다.
"아버님! 뒤따르겠습니다."
중얼거리며 사키사카 형제를 대했을 때, 아오키 가즈시게(靑木一重)가 느닷없이 오른쪽에서 갈고리창을 찔러왔다.
"사키사카 형제는 지쳐 있다. 아오키 가즈시게, 지로 대검에 도전!"
창을 확 내지르자 나오모토는 순간 멍해졌다. 느닷없이 가즈시게의 부하 4, 5명이 자기 주인을 위해 지로 대검 앞에 몸을 던져왔기 때문이었다. 그것은 가르쳐서 되는 일이 아니다. 주인을 위해 부하가 본능적으로 내 몸을 희생시키는 행동은 가즈시게의 인품을 연상시키기에 충분했다.
"아오키 가즈시게라……."
"오, 무사의 자랑, 에치젠에 이름난 작은 마가라의 지로 대검에 도전하리다."

"주인님, 우리들이!"
"아니, 우리들이."
부하들이 가즈시게를 감쌌다.
"장한지고!"
외침과 동시 나오모토는 말을 내버렸다. 미카와의 아름다운 주종 관계가 나오모토의 심금을 짜릿하게 울렸던 것이다.
폭양은 이미 점심때가 가까워 강변의 조약돌이 발뒤꿈치에 따갑다. 온몸에 7, 8자루의 화살과 세 군데 상처를 입은 나오모토는 그 뜨거운 조약돌 위에 털썩 앉았다.
"쳐라!"
"용서해라!"
다시 피무지개가 높이 오르며 나오모토의 목 없는 시체는 아버지 유해 쪽으로 쓰러졌다.
"아오키 가즈시게……."
그 목을 주워 높이 쳐들었지만, 가즈시게의 목소리는 목구멍에서 걸리고 말았다. 싸움터의 무상함보다 아버지와 아들의 슬프고도 따뜻한 사랑이 가슴에 치밀어올랐다.
"목을 베었노라."
이런 외침보다는 합장하고 싶은 심정이 앞섰다.
강 건너에서 함성이 올랐다. 사카키바라 고헤이타의 본진 기습이 성공한 것이다. 아사쿠라 군은 알몸으로 흩어지기 시작했다. 그 속에서 고헤이타와 헤이하치로의 투구가 햇볕을 튕겨내며 좌충우돌 달리고 있다.
"이겼다!"
니시가미 고개의 둑 모퉁이에 있는 숙소에서 이것을 바라보던 이에야스는 비로소 마음 놓으며 웃음을 떠올렸다.
미카와 군의 통쾌한 승리에 견주어 오다 군은 그날 제대로 싸우지 못했다. 아니, 오다니성을 나온 아사이 군 세력이 너무 처절했다고 해도 좋았다. 미카와의 사카키바라 군이 아사쿠라 본진으로 쳐들어간 무렵, 오다 편에서는 이소노의 제1부대가 드디어 노부나가의 본진으로 쇄도하려 하고 있었다. 제1진의 사카이 우콘 부자가 죽은 게 뜻하지 않은 결과를 낳는 실마리가 되었다. 제2진인 이케다도 중앙을 돌파당하고, 이어서 기노시타 군도 시바타군도 그 저돌해 오는 군사들을 막아내지 못했다.

지금은 사카모토 성주인 모리 산자에몬이 본진으로 적이 가까이 들어오지 못하도록 필사적으로 싸우고 있다. 만일 그가 패하면 노부나가는 적과 식섭 칼을 맞부딪쳐야만 한다. 노부나가 곁에서 침착하게 형세를 관망하고 있던 가모 쓰루치요(蒲生鶴千代)까지 마침내 얼굴빛이 달라졌다.

"주군, 어쩌시렵니까!"

그러나 노부나가는 곁에 대기시킨 말에 아직 오르려 하지 않고 있다.

쓰루치요가 다시 말했다.

"주군!"

노부나가는 훗훗 웃었다.

"쓰루, 그대는 놀랄 줄 모르는 사나이인 줄 알았더니 간덩이가 의외로 작구나."

쓰루치요는 볼을 붉혔다. 허둥대는 자라고 지적받은 게 분했던지 수려한 눈썹이 꿈틀꿈틀 떨리고 있다.

"승산이 있다면 얼마든지 침착할 수 있습니다."

"싸움에 승산 따위가 어디 있어."

"그러시다면!"

"이기지 않으면 진다. 지지 않으면 이긴다. 노부나가는 생각이 있어서 진을 폈다. 일단 진을 편 이상 알 게 뭐냐."

쓰루치요는 그 말뜻을 알 수 없어 물끄러미 노부나가를 지켜보았다. 그때 두 가지 함성 소리가 앞쪽에서 올랐다. 하나는 우익인 모리 군이 마침내 무너지는 소리, 또 하나는 이에야스의 후방을 대비하던 이나바 부대가 이때다 하고 승리에 취한 이소노 군의 좌익으로 돌격해 들어가는 함성이었다.

모리의 완강한 저항을 가까스로 무찌르기 시작한 때였으므로 이 기습은 이소노 군을 당황하게 했다. 새벽녘부터 계속된 싸움으로 사람도 말도 이미 지칠 대로 지쳤다. 그에 비해 이나바 군은 미카와 군이 고전할 때도 고개 저으며 움직이지 않고 참아온 투지만만한 군사였다.

함성 소리에 이어서 비명 소리가 섞여 들렸다. 그렇게 되면 무너지는 게 빠르다.

나란히 공격하던 아사쿠라 군은 패하고 있다. 자칫하면 미카와 군이 후방으로 돌아서 퇴로가 끊어질 염려가 있었다.

노부나가는 말했다.

"쓰루, 전황이 어떤가."

가모의 기린아는 잔잔한 미소를 되찾았다.

"가르침, 명심하겠습니다."

"싸움에서는 자신을 믿을 수밖에 없다."

"예."

"이제 예비대가 요코야마성으로 우익을 찔러간다. 그러면 아사이 군은 세 방면에서 적을 맞는다. 30분 안으로 모두 무너지고 말리라. 아니면 이 노부나가가 이에야스에게 비웃음받게 된다."

노부나가는 다시 흣흣흣 하고 혼자 웃었다. 걸상에 걸터앉은 채 드디어 결전날인 오늘 노부나가는 땀 한 방울 흘리지 않았다.

노부나가의 계산대로 우지이에(氏家)와 안도(安藤)가 요코야마성 포위를 풀고 닥쳐오자 아사이 군은 무너졌다.

노부나가는 비로소 걸상에서 일어났다.

"지금이다, 말을 끌어라!"

일어서면 반드시 질풍을 불러일으킨다. 투구 끈을 바짝 잡아매고 폭양 아래로 달려나가 명령했다.

"사와산으로 가는 퇴로를 끊어라!"

그는 정면으로부터 마구 밀고 나갔다.

그 무렵 이에야스의 미카와 군은 이미 아사쿠라 군을 여지없이 무찌르고 아사이 군 후방으로 나와 있었다. 아사이의 맹장 이소노는 사방이 모두 적이라고 깨닫자 거성 사와산성이 염려되어 더 이상 싸우고 있을 수 없었다. 우지이에와 안도의 부대를 뚫고 남쪽으로 퇴로를 돌렸다. 이제 아사이의 본대도 오다니성으로 철수를 고려하지 않으면 전멸의 비운을 맛보게 된다. 오후 1시부터 2시에 이르러 전기(戰機)는 아사이 군에게 완전히 등을 돌렸다. 이름난 용사들이 잇따라 죽어갔다.

"대세가 기울어버렸다!"

아사이의 중신 엔도 기에몬(遠藤喜右衛門)은 이 혼란 속에서 노부나가를 죽이는 길밖에 아사이 가문을 구할 길이 없다고 생각했다. 지금까지 그의 작전은 아사이 부자에게 모두 거부당하여 늘 호기를 놓쳐오고 있었다. 그가 최초로 노부나가를 죽이자고 한 것은, 노부나가가 록가쿠씨를 치고 상경할 때 가시와라(柏原) 사원에서 베풀어진 주연 석상이었다.

"지금 죽이지 않으면 기회가 없습니다. 이 기에몬에게 맡겨주십시오."

그러나 아사이 부자는 '의'를 내세워 허락하지 않았다.

이번 싸움이 시작될 때 기에몬은 이에 극력 반대했다.

"노부나가는 이미 맞설 수 없는 거인입니다. 사돈 간이니 다른 마음을 품었다가는 가문의 파멸, 지난해와는 사정이 다르니 아무쪼록 단념하시기 바랍니다."

온 힘을 다해 설득했지만, 아사이 부자는 역시 '의'를 내세우며 들어주지 않았다.

그 결과 오늘 패전했다. 기에몬은 말을 버렸다. 투구도 버리고 산발한 채 중상 입고 쓰러져 있는 아군 친구 미타무라(三田村) 곁으로 다가갔다.

"목을!"

말하며 미타무라의 목을 쳤다.

'이것이 마지막 충성. 신들이여, 가호를 내리소서!'

한 손에 목, 한 손에 피 묻은 칼을 들고 기에몬은 무너져 달아나는 아군을 거슬러 오다 본진을 향해 곧장 나아갔다. 적의 피로 온몸이 젖어 있다. 다섯 군데나 상처 입었지만, 그 목소리는 주위를 압도하며 울려퍼졌다.

"성주님은 어디 계신가. 적장 미타무라의 목을 바치러 왔다. 성주님은 어디에 계신가."

"오, 미타무라의 목을……."

노부나가의 근위무사는 기에몬이 한편인 줄 알고 길을 비켜 그를 통과시켰다.

"성주님은 어디 계신가……."

기에몬은 마침내 노부나가의 모습을 발견했다. 호위무사 5, 6명에게 둘러싸여져 멀리 앞쪽으로 눈길을 던진 채 우거진 녹음 사이를 빠져 막 강변으로 나온 참이었다.

기에몬은 피 묻은 칼을 가만히 고쳐 잡으며 다가갔다.

노부나가는 말 위에서 손을 들어 햇살을 가렸다.

숱한 시체를 남기고 패주하는 아사이 군과 아사쿠라 군이 이따금 서로 싸움을 벌인다. 미카와 군에게 종회무진으로 흐트러져 아사쿠라 군이 적과 아군마저 구별하지 못할 만큼 혼란에 빠져 있는 것이다.

'과연 능란한 솜씨—'

아네강을 건넌 이에야스는 아사쿠라의 본진 뒤로 깃발을 진출시켜, 패주하는 적을 양옆으로 토막토막 끊고 있다. 볼에 문득 미소가 떠올랐다. 이 싸움, 이에야스는 노부나가에게 보이기 위해 솜씨를 한껏 발휘하고, 노부나가는 이에야스를 의식하며 싸우고 있다. 단순한 아사이, 아사쿠라 공격이 아님을 깨달은 것이다. 이를테면 사나이 대 사나이의, 다른 승부를 뒤에 숨긴 결전이었다.

"이에야스 놈, 승세를 몰아 내가 반드시 오다니성을 찌를 줄 여기겠지."

노부나가는 흥 하고 웃으며 후쿠토미를 불렀다.

"이로써 오다니성의 수족을 잘랐다. 군사들이 지쳤으니 너무 깊이 추격하지 않도록 해라."

그때였다.

"대장님, 여기 계셨습니까. 적장 미타무라의 목입니다."

"뭣이, 미타무라의 목이라고?"

노부나가가 돌아본 순간, 다케나카 한베에(竹中半兵衛)의 아우 시게노리(重矩)가 홱 달려나가 대뜸 엔도 기에몬에게 칼을 후려쳤다.

"주군 위험합니다!"

기에몬은 비틀거렸다.

"아—분하다! 알아차렸구나."

"덤벼라! 이 다케나카 시게노리, 네가 반드시 이곳에 나타날 줄 알고 있었다!"

"……뭐……뭣이, 알고 있었다고?"

"어느 전투에서든지 후군은 네가 맡았다. 너의 성미, 그대로 가만히 있을 사나이가 아님을 알고 있었다."

기에몬은 칼을 땅에 세운 채 목을 툭 떨어뜨렸다. 시게노리의 첫 칼이 갑옷 어깨로부터 깊숙이 뼈까지 이른 모양이다.

허리에서 갑옷 아랫자락으로 피가 뚝뚝 떨어지기 시작했다.

"그런가…… 알고 있었던가……."

기에몬의 얼굴이 문득 일그러졌다. 웃으려 했을 것이다.

"노부나가 앞에…… 내! 내! 내 목을 갖다 바치러 온 게 되었군. 하하! 하하……."

그리고 시게노리 앞으로 비틀거리며 그대로 파란 억새 위에 털썩 쓰러졌다.

"처라, 목을……."

"주군, 큰일 날 뻔했습니다."

노부나가는 그 말에는 대꾸하지 않고 소리쳤다.

"이제 오다니성 대들보가 부러졌다. 좋아, 목을 베고 시체는 묻어주어라."

그러고는 다시 말을 앞쪽으로 곧장 나아가게 했다.

강변에서 싸우는 적의 그림자는 이미 없어졌다. 전선에 명령이 전달된 듯 철수를 알리는 소라고둥 소리가 뚜—뚜—울리기 시작했다. 이럭저럭 2시는 되었으리라.

'적의 전사자 1700—'

노부나가는 마음속으로 계산하면서 번쩍거리며 흐르는 강물의 반사를 피하기 위해 다시 손을 들어 햇빛을 가리고 패주하는 강 건너의 들길을 굽어보았다.

도쿠가와 군이 빠르게 집결하여 승리의 함성을 울리고 있었다.

보이지 않는 실

하마마쓰성의 소나무는 오늘도 여느 때와 마찬가지로 잘 흔들렸다. 하마나 호수에서 불어오는 시원한 바람이었다. 둘러친 장막 안에는 머지않아 돌아올 군사들을 위해 주먹밥이 산더미처럼 준비되어 있었다.

주방하인은 물론 성안의 졸개 아낙들까지 총동원되어 바삐 일하고 있다. 개중에는 장작을 패는 여자도 있고 아궁이를 불어대는 남자도 있다. 사이고 요시카쓰의 과부 오아이도 그 가운데 뒤섞여 하녀들을 지시하고 있었다.

남자들의 출전 모습이 현란한 데 비해 여기서 일하는 아낙들의 옷차림은 몹시 검소했다. 저마다 칼이며 창이며 갑옷이며 말 등을 마련하는 데 비용이 들므로, 여자들 옷에까지 미처 손이 돌아가지 않았다. 그렇지만 여자들은 결코 불만으로 여기지 않았다. 일단 집을 나서면 어느 산야에 시체를 드러낼지 모르는 사나이들. 따라서 사나이들의 무장은 곧 수의(壽衣)이기도 했다.

'하다못해 그 죽음만이라도 장식해 주고 싶다!'

그것이 난세를 살아가는 여인들의 안타까운 애정 표현이었다.

오아이도 지금 그것을 생각한다. 형편없는 무명옷에 땀투성이 아낙들의 얼굴이지만 그 얼굴은 숭고하리만큼 아름다워 보인다. 누구나 남편을 기다리는 기쁨에 가슴 두근거리고 있는 탓이리라.

"이제 어디쯤 왔을까."

"이사미(伊佐見)는 벌써 지났을 거야."

"그럼, 한 시간만 지나면 보이겠네."

어디에 가나 이런 속삭임이 들린다. 그리고 그 가운데 또 몇 사람은 남편에게 입혀준 무장이 정말로 수의가 되었다고 통지받는 여자가 생기는 것도 슬픈 난세의 모습이지만…….

오아이도 그것을 맛보았었다. 애타게 기다린 끝에 들은 통지.

"―장한 전사였습니다."

그때는 아무것도 생각할 힘이 없었다. 다만 울지 않고, 놀라지 않고, 지지 않으려는 노력으로 가슴이 가득했었다. 자기 혼자 유달리 불행한 것은 아니다. 끊임없이 계속되는 싸움에서, 지금도 어딘가에서 죽어가는 사람이 있다……고 생각하면 살아남은 여자인 게 차라리 행복하게 여겨지고, 사나이가 한층 가엾게 생각되었다.

지금 그 가엾은 사나이들이 공명담을 선물로 가지고 분발한 모습으로 오미의 싸움터에서 돌아오고 있다. 바삐 일하는 아낙들에게 오아이는 문득 쓸쓸한 부러움을 느꼈다.

'나에게는 이제 돌아올 남편이 없다…….'

그러나 오아이는 곧 부끄럽게 여겼다. 지금은 성에 종사하는 몸이다. 순수한 마음으로 성주의 귀성을 기다려야지.

성문께에서 함성이 올랐다. 개선하는 군사 대열이 망루에서 보이므로 아래에 있는 사람들에게 알린 것이다.

"오, 돌아들 오신다."

"얼마나 고단할까."

일을 끝낸 사람들부터 성문으로 슬금슬금 마중 나갔다. 돌아오는 사람들에게 무엇이 가장 기쁜 일인지 잘 알고 있다. 떠들어대는 것도 손을 흔드는 것도 아니다. 양쪽으로 마중 나와 예의 바르게 올려다보는 눈과 돌아온 눈이 마주쳤을 때 가슴 뿌듯한 감회가 오간다. 살아가는 기쁨!―이란 바로 그 한순간의 감회를 말하는 것이리라. 그러한 기쁨으로 하다못해 주군이라도 맞아야지 하고 손을 닦으며 오아이도 성문으로 다가갔다.

도착을 알리는 고둥 소리가 대열에서 들려왔다.

겐키 원년(1570) 7월 8일.

노부나가와 기치를 나란히 하고 싸웠다.
"미카와 군이야말로 천하제일!"
좀처럼 남을 칭찬하지 않는 노부나가한테서 이런 감탄의 칭찬을 듣고 돌아온 것이다. 사나이 대 사나이의 면목은 섰다. 이에야스는 자신을 한(漢)나라 고조에 비유하고 혼다 헤이하치로를 장비에 비유한 노부나가의 말을 떠올리며 성문을 지났다.
양쪽으로 죽 마중 나온, 자신이 없는 동안 성을 지킨 이들에게 언제나 변함없는 온화한 표정을 보일 수 있는—그것이 개선하는 자로서는 더할 데 없는 기쁨이리라.
이에야스는 모두에게 웃는 얼굴로 답례하면서 둘째 망루문을 지나려다 마중하는 사람들 속에 섞인 얼굴 하나에 그만 깜짝 놀라고 말았다. 그 얼굴은 지난날 히쿠마노 성주 이오의 아내 얼굴, 아니 사이고 마사카쓰의 손녀 오아이의 얼굴이라고 고쳐 생각했다. 어쨌든 오늘의 오아이는 그 얼마나 마음에 남는 얼굴을 하고 있는 것일까.
뛰어나게 살결이 흰 탓도 있으리라. 눈부시리만큼 광채 나는 구슬이 길가 잡초 속에 섞여 있는 느낌이었다. 아니, 그 구슬은 야릇한 수심에 찬 이슬을 머금고 있다. 울고 싶은 듯한, 애원하는 듯한, 무시하는 듯한, 도전하는 듯한…… 어쩌면 마음속의 슬픔에 거역하며 주군의 개선을 기뻐하려 애쓰고 있는, 그 의지와 자연이 교차되는 아름다움인지도 모른다.
이에야스는 저도 모르게 말을 멈추려다 당황해 말 배에 등자를 붙였다.
그렇건만 입으로는 이미 부르고 있었다.
"오아이냐……"
"네, 무사하신 개선, 삼가 축하 말씀 드립니다."
이에야스는 당황했다.
"그대는…… 아니 너는, 그렇지, 성에 와 있었지."
저도 모르게 말이 더듬거려지며 볼이 화끈 뜨거워졌다. 물론 더 이상 말을 건넬 상황도 못 되었다. 시선을 일부러 정면으로 돌리고 천천히 말을 몰면서, 그 뒤 목례를 나눈 사람 얼굴은 전혀 기억나지 않았다.
이에야스는 우스워졌다.

노부나가에게조차 한 발도 양보하지 않은 자신이, 한 과부를 본 순간 안정된 마음을 잃은 건 대체 무엇 때문일까? 한동안 여자를 가까이하지 않은 탓인 것 같기도 하고, 자기에게는 그러한 욕망이 남달리 심한 탓이 아닐까 하는 생각도 들었다.

그러자 이상하게도 그것들을 부인하고 '인연—'이라는 글자가 문득 머리에 떠올라왔다. 이 세상에는 사람 지혜로 헤아릴 수 없는 어떤 '힘'이 움직이고 있다. 그 힘이 자기에게 오아이를 주목하라고 명하고 있는 것은 아닐까?

이에야스는 큰 현관 앞에서 말을 내리자, 거기에 둘러쳐진 장막 안으로 들어갔다.

'사나이란 여자가 갖고 싶으면 갖가지 변명을 늘어놓는 법…….'

마련된 걸상에 걸터앉아 자신의 망상을 웃어넘기려 생각했을 때 오아이가 그 앞에 나타났다.

"보리차를 가져왔습니다."

오아이가 세 번째로 이에야스 앞에 나타난 것은 무장을 풀고 오랜만에 본성의 목욕탕에 들어갔을 때였다. 이에야스는 돌목욕, 증기목욕 따위보다 붉은 빛깔이 도는 삼나무 통에 찰찰 넘칠 듯한 나무통 목욕을 즐겼다. 그 안에 몸을 가라앉히면 콸콸 넘쳐흐르는 물소리와 나무 향내가 견딜 수 없을 만큼 그리웠다.

"이제 살아났다!"

아직 해는 지지 않았다. 안을 밝게 하기 위해 일부러 열어젖힌 창문으로 빨간 저녁놀 진 하늘이 내다보이고, 바로 가까이에 있는 오동나무잎이 쉴 새 없이 바람에 몸부림치고 있었다.

몸을 한참 녹이고 탕 밖으로 나와 털썩 주저앉아 곰곰이 개선의 감회에 잠겨 있을 때 뒤쪽의 문이 살며시 열렸다.

"등을 밀어드리겠어요."

"응, 밀어다오."

무심코 흘끗 바라보다가 이에야스는 가슴이 덜컹 내려앉았다. 또 오아이였던 것이다. 오아이는 주군의 나체 모습에 눈길이 숙여지는 것을 겁내고 있는 눈치였다. 애써 잔잔한, 아무렇지 않은 시선으로 그것을 우러러보려 한다. 그러나 마음속의 부끄러움은 의지에 복종하지 않고 무엇인가에 당황하는 모습이었다.

이에야스는 소리쳤다.

"안 돼!"

그 목소리는 좁은 욕실 안에 퍼져 스스로도 놀랄 만큼 컸다.

"뭐라고 하셨습니까?"

"안 된다고 했다. 그대는 안 된다고 했다."

이에야스는 어째서 그렇게 말하는지 자신도 모르면서, 성급하게 같은 말을 되풀이했다.

"……무슨 잘못이라도……."

"아냐, 안 돼! 등을 미는 것은 천한 계집의 소임인데 어째서 그대가 일부러 나왔나?"

"네…… 네."

"바꾸어라. 다른 이와 바꾸어라."

"네, 그럼, 바꾸겠습니다."

오아이가 그냥 나가버리자 그는 황급히 다시 부를까 하다가 생각을 고친 듯 흐흐 웃었다.

"망할 것, 꾸중 들은 줄 알고 있어."

그렇다면 어처구니없는 일이다. 오아이의 얼굴을 본 순간, 오아이에게 등을 밀게 하는 게 잔혹하다는 생각이 들었던 것이다. 그대는 좀 더 나은 명문 태생—이라는 의미의 당황한 말이 꾸짖는 투가 되었던 것이다.

오아이의 지시로 다른 여자가 들어왔다. 이제 17, 18살쯤 되는 촌스러운 처녀였다. 그는 그 여자에게 등을 밀게 하면서 다시 문득 웃음이 나왔다.

오아이의 표정에도 부끄러움을 억누르려는 노력의 흔적이 보였지만, 자기가 오아이를 내쫓은 데도 수치 비슷한 당황함이 있었는지도 모른다.

"그대 이름은 뭐라고 하나?"

"기쿠노(菊乃)라고 합니다."

"허, 좋은 이름이로군. 아까 온 오아이는 뭐라고 말하던가?"

"주군님을 역정 나게 한 일이 무언가 있는가 보다, 그대가 가서 등을 밀어드리라고 하셨습니다."

"그래? 역시 그렇게 알아들었구나."

싸움터에서 돌아온 주군, 자기 손으로 해드려야지 하고 생각한 고지식한 행위였으리라고…… 생각하자 그는 왠지 문득 쓸쓸해졌다.

"사쿠자의 말대로, 나는 아직 사람을 다룰 줄 모르나 보다."

"예, 무슨 말씀인지요?"

"못난 것, 혼잣말이다. 수고했다, 그만 됐으니 물러가거라."

그는 한동안 물속에 잠겨 황홀하게 눈을 반쯤 감고 있었다.

성에 돌아올 때까지 이따금 생각한 여자는 오만이었다. 그런데 그 오만이 자기를 마중 나와 있었는지 어땠는지? 그것조차 똑똑히 생각나지 않는다. 마중 나온 사람들 속에서 발견한 오아이의 얼굴이 오만의 모습을 멀리 쫓아보낸 모양이다.

이에야스는 흐흐 웃었다. 두 사람 사이에 어떤 보이지 않는 실이 이어져 있다…… 그런 어린아이 같은 공상이 솟아났기 때문이었다. 어쩌면 죽은 기라 부인이 자기를 닮은 오아이를 이에야스 곁에 가까이 둔 것인지도 모른다. 그렇다면 아마도 심술궂은 눈초리로 이에야스가 어떻게 하는지 어딘가에서 지켜보고 있으리라.

이에야스가 목욕탕에서 나오자 오아이는 갈아입을 옷을 받쳐들고 다시 기다리고 있었다. 조금 전에 꾸중 들었다고 생각하는 탓이리라. 얼마쯤 긴장한 표정이었다. 이에야스와 시선이 마주칠 적마다 자세를 고치는 느낌이었다. 꼼꼼하고 고지식하며 외유내강한 성격인 것 같다. 이에야스는 일부러 한마디도 말을 건네지 않고 오아이 앞에서 큰 회의실로 걸음을 옮겼다.

큰 회의실에는 이미 승리를 축하하는 상이 마련되어 있었다. 주위가 아직 희미하게 밝은데, 두 간마다 촛대의 촛불이 일렁이고 탁주가 잔에 찰랑찰랑 따라진다. 다다쓰구와 마쓰다이라 이에타다가 일어나 차례로 춤을 추었다.

여자들은 얼씬하지 못하게 한다. 술이 한 순배 돈 뒤에는 현미에 보리를 섞은 밥이 큰 사발에 담겨 감자국과 함께 나왔다. 혀를 녹일 만큼 맛이 좋았다.

잔치는 어두워지자마자 곧 끝났다.

저마다 기분 좋게 물러가자, 이에야스도 시원한 바람을 찾아 뜰로 나섰다. 뒤에서 묵묵히 칼을 받쳐들고 따라오는 만치요에게 일렀다.

"너는 마루에서 기다리고 있거라."

그리고 연못가를 돌아 동산의 정자로 들어갔다. 하늘에는 은하수가 선명하게 걸리고 해변에서 불어오는 바람 속에 파도 소리가 섞여 있다.

이에야스는 문득 노부나가를 생각했다. 노부나가는 벌써 다음 출전 준비에 들어가 있을 게 틀림없다. 이에야스가 오미를 떠나올 무렵, 시고쿠(四國)를 나온 미요시 무리들이 이시야마(石山) 혼간사 가까이 진출해 와서 부지런히 성채를 쌓기 시작했다는 정보가 들어와 있었기 때문이다.

'앞으로 한두 해, 노부나가의 운명이 정해질 것인데.'

노부나가는 차례로 닥쳐오는 파도를 멋지게 헤치고 나갈 게 틀림없다.

'그동안 이 이에야스가 할 일은…….'

별안간 뒤에서 소리가 났다.

"주군―"

"뭐냐, 사쿠자 아니냐. 깜짝 놀랐다."

"다케다의 첩자가 도토우미까지 슬금슬금 들어와 있습니다."

"각오한 바다. 가이에서는 노부나가 님이 교토에 먼저 입성한 일로 이를 갈고 있다."

혼다 사쿠자에몬은 이에야스 곁으로 어정어정 다가와 앉았다.

"이 성은 너무 작습니다, 가이의 군세를 맞아 싸우기에는."

이에야스는 대답하는 대신 가슴을 벌려 찬바람을 넣고 있었다.

"가이는 방심할 수 없는 적입니다. 에치젠의 아사쿠라와는 다르지요."

단둘이 있을 때 사쿠자에몬이 이러한 말을 꺼내는 것은 틀림없이 무언가 있기 때문일 터였다.

"사쿠자."

"예."

"그대는 에치고의 우에스기에게 사신을 보내라는 것이겠지."

"흐흐흐."

사쿠자는 웃은 다음 말을 이었다.

"주군이 알고 계시다면 말할 필요가 없겠지요. 그 산골 원숭이 놈, 이마가와의 옛 영토를 깡그리 먹어치웠으니 뒤에 무서운 것이 없으면 야금야금 다음 먹이를 찾을 무렵이라."

"알고 있다."

"알고 계시다면 뒷말은 올리지 않겠습니다. 시원한 냉수라도 가져오도록 할까요?"

"음, 여기서 듣는 솔바람 소리는 각별한걸. 아무튼 좋은 성이야."

"그렇습니다. 바람이라는 놈이 언제나 머리 위에서 꾸짖고 있지요. 그래서 되겠느냐, 그래서 되겠느냐고."

사쿠자는 날카로운 핀잔을 남기고 일어나 곧장 정자를 내려갔다.

이에야스는 그 뒷모습을 바라보며 중얼거렸다.

"심술궂은 놈이야. 뭔가 한마디 하지 않고는 못 배기겠는 모양이지."

사쿠자의 충고와 자기 생각이 부합되므로 이에야스는 빙그레 웃음 지었다.

이번의 아네강 싸움에서 이름난 용사를 대부분 잃은 아사이, 아사쿠라는 드디어 마지막 발악을 시작할 게 틀림없다. 시코쿠에서 올라온 미요시 무리와도 손잡을 것이며, 혼간사며 히에이산 중들과도 결탁하리라. 그러나 그들만으로는 오다 세력에 항거하기 어렵다. 그러므로 당연히 가이의 다케다 신겐에게 다가갈 것이 틀림없다.

신겐이 참가하면 야마토의 기회주의자들인 쓰쓰이(筒井), 마쓰나가(松永)가 동요한다. 아니, 그보다도 요시아키 쇼군 자신이 신겐을 맹주로 하는 반오다 군 연맹을 만들려고 움직일 게 틀림없다.

그렇게 되면 신겐은 당연히 도토우미로부터 미카와, 오와리로 이마가와 요시모토가 지난 길을 그대로 지나 상경을 꾀하리라. 맨 먼저 공격받게 되는 것은 이에야스였다.

'그렇다. 급히 에치고와 연락해야만 된다.'

에치고의 우에스기 겐신만이 신겐의 배후에서 그를 견제할 수 있는 유일한 존재이다.

'그러나…… 과연 우에스기에게 누구를 사신으로 보내야 할까?'

아직 두 집안 사이에 아무 접촉도 없으니 여느 인물로는 안 된다. 은하수에 시선을 던진 채 그 일을 곰곰이 생각하고 있는데, 맞바람에 흩날리는 방울벌레 소리 같은 가냘픈 여자의 목소리가 들려왔다.

"시원한 보리차를 가져왔습니다."

이에야스는 정신이 번쩍 들어 돌아보고 숨을 삼켰다.

"오아이냐…… 사쿠자 놈, 그대에게 차를 내오라 일렀구나."
"네, 주군께서 혼자 바람 쐬고 계시다, 시킬 일이 있을지도 모르니 곁에서 모시도록 하라는 분부를 받고 왔습니다."
"뭐, 내 곁에서?"
"네, 시키실 일이 있으면 분부하십시오."
오아이는 이에야스에게 찻잔을 건네자, 그대로 가만히 땅바닥에 웅크리고 앉았다. 희고 풍만한 얼굴을 어둠 속에 어슴푸레 떠올린 채…….
이에야스는 찻잔 그늘에서 자기의 눈길이 오아이를 떠나지 못하는 것이 우스웠다. 군략으로 벗어나간 상념이 다시 인간적인…… 너무도 인간적인 번뇌 앞에 놓이고 말았다. 오아이는 여자이다. 그리고 오늘 밤의 이에야스는 그 여자를 어딘가에서 의식에 두고 있는 사나이였다. 그 사나이 앞으로 오아이는 아무 위험도 느끼지 않고 온 것일까. 아니, 그럴 리 없다. 남편을 한 번 가졌던 여자는 사나이의 습성을 잘 알고 있을 터이다. 그렇다면 오아이는 이미 주군 이에야스로부터 사랑받을 것을 감사히 기다리고 있는 것일까, 아니면 흔히들 말하는 색골인 것일까?
"오아이……."
"부르셨습니까?"
"그대는 오늘 목욕탕에서 나한테 야단맞은 줄 알았겠지?"
"네…… 배우지 못한 몸이라 그만 역정 내시게 했습니다."
"그대는 무엇 때문에 야단맞았는지 생각해 보았나?"
오아이는 순간 대답하지 않았다. 어둠 속에 떠오른 얼굴을 똑바로 이에야스에게 돌린 채 조각처럼 움직이지 않는다.
"어째서 대답하지 않나? 나는 무엇 때문에 야단맞았는지 아느냐고 묻고 있어."
"그것이…… 배우지 못한 몸이라 알 수 없습니다."
"허허, 그러면 알지도 못하는 채 빌었구나. 그대는 자신이 한 짓의 잘잘못은 생각지도 않고 야단맞으면 언제나 비는 여자인가?"
오아이는 또렷하게 대답했다.
"아닙니다, 주군이 아니면 빌지 않습니다."
"그럼, 내가 주군이기 때문에 빌었나?"

"네…… 아니요, 그것도 좀 다른 것 같습니다."
"허허, 참으로 재미있는데. 어떻게 다른지 말해봐."
"저는 주군님을 비할 데 없이 영명하신 분으로 알고 있습니다. 그래서 꾸중 들은 것은 반드시 나한테 잘못이 있어서일 것이다, 그것을 깨닫지 못하는 것은 이 몸이 미련해서……라고 여겨 사죄드렸습니다."
"뭐라고, 내가 비할 데 없이 영명하다고?"
이에야스는 그 말에서 가장 싫어하는 아부를 느끼고 그만 저도 모르게 목소리에 빈정거림이 어렸다.
"그러면 그대 눈에 어리석어 보인다면, 비록 윗사람이라도 깔보는 여자인가? 노망한 남편은 부드럽게 섬기지 못할 종류의 여자로군?"
오아이는 다시 침묵했다. 아마도 뜻하지 않은 말을 들어 깜짝 놀라고 있는 게 틀림없다.
"어째서 잠자코 있나? 내가 속이 들여다보이는 아부를 좋아하는 줄 알고 있느냐?"
"아니에요, 그것은 다릅니다."
"어떻게 다른가. 똑똑히 말해봐."
"말로는 설명드릴 수 없어요. 다만 오아이는 아첨했다고 생각하지 않습니다."
"흠, 그러면 솔직히 말했단 말이지. 그럼, 나도 솔직히 말해주지. 나는 그대를 꾸짖은 게 아니다."
"네…… 그러시면?"
"못난 것, 사랑스럽게 생각했기 때문에 염려해 준 것이다."
이에야스는 씹어뱉듯 말하고 침을 꼴깍 삼켰다. 오아이가 뭐라고 대답할까? 가슴이 두근거리는 게 우습기도 하고 즐겁기도 했다.
오아이는 깜짝 놀란 듯 자세를 고쳤다. 사랑스럽게 생각했기 때문에 꾸짖었다…… 이에야스의 이상한 그 말이 두 겹 세 겹으로 머릿속에서 소용돌이쳤다.
'사랑스럽게……란 무슨 뜻일까?'
일족의 가엾은 과부로서 위로받은 것이라면 고마웠다. 그러나 그 이상의 의미가 있다면 무서운 일이다. 오아이는 아직 마음속으로 죽은 남편을 잊지 못하고 있었다. 될 수 있다면 두 아이의 장래를 지켜보며 두 지아비를 섬기지 않으며 살아가고 싶었다. 그러나 만일 그러한 자기에게 대감이 연민을 느끼고 말한다면 거절할 수 없다.

"—그대는 재혼하도록 해라."

"네."

어떤 상대든 다시 새로운 남편과의 생활에 들어가야만 되리라. 성주 눈에 들어 권하는 상대. 아마도 전남편 요시카쓰 이상으로 무용이 뛰어난 분……이라면, 오아이는 다시 한번 애써 사랑하고 섬겨 가까스로 금슬이 다정해질 즈음, 또 장한 전사 통지를 받고 슬픈 '이별'을 맛보아야만 되리라.

오아이가 그것을 두려워하며 대답도 하지 못하고 있는 것을 보자 이에야스는 짓궂게 위압하는 목소리로 말했다.

"어째서 잠자코 있나, 알았느냐? 그대는 대체 몇 살이지?"

"네, 18살입니다."

"뭐, 18살…… 너무 똑똑한 체하기에 나는 또 벌써 20살은 훨씬 넘은 줄 알았지. 그래? 18살이라. 그렇다면 무리도 아니지."

이에야스는 저도 모르게 미소 지으려다가 황급히 다시 말에 힘을 주었다.

"사이고 가문은 우리 가문에 잊을 수 없는 집안, 그런 그대에게 때를 밀게 하는 것이 가엾어 그만두라고 했던 것이다. 그런가, 이제 18살이군."

"네…… 네."

"18살이라면 과부로 일생을 보낼 수 없겠지. 가엾은 일이야."

"성주님!"

오아이는 다음 말을 경계하여 급히 이에야스의 말을 가로막았다.

"그런 걱정은 마시고 저를 평생 곁에서 부려주십시오. 저는 어떤 일이라도 기꺼이 하겠습니다."

"뭐, 어떤 일이라도 한다고?"

그는 한층 엄한 목소리가 되었다.

"교만한 소리 하지 마라. 여자로서 할 수 있는 일은 자연히 한도가 있다. 여자는 여자답게 살아야 해."

"그렇다 해서 새삼스레 성에서 나가고 싶지는 않습니다."

"그게 진정이냐?"

"네, 오아이의 평생소원입니다."

"그게 참말이라면 다시 일러둘 말이 있다."

"무엇이든지…… 삼가 받들겠습니다."

"그대는 내 곁에서 종사해라."

"네."

"알고 있겠지. 내 곁에서 종사하며 내 자식을 낳거라. 그것이 그대로서는 가장 행복한 충성이다."

"네?"

오아이는 곁이라는 게 이에야스의 측실이 되라는 뜻임을 알고 당황했다. 재혼을 권유받고 싶지 않은 나머지 평생 곁에서 일하겠다고 한 말이, 사모하는 여자의 말로 이에야스에게 전달된 것일까.

오아이는 정신없이 어둠 속에서 무릎걸음 쳤다.

"성주님! 그것은…… 그것은 다릅니다. 이 오아이는……."

그는 다시 꾸짖었다.

"못난 것! 잠자코 있지 못하겠나."

꾸짖으면서 문득 언젠가 한 사쿠자에몬의 말이 생각나 우스워졌다. 입만으로 여자를 위로하는 것처럼 무책임한 장난은 없다고 했던 말을.

오아이는 이에야스의 이성(理性)에 맞는다. 감정으로는 그보다 앞서 줄곧 정염을 부채질하고 있다. 평생 곁에서……라고 말한 이상, 비록 그것이 잘못 들은 말이라 할지라도 낯선 사나이한테 재혼해 가는 것보다는 훨씬 더 많이 납득할 수 있는 것을 포함하고 있을 터였다.

'입만으로 위로하지는 않겠다…….'

"그대에게 무슨 할 말이 있다는 거냐. 잠자코 있거라!"

"네…… 네."

"그대는 뭐라고 했지? 평생 곁에 있겠다고 말했잖은가. 설마 그 말이 마음에 없는 거짓은 아니겠지. 18살로는 수절하지 못한다. 또 그러는 게 신불의 뜻에 맞는 일도 아니다. 내가 자식을 낳으라고 한 데 대해 말대꾸하다니 무엄하기 짝이 없다. 그대는 남겨진 아이를 훌륭히 키우면서 그보다 더 나은 아이를 낳아 키우는, 여자에게 주어진 소중한 노고를 어째서 꺼린단 말이냐? 아직 회의실에는 그대의 숙부 기요카즈가 남아 있을 게다. 불러오너라."

말하면서 이에야스는 야릇하게 낯간지럽기도 하고, 웃어선 안 된다는 심정이 들기도 했다. 남녀의 교접이란 일시적인 게 아니고 거기서 새로운 생명이 태어나 영원히 이어져가는 무한한 신비를 품고 있다. 100년 뒤, 1000년 뒤까지. 그렇게 생각하니 아무리 엄숙하게 말해도 못 다할 만큼 엄숙한 일이었다.

오아이는 넋이 나가 잠시 동안 멍하니 웅크리고 있었다. 아마 오아이의 상상 속에서도 이처럼 야릇한 표현의 남녀 관계는 있을 수 없었으리라.

"왜 가만히 있나. 숙부를 불러오라고 말하지 않았나."

"네……."

오아이는 조용히 일어났다. 이것이 주군의 입장을 빙자한 폭언이라고 느꼈다면 잠자코 일어설 오아이가 아니었다. 부드러운 말 속에 조부의 강직하고 격한 성미를 그대로 타고난 오아이였다. 이상하게도 오아이는 화가 나지 않았다. 어쩌면 남겨진 아이를 훌륭히 키우고, 그보다 더 나은 자식을 낳아 키우는 게 여자의 의무……라는 말 속에 안심할 수 있는 애정을 느꼈기 때문인지도 모른다.

이윽고 오아이는 숙부 사이고 기요카즈를 데리고 정자로 돌아왔다.

"주군, 부르셨습니까."

"오, 기요카즈. 그대는 이 오아이를 그대의 양딸로 삼으라."

"예? 뭐라고 하셨습니까."

"귀가 멀었나, 이 오아이를 그대의 딸로 맡기겠다. 어서 집으로 데리고 돌아가라."

"예…… 오아이에게 무슨 잘못이라도 있었습니까?"

"음, 이대로 부리고 있을 형편이 못 돼. 내가 다시 부를 때까지, 그대에게 맡겨두니 소중히 하도록."

기요카즈는 알 수 없다는 표정으로 고개를 갸우뚱했다. 오아이는 얼굴이 새빨개져서 숙부 뒤에 움츠리고 있다.

그 한 단 아래 있는 정원 돌에 걸터앉아 사쿠자에몬은 꾸벅꾸벅 졸고 있었다.

가이의 바람

고후성(甲府城)은 봄이면 동쪽 나라에서 오는 사신이 많고, 가을이면 서쪽 나라에서 오는 사람 왕래가 빈번했다. 그것은 여기에 자리 잡고 오로지 상경하여 천하제패의 기회를 노리고 있는 다케다 신겐에게 숙명적인 적이 한 사람 있기 때문이었다.

다름 아닌 에치고의 우에스기 겐신이다. 그는 마치 신겐과의 싸움을 즐기는 것 같기도 하고, 또 신겐의 흉중에 있는 상경제패 야망을 냉랭하게 야유하고 있는 것 같기도 했다. 지난 20여 년 동안, 북국의 산과 들을 휘덮는 명물인 눈이 녹으면 반드시 어딘가에서 싸움을 걸어왔다. 어떠한 이로움에도 넘어가지 않고 화친에도 응하지 않는다. 선(禪)에 깊이 득도했으며, 그 날카로운 칼은 이따금 신겐의 간담을 써늘케 했다.

에이로쿠 4년(1561) 가와나카섬(川中島)의 본진으로 홀로 쳐들어가 사랑하는 칼 아즈키 나가미쓰(小豆長光)로 직접 신겐을 베려고 했던, 그야말로 뜻하지 않은 기습조차 해치우는 적인 것이다. 그때 남만철로 만든 지휘부채로 받아내면서 신겐은 팔과 어깨에 상처를 입었다. 한두 번이 아니라, 번개같이 여덟 번이나 칼을 퍼부어 신겐이 자랑하는 스와홋쇼(諏訪法性) 투구에도 세 군데나 칼 상처를 남기고 갔다. 그러므로 끊임없이 상경 기회를 노리는 신겐은 늘 그 세력을 둘로 나누지 않으면 안 되었다.

신록의 계절이 되어 산과 들의 눈이 녹기 시작하면 동쪽을 방비해 작전을 펼치고, 눈이 내리기 시작하는 무렵이 되면 상경의 야망을 위해 움직인다. 봄에는 동쪽, 가을에는 서쪽에서 빈번해지는 사람들 왕래는 신겐의 그러한 숙명적 입장과 성격을 나타내는 것이었다. 동쪽에 자리한 겐신의 존재를 두려워하여 상경의 야망을 버릴 신겐도 아니지만, 그렇다 해서 겐신을 무시하고 선불리 상경할 수도 없다. 만일 같은 시대 같은 땅 위에 겐신이라는 사나이가 태어나 있지 않았더라면, 그는 이마가와 요시모토가 살해되었을 때 그 목적을 달성할 수 있었을지도 모르련만…….

신겐은 이미 50살을 넘고 있다. 16살에 첫 출전하여 신슈(信州) 사쿠성(佐久城)에서 히라가 겐신(平賀玄眞)의 목을 벤 뒤부터 온갖 경험으로 단련된 큰 산봉우리 같은 존재였다.

훌륭한 정치로 백성을 풍족하게 만들고, 날카로운 이해관계로 외교를 펼쳐 틈만 있으면 쳐나가 그 영토를 넓혔다.

가이 25만 석
시나노(信濃) 대부분 51만 석
스루가 17만 석
도토우미 일부 1만 석
미카와 세 고을 4만 석
우에노 일부 16만 석
히다(飛驒) 일부 1만 석

모두 합해 이제 120만 석 가까운 영지와 1만 석에 250명의 비율로 3만여 군사를 거느리고 있다. 그런데도 하늘은 아직 그에게 상경할 기회를 베풀어주지 않고 있다.

신겐은 지금 가이성의 자기 거실에서 험준한 산의 단풍을 바라보며 꼼짝하지 않고 앉아 있었다. 무념무상(無念無想)으로도 보인다. 52년 동안 전쟁을 겪으며 살아온 생애가 그대로 바위로 바뀐 듯한 중후함이었다. 꼼짝하지 않고 무엇인가에 생각을 모으고 있는 게 틀림없다.

아까부터 근위무사가 몇 번이나 마루까지 왔다가는 그 모습을 보고 소리 나지 않게 물러갔다.

때까치 소리가 가을 뜰을 줄곧 시끄럽게 하고 있다.

세 번째로 신겐의 거실 안을 들여다본 것은 그의 사랑하는 아들 가쓰요리(勝賴)였다. 가쓰요리는 깊은 생각에 잠긴 아버지를 보고 문득 일어나려다가 고쳐 생각한 늦 다시 앉았다. 아버지가 좌선을 풀 때까지 자기도 거기에 앉아 있을 생각이 틀림없다. 그런 행동이 아버지 마음에 드는 까닭이기도 했지만.

아버지는 움직이지 않는다. 아들도 꼼짝 않고 앉아서 늦은 가을의 뜰로 시선을 던지고 있다. 아버지가 네모진 바위를 놓은 것처럼 늠름한 데 비해 가쓰요리는 여자라고 해도 좋을 만큼 화사한 귀공자 모습이었다.

잠시 있다가 신겐은 말했다.

"가쓰요리냐! 가가(加賀)에서 밀사가 왔느냐?"

그 한마디로 가쓰요리는 아버지가 무엇을 생각하고 있는지 알았다.

"아니, 가가에서가 아니고 오다에 풀어놓았던 첩자들이 돌아왔습니다."

"그래, 노부나가는 여전한가?"

"네, 쇼군을 줄곧 위협하면서 가와치, 셋쓰, 야마토, 오미, 에치젠을 방비하느라 허둥지둥 여념 없다고 합니다."

신겐은 고개를 끄덕이는 대신 커다란 눈으로 가쓰요리를 흘끔 쳐다보고 나서 조그맣게 말했다.

"기회는 무르익어 가는데……."

"네, 미요시 무리, 야마토의 마쓰나가, 에치젠의 아사쿠라, 오미의 아사이, 이세의 기타바타케 잔당으로부터 사사키 록가쿠 무리들에 이르기까지 모두 서약서를 보내왔다면서, 쇼군은 아버님의 상경을 고대하고 계십니다."

"가쓰요리, 다나카성(田中城)의 바바 노부하루(馬場信春)와 에지리성(江尻城)의 야마가타 마사카게(山縣昌景)에게 그 뜻을 일러 도쿠가와 영내에 퍼뜨리도록 해라."

가쓰요리는 정색하고 되물었다.

"그럼, 이에야스에게 항복을……?"

신겐은 희미하게 고개를 저었다.

"그는 항복할 사나이가 아니다. 그러나 기회 보는 데는 약삭빠른 사나이지."

가쓰요리는 동의할 수 없는 듯한 미소를 한쪽 볼에 언뜻 새겼지만 순순히 대답했다.
"분부대로 하겠습니다. 그러나 오다, 도쿠가와의 동맹은 우리들이 추측하는 것보다 훨씬 굳은 줄 압니다만."
"굳으니까 퍼뜨리라는 거다. 적의 강대함을 알고 단지 그만큼 겁을 먹느냐, 신중해지느냐이다. 가가의 사신이 오면 알려라. 그때까지 나는 혼자 있고 싶다."
가쓰요리는 고개를 끄덕였지만 바로 일어나려고 하지 않았다. 아버지가 아직 궐기하지 않는 것이 그로서는 안타까웠다.
'세상에 완벽함이란 없다…….'
요시아키 쇼군으로부터 다시 서너 번 밀사가 와서 상경을 재촉하고, 노부나가 타도 동맹도 완성되었다. 아니, 단지 무장끼리의 동맹뿐만이 아니라 민심 또한 노부나가의 포학을 원망하며 드디어 원한으로 바뀌고 있다고 가쓰요리는 생각하고 있다.
지난해 9월에 노부나가가 히에이산 화공이라는 전례 없는 폭거를 감히 해치웠기 때문이었다. 이 폭거에 온 일본의 온갖 계층 사람들이 깜짝 놀랐다. 왕성을 수호하는 성역. 본당과 삼왕(三王) 21군데를 깡그리 불태우고 닥치는 대로 승려를 학살하여 부처의 적이라는 오명을 스스로 얻은 것이다. 그러므로 지금이야말로 절호의 기회라고 여기는데, 아버지는 아직도 무엇인가 생각하고 있다.
가쓰요리는 앞으로 나앉았다.
"아버님!"
신겐은 다시 눈을 반쯤 감고 대답하지 않는다. 그도 역시 지금을 좋은 기회로 여기는 점에서는 가쓰요리와 마찬가지였다. 52살 된 지금까지 그 일을 위해 온갖 책략을 다 쓰고 심혈을 기울여온 신겐이었다. 궐기할 의사가 충분하니만큼 새삼 부족함이 없는지 곰곰이 반성하고 있는 것이었다.

바람처럼 빠르고
숲처럼 잔잔하다.
불길처럼 쳐들어가고
산처럼 움직이지 않는다.

손자 군쟁편(軍爭篇)의 한 구절을 일부러 대장기(大將旗)에 써넣고 행동하는 신겐. 지금 깊은 생각에 잠긴 그의 태도는 이를테면 질풍 앞의 정적이며, 쏟아지는 물살을 지켜보는 산인 것이다.

써야 할 수단은 이미 모두 썼다. 동쪽으로는 멀리 아시나(葦名), 사타케(佐竹), 사도미(里見)의 여러 부족과 긴밀하게 관계를 맺어두었고, 서쪽의 동맹도 완벽을 기하려고 한 걸음 더 나아가 기타바타케 잔당들을 모아 이세에 병란을 일으키고 수군으로 하여금 오다의 배후를 찌르게 할 준비 절차까지 끝나 있었다. 오우(奧羽)로부터 시코쿠에 걸친 포석, 아마도 이토록 웅대한 계획은 다른 어떤 무장도 해내지 못할 것이다.

그러한 신겐에게 여전히 남은 단 하나의 불안은 에치고의 우에스기였다. 겨울에는 눈이 그 출격을 막아준다. 그렇다 해서 눈에 의지하여 고후를 떠날 수는 없으며, 신겐은 지금 가가와 엣추(越中)의 잇코종 폭도들로 하여금 겐신에게 저항케 하는 비책을 궁리하고 있었다.

계책은 세워주었다. 그리고 그들이 언제 어떻게 궐기하여 겐신의 진출을 막을 것인지, 그 통보를 기다리고 있다.

평생에 두 번 다시 할 수 없는 상경전. 52년의 일생을 걸고 이 한 번으로 결판 지어야만 할 싸움. 겐신에 대한 이 대책만 완전하다면 승리는 손에 들어온 거나 다름없다.

신겐의 정실부인은 산조 다이나곤(三條大納言)의 딸이었다. 그리고 그 정실부인의 동생은 이시야마 혼간사로 출가해 있다. 그 인척을 활용하지 않을 신겐이 아니다. 가가 엣추의 잇코종 신도들을 한편에 끌어들인 것도 그러한 연줄에서였고, 신겐이 상경하기로 결정되면 혼간사 승려들 역시 오사카로부터 노부나가의 배후를 공격할 예정이었다.

가쓰요리가 다시 불렀다.

"아버님—"

신겐은 여전히 눈을 뜨지 않는다. 그러나 듣고 있는 걸 알므로 가쓰요리는 말을 이었다.

"가가, 엣추가 그토록 불안하시면 이쪽에서 사자를 보내 자세히 둘러보도록 하는 게 어떻겠습니까?"

"……"

"이 가을을 헛되이 지내면 또 한 해…… 그동안 노부나가가 야마토, 가와치, 셋쓰를 굳건히 휘어잡는다면 기회를 잃고 맙니다."

"가쓰요리."

"네."

"너도 이제 27살이다. 좀 더 침착해라."

"그러면 잇코종 신도들의 힘을 믿지 않으시는 겁니까?"

신겐은 눈을 반쯤 감은 채 희미하게 고개 저었다.

"이쪽에서 부채질한 불길은 꺼지기 쉽다. 안에서 일어나는 불을 기다리고 있는 것이다. 그 불의 힘만이 겐신을 막아낼 수 있지."

그 옆의 기둥이 말하는가 싶을 만큼 야무지고 묵직한 목소리였다.

가쓰요리는 말없이 절하고 나갔다.

가쓰요리는 자신이 생김새는 어머니를 닮았지만, 마음은 아버지를 닮았다고 믿고 있었다. 그렇게 믿으면서도 아버지에게 하나의 불만을 품고 있다. 외할아버지가 아버지 신겐에게 술잔치 자리에서 칼 맞아 죽었다는, 난세에 흔히 있기 쉬운 육친상극의 원한에서가 아니었다. 신겐에게 살해된 가쓰요리의 외조부 스와 요리시게(諏訪賴茂)는 신겐의 고모부였다. 따라서 요리시게의 딸이었던 가쓰요리의 생모 스와 부인과 아버지 신겐은 고종사촌 사이였다.

그 생모가 아버지에게 총애받은 것과 마찬가지로 가쓰요리 또한 정실부인에게서 태어난 요시노부(義信)보다 훨씬 아버지의 사랑을 받았다. 그 때문에 형 요시노부는 스루가의 이마가와 우지자네와 손잡고 아버지를 없애려다 오히려 아버지에게 잡혀 옥중에서 참형당했다. 그리고 아우 가쓰요리가 정식으로 다케다 가문의 후계자로 정해졌다. 가쓰요리가 20살 때였다.

그 무렵 그는 아버지에게 심취했다. 어째서 자기만 이렇듯 사랑받는가 하고 생각한 끝에 자신이 아버지의 영매함을 닮았기 때문이라고 결론지었다. 그런데 요즘에 이르러 하나의 의혹에 부닥쳤다. 아버지가 가쓰요리를 후계자로 삼은 것은 아버지의 대망을 이을 자는 이 아들—이라고 생각해서인지 어떤지 하는 의문이었다. 아버지의 목적은 말할 것까지도 없이 교토에 올라가 천하를 호령하는 데 있다. 그 후계자 가쓰요리 또한 천하를 호령할 자로서의 자격이 있다고 인정되어 사랑받는 것이어야만 한다.

'과연 그럴까?'

다음 천하의 호령자―라는 의미로 자기를 보고 있는 것일까? 그렇게 생각하면 나오는 대답은 반대였다. 아버지가 형 요시노부를 제치고 자기에게 가문을 물려주려 한 것은, 고후 땅에서는 공경(公卿) 출신 어머니를 가진 형보다 시나노에 알려진 스와 가문 태생인 편이 통치 경영상 편할 거라고 깊이 생각한 타산에서였다고 여겨진다.

그것은 가쓰요리에게 있어 견딜 수 없이 섭섭한 일이었다. 가쓰요리가 그런 생각을 하게 된 것은 어쩌면 오다 가문과의 혼인에 대해 너무도 야박한 계산을 목격한 탓인지도 모른다. 가쓰요리가 오다 가문으로부터 맞이한 정실부인 유키히메는 아들 다케오마루(竹王丸)를 낳은 지 얼마 안 되어 죽고 말았는데, 유키히메를 맞을 때 아버지가 기뻐했던 모습. 그리고 다케오마루가 태어났을 때의 그 어마어마한 축하.

그러나 가쓰요리의 마음에 그림자를 드리우고 있는 그러한 일 따위, 아버지의 마음에 지금은 전혀 남아 있다고 생각되지 않았다. 그렇지 않고는 이 험한 난세에 살아남을 수 없다. 그렇게 생각하면서도 인생의 모든 게 야망을 위한 깊은 생각이며 계략이라고 여기는 것은 너무나 쓸쓸한 일이었다.

상경전에 성공하면 아버지는 가쓰요리를 교토에 둘 것인가, 시나노 통치를 위해 가이에 남길 것인가…….

'좋다, 이제부터는 내 힘으로 내 위치를 정해야만 한다.'

그것이 가쓰요리의 마음으로, 아버지와는 또 다른 초조감을 느끼고 있었다. 아버지와 아들이 서로를 인정하면서도, 어느새 경쟁 상대로 여기고 있다……는 건 대체 무엇을 의미하는 것일까? 그 점에 있어 바깥을 재는 데 드문 재능을 지닌 신겐도 안은 끝내 헤아리지 못했다고 해야만 할 것인가.

가쓰요리는 아버지만큼 엣추나 가가를 걱정하지 않았다. 그들 잇코종 신도들은 이시야마 혼간사의 지령에 의해 온 힘을 다하여 겐신의 진출을 막아낼 게 틀림없다. 걱정되는 것은 출전해서 맨 먼저 지나가야 할 도토우미, 미카와의 이에야스였다.

이에야스와 아버지는 에이로쿠 11년(1568) 2월에 이마가와 가문의 군신 불화를 기화로 삼아 오이강(大井川)을 경계로 스루가, 도토우미 두 나라 분할 밀약을 맺었다. 그런데 아버지는 그 밀약을 어기고 도토우미의 이누이(犬居) 성주 아마노 가게유키(天野景貫)가 내통해 온 것을 기회로 삼아 신슈(信州)의 이다(飯田) 성주 대리 아키야마 노부토모(秋山信友)로 하여금 미카와와 도토우미로 쳐들어가게 했다.

그때 도토우미의 구노(久能) 성주 히사노 무네요시(久能宗能), 우마부시쓰카(馬伏塚) 성주 오가사와라 나가타다(小笠原長忠) 등은 미카와의 쓰쿠데 성주 오쿠다이라 다다요시(奧平貞能)와 더불어 노부토모 군을 맞아 고전했다. 젊은 이에야스는 불덩이처럼 분노하여 곧 병력을 내어 노부토모 군을 쫓아냈으며, 조약을 어긴 죄를 통렬히 비난하는 서한을 아버지한테 보내와 두 집안의 밀약은 파기되었다. 에이로쿠 12년 정월이었다.

아버지는 그쯤의 일로는 이에야스를 문제 삼지도 않고 코웃음 쳤을 뿐이었다.

"흥."

그러나 아버지와 관계를 끊은 이에야스는 그즈음 슨푸에 있던 다케다 가문의 명장 야마가타 마사카게(山縣昌景)를 봄이 한창 무르익은 슨푸로부터 쫓아내는 의기양양함을 과시했다. 더욱이 마사카게를 물리친 그 공을 두고 이에야스는 조금도 교만하지 않았다.

"여기에 이에야스가 있도다!"

기개를 과시하고는 가이 군의 반격을 기다리는 일 없이 재빨리 하마마쓰로 철수했다. 그 능란한 솜씨에 가쓰요리는 새로이 일어나는 자의 '기운'을 절실히 느꼈다. 요시모토는 새로운 세력의 노부나가를 가벼이 보고 상경 도중 첫 싸움에서 좌절되어 덴가쿠 골짜기의 이슬로 사라진 게 아닌가.

'이에야스를 가볍게 보아서는 안 된다…….'

문제는 엣추, 가가에 있는 게 아니고 오히려 맨 먼저 지나가야 하는 정면의 도토우미와 미카와에 있다. 아버지는 가이의 대군이 용의주도한 준비 아래 움직이기 시작했다고 퍼뜨리면, 이해관계에 약삭빠른 이에야스가 하마마쓰성에서 모른 척 잠자코 아버지를 지나가게 할 거라 계산하고 있었다. 가쓰요리는 그렇게 생각하지 않았다. 오히려 이에야스에게 감연히 항전을 강요하는 결과가 되리라 판단하고 있었다.

아버지의 예상이 들어맞느냐? 아들의 예측이 맞을 것인가? 거기에 아버지와의 경쟁, 아버지 못지않은 그릇임을 나타내 보이려는 가쓰요리의 자부가 있었다.

가쓰요리는 자기 방으로 돌아오자 시동에게 명했다.

"겐케이(減敬)를 불러라."

여기에도 눈부신 가을 햇살이 내리쬐고 때까치 소리가 끊임없이 들린다. 가쓰요리는 창가에 서서 하늘 높이 첩첩이 이어진 산 모양을 바라보았다.

"부르신 의사 겐케이 대령했습니다."

"오, 왔느냐. 가까이 오너라."

뒤돌아보고 가쓰요리의 눈이 문득 둥그레진 것은 겐케이 뒤에 13, 14살 되어 보이는 눈이 번쩍 뜨이는 예쁜 소녀가 조심조심 따라와 있기 때문이었다.

가쓰요리는 앉으면서 가볍게 물었다.

"겐케이, 오느라 수고했다. 그런데 이 소녀는?"

"예, 휴가(日向) 님 따님입니다."

"뭣이, 마사토키(昌時)의 딸이라고?"

"예, 실은 휴가 마님 소생이 아니고 서녀로 태어나 정실부인의 학대가 심해 불쌍하므로 제가 맡아서 데리고 왔습니다."

"흠, 그거 안됐구먼."

가쓰요리는 그 소녀의 얼굴 생김이 어딘지 자기 어머니를 닮은 것 같아 마음에 아픔을 느꼈다.

"그대 이름은 뭐라고 하지?"

"네, 아야메(붓꽃)라고 합니다."

"그래? 생김새에 어울리는 이름이구나. 나이는?"

"14살입니다."

"허, 그런데 겐케이, 그대는 이 처녀를 오카자키로 데리고 갈 셈인가?"

"예, 양딸로 삼았으니 어디로 데리고 가든 제 자유지요. 그것이 이 아이를 위해서도 행복한 일일까 생각합니다."

가쓰요리는 고개를 끄덕였다. 35살의 한창나이인 겐케이는 가쓰요리가 남몰래 미카와에 잠입시켜 둔 첩자의 한 사람이었다. 그 겐케이가 일부러 데리고 가려는 처녀, 그렇게 듣고 보니 대강 추측되었다. 겐케이는 그의 모략을 진행시키기 위해 이 예쁜 소녀가 필요한 게 틀림없다.

아야메는 그것을 아는지 모르는지, 소문난 미장부 가쓰요리 앞으로 나온 게 눈부신 듯 사랑스러운 눈동자를 내리깔기도 하고 깜박이기도 했다.

"겐케이, 그럼 이 소녀 앞에서 이야기해도 괜찮겠군."

"예, 일부러 들려주려고 데려왔습니다."

"주위에 사람은?"

"예."

겐케이는 일어나 조심스럽게 옆방에서 뜰까지 돌아보았다.

"염려 없습니다."

"그래, 찔러야 할 도쿠가와의 급소를 찾아냈는가, 겐케이."

겐케이는 빙긋 웃었다.

"단 하나, 이에야스 님과 정실 쓰키야마 마님의 불화입니다."

"허허, 이에야스는 정실과 사이좋지 못한가?"

"예, 정실부인은 돌아가신 요시모토 님의 조카따님, 이에야스 님과 사사건건 뜻이 맞지 않습니다."

"그래서 그대의 생각은?"

"예, 부인은 심한 우울증에 시달리며 늘 어깨와 허리의 아픔을 호소합니다. 그래서 저는 고심 끝에 침을 가지고……."

"접근하게 되었나?"

"예, 지금은 총애받는 사람 가운데 하나가 되었습니다."

"성안에 다른 좋은 연줄은? 물론 만들어놓았겠지."

"예, 그 일도 빈틈없이. 회계역 오가 야시로라는 자…… 이 이름을 주군께서도 잘 기억해 두십시오."

"오가 야시로…… 알았다, 단단히 기억해 두마."

"이 사람은 머지않아 우리 편이 될 사람입니다. 지금 마님은 물론 이에야스 님과 작은주군 노부야스 님 신임도 두터워 떠오르는 태양 같은 세력입니다."

가쓰요리는 다시 크게 고개를 끄덕였다.

"그런데 여기 있는 아야메는?"

"예, 오다와 도쿠가와 두 집안 사이에 때려박을 소중한 쐐기입니다."

거침없이 말하면서 겐케이는 아야메를 흘끗 돌아보았다. 가쓰요리도 역시 아야메를 보았다. 오다와 도쿠가와 두 집안 사이에 때려박을 쐐기……라면, 이 소녀를 오카자키성 안으로 들여보낼 생각임이 틀림없다. 그러나 이 소녀를 성안에서 어떻게 활약시키려는 것인지, 가쓰요리에게는 이해되지 않았다. 그만큼 아야메는 아직 앳된 얼굴을 하고 있다.

"쐐기라고만 해서는 알 수 없다. 아야메는 납득하고 있나?"

"예, 그건 벌써."

겐케이는 의미심장하게 웃었다.

"오카자키성의 노부야스 님은 올해 14살입니다."

"음, 그래서?"

"정실부인 오다 마님도 동갑인 14살. 지금은 옆에서 보기에 부러울 만큼 다정한 인형 같은 부부입니다."

가쓰요리는 그 말을 듣자 희미하게 미간을 찌푸렸다. 자신이 오다 가문에서 맞아들였던 첫 아내 유키히메를 생각하는 게 틀림없었다. 유키히메와 가쓰요리도 한 폭의 그림이며 한 쌍의 인형이라고 일컬어지며 찬양받았다. 그리고 첫아기가 태어났을 때는 아버지 신겐까지 싱글벙글했다.

"이놈은 우리 집 보물이 될 거야."

그리고 다케다 가문으로서는 유서 깊은 다케오마루라는 아명을 일부러 주었을 정도였다.

"그러면 그 원앙 같은 부부 사이에 아야메를 들여보내겠다는 건가?"

"예."

"그런 무자비한 짓을…… 다른 방도는 없을까?"

"주군답지 않으신 말씀을."

겐케이는 일부러 엄숙한 표정을 지으며 가쓰요리를 올려다보았다.

"아버님 못지않게 무용이 뛰어나신 주군께서 조그만 정에 얽매여선 안 됩니다. 이렇게 말씀드리는 건 이것이 오카자키의 오직 하나뿐인 약점, 놓칠 수 없는 급소이기 때문입니다."

"그러면 이에야스의 내실은 노부야스와 도쿠히메 두 사람의 화목을 시샘하고 있다는 건가?"

겐케이는 다시 빙그레 웃으며 고개를 끄덕였다.
"본디 외숙부 요시모토 님의 목을 자른 오다 가문과의 혼인이라, 마님은 처음부터 반대했지요."
"그렇겠군."
"이것은 책략이라기보다 오히려 자연스러운 인정이겠지요. 이쪽에서 아야메를 들여보내지 않더라도 어머니인 마님은 반드시 다른 여자를 노부야스 님에게 권할 게 틀림없습니다."
가쓰요리는 다시 문득 미간을 찌푸렸다.
"아야메."
"네."
아야메는 깜짝 놀란 듯 가쓰요리를 올려다보았다.
"그대는 노부야스에게 종사할 각오가 되어 있느냐?"
"네…… 네."
"그래…… 그럼, 알겠다. 노부야스가 어머니와 함께 우리 편이 되어준다면 그 뒤로는 편안해질지도 모르지."
그것은 가쓰요리가 자신을 납득시키기 위한 말이었지만, 그 말을 듣고 아야메는 진지한 얼굴빛이 되어 머리를 조아렸다.
"태어난 집에 살 수 없는 이 몸입니다. 맹세코 겐케이 님 분부대로 하겠습니다."
계모에게 학대받은 소녀의 목소리는 오후의 정적에 스며드는 듯한 슬픔을 품고 있었다.
가쓰요리는 아야메로부터 눈길을 돌렸다. 겐케이의 말대로 한 소녀의 운명에 구애되고 있을 때가 아니다…… 그렇게 생각하면서도 노부야스와 도쿠히메가 의좋게 지내고 있는 부부 사이에 이 소녀를 보내 풍파를 일으킬 생각을 하니 마음 언짢았다.
"그래? 그대는 그대 집에 살 수 없는 몸이었던가."
다시 한번 스스로에게 이르고 겐케이를 보았다.
"아버님은 이에야스가 모른 척하며 미카와, 도토우미를 통과하게 할 줄 생각하고 계시지만……."
겐케이는 천천히 고개를 저었다. 그의 생각은 가쓰요리와 같은 모양이다.

“나도 반드시 매서운 반격을 받으리라 생각한다. 그렇다 해서 일단 가이를 출발한 이상 도중에서의 장기전은 안 될 일. 일부를 남기고 본대는 곧장 교토로 향해야 된다. 알아듣겠나?”

“단단히 가슴에 새기고 있습니다.”

“오카자키에서 내응이 있어야만 비로소 우리 가문의 대망이 이루어진다. 부디 차질 없이 준비해 다오.”

“알겠습니다.”

“그럼, 아야메도 겐케이의 말을 잘 따르도록.”

“네.”

“물러가거라. 조심해서 가야 한다.”

두 사람이 거실을 나가자, 가쓰요리는 오다와라에 보내두었던 밀정을 불러들였다. 장님 안마사였다. 오다와라의 호조와는 화친을 맺고 이번 출전에 군사 2000명을 빌려주기로 되어 있다. 그 실행에 다른 마음이 없는지 탐지하러 보냈던 밀정이었다.

밀정은 보고했다.

“다른 마음은 없습니다. 이번 상경을 위한 전투에서는 가이의 승리가 틀림없음을 믿고 협력해 주실 속셈입니다.”

그리하여 길목에 있는 크고 작은 영주들의 거취에 대해 이것저것 이야기하고 있는데, 시동 아토베(跡部)가 들어왔다.

“가가에서 밀사가 도착했습니다.”

“뭐라고, 드디어 왔단 말이지.”

가쓰요리의 눈이 빛났다. 그는 거실에서의 이야기를 대충 끝내고 사신실로 향했다. 아버지가 고대하고 있는 잇코종 신도들의 동향을 전하러 온 것이다.

‘사자의 말에 따라 아버지의 결단이 내려진다…….’

가쓰요리의 피가 끓어올랐다.

“아토베, 너는 잠시 물러가 있거라.”

아버지와 대면시키기 전에 먼저 단둘이 만나 이야기해 두고 싶은 게 있었다. 양옆에 맹호를 그린 장지문을 열게 하고 가쓰요리는 혼자 사신실로 들어갔다.

“수고 많았다. 북녘에서는 이미 눈 내릴 철이 가깝겠지. 나는 가쓰요리일세. 그런데 엣추, 가가의 동향은?"

"오, 가쓰요리 님이십니까?"

밀사는 가쓰요리를 흘끔 한 번 쳐다보았을 뿐이었다. 한눈에 승려임을 알 수 있었다. 일부러 머리를 길러 의사며 떠돌이악사처럼 보이게 모습을 바꾸고 있다. 생김새도 여간 아니고 왼쪽 손목에 신앙을 나타내는 염주가 있었다.

상대는 가쓰요리를 무시하고 뜰로 시선을 돌리며 시라도 읊는 듯 말했다.

"혼간사 법주님이 보내신 중요한 밀정이오니, 우선 아버님 신겐 공을 뵙고 싶습니다."

가쓰요리는 벌컥 화가 났다. 여기서도 혈연의 반목은 생생하게 살아 있다. 스와 가문 핏줄인 자기를 혼간사 편에서는 달갑게 여기지 않고 있는 게 틀림없다. 그렇다 해도 가쓰요리임을 알고서 자신의 이름도 대지 않고 아버지를 만나겠다니 이 얼마나 불손한 짓이란 말인가.

울컥 치밀어오르는 노여움을 누르고 가쓰요리는 웃었다.

"중대한 사신이기에 이 가쓰요리가 안내하러 왔소. 스님 이름은?"

"보시다시피 승려는 아닙니다."

"과연, 승복이 아니라 속세 차림이로군. 그런데 성명은?"

"이름을 대어도 모르시겠지요. 하지만 굳이 물으시니 말씀드립니다. 가가의 의사로 후지노 쇼라쿠(藤野勝樂)라 합니다. 나무아미타불."

가쓰요리는 눈썹을 곤두세웠다.

"후지노라 하느냐. 기다리고 있거라!"

말하고 거친 발걸음으로 나갔다.

신슈의 장수들에게 호감을 사면 교토에서 싫어하고, 교토와 가까워지면 백성과 장수들의 눈총이 심해진다. 가쓰요리는 문득 아버지가 세상 떠난 뒤를 생각했다. 아버지가 숨지면 혼간사 신도들은 아마도 마음먹은 대로 움직여주지 않으리라. 그렇다면 지금은 꾹 참고 어쨌든 다케다의 기치를 중앙에 세워야만 할 때…….

신겐은 여전히 산을 바라보고 앉아 있었다.

"아버님, 가가에서 밀사가 도착했습니다."

신겐은 가늘게 눈을 떴다.

"누가 왔느냐?"

"후지노 쇼라쿠라고 합니다만."

"후지노……라면, 도가시(富樫) 일족인데."

잠시 생각에 잠기더니 고개를 끄덕였다.

"알았다. 기다리게 해라."

가쓰요리는 초조했다. 이 밀사의 말에 따라 곧 궐기할 것으로 계산하고 있었는데.

"기다리게 해도 괜찮겠습니까?"

"음, 도착했다면 이미 뒤에서 일은 정해져 있는 거야. 나는 잠시 생각하고 싶다."

"아버님!"

"뭐냐."

"이제 와서 또 생각하시다니 아버님답지 않은 말씀……."

신겐은 눈을 크게 떴다.

"싸움은 이겼다!"

"이기다니요?"

"밀사가 도착했다는 건 엣추, 가가의 잇코 신도들이 나를 대신해 이 겨울에 에치고 군의 진격을 막아준다는 것이다."

"그러니 잠시라도 빨리……."

"아니, 내가 지금 생각하고 있는 것은 싸움에 이기고 난 뒤의 일이다. 가쓰요리……."

"네."

"인간 세상에는 싸움 이외의 싸움이 있어."

"싸움 이외의 싸움……?"

"인생에는 수명이라는 게 있다. 전쟁에 이긴 뒤 내가 몇 년이나 더 살 것 같으냐."

"글쎄요…… 그것은."

"너도 모르고 나도 모른다. 그동안에 그냥 싸우는 거지. 싸우다 죽어도 뉘우치지 않을 계략이 있어야 해. 그것을 생각하고 있는 거야. 이번 가을의 출병은 결정되었다. 그러니 나에게 좀 더 생각하도록 해다오. 밀사에게는 내 지시라고 하면서 먼저 상을 차려주도록 해라."

신겐은 가볍게 실눈을 감았다. 가을 해는 이미 기울어 단풍잎이 한결 붉게 타오르는 듯 보였다.

인생기로(人生岐路)

가이에 태풍 징조가 보이면 도토우미, 미카와에는 겨울에 앞서 삭풍이 불기 시작하는 것은 당연했다.

52살, 원숙할 대로 원숙해진 다케다 신겐은 이를테면 난세의 거대한 짐승이었다. 그 큰 짐승이 지금이 아니면 자신의 생애에 상경할 좋은 기회가 없다고 단정하고 마침내 일어나려 하고 있는 것이다.

오카자키에 있을 때는 가을이 꽤 깊을 때까지 스고강 어귀에서 수영으로 몸을 단련하던 이에야스였는데, 하마마쓰성으로 오고부터는 그것이 매사냥으로 바뀌었다.

겐키 3년(1572) 9월 끝 무렵.

31살의 이에야스는 그날도 성을 나서자 사이가가케(犀崖) 왼쪽 니시오이와케(西追分)에서 미카타가하라(三方原)까지 나아가 새하얀 갈대 사이로 연방 사냥감을 쫓고 있었다. 아니 사냥감을 쫓는 듯 보이는 것은 표면상의 일이고, 사실은 가이의 거대한 짐승이 들고일어날 때 어떻게 대처할지 고심하고 있는 것이다.

잡은 산토끼를 이이 만치요에게 들게 하고 마고메강(馬込川)으로 흘러드는 작은 냇가에 이르자, 하늘을 가득 메운 비늘구름을 노려보며 이에야스는 우뚝 걸음을 멈췄다.

"헤이하치로를 불러와."

"예."

"매도 쉬게 해라. 나도 여기서 잠시 쉬겠다."

만치요가 사라지자 이에야스는 마른 잔디 위에 털썩 주저앉았다.

'이것이 내 운명의 갈림길이다.'

그런 생각이 자꾸 드는 게 스스로도 안타까웠다. 두려움을 아는 자에게는 반드시 비참함이 따른다. 일에 앞서 동요하지 말라는 것은 소년 시절 슨푸에 있을 때 셋사이 선사로부터 누누이 가르침받은 바였다. 눈을 크게 뜨고 우주를 보아라. 이치와 역리, 순응과 거역이 절로 마음의 눈에 비쳐온다. 다가오는 겨울은 어떤 용사도 막지 못하며 어떤 현자도 비켜갈 수 없다. 비킬 수 있고 막을 수 있을 듯 비치는 것은 내 마음의 거울이 흐려져서이다. 그 흐려짐이야말로 미망의 근원이며, 미망이 있는 자는 반드시 패한다…… 그 가르침이 이미 자신의 피와 살이 되어 있는 줄 알았는데, 지금 예상하고 있던 가이의 태풍 앞에서 마음이 심하게 동요되는 것은 웬일일까.

싸우는 게 순응인가? 모른 척하며 지나 보내는 게 거역인가? 모른 척하고 있으면 아마도 신겐은 하마마쓰성을 두드리지 않고 지나갈 것이고 그러면 문제는 뒤에 남을 게 틀림없다. 그 당연한 결과로서 자신의 위치는 다케다 가문에 예속됨을 의미하리라.

'이마가와에게도 오다에게도 단호히 굽히지 않았던 내가…….'

그렇다 해서 무모한 싸움으로 군사와 그 가족들을 희생시켜도 좋을 것인가. 움직이지 않는 구름을 지그시 올려다보고 있을 때, 곁의 갈대나무 그늘에서 소리 죽인 웃음소리가 들렸다.

이에야스가 돌아보았다.

"누구냐?"

그러자 원기 왕성한 혼다 헤이하치로가 피투성이 토끼를 들고 웃으며 다가왔다.

"주군, 얼굴빛이 왜 그러십니까?"

이 무렵 가신들은 이미 이에야스를 '주군'이 아닌 '대감'이라고 부르고 있었으나 헤이하치로, 사쿠자, 모토타다 등은 그전대로 '주군'이라고 즐겨 불렀다.

"헤이하치로, 무엇이 우스우냐?"

이에야스가 나무라듯 묻자 헤이하치로는 다시 소리 내어 웃었다.

"주군의 얼굴이 토끼처럼 뾰족합니다."
"뭐, 토끼 같다고……?"
이에야스는 헤이하치로가 들고 있는 토끼를 흘끗 바라보았다.
"내가 신겐을 무서워하고 있는 줄 아느냐?"
"하하하, 무서워하지 않는데 왜 그렇게 여위셨습니까?"
그러고 보니 헤이하치로는 25살이 되어 더욱 늠름하고 무서움을 모르는 얼굴이 되어 있다.
"주군, 주군은 사이고의 오아이 님을 곁에 두겠다고 약속하시고서 아직 그대로 맡겨둔 채라지요?"
"매사냥할 때 아녀자 이야기 따위는 하지 마라. 여기 앉거라."
"분부가 없어도 앉겠습니다. 그러나 약속하고 맡긴 여자도 불러들이지 않고 여위시다니, 걱정이 이만저만 아닌가 보군요."
헤이하치로는 놀려대듯 말하고 그 자리에 털썩 앉았다.
"주군은 설마 가이의 난쟁이를 무서워하고 계시는 건 아니겠지요?"
"난쟁이……라면 야마가타 말이냐?"
다케다 가문의 명장 야마가타 마사카게(山縣昌景)는 4척도 못 되는 난쟁이로, 갑옷을 입으면 허리길이가 3, 4치쯤으로밖에 보이지 않았다.
"마사카게 따위를 내가 무서워한다고 생각하나?"
그는 헤이하치로를 흘끗 본 다음 그 눈길을 그대로 고후, 시나노, 도토우미의 국경으로 이어진 산맥으로 보냈다. 그 산맥 너머에서는 이미 상경전 준비가 착착 진행되고 있을 게 틀림없다. 신겐이 고후성을 나서면 열흘도 못 되어 이 언저리는 3만에 가까운 대군을 맞게 되리라.
이에야스의 영토는 지금 56만 석. 만일 신겐을 맞아 싸운다면 요시다, 오카자키의 수비를 고려하여 적의 정면에 내세울 군세는 고작 5000이나 6000이었다. 물론 이번에도 노부나가에게 원군을 요청해 놓고 있다. 그러나 사방팔방에 적을 둔 노부나가가 과연 원군을 얼마나 보내줄 수 있을 것인가.
헤이하치로는 말했다.
"역시 오랜 연공(年功)을 두려워하고 계시군요. 여우는 해묵은 놈일수록 홀리는 솜씨가 능하다던데 인간도 마찬가지인 모양입니다. 주군은 반쯤 홀려가고 있습니다."

"헤이하치로! 그대는 가이의 대군을 멋지게 무찔러버릴 자신이 있다는 말이냐?"

"자신감이란 무엇을 말합니까, 주군. 이 헤이하치로에게 그런 것은 필요 없습니다. 무서울 게 없는 자에게는 자신감 따위 필요 없지요. 그러나 주군이 겁내고 계신 신겐의 나이를 이 헤이하치로는 반대로 생각하고 있습니다."

"반대……라니?"

"늙었다는 거지요! 이 혈기 왕성한 우리들 힘이 늙은이에게 지리라고 생각할 수 없습니다. 빈틈이 보이면 덤벼들고 추격받으면 재빨리 후퇴하는 거지요. 다만 싸울 뿐입니다."

"음, 그러나…… 만일 죽게 된다면 어떻게 하지?"

"죽을 뿐이지요."

"죽음이 무섭지 않으냐?"

"모르지요. 헤이하치로는 아직 죽은 일이 없으니까요."

이에야스는 기가 막혀서 헤이하치로를 지켜보았다. 그가 헤이하치로를 부른 것은 그러한 자신감을 얻고 싶어서였지만, 어떻든 이토록 단순한 대답을 듣게 될 줄은 생각지도 못했다.

"그래, 죽어본 일이 없단 말이지?"

"왜 태어났는지도 모릅니다. 따라서 생사 따위는 생각지도 않습니다. 주군도 태어나신 때의 일은 모르실 텐데요."

"못난 것!"

상대가 기어오를 것 같아 그는 꾸짖었다.

"쓸데없는 주둥이 놀리지 마라. 인생이란 무거운 짐을 짊어지고 한 걸음 한 걸음 고갯길을 오르는 것과 같다. 따라서 지나친 속단은 없는지, 거듭 깊이 생각하고 있는 것이다."

"그럼, 나가 싸울 각오는 되어 있습니까?"

"물론이다!"

말하고 나서 깜짝 놀랐다. 그것은 생각에 잠긴 목소리가 아니라, 스스로 자신을 바라보았을 때 자연히 나오는 대답 같았다.

인생은 노력에 의해 결정된다. 그것에는 전혀 의심이 없었지만, 그 이상의 무언가가 있다는 것 역시 부정할 수 없었다. 그 무엇인가가 지금 그의 머릿속에서 소용돌이쳤다.

'노부나가는 어째서 오와리에 태어나고 신겐은 어째서 가이에 태어난 것일까……?'

신겐의 병법과 노부나가의 병법에 그리 큰 차이가 있으리라고는 생각되지 않았다. 그러므로 노부나가가 가이에 태어나고 신겐이 오와리에 태어났다면, 지금 공격하는 것은 노부나가이고 교토에 진출해 있는 것은 신겐이리라.

그러고 보면 이마가와 요시모토와 오다 노부나가의 덴가쿠 골짜기 싸움에도, 그 무엇인가의 힘이 틀림없이 작용하고 있었던 것 같다. 당연히 이길 자가 패하고, 그로부터 노부나가는 파죽지세로 뻗어갔다.

"헤이하치로—"

"예."

"이 가까이에 다다요는 없느냐?"

"다다요의 의견도 들어보시겠다는 거군요. 좋습니다, 불러오지요."

헤이하치로는 일어나 큰 소리로 오쿠보 다다요를 불렀다.

다다요는 조겐 노인의 손자로, 조부보다는 모나지 않으나 한 걸음도 뒤로 물러서지 않는 대표적인 미카와 인간이었다.

"뭐야, 산돼지라도 나왔나, 헤이하치?"

다다요는 말하며 풀숲을 헤치고 나왔다.

"오, 대감님!"

이에야스의 모습을 발견하고 뒤돌아보며 손을 흔들었다.

"대감님이시다. 이봐, 인사드려라."

14, 15살로 보이는 눈과 귀가 유난히 큰 소년이 손에 마른 나뭇가지를 들고 뒤에서 양쪽의 떨기나무를 후려치며 따라온다.

"다다요, 그 아이는 누구인가?"

"예, 막냇동생 헤이스케(平助)입니다. 헤이스케, 인사드려라."

그 소년은 무뚝뚝하게 무릎 꿇고 형 쪽으로 입을 뾰로통 내밀어 보이며 머리를 한 번 꾸벅 숙였다.

"헤이스케가 아닙니다. 아직 성인식은 안 올렸지만 다다노리(忠教)라는 관명이 있습니다."

"흠, 그러냐. 오쿠보의 막냇동생이라고. 그럼, 너에게 한번 물어보자. 너는 이 이에야스와 다케다 군이 싸우면 어느 쪽이 이기리라고 생각하느냐? 솔직히 말해보렴."

헤이스케는 생각해 보지도 않고 간단히 고개를 흔들었다.

"싫습니다, 대답하지 않겠습니다."

이에야스는 미소 속에 진지한 생각을 담고 다시 물었다.

"뭐, 싫다고? 어째서 싫으냐?"

"솔직히 말한다면 대감님이 화내시겠지요."

"그래? 그럼, 듣지 않아도 알겠다. 그런데 어째서 내가 질 거라고 생각하나?"

헤이스케는 맏형 다다요를 흘끗 보고 나서 아직 들고 있는 마른 나뭇가지로 풀을 철썩 후려쳤다.

"모르겠습니다."

그러자 다다요는 미간을 찌푸렸다.

"우리 집 고집통입니다. 이봐, 헤이스케."

"헤이스케가 아니야, 다다노리야."

"생각하는 대로 대감님에게 말씀드려 봐."

"말해도 화내시지 않을까?"

"화내지 않는다, 말해봐."

이에야스가 다시 말을 건네자 헤이스케는 태연히 쏘아붙였다.

"부하들이 나쁘기 때문입니다."

그리고 심술궂게 형과 헤이하치로를 번갈아 쳐다보았다.

"뭐라고! 이 애송이 녀석, 부하들이 어째서 나쁘다는 거냐?"

헤이하치로가 나무라며 눈을 흘기자 헤이스케는 웃었다.

"흐흐흐, 그 대답은 하지 않겠어. 말하면 미움받아."

"바보 같으니, 벌써 말해버렸잖아. 미움은 받았으니 말해봐."

"싫어, 그것은 말 못 해. 하지만 이 다다노리를 곁에 두고 써보면 알게 될 거야. 대감님, 저를 부려주십시오."

"이놈! 교활한 놈인걸. 왓핫핫핫핫."

헤이하치로는 큰 입을 벌리고 웃었지만, 이에야스는 웃지 않았다. 이 천진한 아이에게서도 무언가 큰 암시를 얻으려 하는 것이다.

"좋아, 좋아, 써주마. 다다요."

"예."

"그대는 어떻게 생각하나? 싸우는 게 좋으냐, 피하는 게 좋으냐?"

다다요는 흘끗 헤이하치로를 보고 나서 대답했다.

"저는 헤이하치로와 의견이 좀 다릅니다."

"어떻게 다르냐?"

"헤이하치로는 대감님에게 권해서 어떻게든 싸우려 하고 있습니다. 그러나 저는 권하지 않겠습니다."

"싸우는 데 반대란 말이지?"

다다요는 천천히 고개를 저었다.

"권하지도 말리지도 않습니다. 대감님의 결심 앞에 없을 무(無)—한 글자로 따르겠습니다."

"음."

이에야스가 고개를 끄덕인 것과 헤이하치로가 웃기 시작한 게 동시였다.

"제법인데, 다다요. 주군 의견대로 따른다니, 과연—그러고 보면 그 밖에 달리 도리가 없지."

헤이스케가 헤이하치로의 말을 흉내 내어 다시 말했다.

"주군…… 창을 메게 해주십시오, 이번 싸움에."

이에야스는 가볍게 고개를 끄덕이고 일어났다.

가신의 의견을 들으려 한 것은 역시 잘못이었다. 만일 의견을 말하게 하고 채택하지 않는다면 불평의 씨앗만 남으리라.

"해가 기울었다. 돌아가자."

한마디 하고 그는 다시 한번 고후 시나노로 이어지는 산을 굽어보았다. 다케다, 도쿠가와 어느 쪽이 이기든 이 산들은 그저 냉담하게 있으리라…… 그렇게 생각하니 무장하고 있는 가슴이 바짝 죄어들었다.

"싸울 것인가? 피할 것인가?"

성으로 돌아오자 이에야스는 전에 없이 술을 가져오게 했다. 밥상은 여전히 보리를 섞은 현미에 국 한 가지와 반찬 세 가지.

오카자키도 하마마쓰도 쌀창고가 가득 차 있다. 맛의 좋고 나쁨은 진기한 음식을 배제했으므로 결국 어떻게 씹느냐에 달려 있었다. 잘 씹으며 몇 번이고 혀로 고쳐 맛보면, 보리 한 톨도 이루 말할 수 없이 맛있다. 인생이나 싸움도 그것과 마찬가지일 게 틀림없다.

"오늘은 술을 좀 들어볼까 한다."

이에야스는 시중들러 나온 시녀 오타미에게 말하고, 씁쓸한 얼굴로 조용히 탁주를 머금었다. 술을 좋아하는 것은 아니다. 좋다며 허겁지겁 들이마시는 자의 심사를 맛보려 하고 있는 것이다.

'무슨 맛이 좋아서 마실까?'

다만 정신없이 취하여 자신을 잊기 위해 마시는 것으로 보일 뿐인 술. 그런데 머금어 가노라니 그 술 속에 역시 신겐이 떠오른다. 찌르르 쓰기만 하고 감미까지는 혀에 스며들지 않는다. 그대로 마시면 술이란 쓴맛으로 끝날 것만 같았다.

"음."

"감미가 남는군. 그리 맛없지는 않구나."

그러고 나서 생각난 듯 오타미에게 말했다.

"사이고 노인을 불러오너라."

그리고 물에 만 밥을 후룩후룩 먹기 시작했다.

사이고 기요카즈는 성에서 나가려다 호출받았다.

"부르셨습니까?"

"음, 곧 끝난다. 잠시 기다려라."

이에야스는 그를 완전히 무시하고 세 공기나 먹고 난 다음 입을 열었다.

"그대에게 맡긴 것이 있었지?"

"무엇을…… 말씀입니까?"

"잊었나? 재작년 여름이었어."

"오아이 말씀입니까?"

"잊지 않았군. 그 오아이에게 잠시 오라고 말해라."

기요카즈는 어이없는 듯 이에야스와 거기에 놓인 술병을 번갈아보았다. 술김에 희롱하는 주군은 아니다. 그러나 어떻든 온 성안이 다케다 군 침공에 조심하고 있는 이때 별안간 오아이를 부르라는 것은 너무 갑작스러운 일이었다.

이에야스가 시키는 대로 기요카즈는 2년 전 여름부터 오아이를 양녀로 삼아 오아이의 아이까지 함께 데려다 키우고 있다. 그러나 마음속으로는 좀 불평스러웠다. 양녀로 삼으라고 했으니 고작해야 두서너 달 있다 불러들여 측실로 삼겠지 생각했는데 1년이 지나도 2년이 지나도 아무 소식 없었다.

그동안 오만 부인은 한 번 임신하여 사내아이를 낳았다. 사내아이는 곧 숨지고 말았지만, 만일 살아 있다면 오카자키에서 쓰키야마 마님이 달려왔을지도 모른다. 그 정도로 쓰키야마 마님은 전에 자기가 부리던 오만을 미워하고 있었다.

그런 사정이 있었으므로 아마 대감의 농담이었던 것 같다며 자신도 단념하고 오아이에게도 넌지시 그렇게 일러왔던 것이다.

'그런데 2년 반이나 지난 오늘 갑자기…….'

기요카즈가 선뜻 일어서지 않자 취한 것 같지도 않은 이에야스는 엄한 목소리로 재촉했다.

"무슨 생각을 하고 있나, 설마 오아이가 아픈 건 아니겠지!"

"예."

대답한 다음 기요카즈는 무언가 말할 듯 말 듯하더니 생각을 바꾸어 밖으로 나갔다. 함부로 대꾸하지 못할 무엇인가가 오늘 밤의 이에야스에게 있었기 때문이었다.

기요카즈가 나가자 이에야스는 다시 잔을 들었다.

"따라라."

식후의 술. 이상하다는 듯한 얼굴로 시녀는 시키는 대로 따랐다. 이에야스는 그것을 마시려 하지 않고 밥상만 물리게 한 다음 사방침을 끌어당겼다.

이윽고 해가 지고, 단 하나 갖다놓게 한 촛대의 촛불이 천장으로 곧장 불길을 뻗고 있다. 어딘가에서 아직 벌레 소리가 가냘프게 살아남아 들려오고 있다.

오아이가 기요카즈를 따라 나타난 것은 30분쯤 지난 뒤였다.

"부르셨습니까?"

말하며 두 손을 짚는 오아이를 이에야스는 말없이 바라보았다. 2년 반. 싸움으로 지새며 이기느냐 지느냐만 생각해 온 황망한 시간 속에서도 오아이가 문득 마음에 그림자를 드리웠지만, 불러들여 총애할 만한 마음의 여유는 없었다. 오카자키에서 쓰키야마 마님이 끊임없이 편지와 사자로 원망을 전해오는 것도 큰 영향을 주었는데…… 지금도 오만 부인이 만일 다음 아이를 낳으면 반드시 찔러 죽여버리겠다고 한다던가. 그 성가심에 진 탓도 있다. 그래서 생각나면서도 불러들이지 않았던 오아이.

오아이는 전혀 뜻밖이었던지 몹시 당황한 듯 오늘 밤은 어딘지 침착성이 없어 보였다. 눈가의 수줍음과 이에야스의 마음을 헤아리지 못하는 두려움 등이, 전보다 훨씬 오아이를 젊어 보이게 한다. 뽀얀 살갗에 촛불 빛이 비치는 듯싶었다.

이에야스는 오아이를 쳐다보며 기요카즈에게 말했다.

"영감은 돌아가 쉬오."

"예."

대답하고도 기요카즈는 선뜻 일어나지 않았다.

"뭘 우물거리는가, 돌아가 쉬라는데!"

"예, 그럼, 오아이."

숙부는 문득 꿇어 엎드려 있는 조카딸을 돌아보고 일어나 나갔다. 시중들러와 있는 두 시녀도 몸을 긴장시키고 있었다.

"오아이."

"네."

"얼굴을 들라. 숙이고 있으면 그대가 안 보이잖나."

"네…… 네."

"좀 더 앞으로 나오너라. 그대에게 명할 게 있다."

"무슨 일이신지요?"

"그대는 기억하고 있겠지, 내가 한 말을. 오늘 저녁부터 내 잠자리 시중을 들도록 명한다. 알겠느냐?"

오아이는 놀라며 이에야스를 쳐다보더니 꺼질 듯이 고개를 숙였다.

"네…… 네."

이에야스는 잠시도 눈을 떼지 않고 말끄러미 그 모습을 바라보았다.

"알았겠지, 분명히 대답해라."

"네…… 알겠습니다……."

"좋아! 결정했어! 일전을 벌이겠다."

그리고 우스운 듯 흐흐흐 하고 비로소 배를 흔들었다. 무엇을 생각하고 있는 것일까? 아무도 그의 마음속을 알지 못했다.

운명이 사람 힘으로 움직여지는 것인지, 아닌지? 움직이지 않는 것을 움직이려 하는 것은 헛된 일이고, 움직이는 것에 손대지 않는다면 태만이다. 하지만 사람의 움직임에 따라 움직이는 운명과, 운명의 움직임에 따라 움직이는 인생이 확실히 있다…… 그렇게 생각하면 섣불리 행동할 수 없는 망설임이 솟았다. 어느 쪽이나 행운을 놓치지 않으려는 욕심에서이기는 했지만. 이에야스는 지금 그 갈림길에 서서 두 개의 비중을 재어보았다. 운명을 절대적인 것으로 보면 그것은 하나의 체념으로 통하고, 자신을 절대적인 것으로 보면 그것은 남 보기에 경거망동으로 비친다.

그러나 비록 세상의 눈에 어떻게 비치든 인간에게는 자신을 절대적인 것으로 믿고 움직일 수밖에 없는 빠듯한 하나의 선이 있는 것 같았다. 통해도 좋고 통하지 않아도 좋다. 여기서는 자신이 바라는 대로 가보는 것이다.

이에야스에게 대꾸도 할 수 없을 만큼 엄하게 명령받고 오아이는 지금 온갖 노력을 기울여 그 말에 따르려 하고 있는 듯했다. 언뜻 보기에 매우 무참한 짓으로 보이지만, 그 때문에 망설이고 있는 사람들의 방향은 결정되어 가는 것이다.

"오아이, 알았다면 네게 잔을 내려주마. 이리 가까이 오너라."

"네."

잠시 뒤 오아이는 결심한 듯 이에야스 앞으로 다가갔다. 이에야스는 잔을 들어 오아이에게 주면서, 오아이의 손이 이미 조금 전처럼 떨리고 있지 않음을 알고 싱긋 웃음 지으며 시녀에게 다시 명했다.

"혼다 영감을 불러오너라."

시녀가 혼다 사쿠자에몬을 불러올 때까지 이에야스는 계속 오아이를 바라보았다. 이에야스는 오아이가 무엇을 두려워하는지 잘 알 수 있었다. 몸과 마음을 다시 바치게 된 사나이와 또 죽음으로 이별하게 되는 건 아닐까 두려워하고 있다. 그러나 헤이하치로의 말대로 삶과 죽음을 누가 알 것인가. 이상하게도 이번에는 마음이 풀려 오아이의 아름다움을 새삼스레 살펴볼 수가 있었다.

'술맛과 흡사한 인생…….'

쓴맛을 맛보고 나야 비로소 남는 혓바닥의 감미로움.
"고맙게 마셨습니다."
잔을 비운 오아이에게 이에야스는 부드럽게 말했다.
"오아이, 그대는 마음씨 곱고 몸매도 아리땁다. 이제부터는 좋은 일이 있으리라."
"고……고마운 말씀입니다."
"어려워할 것 없다. 이제 혼다 영감이 오겠지만 편한 마음으로 있거라."
"네."
사쿠자는 어슬렁어슬렁 입구에 나타나 안에 오아이가 있는 것을 보고 싱그레 웃었다.
"전에 없이 약주를 드셨군요."
"사쿠자."
"예."
"나는 참을 수가 없다. 내 베개를 밟고 지나가는 것을 잠자코 보고만 있다면 이것은 말대까지의 치욕이다."
사쿠자는 시치미 뗀 표정으로 이에야스를 올려다보았다.
"장하십니다. 그런데 그게 무슨 말씀인지요?"
"가이 군 말이다."
"음, 신겐 중놈 말씀이었군요."
사쿠자는 될 수 있다면 이에야스에게 모르는 척하라 권하고 싶었다. 사쿠자의 경험에 의하면 격렬하게 내리쏟아지는 물줄기는 한쪽으로 피하는 게 으뜸이었다. 큰 바다로 들어갈 때까지 계속 세차게 흐르는 강은 없다. 언젠가 완만해졌을 때 둑도 쌓을 수 있다.
"사쿠자, 그대에게 이의 없겠지."
"신겐 중놈 말입니까?"
"음, 베개를 넘어가게 내버려두면 말대까지 겁쟁이라는 오명이 남는다."
"만일 이의 있다고 말씀드리면 들어주실 생각이십니까?"
사쿠자가 흘끔 쏘아보자 이에야스는 꾸짖었다.
"못난 것! 할 말 있으면 말하라고 했을 뿐이다. 결정은 내가 할 일이야."
"분부…… 고맙게 알겠습니다."

사쿠자는 무엇을 생각했는지 문득 자세를 바로 하고 꿇어 엎드렸다.

"지금 하신 말씀을 듣고 보니 무어라 드릴 말씀이 없습니다. 죽으라고 분부하시는 장소에서 저마다 죽기로 하겠습니다."

이에야스는 사쿠자를 물끄러미 노려보다가 오아이에게로 시선을 옮겼다.

"사쿠자 녀석, 모두 죽겠다고 말하는군. 우스운 놈이야."

오아이는 잠자코 있었지만, 사쿠자의 말에 오아이 역시 무언가 깨달은 게 있는 모양이다.

"나는 승패를 염두에 두지 않는다. 신불에게 생사를 맡기고 해야 할 일을 해나갈 따름이다."

"주군……."

"뭐냐, 사쿠자?"

"사쿠자는 주군께서 좀 더 겁쟁이인 줄 알고 있었습니다."

"뭐라고, 말이 지나치다, 사쿠자."

"아니, 진실은 진실대로 말씀드립니다. 젊어서 너무 노성하여 생애를 걸 만한 싸움은 할 수 없을 거라고."

"무엄하게 지껄이는군, 이 늙은이."

"그런데 저희들 잘못이었습니다. 단번에 젊어지셔서 호기가 사방을 위압하는 것 같습니다."

그러더니 다시 조금 전의 멀뚱한 표정으로 돌아갔다.

"더 이상 젊어지시지 말아야 할 텐데……."

"뭣이, 뭐라고 말했나, 사쿠자?"

"아닙니다, 이것은 늙은이의 망령이지요. 너무 젊어지셔서 오다의 원군도 오기 전에 공연히 위험한 일을 저지르지 말아야 할 텐데 하고, 그만 넋두리가 나왔습니다."

이에야스는 이마를 찌푸리며 쓴웃음 지었다.

"그대 말은 언제나 뒤통수에 냉수를 끼얹는군. 나는 그토록 호탕하지는 못하다."

"천만에요. 훌륭합니다. 이제는 그 결심을 병졸들에 이르기까지 엄격히 하달하시도록 부탁드립니다."

가신들의 분위기를 넌지시 알려주고 있는 사쿠자. 여느 때보다 엄하게, 가이군은 한 사람도 이곳을 지나지 못하게 해야 한다는 각오를 모두에게 보여주어야만 한다고 생각했다.

"좋아, 결정되었다!"

이에야스는 엄숙한 표정으로 일어나 성큼성큼 마루로 나가 밤하늘을 매섭게 올려다보았다. 이미 두려움도 망설임도 없어지고, 바깥의 바람이 그대로 마음을 스쳐 지나갔다. 사쿠자는 그 이에야스를 보려고도 않고 엉뚱한 표정으로 오아이를 보기도 하고, 천장을 올려다보기도 한다…….

미카타가하라(三方原)

신겐이 대군을 거느리고 고후를 출발한 것은 겐키 3년(1572) 10월 3일이었다.

우선 신슈의 이나(伊奈)를 나와 야마가타 마사카게로 하여금 동미카와에서 도토우미로 나가 본대와 합류하도록 지령하고 10월 10일에는 도토우미로 들어왔다. 그 진격은 바둑판에 한 수 한 수 포석하는 것처럼 정확했다. 다다라(多多羅), 이다(飯田) 두 성을 함락하고 구노성에 육박하자 이에야스도 덴류강(天龍川)으로 본진을 진출시켰다.

이에야스의 가신들 중에는 전쟁을 피하자는 소리도 여전히 있었지만 이에야스는 단호히 거부했다.

10월 13일 신겐은 도토우미의 미쓰케(見付)로부터 에다이섬(江台島)으로 진출해 니마다성(二俣城)의 나카네 마사테루(中根正照)를 공격했다. 한편 마사카게는 동미카와로부터 요시다성을 공격해 이히라(伊平) 성채를 점령함으로써 오다 군 원병이 하마마쓰성으로 오는 길을 끊었다.

이에야스는 물론 기후로 사자를 보내두었다. 아네강 전투 때는 이에야스가 오미까지 손수 출전하여 오다를 도와주었지만, 이번에 다케다 군을 여기서 막아내는 일 또한 결코 도쿠가와를 위해서만은 아니다. 그런데 노부나가의 원군은 좀처럼 도착하지 않고 있다.

전운은 겨울과 더불어 드디어 위급함을 품고 하마마쓰성으로 다가왔다.

그러나 그 무렵 신겐은 아직 이에야스가 운명을 걸고 도전해 오리라고는 생각하지 않았다.

“아키야마 노부토모에게 미노를 공격하게 해라. 그리고 수비장수 오다 가쓰나가(織田勝長)로부터 항복을 받도록. 그렇게 되면 발등에 불이 붙은 노부나가는 결코 원군을 보낼 수 없게 될 거다.”

오다 원군이 오지 않는 줄 명백히 알게 되면 이에야스는 반드시 결전을 피하고 다케다 군을 통과시킬 게 틀림없다. 이렇게 생각하고 10월 27일에는 아키야마 하루노부(秋山晴信)와 아마노 가게유키에게 미카와 북부에서 행동을 개시하게 했다. 다미네성(田峰城), 쓰쿠데성, 나가시노성(長篠城)의 차례로 점령하여 하마마쓰의 도쿠가와 군을 굴복시키는 놀랍도록 치밀한 용병이었다.

세 성이 함락되자 당연한 결과로 도쿠가와의 가신들 중에 동요가 일기 시작했다. 이에야스는 분해서 견딜 수 없었다. 진중에서 말하고 있는 신겐의 얼굴이 보이는 것 같았다.

‘두고 봐. 이에야스는 반드시 두려워하며 결전을 피할 거다.’

52살과 31살의 나이 차이는 역시 포진하는 데 뚜렷이 나타나기 시작했다.

‘초조해하지 마라. 오다 원군이 도착할 때까지는.’

이에야스는 스스로 성급해지려는 자기 마음을 꾸짖으면서, 입으로는 전혀 반대되는 말을 했다.

“어째서 우물쭈물하느냐! 여기까지 끌고 왔는데 물러날 듯싶으냐. 만일 모두들 결전을 피하자고 한다면, 나는 오늘로 작전을 집어치우고 중이 되겠다. 나에게 머리를 깎으란 말이냐! 세상을 버리란 말이냐!”

이러한 정세 속에서 노부나가로부터 겨우 닿은 정보는, 사쿠마 모리마사, 히라테 고레히데, 다키가와 가즈마스 세 장수에게 3000명 병력을 딸려 파견한다는 통지였다.

이에야스는 그 원군이 도착하는 때를 결전의 날로 마음에 정하고, 첩자로 하여금 도토우미로부터 미카와 일대에 걸쳐 유언비어를 퍼뜨리게 했다.

“오다 원병 1만 2000명, 도토우미로 밀물처럼 오고 있다.”

그 원군 3000명이 도착한 것은 12월 첫 무렵이었다. 이에야스의 운명을 건 결전의 날은 시시각각 다가왔다.

하마마쓰성 정면의 거점인 니마다성이 함락된 것은 12월 19일. 니마다성은 나카네 마사테루, 아오키 요시쓰구(青木吉繼), 마쓰다이라 고안(松平康安) 등이 지키고 있었는데, 다케다 군의 공격은 끈덕지고 교묘하기 이를 데 없었다.

다케다 가쓰요리, 다케다 노부토요(武田信豊) 같은 혈육인 장수와 아나야마 바이세쓰(穴山梅雪)에게 맡겨 빨리 함락하라고 신겐은 줄곧 명령했던 모양이다. 그러나 그들만으로 함락되지 않자 야마가타(山縣)와 바바(馬場)의 진언으로 이번에는 수로를 끊었다.

니마다성은 서쪽에 흐르는 덴류강 쪽에 높은 망루를 쌓고, 거기에 우물처럼 도르래 달린 두레박을 매달아 음료수를 일일이 길고 있었다. 다케다 군은 그 두레박이 내려오는 밑으로 상류에서 많은 뗏목을 떠내려보내 수면을 메워버렸다. 그렇게 되자 아무리 용맹스러운 성안 군사들도 싸울 방도가 없었다…….

이에야스는 이 성을 구하러 스스로 2500명의 군사를 이끌고 신도(神道) 마을까지 나갔지만, 함락되었다는 말을 듣고 그대로 하마마쓰에 되돌아갔다. 이제 하마마쓰성은 가로막아 주는 게 아무것도 없이 적의 정면에 노출되었다.

이틀 뒤인 21일이었다.

하마마쓰성의 이에야스 앞으로 마지막 군사회의를 위해 여러 장수들이 잇따라 들어오고 있었다. 사카이 다다쓰구, 오가사와라 나가타다(小笠原長忠), 마쓰다이라 이에타다, 혼다 헤이하치로, 이시가와 가즈마사를 비롯해 오다의 세 장수도 참석했다.

솔직히 말해 사기는 결코 올라 있지 않았다. 첫 싸움이 벌어졌던 이치겐 고개(一言坂)에서는 혼다 헤이하치로의 지휘로 한 명도 다치지 않고 퇴각하여 이에야스는 크게 칭찬했었다.

"오늘의 지휘는 헤이하치가 아닌 흡사 하치만 대보살의 화신이 나타난 것 같았다. 뒷날의 큰 싸움을 앞두고 쓸모없이 군사를 잃는 것은 어리석기 짝이 없는 일이다."

그러나 이것도 승리와는 먼 후퇴였다. 그리고 꼭 지켜야 한다고 버틴 니마다성 역시 함락된 다음인지라 무리도 아니었다.

게다가 오늘 아침 들어온 첩보에 의하면 신겐은 여전히 싸울 의사가 없는 듯하다고 한다. 어쩌면 노부나가의 원군이 계속 오고 있다고 도쿠가와 편에서 퍼뜨린 유언비어의 효과인지도 몰랐다. 신겐은 교부(刑部) 나카가와(中川) 언저리에서 이이 골짜기(井伊谷)를 거쳐 동미카와로 가려는 것 같다고 한다.

"오다 원군 중에서 이미 하마마쓰에 도착한 것이 9개 부대, 그리고 또 오카자키와 시라스(白須) 사이에 잇따라 행군 중인 오다 군이 있는 모양이다. 하마마쓰성을 포위 공격해 승리를 얻더라도, 노부나가의 원군은 틀림없이 우리들이 지칠 때를 노릴 것이다. 오히려 교전을 피하고 전진하는 게 좋다."

신겐이 그렇게 말하고 있다는데 이쪽에서 싸움을 걸 필요가 있는 것일까? 상대는 이미 예정대로 집결된 3만 가까운 대세력이며, 이편은 오다 군을 합쳐 1만 남짓한 인원이다. 구태여 싸우는 것은 무모한 짓이 아닐까 하는 분위기가 감돌고 있었다.

그 여러 장수들을 앞에 죽 앉혀놓고 이에야스는 단호한 목소리로 말했다.

"다케다 군은 내일 22일 노베(野部)를 출발해 덴류강을 건너 다이보사쓰(大菩薩)로부터 미카타가하라로 올라올 것이다. 거기야말로 최대의 결전장, 우리들은 사이가가케 북쪽으로 나가 대기한다. 그럼, 문제는 그에 대한 군사 배치인데……."

서기가 바치는 명부를 들고 맨 먼저 사카이 다다쓰구의 얼굴에 날카로운 시선을 던졌다. 여느 때의 이에야스가 아닌 무엇인가에 홀린 듯 여겨지는 사나운 표정이었다.

미카타가하라는 하마마쓰성 북쪽에 있다. 니마다 가도 왼쪽으로 이어진 사이가가케 위쪽 고원으로, 세로 30리 가로 20리에 걸쳐 떨기나무가 제멋대로 자란 황무지. 이에야스는 거기서 기어코 한바탕 싸우겠다고 한다.

다다쓰구는 이에야스의 시선을 느끼고 그만 눈길을 돌리려 했다.

"다다쓰구, 그대에게 우익을 명한다."

"예."

다다쓰구는 다만 대답했을 뿐이었다. 단지 우익을 명하는 데는 반대할 이유도 없고 의견을 말할 수도 없다. 전체 군사 배치를 알 때까지는 섣불리 입을 열 수 없었다.

"가즈마사! 그대는 좌익이다, 알겠나?"

"좋습니다."

가즈마사는 뜯어먹다 놓친 듯한 볼수염을 성난 듯 뻗치고 힘주어 입을 꽉 다물었다.

"이 좌우 양익 사이에 전군을 배치한다. 최우익인 다다쓰구의 왼쪽에 다키가와, 그 왼쪽에 히라테 님, 사쿠마 님 차례로 오다 군 세 장수는 진을 펴시오."

"알겠습니다."

오미에서 미카와 군의 용맹함을 본 세 장수는 여기서 참견할 수 없었다.

"그리고 최좌익인 가즈마사 오른쪽에는 헤이하치, 그대가 가거라."

헤이하치로는 빙그레 웃으며 끄덕였다.

"헤이하치의 오른편은 이에타다—"

이 역시 대꾸도 못할 만큼 엄하게 명령받고 이에타다는 헤이하치로 쪽을 흘끔 보며 대답했다.

"예."

"이에타다의 오른쪽은 나가타다, 나는 중앙에 있겠다. 그리고 군사감독은 도리이, 그대다. 두 번 다시 없을 싸움, 충실하게 임무를 완수해라!"

명령받은 도리이 다다히로(鳥居忠廣)가 조용히 불렀다.

"주군—그러시면 주군께서는 미카타가하라에 학익진(鶴翼陣)으로 임할 작정이십니까?"

"그렇다. 전후좌우는 사이가가케에 이어진 벼랑, 어느 쪽으로도 퇴로는 없다."

다다히로는 고개를 갸웃하며 더 이상 묻지 않았다. 이에야스의 마음을 알 듯 싶으면서도 한편 불안하기도 했다. 3만에 가까운 다케다 대군을 대하는 데 횡일선(橫一線) 방어란 있을 수 없다. 어디를 돌파당하든…… 이에야스의 말대로 퇴각할 길이 없다.

세 방향 모두 벼랑을 등에 진 배수진으로 전군에게 전멸이냐 승리냐를 강요한다고밖에 생각할 수 없다. 사기가 그리 오르지 않는 오다 원군의 결의를 굳게 하고 나중을 위한 복선이 깔린 일이라면 또 모르지만, 그렇지 않다면 큰일 날 것 같은 예감이 든다. 오다의 세 장수가 있으므로 다다히로는 그 이상 물을 수 없었다.

"알았으면 곧 물러가 저마다 출발 준비를 해라. 그리고 와타나베."

"예."

느릿하게 대답하며 와타나베 한조가 고개를 들었다.

"그대는 적의 정세를 살피고 오너라. 그리고 각 부대는 내일 아침인 22일 날이 활짝 밝았을 때는 적이 한 걸음도 지나지 못하게 할 각오로 미카타가하라에 있어야 한다. 알았느냐!"

모두들 숙연하게 몸으로 대답했다. 그러나 아무도 납득한 것은 아니었다. 한 번 패하면 교체할 인원도 없다. 그러한 학익진으로 다케다 군을 맞아 싸울 수 있을까?

이에야스는 이제 아무것도 생각하지 않았다. 생각하는 것은 다만 어떤 일이 있어도 다케다 군에게 굴복하지 않는 사나이의 존재를 보일 것, 그뿐이었다. 아니, 다케다 군만이 아니었다. 어떤 대군이라도, 어떤 전략으로 공격해 오더라도 납득할 수 없는 상대에게는 결코 무릎 꿇지 않는다—는 것이 이에야스라고 운명을 향해, 천지를 향해 부르짖는 일전이었다. 운이 없다면 모두 몰살당하자. 살려두어도 쓸모없는 놈이라고 신이 결판내린 일……이라 믿고 죽을 작정이었다.

여느 때와 다른, 얼굴도 마주 볼 수 없을 정도로 심한 이에야스의 질타를 받고 각 부대는 미카타가하라를 향해 행동을 개시했다.

그러나—

다케다 군은 그러한 이에야스의 결의 앞에 무엇을 생각하며 어떻게 움직이고 있었던 것일까?

22일 이른 아침 다케다 군의 실제 병력은 2만 7000명쯤 되었다. 이 병력을 거느리고 신겐은 조용히 덴류강을 건너 미카타가하라에 이르렀다. 이윽고 이오가하라(飯尾原)에 이르자 행진을 멈추게 하고 척후의 보고를 기다렸다. 신겐은 아직 이에야스가 옥쇄를 각오하고 도전해 오리라고 믿지 않았다.

"만일 이 대군에 맞서온다면, 이에야스는 생각보다 훨씬 어리석다고 여길 수밖에 없다."

가쓰요리의 의견은 그 반대였다.

"아닙니다. 이에야스는 반드시 여기서 막아내려 할 것입니다. 이 가쓰요리 역시 한 번도 싸우지 않고 통과시키는…… 그런 일은 하지 않을 것입니다."

아직 사방을 내다볼 수 없는 겨울 아침 안개 속에서 신겐은 배를 잡고 웃었다.

"그러면 이에야스는 가쓰요리와 막상막하로 지각이 없다는 말인가, 핫핫핫."

정찰 보냈던 우에하라(上原)가 달려들어왔다. 우에하라는 오야마다 노부시게(小山田信茂)의 부하로 전날 밤부터 사이가가케 깊숙이 들어가 도쿠가와 군의 동태를 낱낱이 살피고 왔던 것이다.

오야마다와 바바 노부하루가 우에하라를 데리고 신겐 앞에 나타났다.

"우에하라, 그대가 본 대로 느낀 대로 대장님께 말씀드려라."

"예."

대답하고 우에하라는 자신도 고개를 갸우뚱하며 말했다.

"도쿠가와 군은 9개 부대의 총병력을 옆으로 죽 벌린 학익진으로 방비하고 있습니다."

"뭣이, 그게 참말이냐?"

신겐이 깜짝 놀란 듯 몸을 내밀어 걸상이 큰 소리로 삐거덕거렸다.

"예, 게다가 깃발이 매우 어지럽고 들떠 있는 것처럼 보였습니다."

가쓰요리의 통통한 볼에 날카로운 웃음이 떠올랐다.

"아버님! 가쓰요리의 눈도 그리 무디지 않습니다."

"음."

신겐은 신음했다. 자신의 앞을 그 허술한 학익진으로 가로막는다. 신겐은 상대의 마음을 손에 잡힐 듯 알 수 있었다.

"그런가, 죽으러 왔구먼."

그 사나운 결심에 미소가 절로 떠올랐지만, 뭐니 뭐니 해도 생각이 모자란다고 할 수밖에 없으리라. 대장이 그런 결심을 하더라도 싸움은 혼자서 하는 게 아니다. 이 대군을 앞에 두고 그 같은 포진으로는 기치가 어지러운 게 당연했다.

"그런가. 역시 아직 젊군!"

이에야스의 횡일선 학익진에 대해, 신겐은 어느 부대가 패하더라도 단연코 적이 본진으로 다가오지 못할 종대(縱隊) 어린진(魚鱗陣)으로 대비했다. 선봉은 오야마다, 그 오른쪽 뒤에 야마가타, 왼쪽 뒤에 나이토 마사토요(內藤昌豊), 그 오른쪽 뒤에 다케다 가쓰요리, 왼쪽 뒤에 오바타 노부사다(小幡信貞), 그리고 신겐의 본대를 거대한 예비부대로 삼고 그 바로 정면에 바바를 두었다. 이 대군이 그대로 밀고 나간다면 횡일선 학익진은 순식간에 토막 나고 말리라. 신겐은 이에야스의 젊은 객기에 실망하고 기뻐하기도 했다.

바바가 옆에서 말했다.

"맞부딪쳐 싸우십시오. 자청해서 지려고 나왔으니 피할 것 없겠지요."

"음."
신겐은 미소를 지우지 않고 짓궂게 물었다.
"틀림없이 이길 수 있겠느냐?"
바바보다 아들 가쓰요리의 대답을 들어보고 싶은 것이리라. 아니나 다를까 가쓰요리가 끼어들었다.
"이길 수 있습니다. 싸우지 않는다면 이야말로 복을 차버리는 일입니다!"
"이길 수 있다는 증거는?"
"비수로 엷은 비단을 찢는 것과 같습니다. 홑옷으로는 숯불을 싸지 못합니다."
그래도 신겐은 당장 싸운다고는 말하지 않았다.
"좋아, 무로가 노부토시(室賀信俊)를 불러라."
노부토시는 신겐의 측근척후 가운데 가장 신중한 사나이였다.
노부토시가 불려오자 신겐은 말했다.
"그대는 우에하라를 데리고 다시 한번 정찰하고 오너라. 그동안 각 부대는 아침식사를 하도록. 싸우게 되든 전진하게 되든 겨울에는 배가 든든해야 한다."
아침 안개는 아직도 짙었다. 물론 여기서 취사 준비를 할 수는 없다. 전군이 재빨리 아침 요기를 끝냈을 때, 노부토시가 돌아왔다.
"우에하라가 여쭌 대로입니다. 일전을 서두르시는 게 좋을까 생각합니다."
"허, 그대까지 그렇게 말하는가. 그럼, 가쓰요리, 한번 싸워볼까?"
"하명을 기다리겠습니다."
"좋아, 그럼, 오야마다부터 덤비도록. 무리는 하지 마라. 피로하면 곧 물러나 교대하며 번갈아 공격하도록 해라."
"예."
모였던 여러 장수들은 대답하고 나서 일제히 자기 부대로 말을 달렸다.
적이 횡일선 학익진을 펼친 것을 알았을 때부터 신겐은 싸울 작정이었다. 그러나 결단을 망설이는 듯 보인 것은 첫째로 가쓰요리에 대한 가르침이었고, 둘째로는 궁지에 몰린 쥐가 된 상대를 가벼이 보지 말라는 전군에 대한 훈계이기도 했다.
이리하여 거대한 어린진은 다시 움직이기 시작했다.
이것을 맞는 도쿠가와 편에서는 군사감시역인 도리이 다다히로가 굳건한 결의로 마지막 간언을 하기 위해 이에야스를 찾아간 참이었다. 이에야스는 걸상 앞에 화톳불을 사르게 하고 오만하게 팔짱 낀 채 눈을 감고 있었다. 바깥 기온은 점점 내려가고 있었다. 오늘은 하루 종일 햇볕을 보지 못할 음산한 날씨인 것 같다. 진막 사이로 스며드는 안개의 흐름이 뚜렷이 보였다.

"말씀드립니다."

"뭐냐?"

다다히로가 들어가도 올려붙이듯 말했을 뿐, 이에야스는 눈도 뜨지 않았다. 다다히로는 이에야스와 함께 자란 모토타다의 아우로, 용맹으로는 형에게 뒤지지 않고 분별력은 아버지 다다키치를 방불케 했다.

"주군! 기분이 몹시 언짢으신 듯싶습니다."

"쓸데없는 말은 마라. 볼일은?"

"다다히로는 군사감시역이므로 본 대로 말씀드립니다. 오늘 싸움은 아군에게 불리……."

"알고 있다."

"적은 예상 밖의 대군으로 열 몇 겹으로 진 치고 있습니다. 아무리 무찔러도 끝없이 덤벼들 것 같습니다만."

이에야스는 대답하지 않았다. 여전히 눈을 감은 채로 볼이 꿈틀꿈틀 신경질적으로 움직이고 있다.

"주군! 이 다다히로가 보기에 아군이 성안으로 물러가면 신겐은 싸우지 않고 지나갈 듯싶습니다."

이에야스는 눈을 부릅떴다.

"이 못난 것! 그것은 반년 전부터 알고 있었다. 건방진 말은 하지 마라."

"주군, 다다히로는 성안으로 철수하여 그대로 통과시키라는 게 아닙니다."

"뭐라고?"

"이대로 일전을 벌이기보다 물러가는 것처럼 보여 이 불리한 벼랑가에서의 싸움을 피하고, 적이 홋타(堀田) 언저리를 지나갈 때 배후에서 단숨에 습격하는 게 어떻겠습니까. 그것 역시 승리는 기약하기 어렵습니다만, 무사의 면목은 충분히 보일 수 있습니다."

"다다히로!"

"예."
"그대는 언제부터 이에야스에게 간언하는 신하가 되었나?"
"그런 뜻으로……."
"닥쳐라! 그대들이 생각하는 이치를 생각도 해보지 않고 지휘하는 이에야스인 줄 아느냐. 겁쟁이 같으니!"
"주군 말씀답지 않습니다. 이 다다히로가 언제 적에게 등을 보인 적 있습니까?"
"적에게 등을 보이지 않는 것만이 용사가 아니다. 적의 대군을 보고 내 지휘를 위태롭게 여기는 그 심보가 겁쟁이란 말이다. 우리들이 동요하면 오다 원군이 싸울 수 있다고 생각하느냐? 어리석은 놈 같으니."

다다히로는 입을 굳게 다물고 원망스러운 듯 이에야스를 마주 쏘아보았다. 이처럼 혈기만 앞세우는 대장은 아니었다. 무엇인가에 홀려 있다—고 다다히로는 생각했고 이에야스는 이에야스대로 서글픔이 끓어올랐다.

'아무리 말해도 내 마음을 모르는 놈…….'

생각할 수 있는 일은 모두 생각한 다음 하늘의 처분을 기다리고 있다. 여기서 발버둥 쳐 살아남아 부질없이 남의 의지에 따라 무참한 싸움을 되풀이하게 되는 한 나라 한 성의 주인이 되기보다 오히려 죽게 해달라고 기도드리고 있다. 그러한 심정을 모두들에게 알아달라고 하는 게 무리인지도 모른다. 하지만 이에야스는 여기서 이미 운명과 승부하지 않을 수 없을 만큼 크게 성장했다고도 할 수 있었다.

"주군!"
"뭐냐?"
"결심하신 바가 확고하심을 알았습니다. 제가 겁쟁이인지 아닌지 잘 지켜봐주십시오. 반드시 마음에 느끼게 되실 때가 있을 겁니다."

다다히로는 나직한 목소리에 힘주어 말하고 성큼 일어나 진막 밖으로 나가버렸다.

매서운 추위 속에서 시간이 흘렀다. 적의 대군은 겨울바람을 등지고 소리 없이 진격해 온다. 서두르지도 덤비는 일도 없이, 그 진용은 야릇한 중량감으로 서서히 미카타가하라를 위압해 왔다.

점심때가 지나서였다. 오쿠보 다다요의 아우 다다스케가 시바타 야쓰타다(柴田

康忠)와 함께 이에야스 앞에 나타나 말했다.
"주군! 이제 쌍방의 거리가 5리쯤으로 줄어들었습니다. 시작하겠습니다."
이에야스는 대꾸했다.
"그러시오."
두 사람은 힘이 용솟음치는 듯 몸을 한 번 떨고는 진막 밖으로 달려나갔다.
"여봐라……."
그때였다. 와타나베 한조가 강력히 제지했다.
"기다려!"
"이 마당에 무엇을 기다리란 말이냐!"
한조는 같은 말을 되풀이했다.
"잠깐! 주군은 여전히 자신만만히 계시던가?"
"싸움에 자신 없는 대장이 있겠느냐."
"이상한 일도 다 있지."
한조는 목소리를 떨어뜨리고 고개를 갸웃했다.
"똑똑히 봐라. 적은 철벽처럼 보이는데 아군은 종잇장처럼 보인다. 이런데도 주군이 생각을 돌리지 않는 것은……."
"한조, 또 사기를 떨어뜨리려는 건가?"
"사기 문제가 아니야. 나는 주군을 염려하는 거다. 다시 한번 주군께 간언해 볼까 하는데 소용없는 일일까, 다다스케……?"
그 목소리가 진막 안의 이에야스 귀에 들어간 모양이다.
"헛일이다, 한조."
이에야스는 성큼 진막 밖으로 나와 천천히 하늘을 올려다보았다. 깃발을 펄럭이게 하는 바람에 눈 냄새가 섞여 있다.
"눈이 올 거다. 승패는 하늘에 맡기고 싸우도록 해라."
"예."
한조가 한 무릎을 꿇고 무언가 말하려 했다.
"그대도 다다히로처럼 겁쟁이가 되었느냐?"
한조는 분한 듯 이에야스를 노려보고 결연한 태도로 일어섰다.
"다다스케."

"예—"

"이래서는 싸움이 안 된다. 그대와 시바타가 선봉으로 나가 가즈마사의 진 앞에서부터 먼저 총을 쏘아대라."

"예!"

"그것을 신호로 나도 근위대를 이끌고 나가겠다. 결사적이다, 알겠느냐!"

"예!"

바람은 점점 사나워지고 하늘은 해 질 녘처럼 어두워졌다. 그 속에 오쿠보, 시바타가 200명쯤 되는 병졸을 이끌고 맨 먼저 본진을 출발했다. 이제 다른 장수들도 움직이지 않을 수 없게 되었다.

탕! 탕! 신호탄이 좌익 선봉인 가즈마사 군에서 다케다의 선봉 오야마다의 진으로 발사되었다. 피아간에 와! 하는 함성이 오르고 고동 소리가 바람을 압도하며 울리기 시작했다. 다케다의 마름모꼴 깃발과 도쿠가와의 세 잎 접시꽃 깃발이 양쪽에서 실을 당기듯 다가갔다. 보일 듯 말 듯한 가루눈이 바람에 날려오기 시작했다.

이에야스 자신도 말에 올라 줄곧 좌우를 바라보고 있다. 적 편에서도 히라테 고레히데의 한 부대에 싸움을 걸어온 자가 있는 모양이었다. 찬바람 속에 울리는 말 울음소리가 미카타가하라에 가득 넘쳐간다…….

"아뢰오."

"뭐냐, 빨리 말해라."

"방금 이시카와 가즈마사의 부하 소토야마 마사시게(外山正重)가 오야마다 부대에 첫 번째 창을 내질렀습니다."

"잘했다!"

"아뢰오!"

"오."

"이시카와 부대가 오야마다 부대를 무찌르고 있을 때 와타나베 한조가 오른쪽 곁으로 뚫고 들어가 오야마다 부대가 무너지고 있습니다."

"좋아! 한 걸음도 물러서지 말라고 한조에게 일러라."

"아뢰오! 오야마다 부대는 패주하고 적은 바바 노부하루 부대와 교체했습니다."

"알았다. 헤이하치에게 새로운 적을 맞아 한 걸음도 물러나지 말라고 전해라."

시각은 이미 오후 4시에 가깝다. 싸락눈이 차츰 굵어져 시야는 거의 내다보이지 않았지만, 이에야스한테 전달되는 보고는 반드시 불리한 것만은 아니었다.

'운명의 신이 지켜보고 계신다!'

"아뢰오. 혼다 헤이하치로, 사카키바라 고헤이타, 오쿠보 다다요 창을 가지런히 하여 바바 부대를 추격하고 있습니다."

"좋아!"

"아뢰오!"

"무엇인가?"

"히라테 고레히데 님의 1개 부대가 적의 수군 300여 명에게 돌로 습격받아 무너지고 있습니다."

"뭣이, 돌로…… 오다 님 원군이 벌써 무너진다고."

이에야스는 매섭게 오른쪽을 노려보았다.

"다다쓰구에게 구하라고 일러라."

말하고 마음속으로 이를 갈았다. 히라테 부대의 바로 왼편은 사쿠마 모리마사, 모리마사가 패하면 그 왼쪽은 바로 이에야스의 본진이다.

"좋아, 우리들도 나가자. 고동을 불어라."

"예!"

대답하고 전진 명령을 내리려 할 때였다. 눈보라 속에 납작 엎드려 말을 달려온 아군 장수 하나가 이에야스 앞에 이르더니 몸을 날려 말에서 홱 뛰어내렸다.

"잠깐! 기다려주십시오…… 주군께서는 좀 더 구경만 하십시오. 근위대를 내보내서는 안 됩니다."

이에야스는 그것이 사카이 다다쓰구임을 알아보았다.

"누구냐, 다다쓰구 아니냐? 그대는 어찌하여 전열을 이탈해 왔느냐. 바보 같은 놈!"

"꾸중은 각오하고 있습니다. 지금 근위대를 전진시키면 저물어가는 날씨와 눈으로 피아의 구별이 되지 않습니다. 여기서 죽을 것을 결의하고 싸우는 우리들, 주군은 어디까지나 구경하시며 전투의 소용돌이에 휩쓸리지 않도록 하십시오."

"건방지다."

이에야스가 받아치듯 대꾸했을 때였다. 또 한 사람, 이미 몸이 반쯤 허옇게 되어 굴러떨어지듯 말에서 내리는 자가 있다.

"아뢰오! 사쿠마, 다키가와 두 부대가 오야마다 부대에게 원통하게도 패배했습니다."

이에야스보다 다다쓰구가 먼저 외쳤다.

"뭣이?"

"그것 봐라. 다다쓰구, 곧 돌아가 틀어막아라."

"우…… 우…… 아무 쓸모도 없는 오다 군들."

"그런 말 마라. 나도 나간다. 소라고둥을 불어라!"

마침내 도쿠가와 군은 혼란에 빠져들었다.

이에야스의 본진이 움직이자, 이것을 알아차리고 다케다 군에서는 명장 야마가타가 앞서 동미카와에서 항복을 받아놓은 야마가(山家) 세 부족 쓰쿠데, 나가시노, 다미네를 앞세우고 자신은 독전대(督戰隊) 대열을 만들어 질서 정연하게 쳐나왔다.

눈보라는 점점 심해졌다. 땅도 하늘도 잿빛으로 저물어가고 있다. 이에야스는 창을 받쳐든 졸개와 함께 곧장 말을 몰았다.

"물러서지 마라. 전진하라!"

야마가 세 부족이 '와' 하고 본진을 에워쌌다. 이에야스는 드디어 창을 잡았다. 맞바로 불어오는 눈보라가 투구 전립에 가루를 퍼부은 듯 하얗게 들러붙었다.

"주군을 지켜라!"

"주군을 감싸라."

다다요와 야스마사가 이에야스 앞을 가로막았다. 다케다의 선봉이 우르르 무너지기 시작했다.

"지금이다, 적을 무찌를 때는 지금이다!"

이에야스는 등자를 딛고 발돋움하여 다시 말을 몰았다.

"주군, 위태롭습니다. 너무 깊이 들어가지 마십시오."

야스마사가 가로막으려 했으나, 이에야스의 말은 화살처럼 적진 속으로 돌진해 들어갔다.

"따르라!"

소리친 것 같지만 그 목소리는 바람에 찢기고, 그 기세에 질려 다케다 군이 둘로 갈라졌다. 갈라진 앞쪽에 또 하나의 고기비늘이 홀연히 나타났다. 흰 바탕에 검정, 검은 바탕에 흰 글자가 크게 쓰인 깃발은 다케다 가쓰요리가 분명했다.

"과연!"

이에야스는 밀 위에서 저도 모르게 찬탄했다. 어디가 패배하든, 그 때문에 전군이 무너질 진법은 아니다. 가쓰요리 부대를 4000명쯤으로 판단하고 이에야스는 말을 돌리려 고삐를 당겼다.

바로 그때였다. 일단 갈라진 야마가타 부대가 빈틈없이 퇴로를 막고 이에야스를 향해 쳐들어왔다.

"아뿔싸!"

오른편을 보니 역시 퇴로를 공격받은 사카이 다다쓰구 부대가 흩어져 달아나기 시작하고 있다. 노장 신겐이 이 기회를 놓칠 리 없었다. 그는 진막 속에서 명했다.

"간리 무리를 불러라."

간리 요시하루(甘利吉晴)가 죽고부터 요네쿠라 단고(米倉丹後)가 맡고 있는 간리 무리는 그때까지 보급부대였다.

"단고, 짐말을 버리고 측면을 찔러라. 이로써 오늘 싸움은 끝났다."

"예!"

단고가 나가고 얼마 안 되어 주위가 어두워졌다. 간리 무리의 측면 공격이 다케다 군의 승리를 결정적인 것으로 만들었다.

"벼랑까지 몰아붙이고 나면, 장수들을 집합시켜라."

요란한 아우성을 들으며 신겐이 명했을 때 이미 이에야스의 모습은 그 언저리에 보이지 않았다.

"주군! 다다히로는 겁쟁이였습니까?"

군사감독인 도리이 다다히로가 외치며 달려나가 전사하자, 이어서 마쓰다이라 야스즈미(松平康純)가 젊은 피로 눈보라를 물들였다. 요네자와 마사노부(米澤政信)도 전사하고, 나루세 마사요시(成瀨正義)도 죽었다. 300명쯤 넘는 시체를 남기고 도쿠가와 군은 흩어지고 말았다.

이에야스는 그 무렵 사이가가케 언저리까지 정신없이 말을 몰고 나갔다. 따르는 것은 오쿠보 다다요 단 한 사람.

다다요는 말했다.

"주군! 멈추지 마십시오. 적이 따라붙고 있습니다. 뒤에는 혼다 다다자네(本多忠眞)가 있으니, 그냥 달리십시오."

그 말을 듣고 이에야스는 일부러 말을 멈추어 뒤돌아보았다. 눈에 핏발이 서고 볼이 해쓱하여 오싹할 만큼 추하고 사나운 표정이었다.

이에야스는 쉰 목소리로 고함치듯 다다요에게 물었다.

"뒷부대는 다다자네인가?"

"예—"

다다요가 대답하자 이에야스는 말했다.

"미덥지 못하다. 보고 오겠다."

"주군!"

다다요는 눈은 부라리며 이에야스 앞을 가로막았다. 어스름한 눈에 반사되어 땅 위에 움직이는 사람 그림자만은 희미하게 보였지만, 벼랑으로 떨어진 자도 적지 않다.

"여느 때의 주군답지 않습니다. 호위하겠습니다. 이 길로 성에 돌아가시기를."

이에야스는 다시 고함쳤다.

"안 돼!"

고함치면서 자신이 우습기도 하고 가엾기도 했다. 달려나가는 이에야스 앞을 검은 그림자 셋이 막아섰다.

"이놈!"

이에야스는 소리치며 창으로 그 하나를 거꾸러뜨렸다. 다다요는 그보다 먼저 두 그림자를 피보라로 물들게 하고 있었다.

"주군! 서두르십시오."

"안 돼!"

자기 운명이 이미 결정되었다는 것을 짐작했는지 그 앞에서 한 발자국도 물러날 수 없다는 결의를 보였다.

벼랑가에서 다시 검은 그림자가 둘 따라붙었다.

"오, 주군 아니십니까!"

말을 돌보는 부대에 있던 다다요의 아들 다다치카(忠隣)와 나이토 마사나리(內藤正成)가 말을 잃고 도보로 달려온 것이었다. 갑옷도 투구도 눈으로 범벅이 되었는데 곳곳에 검게 보이는 얼룩은 적의 피가 묻은 것이리라.

"주군…… 혼다 다다자네 님이 전사했습니다."

"뭣이, 다다자네도 죽었다고…… 그러면 누가 지휘하느냐?"

"나이토 노부나리(內藤信成)입니다. 주군! 이 동안에 빨리."

이에야스는 순간 얼어붙은 듯 버티고 선 채 꼼짝하지 않았다. 더욱 한 걸음도 물러날 수 없다는 생각이 가슴에 치밀어올랐다.

'내 운명은 여기까지였던가?'

이렇게 생각하자 문득 온몸이 뜨거워졌다.

"다다치카, 마사나리! 돌아가 싸워라. 노부나리를 죽게 하지 마라."

그러자 다다치카가 다시 외쳤다.

"주군—주군은 정말 우둔하신 대장이오. 다다자네 님도, 노부나리 님도 주군을 무사히 성으로 보내드리기 위해 목숨 바치려 하고 있는 것을 모르십니까?"

그러자 아버지 다다요가 꾸짖었다.

"다다치카! 말이 지나치다. 주군, 자, 성안으로."

다다요가 말고삐를 잡았을 때, 오른쪽 떨기나무에서 함성이 일었다. 다케다 편인 바바와 오바타의 복병이었다.

"도쿠가와 님, 도망가지 마시오. 적에게 등을 보일 작정이오?"

"뭣이?"

이에야스는 다시 뒤돌아보았다. 그 순간 탕! 하고 총소리가 한 방 주위에 울렸다. 총알은 말의 목덜미를 스치고 나가 벼랑에 맞았다. 말은 크게 힝힝거리며 앞발을 번쩍 들었고, 그것을 신호로 눈 속에서 화살이 빗발처럼 날아왔다. 이미 말부대도, 근위무사도 숱한 적과 한 덩어리가 되어 알아볼 수 없었다. 이에야스는 창을 버리고 칼을 뽑았다. 이에야스가 말에서 뛰어내리려 할 때 누군가 외치며 이에야스의 말에 달려들었다.

"주군! 죄송합니다."

이에야스는 그것이 누구인지 알 수 없었다.

"누구냐?"

어둠 속에서 살펴보았다. 이에야스는 자기 목소리가 거의 나오지 않게 된 것을 깨달았다.

"누……누……구냐, 네놈은?"

"나쓰메 마사요시(夏目正吉)입니다. 성에서 마중하러 나왔습니다."

"이놈, 수비장수가 주제넘은 짓을."

"주군! 25기(騎)가 달려왔습니다. 여기서 이 마사요시가 기필코 적을 막겠습니다. 어서 성으로 돌아가십시오."

"안 돼! 이 혼전 속에서 나 혼자만 살아 돌아갈 줄 아느냐. 이 멍청한 놈아."

"뭐……뭣이?"

마사요시는 눈을 부릅떴다.

"정말 어처구니없습니다. 주군은 그런 졸장부였던가요?"

"뭣이, 내가 졸장부라고!"

"졸장부지요!"

나쓰메 마시키치는 몸을 떨며 퍼부어댔다.

"혈기에 못 이겨 전군의 지휘를 잊고 있다니. 그래도 졸장부가 아니란 말입니까."

"이놈!"

이에야스는 몸부림치며 뭐라고 고함쳤지만, 그것은 말이 되어 나오지 않았다.

"더 이상 걱정시키지 마십시오. 제가 주군을 대신하겠습니다."

말하고 나서 말 머리를 난폭하게 하마마쓰성 쪽으로 돌리고, 마사요시는 손에 든 창으로 그 엉덩이를 찔렀다. 말은 미쳐 날뛰었다. 벼랑가의 눈길을 구르다시피 달리기 시작했다. 이에야스는 아직도 무언가 고함치고 있는 것 같았지만, 잇따라 달리기 시작한 아제야나기(畔柳)와 오쿠보 부자 때문에 말은 사정없이 몰아붙여졌다.

이에야스의 모습이 보이지 않게 되자 마사요시는 말에 훌쩍 올라탔다.

"미카와 태수 도쿠가와 이에야스 여기 있노라. 나인 줄 아는 자는 덤벼들어 공훈을 세워라."

눈보라에 목소리를 띄우고 십자창을 휘둘러 순식간에 적군 둘을 말에서 거꾸러뜨렸다.

"이에야스의 마지막 싸움. 여봐라, 내 뒤를 따르라."

"오."

25명의 말 탄 무사는 일제히 적군 속으로 돌입했다. 그리고 30분쯤 지났을 때 나쓰메 마사요시를 비롯한 25명은 모두 이 세상 사람이 아니었다.

다케다 편의 추격은 몹시 집요했다. 그 속을 뚫고 아마노 야스카세가 이에야스를 쫓아왔고 다시 나루세 쇼키치(成瀨小吉)가 추격해 왔다.

다다치카도 보이지 않게 되고 아버지 다다요만 곁을 떠나지 않았다. 이윽고 다카기 구스케(高木九助)가 크게 소리쳐 아군을 격려하며 지나갔다. 어디서 베었는지 중의 목 하나를 높이 쳐들고 있다.

"적의 대장, 신겐의 목을 다카기 구스케가 베었노라……."

그러나 목도 사람도 이미 잘 보이지 않았으며, 말 역시 추위에 움츠리기 시작했다. 목숨만 겨우 살았다는 말이 그대로 들어맞는 참패였다.

이에야스는 일단 하마마쓰의 하치만 신전 앞 큰 녹나무 앞에서 말을 쉬게 한 다음 사색(死色)이 되어 가까스로 성에 이르렀다.

질주할 힘도 없어진 말.

운명을 걸었으나 참패한 대장.

구스케만이 고요하게 닫힌 어둠 속에서 큰 소리로 외치고 있었다.

"적 대장 신겐의 목을 다카기 구스케가 베었노라. 주군께서 성으로 돌아오셨다. 어서 성문을 열어라!"

눈보라는 그러한 비극의 성을 새하얗게 뒤덮고 있었다.

밑바닥에 흐르는 것

이에야스는 성문을 어떻게 들어섰는지 알지 못했다. 정신이 들었을 때는 정문을 피해 옆문으로 들어와 비루먹은 개 같은 모습으로 성안에 서 있었다.

"주군, 성안입니다. 말을 내리십시오."

그 말에 정신 차리고 보니, 다다요가 매서운 눈초리로 노려보고 있었다.

이에야스는 시키는 대로 말에서 내렸다. 성안은 괴괴했으며, 눈에 보이는 나무들은 눈을 함빡 뒤집어쓰고 있었다.

"어째서 걸음을 옮기시지 않습니까?"

다다요한테서 다시 꾸짖음을 들었다. 그러나 땅에 내려선 순간 이에야스는 자신이 살았는지 죽었는지조차 분간할 수 없는 허탈감에 싸여 있었다. 그만큼 그는 이번 싸움에 모든 것을 걸고 싸웠다.

"주군!"

다다요의 손이 다시 이에야스의 어깨를 툭툭 쳤다. 그런 다음 다다요는 입을 크게 벌리고 웃기 시작했다.

"어처구니없는 분이야, 주군은."

"뭐……뭣이!"

"보십시오, 말안장에 똥을 지리셨군요. 어, 구린내!"

"뭣이, 내가 똥을……."

이에야스는 눈을 부릅떴다. 비틀거리면서 안장을 붙잡고, 그것을 만지더니 소리쳤다.

"못난 것! 허리에 찼던 볶은 된장이다!"

그러고는 다다요의 따귀를 갈겼다. 찰싹 소리가 났다. 그 소리에 응하듯 이에야스의 자세는 팽팽하게 활기를 되찾았다.

"우에무라 마사카쓰, 아마노 야스카세는 정문을 지켜라. 모토타다!"

"예."

"그대는 큰 현관 쪽을."

역시 도보로 쫓아온 도리이 모토타다에게 명하더니 다그치듯 명령했다.

"성문을 활짝 열어둬라. 돌아오는 자들의 목표가 되도록, 있는 장작을 몽땅 쌓고 화톳불을 살라라."

그러더니 이에야스는 그대로 비틀비틀 현관마루에 엉덩방아를 찧었다.

다다요가 달려가 신발을 벗겼다.

"똥을 싸다니, 천치 같은 놈!"

이에야스는 성큼 회의실로 들어가 오들오들 떨고 있는 히사노(久野)라는 시녀에게 크게 소리 질렀다.

"식사를 가져와라."

곧 밥통과 공기가 날라져왔다.

한 공기는 잠자코 먹었다. 두 공기째 내밀었을 때 말끄러미 이에야스를 쳐다보고 있는 다다요에게 말했다.

"화톳불은 살랐겠지? 밑도 끝도 없는 싸움을 했다. 한 공기 더."

다다요의 눈에서 별안간 눈물이 나왔다. 생기를 되찾은 이에야스.

역시 평범한 주군은 아니었다고 생각하자, 그는 자신이 생각다 못해 기지를 발휘하여 똥을 쌌다고 한 말이 헛일이 아니었음을 알고 스스로 감격이 복받쳐왔다.

"한 공기 더."

이에야스는 물에 만 밥을 세 공기나 먹었다.

"알겠나, 나는 잠시 쉬겠다. 화톳불을 꺼지지 않게 해라."

말하기 무섭게 벌렁 그 자리에 드러누웠다.

승세를 몰아 다케다 군은 아군을 뒤쫓아 성 아래까지 육박해 온 모양이었다. 눈보라에 뒤섞여 함성과 활시위 소리가 점점 가까워진다.

그 어지러움 위에 이에야스의 코 고는 소리가 거칠게 더해졌다. 지칠 대로 지친 육체에서는 놀랄 만큼 크게 코 고는 소리가 났다. 오쿠보 다다요는 묵묵히 그 코 고는 소리에 귀 기울였다.

'이처럼 고집 세게 싸우지 않아도…….'

그 생각에 뒤이어, 가장 격심한 인간과 인간의 투쟁을 목격한 듯하여 옷깃을 여미는 감동도 일었다.

'과연 이것이 주군의 근성이었던가.'

온 힘을 다하고 나서 잠을 잔다. 잠에서 깨면 뭐라고 말할 것인가? 여기에서 곧 철수하여 요시다성에서 오다 원군을 기다리겠다고 할까? 아니면 성을 베개 삼아 죽겠다고 할까?

여기까지 생각하다가 다다요는 문득 가슴이 찔렸다. 세 공기의 식사를 하고 적 앞에서 잠든 이에야스에게 그 같은 뒷생각이 있을 리 없었다. 삶과 죽음을 넘어서 다만 싸울 뿐이라고 말할 게 틀림없다.

그곳에 아마노 사부로베와 이시카와 호키(石川伯耆)가 역시 온몸에 화살을 맞고 달려왔다.

"아, 주무시는군."

사부로베가 말하자, 호키는 어처구니없는 듯 고개를 흔들었다.

"이것은 코 고는 소리가 아니오?"

"그렇소, 코 고는 소리요. 그런데 화톳불은?"

"기막히는군. 대낮처럼 화톳불을 피우고 성문은 열어젖혀진 채요. 적이 성 아래까지 난입하고 있소. 곧 깨워서 지휘를 받아야만."

"지휘는 하명받고 있소."

다다요는 한 무릎을 와락 앞으로 내밀었다.

"지금 패하여 여기를 물러나는 것은 오히려 적을 끌어들이는 일. 신겐도 귀신은 아니다. 잠시 쉰 다음 적에게 매운맛을 보여주겠다고."

"아직도 고집을 꺾지 않으셨단 말이오?"

"그렇소, 여기서 적을 섬멸하는 일만이 미카와 무사의 면목을 세우는 것이라고."

거기서 다다요는 말을 끊고 사부로베를 똑바로 바라보았다.

"그러니 이 사람은 이제부터 사이가가케로 쳐나가겠소."

"뭣이, 다시 쳐나간다고?"
"성 아래로 난입해 있는 적의 배후에 총 맛을 보여주지 않는다면, 주군의 명을 거역한 것이 되오. 사부로베 님, 소총수를 모아주시구려."
사부로베는 순간 꼼짝도 하지 않고 다다요를 마주 쏘아보더니 곧 결심한 듯 고개를 끄덕였다.
"알았소. 얼마나 남았는지 모르지만 곧 모아보겠소."
사부로베가 나가자 다다요는 갑옷 끈을 단단히 고쳐 매었다.
"여러분, 한발 먼저."
그 무렵이 되어서야 회의실에 겨우 촛대 수효가 늘었다. 이에야스의 코 고는 소리는 아직도 계속되고 있다.
"좋아, 나도 정문에서 싸우다 죽으리다."
호키가 말하며 소매에 꽂힌 화살을 잡아 뽑았을 때였다, 눈 내리는 하늘을 흔들며 망루의 큰북이 우렁차게 울리기 시작한 것은. 사람들은 깜짝 놀라 얼굴을 마주 보았다. 누군가 성안으로 돌아오자마자 망루로 뛰어올라간 게 틀림없다.
그 소리에 이에야스의 코 고는 소리가 뚝 그쳤다. 천천히 기지개를 크게 켜더니 잠시 북소리에 귀 기울이고 나서 주위를 둘러보았다.
"자, 이제 좀 피로가 가셨다. 싸우자……."

활짝 열어젖힌 정면 성문 앞에 쌓인 눈은 화톳불에 반사되어 눈부시도록 새하얗다.
그 공간을 10초 간격으로 창을 옆구리에 낀 졸개가 좌우로 왔다 갔다 했다. 추위를 막기 위해 걷는 것은 아니다. 여기를 지키도록 명령받고 아마노 야쓰카게가 16명의 졸개들을 몇백 명으로 보이게 하려고 자세를 바꾸어 왔다 갔다 하게 시키고 있는 것이었다.
여기저기 피워놓은 화톳불이 성의 모습을 밤하늘에 뚜렷이 부각하고 있다. 거기에 달려돌아온 사카이 다다쓰구의 부하가 망루로 달려올라가 큰북을 울리기 시작했으므로, 성 전체가 활기를 띠고 살아 있는 것처럼 보이기 시작했다.
가이의 난쟁이 야마가타 마사카게는 단숨에 성안으로 쏟아져 들어가려다가 성문 앞 2정 거리에서 설쳐대는 부하들을 제지하며 말을 멈췄다.

"기다려라!"

북소리는 더욱 울려퍼지고 화톳불이 밝아져간다. 활짝 열린 성문으로 상처 입은 도쿠가와 군이 삼삼오오 들어가고 있건만, 수비병들은 아랑곳없이 정연하게 맡은 부서를 지키고 있다.

"이상하다? 명령이 있을 때까지 움직이지 마라."

마사카게는 고개를 갸우뚱한 채 말 머리를 돌려 왼쪽 후방의 가쓰요리 진으로 달려갔다. 가쓰요리 역시 말을 멈추고 몰아치는 눈을 손으로 가리며 성을 올려다보고 있다.

"가쓰요리 님."

"마사카게냐? 성안 동정은 어떤가?"

"이젠 남은 자들이 없는 줄 알았습니다만."

"저 북소리는 무엇을 알리는 것일까?"

"가쓰요리 님도 이해되시지 않습니까?"

"이상한 일을 하는군."

거기에 또 눈을 헤치고 오야마다가 달려왔다. 오야마다는 눈썹에 하얀 눈을 붙인 채 말했다.

"아직도 수비하는 자가 남아 있었던 모양이군요."

가쓰요리는 고개를 끄덕였다.

"바이세쓰한테 누군가 보내보자. 사람도 말도 모두 지쳐 있다. 무리한 싸움은 더 못한다."

"예."

대답하고 나서 말부대의 한 사람이 맨 우익에 진격해 와 있는 아나야마 바이세쓰의 진으로 달려갔다.

한편 그 무렵 옆문에서 다시 눈 속으로 빠져나온 오쿠보 다다요는 26명의 소총수를 이끌고 아나야마 부대 곁을 지나 사이가가케 벼랑 아래로 가고 있었다. 손발이 얼어붙고 아랫배가 당겨온다. 꾹 힘을 주자 물 같은 배설물이 사타구니 사이로 찔끔 지려진다.

다다요는 엄숙한 표정으로 말했다.

"주군, 용서하십시오."

그러고는 다시 걸었다. 말 위에서 지린 똥을 볶은 된장이라고 돌라댄 이에야스의 꿋꿋한 성미가 생각났던 것이다. 벼랑가에는 무릎이 파묻힐 만큼 눈이 쌓여 있었다. 다다요는 거기서 행진을 멈추게 하고, 26자루의 총을 아나야마 부대 배후에 향하도록 했다.

"겨냥 따윈 아무래도 좋다. 점화해 발사하면서 목청껏 고함질러라!"

화승(火繩)에 불이 댕겨졌다. 화약 냄새가 짙게 풍기고, 이윽고 탕 탕 하고 26자루……의 총이라기보다 하마마쓰성의 온 화력이 엄청난 메아리를 불러일으켰다.

"와!"

이어서 무서운 함성이 일었다. 불의의 습격을 받은 아나야마 부대는 개미집을 허물어놓은 듯 우왕좌왕하기 시작했다.

"한 방 더……."

진저리 쳐지는 것을 억누르며 외치자 다다요의 항문에서 다시 찔끔 배설물이 나왔다.

두 번의 발포와 계속 울리는 목소리로 다케다 편은 성 안팎에서 공격을 받는 줄 판단했다. 이상한 아우성이 아나야마 부대로부터 야마가타 부대, 오야마다 부대로 전파되어 마침내 그대로 철수하기로 결정되었다. 다다요도, 이시카와도, 아마노도 멀리 추격하지 않았지만, 마지막 끈기로 다케다 군의 간담을 써늘케 한 것만은 사실인 모양이다.

회의실 걸상에서 다케다 군 철수 보고를 받자 이에야스는 온몸이 나른하도록 피로를 느꼈다. 결코 훌륭한 전투는 아니었다. 아니, 오히려 비평할 여지도 없을 만큼 비참한 패전이었다. 하지만 그 패전을 경험한 자기가 지금 여기에 이렇게 살아 있어 적의 진출을 막아낸 것이다. 물론 그것은 이에야스 자신의 힘은 아니었다. 밑바닥을 꿰뚫고 흐르는 무언가 보이지 않는 힘에 두 손을 모으고 싶은 심정이었다.

무장한 졸개가 주방에서 밤과 다시마와 공기 하나뿐인 상을 날라왔다. 이에야스는 아직 그것을 분배하게 하지 않고, 차례차례 돌아오는 자들을 쏘아보듯 지켜보고 있었다. 도리이 모토타다도 아우를 잃고 눈에 핏발이 섰으며, 많은 부하를 잃은 혼다 헤이하치로도 지친 그림자를 온몸에 애처롭게 새기고 있었다.

스즈키 규사부로(鈴木久三郎)가 이에야스의 지휘부채를 들고 와서 내밀었다.
"오는 도중에 주웠습니다."
"그대에게 주겠다."
이에야스는 내뱉듯 말하고 아마노 야스카게를 돌아보았다.
"다다쓰구가 아직 보이지 않는데."
"예, 다다쓰구 님은 주방에서 상처를 치료하고 있습니다."
"상처가 깊은가?"
"화살 상처가 네 군데, 술로 닦고 있습니다."
그러고 보니 상처 입지 않는 자는 아무도 없었다.
"이렇게 모인 꼴을 보니 모두들 밤귀신 같은 흉악한 몰골뿐이로군!"
이에야스가 말하자, 모두들 비로소 하하 웃었다. 다다요가 돌아오자 모두에게 술상이 나누어졌다. 따끈한 한 공기의 탁주. 그것을 잠자코 홀짝거리기 시작하자, 새삼 모두들 눈시울에 눈물이 맺혔다.
생사의 갈림길을 헤매어온 그들 눈에는, 이에야스만이 더욱 거대한 바위처럼 크게 보인다.
'어쩌면 두려움을 모르는 게 아닐까……?'
도리이 모토타다가 별안간 잔을 높이 들고 울부짖듯 말했다.
"잘 생각해 보니 이 싸움은 이긴 것입니다. 축하드립니다."
"맞아, 우리는 지지 않았어. 8000명으로 3만 대군을 물리쳤잖은가?"
다다요가 그 말에 대답하자 이에야스는 말했다.
"허세 부릴 건 없어. 졌다. 졌지만 굴복하지 않았을 뿐이다."
"흠, 졌어도 굴복은 하지 않았다…… 그렇지, 패배를 축하하겠습니다."
혼다 헤이하치로가 말하며 비틀비틀 일어나 춤추기 시작했다. 자신은 그럴듯하게 출 작정인 모양이었지만, 그것은 상처 입은 투견이 버둥거리는 모습을 연상시켰다.
이에야스는 웃지도 않고 물끄러미 그것을 보고 있었다.

화톳불은 아침까지 계속 피워졌고 병졸들은 그 옆에 웅크리고 잠잤다.
아침이 되자 눈은 가는 비로 바뀌었다. 다케다 군은 이튿날인 23일 미카타가

하라에 머물면서, 베어온 장수들의 목 검사를 끝냈다. 그리고 군사회의에 들어간 듯했다.

아직 쌍방 모두 엄한 경계를 늦추지 않고 있었다. 24일 아침이 되어 다케다 군이 진을 철수한다는 것을 알았다.

가쓰요리, 아마가타, 오야마다 등 여러 장수는 내친김에 하마마쓰성을 함락하자고 주장한 모양이지만 신겐이 허락하지 않은 듯했다. 도중에 반드시 오다 원군과 만나리라. 그때에 대비해 미카타가하라에서는 군량미 소비를 절약해 두어야 한다.

대군이므로 장기전은 불리하다고 여겨 철수하는 것인 줄 알고 나서야 비로소 하마마쓰성에서는 아군 시체를 수습하러 나갔다. 여기저기 무덤이 만들어지고, 그 위에 날마다 매서운 서리가 내렸다.

다케다 군의 손실 400명, 도쿠가와 편은 오다 원군을 합쳐 1080명.

이리하여 갖은 비탄을 다 겪은 겐키 4년은 저물고, 덴쇼(天正) 원년(1573) 정월을 맞았다.

설날 하마마쓰성에서는 동료끼리 신년 축하 인사를 교환하는 이도 없었다. 신겐은 섣달 26일 교부(刑部)에 도착하여 거기서 설을 맞으며 첫 싸움으로 노다성(野田城)을 함락하려 노리고 있었다.

이에야스는 설날 이른 아침에 먼저 신전에 축수를 드렸다. 그리고 나서 거실로 들어가 가까이에 무구를 갖추어둔 다음 신하를 물리치고 창문을 향해 앉았다. 명부에서 전사자 이름을 붉은 선으로 지워가며 한 사람 한 사람에게 말을 건넨다.

"용서해라……."

어느 이름이나 가슴이 북받치며 눈물이 쏟아져 견딜 수 없었다. 나쓰메 마사요시, 도리이 다다히로…… 그들을 잃은 대가로 평화가 찾아온 것은 아니었다. 거대한 적은 지금 미카와를 짓밟고 지나가려 하고 있는 것이다.

이에야스는 책상 위에 향을 사르고 붉은 먹이 묻은 붓을 놓은 다음 마루로 나갔다. 새해 태양이 솟는다. 하늘도 땅도 붉게 물들이고 있다.

차가운 바람이 살갗을 스쳐 여기서도 하마터면 흐느낄 뻔했다. 다시 볼 수 없는 사람들 수가 늘었건만 멧새들은 여전히 재잘거리며 지저귀고 있다.

뒤에서 맑은 목소리가 났다.
"대감님, 새해 의식 준비가 되었습니다."
오아이였다. 이에야스는 가볍게 고개를 끄덕이고 방 안으로 되돌아가 곧 무장을 갖추었다. 평복으로 맞을 수 있는 설이 못 된다. 소매를 단단히 졸라매면서 웃어 보였다.
"오아이, 졌어."
오아이는 눈을 크게 뜨며 되물었다.
"무슨…… 말씀입니까?"
"지난해 싸움 말이다. 좋은 경험이 되었어."
"저는 졌다고 생각지 않습니다."
"그래?"
그는 웃으며 회의실로 나갔다.
회의실에는 이미 엄중한 무장 차림으로 장수들이 기다리고 앉아 있었다. 그들의 얼굴빛은 겨우 생기를 되찾고, 모두들 전보다 한층 늠름한 모습이 되어 있다. 이에야스는 그들을 한 번 둘러보고 무겁게 말했다.
"올해는 우리들의 운명을 결판낼 해가 될 것이다."
모두들 가슴을 쳐 보이듯 고개를 끄덕였다. 혼다 사쿠자에몬이 한 발 앞으로 나와 말했다.
"먼저 새해 인사를 올리겠습니다."
그 말에 이어 모두들 입을 모아 말했다.
"새해 복 많이 받으십시오."
갑옷 소매가 메마른 소리를 내며 울려퍼졌다.
새해 의식이 끝나자 저마다 여느 때의 분주함으로 돌아갔다. 무기를 손질하는 자, 쌀이며 말먹이를 창고에 넣는 자, 연말의 공물을 성안으로 나르는 자 등등.
이에야스는 그러한 사람들 사이를 누비며 성 동쪽으로 갔다. 새해의 첫 태양이 이제 힘차게 하늘에 솟아오르기 시작한다.
이에야스는 그 태양을 바라보며 가슴을 크게 폈다. 그러고는 잠시 의연하게 서서 움직이지 않았다.
뒤에서 칼을 받쳐들고 있던 이이 만치요가 말을 걸었다.

"주군님, 오만 부인이 오셨습니다."

이에야스는 들었는지 못 들었는지 잠자코 그대로 서 있었다.

오만 부인은 지난해 섣달에 유산하고 얼굴빛이 매우 수척했지만 신년 축하 인사를 드리려고 일어나 나온 모양이다. 이에야스가 돌아보지 않으므로 오만 부인도 그 자리에 머물러 새해 태양을 우러러보는 자세가 되었다.

이에야스는 잠시 있다가 오만 부인을 무시하고 만치요에게 말했다.

"만치요, 오카자키의 노부야스도 15살이 되었구나……."

"예?"

"노부야스한테서 새해 축하 사신이 오리라 생각하나?"

"용맹스러우신 작은주군, 반드시 사신을 보낼 거라고 생각합니다."

"미카와에 적을 맞고 있으면서 태연히 설을 쇨 수 있다면 더 바랄 것 없겠지. 하지만 오지 않을 거다. 오만은 어떻게 생각하나?"

오만은 깜짝 놀란 듯 얼굴을 들며 당황했다. 오만으로서는 오카자키에서 쓰키야마 마님이 이에야스의 패전을 기뻐하고 있을 듯 여겨졌던 것이다.

"오만, 어째서 대답하지 않나?"

"네…… 저, 때가 때인지라……."

"오지 않는다는 말인가?"

"네."

"그대는 그 뒤 무슨 소식을 들었나, 쓰키야마 마님으로부터?"

"네……."

오만은 괴로운 듯 다시 얼굴을 수그렸다. 오만 부인의 유산을 전해 듣고 자기의 저주만으로라도 너 따위에게 자식을 낳지 못하게 할 거라고 쓴 지독한 편지가 와 있었다. 그러나 오늘은 정월 초하루, 그러한 일을 입에 올릴 수 없었다.

"작은주군님에게 아기가 생길지도 모른다는 경사스러운 소식이었습니다."

"뭣이, 나에게 손자가?"

"네, 축하드리겠어요."

"그래? 도쿠히메가 잉태했단 말이지?"

"그리고 작은주군님에게 새로운 측실이 생겼다고요."

"노부야스에게 측실이…… 누가 권했나?"

"오가 님 권유로. 아야메 님이라는 아주 어여쁜 분이라고, 도쿠히메 님 시녀가 알려왔습니다."

"음, 야시로가 주선했다고. 그렇다면 신원은 틀림없겠지. 그런가, 노부야스에게 자식이……."

도쿠히메가 임신했으므로 다른 여자를…… 하고 가볍게 생각하며 이에야스의 얼굴이 비로소 풀어졌다.

거기에 오아이 부인이 다시 나타났다. 오만 부인은 지금 병석에 누운 몸이라 오아이 부인이 잔시중을 들고 있는 것이었다. 우연히 애첩을 양옆에 거느린 이에야스에게, 해는 서서히 따뜻한 볕을 보내오고 있다.

"오아이, 그대는 어떻게 생각하나?"

"네, 무엇을 말씀입니까?"

"오카자키에서 신년 축하 사신이 올지 어떨지 말이다."

오아이는 얌전하게 고개를 갸우뚱하고 오만을 바라보았다. 오만이 쓰키야마 마님의 증오의 대상이 되어 있는 것을 오아이 역시 잘 알고 있다.

"바쁜 때이기도 하고…… 오는 길도 험해서."

"역시 오지 않는단 말이지?"

"네."

"그럼, 온다고 생각하는 것은 만치요 하나뿐인가?"

그때 여전히 종이두건을 쓰고 창고를 둘러본 사쿠자에몬이 허리를 구부리고 소나무 아래를 돌아왔다.

"주군, 오카자키에서 사자가 왔습니다."

"뭐, 왔다고?"

"예, 사자는 오가 야시로. 기다리게 할까요, 이리로 안내할까요?"

"뭐, 야시로가 왔다고? 좋아, 정식 인사는 나중에 받겠다. 이리로 안내해라."

사쿠자가 고개를 끄덕이고 사라지자, 어딘가에서 벌써 의복을 갈아입었는지 말끔한 예복 차림으로 야시로가 나타났다.

"야시로냐, 육로로 왔느냐?"

"아닙니다, 배로 왔습니다."

"그런가, 노부야스로부터의 인사는 나중에 받겠다. 지난해 공물 수집은 어떻게 되었나?"

느닷없이 묻는 사람도 묻는 사람이지만 그것을 기다리고 있었던 것처럼 야시로는 품 안에서 장부를 꺼내 공손히 이에야스 앞으로 다가갔다.

이에야스는 그것을 자세히 살펴보고 나서 말했다.

"어지간하군, 수고했다. 그리고 노부야스에게 자식이 생겼다고?"

"글쎄올시다…… 그것은 아직 듣지 못했습니다만."

"허, 그대가 모르다니 이상한데. 오만, 그것을 누가 알려왔느냐?"

"네, 도쿠히메의 시녀입니다."

"흠, 그러면 도쿠히메가 아직 모두에게 알리지 않았나 보군. 알리기도 전에 측실을……? 야시로."

"예."

"노부야스에게 아야메라는 측실을 들였다고 들었는데, 그 여자는 누구의 딸이지?"

"아야메 님 말씀입니까. 성 아랫거리에 사는 의사의 딸입니다."

"뭣이, 의사의 딸…… 가신의 딸이 아니란 말이냐?"

"예, 쓰키야마 마님의 단골 침쟁이 딸로 신분은 잘 조사했습니다."

"누가 권했지?"

"쓰키야마 마님이었습니다. 아니, 마님이라기보다 마님한테 문안드리러 간 작은 주군님께서 직접 보시고 간청하셨습니다."

"언제 일인가, 그것은?"

"섣달 초순께였습니다."

"뭣이, 섣달…… 그럼, 노부야스는 내가 몸이 가루가 되도록 고생할 때 첩사냥질을 하고 있었단 말이냐?"

이에야스의 눈이 번뜩이자 야시로는 움찔하며 목을 움츠렸다.

이에야스에게 있어 오가 야시로는 얻기 어려운 소중한 가신 가운데 하나였다. 남달리 계산에 밝고 늘 수지의 균형을 잘 맞추어나간다. 이에야스의 눈빛 하나에 따라 마음대로 움직여주었으며, 특히 백성들과의 접촉이 능란했다.

그런 이유로 지금은 중신 자리에까지 올라 있다. 그 야시로가 이에야스의 생애에서 최악의 시기였던 지난해 섣달에 노부야스의 첩사냥을 알리지 않았다는 것은 불만스럽다기보다 수상쩍은 일이었다.

"야시로, 내 방으로 오너라!"

"예!"

이에야스는 험악한 표정이 되어 걷기 시작했다. 인생의 밑바닥을 꿰뚫는 것은 역시 끊임없는 불안인 것일까? 다케다 신겐의 대군 앞에서는 훌륭하게 자신을 지켜나온 이에야스도 왠지 가만히 있을 수 없는 초조감을 느꼈다.

'안으로 무너질 원인을 싹트게 하고 있는 것은 아닐까?'

거실에 들어가자 이에야스는 사람들을 물리치고 야시로와 단둘이 되었다. 아직 방 안에는 향 내음이 아련히 남았고 창문 가득 햇볕이 쏟아져 들어왔다.

"야시로, 숨기지 말고 말해라."

"예! 작은주군님 측실에 대해서 말입니까?"

"아냐, 노부야스의 됨됨이를 알고 싶다. 그 애에게는 내 고뇌가 통하지 않는단 말인가?"

"황송하오나, 작은주군님은 총명하시지만 측근에 있는 이들이……."

"보좌를 잘못한다는 말이로군. 이름을 들어보아라. 누구누구냐?"

"예……."

야시로는 자못 난처한 듯 머뭇거리며 말했다.

"히라이와, 히사마쓰 두 분께서."

"흠, 히사마쓰나 히라이와가 말리지 않으므로 노부야스가 멋대로 행동한단 말이지."

"예, 저는 때가 때인지라 도쿠히메 님을 통해 기후 대감님 귀에 들어가기라도 한다면…… 하고 넌지시 간했습니다만, 두 분께서는 오히려 기뻐하는 눈치였습니다."

"쓰키야마 마님은 뭘 하고 있었느냐?"

"주위 사람들이 모두 그와 같으니……."

"흠!"

이에야스는 크게 한숨 쉬며 잠시 물끄러미 천장을 보았다. 흔히 있는 예다. 아버지가 고심하며 쌓아올리는 그늘에서 그 자식이 서서히 파멸의 돌을 쌓는 것은. 무엇보다도 이마가와 부자의 예가 그렇다…….

"야시로!"

"예."

"오카자키에 돌아가거든 노부야스에게 분명히 말해라. 이번 일로 아비가 몹시 노여워하더라고."

"죄송합니다. 모두 저희들 허물입니다."

"그리고 이것은 두고두고 중요하게 마음에 새길 일이다. 엄격하게 소비를 절약시켜라. 자식에게는 절약이 가장 좋은 약이다. 그렇지 않으면 반드시 다케다 가쓰요리 앞에 무릎 꿇게 될 때가 온다고 잘 타일러라."

말하면서 이에야스는 자기 목소리가 차분하게 가라앉은 것을 깨달았다.

"교훈 말씀, 이 가슴에 단단히 새기겠습니다."

"알겠지. 노부야스를 위해서나 나를 위해서나, 올 한 해는 한눈팔 수 없는 소중한 때다!"

"예! 잘 알았습니다."

"부탁한다. 언제든 출전할 수 있도록 늘 준비를 게을리 마라."

그러고 나서 이에야스는 자신의 작은 칼을 집어 야시로에게 주었다.

모략의 도가니

오카자키성도 하마마쓰성 못지않은 엄중한 전쟁 준비 속에 봄을 맞았다.

미카와 안에서 야마가 세 부족은 이미 다케다 편으로 돌아섰고, 신겐은 새해 초에 벌써 노다성을 향해 군사를 움직이고 있다.

15살이 된 노부야스는 첫날 새벽 여러 장수들을 모아 엄하게 일렀다.

"만일 아버님 명령이 내리면 우리도 노다성으로 밀고 나가 다케다 주력과 일전을 벌이겠다. 모두들 그렇게 알고 있도록."

새해 아침 해는 말터에서 맞았다. 일부러 무장하지 않은 평복 차림이었다. 살을 에는 듯한 찬바람 속에서 눈썹을 곤두세우고 말을 달리는 모습은, 곁을 떠나지 않고 따르는 히라이와의 눈에 지난날의 이에야스 이상으로 늠름해 보였다.

앙상한 나뭇가지만 남은 벚나무 말터를 종횡으로 달리고 말의 목 언저리에 땀이 흥건히 밴 것을 보고 나서야 말을 내렸다.

"아버님이 나를 미카타가하라로 데려가셨다면 무참하게 지지는 않았을걸. 그렇지, 히라이와?"

분한 듯 내뱉고 나서 이번에는 활터로 걸어갔다. 히라이와는 잠자코 뒤따랐다.

기소 골짜기(木曾谷)로부터 불어오는 아침 바람이 땅 위 가득 서릿발을 세우고 젊은 대장의 발아래에서 비명을 질렀다.

"히라이와, 그대가 생각한 대로 말해봐. 아버님은 싸움이 서투르신 게 아닐까?"

"천만의 말씀입니다."

"그럼, 능란한 사람 손에서 물이 새었다는 건가?"
"그러한 해석을 내리시면 안 됩니다. 무장의 의기를 보이기 위해 승패를 도외시한 이번 싸움의 비장한 결의를 생각하십시오."
노부야스는 웃었다.
"흥. 그럼, 나는 아버님보다 의기가 모자란다고 말하는 것처럼 들리는군."
히라이와는 다시 잠자코 있었다. 젊음은 단순함과 통한다. 때때로 노부야스가 자신의 기량을 아버지와 비교하려 드는 것을 그는 못마땅하게 여기고 있었다.
'이 자부심은 언제부터 생겨난 것일까?'
어머니 쓰키야마 마님과 만날 때마다 그러한 말이 빈번해진다.
히라이와가 잠자코 있으므로 노부야스는 혀를 찼다.
"그대는 아버님 말만 하면 입을 다무는군. 좋아, 이젠 말하지 않겠어. 하지만 이것만은 말해야겠다. 내 무술이 아버님에게 뒤진다는 것만은."
"알고 있습니다."
"그럼, 오늘부터 화살을 50개 쏘겠다."
활터에 이르러 활을 받아들자 노부야스는 돌연 찬바람 속에 한쪽 어깨를 드러내고 과녁을 노렸다.
"덥다……."
날마다 계속해 온 단련으로 근골이 늠름해졌으며, 젊은 피부에 확실히 땀이 배어 있었다. 하지만 이에야스는 결코 이러한 짓을 하지 않았다고…… 히라이와는 생각한다. 그러나 말려야 할 것인지 생각하면, 역시 망설이지 않을 수 없었다. 아버지보다 용맹스럽다고 칭찬받으려 하고 있을 때 말한다면 아버지와 경쟁하는 마음을 더욱 돋우리라.
"아버님께서는 그러한 일을 하시지 않았습니다."
노부야스는 이윽고 시위 소리도 드높게 화살을 쏘기 시작했다. 이제까지는 30개 쏘았다. 그런데 보기 드문 투지로 50개를 연달아 쏘아가는 것이다. 더욱이 화살은 거의 과녁의 중앙을 맞혔다.
"훌륭하신 솜씨!"
말하면서도 어딘지 부족감이 느껴져 히라이와의 마음은 따끔하게 조그만 아픔을 느꼈다.

'대감께서 너무 뛰어나신 탓일까?'

히라이와는 생각하며 자신을 부끄러워했다. 노부야스가 자신과 아버지를 비교하는 것을 못마땅하게 여기는 그 뒤를 이어 히라이와 또한 노부야스와 이에야스를 비교하고 있는 것이다. 노부야스에게 딸린 몸이니 노부야스 성장의 잘잘못은 자신의 책임이다.

"훌륭하신 솜씨였습니다. 자, 소매를 꿰십시오. 감기 드시면 안 됩니다."

노부야스는 호탕하게 웃었다.

"하하…… 이쯤으로 감기 드는…… 그런 몸으로 무엇을 할 수 있겠나. 아버님은 오와리에 계실 때 추위 속에서 곧잘 기후 대감과 수영하셨다고 했지 않은가."

노부야스는 또 아버지 이름을 입에 올렸지만, 그래도 순순히 팔을 꿰었다.

"그럼, 돌아가 떡국을 들자. 그대도 상을 같이하도록 해라."

"고마운 분부이오나, 전례 없는 일이므로 사양하겠습니다."

"뭐, 그대와 함께 축하 떡국을 먹는…… 일은 조금도 그른 일이 아닐 거다. 좋은 전례라면 내가 만들더라도 잔소리할 자 없어. 어려워할 것 없다."

"어려워하는 것이 아닙니다. 초사흘 동안 축하상은 내외분이 함께 드시는 게 해마다의 예입니다."

"핫핫핫하……."

찬바람 속을 힘차게 걸으며 노부야스는 또 날려버릴 듯 웃었다. 검술, 말달리기, 창술, 궁술 할 것 없이 아버지를 능가할 만큼 강해졌다. 하지만 그 온몸에 넘치는 호기에서 왠지 모르게 자만이 느껴진다.

"늙은이의 생각은 답답하고 딱딱해. 나는 사물의 선의를 헤아리고 이것이 옳다고 믿을 때는 가차 없이 개혁한다. 거기에 새로운 발전이 있음을 깨닫지 못하는가. 괴어 있는 물은 곧 썩는 법이야."

성안으로 돌아오니 무장한 장병들이 회의실로 잇달아 들어가고 있었다. 본성 내전에서 도쿠히메와 둘이 축하상을 받고 나서 나타날 노부야스를 기다리기 위해서였다.

노부야스는 히라이와의 호위를 받으며 그 곁을 지나 내전으로 들어갔다. 어수선한 정원이지만 히사마쓰 도시카쓰의 꼼꼼한 지시로 곳곳에 정성껏 장식이 되어 있었다.

"할아범이 또 부지런히 장식한 모양이군."

노부야스는 쓴웃음을 띠고 도쿠히메가 기다리는 방의 복도를 지나쳐 가려고 한다.

"작은주군님!"

"뭐야?"

"축하상은 여기서 받는 것입니다만."

"아, 그래? 그 전에 속옷을 갈아입고 오겠다. 땀이 났어."

노부야스는 한마디 던지고 새로이 방이 주어진 아야메 방으로 들어갔다.

"작은주군님!"

히라이와는 다시 불렀지만, 젊은 대장은 거들떠보지도 않는다. 안에서 듬직한 목소리가 들렸다.

"아야메, 속옷을 다오. 나는 그대 손으로 땀을 닦게 하려고 일부러 찾아온 거다. 기쁘지?"

"네, 어머나, 땀이 흠뻑."

"자, 닦아다오. 그리고 그대도 오늘 축하상을 나란히 받도록. 뭐…… 도쿠히메에게 어렵다고. 하하하…… 그럴 도쿠히메가 아니야. 내가 허락하는 거다. 누구에게 사양할 것 있겠는가."

히라이와는 옆방에 앉아 처첩을 함께 축하상에 앉히려는 젊은 대장에게 어떻게 간할 것인가 하고 조마조마해했다.

안에서는 이 역시 남자의 정을 안 지 얼마 안 되는 아야메가 온몸으로 열심히 땀을 닦고 옷을 갈아입히고 있는 모양이다.

"어때, 늠름한 팔이지."

"네……."

"만져봐, 손톱도 들어가지 않을 거다. 그런데 그대의 팔은 어쩌면 이렇듯 부드러우냐."

"아, 용서하세요. 팔이 부러져요."

"하하하…… 그렇게 찡그린 눈매가 매우 사랑스러운걸. 차라리 부러뜨려 줄까."

"용서하세요. 아……."

참다못해 옆방에서 히라이와가 꾸짖는 목소리로 불렀다.

"작은주군님!"
"늙은이가 거기 있었구나. 곧 간다. 그럼, 아야메, 그대도 가자."
"작은주군님! 그것은 안 됩니다."
"왜 안 된다는 거냐?"
"아야메 님의 동석은 안 됩니다."
"또 이상한 말을 하는군…… 내가 허락하는데 그대가 안 된다니…… 또 전례인가, 완고한 늙은이로군."
"아닙니다. 전례가 있건 없건 모든 일에는 아래위가 분명해야 합니다. 오늘의 축하상에는 누구도 동석할 수 없습니다."
아야메는 당황해 노부야스에게 잡힌 손을 빼며 움츠러들었다.
"저는 사양하겠어요."
노부야스는 혀를 찼다.
"히라이와!"
"예."
"옛날부터 처첩이 다투면 내전이 어지러워진다고 들었다. 그런 일이 없도록 나는 두 사람이 친하게 지내게 하려고 한다. 내 생각에 잘못이 있다는 건가?"
"황송하오나, 그것은 너무 엉뚱한 일입니다. 부부란 그런 게 아닙니다."
"그럼, 어떤 것이란 말이냐. 들어보자, 히라이와."
말하며 노부야스는 눈을 초롱초롱 번뜩이며 히라이와에게 대들었다. 히라이와는 한심스러웠다. 이 같은 탈선이야말로 내전이 어지러워질 원인이 되는 줄 알면서도 그것을 깨닫게 할 만한 말솜씨가 그에게는 없었다.
"왜 잠자코 있나? 두 사람이 친해져서 왜 나쁜가. 어느 쪽이나 내가 사랑하는 사람, 둘이 나란히 상을 받아 나쁜 까닭을 알 수 없다. 납득할 수 없는 일에는 따르지 않는 게 내 성미다."
히라이와는 이마에 번지는 땀을 닦았다.
"황송하오나…… 세상에는 신분과 위계라는 게 있습니다. 작은마님은 기후 대감님의 큰따님, 아야메 부인은 이름 없는 거리 의원의……."
"닥쳐라!"
노부야스는 크게 소리치며 다다미를 쾅 굴렀다.

"그러한 일을 새삼스레 그대로부터 들어야 할 만큼 어리석은 나라고 생각하나? 누가 도쿠히메 윗자리에 아야메를 앉히라고 했나? 다만 사이좋게 지내도록 하기 위해 동석을 허락한다는 의미를 모르느냐?"

"알았습니다. 훌륭하십니다, 노부야스 님."

자기 등 뒤에서 뜻하지 않은 쓰키야마 마님의 목소리를 듣고 히라이와는 그만 입술을 꽉 깨물었다.

"히라이와 님, 노부야스에게 내전의 위계를 가르치다니 분수를 모르는 일 같군요. 아버님 일을 보세요. 이마가와 대감님의 조카인 나를 물리치고 이름 없는 자의 딸에게 넋 잃는 그 일에 비한다면 정실과 측실의 화목을 바라는 노부야스 님…… 훌륭해요. 노부야스 님, 아야메의 동석을 이 어미도 허락하겠어요."

히라이와는 입술을 깨물며 잠자코 있었다.

"삼가십시오."

말하며 쓰키야마 마님을 나무라도 상관없을 히라이와의 입장이었지만, 그의 온후한 성격과 분별이 그것을 용서치 않았다. 만일 나무란다면 마님은 미친 듯 한탄하기 시작할 게 틀림없고, 히라이와 또한 책임상 한 걸음도 물러날 수 없게 되기 때문이었다.

히라이와는 생각했다.

'한심스러운 일이다!'

이에야스와 쓰키야마 마님의 불화—그 일만이 이 성에 어두운 그림자를 드리우고 있다. 그 그늘을 더 이상 깊게 하고 싶지 않다면 침묵하는 수밖에 도리 없었다.

쓰키야마 마님은 더욱 비꼬는 투로 말했다.

"히라이와 님, 정실과 첩의 동석은 용납되지 않는다는 그대가 옳은지, 정실 따위는 돌보지 않고 첩만 가까이하는 분이 옳은지, 그대가 하마마쓰의 주군에게 알아보시구려. 자, 아야메, 노부야스 님이 허락한다고 말씀하셨다. 모시고 가도록 해라."

순간 주위에 찬바람이 감돌고 이 말을 들은 아야메까지 몸 둘 바 몰라 하며 떨고 있었다. 그러자 그때까지 잠자코 모두를 둘러보고 있던 노부야스가 뜻밖의 말을 했다.

"이건 내 잘못이었다. 히라이와, 용서해라. 아야메를 동석시키겠다고 한 것은 내 어리광이었다."

히라이와는 자신의 귀를 의심했다.

"예? 뭐라고 말씀하셨습니까?"

"동석시키지 않겠다. 용서해라, 히라이와…… 아버님은 하마마쓰에서 혼자 축하상을 받고 계시는데."

그 말을 듣자 히라이와의 눈시울이 갑자기 붉어졌다.

"그럼, 들어주시겠습니까?"

"오, 어머님이 안 계시는 성에 혼자 계시는 것을 잊고, 나만 주제넘게 셋이 함께 자리하겠다고 생각한 것은 어리광이었다."

쓰키야마 마님의 목소리가 찌르듯 그 뒤를 뺐었다.

"노부야스 님! 그대는 아버님이 하마마쓰에서 혼자 계시는 줄 여기나요?"

"어머님이 안 계신다고 했을 뿐입니다."

"무슨 소리! 내가 없는 것을 다행으로 여겨 오만 말고도 요즈음 오아이라는 여자까지 가까이한다고 들었어요. 그런 아버님에게 무엇 때문에 사양해야 하나요. 아야메를 데려가도록 해요."

"어머님!"

노부야스의 눈썹이 꿈틀 올라갔다. 야무진 볼에 아름다움을 좇는 젊은이의 분노를 떠올렸다.

"어머님은 이 노부야스를 바보로 만드시렵니까? 노부야스는 자신의 일은 스스로 분별하겠습니다. 히라이와, 오너라."

또렷이 말하고 그대로 도쿠히메가 기다리는 방 쪽으로 걸어갔다. 이 격렬함 또한 이에야스에게는 없는 것이었다.

"용서하십시오."

히라이와가 노부야스의 뒤를 따라가버리자, 쓰키야마 마님은 잠시 얼어붙은 듯 복도에 서서 허공을 노려보았다. 하늘은 활짝 개었지만 바람이 세다. 지붕 위에서 소나무가 윙윙거리며 우는 소리가 마님 가슴속의 절망을 부채질했다.

마님의 노여움은 거기에 웅크리고 있는 소녀에게로 돌려졌다.

"아야메! 그대는 그래도 여자냐? 낭군을…… 저렇게 뺏기고도 그대는 분하지 않느냐?"
아야메는 한층 조그맣게 웅크린 채 다다미에 엎드려 떨고 있다.
"그대는 누구 덕분에 노부야스 님 곁에 있게 되었는지 잊지 않았겠지."
"네…… 네, 용서해 주세요."
피를 품은 듯한 마님의 눈초리를 보니 아야메는 숨도 쉴 수 없을 것 같았다.
"여기선 말할 수 없다. 들어오너라—"
마님은 아야메의 방으로 성큼성큼 들어와 서 있을 수 없는지 털썩 앉았다.
"믿었던 보람도 없는 계집애……."
"네…… 네."
"이 세나는 그대 뒤에서 원한을 풀겠다고 말하지 않았느냐?"
"용서하세요."
"오다는 나에게 이마가와 집안의 원수, 그 원수에게 내 자식의 살갗을 닿게 하고 싶지 않다고 울면서 날을 밝힌 내 말을 잊었느냐?"
아야메는 소리 내어 울며 엎드렸다.
지금 아야메에게 온몸으로 의지할 사람은 노부야스 한 사람. 이 소녀는 가이와 미카와의 복잡하기 이를 데 없는 모략의 수단이나 쓰키야마 마님의 원한까지는 알 턱이 없었다. 아야메는 다만 계모의 증오를 벗어나기 위해 겐케이에게 이끌려 가이를 떠나왔다. 그리고 가이 태생이라는 말을 해서는 안 된다는 엄명을 받고 숨긴 채 노부야스의 시중을 들기 위해 들어간 것이다. 그 시중이 여자의 몸을 바쳐야 하는 일인 줄 듣고도, 이 불행한 소녀에게는 별다른 감정의 동요가 없었다.
'증오 없는 세상에서 살 수만 있다면…….'
이 조그만 소원으로 노부야스에게 사랑받고, 거기에서 비로소 또 다른 기쁨을 찾아냈다. 동갑인 노부야스의 애정은 아야메의 마음을 마치 봄날의 아지랑이처럼 눈부심으로 감싸주었다. 그리고 조용히 그 행복을 지키려 하고 있을 때 뜻하지 않은 현실로 쓰키야마 마님의 윽박지름을 받게 된 것이다.
누구 때문에 노부야스 곁에 있게 되었느냐고 따진다면 분명 마님 덕분이 틀림없다. 하지만 그 마님이 도쿠히메를 죽도록 미워한다고 귀띔한 말을, 자기 행복에 도취되어 잊고 있었던 것이다.

"울지 마라. 남이 들으면 어쩌려느냐?"

"네."

"그대가 노부야스 님을 독차지하고 사내아이를 낳으면 이 성 주인의 어머니가 된다고 누누이 말했다. 어째서 그대는 아까 노부야스 님에게 매달리지 않았느냐? 그대가 도쿠히메보다 인물도 마음씨도 뛰어나다. 그대가 매달린다면 노부야스 님은 그대의 것. 그대에게서보다 먼저 오다의 외손자가 태어난다면 그대는 한평생 그늘진 신세로 떨어지는 거야."

"네…… 꼭…… 낳도록 힘쓰겠습니다."

"정말, 미덥지 못한 계집애야……."

거기서 마님은 다시 자신의 원한과 고독으로 감정이 빗나간 듯, 이상한 눈초리로 말끄러미 허공을 노려보기 시작했다.

"나는 이렇듯 가신에게도, 대감님에게도 미움받고 있다. 게다가 내가 낳은 노부야스 님에게까지 미움받는다면 그야말로 살아갈 방도가 없는 몸. 나를 가엾이 여긴다면…… 아야메, 제발 노부야스 님을 단단히 그대 품 안에 붙들어다오."

그리고 마님은 하염없이 울기 시작했다.

아야메는 미친 듯 울어대는 쓰키야마 마님을 위로해야 좋을지 빌어야 좋을지 알 수 없었다. 아무리 억눌려 지내온 소녀라 해도 노부야스를 독차지하고 싶은 여자의 감정은 어딘가에 있었다. 하지만 정실부인 도쿠히메는 가이의 대감님에게도 겨룰 만한 오다 노부나가라는 대장의 맏딸…… 듣기만 해도 여자의 감정보다는 두려움이 앞섰다.

노부야스의 비위는 거스르더라도 나중에 되찾을 수 있을 것 같지만, 도쿠히메의 비위를 거스르면 그 때문에 자신의 보금자리는 산산조각 날 듯한 예감이 든다. 그 두려움이 저도 모르게 아야메를 공손하게 만들어가는데, 쓰키야마 마님은 그것이 견딜 수 없을 만큼 못마땅한 모양이었다. 잠시 동안 몸부림치며 운 다음 마님은 성큼 일어났다.

"아야메."

"네…… 네."

"그대에게 단단히 명해둔다. 노부야스 님이 돌아오거든, 도쿠히메한테 갈 바에야 이 아야메를 내보내달라고 말해라. 아니, 그냥 말로만 해서는 안 되지. 실제로 승낙받고 나한테로 돌아오는 게 좋겠다. 그대가 그만한 힘도 없는 여자라면 노부야스 님 곁에 두어도 헛일이니까."

아야메는 심장을 푹 찔린 느낌이 들어 대답도 할 수 없었다.

"알겠느냐? 단단히 일렀다."

쓰키야마 마님은 옷자락 스치는 소리를 내며 빠른 걸음으로 가버렸다.

아야메는 잠시 꿇어 엎드린 채 있었다. 노부야스를 도쿠히메 곁으로 보내지 말라는 뜻보다, 승낙받고 돌아오라는 말이 더 슬프고 세차게 가슴을 때린다.

'마음 놓고 살아갈 보금자리가 아야메에게는 아직 주어져 있지 않다……'

그 생각에 뒤이어 처음으로 안 노부야스에 대한 그리움이 후벼 파듯 가슴을 찔러온다.

'불행한 아이……'

'둥지 없는 가엾은 작은 새……'

그 작은 새는 이윽고 거처방 창문 아래 우두커니 앉았다. 눈물이 글썽한 채 아야메라는 애처로운 계집애를 쓸쓸하게 객관화할 수 있는 거리로 떼어놓았다. 스스로 자신을 박차고 떨어져 멀리 두고 바라보며 자기를 위해 울어주는…… 것이 가장 쓸쓸함을 잊을 수 있는 방법이었다.

노부야스는 두 시간 남짓 지나 돌아왔다. 도쿠히메와 축하상을 받은 다음 회의실에 모인 가신들의 세배를 받고 돌아온 것이다.

"아야메, 뭘 그리 쓸쓸해하고 있느냐?"

"작은대감님, 아야메의 소원입니다."

"새삼스레 무슨 일이냐? 나는 이제부터 그대와 단둘이 즐겁게 지내려고 돌아왔는데."

"작은대감님! 아야메를 내보내주세요."

"뭐라고, 내보내달라고? 왜 그러느냐? 까닭이 있겠지. 말해봐."

"아야메는 모자라는 점이 많아 작은대감님 마음에 들지 않습니다. 큰 실수가 없을 때 물러가고 싶습니다."

"내 마음에 들지 않는다고…… 그래, 물러가 어쩔 작정이냐?"

"네, 머리 깎고 세상을 버리고 싶습니다."

무심한 교태는 그런대로 또한 무섭다. 노부야스는 피가 울컥 거꾸로 흐르는 것을 느끼고 눈을 부릅떴다.
"도쿠히메가 그대에게 못할 짓을 했구나. 그렇지? 그게 사실이지?"

노부야스와 아야메의 조그만 사랑싸움은 얼마 뒤 풀렸다. 하나의 과일밖에 갖지 못한 소년에게 다른 과일이 주어져 맛있다고 여기면 처음의 과일이 물리쳐진다.
"도쿠히메보다 그대가……."
그 말을 듣자 아야메의 불안은 앳된 기쁨으로 바뀌었다. 그 뒤에 어떤 파탄이 오는지 그 계산은 하지 못했다.
오가 야시로가 4월에 하마마쓰로부터 돌아왔을 때, 노부야스는 아야메 방에서 만났다.
야시로는 자못 근엄한 표정으로 방에 들어와, 서로 몸을 기대다시피 하여 맞는 두 사람을 우러러보았다.
"오, 이 젊은 주군을……."
말하려다 입을 다물고 그대로 꿇어 엎드렸다.
"야시로! 왜 그러나? 아버님에게 무슨 변고라도 있느냐?"
꿇어 엎드린 채 눈물짓는 것을 알고 노부야스는 몸을 앞으로 내밀었다.
"아닙니다, 아무것도 아닙니다. 아무것도 아닙니다."
"마음에 걸리는구나, 어째서 말을 우물거리느냐. 그대 눈에 맺힌 눈물을 내가 모를 줄 아느냐?"
야시로는 손을 내저었다.
"아닙니다. 아무것도 아닙니다. 다만 대감님 분부가 너무도 무정하게 여겨져."
"아버님이 무정한 분부를…… 누구에게, 그대에게 말인가?"
"아닙니다. 누군지 있지도 않은 일을 중상한 자가 있었던 게 틀림없습니다. 이 일은 이대로 보아넘기시기 빌겠습니다."
"야시로!"
"예."
"박정하구나, 그대는. 말하려다 왜 그만두느냐? 아버님이 뭐라고 말씀하셨나? 중상하는 자란 누구인가?"

"그것은 알 수 없습니다…… 아니, 말씀드릴 수 없습니다. 그런 일을 말씀드리면 제가 집안사람들의 원한을 사게 될 테니까요."

"더욱 마음에 걸리는군. 아버님이 내 일로 무언가 불만이라도 말씀하셨다는 건가?"

"난처하군요…… 그럼, 말씀드리겠습니다. 이것은 어디까지나 이 자리에서만 듣고 흘려버리셔야 합니다. 그래 주시겠습니까?"

"좋아, 잊겠다. 빨리 말해라."

"내가 생사의 갈림길을 헤맬 때 노부야스는 계집에 미쳐 있었느냐고 매우 역정 내셨습니다."

"뭐라고, 내가 계집에 미쳐 있었다고……."

노부야스는 가만히 옆의 아야메를 돌아보았다.

"그것은 아야메에 대한 말이냐?"

"예, 달리 없으니, 우선……."

"야시로."

"예."

"아야메에 대해서는 그대가 아버님에게 여쭈었을 터, 아버님이 허락하셨다고 나에게 말했잖은가?"

"예, 이 자리에서 흘려주십사 한 것은 바로 그 일입니다. 마땅히 승낙 내린 일을…… 이러쿵저러쿵 중상하는 무리가 대감님 가까이에 있다……고 분하게 생각하며 돌아왔습니다."

"흠, 하지만 그 일이라면 머지않아 풀리겠지. 걱정 마라."

"너무 쉽게 말씀하지 마십시오. 계집에 미친 데다 쓸모없는 낭비…… 아니 군비조차 잊고 있다, 이대로 간다면 머지않아 가쓰요리에게 굴복하게 될 거라며 엄하게 꾸중하셨습니다."

"뭣이, 가쓰요리에게 굴복하게 된다고……."

노부야스의 볼에서 핏기가 싹 가셨다. 가쓰요리는 지금 노부야스가 젊은 피를 불태우며 증오하는 적의 후계자이다. 그 가쓰요리에게 뒤진다는 말을 들은 것은 노부야스에게 있어 견딜 수 없는 일이었다.

"아버님이 틀림없이 그렇게 말씀하셨나?"

야시로는 심각한 표정으로 눈을 깜박였다.

"황송하오나 대감님 본심은 아닐 겁니다. 누군가 작은주군님을 중상하는 자가 있다……고, 이 야시로는 분하게 여기며 돌아왔습니다."

"그런가, 내가 언젠가 가쓰요리에게 무릎 꿇을 놈이라고……."

노부야스는 성큼 일어나 마음속의 노여움을 가라앉히려고 마루의 장지문을 난폭하게 열어젖혔다. 겨울 하늘에서 찬바람이 쌩 불어들어오자 아야메는 옷깃을 여미고 구원을 청하듯 야시로를 쳐다보았다. 야시로는 묵묵히, 자못 슬픈 듯 눈을 계속 깜박이고 있다.

"그런가."

잠시 허공의 소나무 가지를 노려보고 난 다음 노부야스는 사납게 방 안을 돌기 시작했다.

"야시로! 히라이와를 불러오너라!"

"아니, 히라이와 님을 불러서 무엇 하시게요?"

"히라이와가 내 행동을 일일이 간섭한다. 그놈이 틀림없어, 아버님에게 허무맹랑한 일을 고자질한 것은."

"작은주군님, 삼가십시오."

"그러면 히라이와가 아니라는 말이냐?"

"아니, 비록 히라이와 님이라 하더라도 이 야시로 앞에서 꾸짖으시면 제가 몸 둘 곳이 없습니다."

"그렇긴 하지만, 너무 억울한……."

별안간 노부야스는 주먹으로 눈물을 훔쳤다.

"나는 아버님에게 뒤지지 않으려고…… 아버님 이름을 더럽히지 않으려고 한시도 잊은 적 없건만……."

"이해하고 남음이 있습니다! 그러나 참으십시오. 작은주군님, 언젠가는 알게 되실 일입니다."

"야시로!"

견디다 못해 노부야스는 야시로 앞에 털썩 앉아 그 손을 움켜잡고 흐느껴 울었다.

"원통하다! 나는……."

"참으십시오."
"아버님만은…… 아버님만은…… 이 노부야스를 알아주신다고 믿고 있었는데."
"간신들의 중상입니다. 간신들은 작은주군님과 대감님의 불화를 좋아하며 작은주군님까지 물리치고 멋대로 굴려는 것입니다. 작은주군님! 그 수단에 넘어가시는 안 됩니다."
"알았다. 그대뿐이다, 내 편은…… 야시로, 수고했다. 이것을 내려주마."
노부야스가 허리에 꽂은 작은 칼을 풀어 내밀자 야시로는 꿇어 엎드리며 그것을 받았다.
"예—작은주군님!"
"야시로!"
"부디 성급한 결단은 내리지 마십시오. 무슨 일이든 이 야시로에게 의논해 주십시오."
"잊지 않겠다, 그대 충성은."
"그럼, 저는 이만 물러가 쓰키야마 마님께 문안드리러 가겠습니다."
"오, 어머님에게 나쁜 소식은 전하지 마라. 내가 문안 여쭈더라고 전해라."
야시로는 다시 한번 공손히 엎드리고 나서 아야메의 방을 나갔다.
노부야스는 복받치듯 아야메의 어깨를 움켜잡고 울기 시작했다.

쓰키야마 마님은 침쟁이 겐케이가 내미는 차를 이부자리 속에서 받았다. 머릿속에 화끈하게 열이 나는데 온몸은 몹시 나른하다.
겐케이는 마님에게 등을 돌리고 차솥 앞에 앉은 채 혼잣말처럼 말을 이었다.
"무릇 인간은 자연의 섭리 앞에 약한 존재입니다. 침, 뜸은 물론 주무르는 치료도 탕약도 그러한 자연의 활동을 도와주는 데 지나지 않습니다. 따라서 일상생활이 자연의 섭리에 어긋나면 어떤 치료도 일시적 방편일 뿐 병의 뿌리를 끊을 수는 없습니다."
마님은 이불 속에서 배를 깔고 엎드린 채 뜨거운 차를 마셨다.
"그럼, 내 병의 뿌리는 어떻게 하면 끊을 수 있나?"
"황송하오나 마님은 아직 연세보다 4, 5살 젊은 몸을 갖고 계십니다."
"여기저기가 결리고 쑤시는 이 몸이 말이냐?"

"그것은 모두 자연에 어긋난 생활 탓으로, 황송하오나 거기에 병의 근원이 있습니다. 여자 나이 33살을 초로(初老)라고 한 예로부터의 가르침은, 아이를 많이 낳아 키우는 데 몰두해야 할 천한 계집을 두고 하는 말입니다. 마님에게는 당치도 않습니다."

"그렇게 젊었을까, 내가……."

"황송하오나 대감님 곁에 계시면서 남녀 관계가 자연스러우시다면 아직 병드실 몸이 아닙니다."

"겐케이, 억지소리 하지 말게. 그 대감은 하마마쓰에 계시면서 나 같은 건 잊고 계시는 것을 알지 않느냐?"

"그러므로 말씀드리는 겁니다. 겐케이의 침이 효험 없다……는 등의 말씀을 하시면 제가 몸 둘 곳이 없습니다."

"잘못했다. 이젠 안 그러마."

"이렇듯 총애해 주시는 마님을 위해 저는 목숨도 바칠 각오로 있습니다. 아니, 그렇기 때문에 외동딸 아야메를 작은주군에게 바친 것입니다."

"알고 있어. 알면서 그만 푸념이 많아지는구나…… 겐케이."

"예."

"여자는 정말 따분한 존재야."

"……그럴까요?"

"생각 좀 해봐. 대감님은 내가 아는 것만도 다섯 손가락을 꼽을 만큼 여자들과 희롱하며 아무 그리움 없이 살고 있는데, 나는 스스로 병을 찾는 불쌍한 꼴이니."

"황송하오나 그 때문에 대감님은 활달하게 싸우고 계십니다. 여자도 가까이 못할 분이라면 이 영화는 어림도 없습니다."

"싸움 말이 나왔으니 말인데…… 그대들 눈에는 어떻게 비치나. 이번 다케다와의 일전은?"

"글쎄요…… 대감님은 돋아오르는 태양 같은 세력…… 하오나 가이의 신겐 또한 온 일본에 쩡쩡 울리는 대장…… 우리들 따위로서는 좀처럼 알 수가 없습니다."

어느새 겐케이는 마님 쪽으로 돌아앉아 다시 차를 더 따라주고 있다.

복도에 시녀 발소리가 나더니 장지문 너머에서 노래하는 듯한 목소리가 났다.

"오가 님이 오셨습니다."

"오, 야시로 님이냐. 이리로 들라 해라."

마님은 말하고 나서 겐케이 쪽으로 손을 뻗었다.

"겐케이, 일으켜다오."

겐케이는 마님 뒤로 돌아가 이불 속에서 두 어깨에 손을 얹었다. 마님은 그 손을 위에서 꼭 누르며 녹을 듯한 곁눈질로 겐케이를 비스듬히 올려다본다.

"괜찮아, 그대도 동석해라."

그는 두 사람만이 통하는 눈짓으로 희미하게 고개를 흔들어 보였다.

"괜찮다면 괜찮아."

"예."

"그대는 질투하는 거냐? 야시로는 가신에 지나지 않아."

그때 장지문이 쓱 열리며 야시로가 근엄한 표정으로 꿇어 엎드렸다.

"실례합니다."

"오, 야시로, 섣달부터 하마마쓰에 갔다고 들었는데, 수고 많았다."

"우선 새해 축하부터 올리겠습니다."

"딱딱한 인사는 그만두어라. 보다시피 나는 올해도 정초부터 병석에 누워 있다."

"몸은 좀 어떠십니까?"

"겐케이가 있으니 목숨에는 별 탈 없겠지. 자, 이리 가까이."

야시로는 번쩍 마주친 겐케이와의 시선을 짐짓 모르는 체하며 마님 머리맡으로 나아갔다.

"겐케이 님, 수고하오."

"중신님이야말로 난리 속에 고생하셨습니다."

"야시로, 대감님께서는 여전하시던가?"

야시로는 다시 겐케이를 흘끗 보았다.

"은밀하게 드릴 말씀이 있습니다."

"괜찮아. 겐케이는 무슨 일에든 입이 무겁다. 말을 옮길 염려가 없어."

"그렇긴 합니다만, 물리치시는 게."

다시 말하자 겐케이는 자기 쪽에서 엉덩이를 들었다.

"그럼, 잠시 옆방에 물러가 있겠습니다."

야시로는 대범하게 고개를 끄덕이고 발소리가 멀어질 때까지 물끄러미 쓰키야마 마님 얼굴을 보며 솥에서 물이 끓는 소리를 듣고 있었다.

"무엇을 그렇게 보고 있나, 야시로?"

"마님!"

야시로는 왈칵 윗몸을 내밀고 자못 조심스럽게 주의를 살며시 둘러보았다.

"드디어 결심하실 때가 되었습니다."

"결심이라니?"

"대감님은 큰 오산을 저지르고 계십니다. 다케다를 이길 수 있는 싸움이 아닙니다."

"그러면 이 오카자키는 어떻게 되는 거지?"

"이대로 가면 작은주군님도 모두 멸망하게 되겠지요."

야시로는 말하고 나서 마님 얼굴에 오가는 고민의 빛을 즐기듯 눈길을 좁혔다.

"만일 작은주군님을 구하실 생각이라면 지금이 손쓸 때……라고 생각됩니다만."

"……."

"그리고 누군가 밀고한 자가 있어 대감님은 마님의 난행도 어렴풋이 눈치채신 듯합니다."

"무슨 말이지? 나의 난행이란 무엇을 가리키는 말이냐?"

"글쎄요! 이 야시로와의 일, 또 겐케이를 가까이한 일 등. 마님! 남자와 여자는 다릅니다. 마님의 경우는 불의의 간통. 물론 야시로도 같은 죄입니다만."

야시로는 냉랭하게 쏘아붙이고 다시 눈길을 좁혔다.

"뭐라고, 불의의 간통이라고……."

쓰키야마 마님 볼에서 핏기가 싹 걷혔다. 야시로는 그것을 차갑게 바라보았다.

"누가 눈치채고 고자질했는지 대감님은 이 야시로에게 마님이 여러 가지로 폐끼치고 있다고 말씀하시며 코웃음 치셨습니다. 저는 몸이 오싹하는 느낌을……."

"야시로…… 설마 이제 와서 후회하는 것은 아니겠지."

"후회하다니요?"

"모든 게 대감님이 멋대로 한 일에서 나온 일이다. 나 역시 살아 있는 여자의 몸, 잘못을 저지르는 일도 있을 게 아닌가?"

"글쎄, 그러므로 결심할 때가 되었다고 말씀드리는 겁니다."

"아냐, 아냐! 대감님이 뭐라고 말씀하든 허무맹랑한 억측이라고 우기지 않으면 안 돼. 그렇지 않으면 대감님이 파놓은 함정에 보기 좋게 굴러떨어지는 게 돼."

"마님!"

야시로는 비짝 힌무릎 다가앉았다.

"진정하십시오. 이 야시로는 물론 억측이라고 우겨댈 작정입니다만, 겐케이를 총애하신 일은 본 증인이 있습니다."

"뭣이, 증인이라니…… 그게 누구지?"

"모르신다면 말씀드리지요. 도쿠히메의 시녀 고지주입니다."

마님은 흠칫하며 숨을 들이마셨다. 그러고 보니 동짓날 도쿠히메로부터 팥떡을 보내온 일이 생각났다. 심부름 온 것은 고지주로, 공교롭게도 옆방에 마님 하녀가 없었다. 고지주는 거기서 안내를 기다리다가 어쩌면 방에서 일어난 일이며 말소리를 듣고 말았는지도 모른다.

"고지주는 도쿠히메 님을 따라 오와리에서 왔으니, 여차할 때 그 입을 막을 수 없습니다. 아니면 마님은 그런 일이 없다고 우기시렵니까?"

마님은 입술 언저리를 파르르 떨며 잠자코 있었다. 야시로가 자기와의 정사뿐 아니라 겐케이의 일까지 들추어 책망해 올 줄이야…….

"그래…… 그대가 말하는 결심이란?"

"가쓰요리 님에게 비밀히 사자를 보내 대감님이 패전하신 뒤 노부야스 님의 안전을 도모하는 게 상책일까 싶습니다."

"가이에 밀사를……?"

"만일 시기를 놓쳐 대감님에게 간통한 벌을…… 받게 된다면, 노부야스 님을 구해낼 분이 없게 됩니다."

마님은 다시 입을 다물었다. 가이와 이마가와 가문은 인척간이었다. 그러므로 이마가와 가문 핏줄인 마님이 내통해 간다면 노부야스의 목숨을 살릴 수 있을지도 모른다…… 그렇지만 그것은 지금의 이에야스를 완전히 배신하는 일이며 모반이었다.

잠시 새파래진 침묵 속에서 떨고 있더니 콧대 높은 거만이 사라진 가엾은 한 여인의 표정으로 마님은 말했다.

"야시로 님, 내가 믿고 의지하는 것은 그대뿐이다. 좀 더 곁으로 와서 어떻게 하는 게 노부야스 님을 구해내는 길인지 자세히 들려다오."

야시로는 성큼 한무릎 나앉으며 무릎에 매달리는 마님의 손을 거칠게 뿌리쳤다. 쓰키야마 마님과 오가 야시로의 사이는 이미 주종 관계가 아니라 한 교활한 사나이와 그에 정복된 여자였다. 이렇게 될 줄은 몰랐다. 주인은 신하에게 절대적인 존재이고, 남자가 신하인 여자를 사랑할 경우는 지금도 예사롭게 통하는 일이다.

마님은 그 주종의 위치를 너무 쉽게 생각했다. 사랑하든 차버리든 야시로 따위는 마음대로 할 수 있다고 여겼었는데 어느새 반대가 되고 말았다. 지금 야시로를 성나게 하면 어떻게 될지 알 수 없었다. 불의의 간통—그런 말로 매장당할 정도라면 이 성에 불 지르고 죽는 편이 낫다고 여겨진다. 그렇지만 아무리 분통 터지는 일일지라도 그 간통은 엄연한 사실이었다.

무릎의 손이 뿌리쳐지자 마님은 다시 허겁지겁 야시로에게 매달렸다.

"야시로, 그대는 성내고 있구나?"

"무엇을 말씀입니까?"

"무엇이라니…… 겐케이의 일을."

"노여워한다고 말씀드린다면 어떻게 하시렵니까?"

"용서해 다오. 그저 일시적인 일이야. 그대와의 사이처럼 생각하지 않아."

"마님, 이 야시로는 더 중대한 일을 말씀드리고 있는 것입니다."

"아니야, 그것도 있겠지만 그대는 아무래도 화내고 있는 듯해."

"제 몸은 어떻든, 마님도 작은주군님도…… 아니, 오카자키 전체의 생명에 관계되는 중대한 일을 말씀드리고 있는 것입니다."

"알고 있어. 알고 있으니 마음을 풀고 가르쳐다오. 내 의논 상대는 그대 말고 없어요. 그렇지, 야시로……."

야시로는 혀를 차다가 고쳐 생각한 듯 무릎에 얹힌 마님 손을 지그시 눌렀다. 전에는 이 손의 부드러움이 고귀함으로 여겨져 접근하는 자신의 몸이 겁먹고 영광에 떠는 것을 느꼈는데…… 언제부터인가 멸시와 귀찮음으로 바뀌고 있다.

'역시 보통 여자…….'

그 감각의 변화는 그의 사고방식을 보다 강하고 야릇한 힘으로 걷잡을 수 없게 다른 방향으로 이탈시켜 갔다. 전에는 무슨 일이든 '존경하는 주군'으로서의 이에야스가 중심이었는데, 언제부터인지 보통 여자 '쓰키야마 마님'을 중심으로 한 사고방식으로 되어갔다. 이에야스는 그 보통 여자의 남편에 지나지 않고, 노부야스는 그 보통 여자가 낳은 자식이었다. 그리고 자기는 그 흔한 존재인 여자를 자유자재로 조종할 수 있는 그림사 사나이라고 생각한 때부터 그의 마음에 전혀 다른 인생의 설계가 시작되었다.

졸개 집안에 태어났다고 해서 어찌 중신의 말석 정도에 만족해야만 하는가? 한 나라 한 성의 주인이 되려고 해서 어찌 나쁜 것인가? 만일 한 나라 한 성의 주인이 되려면 지금이야말로 좋은 기회였다. 가이의 다케다와 손잡고 오카자키성을 이면에서 뒤집어엎으면 된다.

그렇게 여기니 그의 눈에 비치는 쓰키야마 마님 또한 전혀 가치가 달라져 보였다. 이것은 자신의 야심을 위해 이용해야만 할 절호의 미끼였다. 그래서 야시로는 겐케이를 재어보고, 우선 겐케이에게도 마님 육체를 맛보게 했다. 그리고 그것을 이제부터의 수단으로 써먹으려는 것이다. 야시로는 어느새 마님 어깨에 손을 걸치고 다시 지그시 눈길을 좁혔다.

마님은 여자의 슬픔과 애련함을 온몸에 풍기며 야시로에게 매달려왔다. 이것이 억제할 수 없었던 일시적인 욕망의 대가라면, 그 얼마나 가혹하고 큰 대가인 것일까. 지금은 야시로에게 온갖 교태를 바치지 않으면 안 되게 되어 있다.

"야시로 님, 겐케이와의 일은 용서해 줘."

"용서할 자격은 이 야시로에게 없습니다. 저도 대감님에게 들키면 아무 힘 없는 간통한 사나이일 뿐입니다."

"그러니 그대가 하자는 대로 한다지 않느냐."

"그럼, 결심해 주시는 겁니까?"

"노부야스 님을 위하는 길이라면…… 야시로, 나는 약한 어머니야."

"그럼, 제가 하는 말을 잘 들어주십시오."

"오, 듣고말고. 의지하는 것은 그대 하나뿐이니까."

야시로는 어느새 어깨에 팔을 돌려 조용히 마님을 쓰다듬고 있었다. 어딘가에서 마님의 그 불결함에 화가 치미는 것을 느끼면서.

"무엇보다도 겐케이를 사랑하는 현장을 들켰다면 마님을 위해 불행한 일이니 고지주의 입을 막아야만 합니다."

"그러려면 어떻게 해야 할까? 들려다오."

"먼저…… 작은주군님 힘에 의지할 수밖에 다른 도리 없습니다."

"노부야스 님에게 부탁하여 말을 내지 않게 하라고 타이를까?"

야시로는 혀를 차며 고개 저었다.

"그 정도로는 안 됩니다!"

"그럼, 어떻게……?"

"고지주의 입에서 도쿠히메 님에게 새고, 도쿠히메 님으로부터 오다 편에 새고, 그것이 대감님 귀에 들어가는 일이 있게 되면 그야말로 목 없는 인간이 많이 생깁니다. 새지 않도록 하려면 죽여버릴 수밖에 달리 방법이 없습니다."

"뭐? 그럼, 고지주를 죽이라는 것인가?"

"죽일 수 있는 사람은 작은주군 외에 달리 없다고 말씀드리는 겁니다."

냉정하게 끊어 말하자, 마님은 야시로의 얼굴을 아래에서부터 가만히 올려다보았다. 질투에 미쳐 날뛰고 있을 때의 사나움은 전혀 없고, 오들오들 떨며 겁내는 비참한 여자의 얼굴이었다.

"노부야스 님에게 뭐라고 말해 죽이게 하면 좋을까?"

"그것은 마님이 생각하실 일. 거기까지는 지시할 수 없습니다."

"그렇지만 고지주가 누설했다는 확실한 증거도 없는데."

"증거가 있다면, 우리들 목이 먼저 달아납니다!"

마님은 몸부림쳤다.

"아, 나는 머리가 돌 것만 같아. 말해다오, 야시로."

야시로는 다시 잠자코 마님의 등을 쓰다듬었다. 그렇게 하지 않으면 더욱 마음이 어지러워져 가는 마님의 성격을 파악한 야시로의 수단이었다.

야시로는 중얼거리듯 말했다.

"이를테면…… 아야메에 대해 도쿠히메 님에게 이것저것 고자질하는 괘씸한 계집…… 부부 사이를 이간질하는 계집이라고 작은주군님께 말씀드리면."

"오! 그것이 좋겠구나. 그렇게 하겠어."

마님은 튕기듯 대답하고 배시시 웃었다.

마님이 너무나 고분고분하므로 야시로는 오히려 불안해졌다. 지금 그가 꾀하고 있는 모략의 꿈, 그 꿈의 크기에 비해 현실의 진행은 너무도 쉽게 되어나간다. 이에야스와 노부야스 부자 사이를 가르고 노부야스와 도쿠히메의 이간에 성공한다면, 그의 눈앞에는 한 나라 한 성의 주인이라는 눈부신 길이 열려오는데…….

"그럼, 잘 아셨겠지요. 고지주의 입에서 겐케이의 일이 누설되면 모든 게 수포로 돌아가고 맙니다."

마님은 두 손으로 야시로의 손바닥을 감싸쥔 채 긴장한 모습으로 고개를 끄덕였다.

야시로는 그 손에서 옮아오는 온기와 매달리듯 교태 부리는 마님의 눈빛에 증오감을 느꼈다. 어쩌면 그것은 남편 이에야스를 쉽사리 배신하려 하는 여자의 불결함에 대한 노여움인지도 모른다.

"그럼, 저는 물러가겠습니다."

"아, 야시로 님……."

무시하는 태도로 무릎의 손이 뿌리쳐지자 마님은 베개에 손을 미끄러뜨린 채 원망스러운 듯 야시로를 올려다보았다.

"제발 겐케이 일은……."

"알고 있습니다. 곧 이리로 겐케이를 보내겠습니다."

"어머, 또 그런 비꼬는 말을……."

그러나 그때 벌써 야시로는 일어나 거실 밖을 걷고 있었다.

'허술한 점은 없는 것일까?'

표정을 엄격히 하고 천천히 현관 옆의 대기실로 향했다. 대기실에서는 겐케이가 조그만 화로를 끌어안듯이 하고 기다리고 있었다.

"겐케이 님, 우리들 용건은 끝났소."

"예!"

겐케이는 머리 숙이고, 두 사람의 시선이 마주치자 번뜩이는 웃음을 주고받았다.

"겐케이 님, 마님 병환은 어떻습니까?"

"예, 일진일퇴입니다. 아무튼 혈맥에서 오는 병이라 차도가 없군요."

"그럴 거요. 그러나…… 이렇듯 다케다 군이 미카와로 쳐들어오려는 막중한 때이니만큼, 알겠소? 방심하지 말고 정성껏 치료하도록 단단히 부탁드리오."

"그것은 이미…… 말씀하실 것까지도 없이, 이 몸이 가루가 되는 한이 있더라도……."

거기서 다시 두 사람의 눈이 야릇하게 얽히고 그대로 헤어졌다.

야시로가 현관을 나가자 겐케이는 헛기침하면서 일어나 다시 마님 방으로 되돌아갔다.

마님은 이불 위에 멍하니 앉아 허공을 바라보고 있었다. 여전히 차솥에서 물 끓는 소리가 방 안에 조용하게 깃들어 마님의 체취와 뒤섞여 있다.

겐케이는 아무 말 없이 찻그릇 옆에서 약탕관을 집어 솥과 바꿔 얹었다.

"겐케이……."

"예."

"노부야스 님한테 심부름 좀 해주겠나?"

"예."

마님은 멍하니 허공을 바라본 채 힘없는 목소리로 말했다.

"병세가 생각보다 무거우니 문병 오시라고……."

겐케이가 나가자 마님은 베개에 얼굴을 대고 몸부림치며 울기 시작했다. 무엇 때문에 우는지 자신도 모른다. 슨푸성에서 행복했던 소녀 시절부터 지금 이렇듯 막막한 고독을 느끼며 울기까지의 사건이 황망하게 망막 속을 가로질러간다.

'이것이 여자의 일생인 것일까?'

만일 그렇다면 태어나는 일에 대해 아무 감사도 갖지 못할 것 같았다. 이에야스를 줄곧 원망해 오다가, 지금에 와서는 그 원망할 자격조차 잃고 있다. 여기서 야시로며 겐케이와의 정사가 누설된다면, 세상은 자기의 불행한 생애를 뭐라고 하며 비웃을 것인가. 아마도 이에야스의 냉정함을 말하지 않고, 음탕한 계집이어서 소박맞았다고 평하리라.

'그러면 나는 죽어도 눈을 감지 못한다!'

잠시 울다가 다시 멍하니 몸을 일으켜 허공을 쳐다보았다.

'죽을 수 없다면 어떻게 해야 좋단 말이냐?'

그전 같으면 두말할 것 없이 이에야스와 싸울 심정이 되었으리라. 그런데 지금은 왠지 기력이 약해져 있다. 도덕의 채찍을 느끼는 양심 때문인 것일까?

장지문 밖에서 히라이와의 목소리가 났다.

"작은주군님이 문병 오셨습니다."

마님은 흠칫하며 자세를 고쳤다.

"어지럽혀져 있으니 노부야스 님 혼자만 들게 하세요."

그 말을 듣고 노부야스가 히라이와를 물러가게 하는 목소리가 들렸다.

"어머님, 많이 편찮으시다고 들었습니다."

노부야스는 방 안에 물씬하게 밴 탕약 끓는 냄새에 이마를 찌푸리며 머리맡에 앉았다.

"네, 어찌 된 까닭인지 정신이 어지러워 어미는 이러다 오래 살지 못할 것 같아요."

노부야스는 쾌활하게 웃어젖혔다.

"또 시작하시는군요. 인간은 병 때문에 그리 쉽사리 죽지 않습니다."

"그렇지만 내 몸의 쇠약은 나 자신이 잘 알고 있어요. 그래서 노부야스 님 얼굴이 보고 싶어서. 그건 그렇고, 도쿠히메는 몸성히 잘 있겠지요."

"어머님, 아무래도 도쿠히메가 임신한 모양입니다."

"네? 어쩌면!"

"아직 아버님께는 알리지 않았습니다만, 생명…… 생명이란 이상한 것이로군요."

"노부야스 님."

"예."

"그런데 요즈음 도쿠히메의 거동에 무언가 이상한 점이 없나요?"

"이상한 점…… 있지요. 신 것을 어찌나 좋아하는지……."

노부야스가 눈을 빛내며 말하기 시작하자, 마님은 당황해 손을 저었다.

"그것이 아니에요. 아야메 일로 무언가 달라진 점이 없나요?"

"아야메 일로…… 아니, 없습니다."

"그거참, 이상한데……?"

"이상하다니요? 무엇이 이상하다는 것입니까?"

"도쿠히메 곁에 고지주라는 시녀가 있을 테지요?"

"고지주라면 도쿠히메 곁을 떠나지 않고 시중들고 있습니다만."

"이상한걸. 내가 들은 바에 의하면, 그 고지주가 분수를 모르는 계집으로 아야메를 몹시 미워해 도쿠히메와 노부야스 님 사이를 이것저것 이간질한다던데."

거기까지 말하고 멈추더니, 마님은 조심스럽게 노부야스의 얼굴빛을 살폈다.

노부야스는 아무렇지도 않은 듯 고개를 흔들었다. 고지주가 아야메를 미워한다……는 것은 있을 법한 일로 여겨졌다. 하지만 그런 일로 병석의 어머니를 괴롭히고 싶지 않았다.

"마음 놓으십시오, 어머님. 고지주가 어떻든 아야메도 도쿠히메도 그런 일을 마음에 둘 성품이 아닙니다."

노부야스가 대수롭지 않게 넘겨버리자 마님의 눈이 허옇게 뒤집혔다. 지금까지 희미하게나마 양심의 가책을 느끼고 있었는데, 조그마한 반발을 만나니 시기심이 세차게 끓어올랐다.

"노부야스 님은 활달한 성미라 그렇게 말하는군요. 그러나 여자들 사이의 일이란 그렇지 못해요."

"그런 이야기는 이제 그만두십시다, 어머니."

"그럼…… 그럼……."

마님은 헐떡이듯 몸을 내밀었다.

"아야메가 나한테로 달려와도 좋단 말인가요."

"무슨 말씀인지?"

노부야스의 눈이 새삼스럽게 어머니를 살폈다.

"아야메가 어머님한테 그런 말을 했습니까?"

"말했다면 어쩔 작정인가요?"

"괘씸한 것, 어머님에게 돌려보낼 것도 없이 이 노부야스가 베어버리겠습니다. 하지만 안심하십시오, 아야메는 그럴 여자가 아닙니다."

마님의 이마에 힘줄이 뚜렷하게 돋아났다. 15살 난 노부야스는 아직 여자 사이에 벌어지는 질투의 무서움을 모르고 있다. 그렇다 해서 그대로 내버려둔다면 고지주의 입도 야시로의 책망도 무서웠다.

마님은 갑자기 웃기 시작했다.

"호호호…… 노부야스 님은 마음도 좋으시지…… 고지주가 아야메를 몰아내려고 이리저리 궁리하는 것도 모르고 있군요."

"어머님! 그 이야기는 이제 듣고 싶지 않습니다. 고지주가 무슨 말을 하더라도 곧이들을 도쿠히메가 아니니 그만두십시오."

"그럼, 노부야스 님은 도쿠히메가 아야메를 좋아하는 줄 여기나요?"

노부야스는 자신 있는 듯 고개를 끄덕였다.

"진심으로 기뻐하고 있습니다. 아야메는 겸손하고 착한 여자라면서요."

"노부야스 님, 어미는 만일의 일을 걱정하므로 말해두겠어요. 돌아가신 내 외숙부이신 이마가와 대감님은 시동을 총애하다가 가이의 마님에게 독살될 뻔한 일이 있었어요."

"허, 그것은 처음 듣는 일입니다."

"아니, 이마가와 대감님뿐만이 아니지요. 이 어미도 지금은 하마마쓰에 있는 오만 때문에 하마터면 목숨을 잃을 뻔했던 일이 있어요. 여자끼리의 시새움이란 사람을 잔인하게 만든답니다."

"명심해 두겠습니다."

"또 대수롭지 않게…… 어미는 그것이 마음에 걸려요. 앞으로 고지주가 하는 말, 하는 일에 결코 방심해서는 안 돼요."

노부야스는 얼굴을 찡그리며 일어났다.

"기운이 나신 것 같으니, 저는 이만."

"좀 더 있다가 가도록 해요."

"그럴 수 없습니다. 아버님이 드디어 노다성으로 출전하신다니 우리들에게도 언제 전투 지시가 있을지 모릅니다. 그럼, 몸조리 잘 하십시오."

"아, 노부야스 님! 아직 할 말이 남아 있어요."

하지만 그는 이미 되돌아올 기척이 없고, 그 대신 겐케이가 자못 황공한 듯 손을 비비며 들어왔다.

"마님."

쓰키야마 마님은 대답하지 않았다. 남편은 이미 자기 사람이 아니었지만, 노부야스만은 믿어왔다. 그러나 그 노부야스도 어머니 편이 아니었다. 상대해 주지 않는 노여움은, 이윽고 마님을 끝없는 고독의 수렁 속으로 끌어넣었다.

"용맹스러운 작은주군님이시군요. 저렇듯 기운차시니 출전하시더라도 다케다 편의 간담을 써늘케 할 것입니다."

"……."

"성 아랫거리에서는 아버님을 능가한다는 소문이 자자합니다."

"잠자코 있어!"
"예! 예!"
겐케이는 움츠리듯 어깨를 내려뜨리고 화로의 불을 쑤시기 시작했다.
"겐케이……."
"예."
"나는 장사치나 농부의 아낙으로 태어나고 싶었어."
"별말씀을 다 하십니다."
"여자의 행복이란 부부와 자식이 함께 살며 웃는 얼굴 속에 있다는 것을 알았어."
"그럴지도 모릅니다만……."
"이대로 어디론가 사라져버리고 싶구나, 겐케이! 그대가 나를 데리고 어딘가 먼 나라로 가주지 않겠나?"
"농담이 지나치십니다. 자, 약이 다 되었습니다. 이것을 잡수시고 잠시 조용히 쉬십시오."
마님은 다시 침묵했다. 무엇을 생각하는지 이번에는 이를 뽀드득 갈더니 베개 위로 폭삭 쓰러졌다.
겐케이는 놀란 시늉을 하며 이불을 덮어주고 나서 손을 뻗어 자신이 달인 약탕을 집어들었다. 혈맥을 다스리는 약……이라고 그는 말했다. 하지만 그것은 이질풀에 감초를 조금 섞어 눈가림한 것으로, 순순히 그것을 마시는 마님을 보고 있노라면 자신의 목적을 잊어버리게 될 것만 같았다. 한 여자로서의 쓰키야마 마님이 너무나 가엾어지는 것이다.
겐케이는 살며시 마님의 등을 쓰다듬으며 혼잣말했다.
"과연, 여자의 행복이란…… 그렇겠군요."
이 여자에게 새로이 다른 남편을 갖게 하는 경우를 생각하면 결코 무참한 일은 아닌 것처럼 여겨졌다. 차라리 가쓰요리에게 권하여 노부야스에게는 본디의 영토를 주고, 마님에게는 신분에 어울리는 남편을 중매하도록 약속하게 할까 생각했다. 그렇게 되면 오카자키성은 피를 흘리지 않고 다케다의 손에 들어온다. 그 시기가 이미 다가와 있는 것만 같은 생각이 머릿속을 떠나지 않고 자꾸 들었다.

"겐케이……."

"예…… 예."

"나는 지지 않겠어! 마음먹은 일을 꼭 해내고 말 테다."

"무……무……무슨 일입니까?"

"노부야스 님과 도쿠히메에 대한 일 말이야. 아니, 저 고지주도 그대로 놔두지 않겠어. 모든 사람의 의를 갈라놓고 말 테다! 도쿠히메는 나에게 있어 원수의 딸, 고지주는 그 원수가 딸려보낸 첩자다."

겐케이는 그 말에 대답하는 대신 다시 살며시 어깨까지 이불을 덮어주고, 가쓰요리에게 보낼 밀서 내용을 머릿속으로 벌써 이것저것 생각하고 있었다.

운명의 별자리

땅 위에 어느덧 봄빛이 짙어졌다. 요시다강(吉田川) 건너에 점점이 보이던 새하얀 매화에 벌써 노르스름하게 새잎이 싹트고, 철 이른 벚꽃이 차츰 이것을 대신하려 하고 있다.

뜻하지 않게 장기전이 되어 다케다 가쓰요리는 임시막사 추녀 아래에서 이마 위로 손을 들어 노다성을 바라보고 있었다. 맞은편인 혼구산(本宮山)을 등지고 산허리에 대나무밭이 울창한 노다성은, 이를테면 덤불 속의 작은 성이었다. 이 작은 성 하나 때문에 이렇듯 시간을 보내게 될 줄 생각지도 못했다.

자기뿐만이 아니다. 무슨 일이든 지나치게 신중할 정도로 생각하는 아버지 신겐까지도 가쓰요리를 돌아보고 웃으며 말했었다.

"이것이 노다성인가. 지나는 길에 무찌를 수 있겠군."

나가시노성이 과연 야마가 세 부족의 산채라 할 만큼 그 규모가 완강해 보이는 데 비해, 사실 이 작은 성은 하루 밤낮이면 짓밟고 지나갈 수 있을 것 같은 느낌이었다. 성주는 나가시노성의 스가누마 이즈(菅沼伊豆)와 같은 집안인 스가누마 마사사다(菅沼正定), 성안 군사는 겨우 900명 남짓.

그런데 막상 공격해 보니 이 작은 성의 반응이 만만치 않았다. 이에야스가 오른팔이라고 믿는 마쓰다이라 요이치로를 파견하여 사수시키고 있는 것을 알았다.

"여기는 한 발자국도 지나게 해서는 안 되는 곳이다. 여기를 지나게 하면 오카자키성은 없어지는 줄 알아라."

싸움이 시작된 것은 1월 11일, 그런데 이미 2월 20일이 되었다.

가쓰요리는 단아한 옆얼굴에 미소를 띠고 손가락을 꼽았다.

"40일이군. 용케도 버티어내는구나."

단숨에 짓밟을 수 없음을 알고 아군은 지금 본진을 도도베키(轟目木)에 두고 이시다 마을(石田村)로부터 사사라세(佐佐良瀨), 구로사카(黑坂), 스기야마하라(杉山原)에 걸쳐 층층으로 갈라져 진 치고 있다.

이에야스도 물론 잠자코 있지 않았다. 정월 초에 타격 입은 병력을 재정비하여 3000명의 정예군을 이끌고 농성군을 구원하러 달려와 있다.

이에야스의 본진은 가사기산(笠置山)에 있었다. 그러므로 결전의 기회가 몇 번 이고 있었지만, 아버지 신겐도 아들 가쓰요리도 그것을 피했다.

가쓰요리는 여기서 지체하는 동안 다음 거점인 오카자키성 안을 교란시켜 싸우지 않고 입성할 수 있도록 책략을 도모하려고 생각했으며, 아버지 신겐은 더욱 깊은 궁리를 하고 있었다.

아버지는 미카타가하라에서 쾌승을 거둔 다음 날 장수들 목 검사를 마치자 오다의 충신 히라테 고레히데의 목을 일부러 노부나가한테 보내 절교를 선언하게 했다. 절교라는 이면에는 하늘을 찌를 듯한 자신감과 협박이 다분히 포함되어 있었다. 우리들과의 우호 관계를 잊고 우리들이 단번에 때려눕힌 이에야스 따위를 편들어 무슨 이익이 있으랴—하는 의미가 암시되어 있었던 것이다.

노부나가는 그것을 눈치채고 앞으로는 원군을 보내지 않겠다고 극진한 말로 사과해 왔다.

그리고—

가쓰요리의 오카자키 교란 모략도 착착 효과를 드러냈고, 노다성으로 지금 항복을 권하는 마지막 군사(軍使)가 파견되어 있다.

"헛일은 아니겠지, 마사카게."

가쓰요리가 미소를 지우지 않고 말하자, 뒤에서 야마가타 마사카게가 흐흐흐 웃었다.

"이번에야말로 이에야스는 우리들의 힘을 뼈에 사무치도록 알게 될 거야."

가쓰요리가 웃으며 야전걸상으로 돌아가자, 마사카게는 다시 웃었다.

"무엇이 우스운가, 마사카게?"
"인간이 생각하는 것은 모두 같아서입니다."
"모두 같다니?"
"이에야스는 이렇듯 결전을 피하며 노부나가의 원군을 기다리고, 우리 대감님은 노부나가가 겁먹고 원군을 보내지 않기를 기다리고 계시니—생각하고 있는 것은 어느 쪽이나 원군이 아닙니까?"
"하하…… 그 말인가."
가쓰요리는 고개를 크게 끄덕이며 허리의 부싯돌주머니에서 작은 향나무를 꺼냈다.
"마사카게, 이것을 태워라. 향이라도 맡으면서 군사가 돌아오기를 기다리자."
"예."
마사카게는 꺼져가는 모닥불에 그것을 던져 넣었다.
"그런데 노부나가는 어느 쪽을 취할까요. 작은주군님은 어떻게 생각하십니까?"
"어느 쪽을 취하다니? 그대 말은 이따금 비약하는군. 나는 알 수가 없다."
"이에야스는 노부나가야말로 자기편이라 믿고, 우리 대감님 역시 여차하면 노부나가는 대감님에게 편들 거라고 믿고 계십니다."
"상관없지 않은가. 그러는 동안 오카자키성으로 들어가, 이래도 우리를 따르지 않겠느냐……고 선언하면, 이해관계에 빠른 노부나가이니 본심이야 어떻든 적대심을 버릴 게다."
"힘……힘으로 밀고 나간다는 말씀이시군요."
"허 참, 마사카게답지 않은 말을 하는군. 힘 말고 이 난세에 무엇이 있겠는가?"
"그러면 오카자키성도 힘으로 공격하시는 것입니까?"
"하하…… 그것만은 다르지. 쓰키야마 마님은 무엇보다도 재혼을 바라고 있다는데, 여자의 소원이란 알 수 없는 데 있는 법이거든."
"재혼할 수 있으면 우리를 성안으로 끌어들이겠다는 겁니까……?"
"그렇지. 신분에 어울리는 가신에게 출가하고 싶다, 그리고 미카와의 옛 영토는 이마가와 가문의 피를 이은 내 아들에게 달라, 그러면 이에야스로부터 원군이 온 것처럼 하여 우리들을 성안에 들이겠다고 한다는군."
마사카게는 배를 잡고 웃기 시작했다.

"핫핫하…… 이거 참, 우스운데. 보통 여자가 아닙니다. 머리가 좀 이상한 것 같아, 왓핫핫하."

"마사카게, 너무 웃지 마라."

"하지만 웃지 않을 수 없습니다. 무엇보다도 그것을 그대로 믿으시는 작은주군님 역시 우습군요."

"뭐라고 내가 우습다고."

"작은주군님! 속지 않도록 조심하십시오. 아무리 색골 여자라지만 이건 좀 지나칩니다."

"음, 그것은 나도 생각했다. 그러니 마님으로부터 친서를 받아 가져오너라, 아니면 오카자키성을 짓밟고 지나가겠다고 대답해 주었다."

"잘하셨습니다. 하지만 설마 친서는 오지 않을걸요."

그때 막사 앞이 갑자기 소란스러워졌다. 노다성으로 보낸 군사가 돌아온 것이다.

두 사람은 대화를 멈추고 군사를 맞았다.

군사는 나가시노성의 스가누마 이즈와 쓰쿠데성의 오쿠다이라 미치후미(奧平道文)였다. 두 사람 다 봄볕에 타서 얼굴에 투구 자국이 뚜렷하게 나 있다. 무뚝뚝한 태도 속에 한 가닥의 활기를 느끼고 가쓰요리는 마음 놓았다.

"그래, 성주를 설복하고 왔나?"

일족인 이즈는 커다란 콧구멍을 벌름거리며 가쓰요리 앞에 한 무릎을 꿇었다.

"좀처럼 쉽지 않은 일이어서. 원군으로 온 마쓰다이라 요이치로라는 놈이 뒤로 마사사다를 엄중히 감시해 마음먹은 대로 말할 수 없는 눈치였습니다."

"그렇긴 하지만 아랫성과 별성을 점령당하고 본성에 갇혀 있는 자들이 아니냐. 더 이상 반항하면 전멸할 뿐이야."

"예, 그 점을 누누이 설명했습니다. 그러나 곁에 요이치로가 있는 동안에는 완고하게 응할 기색이 없었습니다. 오다 원군이 반드시 온다면서. 그런데……."

말을 멈추고 미치후미와 얼굴을 마주 본 다음 다시 이었다.

"혼자 있게 되자 얼마쯤 누그러져서……."

"그럴 테지. 오다 원군 따위가 올 리 없다. 노부나가는 사과하는 사신을 일부러 아버님한테 보내왔어."

"그 점에 대해서도 잘 타일렀더니, 이번 싸움에서 사로잡힌 자들을 돌려보내 준다면…… 하고 말을 흐렸습니다."

가쓰요리는 마사카게와 얼굴을 마주 보며 고개를 끄덕였다. 곧 함락되지 않을 것을 알고 가만히 팔짱 끼고 있었던 것만은 아니다. 뒤에서 기후와 오카자키에 저마다 모략을 쓰면서 날이 밝으면 사사라세, 구로사카, 스기야마하라, 도도메키 등을 시켜 교대로 성을 계속 공격하게 하고 있었다.

이에야스 군에도 몇 번이나 공격을 가했다. 그러므로 오다 원군이 오지 않는 것을 알면 스가누마 마사사다는 굴복하지 않을 수 없었다.

"마사카게, 이로써 결정되었다. 앞으로 며칠 걸릴 거라고 생각하나?"

"글쎄, 이틀이면 충분하겠지요."

가쓰요리는 미소 지으며 고개를 끄덕였다.

"포로 송환에 대해서는 알았다고 이르고 오너라. 나는 아버님 본진으로 가서 진지를 옮아갈 준비를 갖추도록 진언하겠다."

"그게 좋겠습니다. 어떤가, 그대들도 알았겠지. 이제부터 싸우는 것은 노다성을 위해 무익한 낭비다."

마사카게에게 그 말을 듣고 두 사람은 무뚝뚝하게 꿇어 엎드리더니 다시 얼굴을 마주 보았다. 앞으로 이틀—이라고 가볍게 보는 것이 얼마쯤 불만스러운 눈치이다.

하지만 가쓰요리는 이미 그쪽을 보지 않았다. 본성으로 몰아넣어져 쳐나오려야 나올 수 없는 적. 이제 손도 발도 움직이지 못하게 되었다. 그는 임시막사를 나와 말을 끌어오게 하여 올라타고 이에야스의 본진을 바라보며 웃었다.

"흐흐흐."

이에야스와 자기 나이를 비교하니 왠지 매우 우스꽝스러운 느낌이 들었다. 미카타가하라에서 구사일생으로 살아난 데다 여기서 다시 우롱받으면서도 아직 오다 원군이 도착하기를 꿈꾸고 있다.

'그동안 오카자키성에서는 여편네가 엉큼한 함정을 파고 있는 줄 모르고.'

오늘 일과로 되어 있는 싸움은 이미 끝났다. 날로 따뜻해지는 땅 위에는 바람도 없고 가사기산의 세 잎 접시꽃 깃발이 축 늘어져 있었다.

가쓰요리는 쓰키야마를 본 적이 없었다. 남편을 배신하고 재혼하고 싶어 하는 아내. 몹시 불결한 추한 여자로밖에 연상되지 않는다. 그리고 그 연상에 이어 이에야스는 왠지 멍청이처럼 여겨졌다.

남쪽으로 펼쳐진 요시다강 기슭을 돌아 도도메키성으로 말을 달리면서 가쓰요리는 몇 번이고 자문자답했다.

"미친 여자다, 틀림없이 친서를 보내올 거야."

만일 그렇게 되어 오카자키성으로 가쓰요리가 먼저 들어가버린다면, 이에야스는 대체 어떤 얼굴을 할 것인가?

신겐의 본진 앞 동백나무 두 그루에 새빨간 꽃이 피어 있었다. 조심성 많은 신겐은 이 성 출입구를 노다성과 반대쪽으로 내고 임시막사에 이르기까지 겹겹이 울타리를 치고 있었다. 울타리마다 엄중히 경비하게 하고 두 번째 임시막사에는 가게무샤(影武者 ; 적을 속이기 위해 대장처럼 꾸며놓은 무사)를 두고 있다. 가게무샤는 황혼 무렵 같은 어슴푸레할 때면 가쓰요리조차 못 알아볼 만큼 아버지와 꼭 닮았다.

맨 안쪽 임시막사 입구에서 가쓰요리는 갑옷을 여미고 말했다.

"가쓰요리다, 아버님에게 안내해라."

굵은 목소리가 났다.

"들어오너라."

신겐은 데리고 온 시의(侍醫) 한 사람에게 두툼하게 살찐 어깨를 주무르게 하고 있었다.

"장기전에서 파릇파릇 싹트는 계절을 만나면 어깨가 몹시 굳어지지."

"아버님, 스가누마가 드디어 성을 내줄 모양입니다."

"그런가? 슬슬 그래야 될 때이지. 보급부대의 왕래가 잦아 길가 농군들이 부역을 겁내기 시작하고 있다."

신겐은 말하며 생각난 듯 배를 뒤흔들며 웃었다.

"그런데 노다성에는 누구를 남길까?"

"아버님 생각은?"

"우리들이 떠난 줄 알면 이에야스가 갑자기 강해지리라. 역시 마사카게가 좋을까?"

"저도 그렇게 생각합니다. 야마가 무리들에다 마사카게."

"그래, 좋아. 뒤를 추격당하면 귀찮으니 그렇게 정하자."

신겐도 이미 성이 떨어질 날이 머지않은 줄 여기고 그렇게 마음먹고 있었던 것 같다. 가이를 출발했을 때보다 얼마쯤 살찌고, 봄 탓인지 방금 목욕한 것처럼 혈색이 불그레하다.

"별다른 일은 없을 게다. 이에야스도 만만치 않은 자라 스가누마의 마음이 움직이고 있는 줄 알면 혹시 싸움을 걸어올지도 모른다. 진을 돌아보며 방심하는 일이 없도록 엄격히 일러두는 게 좋겠다."

가쓰요리가 하루에 한 번 전황 보고를 해올 때마다 반드시 말한다.

"방심하지 말도록."

'방심이야말로 온갖 것이 무너지는 근원.'

신겐의 눈에 비치는 가쓰요리는 아직 그 점에서 위태로움이 느껴졌다.

가쓰요리가 돌아가자 신겐은 잠시 눈을 감은 채 잠자코 어깨를 주무르게 하고 있더니 생각난 듯 중얼거렸다.

"오늘이 2월 16일. 오늘 밤도 아마 달이 밝겠지."

"예? 뭐라고 하셨습니까?"

"아니, 혼잣말이다."

그리고 다시 입을 다물었다. 뻐근한 어깨가 기분 좋게 풀려가는 것을 신겐은 온몸으로 맛보고 있었다. 세상에서는 어쩌면 신겐이 노다성 하나를 빼지 못해 초조해하며 미카와에 진을 머물고 있다고 생각할지도 모른다. 하지만 신겐 자신은 여기서 유유히 승리의 전략을 궁리하고 있었던 것이다.

문제는 노부나가의 태도였다.

미카타가하라에서 승리를 거두자 신겐은 우선 이세의 기타바타케 도모노리에게 밀사를 보냈다. 그리고 다케다와 기타바타케의 동맹을 굳혀놓고 곧바로 노부나가의 다섯 가지 죄목을 들어 히라테 고레히데의 목과 함께 보내 절교를 선언했다.

노부나가는 1월 20일에 일족인 오다 가몬을 일부러 미카와로 보내왔다. 가몬은 신겐에 대해 다른 마음이 없다는 것을 극력 변명했지만, 신겐은 받아들이지 않았다. 그리고 곧 요시아키 쇼군에게 오다 토벌 군사를 일으키도록 요청했다. 요시아키 쇼군은 신겐의 생각대로 군사를 일으켰다. 그러므로 오다 군에는 이제 이에야스한테 구원군을 보낼 여유가 전혀 없었다.

신겐은 다시 눈을 스르르 감은 채 웃었다.

"흐흐흐."

젊은 이에야스가 당황하고 분해하는 모습이 눈에 보이는 것만 같았다.

이에야스도 평범한 장수는 아니다. 그는 1월 끝 무렵에 이르러 신겐의 전략을 눈치챈 모양이었다. 곳곳에 풀어놓은 첩자의 보고에 의하면 이에야스는 2월 첫 무렵에 에치고의 우에스기 겐신한테 세 번이나 밀사를 보낸 흔적이 있었다. 어쩌면 지금 도쿠가와와 오다를 구할 수 있는 것은 겐신밖에 없다고 허심탄회하게 원병을 청했을지도 모른다. 하지만 북쪽 나라의 봄은 아직 멀었다. 도야마(富山)에서 잇코 신도의 완강한 반격에 맞닥뜨린 겐신으로부터 원병이 때맞춰 올 리 없다.

"이제 됐다. 시원해졌다."

신겐은 대범하게 시의에게 말한 다음 서기에게 일렀다.

"벼루를."

드디어 미카와를 출발한다. 그 전에 혼간지 미쓰스케(本願寺光佐)에게 서신을 보내 아사이 나가마사며 요시아키 쇼군과 잇코 신도들이 긴키 일대에서 봉기할 테니 노부나가 제거에 온 힘을 기울여주기 바란다고 쓰기 위해서였다.

신겐은 줄줄 써내려갔다. 어깨를 주무르게 하면서 생각한 문안이었는데, 거기에 담긴 군략은 앞쪽 적에게 움쭉달싹 못 하는 노부나가의 배후에 결정타를 주려는 것이었다. 쓰고 나서 잔잔한 미소를 띠었을 때 다시 임시막사 앞에 찾아온 사람 목소리가 났다.

"야마가타 마사카게입니다. 주군에게 안내를."

신겐은 시동을 돌아보고 가볍게 턱짓했다.

마사카게는 조그만 어깨를 흔들 듯하며 들어와 앉기 전에 빠르게 말했다.

"앞으로 이틀 안이라고 생각했습니다만, 지금 노다성 문이 열린답니다."

"그런가? 잘되었군. 그런데 스가누마는?"

신겐은 다 쓰고 난 서신을 서기 손에 건네주며 눈썹 하나 움직이지 않고 살찐 얼굴을 가볍게 끄덕였다.

"스가누마는 본성 둘레에 울타리를 치고 가두었습니다."

마사카게가 절하자 신겐은 다시 한번 부드럽게 말했다.

"거칠게 다루지 마라. 성은 그대 손으로 내일 아침에 곧바로 접수해라."

"예! 진지 철수는?"
"내일 오후가 되겠지. 노부나가가 기다릴 테니까."
마사카게는 하하하 하고 소리 내어 웃었다.
"심한 오산을 했습니다."
"누가?"
"대감님도, 그리고 노부나가도."
신겐은 한쪽 볼을 찡그리고 쓴웃음 지었다. 그러고 보니 가이를 출발했을 때의 신겐은 확실히 조그만 오산을 하고 있었다. 속셈은 어떻든 노부나가가 자기와의 동맹을 어기고 이에야스에게 원군을 보내리라고는 생각지 않았던 것이다. 하지만 그 오산도 이제 뚜렷이 바로잡아졌다. 손톱을 깨물며 분해하고 있는 것은 신겐이 아니라 노부나가이리라.
마사카게가 성 인수 절차와 가사기산에 있는 이에야스에 대한 방비를 의논하고 돌아가자 사방은 이미 저물었다.
'이 막사에서 지내는 것도 오늘 저녁뿐이구나…….'
신겐은 시동이 날라온 국 한 그릇과 나물 세 가지로 식사를 끝내자 갑옷받침을 입은 채 훌쩍 뜰로 나갔다.
열엿새 밤 달이 어느덧 하늘에 떠올라 해가 지면서 사방이 차츰 물속 같은 푸르스름한 빛으로 바뀌어 있었다. 앞쪽의 산줄기가 거뭇하게 하늘을 가리고 그 밑으로 가라앉은 노다성에서는 불빛 하나 새어나오지 않는다.
낙성(落城) 전야—
큰 칼을 받쳐들고 뒤따르는 시동을 돌아보며 신겐은 말했다.
"오늘 저녁에도 피리 소리가 들릴까?"
"예!"
대답할 뿐 상대는 더 말하지 않는다.
신겐은 문득 하늘을 우러러 달빛에 흐려져가는 별을 발견하고 그 수가 많은 데 감개를 느꼈다. 달이 떠오르면 보이지 않게 되는 별. 빛을 겨루다 보이지 않은 채 사라지는 별. 지금 신겐이라는 달빛 앞에서 이에야스와 노부나가 따위의 별은 빛을 잃어가고 있다. 노다 성주 따위는 그 작은 별에도 끼지 못하리라. 아니, 그 아래의 숱한 병졸들이 작은 바람, 작은 소원을 품고 몸부림치며 살아가는 게 지상의 현실이었다. 지금쯤 성안에서는 그러한 사람들이 먹는 둥 마는 둥 저녁식사를 끝내고 슬픈 격론을 벌이고 있으리라.

그러한 감개에 사로잡혀 잠시 그 자리에 우뚝 서 있는 신겐의 귀에 그때 문득 피리 소리가 아련히 들려왔다.

"괴이하구나, 오늘 저녁에도 불고 있나 보다."

"확실히 여느 때의 그 피리 소리입니다."

"저 피리의 명수, 이름이 뭐라더냐?"

"예, 이세 야마다(山田)의 신관 출신으로 호큐라고 한답니다."

"그런가? 신에게 바치던 피리 소리가 오늘 저녁에는 낙성의 슬픔을 이야기하고 있구나. 걸상을 가져오너라, 잠시 듣기로 하자."

"예."

대답하고 시동은 늘 호위하는 근위무사에게 신호를 보냈다.

신겐의 임시막사 뒤는 꽤 넓은 층층언덕이었다. 군데군데 나무 그림자가 시꺼멓게 드리워져 있다. 봄바람은 노다성 기슭을 감돌아 이 언덕으로 불어왔다. 그리하여 때때로 성안 사람들 목소리까지 똑똑하게 날라다준다.

그런데 오늘 저녁은 바람도 없고 사람 목소리도 들리지 않았다. 괴괴하게 조용한 달빛 속에서 피리 소리만 가물가물 솟아올랐다.

이 피리 소리는 오늘 저녁만의 일이 아니었다. 벌써 20일 남짓 되었을까. 쌍방의 대치가 길어지자 밤마다 저녁식사 뒤에 들려왔다. 날이 새면 싸우고 해가 떨어지면 창검을 거두어, 부는 자도 듣는 자도 싸움터의 구슬픔을 뼈저리게 맛보았다. 신겐도 언제부터인가 그 피리 소리에 귀 기울이게 되었다.

"노다성 안에 풍류를 아는 자가 있나 보다. 상당한 명수인데."

그 말을 듣고 근위무사 한 사람이 화살쪽지로 그 이름을 물었더니, 이세 야마다 사람으로 무라마쓰 호큐(村松芳休)라는 해답쪽지가 돌아왔다.

그 피리 소리도 오늘 저녁에는 들을 수 없으리라 여겼는데 언제나와 같은 시각에 같은 장소에서 흘러왔다. 낙성이 결정되자 이미 성안 인심이 온통 가라앉았는지도 모른다.

근위무사가 언제나의 장소에 걸상을 놓았다.

"성안에서는 이것을 들으며 모두 울고 있겠지."

신겐은 피리 소리가 가장 잘 들리는 구실잣밤나무 그늘에 걸터앉았다가 곧 다시 일어났다.

"이 걸상을 좀 더 왼편으로 옮겨라."

"예?"

"여기서 밤마다 우리들이 피리 소리를 듣는 것을 성안 사람들이 눈치채고 있는지도 모른다. 걸상을 옮겨라."

"예!"

근위무사는 시키는 대로 걸상을 옮겼다. 여느 때 앉던 구실잣밤나무 아래에서 3, 4간 떨어진 곳에 아직 어린 삼나무가 한 그루 서 있었다.

"모름지기 싸움에서 방심은 금물. 내가 피리 소리를 듣는 장소를 눈치챈 자가 있어 낮부터 겨냥하고 있다가 총이라도 쏜다면 목숨을 잃게 된다. 오늘 저녁뿐이니 모두들 조심하도록."

"예!"

근위무사는 큰 칼을 받쳐든 시동 하나를 남기고 이 위대한 주군의 흥을 깨뜨리지 않으려고 뒤와 양옆 세 방향으로 흩어져 달빛 속에 숨었다.

신겐은 무릎에 군선을 세우고 황홀하게 눈을 감았다. 달은 더욱 밝아오고, 산도, 골짜기도, 나무들도, 성도 오늘 저녁뿐인 오묘한 가락에 넋을 잃고 듣고 있는 것 같았다. 아마 호큐 자신도 두 눈에 이슬을 담고 불고 있는 건 아닐까. 신겐의 눈 속에 13살 때의 첫 출전으로부터 52살의 오늘에 이르는 인생의 허무함이 스치고 지나갔다.

달이 그늘졌다. 어쩌면 피리 소리가 구름을 불렀는지도 모른다. 그 순간 사방의 골짜기와 산과 강물과 대지에 탄환이 터지는 굉음이 탕 하고 메아리쳤다.

"앗!"

바로 조금 전 걸상을 한 번 놓았던 구실잣밤나무 언저리에서 나는 이상한 비명을 듣고 신겐은 튕기듯 일어났다. 일어난 순간 신겐은 화가 치밀었다. 산처럼 움직이지 않는다…… 비록 100개의 벼락이 떨어지더라도 놀라는 일 없는 마음, 그런 마음이 되도록 단련하려 했고 스스로 단련했다고 여긴 신겐이었다. 가와나카지마의 본진으로 우에스기 겐신이 칼을 후려치며 들어왔을 때도 그는 걸상에서 일어나지 않았었다. 그런데 오늘 저녁에는 총을 쏘는 자가 있을지 모른다고 계산하여 그에 대한 대비를 어김없이 하고도 그만 자리에서 일어서고 말았다.
'이 얼마나 미숙한 짓인가!'
자신을 꾸짖으며 다시 걸상에 고쳐 앉으려다가 신겐의 커다란 몸집은 앞으로 기우뚱했다. 오른쪽 반……이라기보다, 오른쪽 허리에서 발에 걸쳐 찌르르하니 심한 쥐가 나더니 쿵 하고 무릎이 둘로 꺾였다.
신겐은 당황했다. 그대로 넘어져가는 윗몸을 오른손으로 받치려다가 섬찟했다. 오른손 또한 감각을 잃고 있다. 신겐은 후두부에 이상하게도 둔한 통증을 느끼면서 오른쪽 볼을 그대로 땅바닥에 눕혀갔다.
시동이 큰 칼을 내던지고 소리 높여 외치며 신겐에게 달려왔다.
"여러분, 대감님이 총……총에 맞았습니다."
"멍청이 놈, 무슨 헛소리냐. 총에 맞은 것은 내가 아니다. 누군가 경호하는 무사다. 가서 보고 오너라."
이렇게 말하려고 신겐의 이가 딸각거렸지만 그것은 말이 되어 나오지 않았다. 입술이 마비되어 침이 줄줄 흐르는 것을 알았다. 신겐은 왼손을 짚고 일어나려고 안간힘 썼다. 하지만 오른쪽 반이 땅바닥에 뿌리내린 것처럼 무거웠다. 조바심 내자 갑자기 가슴에 구토증이 치밀었다. 무엇인가 울컥 토했다. 음식 같기도 하고 검은 핏덩어리 같기도 한, 비릿한 감촉이 아직 살아 있는 왼쪽 볼에 느껴졌다.
신겐은 생각했다.
'마침내…….'
이제는 자신의 상태를 스스로 시인할 수밖에 없었다. 용의주도하게 계획한 상경작전. 이마가와 요시모토의 실패를 거울삼아 초조해하지 않고, 서두르지 않고, 조심에 조심을 거듭하며 싸워 이겨온 크나큰 웅지가 지금 눈앞에서 몹시 흔들리는 것을 느꼈다. 달빛에 빛을 빼앗겨 사라져가는 별의 운명이 이에야스나 노부나가보다 먼저 신겐 자신을 삼켜버리려고 하는 것일까.
'살아야 한다! 이대로 죽을 수는 없다!'
"떠들지 마라!"
신겐은 다시 소리쳤지만 그것도 말이 되지 않았다.
"떠들면 적에게 알려진다. 조용해라! 조용히 못하겠느냐!"
말이 되지 않는 그 목소리는 달려온 근위무사를 더욱 당황하게 했다.

"대감님이 총에 맞으셨다! 작은주군님에게 곧 알려드려라."
"의사를 불러라, 의사를!"
"빨리 막사로 모셔라."
달빛 아래에서 검은 그림자가 헝클어진 실처럼 얽히기 시작했다. 피리 소리는 여전히 흐느끼며 허공에 녹아들고 있건만, 이제 이 언저리에서 그 소리에 귀 기울이는 자는 한 사람도 없다.
"대감님이 총에 맞으셨다."
"저 피리 소리는 적의 계략이었다."
그런 소리가 뒤섞이는 가운데 가쓰요리를 비롯한 여러 중신들의 진영으로 급사(急使)가 미친 듯이 말을 달렸다.

그 무렵—
이에야스는 가사기산 성채에서 벌써 한 시간쯤 팔짱 낀 채 움직이지 않았다. 도리이 모토타다와 사카키비라 고헤이타가 걸상 뒤에 앉아 이따금 뭐라고 말을 건넸지만, 그럴 적마다 '응'이라든가 '아니다'라고만 할 뿐 도무지 입을 열지 않았다. 그러므로 두 사람도 어느덧 말없이 달빛 아래 가만히 있은 지 한 시간 남짓 되었다.
여기서 보면 노다성을 에워싼 다케다 편 진영은 달빛 아래 모든 게 어슴푸레해 보인다. 그 아련한 안개 속의 적이 지금 이에야스에게 하나의 결단을 재촉하고 있었다.
"노다성도 오늘뿐……."
근위장수 오쿠보 다다요가 알려왔을 때, 이에야스는 잘도 버티어왔다고 생각하며 다부지게 말했다.
"못난이들 같으니!"
노다성이 함락되면 거대한 다케다 군이 진격하기 시작할 것이다. 사카이 다다쓰구는 이미 요시다성으로 보냈고, 이시카와 가즈마사는 오카자키성에 있는 아들 노부야스한테로 보냈다. 하지만 그 자신조차도 어떻게 할 수 없었던 신겐의 대군을 앞에 두고 요시다도 오카자키도 홍수 난 골짜기에 걸린 외나무다리나 다름없다.

여러 가지 정세로 보아 애타게 기다리던 오다 원군은 오지 않는 게 확실해졌고, 유일한 희망을 걸었던 우에스기 원군도 지금은 이미 때가 늦다. 그렇다 해서 함부로 동요할 만큼 그는 이미 어리지 않았다. 판단하건대 노다성에 수비장수로 남을 자는 야마카타 마사카게. 그는 이에야스의 본대를 반드시 여기에 못 박아두려 할 게 틀림없다. 이에야스가 신겐의 뒤를 추격하는 줄 알면, 그는 나아가 후방에서 하마마쓰를 찌르는 것처럼 보이며 협공해 올 게 틀림없었다.

이렇듯 둘로 나누어진 적을 얼마 안 되는 도쿠가와 군으로 어떻게 맞설 것인지, 지금 그는 머릿속에서 결정을 재촉하고 있다. 지상에 낙원을 쌓을 것인가, 아니면 무인다운 죽음을 선택할 것인가? 아니, 죽음을 선택한다는 따위의 망설임은 이미 버렸다. 목적을 위해 어떻게 싸우느냐만이 있을 뿐이다. 이렇듯 달빛 아래에서 깊은 생각에 잠겨 있노라면 죽어간 가신들 귀신이 그의 주위를 둘러싸는 것을 느꼈다.

내 몸 대신 죽어간 나쓰메 마사키치.

자신은 겁쟁이가 아니라고 외치며 쓰러진 도리이 다다히로.

패전의 후미를 맡아 눈 속에서 칼을 맞아 토막 난 혼다 다다자네.

아직 꽃봉오리 같은 일족 마쓰다이라 야스즈미며, 요네자와 마사노부며, 나루세 마사요시 등의 모습이 차례차례 다가온다. 그리하여 무언가 속삭이고는 날아가버린다. 이에야스는 그 한 사람 한 사람이 무엇을 호소하고 있는지 잘 알았다.

"주군, 겁먹어서는 안 됩니다."

다케다 신겐이라는 일본 으뜸가는 무장과 홀로 싸우지 않으면 안 되게 된 것이 결코 불행한 일은 아니다.

"신겐 같은 무장을, 주군이라는 구슬을 다듬기 위해 준비하신 신의 뜻임을 헤아려주십시오."

'알고 있다…… 알고 있고말고…….'

그때 탕 하고 한 방, 밤의 정적을 깨뜨리는 총소리가 이곳에도 들려왔다.

이에야스보다 먼저 고헤이타가 벌떡 일어났다.

"무엇일까, 저 총소리는."

모토타다도 달빛 속에 서서 눈 위에 손을 대고 바라보았다.

"적일까, 아군일까?"

고헤이타가 다시 말했다.

"이상하다, 성 언저리 일대는 잠잠한데."

다다요도 고개를 갸우뚱하며 막사 안으로 들어왔다.

"지금 소리는 총소리 같군요."

이에야스는 대답하는 대신 가볍게 말했다.

"떠들어대지 마라. 한 방 났을 뿐 뒤를 잇는 소리도 없다. 대단한 일은 아니겠지."

"하지만 무슨 신호일지도 모릅니다. 설마 성이 떨어질 것을 알면서 야습할 리도 없을 게고……."

생각 깊은 고헤이타는 성큼성큼 밖으로 나가 척후를 부르는 듯했다. 처음 말은 알아들을 수 없었지만 '보고 오너라' 하는 목소리와 '예!' 하며 산을 뛰어내려가는 기척은 알 수 있었다.

그날은 그대로 지나갔다.

이튿날 아침이 되어 척후는 맨 먼저 야마가타 마사카게가 성으로 들어간 것을 전하고, 다시 도리이 모토타다가 이에야스의 진중으로 신겐의 사자가 왔다고 전해왔다.

"뭣이, 사자가 왔다고?"

이에야스는 잠시 생각한 다음 물었다.

"누가 왔나?"

"나가시노성 스가누마의 가신입니다, 쫓아보낼까요?"

모토타다가 그렇게 말한 것은, 신겐이 이쪽의 궁한 처지를 꿰뚫어보고 항복을 권하러 온 줄 여겼기 때문이었다.

이에야스는 꼼짝도 하지 않고 허공을 바라보았다.

'이제 새삼스레 무슨 사자일까?'

신겐이 새삼 항복을 권해올 만큼 아군에게 전혀 승산이 없는 싸움…….

"어쨌든 만나보자. 들여보내라."

"들어오게 한 다음 화내지는 마십시오."

"베려면 언제든지 벨 수 있다. 어쨌든 들여보내라."

이윽고 사자는 예상보다 정중한 태도로 막사 안에 들어섰다. 스가누마 이즈의 일족으로 성이 같은 미쓰노부(滿信)라는 60살 남짓한 노인이었다.

"제가 사자로 온 것은 야마가 세 장수께서 신겐 공에게 제의하여, 신겐 공이 새로이 지시한 일입니다."

이에야스는 일부러 그 일과는 상관없는 이야기를 했다.

"신겐 공에게 숙환이 있으시다고?"

상대의 얼굴빛이 희미하게 달라지는 듯싶었다.

"가슴이 나빠 때때로 피를 토한다고 들었는데, 오랜 싸움터 생활로 악화되지는 않으셨나?"

"소신은 측근에 있지 않으므로 그런 일은 모릅니다. 다만 이번에 저를 사자로 보내며 지시 내리실 때는 매우 건강하신 듯싶었습니다."

"그런데 사자의 용건은?"

"성안과의 연락이 없어 자세한 사정을 모르시리라 생각되므로 순서를 좇아 말씀드리겠습니다."

"스가누마 마사사다가 항복했다는 것이겠지."

"예, 신겐 공께서 고후로부터 금광 인부를 불러와 성안의 우물에 일체 물이 솟지 않도록 하셨기 때문에 부득이한 일인 줄로 압니다."

"뭣이, 금광 인부를 불러 우물을 말렸단 말이냐?"

어지간한 이에야스도 기가 막혀 사자의 얼굴을 다시 보았다. 니마다성에서는 덴류강 우물 망루 밑의 수원(水源)으로 뗏목을 떠내려보내 물을 긷지 못하게 했었다. 이번에는 금광 인부를 시켜 땅속으로 굴을 파게 하여 우물의 물줄기를 끊었다고 한다…… 막힘없는 신겐의 전법에 이에야스는 소름이 오싹 끼치는 느낌이었다.

"신겐 공은 참으로 치밀하게 하시는군."

"예, 그래서 스가누마와 마쓰다이라 요이치로 님은 자신들 두 분의 생명을 걸고, 노만사(能滿寺) 승려를 통해 농성하는 여러 장병들의 구명을 제의했습니다."

"그것이 언제 일이냐?"

"11일의 일입니다."

"그래, 그다음에는?"

"신겐 공은 이를 허락하시고 아랫성에 두 분을 가둔 다음 고후 쪽에 가담하도록 극진히 권했습니다."
"그래서 마침내 항복했다는 건가?"
사자는 반백의 눈썹 아래에서 희미하게 웃었다.
"좀처럼 항복하시지 않습니다. 꿋꿋하게 목을 베라고 하십니다. 그래서 저희 주군 스가누마 이즈, 쓰쿠데의 오쿠다이라 단레이(段嶺), 스가누마 교부(菅沼刑部) 세 분이 신겐 공에게 구명을 탄원했습니다."
"흠……."
"아무리 권해도 뜻을 바꾸지 않는 두 장수, 이 두 장수의 생명과 야마가에서 하마마쓰로 보낸 인질과 바꿔주십사고."
이에야스는 그만 흐흐흐 웃고 말았다. 이번 싸움에서 그 인질이 반드시 소용될 때가 있으리라 여기고 은밀히 하마마쓰에서 출발시켜 둔 것이다.
"그러면 신겐 공은 그것을 승낙하고 그대를 사자로 보내 인질 교환을 제안해 온 것인가?"
"예, 바로 그렇습니다."
"안 된다면 어쩔 것이냐?"
이에야스의 말에 상대의 얼굴빛이 다시 희미하게 바뀌는 것 같았다.
이에야스는 생각했다.
'무슨 일이 있었구나!'
"그때는 웃으며 제 배를 가르는 수밖에 없습니다."
"웃으며 배를 가르는 일로는 할 일을 다 한 게 되지 않는다. 그것은 누구에 대한 사죄냐?"
"갇혀 있는 두 분에게 저의 면목이 서지 않습니다."
"두 사람을 만나고 왔는가?"
"예, 두 분 역시 신겐 공의 너그러우신 인정에 눈물을 흘리고 있었습니다. 대감님께서는 신겐 공의 마음을 움직일 만큼 꿋꿋하게 싸워온 두 장수를 버리시렵니까?"
"버린다고는 아직 말하지 않았다."
"저도 간청드립니다. 이 점을 잘 살펴주시기를. 특히 요이치로 님은 대감님이 6살에 슨푸로 보내질 적부터의 측근이라고 들었습니다."

이에야스는 일부러 얼굴을 잔뜩 찡그렸다.

“주제넘은 말이다. 신겐 공은 우리들에게 표리가 있는 분이니, 우리는 이대로 군사를 이끌고 인질을 경호하면서 히로세강 변으로 가겠다. 그래도 좋다면 승낙하마.”

사자는 조용히 얼굴을 숙였나.

“그 제의가 받아들여지도록 생명을 걸고 신겐 공에게 말씀드리겠습니다.”

“좋아. 그럼, 준비하겠다. 모토타다, 사자를 도중까지 배웅해 주어라.”

두 사람이 나가자 이에야스는 다시 고개를 갸우뚱하고 걸상 둘레를 뚜벅뚜벅 걷기 시작했다.

‘아무래도 납득되지 않아…….’

인질 교환은 빠르게 이루어졌다. 양쪽이 모두 2000명 남짓한 군사들에게 경호되어 히로세강 변으로 나왔다.

야마가타 마사카게가 이미 성안으로 들어가 있었으니, 만일 신겐에게 책모가 있다면 다케다 본대는 곧바로 움직이기 시작할 것이었다.

만일에 대비해 이에야스는 하마마쓰에서 고용한 이가 무리들을 팔방으로 내보내 탐지시켰다.

인질 교환이 끝난 뒤 곧 신겐의 본진에서 나가시노 방향을 향해 가마가 메어져 나갔다는 정보가 들어왔다. 이어서 들어온 소식으로는, 가마가 하나 아닌 셋이었으며 나가시노성으로 들어가지 않고 그 북쪽인 호라이사(鳳來寺)로 향하고 있다고 한다…… 만일 그 세 가마 속에 신겐이 있다고 한다면, 이것은 뚜렷한 퇴각이 아닌가.

‘무엇 때문에 퇴각할 필요가 있는 것일까?’

“방심하면 안 된다.”

이에야스는 경계를 더욱 철저히 하도록 명했다. 퇴각하는 것처럼 보여 이에야스를 하마마쓰성으로 철수하게 한 다음, 창을 돌려 요시다를 공격할 수도 있다. 아니나 다를까, 노다성에 머무르리라 여겼던 마사카게 부대가 빈번하게 출격 준비에 들어가고 있는 듯했다.

인질 교환이 끝난 이틀 뒤였다. 마쓰다이라 요이치로 밑에서 노다성에 농성하고 있던 도리이 산자에몬이 본진으로 일족인 모토타다를 찾아왔다.

"대감님에게 은밀히 아뢸 말씀이 있습니다."

"뭔가, 산자? 농성한 고생담이라도 이야기하려는 건가?"

"좀 비밀스러운 일이 있어서."

"일족인 나에게도?"

"예, 대감님에게 은밀히 안내해 주실 수 없겠습니까?"

"이상한 사나이로군. 좋아, 그렇게 해주지."

이에야스는 진중에서 내내 갑옷을 벗지 않고 생활했기 때문에 줄곧 몸이 가려웠다. 물을 데우게 하여 손수 몸을 씻으면서 시동에게 옷 속의 기생충을 잡아내게 하고 있는 참이었다.

"말씀드립니다. 노다성에서 돌아온 산자가 무언가 은밀히 여쭐 게 있다고 와 있습니다만."

모토타다가 시동의 어깨 너머로 더러워진 이에야스의 속옷을 기웃거리며 말하자 판자 그늘에서 이에야스가 대답했다.

"나중에 보자. 지금 불알의 때를 벗기고 있는 참이다."

"산자에몬에게 씻어달라고 하십시오. 이 모토타다에게도 말 못 할 일이라고 합니다. 은밀히 여쭙겠다고요."

"뭐라고, 그대에게도 말 못 할 일이라고……?"

"산자, 마침 잘 되었다. 이리 와서 판자 너머로 말씀드려라."

이에야스보다 손위인 모토타다는 그대로 산자에몬을 남겨두고 밖으로 나갔다.

산자에몬은 조심조심 판자 뒤로 들어갔다.

"버릇없는 사나이로군. 뭐냐, 용건은?"

산자에몬은 이에야스의 알몸에서 눈길을 돌리며 말했다.

"예, 그것이…… 적의 대장 신겐 님이 진중에서 돌아가셨다는 소문입니다."

"뭣이!"

이에야스의 목소리가 저도 모르게 흠칫 떨렸다. 이에야스의 생애를 암흑으로 칠해놓을 것 같던 신겐, 30여 년의 갖은 고생을 산산이 부숴놓을 기세로 갈 길을 가로막는 큰 바윗돌—그 상대가 진중에서 죽었다는 소식은 너무도 엄청난 충격이었다.

"산자!"
알몸인 채 이에야스는 보통 사람의 세 배는 된다고 일컬어지는 큰 불알을 가리지도 않고 눈을 부라렸다.
"그 소문을 어디서 들었나? 섣부른 말은 용서치 않겠다."
"예, 저도 이 소문이 미칠 영향을 생각해 일족에게도 말을 삼갔습니다."
"그 점이다. 책모가 신출귀몰하는 신겐, 우리의 사기를 꺾거나 오다 님을 방심시킬 수 있다고 생각하면 무슨 소문이라도 낼 사람이다. 하지만…… 그대가 일부러 그것을 알리러 올 때는 무언가 믿을 만한 근거가 있으리라. 소문의 출처를 말해보아라."
"예……."
산자에몬은 눈부신 듯 이에야스의 배꼽 언저리에서 시선을 위로 올렸다.
"저는 농성 중에 어떻게든 신겐 공을 쓰러뜨릴 수단이 없을까 하고 고심했습니다."
"흠, 그래서?"
"가이 군이 아무리 세다—해도 그것은 모름지기 신겐 공 한 사람의 힘, 그를 쓰러뜨리는 게 뿌리를 끊는 일이라고……."
"말이 많다! 전략 강의는 집어치워라. 소문의 출처를 묻고 있잖나!"
"황송하오나 저도 그것을 말씀드리고 있는 겁니다. 농성하는 성안에 이세 야마다 태생인 무라마쓰 호큐라는 피리 명수가 있었습니다."
"그 피리 명수가 다케다 편에서 듣고 왔다는 것이냐?"
"우선 들어주십시오. 그가 밤마다 싸움이 끝난 다음 부는 피리를, 적도 아군도 넋을 잃고 들었다고 생각해 보십시오. 저는 그것에 착안했습니다. 신겐 공도 피리를 부신다고 들었으므로, 일부러 본진까지 들리는 위치에 호큐를 보내 같은 장소에서 같은 시각에 밤마다 불게 했습니다."
"옳지, 참으로 재미있군."
"좋아하는 것은 각별하게 느껴지는 법이므로 신겐 공도 반드시 귀 기울여 들을 게 틀림없다. 밤마다 어떤 위치에서 듣느냐……는 것이 제가 노린 바였습니다. 그런데 신겐 공의 가마가 호라이사로 물러간 이틀 전입니다. 본진 뒤쪽 층층언덕 위에 조그만 종이쪽지가 달린 장대가 하나 남아 있었습니다."

이에야스는 벌거벗은 것도 잊고 산자를 뚫어지게 계속 쳐다보았다.

"그 장대를 보자 제 마음에 찡하고 반응하는 것이 있었으며, 거기야말로 신겐 공의 자리라고 여겨 소나무 가지에 총을 붙잡아매어 겨냥을 맞춰놓았습니다."

"……."

"이 일은 물론 호큐에게 비밀이었으며, 그날 밤도 마찬가지로 피리를 불게 하여 오묘한 솜씨가 바야흐로 신선경에 들어갈 즈음 총을 쏘았습니다."

"……."

"그랬더니 다케다 진중에서 때아닌 소동이 일어나 우왕좌왕하는 꼴이 손에 잡힐 듯했고, 그 이틀 뒤 신겐 공 가마가 호라이사로."

거기까지 잠자코 듣고 있던 이에야스는 갑자기 큰 소리로 꾸짖었다.

"천치 놈, 닥쳐라!"

그 목소리가 너무나 컸으므로 산자에몬은 깜짝 놀라 입을 다물었다.

"그렇다면 소문이 아니라 그대가 신겐 공을 쓰러뜨렸다는 건방진 공훈담이 아니냐!"

씹어뱉듯 한마디 하고 다시 덧붙였다.

"옷을 가져와. 시시한 이야기로 감기 들 뻔했다. 바보 같은 산자 녀석, 상대의 꾀에 보기 좋게 넘어갔구나. 그 장대가 상대의 꾀였음을 모르느냐?"

산자에몬은 억울한 표정이었지만, 시동이 가져온 옷을 이에야스가 입는 동안 잠자코 있었다.

"정말 어처구니없는 바보 놈이군. 모처럼 그물을 치면서, 상대에게 이용당하다니…… 좋아, 내가 한번 본때를 보여주겠다. 모두 잠시 물러가거라."

이에야스는 갑옷받침을 걸치자 사납게 시동까지 막사 밖으로 내쫓고 목소리를 떨구었다.

"오너라, 산자."

"예……?"

"이제 아무도 듣는 자 없다. 그 이틀 뒤에 가마는 틀림없이 호라이사로 갔겠지? 그대는 그 뒤의 상대 움직임을 자세히 지켜보고 있었을 거다. 말해봐라."

산자에몬은 순간 멍해졌지만, 가까스로 이에야스의 세심한 조심성을 눈치채고 몸을 내밀었다.

"아, 예. 말씀대로 자세히 지켜보았습니다."

"제가 총을 쏜 것과 진중이 떠들썩해진 게 동시의 일, 그러고 나서 사방팔방으로 기마무사가 달리더니, 수효가 늘어나 돌아왔습니다."

"흠, 그리고 날이 밝자 인질 교환 사자가 왔단 말이지……?"

"아닙니다. 날이 밝자 곧 야마가타 미시카게가 작은 어깨에 분노를 드러내며 입성했습니다."

"알고 있다. 그대가 본 장소와 내가 본 장소는 같지 않다. 그래서 그대는 어떻게 했나?"

"저는 그 한 방으로 신겐 공을 죽였다고는 생각지 않습니다. 하지만 확실히 부상은 입었다고 생각합니다."

"아직 단정 짓기는 빠르다. 진중에서 숨졌다는 소문은 어디서 들었나?"

"야마가타 군이 입성할 때 짐을 날라온 지아키(千秋)의 농부한테서입니다."

"그 농부가 말한 그대로 이야기해 봐."

"예…… 그 농부는 신겐 공이 드실 닭을 가지고 가서 그날 밤 진중에 있었는데, 총소리가 한 방 들려와 간담이 서늘해져서……."

"잠깐, 산자—신겐 공은 도를 닦기 시작하여 10년 동안의 정진결재(精進潔齋)를 맹세했다고 듣고 있다. 그런데 어찌하여 물고기, 날짐승 따위를 먹느냐? 그 점을 물어보지 않았나?"

"물어봤습니다. 신겐 공은 가슴병이 있어 늘 의사를 데리고 다녔다고 합니다. 그 의사의 권유로 진중에서는 결재를 풀고 약으로 날마다 생선과 닭고기를 드셨답니다."

"흠."

이에야스는 또 잠시 팔짱을 끼고 있었다.

"그러고 나서 그 농부는?"

"예, 사람들이 갑자기 떠들어대는 소란 속에서 대감님이 총을 맞으셨다, 총을 맞으셨다…… 하는 소리를 확실히 들었으며…… 이어서 축 늘어져 움직이지 않는 신겐 공을 두 무사가 떠메고 두 의사가 허둥지둥 따르며 임시막사 안으로 날랐는데, 분명히 죽어 있었던 것 같다고……."

거기까지 이야기하자 산자에몬은 이에야스의 얼굴빛을 살피며 말을 멈추었다.

이에야스는 눈을 이글이글 번들거리며 산자에몬을 쳐다본 채 생각에 잠겼다. 있을 수 없는 일은 아니다. 그렇다고 해서 섣불리 믿을 일도 아니었다. 싸움에 승패가 있는 것과 마찬가지로 사람에게는 생사가 딸려 있지만, 이에야스의 운명이 다 되었다고 여긴 순간 갑자기 상대인 신겐이 쓰러지는…… 그런 우연이 과연 있을 수 있는 일일까?

"산자……."

불러놓고 이에야스는 또 말이 없다. 정체를 알 수 없는 흥분이 그의 온몸을 자극해 섣불리 입을 열면 목소리가 더듬어질 것 같았다. 이것이 만일 사실이라면 인생의 엄숙함에 머리 숙여 조상해야 할 일이지만…… 그렇게 생각하면서도 지금 이에야스에게는 그럴 여유가 없었다.

음산한 하늘의 한끝이 벗겨지고 거기로 파란 하늘이 내다보이는 듯하다. 아니, 여기서 방심한다면 그 푸른 하늘은 다시금 비구름에 덮여 이윽고 이에야스를 떠내려보내는 호우로 바뀌지 않는다고 장담할 수 없다.

'성급하게 굴지 말자! 성급해선 안 된다…….'

이에야스가 잠자코 있으므로 산자에몬은 다시 주저하듯 입을 열었다.

"대감님, 비록 신겐 공이 돌아가셨더라도 다케다 편에서는 끝내 감출 거라고 생각합니다만……."

"음, 나도 그렇게 생각한다."

"그런 경우, 상대는 세상에 대체 뭐라고 소문낼까요?"

"……호라이사에서 병으로 잠시 휴양한다고 하겠지……."

"그럼, 제가 호라이사로 그것을 탐지하러 갈까요?"

이에야스는 고개를 저었다. 반대하는 것은 아니다. 하지만 탐지해 봐도 아마 진상을 알아내지 못할 거라고 생각했기 때문이다.

자신을 닮은 가게무샤를 늘 몇 명씩 데리고 다니는 신겐. 아마 신겐이 죽었더라도 그 가운데 한 사람이 병석에 누워 있을 것이고, 필적을 속이기 위한 서기도 준비되어 있을 게 틀림없다. 오히려 첩자는 신겐의 모습과 신겐이 쓴 필적을 눈으로 보게 되어 더욱 의심만 깊어질 뿐이리라.

이에야스는 성큼 걸상에서 일어났다.

"산자."

"예."
"알겠느냐? 아무에게도 말하지 마라."
"잘 알고 있습니다."
"그대는 이제부터 곧 마을로 내려가 다케다 군이 뭐라고 소문을 퍼뜨리는지, 다짐 삼아 그것을 조사하거라."
"예."
"좋아, 가거라!"
"그럼, 물러가겠습니다."
산자에몬이 나가자 이에야스는 허공을 노려보았다. 저도 모르게 빙그레 볼을 일그러뜨리다가 곧 그러한 자신을 꾸짖었다.
'상대의 불행을 기뻐하지 마라!'
그러면서도 병이 든 것만은 확실한 듯싶어 가만히 있을 수 없었다. 느릿한 걸음으로 걸상 앞을 한 바퀴 돈 다음 조용히 걸터앉아 시동을 불러 명했다.
"군사회의를 열겠다. 모토타다도, 다다요도, 요이치로도, 고헤이타도 모두 모이라고 이르거라."

비극의 보리

이에야스의 운명에 결정적인 영향을 미친 겐키 4년(1573 ; 덴쇼(天正) 원년, 7월 28일 개원(改元)) 봄은 노부나가에게도 숨 돌릴 사이 없는 위기의 연속이었다. 다케다 신겐, 아시카가 요시아키, 혼간지 미쓰스케, 아사쿠라 요시카게, 거기에 매부 아사이 나가마사까지 가담하여 노부나가 타도 세력은 차츰 힘을 늘려갔다. 그렇게 되면 당연히 사사키 잔당도, 기타바타케 도모노리도, 미요시 요시쓰구도, 마쓰나가 히사히데도 모두 적으로 돌아설 염려가 있었다.

노부나가는 그 위기를 뚫고 나가려 팔방으로 뛰어다니며 다케다 군에 어떻게 맞설까 온 힘을 기울이고 있었다. 정월에 오다 가몬을 신겐한테로 보내 다른 마음이 없음을 변명케 한 것도 그 하나였지만, 신겐은 이미 노부나가를 믿으려 하지 않았다. 그렇게 되면 정치적으로 쓸 수단은 단 하나 오다, 도쿠가와, 우에스기의 삼국동맹뿐이었다. 그러나 자기 쪽에서 이에야스에게 원군을 보낼 여유는 없고, 이에야스가 미카와에서 신겐을 얼마나 막아줄 것인지가 노부나가의 코앞에 놓인 운명의 갈림길이었다.

그런 다급한 때 노부나가에게 소식이 전해져 왔다.

"신겐의 상경 중지."

노부나가는 처음에 그것을 믿으려 하지 않았다.

"늙은 너구리 놈. 또 계략을 꾸미고 있구나."

이에야스의 저항이 완강하므로 오카자키를 단념하고, 어쩌면 이세의 기타바타케 도모노리와 연락하여 요시다에서 배를 타고 사카이로 돌아가 거기서 상륙을 꾀하려는 게 아닐까 판단했다. 그렇게 되면 노부나가의 세력은 싫어도 셋으로 나누어진다. 하나는 미노로부터의 침입군에 대비하고, 하나는 아사쿠라와 아사이, 그리고 또 하나는 상륙군을…….

그렇게 판단하자 노부나가는 곧 교토로 달려갔다. 노부나가를 포위하고 있는 속에서 가장 약한 것은 뭐니 뭐니 해도 아시카가 요시아키 쇼군이었다.

'이 벌레 같은 건달 놈…….'

마음속으로 이를 갈면서도 니조 저택의 요시아키를 에워싼 다음 그는 자신에게 다른 마음이 없다는 것을 알리고 화목을 청했다. 이것은 계략대로 들어맞았다. 저택을 포위당하고 하는 담판이다. 요시아키는 신겐이 상경해 올 때까지…… 라고, 역시 겉으로 얼버무리며 노부나가와 서약서를 교환했다. 4월 6일의 일이었다.

이튿날인 7일에 노부나가는 이미 교토에 없었다. 번개같이 여러 군데를 격파하는 것이 지금 노부나가의 전략이었다.

노부나가는 사쿠마 노부모리(佐久間信盛)와 가모 우지사토(蒲生氏郷)에게 오미의 나마즈에성(鯰江城)에서 농성하는 사사키 요시스케(佐佐木義弼)를 공격하게 하고, 자신은 매부 아사이의 오다니성에 대비하기 위해 쌓게 한 도라고겐산 성채로 기노시타 히데요시를 찾아갔다.

4월 9일 저녁 무렵으로, 이미 나가하마(長濱) 5만 석 영주로 출세한 그 옛날의 원숭이 기노시타 히데요시는 자랑으로 여기는 시동 가토 도라노스케(加藤虎之助 ; 기요마사), 가타기리 스케사쿠(片桐助作 ; 가쓰모토), 후쿠시마 이치마쓰(福島市松 ; 마사노리), 이시다 사키치(石田佐吉 ; 미쓰나리) 등과 오다니성 공격 연습을 끝내고 다케나카 한베에(竹中半兵衛)에게 강평을 시키고 있는 참이었다.

"도키치, 열심이군."

오다니성이 내려다보이는 성채의 임시막사 앞에서 노부나가가 말을 내리자 히데요시는 과장된 몸짓으로 노부나가 곁으로 뛰어갔다.

"오, 대감님이시다!"

노부나가가 여기까지 가까이 오는 것을 모르고 있었을 히데요시가 아니다. 그러면서도 사뭇 비로소 깨달은 것처럼 뛰어나왔다.

"이거 실수했는걸! 모두들 방심하고 있다가 대장님이 가까이 오시는 것도 몰랐구나. 크게 실수했다."

그 목소리에 시동들과 한베에도 가까이 와서 노부나가에게 인사했다.

노부나가는 거느리고 온 6명의 말 시중꾼에게 고삐를 건네자, 오다니성을 마주 보며 빙 둘러쌓게 한 견고한 성채를 둘러보며 미간을 찌푸렸다. 히데요시의 방위태세에 불만이 있는 것은 아니다. 여기서 부르면 바로 들릴 듯 저녁 어스름 속에 마주 굽어보이는 오다니성. 그 안에 자신의 누이동생과 귀여운 세 조카들이 있다고 생각하니, 대세를 꿰뚫어보지 못하는 나가마사 부자에게 심한 증오가 느껴졌다.

"활짝 갠 날에는 이치히메 님과 아기님들 모습이 보일 때가 있습니다."

"도키치, 안으로 들어가자. 한베에도 따라와."

"예."

히데요시는 앞장서 임시막사 안으로 들어가 노부나가를 위해 손수 걸상을 내놓았다.

"쇼군은 잠시 꼬리를 내린 듯싶습니다만, 다케다 대장 역시 상경을 단념한 모양이지요."

"무슨 소식이라도 있었나?"

노부나가는 히데요시의 시동 이시다 사키치가 따라주는 차를 한 모금 마시고 나서 주위를 물리도록 눈짓으로 신호했다.

"한베에는 그대로 있거라. 한베에는 도키치의 군사(軍師)이니, 그대 생각도 들어보고 싶다."

히데요시는 시키는 대로 모두 물러가게 하고 임시막사 안에 세 사람만 남자 입을 열었다.

"다케다의 대장이 죽었다는데 참말인 것 같습니다. 그렇지, 한베에?"

한베에는 머리를 조금 숙인 채 잠자코 있었다.

"호라이사로 물러난 뒤의 거취를 하나하나 조사시켰습니다만, 아무래도 살아 있는 것 같지 않습니다."

"음."

노부나가는 날쌘 매 같은 눈길로 한베에와 도키치를 번갈아보았다.

"이에야스가 탐색전을 벌인 것은 3월 첫 무렵이었지."

"예, 그런데 곧 병이 나았다며 미카와로 밀고 나와 스스로 히라타니(平谷)에 진치고 데쿠보(手窪), 미야자키(宮崎), 나가사와(長澤)에 성채를 쌓은 다음 3월 16일에 야마가타를 시켜 요시다성을 공격하게 했습니다."

"그 공격이 전과 달랐나?"

"다르다……는 것이 미카와 쪽의 판단입니다. 아니, 미카와뿐 아니라 히라타니에 있는 신겐은 아무래도 좀 젊어진 것 같다고……."

"한베에!"

"예."

"그대 점괘에는 어떻게 나오는가? 그 신겐은 가게무샤냐?"

노부나가에게 질문받고 다케나카 한베에는 지나치게 흰 볼을 희미하게 일그러뜨렸다.

"신겐 공의 넷째 동생 쇼요켄(逍遙軒) 님이 똑같이 닮았다고 들었다."

노부나가는 대답하는 대신 다시 다그쳤다.

"죽었다…… 만일 죽었다면, 한베에, 그대라면 어떻게 하겠나? 알겠나, 그대가 다케다의 군사가 된 셈으로 대답해 보아라."

한베에는 조용히 허리를 굽혔다.

"신겐 공이 서거했을 경우 말씀입니까?"

"그렇다, 그렇게 결정되었을 때다."

"저 같으면 상(喪)을 숨기고 본국으로 일단 군사를 철수시키겠습니다."

한베에가 대답하자, 노부나가의 질문은 점점 더 날카로워졌다.

"어째서 상을 숨기느냐? 왜 숨길 필요가 있지, 한베에?"

"이에야스 님이 예사로운 대장이 아니기 때문입니다. 이렇게 말씀드리는 것은 싸움에 그리 능숙하지 못했던 이에야스 님에게 싸움이란 어떤 것인지 신겐 공이 남김없이 가르치고 말았습니다. 그러므로 만일 서거한 게 알려지면 본국으로 무사히 철수할 수 없습니다. 이것이 첫째 이유입니다."

"둘째 이유는?"

"신겐 공의 상경을 고대하고 있는 여러 영주들의 결속이 한꺼번에 무너져 오다 대감님 힘이 막강해집니다."

"그 밖에 또 있나?"
"셋째로 세자 가쓰요리 님이 뒤를 이으면 지금 심복하고 있는 야마가 세 부족을 비롯하여 가신 중에서도 떨어져나갈 자가 꼬리를 이을 것입니다."
노부나가는 외치듯 말했다.
"알았다! 그래, 나라도 상을 숨길 것이다. 다음에 가쓰요리의 인물됨은 어떻다고 그대는 평가하나?"
"아버지보다 못한 점이 두 가지."
"첫째는?"
"나이입니다."
"나머지 하나는?"
"성급함입니다."
노부나가는 웃었다.
"하하하…… 성급함이라면 내 편이 훨씬 위다. 그런데 상을 숨기고 나서 군사로서 어떻게 뒤처리하겠느냐?"
"사람은 자신의 그릇을 알아야만 합니다. 먼저 상을 숨기고 본국으로 철수해 스루가는 버리고 고후, 시나노 두 나라만 단단히 굳히도록 합니다."
"가쓰요리가 그것을 듣지 않는다면 어떻게 할 것이냐?"
"그때는 다케다 가문이 멸망할 때…… 유감스럽지만 저는 하직하고 물러나겠습니다."
"냉정한 놈 같으니! 들었느냐, 도키치, 한베에는 방심할 수 없는 놈이다."
노부나가는 크게 웃어젖혔다.
"도키치, 이번에는 그대다."
"예."
"그대가 이에야스의 군사라면 어떻게 하지?"
"먼저 신겐의 생사를 확인합니다."
"첩자라도 들여보낸다는 건가?"
히데요시는 해롱해롱 웃었다.
"적 편 군사의 속셈은 지금 들었으니까요. 이 히데요시는 우선 야마가 세 장수를 당겨보거나 스루가에 쳐들어가 보겠습니다."

노부나가는 반격했다.

"그러면 대답이 둘이 된다. 신겐이 죽었는지, 가쓰요리가 바보인지 알 수 없을 거다."

"천만에요. 죽었을 경우 바보라면 마음이 더욱 어지러워져 상대도 되지 않습니다. 요시다성을 공격시키는 네……까시는 의논하며 하는 일이라 속일 수 있겠지만, 뜻밖의 곳을 한번 찔러보면 곧 알 수 있지요. 이에야스 님에게 진언해 슬슬 그 방법을 쓰게 할 겁니다, 이 히데요시라면."

"알았다! 그럼, 두 사람이 내 군사라면 어떻게 하지? 이 대답이 허술하면 나는 웃겠다. 자, 정신 차리고 대답해 봐."

히데요시는 자기 이마를 찰싹 때리며 말했다.

"대감님은 교활하셔!"

히데요시는 터놓고 웃어젖혔지만 노부나가는 웃지 않았다. 한베에와 히데요시를 번갈아보는 눈이 더욱 날카롭고 무엇인가 마음속으로 결의하고 있는 모양이었다.

히데요시는 한베에 쪽을 흘끗 보면서 확신을 갖고 잘라 말했다.

"제가 대장님이라면 신겐이 죽었다고 결정한 다음 곧 교토로 돌아가겠습니다. 이 1년이 천하의 갈림길, 히에이산조차 불살라버리신 대장님이 어찌 요시아키 쇼군 따위를 용서하시는지 저는 납득되지 않습니다."

노부나가는 고개를 끄덕이는 대신 한베에의 얼굴빛을 흘끗 살폈다. 한베에는 편안하게 무릎에 부채를 세운 채 가볍게 눈을 감고 있다. 두 사람 모두 노부나가가 요시아키 쇼군과 화친을 맺어온 데 대해 미적지근함을 느끼고 있는 모양이다.

노부나가의 얼굴이 야릇하게 일그러졌다. 노부나가의 눈으로 보아도 이 화친은 석 달이 계속될 리 없었다. 노부나가가 교토를 떠나면 요시아키는 곧바로 망동하기 시작할 게 틀림없다. 그러한 조바심은 요시아키의 숙명이라 해도 좋았다.

히데요시는 다시 말을 이었다.

"대장님은 쇼군에게 너무 후하십니다. 그것을 알아줄 상대가 아닙니다. 세상은 냉혹합니다. 잎 떨어진 겨울나무는 결코 싹트지 않습니다. 결국에는 대장님 마음대로 되지 않아 멸망시키고 말았다는 말을 듣는 게 불을 보기보다도 명백한 일. 그 같은 비평에 얽매이지 말고 우선 책모의 뿌리를 끊는 게 첫째인 줄 압니다."

한베에도 같은 의견인 듯 여전히 실눈을 감고 있다.

노부나가는 흐흐흐 웃기 시작했다.

"그런가, 도키치의 속마음도 알았다! 그다음은 어떻게 하나?"

"쇼군을 교토에서 내쫓은 뒤 가와치, 셋쓰를 청소하겠습니다."

"가와치, 셋쓰의 청소가 끝나면……?"

어느덧 노부나가도 눈을 감고 있었다. 그가 묻고 싶은 것은 지금 저녁 어스름 속에 녹아 없어지려 하고 있는 오다니성을 언제 공격하느냐 하는 것이었다. 준비는 이미 되어 있다. 하지만…… 그 성에는 여전히 막냇누이 오이치 부인과 세 조카가 살고 있다…….

히데요시는 민감하게 노부나가의 마음을 짐작한 모양이다. 구원할 길 없는 난세에 새로운 질서를 세우려 하는 노부나가. 노부나가의 그 사업에 건 혈육의 희생은 너무나 컸다. 동생 노부유키를 베고 이복동생들을 처벌했으며, 가신들은 저마다 적중으로 보내고, 지금 또 아무 죄 없는 조카들까지 난세의 제물로 삼아야 한다.

히데요시는 애써 명랑하게 말했다.

"그다음에는 이 히데요시에게 아사이, 아사쿠라 공격을 분부하십시오."

"그대는 이 노부나가에게는 공격하지 말라는 것인가?"

"대장님은 다만 출전만 하십시오. 저와 한베에가 반드시 아사이와 아사쿠라 사이의 연락을 끊고 싸움을 유리하게 이끌겠습니다."

노부나가는 갑자기 크게 웃기 시작했다.

"핫핫핫…… 원숭이 놈, 이 노부나가를 위로하고 있군. 좋다! 내 마음은 정해졌다. 난세의 귀신이 탐내는 피, 대지가 마음껏 빨아먹도록 해주자."

"그렇게 분부하시는 건…… 곧 교토로 되돌아가시겠다는 겁니까?"

"멍청이 놈!"

노부나가는 비로소 올려붙이듯 히데요시를 꾸짖었다.

히데요시는 머리를 긁적거렸다.

"아니, 이것 참, 역시 꾸중을 들었군."

"도키치!"

노부나가는 히데요시보다 오히려 한베에를 보며 말했다.

"지금은 4월…… 보리가 익어가는 중요한 때다."
"옳거니……."
"보리타작을 끝내고 모심기가 끝날 무렵까지 요시아키가 가만히 참고 있을 사나이인 줄 아느냐?"
히데요시는 무릎을 탁 치며 저도 모르게 말했다.
"장하십니다! 과연 모심기가 끝나기 전에 틀림없이 무언가 하겠지요."
"그때까지 나는 기후로 돌아가 쉬겠다. 교토 일은 미쓰히데에게 맡겼으니."
한베에는 마음 놓은 듯 미소 지었다.
"아마도 그때까지는 도토우미, 미카와의 사정도 호전되리라 여깁니다."
"음, 한베에도 그렇게 생각하나? 신겐이 죽었다면 우리보다 이에야스가 더 한숨 돌릴 거야. 좋아, 그때까지 이 성채를 더욱 견고히 해놓도록."
"여부가 있겠습니까."
노부나가는 그날 밤 성채의 임시막사에서 잤다. 그리고 이튿날 아침, 아직 아네강에 아침 안개가 자욱한 동안 부하를 몇 명 데리고 기후로 떠났다.
아사쿠라, 아사이에의 대비는 이미 완비되어 있었지만, 강변에 이웃한 밭에서 싱싱하게 자라는 보리의 물결을 바라보며 성으로 돌아가는 노부나가의 마음에 무거운 응어리가 남았다.
신겐의 치밀한 포진에 대해 노부나가가 취할 수 있는 전법은 여러 군데를 저마다 격파하는 것이다. 그 시기는 순식간에 지나가버린다. 모내기가 끝날 때까지 군사를 쉬게 하고, 우선 요시아키를 거꾸러뜨린 다음 가와치로 달려가 가을 추수까지 아사이와 아사쿠라의 숨통을 끊어놓지 않으면 주고쿠(中國)의 모리(毛利) 군까지 움직일 위험이 있었다.

인간 50년
돌고 도는 무한에 비한다면
덧없는 꿈과 같도다.

'노부나가의 생애는 그것으로 족하다…….'
많은 피로 대지를 씻어내려고 비원하는…… 그 핏속에 자기 피가 섞여들어가는 것을 두려워해서는 안 된다.

'오이치…… 네 피도, 네 자식의 피도 나에게 다오.'

녹음에 싸인 기후성 센조다이 성관에 도착하니, 여기에도 혈육이 수난당한 소식이 기다리고 있었다.

먼저 수비장수인 스가야 규로에몬(菅谷九郎右衛門)으로부터 그동안의 보고를 들었다. 그리고 후세 도쿠로(布施藤九郎)와 다카노 후지조(高野藤藏)로부터 재정 형편을 들은 다음 내전으로 가려 하자, 첩자인 이가 무리들을 감독하는 이노코 효스케(猪子兵助)가 내전 뜰까지 쫓아와 한 무릎을 꿇었다.

"잠시 여쭐 말씀이……."

"좋다, 안으로 따라오너라."

노부나가는 한마디 내던진 다음 정실 노히메 방으로 갔다.

"효스케가 할 이야기가 있다는군, 차를 내와."

갈아입을 옷을 갖춰놓고 기다리는 노히메에게 말한 다음, 노부나가는 마루에 앉았다.

"뭐냐, 효스케?"

"별일은 아닙니다만, 오카자키의 내전에서 예사로 들어넘길 수 없는 소식이 와 있습니다."

"뭐라고, 도쿠히메로부터? 좋아, 들어보자."

노히메가 손수 차를 받쳐들고 들어왔다. 노부나가는 흘끗 부인을 보았다.

"노히메, 그대도 들어봐. 오카자키에 무슨 일이 있다는구먼."

"오카자키에……."

부인은 노부나가와 효스케를 번갈아보며 몇 걸음 물러나 앉아 살며시 무릎에 손을 포갰다.

효스케는 마루에 두 손을 짚은 채 말했다.

"성안의 고지주라는 시녀로부터 내 부하에게 연락 온 바에 의하면, 노부야스님의 측실 아야메 부인이 가이의 첩자인 것 같다고 합니다."

"뭣이, 노부야스가 첩을 두었다고?"

노부나가는 그만 큰 소리로 말하다가 쓴웃음 지었다.

"비난할 수 없겠지. 내게도 있었던 일이다. 하나 가이의 첩자라니……?"

노부나가는 부인을 돌아보았다.

"노히메, 이것은 도쿠히메의 질투가 아닐까?"

부인은 고개를 조금 갸우뚱한 채 잠자코 있다.

"그대에게도 짚이는 게 있겠지. 도쿠히메는 아직 어리다. 만일 질투라면 꾸짖어야겠지만…… 그런데 그 다음은?"

"도쿠히메 님은 아직 아무것도 모르신다고 했습니다. 하지만 아야메와 한통속인 듯 짐작되는 그 아버지 겐케이라는 의사가 있는데, 그 의사를 통해 이에야스 님 마님께서 은밀히 가이와 기맥을 통할 염려가 있으니 방심하는 일이 없도록 하라는 소식이었습니다."

효스케는 거기까지 말하고 노히메를 쳐다보며 눈부신 듯 눈을 깜박였다.

"부하가 알려온 그대로 말씀드리겠습니다."

"오, 말해봐라."

"이에야스 님과 마님 사이에 불화가 계속되는 가운데, 마님은 의사 겐케이라는 자를 몰래 총애하여 민망한 일이 있다고 했습니다."

"뭐이, 마님이 의사와 간통하여…… 왓핫핫핫."

노부나가는 호탕하게 웃어젖혔다.

"그런 터무니없는 일이 어디 있느냐. 그것뿐이냐, 소식은?"

"또 하나 있습니다. 겐케이며 마님과 뜻을 같이하여 가이에 접근하려는 자가 가신 가운데 있습니다. 그 이름은……."

"잠깐!"

노부나가는 험한 표정으로 말을 가로막았다.

"도쿠가와와 우리 가문은 예사 친척이 아니다. 그 이름은 듣지 않겠다. 좋아, 물러가라."

"예, 다음 명이 계실 때까지 부하를 그대로 머물러 있게 하겠습니다."

효스케는 근엄한 태도로 말하고 두세 걸음 뒤로 물러나 조용히 일어서 나갔다.

노부나가는 곧 일어나서 가볍게 말했다.

"옷을 갈아입겠다."

그리고 전투복 끈을 풀면서 문득 다시 뒤에 선 부인을 돌아보았다.

"이에야스의 내실은 요시모토의 조카딸이었지?"
"네, 그렇게 듣고 있습니다."
"여자는 그렇듯 독수공방이 쓸쓸한 것일까, 노히메?"
부인은 그 물음에는 대답하지 않고 말했다.
"고지주는 똑똑한 아이니, 역시 무슨 일이 있는 게 아닐까 생각합니다."
"나로선 알 수 없다. 그대라면 어떻게 하겠나?"
"또 대감님의 능청스러우신 버릇이 나오는군요……."
부인은 옷을 훌렁 벗어버린 노부나가의 어깨에 홑옷을 걸쳐주며 못 들은 척 띠를 매기 시작한 노부나가를 말끄러미 아래에서 올려다보며 말했다.
"도쿠히메가 염려돼요. 곁에 고지주 하나로는……."
노부나가는 천연스레 옷을 갈아입고 털썩 앉으며 저도 모르게 혀를 찼다.
이에야스가 오카자키성에 머무르는 일이란 거의 없을 것이다. 하마마쓰, 요시다, 오카자키 등 그로서는 생명 줄인 세 성을 어떻게 지켜낼 것인가로 필사적이리라.
이 세 성을 지키기 위해 가이 군의 출구가 되는 나가시노, 쓰쿠데, 다미네 등 야마가 세 부족의 요지를 탈환하는 게 급선무. 그 일에 마음 빼겨 내전의 일 따위를 돌볼 여가란 없을 게 틀림없다.
"노히메, 있을 수 있는 일인 듯도 싶군."
"네, 저도 그렇게 생각합니다."
노부나가는 옷을 갈아입은 가슴에 부채질했다.
"어쨌든…… 가신 가운데 가이로 마음 보내는 자가 있는 게 사실이라면, 내버려둘 수 없지."
"저도 내버려둘 수 없는 일로 여깁니다."
"노히메—"
"네."
"아까 효스케에게 일부러 이름을 묻지 않았지만, 물을 것까지도 없으리라. 그것을 효스케와는 다른 길로 이에야스에게 알려주도록 해."
"그러면 도쿠히메는 그대로……?"
"내버려둬! 도쿠히메 말이 나오면 일이 복잡해질 뿐이야. 자식을 염려한 나머지

헛소문을 믿는다는 생각을 갖게 되면 화낼 테니까."

노부나가가 말하자 부인은 조용히 고개를 갸웃거렸다. 노히메의 걱정은 다른 데 있었다. 이에야스는 노부나가로부터의 통보로 수상쩍은 가신을 꼭 찾아낼 터이지만, 그 소용돌이에 말려들어 과연 도쿠히메가 동갑인 노부야스와 다툼을 일으키지 않을 것인가? 그렇다고 해서 자세한 주의를 해보냈다가 그것이 상대 손에 떨어지면 더욱 괴로운 입장이 되리라. 고지주에게는 충분히 의사를 통할 수 있었지만, 성장이 다른 도쿠히메에게는 그렇게 할 방법이 없었다.

노히메가 생각에 잠긴 것을 보고, 노부나가는 뜰로 시선을 던진 채 아무렇지도 않은 듯 말했다.

"생각할 것 없어, 노히메. 오이치도, 그 자식들도 모두 시대에 바쳤다. 대지가 오다 일족의 피를 마음껏 빨아먹도록 하지. 뒷날 평화의 밑거름이 되리라."

부인은 똑바로 남편을 바라보다가 다시 차분히 고개를 갸웃했다.

'태연한 체하는 것은 남편의 버릇…….'

지금에 와서는 그것을 너무도 잘 아는 노히메였다. 나이 탓인지도 모른다. 17, 18살 때부터 인간 50년이라고 노래해 온 남편의 비원. 자신의 목숨을 내버리고 새로운 질서를 세우려 하는 남편. 그것을 모르는 동안은 편했었지만, 알게 되니 안타깝기 이를 데 없었다.

'이에야스 님 부인은 남편의 비원을 모르는가 보다.'

불행한 아내라고 생각했다. 그 생각과 함께 이 남편을 위해 얼마 안 되는 생애를 어떻게 살아야 할 것인지가 가슴을 짓눌러온다.

"도쿠히메 일은 저에게 맡겨주세요. 제게도 생각하는 바가 있으니까요."

잠시 뒤 노부나가는 조그맣게 말했다.

"노, 그대는 건방진 여자야."

그러고 나서 노부나가는 떠나갈 듯이 웃었다.

내전의 일로는 결코 남편을 번거롭게 하지 않으리라 생각하면서도, 시대의 물결은 노히메의 조그만 의지를 언제나 매섭게 휩쓸어버리려 했다. 지금 가장 걱정되는 것은 오다니성에 있는 이치히메 일이었다…… 만일 두 집안이 결전을 벌이게 되면 이치히메와 세 어린 딸은 어떻게 될까. 싸움을 피할 힘이 여자에게는 없다.

'어떻게든 네 사람의 목숨만은.'

그 뜻을 기후의 저택에 살고 있는 히데요시의 아내를 통해 도라고젠산 성채로 전했다. 히데요시의 아내는 지난날 야에라는 애칭으로 불리던 아사노(淺野)씨 네네(寧寧) 부인이다.

네네의 전갈을 듣고 히데요시는 살려낼 수단은 없지 않으나 만일 살려준다면 이치히메를 자기에게 줄 수 없겠느냐……는 뜻을 은근히 풍기는 편지를 직접 보내왔다.

노히메는 쓴웃음 지으면서, 그러나 안도의 가슴을 쓸어내렸다. 히데요시에게는 가신들 중에서도 특히 지모가 뛰어난 다케나카 한베에가 딸려 있다. 두 사람이 살릴 생각만 먹으면 구할 방법이 없지 않으리라. 그런데 오카자키의 도쿠히메에게는 그러한 의지가 될 만한 자가 없었다. 쓰키야마 마님과 노부야스 사이에서 조그만 가슴을 아파하고 있다는 말을 들었는데, 그 노부야스에게 수상한 측실이 생겼을 뿐 아니라 다케다의 마수까지 뻗쳐 있다고 한다…….

노부나가가 바깥큰방의 술자리로 나가자, 노히메는 다시 효스케를 불러 사정을 물었다.

"효스케, 그대는 좀 더 자세히 알고 있을 거야. 노부야스 님에게 측실을 권한 게 누구지?"

"네, 쓰키야마 마님인 것 같습니다."

"마님이 일부러……."

"네, 저한테 들어온 보고에 의하면, 마님은 도쿠히메 님을 몹시 미워하신다고 합니다."

"그럼, 노부야스 님은 어떠하신가? 도쿠히메에게 박정한 짓이라도……."

"그것이……."

효스케는 더듬거렸다.

"아무튼 젊으신 데다 차츰 주위의 뜬소문 등을 듣게 되어……."

"싫증 내시기 시작했다……는 것인가?"

"예…… 예, 전처럼 의좋지는 않은 것 같습니다."

"알겠어. 하지만 이것은 대감님 귀에 들어가지 않도록 해다오. 담담하신 것 같지만 마음속으로는."

"예, 잘 알고 있습니다."

"그리고 그대 손으로 누군가 한 사람 오카자키로, 고지주의 의논 상대가 될 자를."

"알았습니다."

"알겠는가. 아무쪼록 남이 눈치채지 않도록. 그리고 아까 그대가 말하려던, 가이에 내통한다는 그 사람 이름을 나에게 알려주지 않겠나?"

"예, 회계를 맡고 있는 오가 아무개라고 들었습니다."

"오가……."

노히메는 마음에 새기듯 중얼거렸다.

"도쿠가와 가문은 우리 가문의 동쪽 방패, 잘 명심하여 큰일이 생기지 않도록."

"예."

"도쿠히메를 소중하게…… 도쿠히메가 불행하다는 게 알려지면 두 집안 사이에 금이 가지. 그 일이 세상에 얼마나 큰 비극을 초래할지 모르니 이 이치를 고지주에게도 잘 전해줘."

노히메는 살며시 가슴을 안듯이 하고 한숨지었다.

도쿠히메와 노부야스의 불화를 격렬한 남편의 성미와 더불어 생각하자, 그것이 커다란 비극의 싹이 될 듯하여 노히메는 견딜 수 없이 불안했다.

여자의 싸움

아야메는 자기 방 뒤뜰로부터 녹음 속으로 요란하게 울려퍼지는 나무망치 소리를 듣고 있었다. 이에야스가 4월 끝 무렵부터 이 오카자키성으로 와서 밤에도 쉬지 않고 성을 수리하기 시작한 것이다. 성이 난세에 어떤 의미를 지니는지 알 수 없지만, 날마다 이어지는 자귀 소리는 왠지 모르게 어떤 절박함을 느끼게 한다.

뒤에서 소리가 났다.

"여보세요, 아야메 님."

"네……."

대답하고 돌아보니, 마루에 도쿠히메의 시녀 고지주가 손에 쟁반을 받쳐들고 서 있었다.

"마님이 내리신 거예요."

쟁반 위에 파란 대나무잎에 싸인 떡이 12, 13개 얹혀 있다.

"고마워요."

정실이 측실에게 보낸 선물, 그것을 고지주는 충분히 의식한 말투였다.

"하녀들이 안 보이는군요. 잡수세요. 차를 따라드리겠어요."

고지주에게 그 말을 듣고 아야메는 거절할 수 없었다. 한쪽은 15살 난 소녀, 한쪽은 이미 20살에 이르려 하고 있다. 그 나이 차이가 아야메를 누르는 울림이 되었다.

"성을 고치는 공사로 날마다 바쁘군요."

고지주는 부리나케 차를 따르면서 말을 이었다.

"그러고 보니 가이의 다케다 신겐 님이 돌아가셨다고요……."

태연스러운 눈으로 아야메의 얼굴빛을 살폈다. 아야메는 왠지 모르게 가슴이 덜컹했다. 이 성에 들어와 있는 자신의 입장을 어렴풋하게나마 알고 있다. 명확히 말하지는 않았지만, 자기 앙아버지로 되어 있는 겐케이가 이 얼마 동안 몹시 안절부절못하고 있으므로 혹시…… 하고 생각한 적은 있었다.

고지주는 떡을 권하며 말했다.

"소문으로는…… 4월 12일에 고후로 철수하는 도중 시나노의 고마바(駒場)인가에서 돌아가셨다……고 하지만 그대로 병환인 체하고 계신다지요."

"정말일까요?"

아야메는 얼굴에 뚜렷이 불안을 드러내 보이며 되물었다.

"정말이라……고 생각합니다. 그래서 대감님이 갑자기 하마마쓰성을 비우시고 이렇듯 오카자키성 공사를 시작하셨다고 생각합니다. 거기에 대해 무언가 들으신 일 없으세요? 겐케이 님이나 작은주군님으로부터."

아야메는 세게 고개를 저었다.

"아니요……."

듣지 못한 것은 사실이었지만, 겐케이의 태도에 허둥거림이 있음은 느끼고 있었다.

"작은주군님도 이 얼마 동안은 바쁘시겠군요."

"네, 날마다 아버님과 바깥채에서 주무십니다."

"쓸쓸하시겠네요."

고지주는 다정스럽게 웃어 보였다.

"마님은 잉태하신 몸이라 아야메 님에게 잘 부탁한다고 말씀하셨어요."

"네…… 저, 명심해 섬기겠어요."

"아야메 님은 작은주군님이 좋으시지요?"

"네, 저…… 하지만 제 소임이기도 하니까요."

"같은 소임이라도 기쁜 일과 쓰라린 일이 있어요. 고지주는 요즘 그것을 생각해요. 쓰라린 일이 많아서……."

고지주는 말하며 흘끗 애원하는 눈길이 되어 한숨지었다. 여러 사람 중에서 뽑혀서 도쿠히메에게 딸려와 있는 고지주였다. 그러므로 늘 도쿠가와 가문 사람들과 도쿠히메의 화목에 마음 쓰며 대립되는 일이 없도록 노력해 왔다. 그런데 그것이 요즈음 무너져가고 있다. 자기 자신도 노부야스와 쓰키야마 마님이 미워지기 시작한 게 아닌가 하는 생각이 들었다.

'왜 이런 마음이 되었을까……?'

그것은 자기 내면에 들어 있는 애정이 이상하게 나타나기 시작한 까닭인 모양이다. 어쩌면 도쿠히메의 몸을 통해, 고지주는 남모르게 노부야스를 사랑하고 있었던 것인지도 모른다. 노부야스에게 안겨 황홀해하는 도쿠히메를 보면, 고지주의 마음 역시 너그럽게 녹아들었다.

그러나 아야메인 경우는 전혀 반대였다. 아야메를 끌어안고 있는 노부야스를 보면, 노부야스도 밉고 아야메도 미웠다. 하지만 미워해서만 될 일은 아니었다. 미워하는 자신의 마음을 상대도 눈치챈 듯, 노부야스는 더욱 도쿠히메를 싫어한다. 도쿠히메의 측은한 모습을 보노라면 가만히 있을 수 없었다.

"아야메 님, 고지주는 아야메 님에게 소원이 있어요."

"새삼스레…… 무슨 소원이……."

"마님은 임신하신 몸이라 작은주군님과 함께 주무실 수 없어요."

"네."

"하지만 때때로 얼굴을 뵙고 아기의 아버지라고…… 여기며 안심하는 것이 무엇보다도 훌륭한 태교가 될 듯싶습니다."

"네."

"이 고지주는 오와리에서 일부러 보내져온 종, 건방지다고 생각 마시고 작은주군님에게 잘 말씀드려 주세요."

아야메는 순진한 표정으로 고지주를 마주 바라보며 고개를 끄덕였다.

'아마 작은주군님에게 마님한테 가시도록……'

말하면 되는 거겠지 하고 생각하면서…….

"마님은 이따금 쓸쓸한 듯 하늘을 멍하니 쳐다보고 계십니다. 그런 때 고지주는 마님을 모시기가 어렵다는 생각이 들어 뼈저리게 울고 싶어집니다."

아야메는 다시 고개를 꾸벅했다. 기질이 억센 고지주의 눈가에 이슬이 맺혀 있는 걸 보자 그만 아야메도 가슴이 미어졌던 것이다.

뒤에서 발소리가 쿵쿵 났다. 미닫이가 활짝 열리더니 뜻밖에도 전투복 차림의 노부야스가 나타났다.

"아야메!"

노부야스는 방 안에서 고지주의 모습을 보자 놀란 듯 멈춰 섰다. 그리고 우뚝 선 채 두 사람의 얼굴을 번갈아보다가 다시 그곳의 찻잔과 떡을 보았다.

"폐를 끼쳤어요. 작은주군님이 오셨으니 실례하겠습니다."

고지주는 살며시 얼굴을 외면하듯 하고 자리에서 일어났다. 고지주가 울고 있다. 아니, 아야메도 눈물짓고 있다. 그러한 일이 노부야스 눈에는 모두 이상하게 비쳤다.

고지주가 나가자 노부야스는 물었다.

"아야메! 어떻게 된 일이냐? 고지주는 뭣 하러 왔지?"

아야메는 그만 흐느꼈다. 무엇인가 야릇하게도 응석 부리는, 까닭 없는 감상으로…… 아야메가 흐느끼자 노부야스의 눈은 고지주가 사라진 쪽을 향해 번뜩였다.

"왜 잠자코 있지, 고지주는 뭣 하러 왔나?"

"네…… 마님께서 이 떡을……."

노부야스는 털썩 책상다리를 하고 앉아 한 손으로 아야메를 안은 채 쟁반의 떡을 눈높이로 들어올려 보았다.

"떡은 별다르게 보이지 않는군. 어째서 울었는지 말해봐."

"작은주군님, 마님한테도 이따금 가주세요."

"뭐……뭣이, 고지주가 그런 말을 했나?"

"네…… 네, 저도 그렇게 부탁드리겠습니다."

노부야스는 떡을 징검돌 위로 홱 내던지고 사나운 매 같은 눈으로 노려보았다.

"그래?"

어느 쪽이나 아직 젊다. 서로의 말이 서로의 가슴에서 어떻게 어긋나가는지 알지 못했다.

"아야메! 나는 남의 지시를 받는 게 가장 싫다."

"……."

"오늘도 아버님과 말다툼했다. 쌀창고와 돈창고의 수리 때문이다. 돈이란 세로로 쌓는 법이라고 아버님은 말씀하셨어. 옆으로 쌓여 있는 걸 보고 내가 오가 야시로를 꾸짖으려던 참에 나를 나무라셨단 말이야. 쌀창고에서도 마찬가지, 볏섬은 언제나 전체 수량을 알 수 있도록 쌓는 법이다……라고 내가 야시로에게 명하고 있는 곳으로 와서 이 창고에 몇 섬이나 있느냐고 나에게 물었지. 나는 화가 나서 모른다고 하며 성큼 그 자리를 떠나와버렸다. 그런 나에게 너도 지시하려는 거냐. 주제넘은 짓은 용서하지 않을 테다."

한 손을 여전히 어깨에 걸친 채 격렬한 말투로 나무람 듣자, 아야메는 더한층 응석 부리고 싶은 감상을 느꼈다.

"제가…… 작은주군님에게 지시하다니…… 저는 작은주군님 종이에요."

"고지주라는 년이 너에게 그렇게 말하도록 시켰구나. 어째서 도쿠히메의 시녀 따위의 지시를 따르느냐…… 오늘쯤 얼굴을 보일까 생각했었는데 그만두겠다!"

"그러시면…… 그러시면 제가 난처합니다."

"걱정 마라. 너에게는 이 노부야스가 있다…… 그래그래, 그리고 그 건방진 것이 그 밖에도 뭔가 말했을 거다. 야시로와 그대 아버지 겐케이로부터 들은 말이 있다. 있는 그대로 말해봐."

"네……."

아야메는 이미 노부야스의 말을 듣고 있지 않았다. 어깨에 감긴 팔로부터 점점 달콤한 마비가 온몸에 퍼져 황홀하게 의식이 멀어져가는 것만 같았다.

"저…… 고지주 님은, 참, 가이의 신겐 님이 돌아가신 것을 알고 있느냐고 물었습니다."

노부야스는 깜짝 놀라며 아야메의 얼굴을 들여다보았다. 그리고 그대로 살며시 아야메의 상기된 볼에 입술을 스치면서 억누른 격렬한 말투로 중얼거렸다.

"역시 그렇구나…… 야시로가 말한 게 사실이었군…… 고지주 년!"

"야시로 님이 말씀하시다니요?"

아야메는 황홀하게 눈을 감고 자기 입술이 어떻게 움직이고 있는지조차 깨닫지 못했다. 왜 이렇게 되는 것일까? 자기 얼굴에 노부야스의 시선이 멈춰져 있다고 생각만 해도 입술도, 귀도, 눈도 절로 교태를 띠어가는 것이었다.

노부야스는 다시 난폭하게 볼의 까만 점에 입술을 댔다.

"고지주는 도쿠히메에게 뜬소문을 속삭이는 괘씸한 계집이라는 거야."
"어머나…… 고지주 님이."
"그렇다. 어쩌면 나와 그대 사이…… 아니, 도쿠히메와 그대 사이를 갈라놓으려 음모를 꾸미고 있는지도 모른다."
"아녜요…… 아녜요, 저는 작은주군님 곁을 떠나지 않겠어요."
"알고 있다! 고지주 따위의 중상에 속아넘어갈 노부야스가 아니다. 하지만 고년이, 어머님과 그대 아버지가 다케다 편에 마음을 통하고 있다느니, 야시로가 도쿠히메와 나 사이를 갈라놓으려고 일부러 그대를 나에게 접근시켰다고 퍼뜨린다는 거야. 도쿠히메를 따라온 자가 아니면 벌써 베어버렸을 거다."
아야메는 대답하는 대신 무섭다는 몸짓으로 한층 세게 매달렸다. 말이 끊어지고 자귀 소리가 또 한 차례 같은 음조로 녹음 사이를 누볐다.
그러자—
"작은주군! 작은주군님은 어디 계십니까?"
내전으로 건너가는 복도 밖 언저리에서 히라이와가 부르는 목소리가 들렸다.
노부야스는 혀를 차며 아야메를 놓아주고 성큼성큼 마루로 나가 큰 소리로 고함질렀다.
"뭐냐, 히라이와."
히라이와는 전투복을 단정히 입고 징검돌을 건너왔다. 이마에 땀이 번들번들 배고 눈에는 희미하게 노여움을 품고 있다.
"작은주군님, 뭘 하고 계십니까?"
노부야스는 버티어 선 채로 되물었다.
"뭘 하고 있다니. 어쨌다는 거냐? 내 성에서 길을 잃을 만큼 나는 어린애가 아니다. 큰 소리로 고함치며 다니지 마라."
"작은주군님! 왜 아버님을 노여워하시게 합니까. 아버님을 거스르시면 히라이와는 몸 둘 곳을 모르겠습니다."
노부야스는 흥 하고 웃었다.
"아버님이 노여워하시는 것도 성미, 내가 노여움을 싫어하는 것도 성미다. 내버려둬!"
"이상한 말씀을 하시는군요. 요즘의 성 공사, 무엇 때문인 줄 아십니까. 작은주군님이 지키는 성에 만일의 일이 있어선 안 된다고 여겨, 촌각을 아끼시어 갑옷도 벗지 않고 지시하시는 주군님 마음을 작은주군님께서는 모르십니까?"

"바보 같은 소리…… 내 성은 아버님 성, 나를 위해서만 지시하는 거냐? 그대 머리는 뙤약볕을 쬐더니 좀 돌았구나."

히라이와는 그 말에는 상대하지 않았다.

"자, 빨리 나가십시오. 측실한테 와 계신 것을 아시게 되면 더욱 화내십니다. 자…… 빨리……."

"흥, 나쁜 성미야. 아야메한테 갔다 오겠다."

그렇게 말했을 때 지금 히라이와가 지나온 복도 옆 소나무 그늘에서 이곳에 올 리 없는 이에야스의 목소리가 났다.

이에야스의 눈은 이상한 빛을 띠고 있었다. 격노와 비탄과 반성과 탐구가 뒤섞인, 가신들에게는 일찍이 보인 적 없는 표정으로 성큼성큼 마루 끝에 다가와 쉰 목소리로 불렀다.

"노부야스!"

"무엇입니까, 아버님?"

"성내지 않는다. 성내지 않을 테니 이리 오너라."

노부야스는 뾰로통하게 볼을 부풀린 채 아버지 앞에 섰다.

이에야스의 입 속에서 이가 울리는지 혀를 차는지 소리가 났다. 그러자 동시에 이에야스는 손을 뻗어 느닷없이 노부야스의 볼 살점을 움켜잡았다.

"노부야스!"

볼을 꼬집힌 채 그는 반항하는 눈으로 마루에서 아버지를 내려다보았다.

"커졌군! 키도 나보다 크구나……."

이에야스의 눈꼬리가 치올라가고 입가의 살이 꿈틀꿈틀 떨렸다. 히라이와는 조마조마했다. 노여움을 넘어선 아버지의 애정과 한탄이 배출구를 찾아 안에서 넘치고 있는 것을 알았다.

"노부야스…… 그대는 단 하나뿐인 내 후계자다. 아느냐?"

"알고 있습니다."

이에야스의 이마에 땀이 스며나오고 입술이 다시 꿈틀꿈틀 경련을 일으켰다.

"아비란 대체로 달콤한 말은 하지 않는 법이다. 가슴에 품은 백 가지 애정 가운데 하나둘밖에 입에 올리지 않는다."

"……."

"그리고 다만 내가 지나온 길의 험함을 가르치고, 그것을 참아낼 수 있는지 없는지 엄격하게 걱정할 따름이다."

그렇게 말하자 분노의 그늘과 탄식의 빛이 재빨리 뒤바뀌었다. 울 것 같으면서도 울지 않으려 하는 아버지의 얼굴.

노부야스는 문득 눈길을 떨구었다. 그와 동시에 이에야스의 시선도 곁에 있는 아야메에게로 옮겨지고, 떨면서 꼬집고 있던 볼의 살점에서 손도 떨어져나왔다.

"그대가 아야메인가……."

잔뜩 겁먹고 조그맣게 몸을 움츠린 아야메는 알아들을 수 없을 만큼 작은 소리로 대답하며 엎드렸다.

"네……."

"마음씨가 고와 보이는구나. 노부야스는 철부지다, 잘 보살펴주도록 해라."

"네."

"그리고 모처럼 여기까지 왔으니 노부야스의 마님을 만나보고 싶다. 그대가 가서 불러오너라."

"네……."

"노부야스, 더운물을 먹고 싶다."

"넷."

노부야스는 튕기듯 대답하더니, 당황해서 주먹으로 눈물을 닦으며 그것을 직접 이르러 갔다.

이에야스는 바깥의 녹음으로 시선을 던진 채 천천히 마루에 걸터앉았다.

"히라이와."

"예."

"그대들은 나를 어려워해서 노부야스를 너무 꾸짖지 않았나 보구나. 앞으로는 잘못이 있을 때마다 꾸짖도록 부탁한다."

말꼬리를 흐리며 크게 한숨을 쉬었을 때 도쿠히메가 급히 복도를 건너왔다. 도쿠히메의 배는 벌써 누구 눈에나 뚜렷이 보일 만큼 둥글게 부풀고, 푸른 잎에 비친 얼굴빛은 종잇장처럼 새하얗다.

이에야스의 볼이 비로소 너그럽게 풀렸다.
"오, 도쿠히메인가. 반갑다, 반가워. 그 아이가 다음의 다케치요이기를 빌고 있다."
도쿠히메는 넘어질 듯 마루 끝에 두 손을 짚었다.
"아버님, 언제나 변함없이 근력 좋으신 모습, 축하드립니다."
"딱딱한 인사는 빼거라. 너무 바쁘다 보니 내전까지 좀처럼 얼굴을 내밀지 못했다. 그런데 오늘은 노부야스가 뜻하지 않은 효도를 해주었다."
자리에 돌아온 노부야스는 살며시 얼굴을 돌리고 입술을 깨물었다.
'아버지는 역시 아버지다…….'
민감한 그의 감정은, 은연중에 넘쳐흐르는 아버지의 사랑에 압도되어 어느새 온순한 소년으로 돌아가 있었다.
도쿠히메를 마중 갔던 아야메가 차를 받쳐들고 들어왔다. 이에야스 앞에 공손히 그것을 놓고 물러나더니 노부야스 곁에 자리 잡았다.
이에야스는 찻잔을 손바닥으로 싸듯이 하고 부드럽게 아야메를 나무랐다.
"얘야, 마님이 계신 자리다. 마님은 내전의 주인, 그대는 물러가 있거라. 도쿠히메, 이리로 오너라."
도쿠히메 뒤에 따라와 있던 고지주가 안도한 듯 이에야스를 올려다보았지만, 아무도 그것을 깨닫지 못한다.
아야메는 당황해 문지방께로 물러가고 고지주에게 손을 잡힌 도쿠히메가 조용히 노부야스와 나란히 될 때까지, 이에야스는 눈길을 좁히고 차를 마시고 있었다.
"노부야스."
"네."
"도쿠히메도, 측실도 듣거라."
"네…… 네!"
"전쟁이 계속되는 지금 세상에서는 만나는 게 헤어짐의 시작이니 말해두겠는데, 이러한 세상에서 가장 귀중한 것은 가신이다."
노부야스는 한 손을 무릎에서 내리고 고개를 끄덕였다.
"나 혼자선 아무것도 못한다…… 이것이 32년 동안 뼈저리게 절감한 나의 경험이다, 노부야스."

"넷."
"가신은 보배, 가신은 내 스승, 가신은 내 그림자다, 알겠느냐?"
노부야스는 희미하게 고개를 끄덕였지만, 금방 알아들을 수 있는 말은 아니었다.
"보배를 결코 소홀히 다루어선 안 된다."
"넷."
"내 스승으로 여기며 충고를 듣고, 모자라는 게 있으면 내 탓으로 여기고 반성해라."
이에야스는 손바닥의 찻잔을 두 손으로 받쳐들어 찻잔 받침에 내려놓았다.
"오늘은 그대 덕분에 도쿠히메와도 만났다. 도쿠히메, 내전 역시 마찬가지다. 부리는 사람들을 잘 아껴주는 게 좋을 거다."
"마음에 새겨두겠습니다, 아버님."
"여자 몸의 광채는 그 아껴주는 데서 절로 비쳐나오는 것이다. 너무 오래 있었구나. 노부야스, 히라이와, 따라오너라."
이에야스가 일어나자 노부야스는 당황해 짚신을 신으러 달려가고, 여자들은 모두 마루로 나와 머리 숙였다.
이에야스는 이미 뒤돌아보지 않는다.
자신의 감정을 억누른 노부야스와 가신에 대한 이에야스의 애정은, 도쿠히메보다도 아야메보다도 도쿠히메 뒤에 대기하여 듣고 있던 고지주의 마음을 세게 때렸다.
이에야스가 가버리자 고지주는 도쿠히메에게로 돌아앉아 재촉했다.
"아야메 님에게 말씀을……."
도쿠히메는 일어나려던 자세로 불렀다.
"아야메."
그러고는 희미하게 입술이 일그러질 뻔했다. 남편의 사랑을 빼앗은 여자……그러한 질투가 도쿠히메의 가슴에도 싹트고 있다. 저도 모르게 목소리가 떨릴 것 같았다.
"지금 하신 아버님의 가르침을 허술하게 들어선 안 돼요."
그것은 아야메에게라기보다 스스로에게 이르는 말이었지만, 아야메는 공손히 두 손을 짚고 도쿠히메를 올려다보았다.
"잘 지키겠습니다."
"날마다 수고한다. 작은주군님을 잘 모시도록."
"네."
"고지주, 오너라. 배 속에서 아기가 노는구나."
고지주는 달려와 도쿠히메의 손을 잡았다. 이에야스로부터 받은 감동이 아직도 가슴에 가득히 남아 있다.
'훌륭하신 대감님…….'
고지주의 눈에 비치는 쓰키야마 마님은 오다 가문의 노히메 마님과 비교도 안 되었으며, 노부야스도 그리 의지가 되지 않는 느낌이 들었다. 그러나 오늘의 이에야스는 몸을 내던지고 무엇이든 고백할 수 있을 만큼 훌륭해 보였다. 애정도 분별도 꾸중도…….
도쿠히메의 거실로 돌아오자 고지주는 도쿠히메를 보료에 기대게 하고 눈을 빛내며 말하기 시작했다.
"작은마님, 여자에게는 여자의 싸움이 있습니다."
"뭐……? 무슨 말이냐, 그것은?"
"저는 대감님을 찾아뵈올까 합니다."
"지금 금방 뵈었는데…… 무언가 여쭐 말을 잊고 있었느냐?"
고지주는 그 물음에는 대답하지 않고 이상한 정열로 눈을 불태우며 말하기 시작했다.
"이러다가는 도쿠가와 가문이 위태롭습니다. 가문이 위태로워지면 도쿠히메 님은 물론 새로 태어나는 아기에게도 불행한 일…… 저는 이 가문을 위해 목숨을 버려도 아깝지 않다고 생각합니다."
도쿠히메는 팔걸이에 몸을 기댄 채 말했다.
"아, 또 아기가 노네…… 이상하구나, 고지주, 어쩐 일이지?"
"네, 저는 대감님을 뵙고 있는 동안 문득 내 목숨을 버릴 곳을 찾은 듯한 생각이 들었습니다."
"어디서, 무엇 때문에……?"
"대감님은 가신의 마음을 알아주신다…… 가신의 진정을 알아주시는 분이라고……."

고지주는 말하다 말고 볼이 화끈 달아오르는 것을 깨닫고 당황해 말을 멈추며 고개 돌렸다.

"도쿠히메를 위해 목숨 바칠 각오를 해라."

노히메 마님에게 다짐받고 오다 가문에서 따라와 있으면서, 새삼 목숨 버릴 곳을 찾았다고 하다니…….

하지만 지금 고지주의 가슴속에는 이에야스에게 호소하고 싶은 일이 무척 많았다. 쓰키야마 마님의 방종, 야시로의 앞뒤가 맞지 않는 말, 겐케이와 그의 딸 아야메, 그들에게 농락되어 도쿠히메를 차츰 불행하게 만들어갈 것 같은 노부야스의 어리숙함 등등…….

"작은마님! 저는 대감님을 다시 한번 뵙겠어요. 그것이 그 부드러운 말씀에 대한 보답인가 생각합니다."

도쿠히메로서는 고지주의 말뜻을 잘 알 수 없었다. 알 수 있는 것은 언제나 자기를 위해 나서다가 오히려 노부야스에게 미움받을 것 같은 위험뿐이었다.

"고지주, 네 마음은 고맙다. 하지만 주제넘은 일을 하여 작은주군님 기분을 상하게 해선 안 돼."

"그것은 이미 잘 알고 있습니다."

"나는 생각했어. 나는 후계자만 낳으면 되는 거야. 아야메는 종, 결코 질투 같은 건 하지 않겠다. 걱정하지 마라."

고지주는 웃으며 고개를 끄덕였다.

후계자만 낳으면 된다—니 얼마나 순진한 것일까. 고지주가 걱정하는 것은 그 같은 단순한 일이 아니다. 첫째로, 태어날 아이가 딸일지도 모르고 또 아야메가 임신할지도 모른다.

아니, 고지주가 두려워하는 것은 그 전에 일어날 돌풍이었다. 오카자키성 내전에 다케다 편의 손이 뻗친다면, 그야말로 아버지와 아들이 피로 피를 씻는 비참한 일이 일어나지 않으리라고 할 수 없다.

노부야스와 도쿠히메라는 한 쌍의 젊은 부부는 저마다의 야망과 소원과 망설임의 끄트머리에 놓인 천진스럽고 아름다운 인형에 지나지 않는다. 그 인형을 끊임없이 뒤에서 조종하며 움직이는 게 있다. 그것은 노부나가와 이에야스가 품은 천하통일의 뜻이며, 동시에 사사로운 야망에 바쳐진 제물이라고 아니할 수 없다. 그것만으로도 고지주는 조마조마해하고 있는데, 이번에 마의 손길까지 뻗어오려 하고 있다. 고지주는 그러한 현실적인 진행에, 아무것도 모르는 채 깊은 분노를 느끼고 있었다. 도쿠히메는 팔걸이에 기대어 어느덧 황홀하게 밖의 녹음으로 눈길을 좁히고 있었다.

"고지주, 작은주군님의 누님 가메히메 님이 오셔서 눈물을 흘리고 가셨어."

"가메히메 님이…… 언제 일인가요?"

"네가 거리로 바늘을 사러 갔던 때였다."

"어머나, 무슨 볼일로 오셨던가요?"

"아버님으로부터 혼담 이야기가 있었다던가."

"그래요? 나이가 차신 가메히메 님, 그런데 시집가실 상대는?"

"그게 말이야, 아직 적인지 한편인지 분명치 않은 쓰쿠데 성주 오쿠다이라 가문이라던가…… 고지주, 가메히메 님에 비해 나는 역시 행복해."

"그렇다면 인질로 보내지는 거나 다름없는 일…… 여자는 역시 불쌍하군요."

대답하면서 고지주는 이에야스와 만날 결심을 더한층 굳혔다.

노부야스의 누이까지 선물로 보내 밑바닥을 굳히려 하고 있는 이에야스. 그 이에야스의 발밑에서 수상한 불이 타고 있다. 그것을 잠자코 보고 있으려니 견딜 수 없이 두려웠다.

"작은마님, 잠시 쉬시는 게……."

"아니, 좀 더 이렇게 있겠다. 들어봐, 말뚝을 박는 저 망치 소리, 저것이 울릴 적마다 아이가 움직이는구나. 아기의 성이 생긴다고 배 속에서 좋아하고 있는 것인지도 몰라."

열어젖힌 마루에서 흘러들어오는 바람이 솜털처럼 부드럽다.

먹구름

이에야스는 본성 남쪽 망루 위에 서서 후로타니 골짜기에서 가고사키(籠崎), 다시 선착장 창고를 손가락으로 가리키면서 노부야스에게 계속 전략을 설명하고 있었다. 만일 적이 남쪽에서 쳐들어와 스고강에 걸린 다리를 장악했을 경우…… 라는 가상 아래 이것저것 설명해 나가자, 노부야스는 눈을 빛내며 줄곧 고개를 끄덕였다.

부모의 욕심인지도 모른다. 그러나 결코 어리석어 보이는 자식이라고는 생각되지 않았다. 용맹함에서는 아버지를 오히려 능가하고 있는지도 모른다.

'단련시킬 보람이 있을 듯싶은 자식이다.'

속으로 은근히 생각하면서 말을 이었다.

"올해는 첫 출전을 해보겠느냐?"

그러자 노부야스는 얼굴 가득 웃음 지으며 대답했다.

"요시다성으로 보내주십시오, 아버지!"

이에야스는 커다랗게 웃었다.

"요시다성에서 만일 패하면 어쩌려느냐. 오카자키가 벌거숭이가 되지 않겠느냐?"

"아닙니다. 오카자키에는 아버님이 계시면 되지요. 저는 아버님이 웃으실 싸움은 하지 않겠습니다."

"노부야스…… 성급하게 굴면 안 된다. 네 앞길은 창창하다."

"그렇게 말씀하시지만, 15살은 제 일생에 두 번 다시 없습니다."
그러자 이에야스는 놀란 듯 아들을 다시 보았다.
"좋아! 하지만 첫 출전이 수비여서는 안 된다. 공격해 보는 거야. 요시다, 오카자키 두 성을 등에 지고 전법을 자랑하는 가이 군과 어떻게 싸워내는지 시켜보겠다. 자, 망루에서 내려가자. 그리고 오늘 밤은 내전에서 쉬도록 해라."
"아닙니다."
노부야스는 튕기듯 대답하고 아버지 뒤를 따라 내려왔다.
"아버지가 갑옷도 벗으시지 않는데 저 혼자 어찌 편안히 쉬겠습니까."
이에야스는 또 미소 지었다. 낮에는 화가 머리끝까지 치밀어 아야메 방으로 갔었는데, 지금은 손바닥을 뒤집은 듯 생각이 바뀌어 있다.
'내 손으로 좀 더 가르쳤으면 좋으련만…….'
그러나 절박한 지금 사정으로는 불가능한 일이었다. 이에야스 자신, 늘 동으로 달리고 서로 날며 잠자리도 일정치 않을 만큼 분주하다.
성 수리는 대강 끝났다. 지금 예정으로는 5월 5일에 오카자키를 떠나 도중에서 요시다성의 방비를 살피고 하마마쓰성에도 들렀다가 질풍같이 오이강을 건너 스루가로 쳐들어갈 작정이었다. 그때의 반응을 보면 신겐 사망에 대한 소문의 진위가 확실히 파악되리라.
'파악되면 곧 야마가 세 장수를…….'
무엇보다도 먼저 니마다성을 도로 빼앗고 그런 다음 나가시노성을 점령해 가이로부터의 출구를 막지 않으면 안 된다. 그러기 위해 이에야스는 어떤 희생도 아끼지 않을 각오였다.
해는 이미 지려 하고 있다. 그러나 어느 공사장도 아직 일을 끝내려는 기척이 없다.
"좋아, 노부야스. 그럼, 너는 마구간 지형을 보고 오너라. 나는 잠시 여기서 쉬겠다."
이에야스는 자신의 어린 기억에 남아 있는 후로타니 골짜기가 굽어보이는 둑에 남아, 가슴을 펴고 사라져가는 노부야스를 히라이와와 함께 미소 지으며 바라보았다.
바람이 자고 나뭇잎에 정적이 찾아든 모양이다. 망치 소리와 건축 공사장 인부들 목소리가 한결 또렷하게 들려왔다.

이에야스는 나무 그루터기에 걸터앉아 후로타니 골짜기 여기저기에 자라고 있는 목화를 바라보았다. 지금 별성에 있는 생모 오다이 부인이 이 성으로 시집올 때 씨앗을 가져와 뿌린 것이라고 한다…….

그때의 주인은 아버지 히로타다였다. 지금은 아들인 자신이 주인이고 다시 손자 노부야스가 주인이 될 터였다. 이다음에는 어떤 성주가 여기에 서서 저녁 해를 바라볼 것인가……?

신겐이 죽었는지 어떤지 하는 일로부터 자연스럽게 떠오른 연상이지만, 생각해 보면 자신마저도 이대로 과거로 사라져 없어질 듯한 느낌이 든다.

기억의 밑바닥을 헤매고 있을 때 뒤에서 맑은 목소리가 났다.

"대감님."

이에야스는 천천히 돌아보았다.

"누구냐?"

"네, 도쿠히메 님 시녀 고지주입니다. 대감님에게 드릴 말씀이 있어서 왔습니다."

이에야스는 땅바닥에 한 무릎을 꿇고 말하는 고지주를 유심히 내려다보았다. 고집스러워 보이는 이목구비는 오래전 이 언저리에서 이에야스에게 매달리던 가네를 연상케 했다. 어쩌면 오와리 여자에게 공통되는 향기일지도 모른다.

"고지주냐, 기억하고 있다. 할 말이 무엇이냐?"

"황공합니다. 대감님에게 은밀히 말씀드릴 게 있어 여기서 기다리고 있었습니다."

"은밀히……라니 온당치 않다. 앞으로는 두 번 다시 안 된다. 반드시 절차를 밟아 오너라. 그런데 그 이야기는?"

"네……."

고지주는 조심스럽게 사방을 둘러보더니 아무도 없는 것을 확인하고 나서 입을 열었다.

"이 성을 노리는 자가 있으니 조심하시도록……."

"그것은 소문이냐?"

"네……."

"노리는 자는 많이 있다. 그렇기 때문에 이렇게 수리하고 있는 것이다. 염려 마라."
"그것이…… 노리는 자가 안에 있다는……."
"그것도 소문이냐?"
이에야스는 갑자기 이마를 찌푸리며 가로막았다.
"뜬소문 따위를 일일이 내 귀에 들려줄 것은 없다. 아니면 무슨 증거가 있어서 하는 말이냐?"
고지주는 의기양양하게 미소 지었다.
"저는 오다 가문에서 온 사람, 소문……이라고 말씀드리는 것을 용서해 주시기 바랍니다."
"흠, 그러면 내 손으로 뒷조사하라는 거로구나."
"현명하신 처분에 맡기겠습니다."
"성안에 다른 마음을 가진 자가 있다면…… 그것은 남자일 테지. 여자끼리의 소문이라면 듣고 싶지 않다."
"네, 남자분도 가담해 있다고……."
"가담해 있다고……."
이에야스는 고지주가 말하는 대로 중얼거리고 나서 흐흐흐 웃었다.
"그것을 염려하고 있었느냐?"
"네."
"내가 그런 일을 모르는 줄 아느냐?"
"네!"
고지주가 눈을 둥그렇게 뜨자 이에야스는 몰아대듯 말했다.
"알고 있다. 알면서 잠자코 있는 거야."
이에야스의 말투가 별안간 바뀌었으므로 고지주는 움찔했다.
"나도 장님은 아니다. 이렇게 직접 성을 고치러 온 것도 그것을 어렴풋이 눈치챈 탓이다."
"알고 계셨습니까?"
"비록 모르고 왔더라도 와보면 알 일. 노부야스는 아무래도 속고 있었던 모양이다…… 하지만 이것은 그대들과 상관없는 일. 알겠느냐, 그대는 도쿠히메를 섬기는 몸. 도쿠히메의 신변에 잘못되는 일이 없도록 명심해라."

"네…… 네."

"그리고 그대에게 특히 부탁해 두겠다. 노부야스는 아직 젊다. 젊기 때문에 내전에서 이런저런 소문의 과녁이 될지도 모른다. 그것을 그대로 도쿠히메의 귀에 넣든가 기후로 누설해선 안 된다."

"알고 있습니다."

"세상에는 걱정해도 어쩔 수 없는 일이 있는 법이다. 노파심이 오히려 잘못의 근원이 되어선 안 된다. 명심해라."

"네."

"좋아, 물러가라."

고지주는 불만스러웠다. 잘 이야기해 주었다고 최소한 칭찬받을 것으로 생각하고 있었다. 그러나 사실은 그 반대로, 마음먹은 이야기의 10분의 1도 입에 올리기 전에 물러가라는 말을 듣고 만 것이다.

"그럼…… 아무쪼록."

아쉬운 듯 말하자 이에야스는 더 매섭게 끊었다.

"서로 단단히 조심하자."

고지주는 물러갔다.

이에야스는 그 뒷모습이 사라지는 것과 동시에 일어났다. 알고 있다! 입에 올리지 말라고 했지만, 적과 내통하는 자가 성안에 있다는 말은 이에야스에게 있어 아닌 밤중에 홍두깨 격이었다.

"그러고 보니 이상한 점이 없지 않다……."

노부야스의 태도에 이따금 반항의 빛이 보이는 것도 수상쩍으며, 뜻밖에 경리가 심하게 문란해진 것도 이해할 수 없었다.

이에야스는 다시 추억의 하치만 성벽으로 되돌아가면서 고개를 갸우뚱하지 않을 수 없었다.

'무엇인가 있다…….'

문을 지났을 때 안에서 뛰어나온 하인 하나가 그에게 부딪힐 뻔했다. 사방은 벌써 어둑어둑해지고 있다.

"용서하십시오."

하인은 이에야스인 줄 눈치채지 못하고 당황해 밖으로 달려나갔다.

"기다려! 네놈이 이야기를 엿들었구나."

뒤에서 쫓아오던 자가 이에야스에게 또 쿵 부딪혔다. 아니, 비키려면 비킬 수 있었던 자를 일부러 부딪치게 하고 이에야스는 불러 세웠다.

"기다려라."

상대는 깜짝 놀라 멈춰 섰다. 순간적으로 이에야스임을 알아차린 모양이다. 숨을 삼키듯 하고 그대로 와들와들 떨기 시작했다. 어둠 때문에 저지른 실수이다. 사과하면 노할 이에야스가 아니다. 그렇건만 겁먹은 상대의 태도는 예사롭지 않았다.

"너는 지금 뭐라고 말했지? 이야기를 엿들었다고 했었지?"

말하면서 이에야스는 상대가 누구인지 기억해 냈다. 마을행정관 아래 있는 야마다 하치조(山田八藏)라는 하급무사였다.

"굳이 엿들을 것까지도 없다. 그런 것도 모를 나인 줄 아느냐, 빨리 지나가라."

이에야스는 조용히 말하고 안으로 들어갔다.

성 수리는 예정대로 5월 5일에 완성되었다. 안의 해자가 깊어지고 사방의 망루에 튼튼한 총안(銃眼)이 뚫렸다. 우물은 18군데로 늘었고, 각 문의 옆 석축은 2, 3자씩 높아졌다.

지금까지 신겐과 싸운 경험을 살려 만일 농성해야 할 경우에 대비하여 이에야스 자신이 모두 설계한 것이었다. 양식과 무기창고는 3000명이 반년 동안 버틸 수 있도록 마련해 두었다.

다음 날인 6일 이에야스는 오카자키를 출발하기에 앞서 노부야스를 불러 일렀다.

"가이 군에 대한 방비는 되었다. 이제부터 신겐 공의 생사를 확인하러 나는 슨푸까지 쳐들어가려고 한다. 알겠느냐, 이 성은 난공불락. 외부에서는 결코 함락되지 않는다. 안을 명심하거라, 안을."

노부야스는 그 마지막 말이 기분 나빴다. 성은 난공불락이지만, 너로선 미덥지 못하다—는 말을 들은 것처럼 마음에 울려 10리쯤 아버지를 전송하고 돌아오자 곧 히라이와에게 물었다.

"안을 명심하라—는 게 무슨 뜻이라고 생각하나?"

"그것은……."

히라이와는 조심스럽게 노부야스를 거실로 인도하면서 말했다.
"안에서 적과 내통하는 자가 있으면 성이 함락된다……는 의미로 들었습니다만."
"뭐라고, 안에서 적과 내통하는 자라면, 그것은 모반이 아니냐?"
"예, 그것을 명심하라고 말씀하셨습니다."
노부야스는 고개를 갸웃거리며 옷을 갈아입었다. 갑옷을 벗고 홑옷 하나만 입어도 땀이 배어나게 무더웠다.
"그래? 그러한 의미로군……."
적이라면 누구일까? 지금 싸우는 상대는 가이, 그러나 그것만이 적은 아니었다. 난세의 일, 어머니 말에 의하면 오다 가문도 방심할 수 없는 존재였다.
"그래? 그러한 의미였어……."
노부야스는 젊은 감정으로, 아버지의 이 말을 잘 음미해야 되겠다……고 마음속으로 생각했다.
"히라이와, 나는 내전에 다녀오겠다."
"아야메 님 방입니까?"
"아니, 도쿠히메한테. 조심스럽게 내전의 화목을 도모해 두어야겠다. 나도 올해는 첫 출전으로 성을 비워야 될 때가 온다."
히라이와는 고개를 끄덕였다. 기뻤다. 아버지 뜻에 따르려 하는 온순함만 잃지 않는다면, 노부야스는 결코 우매한 작은주군이 아니다.
"다녀오십시오. 바깥일은 제가 하겠습니다."
"도쿠히메도 기뻐하겠지. 머지않아 아이도 태어날 테고……."
노부야스는 의젓하게 말하고 시동도 거느리지 않은 채 내전으로 가는 복도를 건너갔다.
내전에서는 도쿠히메가 고지주를 상대로 향을 즐기고 있었다. 노부나가가 왕성의 선물로 보내준 십종향(十種香) 향구였다.
"도쿠히메, 나야."
노부야스는 그곳으로 성큼성큼 들어가 손에 쥔 칼자루 끝으로 향합을 덜거덕 건드리며 선 채로 물었다.
"이것은 뭐냐?"

거실 가득히 퍼진 훈훈한 향기를 자랑스러워하는 얼굴로 도쿠히메는 대답했다.

"네, 향을 즐기고 있었습니다."

노부야스는 향에는 흥미 없는 듯했다. 둥그스름하게 부푼 도쿠히메의 배를 장난꾸러기처럼 내려다보고 그 자리에 앉아 고지주에게 말했다.

"치워라."

고지주는 잘 듣지 못한 듯 도쿠히메에게 흘끗 시선을 보냈다.

노부야스의 목소리가 커졌다.

"치우라는 말을 모르느냐!"

"네…… 네."

고지주는 다시 도쿠히메를 쳐다보고 지시를 기다리는 표정이 되었다.

"고지주."

노부야스는 향합을 손으로 탁 쳐버렸다.

"앗!"

고지주는 나지막이 외치고 당황하여 그것을 치우기 시작했다. 노부나가로부터의 선물…… 그것이 난폭하게 다루어진 불만이 도쿠히메의 얼굴에도 고지주의 얼굴에도 드러났다.

노부야스는 눈썹을 곤두세우고 두 사람을 노려보았다.

"도쿠히메!"

"네."

"그대는 이 노부야스를 거스르려는 건가?"

"아니에요, 흥미 없으신 것 같아 치우게 하고 있습니다."

"고지주!"

"네."

"너는 주제넘은 계집이구나."

"네, 죄송합니다. 조심하겠어요."

"너는 이번에 아버님을 뵙고 고자질했다고 들었는데, 참말이냐?"

고지주는 흠칫했다. 이에야스를 만나 이야기한 것을 노부야스가 어떻게 알았을까?

"왜 대답 못하지, 귀가 없느냐?"
"네…… 뵙기는 했습니다만, 고자질 같은 건 생각지도 못할 일입니다."
노부야스는 다시 잠자코 고지주를 노려보았다. 조그만 감정의 불만이 왠지 지글지글 커져갔다.
고지주의 고집 센 모습에 오다 가문의 위압감이 스며 있는 듯 보인다. 입으로는 빌면서 마음속으로 깔보고 있는 것만 같았다.
"고지주."
"네."
고지주는 가까스로 향구를 치우고 노부야스 앞에 두 손을 짚었다. 침착한 태도가 노부야스의 성깔을 다시 울컥 건드린다.
"아버님에게 말한 대로 이야기해 봐. 뭐라고 말했느냐?"
"네…… 다만 근력이 좋으시기를 빈다고…… 인사 말씀 올렸을 뿐입니다."
"그것이 주제넘은 일임을 모르느냐? 먼젓번에는 아야메에게 뭐라고 말했지?"
"글쎄요……?"
"도쿠히메한테도 가도록 하라고…… 지시한 것을 잊었나?"
"네…… 아닙니다. 결코 그런 지시는."
"하지 않았단 말이지. 좋아, 그렇다면 아야메가 거짓말했구나…… 이리로 불러 밝혀보자."
노부야스는 말을 마치자 성큼 일어나 소리 높여 부르며 복도로 나갔다.
"아야메! 아야메……."
핏대를 올리며 나가버린 노부야스를 보고 도쿠히메는 몸을 떨었다.
"고지주…… 어떻게 할 작정이냐, 저토록 화나시게 해서."
그러나 고지주는 냉정했다.
"무언가 오해하고 계십니다. 사과 말씀을 잘 드릴 테니 걱정하지 마세요."
그때 노부야스가 씩씩거리며 돌아왔다.
"이리 와봐, 아야메……."
노부야스에게 손을 잡힌 아야메는 그곳에 떠밀리듯 앉았다.
"아야메!"
"네."

"네가 이 노부야스를 속였지?"
"무……무……무슨 일입니까?"
"너는 고지주가 도쿠히메한테 나를 보내주도록…… 시켰다고 내게 이야기했다. 고지주는 그런 지시를 한 일이 없다고 한다. 어느 쪽이 참말이냐, 거짓말하면 용서치 않겠다. 분명히 말해라."
"말씀드립니다."
고지주는 아야메를 감싸듯 말했다.
"이런저런 이야기 끝에 어쩌다가 그런 이야기가 나왔는지도 모릅니다. 용서해 주십시오."
"뭣이! 그럼, 네가 지시한 게 아니란 말이냐."
"아닙니다, 지시라고 할 것도 없습니다. 그저 이야기 끝에……."
"닥쳐라."
말하며 노부야스의 손이 움직였다.
"앗!"
고지주는 뒤로 넘어지며 머리카락을 눌렀다. 노부야스가 무의식적으로 후려친 칼끝이 스쳐 손가락 사이로 검은 실오라기처럼 피가 떨어지기 시작했다.
"앗! 이것은……."
도쿠히메와 아야메가 양쪽에서 고지주에게 달려들었다.
노부야스는 멍하니 서 있었다. 물론 베려는 생각은 없었다. 오랜만에 도쿠히메를 위로하려고 왔는데 전혀 예기치 못한 결과가 되고 말았다.
"괜찮습니다. 아무렇지도 않습니다."
고지주는 지녔던 종이를 꺼내 상처를 누르고 꿋꿋하게 노부야스에게 다시 머리 숙였다.
"용서해 주십시오. 심기를 상하게 해드렸습니다."
노부야스는 선 채로 몸을 부르르 떨었다. 검은 머리칼이 한 움큼 싹둑 베어져 산 물건처럼 다다미에 떨어져 있다. 손가락 사이에서 끈끈하게 또 피가 흘렀다.
"무……무……무례한 계집 같으니!"
노부야스는 느닷없이 고지주의 어깨를 발로 찼다. 어째서 이런 참혹한 짓을 하게 되는지 자신도 알 수 없었다.

"오늘은 이만 그치지만, 앞으로 또 이 같은 일이 있으면 용서하지 않겠다. 사지를 찢어놓고 말 테다."

"아무쪼록 용서를."

홱 몸을 돌려 거실을 뛰쳐나가는 노부야스 뒤에서 고지주는 다시 머리를 숙였다.

노부야스가 나가자 도쿠히메는 고지주에게 와락 매달려 울었다.

"고지주…… 용서해 다오."

아야메는 허둥지둥 세숫대야를 가지러 뛰어갔다.

고지주는 말했다.

"떠들지 마세요. 작은주군님은 이렇게 될 줄 모르고 자신도 모르게 하신 일. 떠들면 더욱 화내십니다."

"그렇다 해도 너무 성급하신."

"아니에요, 이 고지주가 주제넘었습니다. 두 분에게는 잘못이 없습니다. 제가……."

말하며 머리에서 살며시 손을 떼어보니 고지주의 손은 피로 흥건히 물들어 있었다. 감정이 격할 때 머리 상처에서는 출혈이 많다. 고지주는 그것을 알고 있었지만, 도쿠히메도 아야메도 몰랐다.

아야메 부인이 먼저 소스라치게 놀랐다.

"아…… 어쩌나……."

세숫대야를 그만 떨어뜨릴 뻔하다가 부리나케 수건으로 상처를 눌렀다. 수건도 순식간에 새빨개지고 아야메의 손가락 사이로 피가 흐르면서 고지주의 이마와 볼이 소름 끼칠 만큼 처참한 모습으로 바뀌었다.

"너무합니다…… 너무해요."

그렇게 말한 것은 도쿠히메가 아니라 아야메였다. 도쿠히메는 겁에 질려 본능적으로 피를 외면하고 있다.

"떠들지 마세요. 배 속의 아기에게 해롭습니다. 만일 떠들어대는 게 작은주군님 귀에 들어가면 그야말로 큰일이 됩니다."

아야메는 몇 장이고 수건을 갈며 자기 손을 씻고 상처를 씻고 다시 고지주의 얼굴을 닦아주었다. 그럴 적마다 고지주의 얼굴은 점점 거무죽죽하게 일그러져

가는 것처럼 보인다.
'여기서 고지주가 죽는다면…….'
아야메는 마음이 뒤집어질 것만 같았다. 고지주가 여느 시녀가 아닌 것은 아야메도 알고 있다. 만일 오다 가문으로 누설되어 그 증오가 자기 한 몸에 쏠린다면 어떻게 될 것인가. 가이를 떠나던 날 만난 가쓰요리와 그의 은밀한 명을 받고 와 있는 겐케이며 자기에게 파멸이 올 것만 같아 마음 떨렸다.
아니, 아야메가 겁내는 것은 그 일만이 아니었다…… 자신이 노부야스에게 사랑받는 것을 알게 된 뒤부터, 지난날 가쓰요리의 말이며 겐케이의 존재가 이미 무서운 것으로 여겨지고 있었다. 아야메는 노부야스에게 자신이 다케다 가문의 첩자였다고 여겨지는 일이 견딜 수 없을 만큼 저주스러웠다. 처음엔 아무것도 몰랐으나 지금은 진심으로 노부야스를 위해 무엇이든 하고 싶은 마음이 되어 있다. 그렇지만 자기에게는 겐케이를 멀리할 힘도, 그 비밀을 노부야스에게 고백할 용기도 없었다.
"고지주 님, 용서해 주세요. 아야메는 철없이 당신을 오해받게 했습니다. 아야메가 당신에게서 들은 말을 작은주군님에게 이야기한 것은 잘못이었어요."
"아니, 이제 그 말씀은 하지 마세요. 아…… 현기증이. 아야메 님, 저를 방으로…… 잠시 조용히 쉬고 싶습니다."
도쿠히메도 당황해 일어서려는 것을 말리며 세심하게 마음 써 일렀다.
"아무도 부르지 마세요. 고지주는 현기증이 나는 바람에 마루에서 떨어져 댓돌에 다쳤다고……."
아야메는 고지주를 안아 일으키며 흐느꼈다.
고지주는 도쿠히메가 따라오는 것을 한사코 사양했다. 그리고 아야메에게 부축받으며 자기 방으로 돌아가 그길로 이불을 깔게 하고 누웠다. 상처에 지혈약초를 붙이고 그 위를 수건으로 단단히 묶은 다음 아야메에게 말했다.
"이제 피는 멎었어요. 돌아가주세요."
아야메는 머리맡에서 움직이지 않았다. 어째서 꼼짝할 수 없는지 자신도 알지 못했다. 하지만 마음 어딘가에서 조바심이 지글지글 타오르는 것을 어찌할 수 없었다.
'이대로 끝낼 수는 없다…….'

고지주는 다만 걱정되어 그러는 줄 알고 부드럽게 웃어 보였다.

"걱정하지 마세요. 저는 벌써 웃고 있습니다. 자, 돌아가세요."

마침내 아야메는 더 싸울 수 없게 되었다.

"고지주 님, 당신 혼자만의 가슴속에 간직해 주겠어요?"

"무슨 일인데요?"

"아야메는…… 아야메는 겐케이의 자식이 아닙니다."

순간 고지주의 눈이 번쩍 빛났다. 그러나 그뿐, 입으로 말하지는 않고 위로하듯 고개를 끄덕여 보였다.

"겐케이는…… 저, 가이 태생입니다."

"……."

"겐케이는 가쓰요리 님으로부터 쓰키야마 마님한테 보내진 밀사입니다."

"쉿."

고지주는 가로막았다. 그러나 그것은 처음으로 안 이성(異性)에 대한 순수한 진정을 피력하려 하는 아야메의 입을 누르지 못했다.

"겐케이는 쓰키야마 마님 편지를 가쓰요리 님에게 보냈습니다. 뭐라고 씌어 있는지는 몰라요. 하지만 그것은 아마 이 성을……."

"쉿."

고지주는 다시 아야메의 무릎에 손톱을 세웠다.

"아니에요, 말하겠어요!"

아야메는 신들린 것처럼 고개 저으며 말을 이었다.

"고지주 님, 아야메는…… 아야메는…… 진정으로 작은주군님 편이 되고 싶어요. 아니, 잘 알고 있어요. 고지주 님도 도쿠히메 님도 모두 작은주군님 편, 아야메도…… 아야메도……."

그때 복도에서 노부야스의 목소리가 들렸다.

"아야메 없느냐, 아야메! 아야메!"

아야메는 깜짝 놀라 입을 다물고 고지주와 눈짓을 주고받으며 곧 일어났다.

아야메가 고지주의 방에서 복도로 나가자, 새파랗게 질린 얼굴로 노부야스가 거기에 서 있었다. 노부야스는 두 사람의 이야기를 엿들은 모양이다. 그의 입술은 전보다 더한층 하얗게 말라붙은 채 떨렸다.

"부르셨습니까?"

"아야메……."

"네…… 네."

"아무튼 좋다. 방으로 오너라, 그대는……."

노부야스에게는 지금 성낼 용기도 없는 모양이다.

'어머니가 겐케이와 짜고 다케다 가문에 내통하고 있다…….'

그러한 아야메의 이야기는 노부야스로서 입에 담기조차 무서운 일이었다.

매미

고잔사(甲山寺) 경내에 있는 겐케이의 집 언저리는 매미 소리로 가득했다. 밖을 보니 나뭇잎이 희미하게 움직이고 있다. 그러나 창으로 바람은 들어오지 않고 집 안에 녹작지근한 더위가 서려 있었다.

문간에서 목소리가 났다.

"안녕하십니까?"

"네, 누구시오?"

겐케이는 일어나는 대신 윗몸을 움직여 문간에 서 있는 바구니장수의 모습을 보았다.

"바구니 사세요, 싸게 해드립죠."

"바구니가 필요하긴 한데."

드러난 홑옷가슴을 여미며 나갔다. 하나밖에 없는 하녀인 노파는 심부름 갔고, 집 안에는 겐케이 혼자 있었다.

겐케이가 말했다.

"천지(天地)."

"현황(玄黃)."

바구니장수는 나직이 대답하고 빙그르르 뒤를 둘러보았다.

"이 바구니인뎁쇼."

조그만 대바구니 속에 봉서(封書)가 두 통 들어 있다. 가쓰요리로부터의 밀서였다.

"얼마에 주겠나, 이 바구니를?"

"여든."

"일흔닷 푼이면 되겠군."

겐케이는 일어나서 나갔다가 조그맣게 접은 종이뭉치를 바구니장수에게 건넸다.

"나리는 잘 깎으신단 말이야. 그럼……."

상대는 그것을 품 안에 넣었다.

"신겐 공이 별세했다는 소문이 있는데."

상대는 고개 저었다.

"아니, 병환 중이십니다…… 그럼, 또."

바구니장수는 밖으로 나가 일대에 외치는 소리를 남기며 가버렸다.

신겐은 사실 4월 12일에 시나노의 고마바에서 이미 목숨을 잃었지만, 그 죽음은 가신들에게도 굳게 비밀로 부쳐지고 있었다.

겐케이는 고개를 갸웃거리며 안쪽의 다다미 8장 깔린 방으로 다시 돌아갔다. 보내져온 밀서 가운데 한 통은 겐케이에게 온 것이고, 다른 한 통은 쓰키야마 마님 앞으로 온 것이었다.

겐케이는 조심스럽게 일어나 헛기침하면서 마루에서 측간까지 기웃거려 본 다음 봉함을 뜯었다. 가쓰요리로부터의 명령에 의해 쓰키야마 마님이 편지를 보낸 데 대한 답장과 지령문이었다. 쓰키야마 마님의 편지는 지금도 똑똑히 겐케이의 머릿속에 남아 있었다.

> 노부야스는 내 자식이니 어떤 일이 있어도 다케다 편을 들게 하겠습니다. 도쿠가와, 오다 두 장수는 내가 손쓰면 기필코 멸망하리다. 일이 성취되면 도쿠가와의 옛 영토를 그대로 노부야스에게 하사해 주십시오. 또 나에 대해서는 막하장수 가운데 마땅한 사람의 아내가 되게 해주실 것인지. 이 소원을 들어주신다면 약속 글월을 내려주십시오.

그 편지를 보았을 때 겐케이는 자기 계책의 성공을 기뻐하기보다 여자 마음의 요사스러움에 몸서리쳤다.

오늘의 편지는 그 회답이었다.

겐케이는 자기 앞으로 온 지령서를 심각하게 읽고 나자 말아서 품 안에 간직하고 다음에는 가쓰요리가 쓰키야마 마님에게 보낸 편지를 펼쳤다. 왠지 마음이 떨리며 이 더위에 소름 끼치는 느낌이었다…… 생각해 보면 전쟁처럼 죄 많은 것은 없다고 겐케이는 생각했다. 마님의 투기심이 마침내 이에야스에 대한 보복으로까지 불타 미치게 만든 것이다.

"그렇게 해서라도 이겨야만 하는 것이 전쟁—"

겐케이는 혼잣말하며 가쓰요리의 친서에 눈을 떨구었다. 지령문 속에, 그대도 읽어보라고 씌어 있었기 때문이었다.

—이번에 겐케이를 통해 전해오신 취지를 잘 알았습니다.

아드님 노부야스 님을 어떻게든 가쓰요리 편으로 끌어들이시고 계책을 써서 노부나가와 이에야스를 멸망케 하신다니, 이에야스의 영지는 물론 노부나가의 영지 가운데 어느 것이든 하나 원하시는 대로 새로이 은혜로서 드리겠습니다.

쓰키야마 마님에 대해서는 다행히 저희 영내의 오야마다 효에(小山田兵衛)라는 장수가 지난해에 상처하고 홀아비가 되었으니 그의 아내로 삼아드리겠습니다. 노부야스 님이 동의하신다면, 쓰키야마 마님을 먼저 가이로 모시겠습니다.

겐케이는 다시 한번 살며시 사방을 둘러보고 허둥지둥 편지를 말아둔 다음 급히 일어나 부싯돌을 꺼냈다. 자기에게 보내온 지령서를 먼저 태워버리기 위해서였다.

하녀인 노파는 아직 돌아오지 않았다. 뜰아래 징검돌 위에 하얀 재가 너울너울 떨어지는 것을 보고 있노라니 온몸에 진땀이 배었다.

이로써 쓰키야마 마님과 가쓰요리의 밀약은 성립되었다. 옛 영토의 보존을 희망한 마님의 제의에 대해 가쓰요리는 노부나가의 영토 가운데 하나를 덧붙여주겠다고 했다. 가이에 있는 오야마다의 지위도 독수공방의 쓸쓸함을 견디지 못하고 있는 마님을 격식상으로 실망시키지는 않을 것이리라.

"아내의 계략에 목숨 잃는 이에야스……."

적은 밖에 있지 않고 발밑에서 손톱을 갈고 있다. 그것도 모르고 스루가로부터 야마가 세 부족의 탈환을 꿈꾸며 오카자키를 출발한 이에야스가 인생 비극의 상징처럼 느껴진다.

겐케이는 일부러 뜰로 내려가 재를 잘게 짓밟고 나서 이번에는 서둘러 쓰키야마 저택으로 출사할 준비에 들어갔다. 닦아도 닦아도 땀이 나는 것은 더위 때문만은 아니다. 썰렁한 긴장이 마음을 자극하는 탓이기도 했다. 그때 심부름 보냈던 노파가 돌아왔다.

"중요한 볼일을 잊고 있었다. 이제부터 성에 다녀오겠다. 나 없는 동안 혹시 오가 야시로 님이 약을 가지러 들르실지도 모른다. 하지만 그 약은 내가 나중에 전해드리겠다 하더라고 말씀드리도록."

몇 번이고 마른침을 삼키는 듯한 느낌으로 말한 다음 집을 나섰다.

성까지 그리 먼 거리가 아니지만, 품 안의 밀서를 생각하니 끊임없이 심장이 두근거린다. 성안의 저택에 이르러 마중 나온 마님의 머리 시중드는 시녀 고토조(琴女)를 보았을 때는 무릎이 현관마루에 쿵 부딪칠 뻔했다.

"마님 기분이 어떠신가?"

"네, 머리를 빗으시고 벌써부터 고대하고 계십니다."

겐케이는 신발을 벗으면서 왠지 부들부들 몸서리를 느꼈다.

마님은 고토조의 뒤를 따라오는 겐케이를 보자 말을 건넸다.

"아직 답장이 없느냐?"

겐케이는 깜짝 놀라며 고토조 쪽을 쳐다보고 날카로운 눈짓과 더불어 말머리를 돌렸다.

"네, 갑자기 심한 더위로 바뀌어 소나기가 내리기를 기다리는 참입니다만."

마님도 눈치챈 모양이다.

"정말이지 어느 틈에 저녁 소나기가 기다려지는 계절이 되었구나."

그러고는 고토조에게 말했다.

"일이 있으면 부를 테니 너는 물러가 있거라."

고토조가 물러갈 때까지 겐케이는 부채를 펴서 가슴에 바람을 넣으며 통통하게 살찌기 시작한 마님의 몸을 보고 있었다. 피부는 싸늘하게 굳어져버린 떡 같지만 눈 속만은 언제나 요염하게 불타고 있다.

"겐케이, 고토조의 일이라면 걱정할 것 없어. 그 애는 후지카와 히사베에(藤川久兵衛)의 딸로, 이 세나의 둘도 없는 한편이야."

"마님, 큰일을 앞두고 있습니다. 그리고 고토조 님 동생은 도쿠히메 님의 시녀……."

"호호호…… 고토조의 동생인 기노(喜乃)는 내가 시켜서 도쿠히메 옆에 있게 한 것이다. 걱정 마라."

마님은 말하면서 팔걸이에 축 늘어진 자세로 녹을 듯한 추파를 보냈다.

"이리 오너라."

그 눈빛은 그렇게 부르고 있다. 눈빛만이 아니다. 차가운 지방(脂肪)이 번들번들 비늘을 일으키고 있다.

'큰일을 앞두고 있다…….'

겐케이는 눈을 꼭 감는 심정으로 앞으로 나아갔다. 피부의 감촉은 뱀의 살갗처럼 차갑건만 내쉬는 숨결은 어째서 뜨거운 것일까? 그러고 보니 요즈음 겐케이는 인간 욕망의 요사스러움에 신의 뜻을 헤아릴 길 없는 일이 자주 있었다. 여자의 일생은 결국 자식을 낳기 위해 있고, 그 무의식적인 목적을 위해 움직여가기만 하는 것일까. 어쨌든 인생의 꽃다운 시절이 끝나려는 나이가 되면, 여자의 욕망은 일종의 처참한 광태를 띠어온다.

쓰키야마 마님은 그러한 여자 중에서도 특히 심했다. 이에야스를 미워하는 감정의 이면에 있는 게 '사랑'이라고 겐케이는 믿고 있었는데, 지금에 와서는 그 믿음이 흔들리기 시작했다. 만나면 먼저 뱀처럼 감겨오고, 그런 다음이 아니면 침착하게 이야기도 할 수 없었다.

오늘도 그 저주할 욕망의 수렁에서 조금이라도 빨리 도망치려고 그는 말했다.

"마님, 가쓰요리 님으로부터 소식이 왔습니다."

"뭐라고, 소식이 왔다고? 어째서 그것을 먼저 말하지 않았나?"

아직도 그의 손을 놓지 않고 눈을 가늘게 뜨며 달콤한 목소리로 덧붙였다.

"내놔. 친서일 테지. 그대와 함께 읽고 싶구나."

살며시 겐케이의 귓바퀴에 손을 뻗어 더듬듯 만지작거렸다. 겐케이는 마님의 손을 뿌리치지 못하고 시키는 대로 품 안에서 보자기에 싼 편지를 꺼냈다. 마님은 그것을 흘끗 보았다.

"친서가 틀림없느냐?"

"네, 인감이 확실히 찍혀 있습니다."

"그래. 이대로 좋아, 읽어다오."

마님은 겐케이에게 몸을 기대고 녹을 듯이 눈을 감았다.

"이대로 읽을까요?"

"그래, 아직 떨어지고 싶지 않아. 자, 이렇게 듣고 있을 테니."

겐케이는 겁먹은 듯 사방을 둘러본 다음 마님 귓가에 입을 대었다.

"이번에 겐케이를 통해 전해오신 취지를 잘 알았습니다."

"흠."

"아드님 노부야스 님을 어떻게든 가쓰요리 편으로 끌어들이시고……."

겐케이는 이따금 사방을 둘러보고 땀을 닦으며 읽어나갔다. 옛 영지에 노부나가의 영지 가운데 하나 더, 그리고 마님은 오야마다 효에의 아내로……라는 곳에서 살며시 마님 얼굴을 들여다보니 눈을 반짝 뜨고 생긋 웃었다. 겐케이는 왠지 몸서리가 쳐지는 것 같았다.

"이로써 이쪽의 조건을 모두 들어주신 게 됩니다."

"겐케이—"

"네."

"그 오야마다 아무개라는 사람을 그대는 알고 있는가?"

"네, 가이에서는 모르는 사람이 없는 장수입니다."

"그래?"

마님은 아무 주저 없이 흐뭇한 듯 고개를 끄덕였다.

"나이는 얼마나 됐을까?"

"글쎄요, 저와 비슷한 정도일지."

"생김새는?"

"위엄과 온후함을 겸비하신 명예로운 대장입니다."

"그래, 이제 나도 마음 놓인다. 그렇구나……."

다시 두세 번 고개를 계속 끄덕이면서, 그러나 마님은 겐케이를 놓아주려 하지 않았다. 겐케이는 처음의 혐오가 차츰 감탄으로 바뀌어가는 것을 느꼈다. 간통에 대한 죄책감은 털끝만큼도 없이, 겐케이의 무릎에서 담담하게 이제부터 남편으로 삼을 사람의 환영을 좇는 여자…… 그런 여자가 여기에 있다는 놀라움이었다.

"마님……."

"뭐냐, 겐케이?"

"이제 마님께서 출가하실 곳이 정해졌습니다."

"그대도 애썼다. 수고했어."

"그런데…… 이제부터 이 겐케이는 어떻게 됩니까?"

"그대 마음대로 해라. 나에게 이의는 없으니까."

"말씀드립니다."

문 앞에 고토조가 얼굴이 새빨갛게 되어 꿇어 엎드려 있었다. 귀뿌리까지 물들어 있는 것은, 두 사람의 추태를 보고 있었다는 증거였다.

"뭐냐, 고토조 아니냐."

"네, 작은주군님이 오셨습니다."

"뭐, 노부야스 님이……?"

겐케이는 튕기듯 마님 곁에서 방구석으로 물러나 엎드렸다. 어지간한 쓰키야마 마님도 매무시를 고치고 자세를 바로 했다.

노부야스는 성큼성큼 들어와 거기에 겐케이가 움츠리고 있는 것을 보자 눈썹을 곤두세우며 주먹을 쥐었다.

"겐케이!"

"예…… 옛."

"그대는 이 노부야스를 속였지?"

"천부당만부당한 말씀……."

"그대는 아야메를 딸이라고 했다. 양녀라고는 하지 않았어. 그러나 좋다! 그 조사는 나중에 하자. 물러가라."

겐케이는 더한층 몸을 움츠려 꿇어 엎드렸다.

"옛, 그럼 실례하겠습니다."

온몸이 흥건히 땀에 젖어 도망치듯 물러갔다.

그동안 마님은 거기에 떨어져 있던 가쓰요리의 밀서를 재빨리 무릎 밑에 숨겼다.

"한여름 같은 더위에 노부야스 님은 점점 더 건강해져서……."

이렇게 말하고 있는 목소리를 노부야스는 또 사납게 뿌리쳤다.

"어머님!"

마님은 침착하게 말했다.

"무슨 일이 있나요? 얼굴빛이 몹시 나쁜데."

"어머님!"

다시 한번 외치듯 부른 다음 노부야스는 어머니 윗자리에 앉았다. 마음의 파동이 그대로 온몸의 떨림이 되어 목소리가 금방 나오지 않았다. 노부야스의 추궁을 받고 울면서 호소한 아야메의 말 한 마디 한 마디가 또 지글지글 마음을 불태운다. 겐케이가 가이의 첩자라는 것만으로도 노부야스는 마음이 뒤집힐 것 같은데, 그 어머니와 겐케이 사이의 불의를 엿들은 것이다.

아니, 그뿐만이 아니다. 겐케이의 친자식이라고 믿었던 아야메가 실은 어머니와 겐케이가 짜고서 자기에게 권한 독배(毒杯)였음을 알았다. 그 독배를, 그러나 노부야스는 미워할 수 없었다. 아야메는 이미 노부야스에 대한 애정으로 감연히 배신하고 있다. 아야메가 나쁜 게 아니라, 아야메는 다만 이 세상의 바람에 불려 찢겨지려는 한 포기 풀에 지나지 않는다.

격해지는 마음을 누르고 노부야스는 가까스로 입을 열었다.

"어머님은…… 아야메가 겐케이의 친자식이 아닌 것을 아셨습니까?"

마님은 전혀 동요하는 빛 없이 대답했다.

"글쎄…… 자식이라는 말을 들었지만, 친자식인지 어떤지까지는 듣지 못했어요. 아야메가 뭐라고 했나요?"

"그럼, 어머님은 아야메가 겐케이로부터 무슨 명령을 받고 이 노부야스한테 왔는지 모르신단 말입니까?"

마님의 볼에 풍만한 미소가 떠올랐다.

"노부야스 님, 무슨 명령을 받고 접근하든 이쪽에 대비만 있으면 되는 일. 시녀들 귀도 있으니 무슨 일이 있었는지 이 어미에게 침착히 말해봐요."

노부야스는 저도 모르게 어머니 쪽으로 무릎을 옮겼다.

"아야메는…… 아야메는…… 이 노부야스에게 모두 고백했습니다…… 겐케이와 둘이 어머님을 농락하여 이 오카자키성을 뺏으려……."

거기까지 말하자 마님은 손을 내저으며 웃기 시작했다.

"호호호…… 노부야스 님도 딱하시지. 그대는 이 성의 주인. 좀 더 마음을 가라앉혀요…… 만일……."

마님은 눈길을 좁히며 말을 이었다.

"아야메가 말하는 게 모두 사실이라면 어쩔 작정이지요? 단지 성내는 것만으로는 일이 끝나지 않아요."

노부야스는 말이 막혀서 다시 무릎 위의 주먹을 잠시 부들부들 떨고 있었다.

"이 성의 주인이면 주인다운 분별을 지녀야만 해요. 가이로부터 노림받고 있다는 것은 비록 겐케이나 아야메가 나타나지 않았더라도 뻔한 일. 어떻게 하겠어요, 노부야스 님."

"어머님!"

"네."

"그럼…… 그럼…… 아야메가 저에게 거짓말했다는 겁니까?"

"그렇지는 않겠지요. 사실일 거요."

"한 가지만 더 묻고 싶습니다! 어머님은 겐케이를 총애하시고 넘어선 안 될 선을 넘었다고 들었습니다. 사실입니까?"

마님은 다시 요염하게 웃었다.

"호호…… 사실이라면 노부야스 님은 어쩔 텐가요?"

"그럼, 역시."

"기다려요. 적은 온갖 술책을 다 쓰니 이쪽도 그에 응할 모략이 없어선 안 돼요."

"그럼, 신분을 알고 아야메를 권한 것도 술책이었습니까?"

"그렇지요."

"겐케이를 접근시킨 것도."

"물론이에요."

"그리고…… 그리고…… 아버님을 배신한 것도?"

"호호호…… 아버님을 배신했다니 들어넘길 수 없군요. 아내로서 배신당한 것은 이 세나, 그것은 그대가 잘 알고 있을 터…… 하지만 이 세나는 그 원한을 보복하려고 하지 않아요. 다만 만일 이에야스 님이 다케다 군에 패배하여 생명을 잃는 일이 있더라도 이 가문, 이 성만은 남을 수 있도록 곰곰이 방비하고 있을 뿐이에요."

노부야스는 대꾸할 말을 잊고 어머니를 물끄러미 쳐다보았다.

'어쩌면 그런 일이 있을지도 모른다……'

어머니를 미워하고 경멸하는 일만큼 자식으로서 쓰라린 일은 없다. 될 수 있다면 어머니 행동에 어머니 나름의 까닭이 있어주기를 바라는 것은 자연스러운 일이었다.

'그럼, 어머니는…… 만일의 경우를 생각해 겐케이 따위에게 몸을 준 것일까?'

만일 그렇다면 노부야스가 어머니를 나무라는 것은 너무 참혹했다. 아버지에게 버림받고, 자식을 사랑하는 일념으로 적의 첩자에게 오히려 접근한다…… 그렇게 되고 보니 말할 수 없이 창피스러운 어머니라고 여기며 찾아왔던 분노가, 어느새 세상에 드문 열부의 위치로 바뀌어갔다.

노부야스는 자신의 어지러운 생각을 주체하다 못해 어머니 앞에 두 손을 짚었다.

"어머님은…… 이 노부야스에게 맹세해 주십시오. 겐케이를 이제 가까이하지 않겠다고 맹세해 주십시오."

"호호…… 그것이 그토록 염려된다면 노부야스 님 말대로 하겠어요."

"……"

노부야스는 어머니의 숨김없어 보이는 끄덕임을 보자 왠지 눈물이 왈칵 쏟아져나왔다. 어머니를 의심한 자기가 세상에도 추한 불효자로 느껴졌다. 그러다가 한편으로는 뒤에 뭔가 있는 것만 같은 생각도 들었다.

해가 서편으로 돌아 거실 안은 더욱 더워졌다. 어머니와 아들, 서로를 탐색하는 듯한 순간의 정적을 매미 소리가 매암매암 찌르르찌르르 누벼간다.

어머니를 믿으려 하면서도 노부야스는 왠지 어딘가에 불안이 남았다. 적도 여간 아니니 그렇듯 쉽사리 어머니에게 넘어가리라고 생각되지 않았다. 속였다고 생각한 어머니가 반대로 궁지에 빠져드는 경우가 너무 무섭다.

그보다 더욱 절실한 문제는 그러한 어머니의 동정이 이미 아야메와 고지주에게 누설되고 있는 점이다. 이윽고 고지주의 입에서 도쿠히메에게 누설되고, 도쿠히메로부터 기후의 노부나가에게 누설되지 않는다는 보장이 없다. 아니, 노부나가뿐 아니라 아버지에게 알려졌을 경우를 생각하면 자식으로서 몹시 두렵다.

어머니에게 쌀쌀한 아버지. 그러나 가문과 가신들을 위해 그 아버지는 얻기 어려운 대들보였다. 하루도 편할 날 없이 생사의 갈림길에서 싸우고 있을 때 아내의 부정을 알게 된다면 아마도 그대로 내버려두지 않을 것이다.

노부야스가 입술을 깨물고 땀과 눈물을 닦는 것을 보며 쓰키야마 마님 역시 어느덧 눈시울을 붉히고 있었다.

"노부야스 님, 그대만은 이 어미의 심정을 알아줘요. 어미는 그대만 의지 삼고 있어요."

처음에는 다만 얼버무려 노부야스를 속여넘길 셈이었는데, 어느덧 정말로 노부야스를 위해 도모해 준 애절한 어머니 같은 착각에 빠지기 시작하고 있다.

"어머님!…… 저는 어머님 마음을 잘 압니다."

"알아주겠어요?"

"하지만 이것은 어머님 혼자 생각만으로 진행해선 안 됩니다."

"그럴까?"

"저에게도 생각한 바가 있으니 어머님은 이 일에서 손 떼십시오."

"손 떼라니?"

"우선 첫째로 겐케이를 멀리하실 것."

마님은 노부야스를 흘끗 보다가 당황해 눈길을 돌렸다.

'차라리 털어놓을까……'

겐케이야말로 가이와 미카와를 맺는 중요한 유대라고…… 말하려다가 마님은 그만두었다. 지금 고백하면 노부야스는 오히려 감정이 격렬해져 일을 망칠 위험이 있었다.

"둘째로는 하녀들 입소문에 오를 만한 짓은 엄중히 삼갈 것."

"노부야스 님 말이라면 싫다고 할 수 없겠지. 마음에 새겨놓겠어요."

"그 말씀을 들으니 이제 안심됩니다."

노부야스는 정말로 어깨를 크게 움직이며 한숨 쉬었다. 겐케이를 멀리하여 불의의 소문을 없애는 것이 어머니를 구하는 오직 하나의 길. 노부야스의 생각은 지금 그것에 집중되어 있다.

'어떻게 하면 꺼림칙한 소문을 없앨 수 있을까?'

지금 이 성에서 그것을 알고 있는 사람은 당사자인 겐케이와 어머니와 자기와 아야메와 고지주…… 손가락을 꼽아가니 5명으로 여겨진다.

노부야스는 번쩍 눈을 빛내며 일어났다.

'겐케이와 고지주를 베어야만 한다!'

그 결의만이 노부야스가 어머니에게 바치는 애정이며 효심이었다. 노부야스는 힘차게 일어났다. 오늘의 마님은 그 얼굴빛의 변화까지 읽어낼 여유가 없었다. 마님은 단지 호랑이 아가리를 벗어난 느낌으로 가슴을 쓸어내리며 옆방에 일렀다.

"작은주군님이 일어나셨다. 배웅하여라."

그러고는 저도 모르게 팔걸이에 기대었다.

방을 나서자 노부야스는 뒤에 따라오는 시녀를 매서운 눈초리로 돌아보았다.

"네 이름은?"

"네, 고토조라고 합니다."

"누구 딸이냐. 가신의 딸일 테지?"

"네, 후지카와 히사베에의 딸입니다."

"그런가, 히사베에의 딸이냐?"

노부야스는 마음 놓이는 듯 그대로 현관 옆의 대기실을 들여다보았다. 겐케이가 아직 돌아가지 않고 그곳에 움츠리고 앉아 있었다.

그것을 보자 노부야스는 똥이라도 밟은 것 같은 불결함을 느끼고 성큼성큼 다가가 고함쳤다.

"겐케이!"

"예…… 옛"

조심조심 얼굴을 드는 것과 노부야스가 입을 일그러뜨리며 침을 칵 뱉은 게 동시였다. 겐케이는 말없이 이마를 누르고 다음에 올 구타를 기다리는 자세가 되었지만, 노부야스는 그대로 몸을 돌려 현관을 지나 석양 속으로 나갔다. 뒤따르는 호위는 단 한 사람, 노나카 시게마사(野中重政)뿐.

저택을 나서서 노부야스는 성난 표정으로 2, 3정 가는 동안 입도 열지 않았다.

심상치 않은 노부야스의 태도를 수상쩍게 여기고 시게마사가 말을 건넸다.

"작은주군님, 무슨 일이 있었습니까?"

아버지가 어릴 때 손수 심었다고 전해지는 푸른 오동나무 밑에서 노부야스는 걸음을 멈췄다.

"시게마사!"

볼에도 입술에도 핏기가 없고 눈만 이글이글 불타고 있다.

"너는 이제부터 성을 나가 겐케이 놈을 죽여버려라."

시게마사는 고개를 갸우뚱했다. '무엇 때문에?'라고 말없이 되묻고 있다.

"그놈은…… 이 노부야스를 속였다!"

"작은주군님을…… 무엇 때문입니까?"

"이놈! 까닭을 묻지 않고는 베지 못하나!"

시게마사는 침착하게 고개를 끄덕였다.

"이유 없는 살생은 작은주군님의 덕을 손상시킵니다."

노부야스는 조바심한 나머지 땅을 박찼다.

"좋아! 알려주마. 그놈은 아야메의 친아비라고 했으나 남이었다. 더구나 가이 태생…… 이쯤만 알고 그다음은 묻지 마라."

"알았습니다. 가이는 우리들 주군의 적입니다."

"가라."

"옛."

그길로 연척문(連尺門) 쪽으로 사라져가는 시게마사를 바라보며 노부야스는 다시 한번 크게 숨을 내쉬었다. 시게마사는 겐케이의 집으로 먼저 가 있다가 돌아오는 대로 곧장 죽여버리리라.

그러나 또 하나 고지주는 어떻게 베면 좋을까. 아야메는 자기 품 안에 있는 이상 비밀을 누설하지 않겠지만, 고지주는 아무래도 안심할 수 없었다.

'어머니를 위해!'

노부야스는 자신에게 이르며 다시 걸음을 서둘러 본성으로 돌아갔다.

어지러운 가문

노부야스의 모습이 현관으로 사라지고 나서도 겐케이는 잠시 동안 꿇어 엎드린 채 움직이지 않았다. 겐케이의 망막에서 가쓰요리와 노부야스의 모습이 바쁘게 오락가락한다. 그에게 있어 가쓰요리는 믿음직한 주군이고 노부야스는 무서운 적이었다. 나이로 말하면 노부야스는 아직 어린아이에 지나지 않는다. 그런데 어째서 이렇듯 두려운 것일까 스스로에게 물어도 이유는 몹시 아리송하다. 어쨌든 노부야스의 날카로운 육감은 퍼덕이는 독수리를 연상시켰다. 이 독수리는 한가롭게 하늘에서 원을 그리고 있는 듯싶다가 풀숲의 먹이를 발견하면 쏜살같이 내려와 여지없이 잡아챌 게 틀림없다.

'친서가 가까스로 도착한 날…….'

지금 곧 오카자키를 물러가는 게 분했지만, 한발 늦으면 독수리 발톱에 찢길 것 같은 예감이 절실하게 떠올랐다.

'그렇다, 이대로 있으면 위험하다…….'

그렇게 생각하자 여기서는 더욱 경솔한 짓을 할 수 없었다. 누가 어디서 보고 있더라도, 한 소심한 거리 의사가 노부야스의 꾸지람에 겁먹고 움츠러든 것처럼 보이게 해둘 필요가 있었다.

꿇어 엎드린 채 꼼짝하지 않는 모습을 이윽고 고토조가 발견했다.

"겐케이 님, 무슨 일이셔요?"

"네…… 네…… 작은주군님 꾸지람을 듣고……."

겐케이는 일부러 와들와들 떨어 보이며 일어나려다 퍽 엎어졌다.

"고토조 님, 마님에게…… 마님에게, 작은주군님께 잘 말씀해 주시도록 일러주십시오. 보시다시피 이렇습니다."

"어머, 일어나지를 못하시네요, 겐케이 님."

"네…… 네. 엉덩이가! 엉치뼈가 빠졌습니다. 아니, 기어서 가겠습니다. 아직…… 작은주군님이 노해 계시니 무서워서 겐케이는……."

고토조는 경멸하는 눈으로 사방을 둘러본 다음 살며시 겐케이에게 어깨를 빌려주었다.

겐케이는 마님 방을 손가락질하고는 또 떨었다.

"마님에게…… 마님에게."

시키는 대로 고토조가 그를 쓰키야마 마님 방으로 다시 데리고 가자 겐케이는 곧 사람을 물리칠 것을 청했다. 새삼 청할 필요도 없이, 겐케이가 방으로 들어가면 하녀들은 모두 물러나는 게 관습이었다.

그리고 한 시간 남짓—

겐케이는 다시 방에서 나와 창백한 표정을 하고 밖으로 나갔다.

'이제 써야 할 수단은 모두 썼다…….'

이미 겐케이를 수상하다고 노려보기 시작한 노부야스, 그 노부야스가 가쓰요리에게 협력하도록 권하기 위해서는 겐케이가 없는 편이 좋을 듯 생각된다—고 설명하자 마님은 겐케이가 어처구니없을 정도로 순순히 고개를 끄덕였다. 마님의 꿈은 이미 가이로 날아가 있는 모양이다.

'아무리 난폭한 노부야스라도 어머니는 베지 않을 것이다.'

노부야스의 정에 이끌려 아야메가 제 입으로 친딸이 아니라고 고백하고 있을 정도이니, 지금까지 애쓴 일들을 알리면 가쓰요리도 그의 귀국을 나무라지 않으리라.

'그렇다, 오랜만에 가이 땅을.'

겐케이는 불에 타버린 강둑의 풀처럼 후줄근한 모습으로 뚜벅뚜벅 성문 쪽으로 걸어갔다. 적국에 잠입한 첩자의 생활은 순간순간이 생명을 건 위기의 연속이었다.

'이제 그 위기에서 벗어난다…….'

그렇게 생각하자 온몸의 힘이 빠지는 것 같았다. 그러나 지금 마음 놓는 것은 아주 위험하다. 겐케이는 쓰키야마 저택 문을 지나면서 아랫배에 힘주고 눈을 감았다.

하루해는 이미 기울어 시원한 바람이 불기 시작했다. 밤이 되기까지는 아직 두 시간 남았다. 오늘 밤도 하늘에서 별들이 아름답게 반짝이리라. 밤이 되기까지의 얼마 동안이 가장 경계해야 할 시간이다.

겐케이는 문을 나서자 방향을 바꾸어 본성 쪽으로 걷기 시작했다. 만일 노부야스의 자객이 도중에서 그를 노리고 있다면, 본성 쪽은 아니다. 해자 가장자리나 거리 입구 언저리에 잠복하리라.

그렇게 계산하다가 겐케이는 다시 한번 오가 야시로를 만나고 가야 한다는 생각이 들었다. 야시로의 집은 성안에 있어서 겐케이가 어중간한 위험한 시간을 보내기에 가장 안전한 장소였다.

"저 아첨꾼이, 벼락감투를 쓴 중신한테로 가는군."

그러한 손가락질은 받을지도 모른다. 그러나 이것이 오카자키성을 전복하기 위한 마지막 의논일 줄은 아무도 알지 못한다.

겐케이는 야시로의 집 문을 뚜벅뚜벅 들어섰다.

야시로는 지금 요시다성으로 보낼 군량미 수송 점검을 마치고 집에 돌아와 목욕을 끝낸 참이었다.

"겐케이가 왔다고? 마침 잘 되었다. 침이라도 한 대 맞아볼까."

일부러 들리도록 말하는 듯한 야시로의 목소리가 안에서 난 뒤, 겐케이는 곧 거실로 안내되었다.

"잠시 얼굴을 볼 수 없었는데 그간 별일 없었나?"

"네, 매우 분주하신 것 같아 찾아뵙지 못했습니다."

"그런가. 오늘은 천천히 놀다 가게. 나도 공무를 끝내고 이제 겨우 한숨 돌리는 참일세. 이봐, 나중에 함께 식사할 테니 준비하도록 이르고 오너라."

야시로는 측근을 물리친 다음 소리 죽여 웃었다.

"주군은 드디어 스스로 무덤을 파는 싸움으로 뛰어들었어."

겐케이의 눈이 갑자기 매서워졌다.

"오가 님, 이 사람은 오늘 오카자키를 뜰까 하오. 노부야스 님에게 탄로 났소."
"어느 쪽인가? 정사(情事)인가, 계략인가?"
야시로는 튕기듯 말한 다음 한쪽 볼을 일그러뜨리며 싱그레 웃었다.
"그대는 마님의 총애를 너무 지나치게 받았어. 그래서 그런 일이 생긴 거야."
겐케이는 일부러 조그맣게 혀를 찼다.
"큰일이 박두했소. 마님한테 친서가 도착되었소."
"뭣이, 도착되었다고?"
"마님의 희망대로 무엇이든 다 들어주겠다, 그대도 이제는 한 성의 주인이 될 것이다, 준비에 소홀함이 없도록……이라고."
겐케이가 육박하듯 한무릎 다가앉자 야시로는 풀어헤친 홑옷가슴을 탁 쳤다.
"한 가문이 멸망해 가는 옛이야기를 나는 지금 눈앞에 보고 있는 것 같은 생각이 드는군."
야시로는 천천히 부채질하면서 조심스럽게 사방을 둘러보았다. 겐케이는 자세를 바로 하여 야시로를 바라보았다.
"여보게, 겐케이. 일의 발단은 부부의 불화, 그것이 도져서 마님이 간통하고…… 도쿠가와 가문이 멸망하는 징조가 되었어."
"아직 이르오, 오가 님."
"아니, 천운이 다했을 때는 사람 힘으로 어쩔 수 없는 것……이라고 새삼 느꼈소. 솔직히 말해 나는 주군이 오카자키에 나타나 성 공사를 시작했을 때 가슴이 덜컹했지. 우리들의 모사……라기보다, 기울어가는 천운을 주군이 눈치챈 게 아닐까 하고."
겐케이는 그 말에 긍정도 부정도 하지 않았다. 날카로운 눈길로 침착하게 앉아 있다.
"요시다와 하마마쓰 두 성은 본디 주군의 것이 아니었어. 여기서 오카자키에 돌아와 성을 굳게 지킨다면, 우리 일생도 막판이라 여겼지. 그런데 주군은 공사를 끝내자 터무니없이 슨푸까지 원정을 나간다고 했어. 이것이 악마에 홀린 게 아니고 무엇일까."
"흠, 과연."
"슨푸는 처음부터 문제도 되지 않는 곳이야. 주군도 곧 철수할 거라고 판단했지만, 그 뒤 야마가 세 부족의 공격에 운명을 건다고 말씀하셨어. 겐케이, 가이로 돌아가면 그 뜻을 가쓰요리 공에게 곧 아뢰도록 하게. 좋은 선물이 될 것일세."

"선물은 그것뿐입니까?"

"둘째, 셋째는 지금 말하지."

야시로는 거기서 허연 볼을 희미하게 일그러뜨렸다. 자신에 넘치는 쾌재의 미소였다.

"야마가 세 장수 가운데 맨 먼저 공격받는 것은 나가시노성, 여기서 오래 끌게 해야만 하네. 오래 끌면 군량 부족은 정한 이치, 이 사람한테 보급 명령이 더욱더 빗발칠 것일세. 그럴 때 내가 가쓰요리 공에게 신호를 보내겠네."

"흠."

겐케이는 고개를 크게 끄덕이며 역시 눈으로 웃었다.

'과연 출세할 만한 자야.'

그 치밀함을 인정했던 것이다.

"그 신호를 받는 즉시 가쓰요리 공이 손수 오카자키로 출전해 주시도록 말씀드리게. 아니, 성을 공격하라는 것은 아니야. 도중에서 내가 길 안내를 할 생각일세."

"흠, 과연."

"밤에 성문 앞에 도착하여 나가시노 공격 진중으로부터 주군이 돌아오셨다고…… 내가 소리 높여 성안에 대고 알릴 거야. 그러면 가쓰요리 공은 조용히 입성하게 되고 병사 하나 다치는 일 없을 걸세."

겐케이는 뜰 쪽으로 살며시 눈길을 보냈다. 이미 땅거미는 엷은 자줏빛에서 검은빛으로 바뀌어, 마구간 지붕에 별이 반짝반짝 보이기 시작했다. 나가기에는 아직 좀 이르다. 겐케이는 다시 무릎을 들이댔다.

"그러면 그때는 노부야스 님이 우리들에게 협력하고 있다는 계산이오? 그 성미로는 비록 입성한 뒤에라도 일전을 벌이지 않고 배기지 못할 분으로 생각되는데."

"잠깐, 또 하나의 선물."

"허, 이거 참, 고마운……."

"음, 그때에는 내가 주군께 권하여 작은주군님을 반드시 첫 출전시키도록 하겠소. 작은주군께서는 아직 어리시니 첫 출전은 부세스(武節)나 아쓰케(足助)쯤으로…… 그렇게 되면 결국 성을 비우게 될 테니 문제없겠지."

야시로는 천연덕스레 말하고 실눈을 떴다.

야시로의 아내가 하인과 더불어 상을 받쳐들고 나왔을 때, 겐케이는 이미 점잖은 의사로 돌아가 야시로의 목덜미에 침을 놓고 있었다.

의논할 일은 완전히 끝냈다. 이제부터 이에야스의 움직임은 하나하나 자세히 알 수 있었고, 야시로의 전략은 겐케이가 생각해도 참으로 귀신같다고 할 수 있었다. 노부야스를 첫 출전 내보내고, 군사 하나 상하지 않게 오카자키성을 손에 넣는다. 이에야스에게 있어 오카자키성은 마음의 보금자리이며 군량창고이기도 하다. 이것을 점령한 다음 운 좋으면 그 아들 노부야스도 인질로 삼는다. 아무리 고집 센 이에야스라도 가이의 무릎 아래 꿇어 엎드릴 수밖에 도리 없으리라.

졸개였던 시절의 습관으로 야시로의 아내는 겐케이 앞에 손수 술잔을 바치며 말했다.

"정말 심한 더위군요. 자, 한잔."

겐케이는 호들갑스럽게 손을 흔들어 사양했다.

"이거 죄송합니다. 마님이 따라주시는 술잔을 받으면 벌받습니다."

그 대신 밥은 네 공기나 먹었다. 겐케이의 육감으로 이제 자신의 집에 들르는 게 얼마나 위험한지 절실하게 느껴져왔다.

'이대로 자취를 감추는 것이 안전…….'

그렇게 생각하자 밤새 걸어가야 할 산길의 아득함이 상상되었다. 아무튼 오카자키 영토에서 완전히 벗어나기까지는 숨도 크게 쉬어서는 안 된다.

될 수만 있다면 겐케이는 가이의 첩자가 아니라 소심한 한 사람의 침쟁이로 보이고 싶었다. 노부야스의 비위를 거스르고 어디론가 줄행랑친 것……으로 해두고 어느 날엔가 다시 오카자키에 나타날 때는 한 성의 훌륭한 대장이 되어 있고 싶은 것이다.

겐케이는 손을 비비며 인사했다.

"고마운 대접에 그만 너무 오래 있었습니다. 그럼, 이만 물러가겠습니다."

그러자 아내가 따라주는 술잔을 연신 기울이고 있던 야시로는 손수 일어나 문갑에서 무언가 꺼내더니 노자를 조금 싸서 건넸다.

"알겠네. 그럼, 또 만나지."

방 안에는 이미 촛대에 촛불이 켜지고, 어디서 우는지 개구리 소리가 요란스레 들려온다.

겐케이는 야시로의 아내에게 전송받으며 현관을 나섰다. 현관을 나서자 술에 취한 듯 비틀거리는 걸음으로 성문까지 걸었다.

"의사 겐케이입니다. 네, 지금까지 오가 님 집에 있었습니다. 지나가게 해주십시오."

그렇게 말하고 성문을 나서자 자기 집과 반대쪽인 오히라(大平) 가도 쪽으로 쏜살같이 걷기 시작했다.

그럭저럭 7, 8정쯤 가서 뒤따라오는 사람이 없다고 한숨 돌렸을 때 앞쪽 소나무 그늘에서 한 사나이가 나와 우뚝 섰다.

"기다려라!"

"저, 무슨 볼일이신지요?"

"의사 겐케이지?"

"예…… 예."

"가이의 첩자, 주군의 명으로 노나카 시게마사가 베겠다."

그 말을 듣자 겐케이는 비명 지르며 그 자리에 털썩 무릎 꿇는…… 것처럼 보이다가 제비처럼 날쌔게 오던 길로 몸을 돌렸다.

"게 섰거라! 비겁한 놈 같으니!"

시게마사 역시 날쌔게 뒤쫓았다. 노나카 시게마사는 겐케이를 가이의 첩자라고 불렀지만 오카자키의 비밀을 속속들이 탐지했을 줄은 몰랐다. 따라서 이에야스가 신임하는 야시로가 그 공모자일 줄은 꿈에도 생각지 못했다.

'여기저기 기웃대며 잘난 체 주제넘게 굴더니 그만 작은주군님 비위를 거슬러……'

"게 섰거라! 겐케이, 어디로 도망치느냐!"

시게마사가 쫓아가자 겐케이는 일부러 두 손을 들어올리며 어쩔 줄 모르는 시늉을 했다.

"눈감아주십시오…… 소원! 소원입니다. 사람 좀 살리시오."

그렇게 함으로써 더욱 상대의 판단을 어지럽히려는 것이었다.

"노나카 님! 살려주십시오…… 사람 살려요!"

노부야스에게 가이의 첩자라고 지목받은 이상, 비록 목이 달아나더라도 상대의 마음에 한 점 의혹을 남겨둬야 한다.

"천치 같은 놈, 부끄러운 줄 알아라."

너무나 꼴불견인 태도에 시게마사는 차라리 그냥 내버려둘까도 싶었다.

'이따위 돌팔이의사 하나 벤들 무슨 소용 있으랴…….'

이놈이 다시 오카자키에 나타나는 일은 설마 없을 것이다. 노부야스에게 베었다고 보고하면 끝나리라……고 생각했을 때 겐케이는 길모퉁이의 소나무 고목 옆에서 실에 끌려가듯 오른편으로 꼬부라졌다. 곧장 달리면 다시 성 아랫길로 접어들기 때문이었다.

"사……사……사람 살리시오!"

겐케이는 시게마사가 덜미를 잡을 것만 같아 다시 날카롭게 비명 질렀다. 아마도 그 비명이 없었다면, 시게마사는 여기서 멈추고 말았을 게 틀림없다. 그런데 그 비명을 듣는 순간 시게마사의 마음에 울컥 노여움이 치밀었다. 너무도 심한 추태에 증오를 느낀 것이다.

"이놈!"

시게마사는 자제력을 잃고 손에 든 큰 칼을 겐케이에게로 휙 던졌다.

"앗!"

큰 칼은 달리고 있는 겐케이의 발에 얽혀 장딴지에서 허벅지로 서너 군데 상처를 입혔다. 겐케이는 세차게 너덧 걸음 허공을 헤엄치더니 큰 칼과 함께 앞으로 고꾸라졌다.

어느덧 달이 떠올랐다. 앞쪽 언덕은 절반쯤 황토를 드러내고 왼편에 이어진 둔덕에 들장미인 듯 희게 빛나는 꽃이 눈에 띄었다.

"아뿔싸!"

겐케이는 쓰러지면서 이대로 질 줄 아느냐고 마음속으로 이를 갈았다.

'미카와 무사가 센가, 가이 무사의 끈기가 센가…….'

본때를 보여주어야 할 최악의 장면이 오고 말았다.

시게마사는 뒤에서 천천히 걸어왔다. 겐케이로부터 두 간쯤 되는 곳에 떨어져 있는 자신의 칼을 집어들었다.

"겐케이!"

"예…… 예…… 옛!"

겐케이는 얼굴을 달 쪽으로 조금 돌리고 와들와들 떨어 보였다. 큰 칼을 상대해 싸울 투쟁이 아니다. 어디까지나 자기 목적을 냉정히 숨기고 죽어가야 하는 어려운 싸움, 겐케이는 그것으로 시게마사에게 이기려 하고 있었다.

"너무하십니다! 노나카 님, 보다시피…… 살려! 살려주십시오. 앗, 피다!"

그러고 보니 겐케이의 무릎 언저리 마른 흙에 검은 원이 점점 크게 번지고 있었다.

"이…… 이…… 겐케이는 쓰키야마 마님의 우울증을 고쳐드린 대은인…… 상을 내리는 대신…… 이……이토록 무참한 노여움이시라니…… 노나카 님, 자, 이렇게……."

시게마사는 잠시 잠자코 겐케이 옆에 서 있었다. 마음속으로 연민과 증오와 또 하나의 다른 계산이 느릿하게 소용돌이친다.

살려줄까, 벨까……가 아니라, 살려주어도 도망칠 수 있을 것인지 문제였다. 가이의 첩자라고 노부야스는 말했지만, 그에게는 그렇게 여겨지지 않았다. 그렇다해서 이대로 내버려두어 이 언저리의 민가에서 상처를 치료하고 있는 게 알려지면 노부야스를 어린 주군이라고 가벼이 본 일이 된다.

"겐케이……."

"예…… 예, 살……살려주시겠습니까, 노나카 님?"

"아직 살려준다고 하지 않았다. 그런데 어째서 너는 작은주군을 그토록 노엽게 했나?"

"그……그것이 도무지 알 수 없습니다. 이 겐케이가 얻어다 키운 아야메 부인을 친자식이라 속였다고……."

"너는 가이 태생이냐……?"

"아닙니다, 제 조부님은 당나라에서 건너온 자, 저는…… 사카이 태생입니다. 다만 가이에 잠시 살았을 뿐…… 그런데 가이의 인정도 저에게 냉혹했습니다…… 그 때문에 아야메를 데리고 사카이로 돌아가려다 오카자키에 발을 멈춘 게 불운이었습니다."

겐케이는 달빛 아래에서 다시 흑흑 흐느껴 보였다. 그의 계산으로는 이제 살아서 가이로 돌아가는 일은 절망적으로 여겨졌다. 장딴지의 출혈이 심하다. 때로 의식이 흐릿해지는 것은, 몸 안의 피가 지금 흙으로 돌아가려고 인력 이상의 힘으로 빨려나오고 있는 증거였다.

겐케이는 생각했다.

'이대로 질 수는 없다!'

시게마사는 노부야스의 측근에서 히라이와 다음가는 인물로 여겨지고 있다. 그 시게마사의 눈에도 시시각각 죽음으로 다가서는 겐케이 자신의 모습이 그대로 비칠 것이다. 시게마사는 틀림없이 자신의 고통을 없애주려고 큰 칼을 높이 쳐들 것이다. 마지막 투쟁은 그때부터라고 겐케이는 생각했다.

"그런가. 사카이로 돌아가는 길에 오카자키에 들렀단 말이지……."

"예, 그때 마님께서 우울증이시라는 말을 듣고 치료를 부탁받은 게 돌이킬 수 없는 액운이 되었습니다. 딸은 뺏기고…… 내 몸은 이같이…… 노나카 님, 이 겐케이를 가엾이 여기신다면 이 피, 이 피가 멎도록 상처 치료를…… 저에게는 이미 그 힘도 없습니다."

시게마사는 또 잠시 무뚝뚝하게 서 있더니 말했다.

"겐케이, 너는 의사가 아니냐."

"예…… 예, 그것은 틀림없습니다만."

"의사라면 알 테지, 너는 이미 살지 못한다. 편하게 해주마, 합장해라."

"힛! 싫소! 그……그……그것은 너무하오. 그것은 너무나 무……무정하시오!"

"움직이지 마라. 움직이면 고통이 커질 뿐이다!"

시게마사는 손에 든 큰 칼을 어깨까지 홱 쳐들었다.

"사……사……사람 살려!"

겐케이는 마지막 힘으로 땅 위를 엉금엉금 기기 시작했다. 이상하게도 주군 가쓰요리를 위해 일하고 있다는 의식은 없고, 눈앞의 시게마사에게 지지 않으려는 완고한 고집만이 그를 채찍질하고 버티어주었다.

마지막 기력으로 버둥거리는 겐케이의 목을 어서 쳐버려야겠다고 시게마사는 초조해했다. 일생을 안락하게—다만 그것만 생각하고 살아온 것으로 여겨지는 인간, 그 인간이 버둥거리는 꼴을 차마 볼 수 없었다.

"겐케이, 움직이지 마라, 편하게 해주마."

"사람 죽인다아! 무……무정한 인간, 개백정, 사람 살려어!"

"움직이지 말라는데도. 잘못 베이면 괴로운 것은 너뿐임을 모르느냐?"

"아…… 개 같은 놈! 아니…… 노나카 님, 당신에게 이것을 드리겠소. 이……

이……이것은 이 겐케이가 목숨보다 소중하게 모은 돈……."

겐케이는 안절부절못하며 품 안에 손을 넣어 지갑을 움켜 꺼냈다. 지갑 속에서 금과 은이 쏟아져나왔다.

"이……이……이것을 드리겠소. 당신에게…… 아니, 이 속의 하나는 노자로…… 하나는 드릴 수 없소. 이……이것만은, 노나카 님! 살려주십시오. 이렇게, 이렇게, 이렇게……."

시게마사는 얼굴을 외면하고 큰 칼을 내리쳤다.

"으악!"

목덜미를 노리고 내리치는 칼임을 알고 겐케이는 일부러 몸을 끌었다. 큰 칼은 머리에 맞았다. 그 순간 겐케이는 '이겼다!'고 생각했다. 이처럼 미련을 남기고 죽는 놈이 가이의 무사들 중에서 선발된 인간인 줄 어떻게 알 것인가. 그것을 꿰뚫어볼 만한 인간이 미카와에 있을 게 뭐냐…….

머리가 갈라지며 피가 머리칼과 더불어 얼굴에 튀었다. 겐케이는 비명 지르며 두 손으로 칼을 움켜잡았다.

"무…… 무, 무도한 놈! 개 같은 놈! 자……잔인한 놈! 두……두……두고 보자. 반드시 원한을…… 푸……풀고 말 테니……."

칼날을 움켜잡은 채 이미 시력이 사라진 그 처참한 형상! 시게마사는 칼을 안으로 당겼다. 손가락이 너덜너덜 떨어지며 겐케이의 윗몸은 앞으로 헤엄쳤다.

"엿!"

이번에는 단칼이었다. 겐케이의 목이 휙 날아가 4, 5자 떨어진 황토 위에 오뚝 섰다. 눈은 여전히 확 부릅떠 허공을 노려본다. 그 입은 비웃음을 띤 채 위로 조금 벌려져 있다. 그리고 거기서 뿜어져나오는 핏속에 새하얀 이가 아슴푸레 달빛을 반사하고 있었다.

시게마사는 성큼성큼 그 목 가까이 다가갔다. 그리고 합장하는 대신 한 번 걷어찼다. 그 정도의 일로 눈 하나 깜짝할 것 같으냐—라는 의지가 마음속에 있는 것 같았다.

시게마사는 천천히 칼을 닦기 시작했다. 다시 사방이 조용해지고 개구리 소리가 들려왔다.

칼을 칼집에 꽂자 시게마사는 허리에서 네모진 헝겊을 꺼내 겐케이의 흐트러진 머리채를 싸서 움켜쥐고 공중으로 들어올렸다.

"묘한 상통이로군, 겐케이. 반은 성내고 반은 웃고 있어. 다음에 태어날 때는 좀 더 큼지막한 간덩어리를 가지고 오너라."

웃지도 않고 말한 다음 그것을 헝겊으로 싸서 오른쪽 허리에 찼다.

노부야스가 초조하게 자신이 돌아오기를 기다리고 있으리라. 시체도 돈도 거들떠보지 않고 시게마사는 팔짱 낀 채 걷기 시작했다.

시게마사가 성문을 들어서려 할 때 뒤에서 모래 먼지를 일으키며 누군가 달려왔다. 말고삐를 놓고 구르다시피 뛰어온 졸개가 외쳤다.

"노미(能見)의 마쓰다이라 시게요시(松平重吉)다, 문 열어라!"

"뭣이, 노미의 마쓰다이라……."

시게마사는 성큼성큼 다가갔다.

"시게마사입니다. 노나카 시게마사입니다. 무슨 큰일이라도……."

시게요시는 그 이름을 듣자 날렵하게 말에서 내렸다.

"오, 그대인가. 작은주군님은 안녕하시겠지?"

"네—"

시게마사는 허리에 찬 목을 숨겼다.

"그런가, 반갑군. 하마마쓰에서 사자가 왔는데, 드디어 작은주군에게 첫 출전 명령이 내려졌네. 아, 그리고 히라이와는?"

"네, 맡은 일을 잘 하고 계십니다."

"역시 반갑군. 히라이와는 곧 하마마쓰로 가주어야겠어. 대신 작은주군 곁으로 혼다 사쿠자에몬이 오게 될 것일세."

"그렇습니까, 드디어 싸움이 시작되는군요."

"음, 히라이와는 니마다 공격 지휘, 그대에게는 작은주군의 근위대를 맡도록 명하셨네. 그리고 나에게는 작은주군의 출전식에 참석하라고 하셨어. 그래서 급히 달려온 것일세……."

거기서 시게요시는 잠시 말을 멈추었다가 다시 이었다.

"드디어 풍운이 급박해졌다. 시게마사, 작은주군을 단단히 부탁하네."

그때 성문이 묵직하게 삐걱거리며 달빛 속에 열렸다.

"그럼, 저는 곧 작은주군께 가서 도착하셨음을 알리겠습니다."

"부탁하네."

시게마사는 시게요시를 전송하고 바로 노부야스가 있는 내전으로 향했다.

노부야스는 아야메의 방에 있었다.

그는 아직 고지주를 베지 않았다.

'어머니를 위해 베어야만 한다!'

결심하고 있었지만, 고지주를 벨 구실을 그리 쉽사리 발견할 수 없었다. 자신의 실수로 머리에 입힌 상처로 괴로워하면서도 노부야스가 얼굴을 내밀자, 고지주는 자리에서 억지로 일어나 바닥으로 내려와 인사했다.

"소란 피워 작은주군님이 손수 오시게 되었으니 다만 황송할 뿐입니다. 아무쪼록 걱정 놓으시기 바랍니다."

그 말을 듣자 노부야스는 어머니와도, 도쿠히메와도, 아야메와도 다른 열부의 모습을 본 듯하여 오히려 마음이 떨렸다.

'이런 여자도 있었구나…….'

이 여자가 어머니의 비밀을 모른다면 그야말로 가까이 두어 사랑해야 할 여자가 아닐까…… 하는 망설임조차 일어났다.

그때 시게마사가 돌아왔다.

"결과는?"

말하려다 말고 시게마사의 허리를 보았다. 노부야스는 일어나 아야메의 방을 나섰다.

"나를 따라오너라!"

아야메에게 차마 보여주고 싶지 않은 것이리라.

"작은주군님, 뜰로 가시지요."

"그래."

"겐케이의 목은 작은주군의 첫 출전을 위한 제물이 되었습니다."

"뭣이, 첫 출전……?"

"첫 출전식에 참석하라는 지시를 받고 노미의 마쓰다이라 님께서 오늘 밤 성에 당도하셨습니다."

그러고 나서야 비로소 시게마사는, 겐케이의 목을 어디에 파묻을까 생각했다.

반역심

오카자키성 수리를 끝낸 뒤 이에야스의 움직임은 질풍과도 같았다. 요시다성에서 일단 하마마쓰로 돌아가자 곧 오이강을 건너 스루가로 쳐들어갔다. 먼저 오카베(岡部)에 불을 지르고 보리를 베면서 구노성에 전초전을 시도해 본 다음 슨푸성 밖으로 육박해 갔다. 모든 게 신겐의 생사를 확인하고, 그런 다음 대책을 세우려는 탐색이었다.

스루가의 반응은 이에야스에게 한 가지 암시를 주었다. 신겐이 죽지 않았다 해도 스스로 진두에 나서서 지휘할 수는 없다는 확신이었다. 스루가 침입은 그 일을 확인한 것만으로도 충분했다. 지금은 적지에 머무르면서 군사 하나라도 상하게 할 때가 아니었다.

적의 성안 군사들이 공격에 대비하여 수비군을 정비하고 있을 때, 이에야스는 다시 오이강을 건너 재빨리 요시다성으로 돌아왔다. 요시다성에서 나가시노 일대에 풀어놓았던 이가 무리들이며 마을 사람들을 불러 적정을 자세히 묻고는 곧 나가시노성 밖으로 말을 몰았다. 신겐이 죽었든 병으로 누웠든 분명 적지 않은 타격을 받았을 다케다 군을 더욱 지치게 하고 이에야스의 건재함을 굳건히 과시하기 위해서였다.

이에야스, 슨푸에 나타나다.

이에야스, 나가시노에 나타나다.

이에야스, 오카자키에 나타나다…….

이에야스가 아들 노부야스에게 출전을 명한 것은, 그러한 예측 불허의 움직임으로 야마가 세 부족을 압도하려는 일련의 작전에서였다. 노부야스를 성 밖으로 내보내는…… 것은 이에야스가 오카자키에 후군으로 남아 있을 거라는 상식적인 예상을 갖게 하기 쉽다.

그러나 이에야스는 그 예상을 뒤엎어 나가시노성 밖에 모습을 나타내고, 곧바로 야시로야마(社山), 가와다이지마(河台島), 와타리지마(渡島) 등 니마다성을 에워싸는 세 곳에 성채를 쌓기 시작했다. 따라서 적의 눈은 슨푸, 요시다, 오카자키, 나가시노, 하마마쓰, 니마다로 어지러울 만큼 쏠리지 않을 수 없었다. 미카타가하라에서 신겐에게 시달림당한 이에야스가 반년 남짓 만에 마침내 주도권을 되찾은 것이다.

겐키 3년(1573) 여름—

노부야스는 아버지 이에야스의 명을 받고 신슈에서 오카자키로 들어오는 또 하나의 공격지점인 아스케, 부세쓰로 북진해 가기 위해 성을 나섰다.

이 첫 싸움에서 보급을 담당한 야시로는 노부야스를 이와쓰(岩津)까지 전송했다. 용기충천한 노부야스는 야시로 따위 거의 안중에 없었다. 야시로가 이와쓰의 임시진지로 인사하러 가자 호기 있게 말했다.

"야시로, 무리하지 마라. 먼저 아스케성을 함락해야겠다. 거기에는 가이의 시모조 이즈(下條伊豆)가 지키고 있다. 이즈 따위 아무것도 아니야. 시나노와 가이로부터 운반해 들인 군량을 빼앗을 테니 그대는 수고하지 않아도 돼."

"용맹스럽기 이를 데 없으십니다…… 이로써 가이 군도 알아볼 것입니다. 스루가의 출구가 봉쇄되고, 요시다 앞쪽인 니마다와 나가시노는 위기에 빠졌으니, 이 아스케와 부세쓰의 길까지 막힌다면 가이 군은 뚫고 나올 방법이 없지요. 야시로는 오카자키에서 오로지 승전 소식만 기다리겠습니다."

최대한 정중하게 말했지만, 자칫하면 입가에 웃음이 번질 것 같아 야시로는 여간 난처하지 않았다.

노부야스는 호탕하게 웃었다.

"내가 없는 동안 잘 부탁한다. 이즈의 목을 선물로 들고 돌아올 테니."

"알겠습니다. 아스케성이 떨어졌다고 들으면 이 야시로도 다짐 삼아 보급대를 거느리고 다시 진중에서 뵙겠습니다."

"오, 돌아가거든 어머님에게 걱정하지 마시도록 전해다오. 노부야스는 이미 시나노 주변의 작은 성 따위는 거들떠보지도 않고 진격해 갔다고."

"자세히 보고드리겠습니다."

야시로는 노부야스 앞을 물러나자 옆의 숲속에 잠시 서서 자꾸 터져나오려는 웃음이 가라앉기를 기다렸다. 여기서도 머리 위에서 매미가 경쟁하듯 울고 있다. 그 매미 소리도 우습고, 내버린 것처럼 보이는 숲속의 조그만 사당(祠堂)도 우스웠다.

그는 그 사당에 걸터앉아 또 웃음을 터뜨렸다.

"뭘 그리 웃고 계시오, 오가 님?"

야마다 하치조가 근엄한 얼굴로 가까이 왔다.

"하치조, 나를 나무라지 마라. 색골의 아들이 어찌나 우스운 말을 하던지 배가 다 아프구나."

"색골의 아들이란 작은주군 말이오, 오가 님?"

하치조는 마을행정관의 부하로, 미카와 20여 마을감독관으로 발탁되어 있는 야시로와의 연락을 위해 늘 가까이에 있었다.

"그렇게 말한 게 마음에 들지 않나, 하치조?"

하치조는 근엄한 얼굴의 미간을 찌푸리며 살며시 숲속을 둘러보았다. 색골의 아들—이라는 평을 들은 노부야스는 이미 진격 준비로 들어가 막사를 거두게 하고 있다.

"다행히 가까이에 사람이 없지만, 오가 님, 벽에도 귀가 있다고 하오."

야시로는 웃었다.

"핫핫하……."

소심한 놈이라고 속으로 생각하며, 평생 한 나라 한 성의 주인이 될 사나이는 못 된다고 생각했다.

"하치조, 공교롭게도 여기는 빤히 보이는 숲속이라 귀를 가진 벽도 없구나."

"그렇다 해서 주군의 아드님을……."

"작은주군을 나쁘게 말한 것은 아니야. 그 어머니를 색골이라고 했을 뿐이지."

"그런 말은 삼가는 게 좋다고 저는 생각하는데요."

"핫핫하…… 알았다, 알았어. 하지만 하치조, 쓰키야마 마님을 색골이라고 부르는 데는 그럴 만한 까닭이 있다."

"겐케이를 총애하셨다는 소문 말이오?"

"아니."

야시로는 싱글벙글하며 고개를 저었다. 하치조에게는 아직 이에야스며 쓰키야마 마님이 하나의 권위로서 마음에 군림하고 있다. 그 무거운 돌을 치워 그들도 우리도 같은 인간이라고 여기게 하지 않으면 나중 일에 지장이 초래된다고 야시로는 판단했다.

"아무도 듣고 있는 이 없으니 고백하지만, 나도 실컷 희롱한 계집이다. 사나이가 없으면 안 될 계집, 참을성이란 도무지 없는 계집, 주군도 정나미가 떨어져 가까이하지 않는 계집…… 이렇게 생각하면 하치조, 그 아들도 누구 씨인지 알 수 없지. 어쩌면 그것을 가장 의심하고 있는 것은 주군일지도 모른다. 핫핫하, 그 아들에게 작은주군님, 작은주군님, 하다니 우습기 짝이 없지. 세상이란 참으로 우스운 게야."

하치조는 무서운 말을 들은 것처럼 다시 살며시 사방을 둘러보았다.

"여긴 시원하군. 그대가 말하는 작은주군님이 신바람 나서 출발할 때까지 여기서 쉬어갈까."

야시로는 하치조가 놀라면 놀랄수록 여기서 한껏 주군의 권위를 떨어뜨려 둬야 한다고 생각했다.

"본디 마쓰다이라니 도쿠가와니 해봤자 우리들과 다른 인간도 아닐세. 나도 졸개 신분에서부터 몸을 일으켜 중신 끝자리에 앉았지만, 마쓰다이라 가문의 조상은 떠돌이 거지중이었지."

"오가 님, 그 이야기는 이제 그만두십시오."

"아냐, 그만둘 일이 아닐세. 인간은 늘 진실을 단단히 가슴속에 넣고서 덤벼들어야만 하는 것이야. 그 조상은 도쿠아미로, 상당한 오입쟁이였어…… 핫핫하, 그렇게 두리번거리지 말게. 하치조, 내가 하는 말은 모두 확실한 사실이야. 그 비렁뱅이 중이 신슈에서 미카와로 흘러들어와, 사카이 고을에서 도쿠에몬(德右衛門)이라는 촌장 집에 묵었다고 생각해 보게. 그리고 밤중에 그 집 딸의 방에 들어가 만든 자식이 사카이씨의 조상, 요시로 히로치카(與四郎廣親)지."

"오가 님!"

"괜찮대도…… 그런데 이 비렁뱅이 중놈 좀 보라지, 어디까지나 빈틈없는 놈이라 사카이의 촌장보다 바로 이웃의 마쓰다이라 고을 촌장 집이 낫다고 눈독 들였어. 그리고 마쓰다이라 고을의 다로사에몬 노부시게(太郎左衛門信重) 집에 나타나, 여기서도 큰딸을 농락했던 거야. 그런 놈이니 약삭빠르지. 이슥고 딸뿐인가, 아버지까지 속여 사위로 들어앉고, 그 집의 힘으로 곧 이웃과 싸워 굴복시켜 갔던 거야. 알겠는가, 거지중과 졸개의 아들…… 신분 차이는 그리 없을걸. 문제는 지니고 태어나는 근성과 재치, 임자라고 해서 한 나라 한 성의 주인이 되지 말라는 법은 없지."

하치조는 이미 체념한 듯 잠자코 있었다.

출발을 알리는 고동이 울리기 시작했다. 행군의 선두에 서려는 노부야스를 노나카 시게마사가 억지로 제지하고 난 뒤 출발했다.

병력 800명—

그들이 산길로 접어들어 나뭇잎 사이로 보이지 않게 되자 야시로는 여전히 싱글벙글하며 일어났다.

"이것으로 첫 번째 일은 무사히 끝났다, 하치조."

"옛!"

그리고 하치조는 놀라며 다시 되물었다.

"첫 번째 일이라니요?"

"자네는 노부야스가 아스케성에 있는 시모조 이즈를 이길 수 있다고 생각하나?"

"그렇다면 무슨 함정이라도 만들어놓았다는 거요?"

야시로는 또 즐거운 듯 웃으며 말을 매어놓은 숲가로 걸어갔다.

"인생의 곳곳에 함정 없는 데가 있는가. 그러나 그보다도 이길 거라고 생각하는지 질 거라고 생각하는지 묻고 있는 걸세. 아스케성은 가모 시게나가(賀茂重長)의 아들 아스케 가자(足助冠者) 이래 대대로 스즈키씨(鈴木氏)가 웅거하던 성이야. 본디의 성주 스즈키 시게나오(鈴木重直)는 일찍이 마쓰다이라씨에게 굴복한 일이 없지. 그러다가 가이의 시모조 이즈에게 쫓겨나 빼앗긴 것일세. 알겠나, 14, 15살 먹은 애송이가 스즈키를 내몬 이즈를 이길 거라고 생각하는가?"

"그럼, 작은주군은 반드시 진다는 거요?"

"핫핫하, 그런데 이길 거란 말일세. 이긴다면 이 야시로의 일은 성공이라고 생각하게. 알겠지, 지는 자가 이긴다…… 핫핫핫, 그것이 책략이라는 걸세."

하치조는 어느새 야시로를 올려다보고 떨면서 걷고 있었다. 인간이 인간을 매료시킬 때 그 변설에는 요사스러운 기운이 감돈다. 처음에는 좀 경솔하다고 여기던 하치조도 이윽고 야시로의 요사스러운 힘에 홀려 몸서리쳐질 듯한 감탄을 느끼고 있었다.

'대단한 인물이다…… 필부(匹夫)에서 몸을 일으켜 한 나라 한 성의 주인이 되는 건 이런 사나이일 것이다…….'

"오가 님."

"뭐냐, 하치조?"

"그러면 오가 님 주선으로 힘이 뛰어난 이즈가 힘이 모자라는 작은주군에게 지게끔 되어 있다는 의미요?"

야시로는 거만하게 고개를 끄덕였다.

"그렇지. 아스케성에서 격퇴당한다면 일이 되지 않는다. 그래서 이즈는 일찌감치 성을 버리고 물러갈 거야."

"센 편이 후퇴한다…… 어디까지 후퇴할까요?"

"글쎄, 그리 멀리 후퇴할 필요는 없으니 부세쓰까지로 충분하겠지."

부세쓰는 신슈 시모이나(下伊那)의 경계에 가까운 산성이었다.

"그런 산성으로…… 거기에서는 어떤 싸움이 될까요……?"

"핫핫하…… 거기에서는 성이 함락되지 않는다, 하치조."

"이번엔 저쪽도 죽을힘을 다해 싸울까요?"

"천치 같은 소리. 부세쓰성 가까이까지 쳐들어가 잠시 싸우는 흉내를 내는 동안 천하의 대세가 확 바뀐다."

"모르겠군요."

하치조는 더욱 홀려서 어리석은 인간의 본질을 한층 더 나타냈다. 사실 그는 한 조각의 꿈 이야기며 옛 군담소설이라도 읽는 심정이 되었다.

"천하의 대세가 어떻게 바뀐다는 거요, 오가 님?"

"가는 도중에 이야기해 주지. 자, 말에 오르자."

두 사람은 하인한테서 말을 받아 올라타고 모두의 앞에 서서 말 머리를 나란히 했다. 여름풀이 무성한 산등성이와 골짜기에 햇볕이 지글지글 내리쬐어 더위 속에서 싸움하는 고통을 새삼 절감할 수 있었다.

"색골의 애송이 아들이 신나는 기분으로 부세쓰성을 에워싸는 동안 가이 군은 바람같이 오카자키성에 들어가 있을 게다."

"예? 그게…… 그게…… 참말이오?"

이번에는 야시로가 조심스러워졌다. 뒤따라오는 졸개를 살며시 돌아다보고 일렀다.

"큰 소리 내지 마라, 하치조."

"예…… 예."

"일이 성사될 때까지는 조심에 조심을."

엄한 눈초리로 말하고 나서 다시 빈틈없이 말을 건넸다.

"내가 입성시킨다. 그 방법은 이미 타합이 끝났어. 알겠느냐, 하치조. 들어온 가이 군이 도쿠가와 편에서 미카와, 스루가, 도토우미의 여러 성으로부터 잡아놓은 인질을 그대로 거느리고 여기서 호령하면, 지금까지 도쿠가와 편이었던 작은 성주인들은 모두 한꺼번에 가이 편으로 돌아설 거다. 핫핫하, 이로써 도쿠가와 가문은 아마 자취도 없어지고 오카자키 성주는 과연 누가 될 것인지……."

"그러면…… 그러면…… 지금 출발하신 작은주군은 어떻게 되는 거요?"

하치조는 다그치다가 그만 섬찟해 입을 다물었다. 야시로는 일부러 멍한 표정으로 되물었다.

"작은주군이 어떻게 되다니? 오카자키성은 적의 손아귀에 떨어져 있으니…… 설마 되돌아와 여기는 내 성이라고 울부짖을 수도 없을걸."

하치조는 메마른 입술을 축였다.

"그러나…… 그 성미로 보아 그대로 항복하리라고는 여겨지지 않소. 반드시 일전을 벌일 것으로 생각되는데요……."

"하하하, 그 정도로 바보는 아니겠지, 성안에는 어머니와 누이가 인질로 있어. 아니…… 그래도 일전을 벌이겠다고 되돌아온다면 그때는 부세쓰성으로부터 추격받아 아마 오카자키까지 오지도 못할걸."

하치조는 또 무언가 말하려다 입을 다물었다. 그토록 세밀하게 준비되어 있는 줄 알지 못하고 어린아이처럼 기뻐하면서 용기백배하여 진군해 간 노부야스의 얼굴이 눈앞에 어른거린 것이다.

'이제 나도 출세할 수 있다……'

그 생각과 달리 어떤 두려움 때문에 떨림이 좀처럼 멈추지 않는다.

"그러면…… 그러면 작은주군께서는 오카자키성이 함락된 줄 알면 항복하게 될까요?"

야시로는 고개를 갸웃하며 모호하게 웃었다.

"글쎄…… 그것은 본인 자신의 생각에 달렸지. 항복하는 게 좋을 것인지, 아니면 싸우다 죽든지, 할복할 것인지……"

"항복한다면 오카자키성은 그대로 작은주군에게 맡겨지지 않을까요?"

"그것도 모르네. 인물 나름이지. 어쨌든 오다니 진자에몬(小谷甚左衛門), 구라치 헤이자에몬(倉地平左衛門)과 잘 의논해야만 해. 성 밑으로 돌아가거든 내 집에 모이도록 임자가 슬며시 일러주게."

야시로는 다시 하늘을 올려다보며 활짝 웃었다. 오다니 진자에몬, 구라치 헤이자에몬, 그리고 야마다 하치조를 포함한 세 사람은 이미 야시로의 심복이 되어 있었다.

성 아래 이르자 야시로는 하치조와 헤어져 자기 집으로 갔다. 오카자키에서 자취를 감춘 겐케이한테서는 아직 아무 연락도 없다. 야시로의 계산으로 그는 지금쯤 부세쓰성에 있을 것이었다. 거기서 가쓰요리에게 연락하고, 노부야스가 부세쓰를 습격할 무렵 노부야스 군을 비켜 아스케를 향해 진군해 온다. 야시로는 노부야스의 군량보급을 위해서라며 성을 나가 가쓰요리 군과 아스케 언저리에서 만나 성주님이 돌아오셨다며 오카자키성 안으로 끌어들이려는 것이다.

졸개 시절부터의 습관으로 야시로의 아내는 언제나 현관까지 나와 하인과 더불어 야시로를 마중했다.

"이제 돌아오세요?"

야시로는 의미 없이 그 아내에게 웃어 보이고 칼을 건넸다.

"오마쓰(松), 이제부터는 그대가 일부러 마중 나오지 않는 게 좋겠어. 나도 이미 옛날의 졸개가 아니야."

"하지만 옛일을 잊어선 안 되지요."

"하하…… 소심한 여자로군. 아직은 요만한 집이라 마중도 할 수 있지만, 설마

한 성의 주인이 된 뒤 성문 앞으로 일일이 마중 나오지야 못하겠지."
"어머, 당신도!"
아내가 눈을 흘기자 야시로는 또 즐거운 듯 웃었다.
"술상을 준비해 둬. 오다니, 구라치, 야마다 등이 올 거야."

야마다 하치조의 알림으로 구라치와 오다니가 집으로 오자, 야시로의 아내가 다다미 8장이 깔린 방으로 직접 술상을 날라왔다.
"차린 건 없지만 오늘 저녁에 한잔 드세."
야시로는 세 사람의 얼굴을 차례로 돌아보며 의미심장하게 말했다.
"축하하는 술일세."
"그럼, 아무쪼록."
아내는 그것이 노부야스의 첫 출전을 축하하는 자리인 줄 아는 듯 술을 따르며 한 바퀴 돌았다.
"무사히 개선하시도록 기원합니다."
"이봐, 당신은 이제 됐어. 내가 술을 따를 테니. 물러가 있어."
"하지만 실례가……."
"아, 괜찮아. 여러 가지 이야기할 게 있으니 자리를 비켜주오."
아내가 물러가자 야시로는 무게 있게 말했다.
"여러분, 드디어 우리들의 대망이 이루어질 날이 왔다. 그런데 세 사람 가운데 하나가 부세쓰성에 밀사로 가주어야겠어."
오다니도 구라치도 하치조도 같은 나이로 연공미를 거두어들이는 하급무사에 불과했다.
"밀사라면 목숨을 거는 일이군요."
야시로는 대수롭지 않게 고개를 끄덕였다.
"그렇지. 부세쓰성에 우리 동지 겐케이 님이 있으리라 생각되지만, 만일 없다면 가까운 마을에 숨어 있다가 시모조 이즈 님을 만나도록."
세 사람은 얼굴을 마주 보며 고개를 끄덕였다. 하치조가 무릎 위에서 주먹을 쥐며 재촉했다.
"밀사의 용건은?"

"우선 술을 들고 나서……."

야시로는 더욱 침착하게 손수 세 사람의 잔을 채웠다.

"이 일은 이번 계획의 중요한 마무리일세. 알겠나?"

"……."

"내가 써주는 편지를 겐케이나 이즈에게 건넨 다음 가쓰요리 공의 회답을 받아오는 거야."

"가쓰요리 공의 회답?"

"그렇지. 무사히 도쿠가와 가문을 멸망시킨 뒤 오카자키성과 그 옛 영지를 우리들에게 내리신다는 서약서를 받아오는 거야."

"오카자키성과 옛 영지를?"

세 사람은 다시 얼굴을 마주 보며 고개를 끄덕였다.

"하하하……."

야시로는 세 사람의 놀라는 얼굴이 우스웠다.

"알겠나, 그러면 나는 오카자키성의 주인, 그대들에게도 저마다 마쓰다이라 일족의 작은 성을 하나씩 나눠주겠네. 하하하, 그 뒤의 계책은 성주가 된 다음에 생각하기로 하고."

"그런데…… 그런데…… 그 밀사로는."

"세 사람 가운데 누가 좋을까?"

야시로가 다시 한번 얼굴을 둘러보자, 세 사람은 저마다 숨죽이고 움츠러들었다.

"하치조, 임자에게 부탁할까?"

"글쎄요, 나는 좀……."

"어려운 일일세. 누가 하든 어려운 일이지. 그러나 성주가 될 것인가, 아니면 평생 연공미의 쥐를 쫓다가 죽고 말 것이냐의 갈림길일세."

야시로는 종이를 꺼내 셋으로 찢었다.

"제비뽑기로 하세. 그러면 이의 없을 테지."

찢은 종이를 야시로가 꼬기 시작하자 세 사람은 더욱 움츠러들며 긴장했다. 제비뽑기가 만들어졌다. 세 개 가운데 하나만 조금 짧게 종이 끝이 잘려 있었다. 그것을 뽑은 자가 밀사로 가게 된다. 세 사람 모두 나름대로 긴장된 표정이었다.

하치조는 특히 마음속으로 신불에게 빌었다. 얼굴은 자못 호걸같이 생겼지만, 흥분하면 남과 말도 제대로 못하는 성격이었다. 만일 자기에게 맡겨진다면 도중에 노부야스 부대를 만나거나 또는 낯익은 겐케이가 없을 경우의 일이 마음에 걸렸다. 또 시모조 이즈라는 가이 편의 대장을 찾아가 대등하게 입을 열 수 있을 것 같지도 않다.

'그 때문에 상대에게 경멸당한다면…….'

생각하면 손가락 끝이 떨렸다.

"자, 뽑아. 그리고 펴보게."

하치조는 머뭇거리며 굵은 손가락으로 뽑은 제비를 펴다가 짤막하게 외쳤다.

"앗, 나다."

"그거참, 부럽네. 이 일은 나에게 맡겨주십사 하고 빌었는데."

재빠른 구라치의 말에 오다니 역시 입가에 안심한 듯한 미소를 보였다.

"참으로 운 좋은 분이오. 언젠가는 요시다 성주라도 되시겠지. 운 좋은 분에게는 질 수밖에 없단 말이야."

"그럼, 이 일을 맡게 된 것을 축하하는 의미로 좀 큰 잔으로 한 잔 마시게."

5홉들이 붉은 잔이 야시로의 손에서 하치조에게 건네졌다. 하치조는 하는 수 없이 술잔을 받았다. 결정된 이상 목숨을 걸고 해볼 수밖에 다른 도리가 없다. 쏘아진 화살은 시위로 다시 돌아오지 않으니까…….

"장하오, 그 의기."

그제야 마음 놓이는 듯 구라치는 별안간 입이 가벼워졌다.

"역량으로 보나 풍채로 보나 야마다 님은 정말 성주로 알맞소."

하치조는 언짢은 기분이 들었다.

잔이 한 바퀴 돌고 나서 세 사람이 야시로의 집을 나선 것은 10시가 지나서였다. 품 안에 밀서를 지닌 하치조는 구라치보다 덜 취해 있었다. 현관까지 전송한 야시로는 그것을 믿음직스럽게 여겼다.

"과연 하치조, 꿋꿋하군."

방으로 돌아와 술상을 치우는 아내에게 말했다.

"잠시 그대로 두오. 오늘 밤은 축하할 일이 있으니 내가 한바탕 춤을 추어 보이지."

흰 부채를 펼치고 '백낙천(白樂天)'을 춤추기 시작했다.
"당나라 태자의 귀빈, 백낙천이란 나를 이르도다. 그런데 이곳 동쪽으로 한 나라가 있으니……."
과연 제대로 추는 것인지, 흥 나는 대로 제멋대로인지는 고사하고 아내로서는 백낙천이 무엇인지조차 도무지 알 수 없었다.
"그것은 대체 무슨 흉내인가요?"
"무슨 흉내라니 한심스럽군. 마무리다, 이것은."
"재수 없어요. 마무리는 끝난다는 거잖아요?"
아내가 얼굴을 찡그리며 말하자 야시로는 홱 돌아보고 소리 내어 웃었다.
"핫핫하, 참으로 우습군. 그러나 무리도 아니지, 그대로서는."
끝없이 웃어대는 야시로의 모습을 보고 있더니 아내는 다시 정색하고 술상을 치우기 시작했다. 너무 취했다고 여긴 모양이다.
"이봐, 기다리라고 했잖아. 당신이 한 잔 따라줘."
"더 잡수실 거예요? 벌써 10시가 지났는데."
"시간을 잊을 만큼 취하지 않았어. 그대도 예전의 졸개 아내가 아니야. 마무리쯤은 알아둬야지."
"그러니 이쯤 해둬요. 술 드신 뒤의 밤샘은 몸에 해로워요. 그리고……."
아내는 말하려다가 아이들이 잠든 방의 기척에 귀 기울이는 얼굴이 되었다.
"당신이 모처럼 출세하셔도 빨리 세상 뜨면 아무것도 아니잖아요. 아이들을 착하고 충성스러운 무사로 키우지 않으면 은혜 갚지 못합니다."
"앗핫핫하……."
야시로는 다시 웃었다. 웃으면서 눈물이 나올 것 같아 견딜 수 없었다.
'기르는 개처럼 자라온 사람…….'
그 가엾음이 뼈저리게 느껴진다.
"하하…… 이것이 출세…… 출세란 말인가. 그것참, 우습군."
"아무리 취했기로서니 그게 무슨 소리예요. 분수를 모르면 벌받아요. 자, 잡시다."
"그대는 분수를 너무 알아서 슬프군. 그대를 마님 신분으로 만들어주면 대체 뭐라고 할까. 핫핫하……."

아내는 이미 대답하지 않았다. 두말없이 손님상을 들고 나가려 한다.

"이봐, 오마쓰. 그런 일은 하인에게 시켜."

"아니요, 부리는 사람은 아껴주어야만 합니다. 당신도 빨리 옷을 갈아입으세요."

아내 모습이 부엌으로 사라지자 야시로는 또 떠나갈 듯한 목소리로 웃기 시작했다.

오늘 밤의 야시로는 대망의 한 조각만이라도 아내에게 말하고 싶어 견딜 수 없었다. 그러나 아직 이야기할 시기가 아니다.

'참아라! 참아라!'

취한 자신을 엄하게 억누르자 무언가 더한층 슬픈 기쁨이 가슴속에서 소용돌이쳤다. 그는 다시 흰 부채를 똑바로 눈앞에 펼쳐들었다.

"말하지 마라. 아직 빠르다."

조그맣게 중얼거리고 나서 흥 나는 대로 손을 흔들고 발을 놀렸다.

태평성세의 꽃구경, 달구경, 교토의 산놀이,
이는 대체 누구인고, 천자를 섬기는 신하로다.
그중에서도 고슈(江州) 시가(志賀)의 산벚나무
지금이 한창이라고 들었네…….

주워들은 노래로 가락 역시 엉터리였다. 그러나 손을 움직이고 발을 놀리노라니 오카자키성의 대서원에서 춤추는 자신의 모습이 눈앞에 선히 떠올라 보였다.

돌아온 아내는 어이없는 듯 문 앞에 서서 그러한 남편을 바라보더니, 이번에는 말도 건네지 않고 성큼 야시로의 상을 들고 나가버렸다.

완연한 봄
구름이 떠도는 새벽녘
새벽녘…….

파멸

쓰키야마 마님은 고토조를 데리고 아침부터 부지런히 신변 정리를 하고 있었다. 자기 운명의 큰 전환이 가까워졌다고 생각하니 가만히 있을 수 없었다. 정리하면서 가쓰요리한테서 온 친서를 몇 번이나 펴보았다.

잘 알았습니다…… 이미 글자 하나하나의 모양까지 머릿속에 들어와 있는데도 펴볼 때마다 가슴 두근거렸다.

'어린아이처럼…….'

자신이 우스웠지만, 뒤이어 문득 눈시울이 붉어졌다. 오카자키에서의 생활이 그토록 비참하고 불행했다고 스스로 동정하는 느낌이 들었다.

세 번째 펼쳐본 친서를 작은 선반 위에 얹고 나서 마님은 말했다.

"고토조, 도쿠히메 몰래 네 동생 기노를 불러오너라."

"네—"

고토조는 주인이 무슨 생각을 하고 있는 것일까 고개를 갸우뚱하며 나갔다. 완전히 침착성을 잃은 마님. 마님이 때때로 펴보는 편지의 내용도 마음에 걸리고, 겐케이가 노부야스에게 꾸지람받고 그대로 종적을 감추었다는데도 전혀 걱정하는 빛이 없는 게 납득할 수 없었다.

'그렇듯 총애하셨는데…….'

깨끗이 잊어버릴 만큼 여자 마음은 냉혹한 것일까? 그 생각에 뒤이어, 어쩌면 마님이 겐케이와 짜고 이 오카자키를 빠져나가려는 것은 아닐까 생각하니 등골이 오싹하기도 했다.

오늘 아침에도 벌써 두 번이나 야시로한테 심부름을 다녀왔다. 그때마다 야시로는 직접 나와서 못마땅한 얼굴로 말했다.

"일이 바빠서 그러니 돌아가서 없더라고 전해다오."

고토조가 만일 야시로와 마님의 관계를 몰랐다면 분노를 느끼고 마님에게 진실을 고했을 게 틀림없다.

"가신 주제에 괘씸하다."

고토조는 겐케이가 없어진 뒤 야시로에게 안기는 마님의 모습을 직접 보고 있다. 그러므로 왠지 자기가 부끄러운 마음이 들어 야시로가 말한 대로 마님에게 전할 수밖에 없었다.

고토조가 나가자 마님은 작은 문갑을 열어 온갖 종이쪽지를 꺼내 보며 혼잣말했다.

"두고 보자. 나는 이미 오야마다 효에의 아내, 적의 딸을 그대로 두고 나갈 줄 아느냐."

적의 딸이란 도쿠히메를 가리키는 게 틀림없다. 마님은 이미 여기를 떠날 결심으로 있는 모양이었다. 모든 것이 가쓰요리의 친서대로 되리라 믿고 마쓰다이라 가문 옛 영지를 노리는 자가 자기 신변에 있는 줄 쓰키야마 마님은 꿈에도 생각하지 않고 있었다.

고토조가 돌아왔다. 뒤에 동생 기노를 거느리고 있다.

마님은 들뜬 목소리로 물었다.

"오다 님 딸은 잘 있느냐?"

기노는 두 손을 짚고 밝은 얼굴로 대답했다.

"네, 아스케에서 기쁜 소식이 왔습니다."

"뭣이, 아스케에서 기쁜 소식이 왔다고?"

"네."

기노는 앳된 볼을 붉히며 눈부신 듯 마님을 올려다보았다.

"용감하신 작은주군님이 더위를 무릅쓰고 마침내 어제저녁 아스케성에 있던 적의 대장 시모조 이즈를 몰아내고 입성하셨다는 소식입니다."

아스케 입성이 야시로의 간계인 줄 모르고 있는 마님은 칭찬을 아끼지 않았다.

"오, 장하셔라! 그럼, 내일모레는 개선하실 테지. 나도 준비를 서둘러야겠구나."

그만 무심결에 말하다가 깜짝 놀라 말끝을 흐렸다.

"첫 출전이니 나도 성문까지 마중해야지."

자기들 계략이 이에야스에게 탄로 나지 않도록 노부야스에게 형식적인 첫 출전을 시킨 것으로 마님은 알고 있었다. 그러므로 노부야스가 돌아오는 대로 설득하여 자신은 가이 군의 호위를 받으며 오야마다 효에에게 시집갈 셈인 것이다.

기노는 말했다.

"그런데…… 작은주군님은 아스케성을 함락한 것만으로는 개선하시지 않을 모양입니다."

"뭐……뭐라고. 좀 더 깊숙이 들어가신다더냐?"

"네, 소식에 의하면 중신들이 개선을 권했지만 작은주군님은 들으시지 않고…… 참 그렇지, 지금쯤 벌써 시모조 이즈를 뒤쫓아 함성을 올리며 부세쓰의 산길을 가실 듯……싶습니다."

마님은 문득 말을 끊고 숨을 들이마셨다. 중신들이 말리는 것도 듣지 않고 부세쓰로 쳐들어가다니, 이 무슨 헛일이란 말인가.

'아니, 무리도 아니지……'

어머니와 함께 머지않아 다케다 편으로 돌아선다는 것을 노부야스는 아직 생각지도 못하고 있다.

잠시 뒤 마님은 생각을 고친 듯 말했다.

"그것도 좋겠지. 상대에게 강한 인상을 보여주면 나중에 경멸당하지 않을 테니까."

그 중얼거림을 기노도 고토조도 이해하지 못했다.

"그 소식이 있은 뒤 도쿠히메 님은 갑자기 기운을 차리셔서 고지주 님과 이것저것 싸움 이야기를 하고 계십니다."

"그러냐, 반가운 일이구나."

마님은 비꼬듯 한쪽 뺨을 씰룩거리고 별안간 목소리를 떨어뜨렸다.

"하마마쓰에서는 무슨 소식이 없었느냐?"

"네, 대감님은 다시 나가시노로 출전하셨다고……"

그러다가 무언가 생각났는지 다시 말했다.

“참, 오만 부인께서도 잉태하시어, 도쿠히메 님과 같은 무렵 출산하실 거라는 소식이 있었다고 합니다.”

“뭣이, 만이 애를 가졌다고?”

마님의 눈썹이 곤두섰다. 이미 버렸다고 생각한 남편이었다. 오야마다의 아내가 될 터인데도 마님 가슴속에 심한 질투심이 넘쳤다. 마님의 어금니가 바드득 울렸다. 자기 시녀였으면서 남편의 사랑을 뺏은 음탕한 계집.

‘그렇다, 역시 살려둔 채로 갈 수 없다.’

죽이고 죽임당하고 미워하고 미움받는 게 인생이라면, 인정 따위는 어리석기 짝이 없는 거라고 마님은 생각했다. 아니, 그런 마음이 되도록 만든 것도 근본을 따지면 이에야스, 그 이에야스에게 붙어 주인을 배신한 오만도 그대로 내버려둘 존재가 아니었다.

이에야스에게 복수할 수단은 이미 강구되어 있다. 이에야스가 다케다 앞에 어떤 꼴로 꿇어 엎드리든 거들떠보지도 않을 결심이었다.

“용서해 두어서는 아니 될 악한!”

그러나 오만에게는 아직 복수하지 않았다.

‘뻔뻔스럽게 이에야스의 자식 따위를 안고 살아남게 해서야 될 말인가?’

마님의 눈이 별안간 번쩍번쩍 빛을 뿜으며 불타기 시작했다. 언니 고토조는 온몸을 굳혔다. 그러나 평소 곁에 있지 않은 동생 기노는 그것을 깨닫지 못한 채 말했다.

“이번에 개선할 때는 아이를 안아보겠군…… 하고 말씀하시며 대감님은 기분 좋게 성을 나가셨다고 합니다.”

“기노.”

“네.”

“하마마쓰까지 네가 심부름 좀 가거라.”

“축하드리러 말입니까?”

마님은 갑자기 소리 높여 웃기 시작했다.

“하하하…… 그래, 너는 꽤 좋은 말을 하는구나. 오만 부인에게 축하말을 하러 가거라.”

“네, 명심하고 다녀오겠습니다.”

"기노, 알겠지? 오만을 만나면 축하하러 온 척하고 단칼에 젖통을 찔러주란 말이야."

"네? 저 오만 부인을 말입니까?"

"호호호…… 잘 생각해 봐라. 만은 본디 내 종년, 그것이 대감님께 꼬리 쳐 나에게 끓는 물을 삼키게 한 계집이다."

기노는 언니와 얼굴을 마주 보다가 저도 모르게 침을 꼴깍 삼켰다. 발그레한 볼에서 핏기가 사라지고 갑자기 눈이 둥그레졌다.

"만일…… 만일…… 그 자리에서 오히려 제가 죽게 된다면……."

"천치 같은 소리! 그러면 당장 큰 소리로 외쳐라. 오만은 오카자키성의 거름 치는 농부와 배 맞은 음탕한 계집, 작은주군 노부야스 님 명을 받아 이 기노가 처단했다고 소리치면 된다."

"그것이…… 저, 사실인가요……?"

"내가 그렇다고 말하고 있지 않느냐?"

"네…… 네, 그럼 도쿠히메 님에게는 뭐라고……."

"염려 마라. 그렇지, 내가 지금 곧 가서 축하 사자로 빌려달라고 하마. 그래, 빠를수록 좋아. 자식을 낳게 해선 안 되지."

마님은 성큼 일어나 급히 방을 나갔다. 기노와 고토조는 멍하니 뒤에 남았다.

"언니, 뒤따르지 않아도 될까?"

그러자 고토조는 습관적으로 일어났다가 생각을 바꾼 듯 선반으로 눈길을 옮겼다. 마님이 놓아둔 가쓰요리로부터의 친서가 묘하게도 잔잔하게 흰빛을 떨치며 얹혀 있다. 고토조는 떨면서 그곳에 다가가 살며시 사방을 둘러보았다.

수상하게 여기며 기노는 고토조에게 말을 걸었다.

"언니, 왜 그래요?"

고토조는 대답하지 않았다. 그 대신 피로한 눈초리로 살며시 선반의 친서를 움켜쥐었다. 발돋움한 발도 움켜쥔 손도 떨렸다.

"언니……."

기노가 놀라 가까이 다가갔다. 고토조는 거칠게 그 손을 뿌리치고 다시 사방을 둘러보았다.

"오지 마. 가까이 와서는 안 돼—"

고토조는 편지를 펼쳐 허둥지둥 읽어내려갔다. 얼굴빛이 금방 흙빛으로 바뀌고 손의 떨림이 한결 심해졌다. 그 눈은 잠시 동안 친서를 떠나지 않았다.

이윽고 탁 소리 나게 본디 장소에 그것을 놓고 나서 마루 끝까지 비틀거리며 물러가 털썩 주저앉았다.

“언니! 무엇이에요, 저 편지는?”

고토조는 눈을 감고 헤엄치듯 두 손을 내저었다.

“쉿, 너는 모르는 일! 네가 알 일이 아니다…… 알겠니, 말하지 마라. 말하면 우리들 목숨이 살아남지 못한다…….”

“어머나! 그렇듯 중요한 것을, 언니는…….”

언니보다 기질 센 기노는 언니가 입을 열지 않는 것을 알고 성큼성큼 선반으로 다가갔다.

그때였다.

“마님은 어디 가셨나?”

안내도 청하지 않고 야시로가 문 앞에 서 있었다. 기노는 당황해 언니의 아랫자리로 돌아가 꿇어 엎드렸다.

“마님은 도쿠히메 님한테 가셨습니다.”

“뭣이, 도쿠히메 님한테?”

야시로는 오늘 늠름한 무장 차림이었다. 그는 우뚝 선 채 거만하게 물었다.

“이곳에 혼다 사쿠자에몬 님이 오시지 않았느냐?”

아직도 떨림이 멈추지 않은 목소리로 고토조가 대답했다.

“예, 오늘 아침에는 아무도 오시지 않았습니다.”

야시로는 비웃는 듯한 눈매로 자매를 번갈아보았다.

“또 무슨 일이 있었군? 마님께서 병환이냐?”

동생 기노가 또렷한 목소리로 대답했다.

“아닙니다. 이 기노를 하마마쓰까지 심부름 보내시겠다고 도쿠히메 님에게 말씀하러 가셨습니다.”

“하마마쓰로 심부름……? 무슨 심부름이지?”

“오만 부인이 임신하셨다고 해서 축하 말씀을 드리러 가게 되었습니다.”

야시로는 받아넘기듯 되물었다.

"축하 말씀…… 흐흐, 축하는 아닐 거다. 죽이고 오라고 말했겠지, 난처한 분이야."

그리고 가볍게 혀를 찼다.

"그래, 오지 않았다고, 사쿠자에몬 님은?"

그리고 나서 야시로는 허둥지둥 사라져버리고 이어서 마님이 돌아왔다. 아직 흥분이 사라지지 않은 듯 멀리서부터 고함치는 소리가 들려온다.

"기노—기노!"

두 사람은 당황해 마루로 나가 맞이했다.

"기노, 도쿠히메의 승낙을 받아왔다. 자, 오늘 안으로 너는 오카자키를 출발해라. 나도 형편 보아 이곳을 떠날 생각이다."

마님은 앉기 무섭게 문갑에서 노자를 꺼내려 했다.

하마마쓰에서 일부러 오카자키의 수비장수로 온 혼다 사쿠자에몬은 무기창고 앞에서 야시로가 부르는 소리를 듣고 입을 한일자로 다문 채 무뚝뚝하게 돌아보았다. 홑옷에 반무장 차림으로 가슴팍에서는 땀에 번들거리는 듬성한 털이 드러나 보였다.

야시로는 몹시 정중한 말투로 사쿠자에몬에게 말했다.

"사쿠자에몬 님, 작은주군님으로부터의 연락은 들으셨겠지요. 저더러 보급대를 이끌고 아스케와 부세쓰의 중간쯤까지 오라는 지시입니다."

사쿠자에몬은 대답하는 대신 눈썹 그늘에서 흘끗 야시로를 노려보았다.

"그래서 떠나겠다는 말인가?"

"성미 급하신 분이라 만일 늦으면……."

사쿠자에몬은 끝까지 말을 듣지 않았다.

"노미의 시게요시 님도, 노나카 시게마사도 작은주군님을 못 말리는가?"

"워낙 용맹하신 분이라."

사쿠자는 상대의 말은 듣지도 않는 태도로 미간의 주름살을 깊게 했다.

"히라이와도 옆에 없으니 내가 함께 갈걸 그랬어."

"아니, 그 일이라면 걱정 없습니다. 아스케를 단숨에 무찌른 여세로 부세쓰도 곧 함락되리라 믿습니다."

"야시로."
"예."
"싸움은 그곳에만 있는 게 아니야."
"그것은 알고 있습니다만……."
"아스케 공격은 이를테면 표면적인 위장, 진짜 목표는 다른 데 있어."
"그것도 알고 있습니다."
"이 사쿠자에게도 그 뒤 곧바로 주군한테서 지시가 있었네."
"예? 어떤 지시였습니까?"
야시로가 다그쳐 묻자 사쿠자는 창고문 앞의 조그만 그늘로 들어가 천천히 앉았다. 이마의 주름살은 여전히 풀리지 않는다. 무언가 궁리하는 일이 있는 듯싶다.
"대감님이 그 뒤 내리신 지시란?"
"주군께서는 7월 19일, 드디어 나가시노 공격을 감행하여 불화살로 아랫성을 불태워버렸다더군. 주군께서 직접 히사마(久間)의 나카야마(中山)에 성을 쌓으시고 사카이 다다쓰구, 마쓰다이라 야스타다, 스가누마 마사타다 등과 더불어 방비하고 계셨어. 적도 이에 응해 군사를 움직여 가케강으로부터 하마마쓰를 공격할 기척이 있었지. 그렇게 되면 하마마쓰가 최전방이 되므로 작은주군은 귀성하는 대로 곧 하마마쓰로 되돌아가 오스가 야스타카(大須賀康高), 혼다 헤이하치로, 사카키바라 고헤이타, 스가누마 사다토시(菅沼定利) 등과 힘을 합해 이에 대처하라 하셨다…… 그런데 작은주군께서는 어째서 그 같은 아버님 분부를 가벼이 여기시는 걸까."
야시로는 그 한 마디 한 마디를 마음에 새기며 저도 모르게 입가에 웃음을 떠올리다가 깜짝 놀라 입을 다물었다.
'귀신 같은 사쿠자도 뭘 모른다니까…….'
노부야스를 선동해 일부러 부세쓰로 내몬 것은 다른 사람 아닌 야시로였다. 그 야시로에게 중요한 작전을 남김없이 누설하고도 혼자 심각하게 미간을 찌푸리고 있는 사쿠자의 모습이 우스웠다.
사쿠자는 어느덧 눈을 감고 다시 무언가를 망설이고 있는 것 같았다. 야시로는 사쿠자의 망설임이 무엇인지 알고 싶었다. 노부야스의 뒤를 쫓아 자기도 부세쓰로 가려는 것일까, 아니면 성에 남을 생각인가. 아무튼 나가시노, 하마마쓰, 오카자키로 지나치게 확대된 싸움터의 비중을 재면서 거취를 망설이고 있는 게 틀림없다.

야시로는 자기도 일부러 미간을 찡그리며 되물었다.

"그럼, 하마마쓰로 돌아오라는 대감님 분부에는 기한이 있었습니까?"

사쿠자는 곧 대답하지 않았다. 이마에 콩알 같은 땀을 흘리며 눈을 감고 있다. 이윽고 사쿠자는 눈을 감은 채 입을 열었다.

"야시로…… 그대는 작은주군을 뒤쫓아가 싸움터가 그곳뿐이 아니라는 취지를 잘 말씀드려 주게."

"예."

"그리고 한시바삐 귀성하시도록. 첫 출전의 성과는 아스케만으로도 충분하다고…… 알겠는가, 이것은 내가 하는 말일세."

"알았습니다."

야시로는 대답이 좀 가벼웠다고 생각되어 다시 덧붙였다.

"제가 반드시 모시고 돌아오겠습니다."

사쿠자는 또 잠자코 생각에 잠겼다.

"그런데 사쿠자 님은 어떻게 하시겠습니까?"

"바로 그 점일세, 망설이고 있는 것은."

"무슨 말씀인지요?"

"작은주군이 돌아오실 때까지 이 성에 머물러 있으면서 과연 사쿠자의 책임이 완수될 수 있는지……."

"하마마쓰성이 미덥지 못하다는 말씀입니까?"

"야시로."

"예."

"나는 가야겠네. 주군이 나가시노 언저리로 본진을 진격시키는 줄 알면 적은 주군에게 결전을 걸어오는 대신 반드시 도토우미로 침입해 올 게 틀림없어. 그래야 나가시노를 구원하게 될 테니까. 만일 침입해 온다면 신겐 공은 어떨지 모르나 아우인 쇼요켄, 야마가타 마사카게, 바바 노부하루 등 정예부대일 게 틀림없어."

야시로는 환성을 올리고 싶은 기쁨을 느꼈다. 그래도 야시로는 공손히 맞장구쳤다.

"그렇지요."

노부야스가 돌아오기 전에 혼다 사쿠자에몬이 하마마쓰로 돌아간다…… 운명은 이미 오카자키를 저버리고 이제 야시로만을 위해 웃음 짓고 있는 듯했다.

"사쿠자 님이 돌아가시기 전에 내릴 지시가 있으시면 이 야시로에게 말씀해 주십시오."

"아냐, 그것은 히사마쓰 님에게 말해두려네. 그대는 작은주군이 조금이라도 빨리 귀성하도록 해주게. 그렇지 않으면 오카자키도 염려돼."

사쿠자에몬은 비로소 눈을 뜨고 손에 든 부채를 움직이기 시작했다.

"이런 일은 앞으로도 얼마든지 있을 것일세, 작은주군의 어리광을 그대들이 잘―"

"알겠습니다. 영특하신 분이니 잘못하시는 일은 없을 겁니다."

"그럼, 잘 부탁하겠네. 나는 내일 아침 일찍 여기를 출발할 생각이야."

사쿠자에몬이 천천히 일어나자 야시로는 얼른 그를 불러 세웠다.

"저……."

마음이 들뜬 김에 야시로는 무언가 아첨을 하나 해두고 싶었다.

야시로가 부르자 사쿠자는 발을 멈추었다.

"무언가, 할 말이 더 있나?"

"마음에 좀 꺼림칙한 일이 있어 은밀하게 말씀드렸으면……."

야시로는 목소리를 떨어뜨리고 사쿠자에게 다가섰다.

"쓰키야마 마님의 질투에 대해서입니다."

"흠."

"하마마쓰에 계신 오만 부인이……."

"그것이 어떻다는 건가?"

"임신하셨다고 들었는데 참말입니까?"

"내가 알 게 뭔가. 이 사쿠자는 내전 일에는 관계하지 않아."

"임신하셨다고 확실히 들었습니다만, 축하한다는 구실로 마님께서 혹시 측실에게 위해라도 가하시지 않을까 하여……."

거기까지 이야기하자 사쿠자에몬은 흘끔 야시로를 노려보고 그대로 걸어갔다.

'이제 됐다!'

저도 모르게 벙긋 벌어지려는 입을 가까스로 누르며 사쿠자에몬을 전송했다.

쓰키야마 마님과 오만 부인의 다툼 따위는 현재 야시로에게 아무 흥미도, 이해 상관도 없었다. 다만 그러한 일까지 마음에 두고 있는 야시로—라고 여기며 사쿠자가 이 성에서 마음 놓고 출발한다면 더 바랄 나위 없다.

야시로는 발걸음을 돌렸다. 평생에 운수대통하는 날이 그리 많다고 생각되지 않는다. 이런 날에는 날쌔게 운을 잡고 우물쭈물하지 않는 것이 출세하는 자의 마음가짐.

야시로는 먼저 병기창고 앞에서 사카다니 골짜기에 걸쳐 대오를 짓고 있는 보급대 대열을 살펴본 다음 쓰키야마 저택에 다시 얼굴을 내밀었다. 이번에 나갔다가 돌아올 때는 다케다 군의 안내자로 바뀌어 있을 것이다. 이를테면 운명을 결정하는 출발, 그 중요한 시기에 마님이 만일 경솔한 언동이라도 한다면 그야말로 모든 게 허사이다.

야시로에게 있어 마님은 이미 주군의 정실부인이 아니었다. 자신의 음모에 이용당하는 한 어리석은 호색녀이다. 그런 여자가 제멋대로 날뛰어 수비하고 있는 자에게 이쪽의 계획을 누설하기라도 한다면 방해만 될 뿐 도움이 되지 않는 것이다.

"큰일 앞의 작은 일이라 베어버려도 그만이지만."

의기양양해서 부세쓰성을 공격하는 동안 오카자키가 다케다 군 손에 떨어져 앞뒤로 공격받는 줄 안다면, 아무리 철없는 노부야스라도 칼을 내던지고 항복할 게 틀림없다.

"굳이 마님의 설득 따위가 필요할까."

만일 그럴 필요가 있다고 한다면 그것은 일이 여기까지 진행되기 이전의 일, 지금은 노부야스가 항복하기보다 자멸해 버리는 편이 오히려 야시로를 유리하게 만든다.

고토조의 동생 기노의 모습은 이미 쓰키야마 저택에서 보이지 않았다. 안내하러 나온 고토조에게 야시로는 거만하게 물었다.

"기노는 하마마쓰로 출발했나?"

"네."

"좋아, 이미 무장하고 있으니 뜰아래에서 마님을 뵙겠다. 뜰로 간다고 말씀드려라."

"네…… 저, 잠시 기다려주십시오."

"기다릴 수 없다. 서둘러야 해."

야시로는 그대로 현관 옆문을 지나 성큼 뜰로 들어갔다.

야시로와 고토조는 안과 밖에서 서로 경쟁하듯 마님 앞에 나타났다.

"오가 님이 뜰로…… 네, 출전 전이라 무장하시고 뜰아래로……."

고토조가 더듬거리듯 말할 때 야시로의 모습이 벌써 뜰아래 나타났다.

"마님, 아침부터 부르셨다고 들었습니다만."

"오, 야시로 님인가."

당황하여 마님이 팔걸이에서 몸을 일으키자 야시로는 성큼성큼 댓돌 위로 올라섰다.

"말씀드릴 일이 있습니다. 측근을 물리치십시오."

"고토조, 아무도 못 오게 해라."

마님 역시 부리나케 자리에서 일어나 마루로 나왔다.

"야시로 님, 이것저것 수고가 많았어요."

마님은 야시로 옆에 바싹 다가앉았다.

"준비는 빈틈없이 되었겠지요? 가이로부터 언제 나를 데리러 오는지?"

야시로는 순간 멍해져 마님 얼굴을 다시 바라보았다. 그리 미쳐 보이지는 않는다. 마음이 들떠서 새어나오는 숨소리도 더욱 젊어진 것 같고 풍만한 볼에 금방 목욕하고 난 것처럼 혈색이 감돌고 있다.

'여자란 과연 요물이야…….'

얼마쯤 노여운 생각도 든다. 이어 웃음과 경멸과 가엾음이 뒤섞여 가슴을 스쳤다.

"나를 왜 그렇듯 빤히 바라보나요?"

"마님이 너무 아름다워서."

"또 나를 놀리는군요. 벌써 한물간 노파, 앞길이 걱정스럽기만 한데."

끈끈한 교태에 야시로는 심한 혐오를 느꼈다. 뺨을 찰싹 때려주고 싶은 충동이 치밀었다. 입으로는 걱정된다면서 몸속에 넘치는 것은 고깃덩어리에 대한 오만

한 자신감이었다.
"대감님이 한탄하시겠습니다."
"내가 오야마다 효에에게 시집간다는 것을 알면 말인가요?"
"그렇지요, 이렇듯 아름다운 마님을 다른 남자에게 안기게 한다면…… 대감님도 평생 한탄하시리라 생각합니다."
"그럴 테지요, 그렇게 하지 않고는 견딜 수 없는 내 결심. 야시로 님, 이 모든 게 다 그대 덕분. 잊지 않겠어요, 그대 충성은."
"이거 참, 면구스럽습니다. 신랑 되실 대장님에게도 잘 말씀해 주십시오."
"아니, 농담이 아니에요. 내 소원이 이루어진 것은 모두 그대의 공 때문이에요. 가쓰요리 님 친서에도 있듯 작은주군에게 이에야스의 옛 영지와 노부나가의 영지 일부를 맡기신다면 반드시 그대를 높이 등용하도록 하겠어요."
"예, 고마운 분부이십니다."
"이전의 중신들에게는 결코 맡기지 않겠어요. 내가 노부야스 님에게 잘 말해서 그대를 으뜸가는 중신으로 만들어주겠어요."
야시로는 말똥 속에 처박힌 듯한 불쾌감을 느끼며 그만 손이 앞으로 나아갈 것만 같았다.
이 얼마나 이상스러운 생물인가. 처음에는 이에야스를 매몰찬 남편이라고 생각한 일도 있는 야시로였지만, 지금은 이 염치없는 여자의 행동에 깊이를 알 수 없는 우스꽝스러움과 증오를 느꼈다.
오랫동안 책략을 다하고 완력과 기력을 연마시켜 살아가기 위해 싸워온 사나이. 그에 비하면 여자의 지혜나 힘은 젖먹이 같은 달콤한 데가 있다. 그런 여자가 남자와 대등하게 힘의 세계에서 살려고 하는 우스꽝스러움. 배를 잡고 웃으면서, 그 얼굴에 침을 뱉어주고 싶은 게 지금 야시로의 심정이었다.
이에야스의 정실부인이라 생각했기에 겐케이도 야시로도 이 여자의 방자한 육욕에 눈감아왔다. 아무리 제멋대로 사는 사나이라도 자기가 범한 여자 앞에서 뻔뻔스럽게 다음 여자에 대한 사모를 보이지는 않는다. 그런데 이 이상한 생물은 태연하게 자기가 품은 사나이 앞에서 이제부터 품을 사나이에 대한 교태를 보인다.
마침내 야시로는 웃기 시작했다.

"앗핫핫하……."

마님이 뻔뻔스러우면 뻔뻔스러울수록 되어가는 일이 우스꽝스럽고 통쾌감이 더해온다.

'어느 누가 이 여자의 뜻대로…….'

일이 성공되었을 때 마님은 오야마다 효에한테 보내겠지만, 노부야스 따위에게 이 미카와나 오와리를 주다니 될 말인가.

'으뜸가는 중신이라…….'

"어머나, 야시로 님은 무엇이 그리 우스워요?"

"아니, 별로."

그러면서 야시로는 다시 웃었다.

"모든 일이 잘 되어가는 것 같아서 그만, 핫핫핫하."

"야시로 님."

"예."

"그대는 오늘 여기서 출발하나요?"

"그렇습니다. 작은주군이 저의 도착을 고대하고 계실 테니까요."

"그럼, 마중 오는 것은 내일일까, 아니면 모레……."

"글쎄요, 늦어도 그다음 날까지는 틀림없을 겁니다."

"기다려져요!"

마님은 또 철부지 계집애처럼 고개를 갸우뚱하며 실눈을 떴다.

"마중 오는 날 반나절쯤 앞서 그대가 내게 은밀히 알려줄 수 없을까요?"

"무슨 말씀입니까. 다케다 군이 입성하기도 전인데……."

마님은 녹을 듯한 눈빛이 되어 고개를 끄덕였다. 이 눈빛만으로 무슨 일이든 마음대로 되는 줄 알고 있는 그 단순함. 그러므로 가이에 볼모로 가는 것을 오야마다 효에에게 시집가는 거라고 단순히 저렇듯 기뻐하고 있을 테지만…….

"어쨌든 전쟁터에서의 일이라 꼭 약속할 수는 없지만, 무엇 때문에 그러십니까?"

"성을 떠날 때 나에게 또 하나 해야 할 일이 있어서요."

"성을 떠날 때 해야 할 일?"

"돌아가신 외숙부의 원수 노부나가의 딸 도쿠히메를 이 손으로 죽이고 떠나고 싫어요."

그 말에 야시로는 그만 소리 질렀다.

"멍청이 같으니! 그건 결코 안 됩니다!"

누르고 눌렀던 불쾌감이 드디어 터져나온 것이다. 뜻하지 않은 곳에서 뜻밖의 욕설을 듣고 갑자기 마님 눈에 핏발이 섰다.

"야시로, 나는 그대의 주인, 멍청이라니 그냥 들어넘길 수 없구나."

"멍청이지!"

야시로는 이미 겸손의 울타리를 집어치웠다. 본디 엄하게 꾸짖어 자기가 없는 동안의 경거망동을 막아놓을 셈이었던 야시로였다.

"오, 계속 폭언을 퍼붓는구나. 자, 들어보자, 그 멍청이라는 까닭을."

"들려주고말고."

야시로는 어깨를 펴고 마님 쪽으로 돌아앉았다. 엿듣는 사람이 있을까 하여 사방에 주의를 게을리하지 않았지만, 일단 꾸짖자고 결심하자 아무리 꾸짖어도 시원치 않을 여자로 여겨졌다.

"이 야시로와 둘이 있을 때도 너는 상전인 체했어."

"뭐……뭐……뭐라고!"

"남의 이목이 있어 삼가고 있었던 거다. 어째서 네가 내 상전이냐. 나는 잠자는 주군의 목을 노리는 자, 너는 그러한 나와 간통하고 역시 남편에게 적의를 품은 자, 동지일지언정 주종 관계가 있을 게 뭐냐."

"그러면…… 그대는 내 가신이 아니라는 거냐?"

야시로는 큰소리치듯 말했다.

"뻔한 일이지, 동지이며 또한 정부(情夫)일 뿐이다! 다케다 쪽에 들리면 좋지 않으니 그다음 말은 입에 올리지 않겠다. 그러나 도쿠히메를 찔러 죽이고 간다는 둥 제멋대로의 짓은 이 야시로가 단연코 용서하지 않는다."

"그……그것은 또 어째서냐?"

"생각해 봐. 다케다 군이 이 성에 들어오고 네가 오야마다의 품에 안긴다 해도, 전쟁은 계속되는 거야. 여자의 얕은꾀로 만일 도쿠히메를 죽인다면, 오다 쪽 감정이 더욱 나빠질 뿐이지. 어째서 도쿠히메를 소중히 여겨 노부나가의 손자를 낳게 하여 모자 두 사람을 볼모로 잡아둘 생각을 않느냐 말야."

"도쿠히메를 볼모로……."

"뻔한 일. 도쿠히메는 그 뒤의 전쟁에서 오다 쪽을 누르는 데 다시 얻기 어려운 소중한 무기. 그것을 멋대로 잃어서 된다고 생각하나? 그따위 어리광은 이 야시로, 아니, 노부나가와 가쓰요리 님 이름으로 단연코 용서하지 못한다. 단단히 마음에 새겨둬!"

마님은 표변한 야시로의 무시무시한 말투에 압도되어 잠시 동안 눈도 깜박이지 못하고 야시로를 바라볼 뿐이었다.

"알았느냐?"

"……."

"일이 되느냐, 안 되느냐의 중대한 갈림길에 서 있다. 혼자 생각으로 일을 저질러서는 일절 안 된다. 만일 야시로의 말을 가벼이 여기고 주제넘은 짓을 한다면, 너는 물론 노부야스도 야시로도 함께 목숨을 잃는 거야! 단단히 각오해!"

야시로는 벌떡 일어나 다시 한번 엄격한 눈초리로 마님을 쏘아보았다. 마님은 저도 모르게 대답했다.

"네."

이토록 심한 욕설은 이에야스한테서도 들은 일 없다. 그런데도 어째서 이토록 순순히 대답이 나오는 것일까…….

"네."

쓰키야마 저택 정원을 나오자 야시로는 하늘을 우러러보며 웃다가 갑자기 자신을 억누르며 엄한 얼굴이 되었다.

'아직은!'

지금 섣불리 웃기 시작한다면 그야말로 웃음이 멈출 것 같지 않았다. 간덩이가 부어서 남을 꾸짖을 줄밖에 모르던 쓰키야마 마님이 야시로의 기세에 눌려 마치 하녀처럼 말했다.

"네……."

얼마나 단순한가. 저러니 오야마다의 아내가 되어도 자신이 볼모로 간 줄 깨닫지 못하리라.

야시로는 저도 모르게 중얼거렸다.

"아니, 우스운 것은 마님뿐이 아니다. 따지고 보면 주군도 형편없는 어릿광대에 지나지 않아…….”
천하니 국가니 하고 큰일만 망상하면서 자기 아내를 짓밟은 결과가 이렇게 되고 만 것이다. 아내가 가이의 첩자와 또 자기 신하에게 농락되고 있는 줄 모르고 있다. 발밑의 개천을 모르고 별을 보며 달려가는 바보 이야기와 비슷하다.
“자기 아내도 다루지 못하면서 어떻게 천하를 차지할 수 있단 말인가.”
그의 아들 노부야스는 신나게 적의 함정 속으로 뛰어들었고, 가신 가운데 가장 분별 있는 자라고 뽐내던 사쿠자에몬도 야시로에게 유리해질 것도 모르고 스스로 오카자키를 떠나겠다고 한다. 일이 모두 너무 쉽게 풀리는 것 같아 한번 웃기 시작한다면 그야말로 그칠 줄 모르리라.
야시로는 사카다니 골짜기 옆으로 해서 작은 문까지 이어져 있는 행렬 곁으로 돌아오자 명령 내렸다.
“자, 이제 출발한다.”
야마다 하치조는 그의 뜻을 받들어 이미 이틀 전 부세쓰로 출발했으며, 그의 옆에는 구라치 헤이자에몬이 자기 말과 야시로의 애마 고삐를 하인에게 잡게 하고 굳은 표정으로 대기해 있다.
“헤이자에몬, 출발이다.”
야시로는 그에게만 싱긋 웃어 보이고 말에 훌쩍 올라탔다.
행렬이 움직이기 시작했다. 보급대로 꾸몄지만 실은 전투부대만큼이나 무기를 잔뜩 싣고 있었다.
문을 나서는 곳에 또 하나의 동지 오다니 진자에몬이 자못 충직해 보이는 모습으로 창을 짚고 서 있었다. 그는 성안에 남아 있다가 야시로가 큰 소리로 ‘성주님이 돌아오셨다!’며 가쓰요리 부대를 성안으로 끌어들일 때 재빨리 성문을 여는 역할을 맡았다.
“진자, 뒷일을 잘 부탁하네.”
“알겠습니다.”
이 눈짓 교환 또한 일이 성사될 것이라는 눈짓이었다.
햇살은 이미 서쪽으로 기울어져 해자의 물에 둑의 나무 그림자가 드리워지고 있다.
무심한 성채, 말없는 망루. 그 안에서는 머지않아 이에야스와 노부나가의 첫 손자가 첫울음 소리를 올리려 하고 있는데…….

노부야스, 이에야스, 노부나가는 모두 저마다의 전투에 몰두해 오가 야시로의 마음에 소용돌이치는 야심의 물결과는 다른 곳에 있었다.

야시로는 성을 나서자 말 위에서 천천히 성을 돌아보았다.

"흐흐흐."

웃고 나서 그는 입을 굳게 다물었다.

여인 자객

부랴부랴 마련한 선물을 두 하인에게 짊어지게 하고 도쿠히메의 시녀 기노는 오카자키를 나선 지 사흘째 되는 저녁나절 하마마쓰성 아래로 들어섰다. 새로 지은 저택으로 들어가는 구름다리를 건널 때 가슴이 두근거렸으나 그리 의심받지는 않았다.

쓰키야마 마님의 밀명을 받고 머지않아 이에야스의 아기를 낳으려는 오만을 찌르러 간다…… 그러나 표면상으로는 어디까지나 노부야스의 부인 도쿠히메를 모시는 시녀로서 오만 부인에게 보내진 축하 사자인 것이다.

만약 쓰키야마 마님으로부터……라면 혹시 수상쩍어하는 자도 있었겠지만 도쿠히메의 심부름이라고 하자 도중에 앞질러 가던 사쿠자에몬조차 말을 세우고는 무뚝뚝한 표정으로 인사말을 남기고 지나갔다.

"때가 때이니만큼 걱정되시겠지."

기노는 마음속으로 계획한 오만 부인과의 대결 순서를 이미 몇십 번이나 되풀이해 떠올렸다.

'부디 잘못되는 일 없을지어다…….'

아름다운 소나무 가로수와 흰 모래사장 해변을 지났다. 새로운 거리에 이르자 앞쪽으로 보이는 성에 황혼빛이 고요히 스며들고 있었다.

그 성을 향하여 거리를 빠져나갔다. 기노는 몇 번이고 숨을 몰아쉬다가 넘어질 듯 걸음을 비틀거렸다. 이제 겨우 18살 난 소녀에게 자객이라는 임무는 역시 너무 무겁다. 여자로서 칼솜씨가 좀 있다고 뽐냈던 일이 후회스러웠다. 그러나 워낙 나이 어린 탓인지 실수했을 때의 불안감은 그리 없었다.

성문 앞의 경비는 어디나 엄중했다. 허리갑옷을 걸친 졸개가 위엄 있게 성문 앞에 서 있는 모습은 마치 싸움터를 방불케 했다. 성문에서 한 번 길을 물어 통용문에 다다른 것은 성안에 모닥불이 피워질 무렵이었다.

이에야스는 지금 이 성안에 있지 않다. 7월 19일부터 나가시노 공격에 나서서, 히사마의 나카야마에 임시로 세운 성채에 있다. 따라서 이곳 수비부대는 스루가에서 공격해 올지도 모르는 적의 습격에 대비하여 물샐틈없는 경계를 펴고 있었다.

"실례합니다."

통용문에서는 기노가 다가가기도 전에 좌우 양쪽에서 파수병 두 사람이 우락부락한 표정으로 뛰어나왔다.

"오카자키의 작은마님 도쿠히메 님 심부름으로 왔습니다. 오만 부인에게 가게 해주세요."

"뭐, 도쿠히메 님한테서? 무슨 심부름이냐?"

"오만 부인께서 해산하실 날이 며칠 남지 않아 축하드리러 왔습니다."

"그대 이름은?"

"네, 시녀 기노입니다."

"잠깐 기다리시오."

마음대로 할 수 없게 되어 있는지 파수병 한 사람이 안으로 들어가 전했다.

"좋소, 들어가시오."

그리고 다시 누군가에게 일렀다.

"누가 안내해 줘라. 성안이 완전히 바뀌었다. 이 여자 혼자서는 길을 찾지 못할 거야."

안내인 뒤를 따라 안도의 숨을 몰아쉬며 통용문 문턱을 넘었다. 그때 기노는 흠칫 발길을 멈추었다. 쓰키야마 마님의 밀명대로 요행히 오만 부인을 죽인다 해도 이토록 엄중한 감시망을 어떻게 벗어난단 말인가……? 그러한 불안감이 18살 난 기노의 마음을 처음으로 크게 흔들기 시작했다.

'큰일이구나.'

이 불안감은 견고한 성곽 사이를 이리저리 돌아 내전 현관에 이르기까지 기노의 발걸음을 더욱 위태롭게 했다.

물론 두 하인에게는 아무 말도 하지 않았다. 따라서 실패하더라도 그들은 아무 처벌을 받지 않겠지만 기노의 입장은 그리 단순하지 않았다. 한 여인을 죽인다…… 더욱이 주군 이에야스의 애첩이며 이에야스의 씨를 잉태하고 있는 여성인 것이다. 그 여인을 찔러 죽인다면 기노 자신도 살아서 이 성을 나가지 못할 것이다.

'지금까지 어째서 그 생각을 하지 못했던 것일까?'

벌써 연락이 되어 있었던 모양으로 내전 현관에 시녀 다섯 사람이 나란히 서서 기노를 기다리고 있었다.

"도쿠히메 님 심부름을 오시느라 먼 길에 수고가 많았습니다."

그렇게 인사한 사람은 아직 정식으로 방이 주어지지는 않았지만 이미 이에야스의 총애를 받고 있는 내전감독 오아이였다. 그 오아이에게 뭐라고 대답했는지 기노는 기억하지 못했다. 쓰키야마 마님에게서는 느낄 수 없는 침착함과 온몸에서 풍기는 부드러운 여성다움이 젊은 기노를 압도했다. 기노는 머리가 화끈 달아올랐다.

"오만 부인은 몸이 편치 않으셔서 줄곧 누워 계시니 나에게 일단 심부름 오신 뜻을 말씀하시면 전해 올리겠어요."

몸차림은 수수했지만 기노를 일단 객실로 안내하여 조용히 대해주는 모습에 감싸안는 듯한 정겨움이 넘쳤다.

'이 여자는 오만 부인보다 훨씬 더 아름답구나!'

젊은 처녀의 버릇대로 마음속으로 그들을 비교하다가 기노는 저도 모르게 말이 더듬거려졌다.

"도……도쿠히메 님 말씀을 그대로 전하겠어요."

"네, 삼가……."

"형제가 적어 작은주군님께서 쓸쓸히 여기시던 터에 오만 부인께서 해산하신다는 소식을 들으시고, 가문의 번영이니 꼭 오만 부인을 친히 뵙고 축하 인사를 드리라……고 분부하셨습니다."

촛대 불빛에 뚜렷이 새하얀 미소를 보이며 오아이는 공손하게 머리 숙였다.

"말씀대로 오만 부인에게 전해 올리겠어요."

기노는 한숨을 쉬었다. 여기서 만일 병실로 안내할 수 없다고 거절당한다면 뭐라고 말할까. 생각만 해도 기노는 머릿속이 혼란스러웠다.

시녀가 차를 날라왔다. 그리고 오아이는 기노가 내놓은 선물 목록을 들고 오만 부인의 방으로 갔다.

나이 든 시녀가 젊은 기노를 위로하듯 말했다.

"고단하시지요? 오카자키에 계시는 쓰키야마 마님도 안녕하신지요?"

"……."

"마님도 정말 기뻐하실 거예요. 오만 부인은 마님 곁에서 줄곧 지내온 분이니까요."

"네…… 네, 그야 뭐……."

기노는 허리춤에 감춘 단도에 손이 닿자 순간 숨을 죽였다.

오아이는 한참 동안 돌아오지 않았다.

바깥은 완전히 밤이 되었다. 그 정적의 밑바닥에서 더욱 엄숙한 전투 준비 광경이 느껴졌다. 때때로 말 울음소리가 들렸다. 화톳불 튀는 소리에 졸개들이 담소하는 소리가 섞여 들리기도 했다. 아마 성안 군데군데에 군사들을 배치해 놓았을 것이다.

"오래 기다리셨지요."

오아이가 돌아온 것은 한 시간 남짓 지나서였다. 깨닫고 보니 음식상을 든 하녀 두 사람이 뒤따르고 있다.

"말씀드리니 부인도 무척 기뻐하셨습니다. 괜찮으시다면 병석에서라도 뵙겠다고 하십니다. 머리를 빗는 동안 여기서 식사부터 하시기 바랍니다."

이번에도 기노는 뭐라고 대답했는지 잘 기억하지 못했다.

문제는 드디어 코앞에 다가왔다. 만나느냐 못 만나느냐 하는 문제가 아니다. 만나는 일은 결정되었다. 만나서 어떻게 죽이느냐…….

기노는 침착하려고 애썼다. 허기가 져서 실패하면 안 된다. 그렇다고 너무 과식해 몸놀림이 둔해져도 안 된다.

다행히 손발은 그리 지쳐 있지 않았다. 마음의 동요만 가라앉는다면 맡은 바 책임을 완수하리라. 그런데 책임을 다한 뒤의 문제가 더 크다. 도망쳐나갈 수 있으리라고는 전혀 생각되지 않았고, 빠져나갈 수 없다면 어떻게 죽느냐가 문제였다.

오만 부인은 물론 비명을 질러 사람들을 부를 게 틀림없고, 맨 먼저 달려오는 게 사나이들은 아닐 것이다.

'그렇다면 나는 그들까지도……'

죽이지 않으면 안 될 운명에 놓이는 게 아닌가 생각하니, 자기 앞에 조용히 앉아 있는 오아이를 바라보는 것이 무서웠다.

아니, 그보다도 기노가 괴로워한 것은 오아이에게 안내되어 오만 부인 방으로 들어가고 나서였다.

오만 부인의 방은 오카자키성의 내전과는 비교도 안 될 만큼 검소했다. 입만 열면 이마가와 요시모토의 조카딸이라고 자랑이 대단한 쓰키야마 마님의 사치스러움은 말할 것도 없고 도쿠히메도 지금 한창 뻗어나는 노부나가의 외딸이므로 당연하다면 당연한 일이었다. 오카자키성에 있는 두 마님의 방을 궁전이라 한다면 이곳은 구조도 가구도 시녀들의 방이라 할 만큼 차이가 있었다.

오만 부인은 이 검소한 방에 누워 있었던 것이리라. 부인은 이불을 한쪽으로 치우고 촌장 집 같은 데서 볼 수 있을 듯한 등잔 불빛을 받으며 기노를 조용히 윗자리로 맞았다.

몹시 수척해 있었다. 이상하리만치 크게 부푼 배가 손가락으로 찌르면 넘어질 것같이 허약해 보였다.

"도쿠히메 님이 보내신 귀한 분을 이런 누추한 방으로 모시게 하여 죄송합니다. 도쿠히메 님은 안녕하신가요?"

"네, 도쿠히메 님께서도 머지않아 산실로 들어가시므로 특히 오만 님 걱정을……"

말하면서 기노는 입구에 있는 오아이의 동정을 살며시 살폈다.

오아이는 절하고 성큼 일어섰다. 방이 너무 어두워 촛대를 가지러 가는 듯싶었다.

'이때다!'

그렇게 생각했으나 기노는 왠지 몸이 움츠러들고 손이 저렸다. 죽이려는 상대에게 아무 원한도 없다는 데 다시금 전율이 느껴진 것이다.

오아이는 촛대를 손수 받쳐들고 와서 두 사람 사이에 놓았다. 방 안이 밝아지면서 오만 부인의 수척한 모습과 기뻐하는 모습이 한결 안타깝게 기노의 눈에 어려왔다.

오만 부인에게서는 전혀 경계심을 찾아볼 수 없었다. 소중한 작은주군님 부인 도쿠히메로부터 일부러 축하 사자가 왔다는 일에 큰 기쁨과 황송함이 가득할 뿐이었다.

축하말이 대충 끝나고 기노가 자리를 물러나려 할 때였다. 이쪽이 상대의 유방 밑을 노리고 있는 줄도 모르고 오만 부인은 손을 들어 기노를 제지했다.

"제발 그냥 더 계세요."

"아니, 그래선 안 돼요. 그런 버릇없는……."

기노는 일어나 오만 부인의 손을 잡아끌었다. 그리고 자기 손바닥 속에 싸늘하게 당겨져온 가느다란 상대의 손목을 깨닫자 온몸의 피가 화끈 끓어올랐다.

'이때다!'

순간적으로 느끼며 찌른 다음에 자기도 죽겠다고 각오했다.

'적은 아니다! 원한도 없다! 그런데도 찔러야 하니…… 그 사과로 나도.'

오만 부인이 일어나 손이 이끌리는 대로 비틀비틀 기노의 가슴에 쓰러져온 순간이었다. 기노의 단검이 반짝 빛났다. 기노와 오만 부인이 동시에 외쳤다.

"앗!"

비틀거리며 쓰러지는 오만 부인의 겉옷 어깨 폭이 두 가닥으로 찢어지고 어깨 너머로 뻗은 기노의 손목을 오아이가 움켜잡고 있었다.

오만 부인은 비틀거리며 한쪽으로 고꾸라졌다.

잡힌 손을 기노는 미친 듯이 흔들었다.

"놓아요!"

찌르려 한 순간 기노는 오아이가 어디 있는지 눈에 들어오지도 않았었다. 입구에 잠든 듯 떨어져 앉아 있어서, 기노의 가슴 설렘 같은 것은 들리지도 않을 거라고 믿었던 안심감이 보기 좋게 빗나가고 만 것이다.

버둥거리는 기노의 몸을 안듯이 하고 오아이는 귀에 대고 조그맣게 꾸짖었다.

"떠들지 말아요. 떠들면 당신에게 해롭습니다."

그렇게 말하고 나서 수도(手刀)로 기노를 매섭게 찰싹 쳤다. 기노의 손에서 단도가 소리 내며 다다미에 떨어지자 오아이는 그것을 장지문 쪽으로 차버렸다.

오만 부인은 자기가 어떤 일을 당할 뻔했었는지, 아직 확실히 모르는 모양이다. 멍한 표정으로 어깨를 크게 들먹이고 있다.

아직 기노를 꽉 잡은 채 오아이는 말했다.

"오만 님도 소리 지르지 마세요. 사쿠자에몬 님, 사쿠자에몬 님, 일은 끝났으니 뒤처리를 부탁합니다."

장지문 밖에서 가벼운 기침 소리가 들리더니 이윽고 마루 끝에서 굵직한 손이 뻗어와 기노의 단도를 집었다. 그런 뒤 허리갑옷을 걸치고 종이두건을 쓴 사쿠자에몬이 짚신발로 마루의 장지문을 열어젖히고 방 안 불빛 아래 얼굴을 드러냈다.

사쿠자는 오만 부인 쪽은 그리 쳐다보지도 않고 오아이에게 말했다.

"그만 됐으니 손목을 놓아주시오."

그리고 마루에 걸터앉아 엄하게 말했다.

"너는 틀림없이 후지카와 히사베에의 작은딸, 부모 이름까지 알고 있으니 혀를 깨물어 자결한다고 끝날 일이 아니야."

오아이의 손에서 놓여나자 기노는 비틀비틀 중심을 잃었다. 그리고 사쿠자와 오아이 사이에 끼인 꼴이 되어 다다미에 엎드린 채 소리 내어 울기 시작했다.

"난처한 일이로군."

얼마 있다가 사쿠자는 오아이에게 턱짓했다. 일단은 조사해 보아야 되리라. 하지만 그 결과를 오만 부인에게 들려주고 싶지 않다는 눈짓이었다.

오아이는 그 뜻을 알아차리고 오만 부인을 부축해 일으켰다.

오만은 아직도 반은 눈치챈 듯, 반은 영문을 모르는 듯한 표정으로 후들후들 몸을 떨고 있었다. 얼마쯤 미열이 있어 보인다.

"무슨 일을 했나요, 사자가……?"

"나중에 알게 됩니다. 우선 제 방으로."

오만 부인은 오아이에게 손을 잡힌 채 이끌려 나갔다.

어디선가 부엉이가 울기 시작했다. 그것을 신호로 삼은 듯 기노는 울음을 그쳤다. 눈에 핏발이 서고 핏기 잃은 조그만 입술이 파르르 떨렸다. 무언가 말하려 하면서도 아직 말하지 못하는 흥분상태였다.

"뭐, 뭐라고 했나?"

사쿠자에몬은 상대의 입을 열게 하려고 조용히 귀를 갖다 대며 물었다.

"그대 언니는 틀림없이 쓰키야마 마님의 시중을 들고 있었지?"

그러자 기노는 갑자기 둑이 터진 듯 말을 쏟았다.

"베어주세요! 이 불측한 것을 죽여주세요."

"허, 불측한 것이라고 네 입으로 말하나?"

"네, 무엄하게도 대감님의 부인을."

"죽고 싶다면 베어주마. 서두르지 마라!"

사쿠자에몬은 일단 꾸짖고 나서 따분한 듯 혀를 찼다.

"그런데 그 전에 일단 네 말부터 들어보기로 하자. 누구한테서 오만 님을 죽이라는 명령을 받았지?"

"부탁이에요. 아무 말도 묻지 마시고 베어주세요."

"그렇게는 안 돼. 너의 언니면 언니, 너의 아버지 히사베에면 히사베에를 당장 잡아다 처형하지 않으면 안 돼."

사쿠자에몬이 중얼거리자 기노는 다시 바보처럼 입을 부들부들 떨었다. 사쿠자에몬은 그것을 보고 있는 것 같기도 하고 안 보는 것 같기도 한 태도로 말했다.

"너는 사람을 죽일 만한 처녀가 못 돼. 그만한 분별도 없이 도쿠히메 님이 너를 시켰을 리 없어, 그렇지?"

"네…… 네."

"너의 아버지 히사베에는 의리 있는 사람으로 소문난 사나이. 게다가 무엇보다도 네가 사람을 죽일 만한 위인이 못 된다는 것을 잘 알고 있을 터이니 히사베에가 시켰을 리도 없어. 그렇지?"

"네…… 네, 아버지는…… 아버지는 아무것도 몰라요."

"너의 언니라면 쓰키야마 저택에서 두서너 번 본 적 있다. 아직 분별 있을 나이는 아니지만, 그렇다고 제멋대로 자란 아이도 아니다. 맡은 일에 충실하고 주인을 위해 몸을 아끼지 않는 처녀라고 보았다. 이번 일은 언니가 시킨 일도 아닐 거다."

기노는 사쿠자에몬의 말을 듣고 저도 모르게 그의 무릎에 매달렸다. 이번 일로 집안에 해가 미치는 것을 얼마나 두려워하고 있는지 짐작할 만했다.

"말씀하신 대로입니다. 언니는 결코 그런 엉큼한 생각을 할 사람이 아닙니다."

"그럴 것이다."
사쿠자에몬은 무겁게 고개를 끄덕이고 억양을 바꾸었다.
"너는 쓰키야마 마님과 대감님 사이가 좋지 않다는 것을 알고 있느냐?"
"네…… 네…… 아니요."
"알고 있는 거냐, 모르는 거냐? 네 말에 따라 나에게도 생각이 있다. 마음을 가라앉히고 정직하게 말해봐, 알겠냐. 그 말 한마디가 너의 유언이 될 테니."
유언이 될 거라는 말을 듣자 기노는 사쿠자에몬의 무릎에서 슬그머니 손을 뺐다. 이제는 심하게 떨고 있지 않다. 자기 혼자 죄를 짊어지고 죽을 각오를 한 것이리라. 조용함이 창백한 두 볼의 선을 엄숙하게 만들고 있었다.
"두 분 사이가 좋지 않다는 것은 알고 있습니다."
"그렇겠지. 모른다면 바보 천치이거나 충성스럽게 섬기지 못했다는 의미가 되니까. 두 분 사이가 좋지 않은 것은 어디에 까닭이 있으며, 어느 쪽에 잘못이 있다고 생각하는지 네가 생각한 대로 말해봐."
기노는 두 손을 짚고 엎드렸다.
"황송하오나…… 대감님한테 잘못이 있는 줄 압니다."
그러자 사쿠자에몬은 딱 잘라 대꾸했다.
"나는 그렇게 생각하지 않아!"
그러나 왜 그렇게 생각하지 않는지 그 이유는 이야기하지 않았다.
"그래서 너는 마님 명령에 따른 것이로구나."
"네, 대감님 처사가 마님에게 너무나 무참하시므로……."
"그래, 이제 알았다. 그런데 만약 내가 너를 놔준다면 너는 어떻게 하려느냐? 오카자키로 돌아가 일을 그르쳤다고 쓰키야마 마님에게 분명히 말씀드리겠느냐?"
기노는 자기에게 명령한 사람 이름을 자기가 입에 올리고 만 사실은 아직 까맣게 모르고 단호한 태도로 대답했다.
"아니에요, 그럴 수는 없어요."
"그럴 수 없다면?"
"도중에 자결하겠습니다."
"흠, 과연."

사쿠자에몬은 다시 밤의 뜰로 시선을 돌렸다.
"알겠느냐, 너에게 일러줄 말이 있다."
"네."
"마음을 가라앉히고, 알겠나…… 너는 이 성에 무사히 당도했다."
"네."
"그런데 오만 님은 이미 이 성에 계시지 않았다."
"아니에요, 계셨습니다. 계셨으므로 아까 그런 일을……."
기노가 말하자 사쿠자에몬은 두 눈을 부릅뜨고 호통쳤다.
"닥쳐라! 얼빠진 철부지 계집이 무슨 잔소리가 많으냐!"
"네…… 네."
"너는 이리로 오는 도중 나한테서 뒤처졌었지?"
"네, 아카사카(赤坂)에서."
"그때부터 나는 네 마음을 알고 있었다. 네 짚신은 뒤축만 닳았더구나. 서두르는 길, 마음에 근심이 없는 길에서는 짚신이 발끝부터 닳는 법이지."
"……."
"알겠느냐? 네가 성에 이르렀을 때 오만 님은 이미 성에 계시지 않았다. 성 밖에 있는 어느 가신 집에 마련된 산실로 옮겨가신 뒤였다. 그래서 부득이 내전을 맡아보는 시녀와 이 사쿠자에몬한테 선물을 맡기고 돌아왔다……고, 너에게 명령한 분에게 가서 말하도록 해라. 알겠느냐?"
"네…… 저, 그렇다면 이 기노를?"
"베어도 좋지. 베어도 좋지만, 그렇게 되면 아버지나 언니에게 누가 미치지 않느냐. 어리석은 여자구나, 너는."
그리고 사쿠자에몬은 아무 거리낌 없이 손뼉을 쳤다.
"누군가 오아이 님을 불러다오. 겨우 결말이 났다. 그리고 오만 님도 모시고 오도록."
그 말을 듣자 기노는 다시금 생각난 듯 하염없이 울기 시작했다.
오아이와 오만 부인이 다시 방 안에 들어섰지만, 기노는 얼굴을 들고 쳐다볼 수 없었다. 귀신이라는 별명이 붙은 사쿠자에몬이 꾸짖으면서 가르쳐준 계략이 18살 난 미숙한 처녀의 마음을 움직여 걷잡을 수 없이 눈물이 흘러내렸다.

엎드려 울고 있는 기노의 어깨 너머로 사쿠자에몬은 불쑥 말했다.

"오만 님도 오아이 님도 오늘 일은 저에게 맡겨주십시오. 모든 게 주군님을 위하고, 앞으로 태어날 아기를 위해서입니다. 주군님에게는 이런 말씀을 아뢰고 싶지 않습니다."

오아이의 방에서 사정 이야기를 자세히 듣고 왔는지 오만 부인이 말했다.

"다름 아닌 사쿠자에몬 님이 처리하시는 일이니 저는 이의 없습니다."

오아이는 살며시 머리 숙였다.

"그러면 사쿠자에몬 님, 다음 지시를."

"평생에 한 번 있을까 말까 한 전투라시며 한 달 남짓 갑옷도 벗지 않으시는 주군, 그런 주군님에게도 알리지 않는 일이 하인들에게 알려져선 안 됩니다. 그러니 오늘 밤 이대로 오만 님은 제가 다른 곳으로 모시려 합니다."

"다른 곳이라니요……?"

"그것은 말하지 않겠습니다. 이런 일이 두 번 다시 있어서는 안 되니까요. 제가 생각한 일이니 제가 모시고 가겠습니다. 그 정도로만 알아주시기 바랍니다."

"오만 님 생각은 어떠십니까?"

오아이가 묻는 말에 오만 부인은 옷소매로 불룩한 배를 덮으며 애원하듯 혼다 사쿠자에몬에게 말했다.

"소중한 아기님이니 분부대로 따르겠습니다."

사쿠자에몬은 그 말을 듣고 나서 천천히 일어나 기노에게 말했다.

"고맙다는 인사를 드려라. 너도 설마 철없는 어린애는 아니겠지. 알겠나, 오만 님은 이렇게 오늘 밤 내가 다른 데로 옮긴다. 너는 오만 님이 성을 떠난 뒤에 온 것으로 해야 돼."

"네…… 네, 고맙……습니다."

"오아이 님."

"네."

"이 처녀는 후지카와 히사베에라는 고지식하고 고집불통인 사나이의 딸로, 끔찍한 명령을 받고 왔지만 그것이 무서운 일인 줄 알고 무척 떨고 있었소. 어쩌다 오는 길에 지체되어 오만 님이 성을 떠난 뒤 도착한 거지요. 일이 이렇게 된 것은 앞으로 태어날 아이의 운이 좋아서이기도 하지만, 이 처녀의 운이 좋았던 탓이기도 하다……고, 잘 타일러주시기 바라오."
"알았습니다."
"그리고 오늘 밤은 오아이 님 곁에 재우고, 날이 밝는 대로 도쿠히메 님 사자로 성을 나갈 수 있게 조처해 주십시오."
"잘 알겠습니다."
"그럼, 소지품은 나중에 보내주시리라 믿고 오만 님을 곧 모시고 떠나겠습니다. 내가 가마를 준비하는 동안 오아이 님에게 오만 님을 잘 부탁하겠소."
말을 마치자 사쿠자에몬은 뜰에 퍼지는 촛대 불빛 속의 녹음 아래로 조용히 사라져갔다.
사쿠자에몬이 떠나자 오만이 비로소 기노에게 말을 걸었다.
"기노라고 했지?"
억누르고 있던 감정의 둑이 무너져 뾰족한 볼이 종잇장처럼 새하얗게 되었다.
"쓰키야마 마님은 내가 어디까지 미운 것인지. 귀신이야! 뱀이야! 너도 그렇게 생각하지 않나?"
기노는 소리 죽여 울 뿐이었다.
"왜 대답이 없어? 무엇 때문에 도쿠히메 님 심부름이라고 거짓말했지?"
다시 몸을 떨며 기노에게 대드는 오만을 오아이가 넌지시 타일렀다.
"그러면 몸에 해롭습니다. 자, 어서 준비를."
오아이는 사쿠자에몬이 오만 부인을 어디에 숨기려 하는지 잘 알고 있었다. 유토 마을(雄踏村) 후세미(布見)에 있는 나카무라 겐자에몬의 집이었다. 겐자에몬은 이 성이 아직 이오 부젠의 성이었을 때부터의 신하였다.
사쿠자에몬이 그곳으로 오만을 옮기려는 것은 결코 기노를 구하기 위해서만은 아닌 것 같았다.
"올해야말로 내 운명이 결정되는 해."
이렇게 말하며 나가시노 공격에 온 마음을 쏟고 있는 이에야스의 결의에 보답하는 준비라고 오아이에게는 생각되었다. 뭐니 뭐니 해도 이에야스의 핏줄은 노부야스와 가메히메 두 사람뿐. 그들만으로는 안심되지 않는다고 오아이에게도 주군을 섬기도록 권한 사쿠자였다.
만일 이 하마마쓰성이 공격받아 전쟁터가 될 경우, 오만 부인이나 태아가 죽거나 적의 손에 넘어가 볼모가 되면 그것은 모두 수비장수의 책임이었다. 무사하면 몰라도 그렇지 않을 경우를 생각해 이오씨 이래 이 땅에 살고 있는 겐자에몬을 선택한 것은 현명한 일이었다. 겐자에몬이라면 비록 이에야스가 하마마쓰성을 버리지 않을 수 없을 경우라도 안전하게 그 핏줄을 지켜낼 수 있을 유일한 사람임에 틀림없다.

그러나 오만은 그러한 사쿠자에몬의 깊은 뜻을 이해하지 못하는 것 같았다. 오아이의 재촉을 받고 오만은 가까스로 기노 곁을 떠났지만, 그래도 아직 분이 풀리지 않는 듯 말했다.

"대감님 아기를 대감님 성에서 낳지 못하다니…… 찢어 죽이고 싶어."

오만은 오아이가 건네주는 가는 띠를 만삭이 된 배에 감고 잠옷을 겹쳐 입었다.

사쿠자에몬이 다시 조용히 정원에 나타났다.

"가마 준비가 되었습니다. 사립문 있는 데까지 나가십시오."

"사쿠자에몬 님, 제가 꼭 가야만 하나요?"

사쿠자에몬은 문득 언성을 높였다.

"태어날 아기를 위하여, 주군을 위하여…… 그리고 나아가 당신 자신을 위하여!"

"네, 알겠어요. 그럼, 대감님께……."

알려달라는 뜻이리라. 애틋한 시선을 오아이에게 던지고 위태로운 걸음으로 댓돌 위에 내려섰다.

사쿠자에몬은 그 어깨를 부축했다.

"오아이 님, 뒷일을."

오아이는 말없이 머리 숙이고, 문득 무언가 알 수 없는 두려움에 몸을 떨었다.

'오만 님은 나를 미워하고 있는 게 아닐까?'

그럴 리 없다. 오아이는 어디까지나 오만을 받들어주었고 오만도 오아이에게 의지하는 눈치였다.

두 사람의 모습이 정원의 나무 사이로 사라지더니 이윽고 조용히 가마가 들어 올려졌다.

그것을 지켜보고 나서 오아이는 다시 기노 곁으로 돌아왔다. 오아이는 기노의 어깨에 다정하게 하얀 손을 얹었다.

"자, 이제 울지 말아요. 모든 게 다 끝난 일이니까."

오아이가 어깨를 쓰다듬자 기노는 한층 더 심하게 울었다. 오아이에게는 남을 어리광 부리게 만들거나 의지하게 하는 푸근함이 있는지도 모른다.

"이젠 됐어요, 다 끝났어요."

"네…… 네."

"자, 눈물을 닦고, 오카자키 이야기라도 들려줘요."

말하면서 손을 뻗어 촛대 심지를 자르자 갑자기 방 안이 밝아졌다. 또 어디선가 부엉이 우는 소리가 났다.

"오카자키성 안에도 부엉이가 있겠지요?"

"네, 부엉이도 매도……."

기노는 당황해 몸을 일으켰다. 기노는 진지한 태도로 훌쩍이며 눈물을 닦았다.

"그런데 매가 많아지면 다른 작은 새들이 오지 않아요. 그래서 도쿠히메 님께서는 매를 좋아하시지 않지요."

"그렇겠지요. 매가 오면 작은 새들은 쫓기니까……."

오아이는 그 말을 듣고 자신은 매일까, 작은 새일까 하고 문득 생각했다. 어쩌면 자기는 오만보다 몇 갑절 매서운 매인지도 모른다. 이에야스의 사랑이 오아이에게 미친 줄 알게 된 그날부터 오만의 눈동자는 갑자기 머뭇거리며 애원하는 눈초리로 바뀌어 있었다. 그것은 아마도 오아이의 잔잔한 성품 속에 숨겨진 침착한 기질이 오만을 압도했기 때문이리라.

"사람도 새도 여러 가지 종류가 있어요."

"네, 그래요."

"쓰키야마 마님처럼 대감님에게 매섭게 대드는 사람도 있고, 오만 부인처럼……."

말하다 말고 오아이는 당황해 말을 돌렸다. 이에야스의 총애가 완전히 다른 데로 옮아가는 것을 두려워하여 미워해야 할 자기에게 애처롭게 의지해 오는 여자도 있다……고 말하려 했던 것이지만, 이 어린 처녀에게 들려주어서 이해할 일이 아니었다.

"새들이 없어질까 걱정하시는 것을 보니, 도쿠히메 님은 성품이 어지신 분인가 보군요."

"네, 그렇지만 어질기는 아야메 님 쪽이."
"아야메 님이라니?"
"네, 작은주군님 측실이지요."
"아 참, 그러고 보니 작은주군님이 측실을 두셨다는 말씀은 들었어요. 그 아야메 님은 몇 살인가요?"
"14살이에요."
"그러면 작은마님의 기분도……."
"네, 작은주군님이 오시지 않을 때는 이따금 쓸쓸한 듯 종이로 학을 접거나 화투놀이를 하신답니다."
오아이는 미소 지으며 고개를 끄덕였다. 15살 난 정실부인이 14살 난 첩에게 사랑을 빼앗기고 종이로 학을 접고 있는 모습이 눈앞에 보이는 것 같았다. 슬픈 여자의 운명. 그렇다 해서 함부로 반항하면 쓰키야마 마님처럼 더욱 비참한 결과가 된다.
"도쿠히메 님을 모시고 있다고 했지요?"
"네."
"그런데 어떻게 쓰키야마 마님께서 이번 일을 시킨 거지요? 그 까닭을 알고 싶군요."
오아이는 마침내 급소를 건드리고 나서 다시 부드럽게 웃어 보였다.
'물어볼 것은 물어봐야지…….'
그 순간 기노의 두 볼이 굳어졌다. 오아이의 끌어안는 듯한 부드러움이 기노로 하여금 거짓말을 할 수 없게 했다.
기노는 더듬거리며 대답했다.
"네, 그것은…… 처음부터 마님 분부였습니다."
"마님 분부로 도쿠히메 님을 모시게 되었나요?"
"네, 도쿠히메 님은 오다 가문의 맏따님으로 이마가와 가문의 혈통인 큰마님과 원수지간이니 동정을 잘 살피라고."
"마님이 당신에게 직접 말하던가요?"
"네, 언니가 큰마님을 모시고 있으니까요."
오아이는 그 말을 듣자 문득 몸이 오싹해졌다. 마님의 매서운 질투심은 오만 부인한테만 향하고 있는 게 아니었다. 도쿠히메에게까지 끈덕지게 침투해 있었다.

오아이는 애써 미소를 지우지 않고 말했다.

"저, 기노 님…… 그런 말이 대감님이나 작은주군님 귀에 들어가서는 안 되니 이 자리에서만의 이야기로 해요."

"네, 저도……."

기노는 알았다는 듯이 고개를 끄덕였다. 그리고 다시 눈물이 글썽한 눈으로 흔들리는 촛대 불빛을 바라보았다.

바람이 좀 일기 시작한 모양이다. 멀리서 파도 소리가 들려오고, 나무들 흔들리는 소리가 그 소리에 섞였다.

오아이는 다시 생각난 듯이 불쑥 말을 꺼냈다.

"쓰키야마 마님은 어째서 그토록 도쿠히메 님을 미워하실까! 그럼, 그 아야메라는 측실은 마님이 작은주군님에게 천거하신 거로군요."

"네, 도쿠히메 님이 세자를 낳기 전에 아야메 님이 빨리 사내아이를 낳으면 좋겠다고…… 우리들에게 종종 말씀하셨어요."

"그런데 도쿠히메 님께서 머지않아 해산하신다면서요."

"네…… 그래서 자주 수도자를 불러들여 기도하고 있어요."

"순산을 비는 기도를……?"

"아닙니다, 아드님이 아니라 따님이 태어나도록 비는 거예요."

오아이는 아무렇지 않은 듯 고개를 끄덕였으나 온몸에 소름이 끼치는 느낌이었다.

'마님은 이미 미치셨구나…….'

그렇게 생각할 수밖에 없었다.

도쿠히메가 가엾게 여겨지고 노부야스도 슬플 것이라는 생각이 들었다. 아니, 그뿐만이 아니다. 그런 사실이 만약 기후성에 있는 도쿠히메의 아버지 노부나가의 귀에 들어가는 날에는 그야말로 무사히 넘어가지 않으리라. 노부나가는 누구보다도 화를 잘 내는 사람으로 알려져 있다.

"기노."

"네."

"오늘 밤은 나와 함께 자도록 해요. 하지만 지금 한 이야기는—"

"네, 지금 한……."

"수도자들을 불러 기도드린다는 이야기는 다른 사람들에게 결코 말하면 안 돼요."

"네…… 네."

"만약 기후에 계시는 오다 대감님 귀에 들어가는 날이면 우리 주군님이나 작은 주군님 입장이 난처해질 테니."

기노는 어깨를 힘없이 떨어뜨리고 다시 순순히 고개를 끄덕였다.

불기둥

초가을밤의 모닥불은 따스함을 주기보다 날벌레들을 불러들였다. 재미있을 정도로 후드득후드득 빨려들어가서는 발밑에 떨어진다. 이에야스는 걸상을 끌어당기고 그러한 벌레들을 물끄러미 바라보고 있다.

나가시노성 총공격 시기는 시시각각 다가오고 있다. 첫 전투가 벌어진 것은 덴쇼 원년(1573) 7월 20일, 불화살을 쏘아대어 마침내 아랫성을 불태워버렸다. 그러나 이것은 적이 어떻게 나올 것인지 탐색하는 전투에 지나지 않았다.

신겐의 죽음은 이미 의심할 바 없었다. 그러나 가이 군은 아직 강대했다. 이 강대한 군사에게 겨울을 맞이하게 해서는 안 되었다. 겐신이라는 배후의 적이 눈 때문에 행동이 부자유스러울 때야말로 가쓰요리에게 최대의 힘을 내게 하는 시기이므로, 음력 8월까지는 무슨 일이 있어도 나가시노성을 함락해 가이 군의 발판을 무너뜨릴 필요가 있었다.

지금 이에야스가 본진을 두고 있는 곳은 시오자와(鹽澤) 마을의 진지였다. 이삭이 나기 시작한 억새풀 그늘에서 오쿠보 다다요가 부스스한 얼굴을 내밀었다.

"대감님, 잠시 눈을 붙이십시오. 히사마의 임시성도 조용해졌습니다. 사쿠자에몬은 오카자키에서 하마마쓰로 돌아갔다지요?"

이에야스는 들고 있던 채찍으로 떨어진 벌레를 무심히 모으면서 불쑥 중얼거렸다.

"노부야스가 걱정되는군. 그대도 가서 쉬어라."

다다요는 웃으며 천천히 머리를 가로저었다.
"주군보다 먼저 자도 좋다는 가르침은 오쿠보 집안에 없습니다."
"그러면 졸음을 쫓기 위해 이야기하려고 왔나?"
"그런지도 모르지요."
"그대는 오늘 밤 여기에 누가 오는지 알고 있나?"
"글쎄요……."
고개를 갸우뚱하며 다다요는 화톳불 맞은편에 편안하게 앉았다.
"아스케성으로 첫 출전하신 작은주군한테서의 소식이 아닐까요?"
이에야스는 다다요를 흘끗 보고 쓴웃음 지었다.
"아니면 하마마쓰로부터의 기쁜 소식일까요?"
"기쁜 소식이라니?"
"오만 부인께서 이미 출산하셨을 것 같습니다. 작은주군께 남자 형제가 없으시니 사내아이였으면 좋겠군요."
이에야스는 또 쓴웃음 지었다.
"보기와 달리 자네는 배짱이 좋군. 그러나 내가 기다리고 있는 건 그런 게 아닐세."
"무슨 말씀인지?"
"나가시노를 함락할 열쇠, 그 열쇠를 기다리고 있는 거야."
다다요는 놀라운 듯이 일부러 눈을 크게 떴다.
"허허, 그런 줄은 몰랐습니다."
"지금 몇 시인가?"
"10시쯤 되었을 겁니다."
"너무 늦어지는군. 도중에 무슨 일이 없었으면 좋으련만."
다다요는 잠자코 화톳불에 장작을 더 얹었다. 이에야스가 누구를 기다리는지 잘 알고 있다. 알고 있으므로 다다요는 신변 보호를 하기 위해 미리 넌지시 온 것이었다. 이에야스 역시 그러한 다다요의 속마음을 알기 때문에 물리치려고 하지 않았다.
임시로 만든 울타리 문께에서 별안간 떠들썩하니 욕하는 소리가 들렸다.
"보고 오너라."

이에야스가 말했을 때 다다요는 그쪽으로 벌써 달려가고 있었다.
"수상한 자는 아니다. 대장님을 만나게 해달라."
"이 한밤중에 수상하지 않을 리 있나. 신분을 밝혀라."
울타리 밖에서 졸개 4, 5명이 어떤 한 사람을 둘러싸고 말다툼을 벌이고 있었다.
다다요는 그들 앞으로 성큼성큼 다가갔다. 조그만 몸집에 농부 차림, 허리에는 나무꾼이 쓰는 낫처럼 생긴 칼을 차고 있었다. 날카로운 눈과 날쌘 동작으로 보아 허투루 볼 무사는 분명 아니었다.
"잠깐, 대감님께서 기다리고 계시는 손님인지도 모른다."
다다요는 졸개들을 제지해 놓고 날카롭게 물었다.
"오쿠다이라 문중 사람인가?"
"그렇게 말하는 귀공은?"
"오쿠보 다다요."
그러자 상대는 엄숙한 표정으로 자기 이름을 댔다.
"나쓰메 하루사다(夏目治貞)."
"안내하겠소, 들어오시오."
상대는 절을 할 뿐 말로는 인사하지 않았다. 지금 가이 군에게 굴복한 체하고 있는 쓰쿠데성 오쿠다이라 사다요시(奧平貞能)의 가신이었다. 물론 남의 눈을 피해 은밀히 찾아온 밀사. 이에야스는 측근에게조차 한마디도 말하지 않을 만큼 용의주도했다.
이에야스 앞으로 오자 하루사다는 다다요를 흘끗 바라보면서 무뚝뚝하게 말했다.
"사람들을 물리쳐주십시오."
다다요는 튕기듯 대꾸했다.
"안 돼. 대감님이 계시는 곳에는 언제나 우리들이 있소. 걱정하지 마시오. 경우에 따라서는 귀도 입도 없는 놈이오."
이에야스는 흐흐흐 웃었다.
"알겠는가, 하루사다?"
"예, 대감님만 좋으시다면."

"좋아. 그럼, 다다요는 사람들이 오지 못하게 감시해라."
가볍게 말하고 하루사다를 위로했다.
"수고 많았네."
하루사다는 딱딱한 자세로 한 무릎을 꿇었다.
"인사 말씀은 생략하겠습니다. 대감님께서 나가시노를 공격한다는 것을 눈치채고 후속부대가 잇달아 미카와, 도토우미로 침입 중에 있습니다."
"그래, 그 장수는?"
"미카와에서는 구로세(黑瀨)에 다케다 노부토요, 쓰치야 마사쓰구(土屋昌次), 쓰쿠데에는 아마리 마사타다(甘利昌忠). 그리고 다케다 쇼요켄, 야마가타 마사카게, 바바 노부하루, 이치조 우에몬(一條右衛門) 등은 도토우미에 침입하여 모리고(森鄕)에 진을 치고 가케가와와 하마마쓰를 노리고 있습니다."
"알았네. 그럼, 가쓰요리 자신은?"
"우리 주군 말씀에 그 이름은 없었습니다."
"흠, 그렇다면 그는 에치고 군에 대비하고 있는 모양이군. 그 밖에는?"
이에야스가 반쯤 눈을 감으며 말을 재촉하자 하루사다는 한무릎 다가섰다.
"군사회의에 의하면, 구로세에 있는 노부토요와 마사쓰구가 시다라(設樂) 들로 진격하여 우선 대장님의 통로를 끊은 다음 협공하기로 결정했다 합니다."
"뭐, 나를 협공한다고?"
이에야스는 저도 모르게 눈을 크게 뜨고 윗몸을 내밀었다. 여기서 하마마쓰와의 길이 끊기고 협공당하는 날에는 십중팔구 승산이 없었다. 이에야스에게 있어 하마마쓰와의 통로가 막히고 앞뒤로 공격받는 것처럼 괴로운 일은 없었다. 그것을 탐지하기 위해 사다요시를 시켜 몰래 적의 동정을 살피게 했었는데, 지금 밀사의 말에 의하면 공연한 걱정이 아님을 알 수 있었다.
"그래, 역시 그 작전으로 나오는군."
"예, 추측하건대 하마마쓰, 요시다, 오카자키를 저마다 고립시켜 격파할 거라……고 우리 주군께서는 보고 계십니다."
"그럴 테지."
이에야스는 고개를 끄덕인 다음 다시 여느 때의 표정으로 돌아갔다. 이런 때 노골적으로 낭패의 빛을 보이면 사다요시가 거취를 분명히 하지 않을 염려가 있기 때문이었다.
'어려운 때일수록 침착해야 한다.'
사다요시가 있는 쓰쿠데 가메야마 본성에는 이미 가이 군이 들어와 있다. 대장 아마리 마사타다, 군사감독 하지카노 덴에몬(初鹿野傳右衛門). 따라서 본성을 내준 사다요시는 아랫성으로 옮겨 이에야스의 승리를 믿으며 기다리고 있는 터였다.
"좋아, 거기에 대해서는 그대 주인에게도 생각이 있을 터이니, 그것을 말해보게."
"황송하지만……."
하루사다는 다시 번쩍 빛나는 눈으로 이에야스를 바라보았다.
"그 전에 여쭈어둘 말씀이 있습니다."
"그 전에…… 그것은 그대 의견인가, 아니면 주인의 의견인가?"
"예, 문중 전체의 의견입니다."
"그렇다면 듣지. 무슨 일인가?"
"승리했을 때는 우리 영지를 그대로 보존케 해주십시오."
"알고 있네. 걱정하지 말게. 백성들도 모두 사다요시를 따르고 있을 테니."
"둘째로, 우리 작은주군 구하치로 님에게 따님을 주십시오."
"내 딸을 구하치로에게?"
이에야스는 거기서 다시 눈을 감았다. 그 일에 대해서는 이미 이에야스로부터 쓰키야마 마님과 가메히메에게 의논이 가 있었다. 그리고 두 사람한테서 약속한 듯 강경하게 반대한다는 대답이 와 있었다.
하루사다는 다시 따지는 듯한 말투로 입을 열었다.
"어떻습니까? 이 두 가지를 약속해 주신다면 우리 주군은 대감님에게 목숨 바쳐, 이번 싸움을 기필코 유리하게 이끌 것입니다."
이에야스는 눈을 감은 채 다시 고개를 끄덕였다.
"유리하게 이끌 수단은?"
"옛, 우리들이 짜고서 주군 사다요시가 가이 군에 대해 딴마음을 품고 있다고 사람을 시켜 참소케 하겠습니다."
"뭣이? 사다요시가 나와 내통한다고 참소한단 말인가?"
"예, 그러면 우리 성에 진 치고 있는 간리도, 구로세에 있는 노부토요도 함부로 움직일 수 없습니다. 그동안 대감님께서는 어떤 방법을 쓰실 수 있지 않겠습니까."

이에야스는 다시 가볍게 고개를 끄덕이고, 매섭게 대드는 가메히메의 얼굴을 눈앞에 그려보면서 말했다.

"그래, 사다요시가 나에게 목숨을 바치겠단 말이군. 좋아, 좋아, 내 딸뿐 아니라 새 영지 3000석을 덧붙여주지."

하루사다는 자기 귀를 의심하는 듯 몸을 내밀었다.

"그럼, 저, 따님만이 아니라 새 영지까지?"

"그래야만 사다요시의 의리에 보답하지 않겠는가."

"황송합니다."

하루사다는 지금까지의 태도와 달리 경건하게 머리 숙이더니 갑자기 어깨를 들썩이며 울기 시작했다. 이에야스는 그 심정을 충분히 이해할 수 있을 것 같았다.

야마가 세 장수 가운데 한 사람이며 쓰쿠데 성주인 오쿠다이라 사다요시의 문중 또한, 이러한 경우의 호족들처럼 도쿠가와에 붙어야 한다는 파와 다케다에 붙어야 한다는 두 파로 갈라져 있었다. 다케다 문중에 붙어야 한다고 주장하는 파는 아직 신겐의 생존을 믿고 있는 자들이고, 도쿠가와 문중에 붙어야 한다고 주장하는 자들은 신겐의 죽음을 믿는 자들이었다.

이에야스는 그러한 동요를 알고 꾸준히 신겐의 죽음을 퍼뜨린 다음 사다요시에게 밀사를 보냈다. 이에야스다운 조심성으로, 이제 신겐의 죽음은 기정사실이므로 8월 안으로 반드시 나가시노성을 함락해 보이겠으니 귀공은 결코 쓸데없이 군사를 움직여 백성들이며 가신들을 죽게 하는 일이 없도록 하라고.

생각하기에 따라 이에야스는 처음부터 사다요시를 자기편으로 믿고 있는 것 같기도 했다. 따라서 이 밀사는 내심 다케다 군의 침입을 좋지 않게 생각하는 사다요시의 마음을 사로잡았다. 그러나 문중의 모든 사람들이 이에야스를 한편이라고 믿을 리 없었고, 하루사다 역시 남몰래 의구심을 갖고 있는 한 사람으로 여겨졌었다. 가메히메를 구하치로의 아내로 달라고 청해온 것은 이에야스의 의도를 알아내려는 고육지책임을 느낄 수 있었다.

이에야스는 하루사다가 울기 시작하자, 눈짓으로 다다요를 불러 모닥불에 장작을 더 지피게 했다.

"하루사다라고 했지?"

"옛."

"그대는 사다요시의 중신이니 잘 알고 있겠지. 오쿠다이라 문중에서 다케다 문중에 내놓은 인질은?"

물음을 받고 하루사다는 자신의 감상을 부끄러워하듯 웃으며 대답했다.

"잘 알고 있습니다. 작은주군 구하치로 님의 부인 오후입니다."

"그런가, 몇 살이지?"

"15살입니다……."

대답한 다음 하루사다는 힘주어 말을 이었다.

"그 작은마님 대신 따님을 바란 것은 아닙니다. 서로 한편이 된 이상, 움직일 수 없는 인연의 굳힘이 필요하다고 문중 사람들은 모두 원하고 있습니다."

"그렇지만 내 편이 된 것을 알면 다케다 편에서 그 부인을 벨 텐데."

"처음부터 베일 각오로 우리 쪽에서도 계책을 썼습니다."

"계책이라니?"

"작은주군에게는 본디 부인이 없었습니다. 그래서 같은 핏줄인 오쿠다이라 히사베에(奧平久兵衛) 님의 양녀와 혼례를 치른 형식을 취하고 오후를 보낸 것입니다."

"그럼, 진짜 부인이 아니었단 말인가?"

"그렇습니다, 한편이 된 이상 분명히 말씀드리겠습니다. 사실 오후는 제 여식입니다. 제 여식으로는 안 되기 때문에 같은 핏줄인 히사베에 님 여식이라고 하여……."

하루사다는 입술을 한일자로 꾹 다물고 다시 한번 웃었다.

이에야스는 부드럽게 고개를 끄덕였다. 하루사다의 고백을 듣고 나자 그가 왜 눈물지었는지 알 수 있었다. 도쿠가와 문중과 내통한 게 알려지면 젊은 가쓰요리는 분노를 참지 못하고 그 볼모를 서슴없이 죽일 것이다.

하루사다가 다시 불쑥 말했다.

"아까 제가 운 것을 제 여식이 생각나서였다고는 생각지 말아주십시오."

"알고 있네. 그러나 하루사다, 나는 그대가 딸을 생각해서 울었다 해도 웃지 않겠네."

"황공합니다."
"하루사다, 전쟁이란 비참한 걸세."
"지당한 말씀입니다."
"사내들 목숨을 주고받는 것만으로 모자라, 부녀자와 백성들까지 매서운 서리를 맞지 않으면 안 되니 말이야."
"예."
"오후는 아직 처녀 몸으로 가이에 갔는가?"
"예, 작은주군님 부인……이라고 말했더니, 제 딸년은 우는 제 어미를 나무라고 문중을 위해 희생되는 것은 기쁜 일이라면서 떠나갔습니다."
"그런가? 과연 그대 여식은 열부로구먼!"
"그 말씀을 오후에게 들려주고 싶습니다."
"다다요, 종이를 가져와."
이에야스는 다시 망막 속에 떠오르는 가메히메와 아직 보지 못한 오후의 모습을 어지럽게 떠올리며 마음속으로 두 사람에게 빌었다.
'가메히메도 오후도 용서해 다오. 언젠가는 여자도 편안하게 살아갈 날이 있겠지. 그때까지의 희생…….'
다다요는 분부대로 종이와 필묵을 가져왔다.
이에야스는 붓을 들고 아무 주저 없이 딸과 새 영지 3000석을 준다는 뜻의 글을 작성했다.
그것을 건네주자 하루사다는 품 안에서 오쿠다이라 사다요시가 피로 도장 찍은 서약서를 꺼내 이에야스에게 주었다.
서로 그것을 읽고 나서 이에야스는 말했다.
"수고 많았소. 다다요, 도중까지 하루사다를 배웅해 주게."
"옛."
"그럼, 부디 승리를 거두시도록 축원하겠습니다."
"사다요시에게도 안부 전해주시오."
하루사다가 나가자 이에야스는 자리에서 일어나 묵묵히 모닥불 둘레를 거닐기 시작했다.
쉴 새 없이 불에 뛰어드는 날벌레와 하늘의 별들, 그리고 조금 떨어진 곳에서

비 오듯 쏟아지는 벌레 울음소리.

'그렇구나, 여기와 하마마쓰의 통로를 끊고……."

그것은 이에야스가 만약 가쓰요리였더라도 생각해 냈을 게 틀림없는 묘수였다.

'그렇다면 그 계획을 뒤집어놓아야 할 텐데…….'

이에야스는 걸음을 멈추었다가는 걷고, 걷다가는 또 멈추었다.

사다요시는 오히려 자기를 의심하게 하여 다케다 군의 눈을 돌리도록 하겠다고 한다…… 그동안 일단 하마마쓰로 철수하느냐, 아니면 일거에 나가시노를 함락하느냐?

다다요가 돌아온 뒤에도 이에야스는 얼마 동안 막사로 들어가지 않고 궁리했다.

"다다요, 그대라면 어떻게 하겠나?"

"무엇을 말씀입니까?"

"일거에 나가시노를 치느냐, 일단 후퇴할 것이냐?"

"안 됩니다, 이제 와서 후퇴하다니요!"

다다요는 큰소리치며 칼자루 끝을 탁 쳤다. 이에야스가 다다요를 지그시 바라보며 걸상에 앉자 다다요는 다시 퍼붓듯이 말하였다.

"작은주군께서도 아스케에서 부세쓰성으로 육박하고 있습니다. 적의 원군에게 시간 여유를 줘서는 안 됩니다. 대감님 스스로 나가시노를 함락할 열쇠를 기다리고 있다고 말씀하셨습니다. 그 열쇠가 우리 손에 들어오지 않았습니까?"

"그도 그렇군."

"더 이상 원군이 적에게 접근하기 전에 단숨에 나가시노를 쳐야 할 때입니다. 나가시노에는 이미 군량이 떨어졌습니다."

"그래? 지금이 공격할 때란 말이지?"

이에야스는 저도 모르게 미소 짓고 고개를 끄덕이면서도 아직 사다요시에 대해 한 가닥의 불안감을 느끼고 있었다.

물론 사다요시를 의심하는 건 아니다. 그러나 이에야스에게 나가시노를 넘기지 않으려고 미카와로 대군을 보내온 가쓰요리. 노부토요를 비롯한 마사쓰구, 마사타다의 부하 가운데 사다요시의 책략을 쉽사리 꿰뚫어보는 자가 있을 것만 같은 생각이 들었다.

사다요시의 책략을 꿰뚫어본다면, 그들은 곧바로 사다요시를 베고 행동을 일으켜 이에야스와 하마마쓰와 요시다의 고립을 꾀할 게 뻔했다. 따라서 사다요시의 인간됨은 믿으면서도 능력을 위태롭게 여기는…… 것이 지금 이에야스의 마음에 걸리는 점이었다.

"다다요."

"옛."

"그대는 사다요시를 어떻게 생각하나?"

"이상한 말씀을 하시는군요. 나가시노를 함락할 열쇠…… 바꾸어 말하면 야마가 세 장수를 누르는 열쇠, 그러므로 대감님께서도 가메히메 님까지……."

이에야스는 쓴웃음 지었다.

"잠깐, 그 일이 아니야. 과연 다케다 원군을 속여넘길 만한 지략이 있는지 없는지 묻는 걸세."

"그렇다면 더욱 이상한 일이지요."

다다요는 일부러 얼굴을 찌푸렸다.

"그럴 지략이 없다고 여기셨다면, 무엇 때문에 증서까지 써주셨습니까?"

"흠, 그러면 그대는 그런 지략이 있다고 보는 게로군."

"무릇 지략이 이루어지고 안 이루어지는 것은 잔재주가 아니라 그 사람의 인물됨에 달렸다고 봅니다."

"그런가, 사다요시의 인물됨은 믿을 수 있지."

"믿을 수 있다면 기회를 잡아야 합니다. 사자의 말에 의하면, 사다요시 님은 자기에게 반역심이 있다고 퍼뜨려 원군의 관심을 쓰쿠데로 돌리게 하여 그들의 행동을 견제할 터이니 그동안 우리 대감님께서 나가시노성을 함락하여 후일에 대비하시라고…… 들었습니다만."

"그렇지, 그대가 들은 대로야."

이에야스는 생각난 듯 달을 쳐다보며 일어섰다. 18일 달이 어느덧 우쓰레(宇連), 묘진(明神), 시라쿠라(白倉)의 산맥을 꿈결같이 비쳐주고 있다.

"그러면 앞으로 이틀 동안이 지느냐 이기느냐의 갈림길이 되겠군."

"드디어 대공세를 취하시렵니까?"

"그대가 기회를 잡으라고 했지? 이제부터 나는 한잠 자야겠다. 새벽녘에 다다 쓰구, 야스타다(康忠), 신파치로(스가누마) 등의 진지로 사람을 보내게. 내가 진두에 서서 적극 공세를 취한다고 말일세."

다다요는 무릎을 탁 치며 고개를 끄덕였다.

"분부대로 하겠습니다."

이에야스가 말했다.

"저 달을 노부야스도 어디선가 바라보고 있겠지. 참 아름다운 달이구나."

그리고 천천히 막사 안으로 들어갔다.

짙은 산안개가 젖을 쏟은 듯 사람도, 건물도, 나무도, 골짜기도 모두 뿌옇게 뒤덮고 있다. 그 안개 속에서 말 울음소리가 시끄럽다.

여기는 나가시노 서북쪽에 있는 쓰쿠데의 가메야마성.

본성에 다케다 군 대장 아마리 마사타다와 그 부하들이 들어 있으므로 성주 사다요시는 아들 구하치로와 함께 아랫성에 기거하고 있었다. 남보다 아침잠이 없는 사다요시는 벌써 한 시간 전부터 마당에 나와 힘차게 2간 자루 창을 휘두르고 있었다.

2년 전 다케다 신겐의 침입으로 어쩔 수 없이 항복했었는데, 이 산골 태생 외고집쟁이에게는 그것이 일생일대의 치욕처럼 생각되었다. 키는 작지만 어깻죽지며 떡 벌어진 가슴이 젊은 사람을 능가할 정도로 억셌으며, 긴 눈썹에는 흰 털이 한두 가닥 섞이기 시작했다. 그 때문에 그의 눈은 더욱 빛나 보였고, 의지와 뱃심이 강한 사나이로 보이게 했다.

"얏!"

때때로 기성을 지르며 허공을 찌르고, 눈에 보이지 않을 만큼 재빠른 솜씨로 창을 도로 끌어당겼다.

"아룁니다."

"뭐냐, 식사는 나중에 한다고 일러라. 아직 단련이 끝나지 않았으니."

"나쓰메 하루사다 님이 방금 돌아오셔서 주군님을 뵙겠다고 합니다."

"뭐, 하루사다가? 그래, 이리 오라고 일러라."

말하면서도 창 단련을 그만두려고 하지 않았다.

이윽고 하루사다가 복도를 지나 가까이 와서 창을 휘두르는 사다요시를 보더니 그냥 정원으로 내려섰다. 어제의 농부 차림과 달리 의복을 바꾸어 입으니 그의 풍채가 사다요시보다 더 훌륭했다.

"주군, 무사히 돌아왔습니다."

"당연하지. 이 언저리를 내 부하들이 무사히 지나다니지 못한대서야 말이 되나. 어때, 이에야스 님 증서를 받아왔나?"

"예, 이것을 보십시오."

하루사다가 한 무릎을 꿇고 증서를 꺼내자, 사다요시는 비로소 창을 놓고 옷을 걸쳤다.

"허, 새로운 영지 3000석에다 딸을 준다고 씌어 있군그래. 대단히 만족했던 모양이지."

"예, 주군님 의리에 보답해야 한다고 말씀하셨습니다."

"그래, 의리라고 말씀하던가."

그제야 비로소 웃음을 지어 보였다.

"이것은 의리가 아니라 고집일세."

"고집이라니요?"

"다른 사람은 없지만 소리를 낮추게, 알겠나? 나는 내 일생에 단 한 번 어쩔 수 없이 머리 숙여 굴복했네, 다케다에게. 그것이 분하단 말이야! 그래서 자손에게 그 보상을 해두지 않으면 안 돼. 좋아, 좋아, 이제 됐어. 도쿠가와 이에야스의 딸을 맞아들인다면 우리 가문은 단순한 가신이 아니야. 도쿠가와 가문의 인척이지. 그 인척을 위해 일하는 거라면 명분도 서고 내 생애 단 한 번의 치욕도 조금은 씻을 수 있을 걸세."

사다요시는 서약서를 품속 깊숙이 집어넣었다. 그러고는 한쪽 볼을 찡그리고 눈을 가늘게 떴다.

"하루사다, 나도 이제 떳떳하게 죽을 수 있게 됐구나."

하루사다가 물러가자 사다요시는 순간 자세를 바로 하고 하늘을 향해 절했다. 세상에서는 오쿠다이라 부자가 도쿠가와 가문에 고개 숙이고 신하가 되었다고 하겠지.

사다요시는 생각했다.

'말하도록 내버려두자!'

오직 둘밖에 없는 이에야스의 자식 가운데 유일한 맏딸을 맞는다고 생각하니 만족스러웠고, 볼모를 받는다는 생각만으로도 그의 고지식한 마음은 흐뭇했다.

"자, 이제부터가 중요하다."

창을 들고 마루에 올라 손수 중방에 걸고 나서 그길로 마루를 돌아 이윽고 도쿠가와 가문의 사위가 될 아들의 거실로 들어갔다.

사다요시의 아들 구하치로는 남쪽 창가에 앉아 열심히 주역(周易)의 점괘를 보고 있었다.

"구하치로, 어떠냐, 오늘 점괘는?"

구하치로는 책상 위의 점괘에서 눈을 떼지 않고 대답했다.

"우선 성공……이라고는 짐작됩니다만."

"일 도중에 어려운 문제라도 생기겠다는 말이냐?"

"예, 그럴 것 같습니다."

"당연한 일이야. 없다면 너무 싱겁지. 어때, 신겐의 죽음을 점쳤을 때처럼 단정적으로 말할 수는 없겠느냐?"

말하면서 사다요시는 품 안에서 이에야스의 서약서를 꺼내 산통 위에 놓았다.

구하치로는 그것을 무표정한 얼굴로 펴보고 별다른 감상을 말하지 않았다.

"구하치로."

"예."

"조금 있으면 날 데리러 사람이 올 거야. 이것이 이별이 될지도 모르겠다."

"부디 조심하시기 바랍니다. 구로세에 있는 노부토요의 진중에서는 약발이 좀 지나칠 것 같습니다."

"알고 있다. 그러나 도쿠가와 가문 쪽에 내통한 장본인이 내통했다는 소문을 퍼뜨리고 있는 줄은 모를 거다. 그러고 보니 나도 당당한 군사(軍師)가 된 듯하구나, 훗훗흐."

사다요시가 소리 죽여 웃자 구하치로는 그것이 걱정스럽다는 듯 말했다.

"아버님, 잘못하다가는 다른 볼모를 또 내놓으라고 할지도 모릅니다."

"점괘에 그렇게 나와 있나?"

"예, 무사히 끝날 수는 없을 것 같습니다."

"알고 있다, 걱정하지 마라. 비록 내가 죽는 한이 있더라도 나가시노만 함락된다면 목적은 이루어지리라. 그렇게 되면 이 쓰쿠데성이 염려스러워 나가시노에는 더욱 원군을 보낼 수 없게 되지. 아 참, 로쿠베에(六兵衛)를 이리로 불러다오."

"로쿠베에를 데리고 가시겠습니까?"

"다른 사람은 불안하지만 로쿠베에라면."

부자는 서로 고개를 끄덕이며 약속한 듯 웃음을 띠었다.

"알겠지, 총과 무기를 잘 간수해 둬라."

"명심하겠습니다."

"아버지가 죽었다는 소문이 들리면 그것도 신호이다."

"준비는 단단히 해두겠습니다."

"아녀자를 모두 데리고 떠나도록 해라. 시기를 놓치면 이에야스 님께 웃음거리가 될 거다. 너는 이에야스 님의 사위, 이번 처사는 네 운명을 좌우하게 된다."

구하치로가 다시 한번 웃으며 고개를 끄덕였을 때, 부르러 보내려던 로쿠베에가 사색이 되어 들어왔다.

사다요시는 이맛살을 찌푸리고 호통쳤다.

"로쿠, 무슨 일이냐? 허둥지둥! 이 세상에는 불혹의 나이를 넘긴 사나이가 사색이 되어 허둥지둥할 일은 없는 법이야. 무슨 일이 일어났나?"

호통을 듣고도 로쿠베에는 더욱 크게 고개를 가로저었다.

"구로세의 노부토요 님 진중으로 가신 아마리 마사타다 님에게서 급히 사자가 왔습니다."

"바로 내가 기다리던 것. 내가 도쿠가와 군과 내통했다는 의심일 테지."

"예, 지체하지 말고 구로세 막사로 오시랍니다."

"알고 있어! 그래서 그대를 데려가려고 구하치로와 의논하고 있던 참이야. 그런데 그대가 그토록 허둥거리니……."

"주군께서는 침착하게 말씀하십니다만, 그냥 오라는 게 아닙니다. 군사회의에서 결의했으니 볼모와 함께 오라는 것입니다."

"뭐라고……?"

볼모라는 말을 듣자 사다요시는 순간 아들 구하치로를 돌아보았다.

"그것도 놀랄 것 없어. 대체 누구를 내놓으라는 거냐?"

사다요시는 한숨을 쉬었다.
"막내아드님 지마루(千丸) 님 내외분입니다."
"뭐…… 지마루 내외를!"
순간 신음하는 듯 들렸지만 곧 딱딱한 웃음으로 변했다.
"핫핫핫핫, 그런가. 아니, 다케다 가문에도 조심스러운 사람이 있는 모양이구나. 그러나 조금도 놀랄 것 없어. 그렇지, 구하치로? 네 점괘에 그렇게 나와 있었잖느냐?"
"예, 점괘에 그렇게……."
"그렇지, 좋아. 지마루를 이리로 불러라. 안식구는 지금 병석에 있으니 차도가 있는 대로 보내기로 하마. 지마루에게 구로야 진쿠로(黑屋甚九郞)를 딸려서 나보다 한발 앞서 출발토록 하겠다."
"아버지."
참다못해 구하치로가 불렀지만 사다요시는 대답하지 않았다.
지금 여기서 또 내놓는 볼모는, 이미 보내놓은 구하치로의 아내 오후와 함께 죽이러 보내는 것과 다름없었다. 그렇다 해서 여기서 망설이면 이에야스에 대한 의리가 서지 않는다. 이에야스는 벌써 나가시노성을 총공격하고 있을 게 틀림없었다.
'3000석이 막내의 생명으로 바뀌고 말았구나!'
뭉클하게 끓어오르는 것을 삼키고 사다요시는 말했다.
"구로야 진쿠로와 지마루를 불러오너라."
"예."
로쿠베에는 풀이 죽어서 일어났다. 한번 말을 꺼내면 사다요시는 뒤로 물러나지 않는다. 그렇긴 하지만 이 얼마나 비참한 난세의 풍습인가.
올해 13살 난 막내 지마루는 사다요시에게는 글자 그대로 손안의 구슬이었다. 글솜씨가 누구보다도 뛰어났고 무예에서는 활쏘기가 출중했다. 형제 가운데 가장 잘생겼고, 막내란 다 그렇듯 늙은 아버지에게 어리광 부리는 모습 또한 사랑스러웠다.
"아버지!"
"뭐냐?"

"지마루를 죽이러 보내는 겁니까?"

"바보 같은 녀석, 참는 일은 누구나 할 수 있어."

그때 지마루와 진쿠로가 로쿠베에에게 안내되어 들어왔다.

늙은 가신 진쿠로는 로쿠베에한테서 벌써 무슨 말을 들었는지 그 눈이 침착하게 빛나고 한일자로 다문 입 언저리에 결심이 서려 있었다. 그렇지만 지마루는 아직 아무것도 모르는 듯했다.

"아버지, 형, 밤새 안녕하셨습니까?"

그러고는 아버지와 눈이 마주치자 지마루는 볼우물을 새기고 생긋 웃으며 어리광을 부려 보였다.

"지마루……."

사다요시는 목소리가 떨렸다. 그러나 눈은 반대로 섬찟할 만큼 부릅떠져 사납게 빛났다.

"너는 누구 자식이냐?"

"네, 오쿠다이라 사다요시의 자식입니다. 그리고……."

지마루는 영리해 보이는 눈으로 형 쪽을 보았다.

"오쿠다이라 구하치로의 아우입니다."

"흠, 그럼, 묻겠는데—너는 이 아비와 형이 의리를 알고 의지가 굳은 무사라고 생각하느냐?"

"야마가 세 부족 가운데에서도 명성을 떨친 명예스러운 무사라고 생각합니다."

"음."

사다요시는 한숨을 내쉬었다.

"이 아이에게 좀 지나치게 가르쳤나 보다. 너무 영리한 것 같구나…… 그럼, 내가 가르친 할복 방법은 잊지 않았겠지?"

이 말을 듣자 지마루의 볼이 굳어졌다.

"잊으면 무사가 아니라고…… 이 지마루는 생각합니다."

"그러냐? 그 말만 들어도 충분하다. 설마 아비나 형의 이름을 더럽히지는 않을 테지. 실은 말이다, 진쿠로."

사다요시는 비로소 진쿠로에게로 눈길을 돌렸다.

"그대가 수고해 줘야 할 일이 있네."

"주군! 수고는 무슨 수고입니까? 진쿠로는 결심하고 있습니다."

"그런가. 아니, 그것은 나도 알고 있었네. 들어올 때의 그대 눈빛을 보고 알았어. 지마루를 고슈에 맡기기로 했네. 그리 어리석게 태어났다……고는 생각지 않지만, 너무 귀엽게 키운 점도 있지. 어떤 때라도 웃음거리가 되지 않도록 그대가 잘 보살펴주게."

"분부대로 받들어 모시겠습니다."

"지마루……."

"네."

"지금 들은 바와 같이, 너를 당분간 고슈에 맡기기로 했다. 단단히 수련을 쌓고 돌아오너라."

엄한 표정으로 말하는 아버지 앞에 지마루는 가만히 두 손을 짚었다. 볼모로 가는 것을 이미 알아차린 모양이다. 여자아이처럼 맑은 눈동자가 아버지의 눈동자와 얽혀 심한 고동 소리가 들려올 것만 같았다.

이번에는 형이 말했다.

"지마루…… 고슈는 이곳보다 산이 깊다. 추위도 더위도 더 심하니 몸조심해야 한다."

"예…… 예."

"눈물을 흘리면 못써. 아버지가 평소에 말씀하시지 않았느냐. 사내는 눈과 얼굴로 우는 게 아니라고."

"알고 있습니다. 운 것이 아닙니다."

"그렇겠지, 오쿠다이라 가문에 울보는 없을 터. 자, 어머니에게 작별 인사하고 건강하게 다녀오너라."

"네, 지마루는 씩씩하게 다녀오겠습니다. 아버지도 형도……."

구하치로의 눈도, 자기 눈도 붉어질 것 같아 사다요시는 가볍게 말했다.

"오냐오냐. 진쿠로, 잘 부탁하네."

"지마루 님, 이 늙은이가 모시겠습니다."

진쿠로는 지마루를 재촉하여 자리에서 일어섰다.

로쿠베에는 차마 얼굴을 들지 못하고 머리 숙인 채 울고 있었다.

"아, 시장하구나."

발소리가 들리지 않게 되자 사다요시는 익살스러운 소리로 말하며 배를 두드렸다.

"한술 뜨고 구로세까지 말을 달려볼까. 로쿠베에, 그대도 함께 가세. 우선 식사부터 해두도록 하게."

사다요시가 쓰쿠데성의 아랫성을 나선 것은 8시 무렵이었다. 산안개가 걷히고 나자 벌써 가을 향기가 깃든 하늘은 드높았고 여기저기 갈대 이삭들이 새하얗게 빛났다.

"가을이 되었구나, 로쿠베에."

"예."

"지마루 눈에도 이 가을 풍경이 남아 있겠지……."

말하며 로쿠베에의 말 곁으로 고삐를 들이댔다.

"어쩌면 이것이 나에게도 마지막 경치가 될지 몰라. 그렇다고 당황하지는 말게."

"잘 알고 있습니다."

"구로세에 가면 나는 노부토요와 당당히 맞서겠네. 그대도 담대하게 행동하도록. 어떤 일이 벌어지더라도 얼굴빛이 달라져 속셈을 눈치채게 해서는 안 돼."

"예, 이 로쿠베에도 성주님의 가신, 단단히 각오하고 있습니다."

"틀림없이 그대에게도 여러 가지 말의 덫을 던져올 걸세. 그러나 우리 주인은 결코 도쿠가와 군과 내통할 사람이 아니다! 이런 배포를 가지고 끝까지 상대하지 말게."

"명심하겠습니다."

"그리고 어쩌면 이 사다요시가 내통한 일을 자백했다. 그래서 죽였다……고 말할지도 몰라. 그때에도 웃고만 있으란 말일세. 알겠나. 내 목을 직접 보기까지는 결코 죽었다고 생각지 말게."

그렇게 말하는 사다요시의 눈이 긴 눈썹 아래에서 웃고 있는 것을 보고 자기도 웃어 보이려 했지만 좀처럼 웃음이 나오지 않았다.

한 걸음 앞서 호라이사로 떠난 지마루와 진쿠로의 뒷모습이 아직도 또렷이 눈 속에 남아 있다.

이윽고 두 사람의 눈앞에 맑은 간사강(寒狹川)의 물결이 반짝반짝 빛나 보였다.

구로세에 있는 노부토요의 진지가 가까워지자 여기저기서 나부끼는 수많은 깃발들이 눈에 띄었다. 노부토요는 나가시노성이 총공격받고 있는 줄도 모르고, 이곳에 주둔해 사다요시 부자의 진퇴에 정신 팔고 있는 것이다.

"저것 봐, 저것들이 모두 나가시노에 가서 방해되었다면……."

사다요시는 다시 한번 호탕하게 웃고 나서 말에 채찍질했다.

"로쿠베에, 길을 서두르자."

노부토요의 진지에 도착하자 생각했던 대로 사다요시 주종의 동반은 허락되지 않았다. 첫째 울타리에서 로쿠베에는 정지당하고 사다요시 한 사람만 셋째 울타리 안으로 안내되었다.

사다요시는 본진의 배치를 바라보면서 천천히 막사 앞에 이르렀다. 입구에서 기다리던 노부토요가 감정을 죽인 목소리로 사다요시를 맞았다.

"아, 오셨군. 그대는 요즘 도쿠가와 군과 내통하고 있다면서요."

옆에는 노부토요의 중신 고이케(小池), 다미네(田峰)의 중신 기도코로(城所)가 굳은 표정으로 서 있었다.

"허, 그런 풍문이 떠돌다니 참으로 이상한 일도 다 있군요."

"이상한 일이다, 그러한 사실이 전혀 없다, 그 증거로 호출받자 곧 달려온 게 아니냐……고 변명하고 싶을 테지?"

"정말 뜻밖의 일이로군. 사람을 놀리는 것도 때가 있는 법. 예사로 들어넘길 수 없소."

"어떻든 좋소, 들어오시오. 서서 이야기할 수는 없는 일이니."

노부토요는 성큼성큼 안으로 걸어들어갔다. 두 중신도 사다요시의 뒤를 경계하는 자세로 따라온다.

활 20벌, 총 5자루, 창 40개로 둘러싸인 노부토요의 진막 마당에는 첩자인 듯한 두 사람이 뒤로 결박 지워져 노송나무에 묶여 있었다. 눈부시게 밝은 햇빛 아래에서 보는 탓인지, 사다요시의 눈에 그것은 매우 동물적인 인상으로 비쳤다.

사다요시는 진막 마루에 천천히 편안한 자세로 앉아 걸상에 앉은 노부토요에게로 시선을 옮겼다.

"농담이라면 괜찮소. 그러나 당신까지도 그렇게 믿는다면 나로서는 정말 억울한 일이 아닐 수 없소."

"허, 나한테 도리어 따지려 드는 게요?"
"그럴 수밖에 없잖소? 막내아들 지마루를 볼모로 보낸 게 언제인데."
"사다요시, 그대는 성내고 있는 건가?"
"성내지 않고 배길 일이오? 이것이 설마 신겐 님 지시는 아니겠지요."
신겐은 벌써 죽었다—고 확신하면서 사다요시는 뱃심 좋게 말을 받았다. 노부토요는 문득 쓴웃음 짓고 고이케와 기도코로를 돌아보았다.
"사다요시는 여전히 고집쟁이군."
"유명하잖소!"
"그렇다면 결코 그런 일이 없다는 건가?"
"노부토요 님, 무슨 증거가 있어서 하는 말이라면 증거를 먼저 제시하시오. 무장으로서 공연히 의심받는 것처럼 불쾌한 일은 없소. 입장을 바꾸어 당신에게 반역심이 있다고 누가 말한다면 어떻게 하겠소?"
"흠, 증거를 제시하란 말이로군."
"그렇소, 제시해 보시오. 눈 안에 넣어도 아프지 않을 귀여운 막내를 볼모로 내놓았는데 그 뒤 바로 그 같은 풍문을 믿고 나를 문책하다니…… 야마가 세 부족 가운데 우리를 좋지 않게 생각하는 자가 있다는 것은 그대도 잘 알고 있을 터. 그러나 그것은 하고 싶은 말을 거침없이 하는 이 사다요시의 고집에 대한 터무니없는 반감, 그러한 일을 곧이들으실 노부토요 님이라고는 미처 생각지도 못했소."
사다요시가 거기까지 말하자 노부토요가 웃기 시작했다.
"핫핫핫하…… 이건 약효가 지나쳤군. 여봐, 고이케, 가서 아까 말해둔 바둑판을 이리 가져오게."
"옛."
고이케는 대답한 뒤 옆방으로 나갔다.
"사다요시, 사실은 당신과 바둑을 한 판 두려고 부른 거요."
"뭐, 바둑을……."
"도쿠가와 군이 꽤 버틴단 말이야. 우리를 나가시노에 얼씬도 못 하게 한단 말일세. 그래서 좀 지루해진 나머지 오늘 기분이나 풀려고 당신을 부르게 한 거요. 내가 나빴나?"
사다요시는 노골적으로 상을 찌푸리며 혀를 찼다.

"아무리 그렇더라도 농담이 너무 지나치군요. 하기야 감정에 치우쳤던 나도 점잖지는 못했지만……."

사다요시는 그제야 태도를 바꾸어 진막이 울리도록 웃었다.

바둑판이 들어오자 노부토요는 걸상을 치우고 시동에게 갑옷을 벗기게 했다.

"오래간만에 사다요시를 괴롭혀볼까."

"글쎄, 뜻대로 안 될걸요. 결코 지지 않을 테니까."

사다요시는 백, 노부토요는 흑을 잡고 바둑을 두기 시작했다. 기도코로가 슬그머니 사다요시 뒤로 돌아와 칼 뽑을 채비를 했다. 고이케는 첫 번째 울타리에 대기시켜 둔 로쿠베에를 살펴보러 간 모양이다. 바둑을 두다가 어지러운 태도를 보이거나, 로쿠베에가 자백하면 살려서 돌려보내지 않을 속셈으로 짐작되었다.

첫째 울타리에서 주인을 기다리고 있는 로쿠베에한테 노부토요의 중신 고이케가 나타난 것은 두 주인의 바둑이 중반전에 접어든 무렵이었다.

로쿠베에가 사다요시가 타고 온 말의 손질을 끝내고 자기 말의 목을 어루만지고 있는데 고이케가 거만하게 물었다.

"오쿠다이라 사다요시를 따라온 사람이 당신인가?"

"그렇소. 오쿠다이라 문중의 로쿠베에라고 하오."

"그런데 당신은 피 순환이 잘 안 되는 사람 같군."

그러자 로쿠베에는 흘끗 고이케를 쳐다보며 능청스럽게 물었다.

"가이에서는 남자도 월경을 하오?"

"그게 아니라, 피가 잘 도느냐고 물은 거요."

"피가 어떻단 말이오?"

"그대는 돌아가는 길에도 말이 두 필 다 갈 줄 아는 모양이군."

"두 필로 왔으니 두 필로 돌아가야 하지 않겠소."

"사다요시가 무사히 돌아가리라고 생각한단 말이오?"

"뭐, 우리 주군께서 무사히 돌아가지 못할 이유라도 있단 말이오?"

그러자 고이케는 일부러 코웃음 쳤다.

"이 친구 정말 멍청하군! 목 없는 인간이 말 타고 가는 것을 본 일이 있소?"

말하면서 상대의 안색을 눈여겨 살피려 한다. 로쿠베에는 이때라고 생각했다.

"여기는 진중이오, 쓸데없는 농담은 그만하고 맡은 일이나 열심히 하시오."

“흠, 아무것도 모르는 모양이로군.”
“알건 모르건 무슨 상관이오. 우리 문중에서는 말을 손질하는 것도 무사가 해야 할 일, 쓸데없는 농담으로 남의 일을 방해하지 마시오.”
“그대는 로쿠베에라고 했지?”
“그렇게 묻는 그대는 대체 누구요?”
“이름 같은 건 아무래도 좋아. 그대가 딱해 보여서 알려주겠소. 당신 주인은 지금 목이 잘렸소.”
“말도 안 되는 소리! 무엇 때문에 우리 주인의 목이 잘린단 말이오?”
“그러니 알려준다고 하지 않나. 실은 당신 주인이 도쿠가와 군과 내통했네.”
이렇게 말하며 지그시 쳐다보는 고이케에게 로쿠베에는 고개를 발딱 젖히고 목젖이 보일 만큼 웃어젖혔다.
“앗핫핫, 터무니없는 농담을 하는 사람이군. 도쿠가와 군과 내통하는 사람이 나 하나만 데리고 이 진중으로 어정어정 올 것 같소. 나를 골리고 싶으면 좀 더 그럴듯한 말을 하시오.”
“도무지 믿지 않는군. 모처럼 친절하게 가르쳐주었는데도.”
“아, 믿겠소, 믿겠어. 그러면 되겠소?”
로쿠베에는 귀찮다는 듯 말하고 나서 그 언저리의 풀을 뜯어다 주인의 말에게 먹였다.
고이케는 그것을 얼마 동안 바라보고 서 있다가 일단 돌아섰다.
“어처구니없는 친구야. 도무지 나를 상대하지 않는군.”
그런 다음 이번에는 울타리 안에서 살며시 로쿠베에를 엿보았다. 그러나 로쿠베에의 태도에서는 아무 변화도 느껴지지 않았다. 이윽고 그는 땅바닥에 주저앉아 멍하니 하늘을 바라보았다. 푸른 하늘에는 구름 한 점 없고, 귀 기울이면 그 속에서 총공격을 당하여 도망치기 바쁜 나가시노성의 비명이 들려올 것만 같았다.
로쿠베에는 꾸벅꾸벅 졸기 시작했다. 고이케는 고개를 갸우뚱하면서 노부토요 곁으로 돌아왔다. 조금이라도 수상쩍어 보이는 데가 있으면 당장 잡아다 취조할 작정이었지만 로쿠베에의 말투와 행동에서는 이렇다 할 단서를 잡을 수 없었다.

'주인의 중대사를 알면서 저렇듯 침착할 수 있을까?'

비록 사다요시가 내통한 사실이 있다 하더라도 로쿠베에는 미처 알지 못하는 것으로 단정하는 수밖에 도리 없었다.

고이케가 돌아와 보니, 진막 안에서는 첫 대국이 끝나고 두 번째 대국이 진행되고 있었다. 이긴 쪽은 아마도 사다요시인 듯했다.

"앗핫핫, 역시 실력 차이에는 도리 없군. 또 이긴다면 노부토요 님이 딱하게 될 테고……."

방약무인한 웃음소리에 노부토요는 일부러 언짢은 기색을 짓고 있었다. 노부토요의 시선이 자기에게로 돌려지기를 기다렸다가 고이케는 희미하게 머리를 저어 보였다.

뒤에서 기도코로가 신음했다.

"음."

두 사람의 바둑을 구경하는 척하면서 기도코로 역시 사다요시에게서 아무 혐의도 엿볼 수 없었다고 눈짓을 보냈다.

두 번째 대국은 노부토요가 네 집 이겼다. 사다요시는 아깝다는 듯 혀를 찼다.

"이러면 무승부로군, 한 판 더."

그 말에 노부토요는 웃으며 손을 저었다. 어느덧 점심때가 가까워졌다. 이글이글 햇볕이 내리쬐는 정원의 나무 아래에 잡혀와 묶여 있는 사람이 이따금 이상한 신음 소리를 냈다.

"오늘은 이만 하세. 내일은 기필코 나가시노성을 공격하기로 하고 이제부터 군사회의를 열려는데, 그대에게도 병력을 청하게 될지 모르네."

노부토요에게서 이 말을 듣자, 뱃심 좋은 사다요시도 온몸에서 힘이 다 빠져나가는 듯한 안도감을 느꼈다.

"그렇다면 유감스럽지만 굳이 더 두자고 할 수도 없구려."

바둑판을 치우고 있는데 오야마다 노부시게(小山田信茂)와 아마리 하루요시(甘利晴吉)가 어마어마하게 무장을 갖춘 채 들이닥쳤다. 노부토요의 말대로 드디어 그들도 도쿠가와 군의 포위망을 뚫고 나가시노성으로 들어가지 않으면 안 될 모양이었다.

"그럼, 다시 뵙기로 하고."

마침내 호랑이 아가리를 벗어났다. 들어온 두 사람에게 인사하고 진막 밖으로 발을 내디딘 사다요시는 저도 모르게 비틀거렸다.

그 순간 심술궂은 오야마다의 목소리가 들려왔다.

"이봐, 기도코로. 오쿠다이라 님을 부르게."

"예, 무슨 일이신지?"

"벌써 점심때가 됐잖나. 노부토요 님께서 점심을 대접하겠다고 하오. 우리도 함께 들 테니 어서 불러오게."

사다요시는 입술을 깨물었다.

'오야마다 놈이…….'

아직 의혹이 풀리지 않은 것이다. 어디까지나 끈덕지게 시험해 볼 모양이다.

"오쿠다이라 님."

허겁지겁 좇아온 기도코로를 돌아보면서 사다요시는 말했다.

"들었네, 들었어. 점심을 대접해 주겠단 말이지? 이제야 살았네! 사실은 말이야, 진중이라 사양하고 있었지만 배가 고파서 죽을 지경이었어, 고맙네!"

사다요시는 여러 사람과 담소하면서 공깃밥을 세 번이나 비웠다. 세 공기째에는 염치없는 듯 눈을 가늘게 뜨고 웃으며 말했다.

"웃지 말게. 이 덕분에 전쟁터에서도 아직 젊은 사람들에게 뒤지지 않고 달리는 것일세!"

모두들 그 말에 이끌려 와하고 웃었다.

사다요시는 끝까지 자기 속셈을 상대에게 드러내 보이지 않은 채 다섯 사람의 눈에서 안심하는 빛을 확인하고 마침내 진막을 나섰다.

로쿠베에의 손에서 말고삐를 받아 안장에 훌쩍 올라탔을 때, 사다요시는 다시금 막내아들 지마루의 웃음 띤 얼굴이 떠올랐다. 나중에 도쿠가와 군에 가담한 것을 안다면 지마루도 오후도 여느 형벌로는 끝나지 않을 것이다. 가이에서는 끓는 물에 집어넣는 형벌과 화형이 있다고 하지 않는가.

'지마루, 용서해 다오.'

양옆으로 장작을 쌓고 불을 질러 푸른 하늘로 타오르는 불기둥이 보이는 것 같았다.

사다요시는 스스로를 비웃었다.

'흥! 이것은 전국(戰國)시대에 태어난 업보가 아닌가.'
"주군!"
"뭔가, 로쿠베에?"
"무사하신 모습을 대하니 갑자기 몸에서 힘이 빠졌습니다."
"바보 같은 소리!"
사다요시는 반쯤 웃으면서 공연히 큰 소리로 꾸짖었다.
"이제부터일세, 우리들의 활약은. 서두르세!"
"옛."
주종은 구로세를 벗어나자 힘차게 말을 몰았다. 익숙한 산길이었지만, 살아서 돌아온다고 생각하니 더없이 더디기만 하다.
'구하치로 녀석, 무사히 돌아오는 나를 보면 어떤 얼굴빛을 할까.'
쓰쿠데성에 도착하였을 때 산골의 해는 이미 저물고 산맥 위로 빨간 저녁노을이 꼬리를 끌고 있었다.
본성에 들어가 있는 아마리 하루요시는 아직 구로세에서 돌아오지 않았다.
"아버지, 정말 기적적으로 돌아오셨습니다."
완전무장을 하고 다가오는 구하치로에게 사다요시는 말했다.
"일은 잘 됐다. 준비는 다 되었느냐?"
"예."
"좋아. 내 갑옷과, 칼과, 창…… 총 준비도 다 되었겠지?"
말하기 바쁘게 거실로 뛰어들어가 날쌔게 무장을 갖추기 시작했다.
구하치로가 총포대를 인솔하여 뒤뜰로 왔다. 겨우 20자루로 무장한 총포대였지만, 오늘 사다요시의 울적한 마음을 풀어주는 데 없어선 안 될 귀중한 무기였다.
"부녀자와 아이들도 준비시켰느냐?"
"차질 없이 했습니다."
"무기와 무구도 챙겼느냐?"
"하나도 남김없이 챙겼습니다."
"좋아, 오쿠다이라 사다요시의 싸움 솜씨를 보여줄 테다. 총을 겨누어라."
"옛."

대답과 동시에 20자루의 총은 정든 본성으로 그 총구를 돌렸다. 화승에 불이 댕겨지면서 화약 냄새가 흐르고, 선발된 200명의 정예군사는 성문을 열어놓고 숨죽여 대기하고 있었다.

탕 탕 탕! 먼저 열 자루의 총이 불을 뿜었다. 뒤이어 또 열 자루의 총이.

그것이 신호였다.

"이크, 오쿠다이라가 모반했다. 오쿠다이라가……."

기습당하여 일시에 벌집을 쑤셔놓은 듯한 본성의 소란을 뒤로하고 오쿠다이라 군은 묵묵히 성을 나섰다.

이들이 가는 곳은 자기들의 다키야마(瀧山)성이었다.

두 가지 책모

이에야스가 그토록 바라던 나가시노성을 함락한 것은, 오쿠다이라 부자가 다케다 군의 추격을 교묘히 상대하면서 이와사키산(岩崎山)을 지나 다키야마성에 들어간 덴쇼 원년(1573) 8월 20일이었다. 고슈에서 달려온 가쓰요리의 원군이 이에야스의 교묘한 방어와 오쿠다이라 부자의 책략에 부닥쳐 여기저기로 군세를 나누고 있는 동안, 성주 스가누마 마사사다(菅沼正貞)는 성을 버리고 호라이사로 도망쳐버렸다.

이에야스는 재빨리 마쓰다이라 게키(松平外記)를 나가시노성으로 들어가게 하고, 다키야마성에는 마쓰다이라 고레타다(松平伊忠), 히라이와 시치노스케, 혼다 히로다카 세 사람을 보내 오쿠다이라 부자를 돕게 했다.

나가시노 방면 싸움터에서는 주도권이 완전히 도쿠가와 군 손에 들어갔고 그것은 연쇄적으로 노부야스가 있는 아스케, 부세쓰 방면의 싸움에도 영향을 미쳤다. 아스케성을 함락한 노부야스는 하즈가타케(筈岳) 기슭을 돌아 부세쓰를 향해 나아갔다.

오카자키성으로 가쓰요리를 끌어들이려는 오가 야시로는 보급대를 이끌고 그 뒤를 쫓듯 알맞은 간격으로 나아갔다. 야시로에게 있어 이번 일은 모든 것을 건 대망의 행군이었다. 그러나 야시로가 그의 음모를 위하여 먼저 보낸 밀사는 반드시 적임자를 선정했다고 할 수 없었다.

쓰키야마 마님의 혼처가 정해지고, 가쓰요리를 오카자키에 입성시킨 뒤 야시로의 지위도 확고하게 보장되어 있다. 나머지 일은 시나노와 미카와 접경지대에서 밀사인 야마다 하치조가 아스케성을 버리고 부세쓰에 농성하고 있는 시모조 이즈에게 밀서를 건네주기만 하면 되는 것이다.

하치조는 지금 노부야스의 대열을 겨우 피하여 부세쓰성 문에 막 당도한 참이었다. 어제까지도 맑게 개었던 하늘에서 오늘은 가을비가 내리고 있다. 날씨에 지배되는 산골의 기온은 갑자기 겨울을 맞은 듯 추워져 자꾸만 고향에 두고 온 처자가 생각났다.

성문에 이르러 문지기에게 말을 걸려는 순간, 갑자기 망보던 순찰무사가 그에게 소리 질렀다.

"누구냐!"

하치조는 깜짝 놀라 그 자리에 무릎 꿇고 말했다.

"청원이 있습니다."

상대는 그 말은 들으려고도 하지 않고 소리쳤다.

"성 둘레를 어정거리는 수상한 놈, 네 뒤를 줄곧 미행한 것을 너는 몰랐겠지?"

몸집은 하치조와 비슷하나 창을 잡은 주먹의 크기는 훨씬 컸다. 그런 놈이 턱수염을 기른 얼굴에 두 눈을 번뜩이는 모습이므로 하치조는 기죽지 않으려고 힘주어 말했다.

"다케다 가쓰요리 공을 만나러 왔소!"

그는 눈을 부릅뜨고 호통쳤다.

"뭐라고? 너 미쳤구나. 가쓰요리 공이 이런 산속의 작은 성에 계실 듯싶으냐?"

"그럼…… 그럼, 시모조 이즈 님을."

"이즈 님은 아직 이 성에 오시지 않았다."

"그럼, 겐케이 님은 계시겠지요? 오카자키에서 돌아오신 의사 겐케이 님 말이오."

"뭐, 오카자키라고…… 참으로 수상쩍은 놈이로구나."

하치조의 주위에는 어느덧 군졸들의 창으로 울타리가 둘러쳐졌다.

여기에도 야시로 일당의 불운한 오산이 하나 있었다. 야시로와 하치조는 겐케이가 무사히 고슈로 돌아가 가쓰요리를 안내하여 이곳에 와 있을 줄 믿고 있었다. 그런데 그 겐케이는 노부야스의 명으로 시게마사에게 목이 베였으며, 그 목은 이미 오카자키성 한 귀퉁이에 몰래 파묻혀버린 것이다. 따라서 이 산성의 군졸들이 적지에 들어가 있던 한 첩자의 이름 따위를 알 리가 없었다.

주위의 창 울타리에 간이 콩알만 해진 하치조는 다시 소리 높여 주절댔다.

"겐케이 님을 모르십니까? 가쓰요리 공의 밀명을 받고 오카자키성에 가 있었던 겐케이 님을."

"그 겐케이가 어쨌다는 거냐?"

"만나면 아시게 됩니다. 중대한 일로 찾아온 사람입니다. 만나게 해주십시오."

"역시 여기가 돌았군."

무사는 고개를 갸우뚱하며 자기 머리를 손가락질한다. 그러고는 군졸을 돌아보았다.

"전쟁 때 흔히 있는 놈이야. 겁먹으면 이렇게 되지."

"무슨 말씀이오? 나는 결코 미치지……."

"미치지 않았다면 목을 베어야 하는데, 그래도 좋으냐?"

"무……무……무슨 말을. 가쓰요리 공에게 아주 중요한 이 사람을……."

"미친 게 틀림없군. 어쩐지 이상하다고 생각했었지. 자, 내쫓아버려!"

"그런 난폭한 짓을……."

"난폭한 짓이 아니야. 자비다!"

그렇게 말하고 무사가 안으로 들어가버리자 상황은 더욱 나빠졌다. 뒤에 남은 군졸들은 아예 하치조의 말을 들을 생각도 없거니와 듣는다 해도 이해해 줄 위인들이 아니었다. 그들은 조심하기 위해 도중에서 바꿔 입은 농부 차림 옷깃에 창끝을 대고 놀리기 시작했다.

"이봐, 다섯을 셀 동안에 꺼져. 그렇지 않으면 이 창끝이 사방에서 네 목을 찌를 거야."

"무……무……무례하잖소!"

"왓핫핫, 무례하다고 말하는군. 무례하다고!"

"자, 모두 눈을 감으세. 알겠지? 눈을 감고 하나, 둘 세다가 다섯에 찌르는 거야, 알겠나? 하나, 둘, 셋, 넷……."

하치조는 그만 후닥닥 뛰어일어났다.

'이런 어처구니없는 일이 있을 수 있단 말인가!'

다케다 가문의 운명을 좌우할 중요한 밀사를 들개 같은 군졸들이 놀려대다니…… 어쩌다 일이 이렇게 되었는지 도무지 짐작할 수도 없었다.

어쨌든 다섯! 하는 순간 태연히 창을 내지를 놈들이라고 본 이상 도망치지 않을 수 없었다. 목숨이 없으면 출세도 진급도 소용 있을 게 뭔가. 아무튼 분하기 짝이 없었다.

와……하고 웃어대는 군졸들을 돌아보며 하치조는 반쯤 우는 목소리로 말했다.

"다시 오겠다. 나중에 후회하지 마라, 이놈들!"

더 이상 그 자리에 있을 수 없었다. 하치조는 마구 뛰면서 소리쳤다.

"단단히 새겨둬!"

비는 점점 차갑게 등을 적시고, 산으로부터 골짜기로 해 질 녘 안개가 끼기 시작했다. 숲속으로 뛰어들어가 무심코 마른 삼나무 그늘을 찾으면서 그는 엉엉 소리 내어 울기 시작했다.

울 만큼 울고 나자 하치조는 갑자기 시장기를 느꼈다. 그러고 보니 오늘 아침 농가에서 시켜 만든 주먹밥이 아직 손대지 않은 채 허리에 매달려 있다. 하치조는 삼나무 뿌리에 앉아 급히 그 보퉁이를 끌렀다. 검은 현미밥에 된장을 바른 볶음밥으로, 그것을 둘로 쪼개자 창자가 꾸르륵 울었다.

'밥을 먹고 갈 것을 그랬어.'

시장한 나머지 서둘러 일을 그르친 것 같은 생각이 들었다. 주먹밥을 한 입 베어 물었을 때였다. 등 뒤에서 부르는 소리가 났다.

"여봐, 농부 양반."

하치조는 두리번거리면서 주위를 살펴보았다. 언제 그칠지 모르는 빗줄기 너머…… 아름드리 구실잣밤나무를 등지고 발을 쭉 뻗고 앉아 비를 피하고 있는 떠돌이중이 목소리의 주인공이었다.

"난 누구라고, 스님이로군! 깜짝 놀랐소."

하치조는 얼른 주먹밥을 삼켰다.

"지금 몇 시쯤 되었을까요, 스님?"

"이럭저럭 5시는 되었을 거요. 보아하니 당신은 농부가 아닌 듯한데."

"그……그것을 어떻게 아시오. 무엇으로 보이오?"

"나는 관상, 골상, 손금 따위를 잘 볼 뿐 아니라 역학도 공부했소. 따라서 천지간의 일은 거의 짐작하오만 당신은 무사, 더욱이 대망을 품고 있는 몸……이라고 보았는데 어떻소?"

"흠, 이거 놀라운걸!"

하치조는 새삼 그 중의 얼굴을 눈여겨보았다. 큰 삿갓에 다 떨어진 짚신을 신었으며, 검게 물들인 옷소매에서 드러나 보이는 팔이 억세 보였다. 한일자로 다문 입이 매우 컸다.

나이는 28살쯤 되었을까, 아니면 35, 36살쯤 되었을까.

"그럼, 스님은 내 운수를 알 수 있단 말이오?"

"운수뿐만이 아니지. 내가 여기에 이렇게 앉아 있으면 전생에 연분 있는 자가 이 숲속에 나타나 먹을 것을 바칠 테니 여기서 움직이지 말라는 계시가 있었소."

"계시…… 누가 계시했소?"

"내 평생을 바쳐 모시는 부처님이지."

"흠, 먹을 것을 바친다…… 그렇다면 스님도 배가 고프군요."

상대는 대범하게 고개를 끄덕이며 말했다.

"그렇소. 그러나 당신이 계시받은 그 사람……인 줄 깨닫기까지는 내 함부로 그 주먹밥을 받지 않겠소."

"아니, 내가 드리겠다고 해도 말인가요?"

"그렇소."

하치조는 고개를 조금 갸우뚱하고 두 번째 주먹밥을 쪼개었다. 아직 일곱 개가 남아 있다.

"스님."

"뭐요?"

"우리는 이 깊은 산 숲속에서 우연히 만났소. 여기는 사람들이 좀처럼 오지 않는 곳이오. 그 계시를 받았다는 사람이 바로 나라는 생각이 들지 않으시오?"

"그럴지도 모르고 아닐지도 몰라."

"어쨌든 나는 이 주먹밥 두 개를 드리겠소. 그러니 어서 내 운수나 점쳐봐 주시구려."

"부탁하신다면 봐드려야지. 부처님께서는 중생들의 온갖 고민을 풀어주라고 분부하셨소."

하치조는 고개를 끄덕이며 주먹밥을 들고 일어났다. 우선 두 개를 중 앞에 놓고 다시 한 개를 더 놓았다.

"스님 성함은?"

"거처는 일정하지 않고 천해자재(天海自在)인 즈이후라 하오."

즈이후는 공손히 주먹밥을 집어 재빨리 입 속에 넣었다. 중은 하치조보다 더 배고팠던지 두 개째를 먹어치우기까지 거의 숨도 쉬지 않았다.

"두 개를 주겠다면서 세 개를 바치는 걸 보니 틀림없는 계시의 주인공, 참으로 기특한 일이오."

세 개째를 집으며 즈이후는 엄숙하게 변명하고 이것마저 삽시간에 먹어치웠다.

하치조는 중이 맛있게 먹는 것을 바라보다가 자기도 중과 똑같이 세 개를 먹어치운 다음 급히 나머지 것을 싸서 허리에 찼다.

"스님, 나에게 대망이 있다고 하셨지요?"

"했소, 확실히 그렇게 말했소. 그러나 그 대망은 지금 커다란 구름에 막혀 있소."

"커다란 구름이라니요?"

"시커먼 먹구름이지. 오늘의 비를 그곳에서 쏟아지는 눈물……이라고 생각해도 좋을 거요."

하치조는 다시 신음했다.

"흠. 그럼, 나의 대망은 시꺼먼 구름에 가려져 이루어질 수 없다는 말인가요?"

"이보시오, 인연 있는 분. 광대무변한 부처님 뜻을 그리 간단하게 단정하는 법이 아니오. 일이 이루어지지 않는 게 도리어 자비일 경우도 있소."

그렇게 말하고 즈이후는 비로소 볼을 허물어뜨렸다.

"그러나 관상은 좋소. 마음속에 불심을 지니고 있어 언제나 부처님의 가호가 있을 상이오."

"가호가 있겠습니까……."

"그렇소. 그러니 결코 낙담하지 말고 이것이 부처님 길이라고 믿는 올바른 방향으로 늘 마음을 두고 나아가시오."

배가 부르자 즈이후는 어느덧 억누를 수 없는 다변가로 돌아가 있었다. 그에게 있어 이 소박한 시골무사 한 사람쯤 골리기는 식은 죽 먹기였다. 길을 가다가 날이 저문 숲속, 오히려 좋은 상대를 만났다고 생각하니 저절로 혓바닥이 움직여졌다.

"어쨌든 인연 있는 분, 여기서 우리들이 이렇게 만난 인연을 잘 살피지 않으면 안 되겠소. 이 즈이후와 만나서 말을 주고받을 기회란 매우 드문 일이오. 내 한마디 한 마디는 바로 그대로 부처님 말씀이오. 주저하지 말고 무엇이든 물어보시오. 위로는 천문, 아래로는 지리, 천하의 온갖 일을 내 손바닥처럼 알고 있소."

"음……."

하치조는 다시 한숨을 쉬었다.

"그럼, 스님에게 묻겠습니다만……."

"오, 무엇이든지."

"이번 싸움, 누가 이길 것 같습니까? 가이의 다케다와 미카와의 도쿠가와 중에서."

"아, 그거라면 더 말할 필요도 없는 문제지…… 당신이 어느 쪽 문중인지 나는 모르오. 한편이 진다고 말한다 해서 역정 내서는 안 되오."

"그야 물론이지요."

"어쨌든 이것은 부처님 소리니—알겠소, 부처님이 말씀하시오, 승리는 도쿠가와 군이라고."

그 말을 듣자 하치조의 얼굴빛이 핼쑥해졌다.

"어째서 도쿠가와 군이 이길까요?"

"신겐 공의 죽음은 확실하오. 그리고 가쓰요리와 이에야스는 그릇이 다르잖소. 인상, 골상 모두 다르오…… 아니, 그 이상으로 중요한 것은 몇 대에 걸친 부계와 모계의 불심(佛心)이 다르다는 거요…… 이것이 중요하오. 이승의 성쇠는 모두 여기서 결정되오. 범속한 사람 눈에는 물론 보이지 않지만……."

즈이후의 혓바닥은 이제 자기 자신도 막을 수 없을 정도로 매끄럽게 돌아가기 시작했다.

비가 그치지 않은 채 주위는 점점 어두워져 갔다. 갑자기 시무룩하게 입을 다물고 앉아 있는 하치조에게 즈이후는 또 생각난 듯이 말을 걸었다.

"그건 그렇고, 당신은 오늘 밤 어디서 묵으시오? 내 눈이 틀림없다면, 당신은 지금 커다란 운명의 갈림길에 서 있소. 거기에 대해 내 의견을 말하고 싶으나, 이렇듯 날이 어두워졌으니 그럴 수도 없군. 이만 헤어져볼까."

즈이후는 일어서려고는 하지 않고, 그러면서도 사람을 얕보는 듯한 표정으로 생각에 잠긴 하치조를 지켜보고 있다.

하치조의 짙은 여덟팔자수염이 꿈틀꿈틀 움직이기 시작했다. 도쿠가와 군이 이긴다고 간단히 잘라 말해버린 즈이후의 한마디가, 풍채와는 다르게 소심한 그의 마음을 세차게 흔들어놓았던 것이다.

'오늘 부세쓰성에 들어가지 못한 것은 즈이후의 말대로 부처님의 가호였을지도 모른다.'

이 생각에 뒤이어 자기를 이렇듯 중요한 밀사로 보낸 야시로의 자신감 넘치는 얼굴이 떠올랐다. 여기서 밀서를 전한 뒤 싸움이 다케다의 패전으로 끝난다면 자기는 어떻게 해야 좋단 말인가.

다케다 영지로 도망치면 자기 한 몸의 안전은 도모할 수 있으리라. 그러나 오카자키에 남기고 온 처자들은 어떻게 될까? 변설로는 하치조와 비교도 안 되는 야시로였다. 어쩌면 야시로가 하치조를 반역자로 몰아 그의 처자를 처형하여 일을 끝내버리지는 않을까……? 거기까지 생각하자 하치조는 저도 모르게 몸서리쳐질 것 같아 이를 악물었다.

즈이후는 이러한 하치조의 망설임을 눈치챈 듯 그 특유의 거침없는 예언을 시작했다. 아니, 그것은 예언이 아니라 주먹밥을 빼어 먹은 이 우직한 사나이에게 오늘 밤의 잠자리까지 책임 지우려는 것인지도 몰랐다.

"그럼, 부디 몸조심하오. 지금 그대는 한 걸음 잘못 디디면 평생 헤어나지 못할 늪에 빠지게 되오. 인생은 언제나 오늘 현재가 중요하다는 것을 명심하시오. 그럼, 꽤 어두워졌으니 실례하겠소."

즈이후가 일어나 몇 걸음 걷자 아니나 다를까 하치조는 애원하듯 불렀다.

"스님, 기다려주십시오."

"왜, 또 무슨 볼일이 있소?"

"오늘 밤 비바람을 피할 주막은 내가 찾겠습니다. 스님에게 좀 더 여쭤볼 말이 있습니다."

"그렇소? 그렇다면 그대에게 맡기리다. 연분이 있어 만났으니 말이오."

즈이후는 웃지도 않고 공손하게 손목의 염주를 만지작거리며 하치조에게 합장했다.
하치조는 일어나 앞장서서 빠른 걸음으로 숲을 나섰다. 빗속으로 보이는 부세쓰성에는 안개가 서리고 그 방향에 불빛 하나 보이지 않았다. 하치조는 성을 뒤로하고 남쪽으로 걸었다.
작은 개울을 건너자 왼쪽의 산을 낀 작은 분지에 5, 6채의 농가가 마을을 이루고 있다. 거기서 희미하게 불빛이 새어나오고 있었다.
"재워줄까? 전쟁터가 가까운데……."
즈이후의 말을 듣고 하치조는 고개 숙인 채 살며시 자기 가슴을 만졌다.
"돈을 주면 되지요. 나는 그 돈을 갖고 있습니다."
"참으로 그럴듯하군. 역시 그대와는 깊은 인연이 있었나 보오."
하치조는 다시 결심한 듯 즈이후를 불렀다.
"스님!"
눈썹도 수염도 빗방울에 젖어 하치조는 울고 있는 개구쟁이 모습 그대로였다. 마음이 어지러우면 인간의 약점은 겉으로 더욱 뚜렷이 나타난다. 지금의 하치조는 누가 보아도 송장이었다. 따라서 히에이산에서도 손꼽히는 괴승 즈이후는 이 하치조에게서 주먹밥을 빼앗아 먹고 농부 집으로 안내받으면서도 양심의 가책을 느끼지 않았다.
방황하는 자에게는 언제나 암시가 필요한 법이다. 그러니 그 망설임의 내용에는 개입하지 않고 상식의 테두리를 벗어나지 않는 범위 안에서 조언하는 것이야말로 명승이요 고승이다. 지금의 하치조에게는 그 조언이 몹시 필요하다고 즈이후는 꿰뚫어보고 있다.
"여보시오, 여기서 걸음을 멈추면 안 되오. 이야기는 주막에서도 얼마든지 할 수 있소. 너무 비를 맞으면 몸에 해로우리다."
그 말을 듣자 하치조는 강아지처럼 순순히 고개를 끄덕이고 농가 안으로 들어갔다.
농가에서는 하치조 뒤에 서 있는 것이 중임을 알자 그리 의심하는 빛 없이 선선히 두 사람을 화롯불 쪽으로 맞아들였다.
"좁쌀죽이라도 좋다면 주무시고 가시오."

전운(戰雲)은 아직 이 언저리 농부들에게 그리 공포감을 주고 있지 않는 모양이다.

저녁으로 차려온 좁쌀죽을 먹으면서 화롯불에 옷을 말린 다음 하치조는 마디 굵은 손으로 돈을 조금 꺼내 40살 남짓한 이 집 주부에게 건네고, 즈이후 앞으로도 은전 한 닢을 내놓았다.

"보시하겠습니다."

"참으로 기특하시군. 당신에게 행운이 있기를 빌겠소."

"스님."

"무엇이든 망설이지 말고 말하오. 부처님 뜻을 밝혀드리겠소."

"만일 내가 이제부터 주인을 섬긴다면 어떤 분을 섬기는 것이 좋겠습니까?"

"아, 그 일이라면 아까도 말씀드렸지. 이 미카와에서는 도쿠가와 이에야스. 이에야스 님 문중 사람이라면 어떤 분이라도 좋소."

하치조는 즈이후를 곁눈으로 흘끗 쳐다보고 저도 모르게 후유 한숨을 내쉬었다. 도쿠가와 문중의 어떤 분……이 아니라 하치조는 이에야스를 직접 섬기는 몸이 아니었던가…….

"도쿠가와 말고는 누가 좋을까요?"

"그럼, 그대는 도쿠가와 편에서 도망쳐나왔단 말인가?"

하치조는 당황했다.

"아, 아닙니다. 다만 마음에 결정 내릴 수 없는 일이 있어서 여쭈어보았을 뿐이지요."

"글쎄, 이에야스 문중이 아니라면 미노의 오다 문중이 좋겠지."

"다케다 쪽은…… 나에게 맞지 않겠습니까?"

즈이후는 비로소 하치조의 속셈을 알아차리고 하마터면 웃음을 터뜨릴 뻔했다.

"다케다는 그만두는 게 좋겠소. 그쪽은 지금 거대한 태양이 떨어진 뒤요. 화려하게 보였던 것은 신겐이라는 태양이 떨어지는 저녁놀이었던 거요. 아니, 그보다도 그대의 성미에 맞지 않을 거요. 그대는 그대의 정직함을 잘 알고 써줄 사람을 주인으로 맞아야만 하오."

그때 또 한 사람, 농가의 추녀 아래 서 있는 자가 있었다.

"산길을 잘못 들어 비를 맞고 고생하는 사람이오. 하룻밤 묵게 해주시오."
그 목소리를 듣고 문 쪽을 돌아본 하치조는 그만 목을 움츠리며 고개를 푹 숙였다.
"앗!"
문간에 서 있는 사나이도 먼저 와 있는 두 사람을 보더니 흠칫 놀란다. 나이는 25, 26살, 옷차림은 바늘이나 화장품 등을 파는 행상꾼으로 꾸미고 있지만 이에야스가 히쿠마노(하마마쓰)를 공격했을 때 고용한 이가 무리의 한 사람임에 틀림없었다.
하치조는 몸을 움츠리고 화롯불의 재를 다독거리면서 이 집 주부와 나그네가 주고받는 말에 귀 기울였다. 이부자리도 따로 없고, 대접도 제대로 할 수 없으니 모두 다 함께 한자리에서 자겠다면 좋다고 주부는 대답했다.
"예, 괜찮습니다. 지금 신슈에서 오는 길인데 오는 도중 혼났습니다. 철수하는 다케다 군에 맞닥뜨리는 바람에."
새로 온 나그네는 말하면서 화롯불 곁으로 다가왔다.
"오늘 하룻밤 벗이 되게 해주십시오."
이야기를 즐기는 즈이후는 이 사람이 장사치가 아니라는 것을 단번에 눈치챘다.
"다케다 군이 철수하는 것을 보셨소? 그렇다면 나가시노성도 드디어 함락되었겠군요. 그렇지 않고서야 다케다 군이 부세쓰를 버리고 퇴각하지 않을 텐데."
"예, 나가시노는 20일에 함락되었다고 짐수레꾼들이 이야기하더군요."
"허허, 그게 당연한 일이지."
즈이후는 하치조보다 그 사람 쪽이 말벗이 된다고 여긴 듯했다.
"그렇다면 이에야스 님이 노부야스 님 진중으로 사자를 보냈겠군."
"허!"
상대는 시치미 뗀 표정으로 즈이후를 바라보았다. 어쩌면 그 자신이 밀사였는지도 모른다.
"스님이 어떻게 그런 일을 아십니까?"
"하하하…… 나에게 사소한 욕심 따위는 없소, 큰 욕심은 있지만. 그러므로 부처님께서 여차여차하면 여차여차하게 된다고 가르쳐주시지요."

"그럼, 그 사자는 무엇을 알리러 갔을까요?"
"뻔한 일, 빨리 오카자키로 철수해라. 그렇다고 부세쓰산성을 그냥 내버려두면 뒤가 시끄러우니 불 지르고 돌아오라는 거 아니겠소?"
"허, 불 지르고?"
상대는 순간 눈을 번뜩였지만 이내 천연덕스럽게 장사꾼 태도로 돌아와 젖은 팔가리개를 벗겨 불에 쬐었다.
"모처럼 손에 넣은 성을 불사르다니 아까운 일이군요."
"그거요, 바로 그것이 문제요. 지금의 도쿠가와 군으로서는 군사를 나누어 배치할 여유가 없거든. 산성 하나를 불살라 주변 백성들을 전화(戰禍)에서 구하고, 이제부터의 싸움터를 자신에게 유리한 나가시노 언저리로 삼는다면…… 그것도 하나의 중대한 일이 되거든."
"그럼, 언제쯤 성을 불사를까요? 거기까지는 스님도 모르시겠지요?"
즈이후는 다시 웃었다.
"빠르면 오늘 밤, 늦어도 내일 밤까지겠지. 부세쓰성을 지키고 있던 다케다 군이 철수했다면."
하치조는 이제 아무 말도 하지 않았다. 어깨를 잔뜩 움츠리고 눈을 내리깐 채 이가 무리인 그 사람에게 자기가 누구인지 탄로 나지 않도록 조심하는 게 고작이었다.
'대체 나는 무엇을 위한 사자였단 말인가.'
그렇게 생각하니 하염없이 눈물이 나올 것만 같았다.
"그럼, 먼저 실례하겠소."
하치조는 화롯가를 떠나, 사람들에게서 얼굴을 돌리고 더러운 가마니 위에 누웠다.
부세쓰성에 불길이 오른 것은 하치조가 잠자리에 누운 지 한 시간쯤 지난 뒤였다. 들개들이 갑자기 요란스럽게 짖어대더니 5, 6채의 농가에서 사람들이 술렁대는 소리가 들렸다.
"불이야, 불이야! 성에서 불이 났다!"
그 소리에 하치조는 저도 모르게 자리를 박차고 뛰어나갔다. 비는 얼마쯤 뜸했지만 앞이 전혀 보이지 않았다. 비는 그대로 안개가 되고 북쪽 하늘은 온통 빨갛게 물들어 있었다.

'저 스님은 무서운 사람이다…….'

하치조는 덜덜 떨리는 무릎을 주체하지 못하고 그의 뒤를 쫓아나온 즈이후와 집 사람들 곁을 일부러 피했다.

즈이후의 말은 하치조에게 이미 비판의 여지가 없는 엄숙한 것으로 바뀌어 있었다. 하치조가 성문에서 쫓겨난 것은 이미 성안 군사들이 성을 버리기로 결정하고 초저녁을 기다리던 때였던 모양이다. 일이 성사되지 않은 게 도리어 부처님의 자비일지도 모른다고 즈이후는 말했는데, 만일 성문을 무사히 통과하여 밀서를 주었더라면 자기는 대체 어떻게 되었을까? 생각하니 온몸이 오싹했다.

나가시노성을 함락한 이에야스로부터 노부야스에게 성을 불사르고 빨리 철수하라는 명령이 있었다는 것도 이제 더 의심할 나위가 없었다.

"……빠르면 오늘 밤……."

성이 불타는 시간까지 정확히 예언한 즈이후인 것이다.

"야시로 님…… 앞으로 대체 어떻게 되는 겁니까?"

하치조는 속으로 중얼거리다가 당황하여 떨리는 발을 다시 고쳐 디뎠다.

야시로는 다케다 군이 반드시 승리한다고 말했다. 가쓰요리가 군사를 이끌고 와 있을 거라고도 했고, 겐케이는 반드시 부세쓰성에 있다고도 했다. 그런데 지금 그 성은 이렇듯 하늘을 그을리며 불타고 있다.

하치조는 점점 야시로가 미워졌다. 한낱 졸개에 지나지 않던 야시로가 20개 마을을 다스리는 중신으로까지 발탁되었으나 그 은혜를 저버리고 이에야스를 배반하려 하다니. 이렇게 되는 게 당연한 일인지도 모른다.

'틀림없는 천벌일 거야…….'

즈이후가 한 말을 되새기며 하치조는 으드득 이를 갈았다.

"그 악당 놈이……."

그러나 악당에게 놀아나 끔찍한 음모에 가담한 것은 누구였던가……?

"아니…… 아니……."

하치조는 당황하여 머리 저으며 이번에는 눈물을 뚝뚝 떨어뜨렸다.

"나에게는 아직 부처님의 가호가 있다. 저 스님이 그렇게 말했지."

그렇다면 자기가 부처님에게 버림받지 않기 위해서는 한 가지 방법밖에 없다.

빨리 오카자키로 돌아가 야시로의 음모를 노부야스에게 고발하는 일이다. 자기는 그 음모의 내용을 탐지하기 위해 가담하는 척했다……고 말하면 된다. 아니, 처음부터 그러한 하늘의 뜻으로 신불이 자기를 야시로에게 접근시켰다고 생각하면 된다…….

"나는 악당이 아니다! 나는 부처님이 가호하는……."

하늘을 더욱 새빨갛게 물들이는 불길 아래에서 하치조는 언제까지나 같은 말을 되풀이했다.

가을 하늘

쓰키야마 마님은 아까부터 마루 양지쪽에 나와 앉아 반 시간이나 꼼짝하지 않았다. 하늘은 높게 개고 느티나무 가지에는 때까치가 와서 잡아 찢는 듯 울어 댄다. 그 모습을 이따금 쳐다보며 쓰키야마 마님은 한숨 쉬었다.

노부야스는 어제 무사히 개선하여 오늘 본성에서 주연을 베풀 예정이었다.

그 전에 야시로를 만나고 싶었다. 가이 군은 대체 어떻게 되었을까? 가쓰요리는 어디에서 어떻게 나를 맞으려는 것일까?

노부야스에게서 사자로 온 노나카 시게마사는 쓰키야마 마님에게 이렇게 보고했다.

"마침내 나가시노도 함락되어 마쓰다이라 게키 님을 수비장수로 남기고 대감님께서는 일단 하마마쓰로 돌아가셨습니다. 작은주군님도 큰 공을 세우셨으니 정말 경사스러운 일입니다."

노부야스가 무사한 것은 물론 기쁜 일이다. 그러나 그렇게 되면 마님의 계획은 어떻게 되는가?

은밀히 야시로를 부르러 보낸 기노의 언니 고토조는 아직 돌아오지 않고 있다. 마님은 또 한숨 쉬었다.

물론 이것으로 전쟁이 끝나는 것은 아니다. 나가시노성을 되뺏으려고 다케다 군은 더욱 심한 공격을 해올 것이고, 행운은 언제까지나 이에야스에게만 있다고 할 수도 없었다.

옆방 문이 살그머니 열렸다.
"고토냐?"
"아니에요, 기노입니다."
마님은 날카로운 표정으로 돌아보며 나무라듯 말했다.
"무슨 일로 왔느냐?"
하마마쓰까지 일부러 갔으면서 오만 부인에게 손도 대지 못한 기노에게 마님은 아직 노여움을 품고 있었다.
기노는 머뭇거리며 마님을 올려다보았다.
"네, 도쿠히메 님이 순산하셨습니다."
"뭐, 순산했다고?"
"네…… 네."
"사내아이냐, 계집아이냐?"
"따님입니다."
"그래? 계집아이라……."
마음 놓은 듯 중얼거린 다음 거칠게 말했다.
"작은주군께 축하한다고 해라. 곧 대면하러 가도록 할 테니."
"네…… 네."
기노가 살그머니 미닫이를 닫자 마당 쪽에서 기다리던 야시로의 목소리가 들렸다.
"무슨 일로 마음 상해 계십니까?"
"아, 야시로 님, 고토조를 만났나요?"
"만나지 못했습니다. 지금까지 작은주군님과 무기를 점검하고 있었습니다."
야시로는 그대로 내전에 올라와 마루에 엎드려 절했다.
"대감님과 작은주군님의 개선을 축하드립니다."
그 말투가 너무도 냉랭하여 마님은 순간 어리둥절했다.
"그리고 손녀님 탄생으로 겹치는 기쁨, 이로써 가문은 만만세입니다."
"야시로 님."
"예."
"가문이 만만세라니…… 당신이 꾸미는 일은 어떻게 되었단 말이오?"

마님이 다그쳐 묻자 야시로는 한결 더 냉랭하게 되물었다.

"제가 꾸미는 일이라니요?"

마님은 너무도 뜻밖인 야시로의 되물음에 얼마 동안 입술을 부들부들 떨며 상대를 쏘아보았다.

야시로는 그 시선을 충분히 의식했다. 그러나 그는 하늘을 쳐다보며 실눈을 뜨고 꾸짖듯 나직하게 말을 이었다.

"때까치 놈들이 꽤 시끄럽게 울어대는군요. 말씀을 조심해 주십시오. 누군지 작은주군님에게 일러바치는 사람이 있어, 지금 막 무기고 앞에서 뜻밖의 말씀을 듣고 왔습니다."

"노부야스가 그대에게……."

"예, 야시로가 반역심을 품고 있다고 밀고해 온 자가 있다, 그것이 야시로가 아니었다면 선뜻 믿었을지도 모른다, 문중의 사람에게서 그 같은 미움을 받지 않도록 조심하라……는 말씀이 있었습니다."

야시로는 하늘을 올려다본 채 단숨에 말하고 마님에게로 시선을 돌렸다.

"작은주군님은 아주 기분 좋아하시며 저에게까지 하사품을 내리셨습니다."

마님은 참다못해 말했다.

"그래, 가쓰요리 님은 뭐라고 했나요?"

"대감님과 작은주군님의 무용을 두려워하여, 어느 싸움터에도 모습을 나타내지 않는다는 뒷소문입니다."

"어느 싸움터에도…… 그럼, 겐케이는?"

그 말을 듣자 야시로는 눈을 치뜨며 비웃음을 떠올렸다.

"그놈은 보기와 달리 겁쟁이라 작은주군님이 의심하실 것을 겁내어 어디로 도망쳤나 봅니다."

씹어뱉는 야시로의 말에 마님은 그만 눈을 치뜨며 무릎걸음으로 다가앉았다.

"야시로 님!"

"예."

"그렇다면 나에게 한 약속은 대체 어떻게 되는 거지요?"

"약속, 누구의?"

"가쓰요리 님의 편지, 이 몸을 고슈로 데려가 오야마다에게 시집보내겠다던 그……."

야시로는 눈썹을 곤두세우고 입술을 일그러뜨렸다.

"마님! 말씀을 삼가십시오. 그런 것, 이 야시로는 모르는 일입니다."

"뭐? 지금 뭐라고 했지요? 그 편지 일을 모르다니!"

"쉬—정말 딱한 말씀을 하십니다. 싸움에는 승패가 있습니다. 앞으로는 어떻든 지금은 나가시노를 비롯하여 이 가문의 승승장구, 전쟁에 진다면 대장으로서 목숨을 잃을 수도 있는 게 아닙니까?"

"그렇게 말하니 더욱 마음에 걸리는군. 그럼, 가쓰요리 님이 전사하셨다는 소문이라도?"

야시로는 무릎을 매섭게 탁 쳤다.

"이제 그 일은 이야기하지 않겠습니다. 시기를 기다리는 게 좋을 겁니다."

그리고 그는 다시 하늘로 시선을 돌리고 능청맞게 중얼거렸다.

"오늘은 하늘이 활짝 갠 날, 얼마 안 있으면 본성에서 주연이 베풀어질 시간, 어디 작은주군님의 건강한 얼굴이라도 배알할까……."

야시로는 마님에게 단정히 절했다.

"그럼, 안녕히 계십시오."

마님은 쏘는 듯한 눈길로 노려보았지만 야시로는 마님의 낭패나 노여움 따윈 아랑곳없다는 듯 뻔뻔한 태도로 뚜벅뚜벅 뜰을 돌아나갔다.

마님은 온몸을 떨면서 허공을 바라보았다. 언제나 싱싱하던 피부가 오늘은 4, 5살 늙은 것처럼 까슬까슬해 보인다.

그러나저러나 이 얼마나 사람을 깔보는 야시로의 태도인가.

마님은 이미 이곳에는 마음이 없었다. 가쓰요리로부터의 마중을 고대하며 고슈로 꿈을 달리고 있었다.

'일상용품까지도 은밀히 챙겨 준비하고 있었는데…….'

전쟁에는 확실히 예측 불허의 사태가 있다. 이길 줄 알았던 가이 군의 전세가 갑자기 불리해져 예정했던 지점까지 나오지 못하게 되는 건 있을 수 있는 일이다. 그러나 야시로가 그토록 차갑게 자기를 박차는 것은 그 얼마나 건방진 행동이란 말인가.

'마치 자기 마누라나 하녀처럼…….'

쓰키야마는 생각할수록 몸이 떨렸다. 분한 마음이 아드득 심장을 죄어온다.
'야시로 놈, 자상한 사정 이야기도 하지 않고.'
마님은 비틀거리며 일어났다. 그리고 떨리는 손으로 문갑 속에서 가쓰요리의 편지를 찾아냈다. 쓰키야마는 박박 찢어버리려다가 생각을 고친 듯 다시 펴보았다.

—이번에 겐케이를 통하여 전해오신 취지를 잘 알았습니다.
아드님 노부야스 님을 어떻게든 가쓰요리 편으로 끌어들이시고 계책을 써서 노부나가와 이에야스를 멸망케 하신다니, 이에야스의 영지는 물론 노부나가의 영지 가운데 어느 것이든 하나 원하시는 대로 새로이 은혜로서 드리겠습니다.
쓰키야마 마님에 대해서는 다행히 저희 영내의 오야마다 효에라는 장수가 지난해에 상처하고 홀아비가 되었으니 그의 아내로 삼아드리겠습니다. 노부야스 님이 동의하신다면 쓰키야마 마님을 먼저 가이로 모시겠습니다.
가쓰요리 서명

읽어가는 동안 쓰키야마 마님의 눈에서 몇 줄기 눈물이 흘렀다. 이 증서 한 장에 마님의 모든 꿈이 걸려 있었던 것이다. 남편 이에야스에의 복수, 외숙부 요시모토를 죽인 노부나가에의 원한…… 그런 것들을 소리 높여 어딘가에서 웃어주지 않으면 죽어도 눈을 감을 수 없는 망집의 귀신이 되어 있었다.
마님은 그 편지를 다시 말기 시작했다. 지금은 가이 군이 불리하여 아스케도, 나가시노도 밉기만 한 남편 손에 들어갔지만 전쟁이 끝난 것은 아니다. 다케다 군이 반드시 이 오카자키에 온다기보다도, 그것은 역시 아직 이루지 못한 꿈에의 집념일까.
편지를 다 말고 나서 마님은 공손히 그것을 받들었다. 그날이 오기를 남몰래 비는 기도만이 이제 마님의 구원이었다.
'그때는 야시로 놈도 가만두지 않겠다.'
살아서 지옥에 있는 마님은 그것을 다시 문갑 속에 숨기고 마르려는 눈물을 닦았다.

그때 야시로를 부르러 보냈던 고토조가 돌아왔다. 고토조는 마님이 지금 문갑 속에 숨긴 것이 무엇인지 알고 있다.

"지금 돌아왔습니다."

두 손을 짚고 말하면서 고토조 역시 사시나무처럼 몸을 떨었다. 고토조의 눈에 비친 쓰키야마 마님은 온몸에 소름이 끼칠 만큼 처참한 귀신 같은 형상이었다. 지금까지도 몇 번인가 그런 일이 있었지만 오늘은 더욱 그러했다. 눈꼬리는 치켜올라가 야릇하게 번쩍이고 입술은 흙빛으로 변해 있다. 그런 모습으로 침착성을 잃고 시선을 허공에 던지며 고토조가 가장 무서워하는 문제의 밀서를 문갑에 감추고 있는 참이었던 것이다.

고토조의 목소리에 깜짝 놀라 뒤돌아보는 마님도 순간 숨을 죽인 것 같았다. 전에는 아무렇게나 두어 고토조가 읽어보게 할 만큼 조심성 없던 마님도 주위 공기가 험악해진 지금은 의심의 포로가 되기 시작했다.

"고토냐……."

말하는 소리부터 몹시 메말라 있다.

"보았구나, 너는."

그리고 문갑 곁을 떠나 달려들듯 한 무릎을 세웠다.

고토조는 눈을 감고 싶었다. 떨지 않으려 해도 떨리고, 대답하려 해도 소리가 나오지 않았다. 가쓰요리한테서 온 밀서를 보았을 뿐 아니라, 하마마쓰에 심부름 다녀온 동생 기노한테서 직접 그곳에서 겪은 사건을 자세히 들었기 때문이었다. 기노는 하마마쓰에서 만난 오만 부인을 '다른 뜻이 없는 분'이라고 부르고, 오아이를 '마음이 어질고 착한 여장부'라고 눈물지으며 고백했다. 그렇게 실토한 기노의 말도 고토조에게는 무거운 부담이 되어 있다. 적의 은혜를 입고 돌아온 동생, 동생의 마음은 이미 쓰키야마 마님보다 오아이 쪽으로 더 기울어져 있는지도 모른다.

"고토!"

"넷."

발딱 일어서듯 대답하며 고토조는 웃음 지으려 했다. 자기 한 사람만이 아니라 동생 목숨까지도 위태롭다는 본능적인 두려움에서였다.

"보았으면 보았다고 말해."

"네, 보……보……보지는 않았지만…… 저…… 겐케이 님한테서 좋은 소식이라도?"

눈을 피해선 안 된다고 마음먹으며 그 말만 하고 다시 웃어 보였다. 순간 마님의 표정이 부드러워졌다. 이렇듯 표정의 변화가 심한 것도 고토조에게는 무섭기만 했다.

'미치기 시작한 건 아닐까……?'

그런 불안이 끊임없이 꼬리를 문다…… 마님은 갑자기 눈물지었다.

"고토조."

"네."

"대감님은 마침내 나가시노성을 손에 넣었다는구나."

고토조는 그 말을 어떻게 받아들여야 할지 몰랐다.

"그렇습니까?"

"거기다…… 오만도 벌써 아이를 낳았겠지."

"그런 소식이 있었나요?"

"있을 리 없지. 나는 오만을 미워하고 있다. 사내아이일까, 딸일까……?"

그러더니 이번에는 옷깃을 여미며 부드럽게 말했다.

"고토조, 머리가 헝클어졌다. 손질해 주지 않으련?"

고토조는 시키는 대로 옆방에 가서 거울을 들고 왔다. 마님 뒤로 돌아가 머리를 빗기기 시작하자 거울 속에서 마주친 시선은 눈물이 글썽하여 힘없이 웃고 있었다.

"고토조—"

"네."

"나는 하마마쓰의 대감님에게 잘못을 빌어야겠지?"

고토조는 황급히 시선을 돌리며 가슴이 뭉클했다. 늘 감정이 바뀌는 마님. 무서울 때는 귀신같이, 악귀같이 보이는 마님이지만 어떤 때는 못 견디게 애절하고 가련하게 바뀐다.

'어느 쪽이 진짜 마님일까……?'

줄곧 조마조마해하면서 고토조로서는 그 어느 쪽도 거짓으로 여겨지지 않는 점이 있었다.

"어째서…… 어째서 그토록 마음 약하신 말씀을 하셔요."

마님은 대답 대신 살며시 눈시울의 눈물을 눌렀다.

"오만이 아이를 낳은 것도 순순히 축하해 줄까 한다. 대감님이 기뻐하시는 일이라면…… 얘, 고토야, 대감님은 정말 이 세나를 미워하는 걸까?"

"아니에요, 그럴 리가……."

더 대답하려다가 고토조는 또 당황해 입을 다물었다.

'무엇 때문에 이런 말씀을 하실까?'

그것을 확인하지 않고 섣불리 말했다가는 그 뒤의 변화가 무섭다.

"없다고 너도 생각하느냐?"

"네…… 네, 있을 리 없다고……."

"그러냐. 이제 됐다, 잘 빗었구나. 치워도 돼."

"그럼……."

고토조는 살얼음을 딛는 듯한 심정으로 도구를 치웠다. 마님은 사람이 달라진 것처럼 부드러운 태도로 자리를 고쳐 앉았다.

"나도 이제 마음을 고쳐먹어야지. 가메히메를 만나고 싶구나, 이리로 불러다오."

고토조는 시키는 대로 자리에서 일어나 복도로 나오자 저도 모르게 고개를 갸우뚱했다. 주위 사정은 마님에게 결코 좋아졌다고 생각되지 않았다. 그 뒤로 겐케이에게서 소식이 있었던 것 같지도 않고 야시로 역시 마님에게 매우 쌀쌀하다. 작은주군의 마님은 무사히 딸을 낳았고, 미워하던 하마마쓰의 오만에게도 손대지 못했다.

그러한 사건들이 도리어 마님의 마음을 진정시키고 깊이 고쳐 생각하게 만드는 실마리가 된 게 아닐까? 그렇게 되었다면 고토조도 기노도 무거운 마음의 짐을 덜 수 있으려만…….

아랫성에 있는 노부야스의 누이 가메히메의 방에 이르자 가메히메는 언짢은 얼굴로 나들이 채비를 하고 있었다. 지금까지 작은주군 노부야스에게 불려가 있었는데, 이제부터 어머니를 찾아보려던 참이라고 했다.

"어머님 심기는?"

"네, 매우 좋으십니다."

고토조가 대답하자 가메히메는 답답하다는 듯 혀를 찼다. 기분이 몹시 언짢은 것 같아 준비를 모두 끝낼 때까지 고토조는 몸을 움츠린 채 기다렸다.

노부야스의 누이 가메히메는 자라나면서 눈에 띄게 버릇없는 기질이 드러났다. 천성적으로 기질이 세다기보다는 어머니의 영향을 받아 때로 하인들에게 매섭게 대하고 곧 사죄하곤 했다.

그래서 성안 사람들은 노부야스의 아내 도쿠히메나, 때에 따라 아야메보다도 가볍게 대했다. 몸집이 작은 데다 생각난 것을 그대로 입 밖에 내는 탓도 있었다. 이런 가메히메는 노부야스보다 어리게도 보였다.

가메히메를 보자 쓰키야마 마님은 녹을 듯이 웃었다.

"이번에 경사가 겹쳤어."

이것도 전에 없던 일이다. 가메히메는 눈을 크게 뜨고 앉자마자 버릇없이 물었다.

"경사라니요?"

"작은주군은 무사히 개선하고, 아버님은 나가시노성을 손에 넣었어. 그리고 작은마님과 오만도 출산을…… 이 모두 경사스러운 일이 아니겠니."

가메히메는 고개를 끄덕였다. 그 일이라면 그리 이의가 없다는 표정이었다.

"어머니, 제 혼담이 정해졌다더군요. 저는 작은주군이나 아버님 형편대로 따르기로 이젠 체념했어요."

가메히메는 두 볼이 뾰로통해져서 내던지듯 말했다.

"그럼, 저 오쿠다이라 집안에?"

가메히메는 또 거칠게 고개를 끄덕였다.

"조금 전에 작은주군이 아버님 분부이니 다른 의견은 없겠지, 하고 엄한 얼굴로 말했어요."

"노부야스가 직접?"

"네, 기후 성주님이 중매하신 것이어서 이러쿵저러쿵 고집부리면 오다, 도쿠가와 두 문중에 틈이 생길 테니 단단히 각오하라는 거예요."

가메히메가 말하자 마님 얼굴이 다시 새파랗게 질렸다. 오다라는 말은 어떤 경우에도 마님 앞에서 해선 안 될 말이었다.

문 앞에 대기한 채 고토조는 저도 모르게 마른침을 삼켰다.

'오다의 주군께서 중매했다니 이 무슨 얄궂은 운명이란 말인가…….'

고토조는 조마조마해하면서 마님 눈치를 살폈다. 이처럼 기분을 거스르는 일이 계속된다면 다음에 올 폭풍이 걱정이었다.

그러한 어머니의 동요를 모를 리 없으련만 가메히메는 서슴없이 다시 말을 이었다.

"어머니나 저는 말 한 필, 칼 한 자루와 같은 신세, 공로 있는 가신에게 내리는 상품에 지나지 않아요."

고토조는 이제 마님의 얼굴을 더 볼 수 없었다. 언제나 그것에 심한 저주를 퍼부으며 미쳐 날뛰는 마님이 아니었던가…….

잠시 뒤 마님은 얼마쯤 떨리는 목소리로 딸에게 말했다.

"가메히메—그런 말을 하면 안 돼."

"왜 안 되나요?"

"그것은 노부야스나 아버님이 나빠서가 아니에요. 그렇게 하지 않으면 살아남지 못하는 무참한 세상 탓……."

고토조는 깜짝 놀라 마님을 우러러보았다. 지금까지 누군가 그런 말을 해도 결코 들으려 하지 않던 마님이었다. 그 마님 입에서 나온 뜻밖의 말을 듣고 고토조는 자기 귀를 의심했다.

가메히메 역시 이상스러운 얼굴로 어머니를 보고 있다.

가메히메가 고개를 갸우뚱하는 것을 보자 마님은 살며시 팔걸이를 앞으로 고쳐놓았다.

"불만인 모양이군, 가메히메는…… 이 어미도 오늘까지 잘못 생각하고 있었어. 이 세상의 비참함은 남자들보다 여자에게 더 참혹하다. 아니, 여자에게 참혹한 바람을 보내는 것은 남자들이라고 생각했지."

마님 말투가 너무도 진지하므로 가메히메의 볼에 무슨 말을 하느냐는 듯 깔보는 빛이 떠올랐다.

고토조는 숨죽이고 두 모녀를 번갈아보았다.

"그런데 이 바람은 남자들에게 더 참혹하다는 것을 알았어. 여자는 시집간 곳에서 다시 살 수 있지만, 남자들에게는 하나하나가 생사의 갈림길인 것을 알았지……."

그러자 가메히메가 소리 내어 웃기 시작했다.

"뭣이 우스우냐? 어미가 걸어온 마음의 길을 말하고 있는데."

"그럼, 어머니는 이제 아버님을 용서하세요?"

"용서니 뭐니 할 것도 못 되는 일로 혼자 기 쓰고 있었다는 것을 깨달았다. 응, 가메히메! 이 어미도 부탁하마. 아버님이나 노부야스의 뜻을 거스르는 일은 하지 말거라."

"그렇게 말씀하신 뒤 실은…… 터놓고 할 이야기가 있는 거지요, 어머니?"

"무……무……무슨 말이냐, 그것이."

"괜찮아요. 어머니 마음은 저도 대체로 알고 있어요. 그래서 의논하러 왔으니까요."

가메히메는 고토조를 흘끗 보고 목을 움츠렸다.

"네, 어머니. 저는 처분대로 하시라고 작은주군에게 대답했어요."

"잘했어, 잘했고말고."

"기후 성주님이 하신 중매, 이야기가 착착 진행되어 시집가기로 결정된 그날 저는 깜짝 놀라게 해주겠어요. 그것이 최선이에요! 그렇지요, 어머니?"

"어쩌면…… 그런."

놀라며 앞으로 몸을 내미는 마님 앞에서 가메히메는 재미있는 듯 몸을 흔들고 웃으면서 말했다.

"아버님도 깜짝 놀라실 테고, 기후의 성주님 체면은 형편없어지겠지요. 어머니, 저는 어머니 딸이에요. 어머니께서 분한 일은 저도 분해요. 아버님 뜻대로 될 것 같아요?"

고토조는 당황해 얼굴을 숙인 다음 다시 조심조심 시선 한구석으로 두 모녀를 엿보았다. 별안간 사람이 달라진 것 같은 어머니와 그 어머니의 예전 모습을 그대로 빼닮은 딸의 대결, 얄궂은 일이라기보다도 어떻게 될 것인지 마른침이 삼켜지는 상황이었다.

"아니면 어머니에게 더 좋은 방법이라도……."

"가메히메……."

"네."

"가메히메는 어미의 말을 순순히 믿어주지 않느냐?"

"호호호, 말씀보다도 더 깊은 데를 보고 있는걸요."

"……"

"어머니, 무슨 생각이 있으신 거지요? 저에게 들려주세요. 어머니답지 않아요!"

그 말을 듣자 마님 눈에 또 반짝반짝 이슬이 맺혔다.

고토조는 여전히 마른침을 삼키고 있다. 만일 가메히메의 관찰이 옳아서 마님에게 무슨 다른 생각이 있다면, 그것은 고토조 자매의 운명과도 관계되는 일이리라.

'마님의 눈물은 무엇을 의미하며 눈물 속의 눈빛은 무엇을 말하는 것일까?'

"어머니, 저도 생각하고 있어요. 드디어 출가하게 될 때 모두의 체면을 짓밟아버릴 것인가, 아니면 태연하게 시집가고 나서 깜짝 놀라게 하는 게 좋은가를."

가메히메는 오히려 즐거운 듯 고개를 갸웃거리며 웃어댔다.

"어머니 같으면 어떻게 하시겠어요? 하긴 제가 어머니 말씀대로 할지 안 할지는 모르지만……."

마님은 믿어지지 않을 만큼 엄한 목소리로 타일렀다.

"가메히메! 그만두지 못해! 사람의 일생은 장난이 아니야."

"그렇지요, 그러므로 남자들이 제멋대로 가지고 노는 장난감이 되지 않겠다는 거예요."

"너는 이 어미가 뉘우치고 있는 것을 모르느냐?"

"호호호, 알지요. 뉘우친 것처럼 보여 적을 방심시키려는 계획, 저는 그것이 못마땅해서……."

"입을 조심해!"

그 소리에 가메히메보다도 고토조 쪽이 더 놀라 그만 꿇어 엎드렸다. 그 귀에 한동안 때까치의 시끄러움이 되살아날 뿐 어머니도 딸도 말이 없었다.

이윽고 가메히메는 자리에서 벌떡 일어났다.

"어머니까지도 그런 심정이시라면 나는 이제 아무도 믿지 않겠어요. 내가 하고 싶은 대로 할래요."

"가메히메!"

"안녕히 계세요. 고토, 이만 돌아간다."

고토조는 허둥지둥 일어나 현관까지 배웅했다.

"가메히메 님, 그러시면 마님이……."

현관마루에 이르렀을 때 겨우 그 말을 속삭이자 가메히메는 뒤돌아보고 목을 움츠리며 키드득 웃었다. 그러고는 또 두 볼이 뾰로통하여 가버렸다.

고토조는 가메히메의 모습이 토담을 나설 때까지 바라보고 나서 조심스럽게 돌아왔다.

마님은 다시 마루로 나와 기둥에 손을 짚고 서 있었다. 고토조가 돌아와도 돌아보려 하지 않고, 나무 사이로 열린 푸른 하늘을 물끄러미 바라보고 있는 모양이다.

고토조는 가메히메가 손도 대지 않고 남기고 간 찻잔과 과자그릇을 소리 나지 않도록 치웠다.

아마도 광을 지키는 졸병들에게까지 술이 내린 모양으로 토담 너머에서 왁자지껄하는 소리와 손뼉 소리가 들려왔다.

"고토……."

"네…… 네."

다 치우고 나서 호젓이 마님 뒤에 서 있으려니 마님은 문득 기둥에 이마를 대고 중얼거렸다.

"저 푸르고 깊은 가을 하늘이 나를 빨아들일 것만 같구나…… 부축해 다오, 너만은 단단히 이 세나를 부축하고 있어다오."

고토조는 황급히 일어나 시키는 대로 마님의 팔 밑에 어깨를 넣었다. 또 한바탕 졸개들의 웃음소리가 들렸다.

차남 탄생

나가시노에서 하마마쓰로 돌아온 이에야스는 온몸에 건초와 말가죽 냄새를 풍기며 쉴 새 없이 일했다. 오랜 싸움터 생활로 틀림없이 여위어 돌아오리라 생각했었는데, 밤색 털의 밭갈이 말을 연상시키는 늠름한 모습으로 돌아온 그날부터 팔방으로 사람을 보내 영지의 벼농사를 조사하게 했다.

"이만하면 평년작 이상이다."

이에야스가 없는 틈을 타서 공격하려던 다케다 군은 모리고(森鄕)까지 들어와 있으면서도 물론 손을 쓰지 못했다.

성안에 오스가 고로자에몬(大須賀五郎左衛門), 혼다 사쿠자에몬, 혼다 헤이하치로, 사카키바라 고헤이타 등 가려 뽑은 장수들만 남겨놓은 탓도 있지만, 금방 철군할 것처럼 보이고는 엔슈(遠州)에 있는 적의 의표를 찌르고 반대로 나가시노에 총공격을 가한 그의 뛰어난 전략이 다케다 군에게 활동할 기회를 주지 않았다고 해도 좋았다.

다케다 군은 나가시노 함락과 동시에 조금씩 이동하기 시작했다. 그 이동 속에 젊은 대장 가쓰요리의 노여움이 담겨 있었다.

수비대장 사쿠자에몬은 이에야스의 귀성과 동시에 나가시노 함락 축하연이 있을 것을 예상하고 술을 준비해 두었지만 이에야스는 좀처럼 그것을 내놓게 하지 않았다.

"대감님, 탁주가 식초로 변할 것 같습니다."

동북으로 확장된 성곽의 방어태세를 점검하면서 사쿠자에몬은 은근히 그 뜻을 비쳤다.

그러자 볕에 타서 눈까지 황금빛으로 보이는 이에야스는 가볍게 말했다.

"괜찮아. 성터에 풀이 자라는 것보다는 술이 식초가 되는 편이 낫지."

사쿠자에몬은 그의 성미로 얼른 승복하려고 하지 않았다.

"식초는 사기를 높여주지 않습니다. 일에는 저마다 이치가 있습니다."

말한 뒤 뭐라고 꾸중이 돌아올지 몰라 눈을 부릅뜨고 이에야스를 쏘아보았다.

"그래? 그럼, 좋도록 하게."

이에야스는 무심한 표정으로 고개를 끄덕였다. 그러고는 성큼 다른 곳으로 걸어갔다.

'많이 성장하셨어, 주군도…….'

그날 밤 사쿠자에몬은 이에야스의 이름으로 모두에게 술을 내렸다. 성안에는 활기가 터질 듯 넘치고 고헤이타와 헤이하치로가 이에야스 앞에서 거침없이 춤을 춰 보였다.

이에야스는 싱글벙글 웃으면서 바라보고 있었지만 자기 앞에 놓인 잔에 입도 대지 않았다. 그는 쓰쿠데의 가메야마성에서 다키야마성으로 철수한 사다요시 부자를 도와, 뒤쫓아온 다케다 군을 짓밟고 돌아온 히라이와 시치노스케에게 부드러운 소리로 말했다.

"히라이와, 그대는 내일이라도 오카자키에 가서 노부야스에게 말해주게. 전쟁은 이제부터라고."

이튿날 아침이었다.

사쿠자에몬이 성안을 돌아보고 있는데, 구석진 빨래터에서 아직 날이 찬 계절도 아니건만 오아이가 더운물로 열심히 무엇인가 빨고 있었다.

사쿠자에몬이 다가가자 오아이는 얼굴을 붉혔다.

"대감님의 속옷, 저, 이가……."

사쿠자에몬은 못 들은 척하고 지나쳤으나 그만 웃음이 치밀어올랐다. 술잔은 들지 않았지만, 이는 분명 오아이한테 옮겨주었구나.

'옳지, 이라니까 생각나는군.'

사쿠자에몬은 아직 오만 부인의 출산을 이에야스에게 알리지 않고 있었던 것이다.

오전에는 활짝 개었건만, 오후부터 묵직하게 흐린 하늘로 바뀌었다. 하마나 호수에서 그 바깥 바다에 걸쳐 납빛 파도가 흰 거품을 일으키고 있었다. 소나무에 쌩쌩 부딪치는 바람에 싸늘한 가을이 담겨 있었다.

"사쿠자, 이 언저리 성곽에 그대 이름을 붙여줄까?"

낮에는 여전히 전투복 차림으로 있는 이에야스, 언제 그것을 벗을까 여길 만큼 조심스러웠다.

'이렇게까지 하지 않아도…….'

사쿠자에몬은 생각했지만, 이것은 어쩌면 모두에게 마음의 줄을 늦추지 말라는 게 아니라 이에야스 자신 스스로에게 채찍질하는 마음가짐인지도 모른다. 그러고 보니 가신을 나무라는 방법도 한결 부드러워졌다.

"사쿠자의 방어태세가 그토록 마음에 드십니까?"

"음, 그대들의 고심을 잊지 말아야지."

일곱 번째 군용 우물을 자세히 들여다보고 있는 이에야스의 등 뒤에서 사쿠자에몬은 말했다.

"주군, 사쿠자는 아직 주군에게 오만 부인 일을 말씀드리지 못했습니다."

"흠, 만은 후세미의 나카무라 겐자네 집에 맡겨져 있다면서? 이제 해산 때가 되었을 텐데."

"주군, 벌써 해산하셨습니다."

상대의 묻는 말이 담담하므로 사쿠자에몬도 애써 담담하게 대답했다.

"뭐, 해산했다고?"

이에야스는 깜짝 놀란 듯 사쿠자에몬을 돌아보았다.

"사내인가, 계집애인가?"

"주군, 우선 여기 앉으십시오. 주군이 돌아오신 뒤 너무 바쁘신 것 같아 말씀드리지 못했습니다."

사쿠자에몬은 조금 떨어진 무기고의 그늘진 돌축대에 수건을 깔았다.

이에야스는 주위를 살펴보고 앉더니 또 물었다.

"남자인가, 여자인가?"

"예, 사내아이입니다만……."
"입니다만……? 사쿠자, 사내아이라면 조심하지 않으면 안 돼."
"조심하다니 누구를 말씀입니까?"
"또 능청 떠는군. 능글맞은 영감쟁이야, 그대는. 오아이에게서 어렴풋이 들은 말도 있으니 주의하도록."
"허, 그러면 주군께서는 오아이 님한테 벌써 다니셨군요. 정말 솜씨가 빠르십니다."
"이봐, 농담 말라고 했잖아, 사쿠자."
"예."
"나는 쓰키야마를 불쌍한 여자라고 생각하고 있네."
"이건 또 무슨 뜻밖의 말씀!"
"세상에는 사랑하려 해도 사랑해지지 않는 여자가 있네. 그런 사람 가운데 하나야, 그 여자는."
"과연 그럴까요?"
"만나기만 하면 반드시 대들지. 정보다 늘 원망이 앞서면 여자는 자기보다 나은 사내를 가질 수 없어. 서로 반발하면 사내는 성급해지지. 세상 일, 전쟁 일로 바쁘니 성급해지는 거라고 여자 쪽에서 이해해야만 돼."
"주군! 그러면 이 사쿠자더러 쓰키야마 마님에게 그렇게 말씀드리라는 겁니까?"
"아니, 그렇지는 않아. 그런 여자이니 조심해야 한다는 걸세. 경우에 따라서는 당분간 여자아이라고 하며 키우는 게 좋을 것 같군. 그런데 사내아이인 것은 확실한가?"
이에야스가 다짐하자 사쿠자에몬은 얌전히 고개를 끄덕였다.
"예, 확실히 사내아이와 사내아이. 대감님, 하나가 아닙니다."
뜻밖의 대답에 이에야스는 이맛살을 찌푸렸다.
"또 농담을……."
그러다가 곧 다시 진지한 얼굴이 되었다.
"쌍둥이란 말인가, 사쿠자……?"
"예, 사내아기 둘이 한꺼번에 태어났습니다."
"흠, 쌍둥이라……."

"대감님, 하루빨리 성안으로 맞아들여 형제의 서열과 이름을 정해주시기 바랍니다."

"음."

이에야스는 고개를 갸우뚱하고 다시 한번 한숨을 내쉬었다.

"사람 놀라게 하는 놈들이군, 태어날 때부터. 그러고 보니 배가 예사롭지 않았던 것 같아."

"대감님, 설마 두 아기 모두 공주로 키우려는 것은 아니겠지요? 사쿠자는 그러한 대감님의 심려가 마음에 들지 않습니다."

"마음에 들지 않는다니, 쓰키야마에 대해서 말이냐?"

"그렇습니다."

서슴없이 대답하며 사쿠자는 와락 한무릎 다가앉았다.

"대감님은 쓰키야마 마님을 나쁘게 말씀하십니다만, 마님을 그렇게 만든 죄는 대감님에게 있다고 이 사쿠자는 생각합니다."

이에야스는 그 말에는 대꾸하지 않고 다시 한번 곰곰이 되씹었다.

"그런가, 쌍둥이라."

"대감님!"

"뭔가, 사쿠자?"

"차제에 쓰키야마 마님을 더 이상 멀리하지 마십시오. 뱀을 들들 볶아 죽이듯 하는 것은 도리어 죄받는다는 속담도 있습니다. 악착스러운 분, 귀찮은 분이라 하여 멀리하신다면 광증만 더욱 돋우어집니다."

이에야스는 쓴웃음 지으며 점점 흐려오는 하늘을 올려다보았다.

"그럼, 좀 더 박절히 대하라는 말인가."

그러자 사쿠자에몬은 덮어씌우듯 말했다.

"그렇습니다. 점잔 뺀 냉담은 결국 상대방을 혼란시켜 오히려 죄를 더 짓게 합니다. 그보다는 이쯤에서 한번 이렇게 한다! 저렇게 한다! 불만이 있느냐! 하고 윽박지르는 게 옳다고 생각됩니다."

"어쨌든 좋아."

이에야스는 사쿠자에몬을 제지하고 또 무언가 생각에 골몰하는 얼굴이 되었다. 물론 사쿠자에몬의 말을 이해하지 못하는 이에야스는 아니었다. 사람과 사람이 모이면, 그 가운데에서 저절로 우두머리와 손발의 서열이 생겨나는 법이다.

그런데 이에야스는 자신이 슨푸에 있는 동안 쓰키야마에게 필요 이상의 응석을 허락하여 두 우두머리가 있는 집으로 만들고 말았다. 싸우는 게 싫어서였지만 그것은 마침내 평생 쓰키야마를 조심스러워해야 하는 원인이 되고 말았다.

'그 응석받이가 슨푸를 떠나 오카자키에서 사는 것이니…….'

그렇게 생각하며 아껴주고, 이마가와 일족의 전성시대를 생각하여 나무라는 것도 삼갔다. 그것은 확실히 이에야스의 실수로 그럴 때마다 마님의 반항은 조금씩 돋우어졌던 것이다.

'사쿠자가 말하듯 나무라면서 사랑했더라면 좋았을 것을…….'

그러나 이제는 그 도랑이 너무 깊어졌다. 오만을 겐자에몬네 집에 숨기게 된 사정도 오아이로부터 어렴풋이 들었다. 그런 만큼 만일 사내아이가 태어나면 얼마 동안 여자애로 속이고 키우게 하자……고 생각하고 있었던 것이다. 그런데 실제로는 이에야스의 조심성보다도 훨씬 더 야릇하게 진전되고 있다.

'그래, 쌍둥이 사내아이라…….'

이에야스는 다시 한번 마음속으로 중얼거리며 하늘을 달리는 검은 구름을 물끄러미 좇고 있었다…….

"대감님, 노부야스 님도 형제가 생겨 기뻐하시겠지요. 여기서 마님을 두려워하는 건 뒷날 말썽의 씨를 남기는 일이 됩니다. 분명히 결심하십시오."

사쿠자에몬은 또 재촉했지만 이에야스는 대답하지 않았다.

서쪽에서부터 비가 들어오는 모양이다. 산의 모습은 완전히 가려지고 성곽 끝에서 목쉰 까마귀 울음소리가 뒤섞여 들리기 시작했다.

"사쿠자."

"결심이 되셨습니까?"

"아니, 내가 태어났을 때와 이번 아이들이 태어난 때를 비교해 보니 태어난 놈들이 너무 가엾네."

"그러므로 대감님께서 태도를 명백히 하시라는 거지요."

"내가 태어날 때는 생모를 비롯해 아버지도 가신들도 모두 신불에게 축원하고 기다려주었다더군…… 그런데 이번에는 태어나기 전부터 저주받고, 놀림당하고, 또 쌍둥이로 태어나다니."

"대감님은 쌍둥이가 축생의 인연이라는 세상의 말을 걱정하고 계시군요."

"아니, 나는 그런 걱정은 하지 않아. 걱정하지 않지만, 쓰키야마를 비롯해 그렇게 욕하는 이들이 있을지도 모르지."

"그러면 한 아기는 누구에게 맡겨 키우십시오. 그리고 한 아이는……."

"사쿠자, 서두를 것 없어."

이에야스는 사쿠자에몬을 가로막고 저도 모르게 가볍게 눈을 감았다. 이에야스의 기억에 남는 아기 얼굴은 가메히메와 노부야스뿐이었다. 그 노부야스의 새빨간 얼굴 둘이 나란히 눈꺼풀 속에서 꿈틀거렸다.

"사쿠자, 나는 확실히 쓰키야마를 잘못 다루었어. 어쨌든 지금 오만이 쌍둥이를 낳았다고 알려서 길길이 뛰는 꼴은 차마 볼 수 없네."

"그러시면 역시 마님을 두려워하시는군요."

"사쿠자, 그대는 이성을 잃은 여자가 무슨 말을 할지 예측할 수 있나!"

"무슨 말을 하시든 상대하지 않으면 그만 아닙니까."

"잠깐, 저번에 쓰키야마는 오만이 거름 치는 농부들과 놀아난 손댈 수 없는 음탕한 계집이라고 소문냈네. 그토록 매도당한 여자의 배에서 태어난 쌍둥이란 말이야."

이에야스는 사쿠자로부터 얼굴을 돌렸다.

"태어난 놈들이 불쌍하지 않은가. 게다가 환장한 여자의 증오로 목숨까지 노림받는다면."

사쿠자에몬은 답답한 듯 혀를 찼다. 이에야스가 이 자질구레한 이야기를 꺼내는 것으로 보아, 자기 의견을 들어줄 마음이 없다고 믿었기 때문이다.

"그럼, 대감님 생각대로 하십시오."

이에야스는 눈을 감은 채 두서너 번 가볍게 고개를 끄덕였다. 사쿠자에몬은 벌써 입을 꾹 다문 채 이에야스의 다음 말을 기다렸다.

"들들 볶아 죽이는 것은 죄받는다고 했지?"

"그렇습니다."

"그럼, 여기서 한번 악마가 되어보세. 내가 없는 동안, 내 지시 없이 함부로 나카무라네 집에 가서 아이를 낳은 것은 괘씸하기 짝이 없는 일."

"대감님…… 그것은 대체 누구를 말하는 것입니까?"

"오만 말일세. 그런 여자가 낳은 아이니 이에야스는 모른다고 하게."

사쿠자는 멍하니 이에야스를 쳐다보았다. 그러고 나서 온 얼굴을 일그러뜨리며 침을 칵 뱉었다. 새삼 되물을 필요도 없이, 사쿠자는 이에야스의 속셈을 알아차렸다. 쌍둥이인 것을 알고 갑자기 불길한 생각이 든 모양이다. 아니, 그 이상으로 무언가 생각하고 있는지도 모른다.

지난 1년 반쯤 이에야스는 거의 이 성에서 한가로이 쉴 틈이 없었다. 게다가 오만 부인의 성격은, 오아이와 달리 무척 사람을 따르고 외로움을 잘 탔다. 이 사람 저 사람 할 것 없이 말을 거는 버릇이 있었고 그것이 오히려 말괄량이로도 비쳤다.

정원 나무 손질을 하기 위해 드나드는 정원사에게 말을 걸든가, 순찰 도는 가신에게 차를 대접하기도 했다. 그런 일은 이에야스의 마음에 들지 않을 거라고 사쿠자가 넌지시 주의 준 일도 있었다. 그런 일과 쓰키야마 마님에 대한 거북스러움이 합쳐져 태어난 아기들에게 냉담해진 모양이다.

"그럼, 두 아이를 이대로 내버려둔단 말씀입니까?"

"그편이 아기들에게 무난할 거야."

"대감님!"

"뭔가?"

"대감님은 질투가 심한 분이오. 응석받이에다 고집쟁이요."

"허, 그대는 대체 무슨 말을 하려는 건가?"

"쓰키야마 마님에 대해서는 뜻대로 되지 않으니 우선 질시를 받고 게다가 고집을 부려 물리치셨습니다. 일단 물리치고는 이쪽에서 잘못했다고 할 수도 없거니와 크게 호통쳐 마음을 돌리게 할 수단도 못 가지셨습니다. 나쁜 성미라고 생각지 않으십니까?"

"용서하게, 타고난 성미가 그런 걸 어쩌겠나."

"대감님! 이번에 태어난 아기들이 성장하여 오늘 대감님이 하신 말씀을 듣는다면 어떻게 생각하겠습니까?"

사쿠자는 눈썹 밑으로 흘끔 이에야스를 쳐다보았다.

"태어나기 전부터 저주받고, 목숨이 위태로웠던 가엾은 놈……이라고 하신 말씀은 새빨간 거짓말이십니다."

어느덧 비가 또닥또닥 떨어지기 시작한다. 바다 위에 겨우 빠끔하게 보이던 푸른 하늘까지 완전히 가려졌다.

"대감님! 사쿠자가 이처럼 악담하는데도 주군은 노엽지 않으시오? 사쿠자의 말이 정정당당하기 때문에 한마디도 못 하시는 것이오?"

이에야스는 한 손으로 빗방울을 움켜쥐어 보고 천천히 일어섰다.

"사쿠자, 그만 가세. 아직 돌아볼 데가 남았네."

"성 밖에 있는 나카무라 겐자네 집까지 돌아봐주시겠습니까?"

"사쿠자."

"뭐요, 대감님?"

돌축대 위에 폈던 손수건을 집어 허리에 찔러 넣은 사쿠자는 아직도 시비조였다. 이에야스가 혹시 오만의 정조를 의심하고 있는 게 아닌가 생각하니 태어난 아이들을 위해서라도 분개하지 않을 수 없었다.

"나가시노성에는 누구를 들여보내는 게 좋을까?"

"대감님은 대답을 피하시는 겁니까?"

"역시 자식의 일을 생각하고 있는 걸세. 가메히메를 출가시켜 오쿠다이라 부자에게 성을 맡기는 게 어떨까 하고…… 그대는 어떻게 생각하나?"

그러고는 아직도 분을 삭이지 못한 사쿠자를 돌아보고 은근히 말했다.

"성내지 말게, 사쿠자. 나는 좋은 가신을 가진 것을 기뻐하고 있네. 그대가 하는 말은 잘 알고 있어."

'이 대감이…… 어느 틈에 이 대감이…….'

사쿠자에몬은 마음속으로 같은 말을 되풀이하면서도 태어난 아기의 일을 두 번 다시 이에야스 앞에서 입에 담을 수 없었다. 이에야스는 어느덧 사쿠자에몬의 의견에 똑같은 반응으로 자신을 드러내 보이던 예전의 이에야스가 아니었다.

어디가 어떻게 성장했다고 말해야 할까? 아무튼 사쿠자가 생각하고 있는 정도는 나 자신도 생각하고 있다는 식으로 사쿠자에몬에게는 전혀 대꾸하지 못하게 했다.

나가시노성에 관한 일.

오카자키, 요시다 두 성의 방비에 관한 일.

노부나가에 대한 일.

다케다 군의 저항에 관한 일.

그러한 중대사를 하나하나 이야기하면서 날이 저물 때까지 이슬비를 맞아가며 성의 방비상태를 돌아보았다.

그래도 사쿠자에몬은 무슨 지시가 있을 거라고 마지막으로 손발을 씻을 때까지 곁에 서 있었다. 그러나 이에야스는 깨끗이 발을 닦게 하더니 이렇게 말했을 뿐이었다.

"수고했다."

그러고는 어슬렁어슬렁 안으로 들어갔다. 그렇게 되면 사쿠자에몬은 오기로라도 이 문제에서 손 뗄 수 없었다. 적어도 오만 부인을 이곳에서 성 밖으로 옮긴 장본인은 사쿠자에몬이었던 것이다.

'옮기지 않았더라면, 아기들은 여기서…….'

생각하면 화가 났지만 그 화풀이해야 할 상대는 무엇을 생각하고 있는지 속마음을 전혀 알 수 없었다.

'이대로 그냥 있을 수 없다…….'

밤이 되자 사쿠자에몬은 성 밖으로 몰래 말을 몰았다. 태어난 아기들이야 생각이 있을 리 없지만 낳은 오만 부인도, 돌보고 있는 겐자에몬도 주군에게서 올 사자를 기다리고 있을 것이었다.

후세미의 나카무라네 집으로 말을 달리면서 사쿠자는 몇 번이고 한숨을 쉬고 혀를 찼다. 이미 첫이레가 지났는데 이름조차 없는 쌍둥이. 겐자에몬에게는 사실을 털어놓고 말할 수 있지만 산후조리를 하고 있는 오만 부인에게는 오늘의 이에야스 말을 전할 수 없었다.

"속상하구나, 이 사쿠자가 거짓말해야 하다니……."

태어난 아기들도 가엾지만 이런 딱한 심부름을 해야 하는 자기 자신도 한심스럽기 짝이 없었다.

"귀신이라는 소리를 듣는 사쿠자도 울고 싶구나."

혼자 중얼거리며 겐자에몬의 집 앞에 이르렀다. 그때 빗속에서 소리치는 사람이 있었다.

"누구냐!"

오만 부인이 사내아기들을 낳았다고, 겐자에몬이 일부러 부하들을 시켜 집 둘레를 경호하고 있는 모양이다.
"수고한다. 혼다 사쿠자에몬이다."
"예, 어서 들어오십시오."
사쿠자에몬은 문을 들어서서 말을 내렸다. 그는 고개를 갸우뚱하며 문간의 기둥에 급히 말고삐를 매었다.
"이상한데……?"
집 안이 이상하게 환하고, 어디선가 향냄새가 물씬 코를 찔러온다. 문득 가슴에 치미는 불안을 눌렀다.
"누구 없느냐."
말보다 먼저 사쿠자에몬은 출입문을 열었다.
사쿠자의 얼굴이 나타나자, 안채 중앙에 제단인 듯한 것을 만들어놓고 그 앞에 앉아 있던 겐자에몬이 튕기듯 일어섰다.
"심부름 보낸 사람을 만났습니까, 사쿠자 님?"
사쿠자는 잠자코 머리를 흔들었다.
"성에서 곧바로 나왔소. 누가 숨졌는가?"
그러자 겐자에몬은 침통하게 얼굴을 떨구어 대답을 대신했다.
"아기님이겠지, 오만 부인은 아니고."
"그렇습니다, 먼저 태어난 아기가."
"그렇다면 한 아기는 무사한가?"
"예, 한 아기는 무사하지만……."
사쿠자는 눈썹을 모으고 저도 모르게 한숨을 내쉬었다.
"한 아기가 죽을 줄 알았더라면 굳이 쌍둥이라고 말할 필요가 없었는데."
"뭐라고 하셨습니까, 사쿠자 님?"
"아니, 아무것도 아니오. 그럼, 어쨌든 그 불행한 영혼에."
사쿠자는 서둘러 올라가 조그만 제단 앞에 꿇어 엎드렸다.
제단이라고는 하나 작은 탁자 하나, 미나모토노 요리토모(源頼朝)의 동생 노리요리(範頼)의 일곱째 아들 마사노리(正範) 이래 줄곧 이곳에 살면서 행정관을 지내온 나카무라 가문이었다. 따라서 안채 정면에 한층 높게 대기실이 만들어져 있다.

아직 어린 영혼은 거기에 북쪽으로 머리를 두고 하얀 보에 덮여 있었다. 성안에서는 아직 아무 지시도 없지만 어쨌든 미카와, 도토우미의 태수인 도쿠가와 이에야스의 자식인 것이다.

"사쿠자에몬 님, 시신을 곧 성안으로 옮겨주시겠지요."

사쿠자는 못 들은 척하며 향을 피우고 합장했다.

"같은 어머니 몸에서 나왔으니 뒤에 남은 아기도 그대가 지켜주시오."

"사쿠자 님."

사쿠자는 손을 흔들며 작은 탁자 옆으로 해서 높은 단 위의 시신 곁으로 다가갔다. 얼굴에 덮은 흰 보를 살며시 벗겨보니 쪼글쪼글한 살덩어리가 촛불의 흔들거림에 따라 웃었다가 찡그렸다가 하는 것처럼 보였다.

'이것을 보면 대감님은 뭐라고 할까.'

이렇게 생각하면서도 쌍둥이라고 말해버린 개운치 못한 뒷맛이 아직 사라지지 않고 있다. 짓궂은 인생이 구슬퍼 화가 치밀었다.

"으앙—"

갑자기 힘찬 울음소리가 어디선가 들렸다.

"허—"

사쿠자는 저도 모르게 눈을 가느다랗게 떴다.

"저 울음소리의 주인공을 뵙고 나서 의논하기로 하세. 이 안쪽이지?"

겐자에몬은 고개를 끄덕이며 촛대를 들고 앞장섰다. 다시 바람이 일기 시작했는지 하마나 호수의 파도 소리가 바로 발아래에서 들려온다.

"갑작스러운 일이라 산실을 지을 틈도 없었지요. 노인네 방을 깨끗이 치우고……."

겐자에몬의 말에 사쿠자에몬은 대답했다.

"너무 폐를 끼친 것 같군."

사쿠자는 환하게 밝은 방 안에서 불빛에 흔들흔들 비치고 있는 오만 부인의 그림자를 보고 장지문 밖에서 소리 질렀다.

"사쿠자입니다. 우선 건강한 아기부터 뵙게 해주십시오."

"아, 사쿠자에몬 님이신가요?"

안에서 애원하듯 맑은 오만 부인의 목소리가 새어나왔다.

"하나는 떠났어요. 하지만 한 아기는 이렇듯 건강하게."

사쿠자의 얼굴을 보자, 이불 위에 앉은 오만 부인은 무엇부터 먼저 호소해야 할지 몰라 황급히 몸을 뒤틀었다.

"대감님은 뭐라고 하시던가요? 딸인 줄 알았는데 사내아기라…… 아니, 태어날 때부터 하나는 약하고, 또 한 아기는 울음소리도 움직임도 우렁차고 활발하여……."

사쿠자는 손을 들어 오만 부인을 제지했다. 함부로 성을 나가 낳은 아기이니 모른다고 전하라—고 한 이에야스의 말을 생각하니 못 견디게 마음이 무거웠다.

"우선 아기부터 뵙고."

오만 부인의 시중을 들던 겐자에몬의 딸이 아기를 안아서 내밀자 사쿠자는 의미 없는 소리를 했다.

"흠, 어디 어디. 옳지, 이거 참, 흠."

몸집은 죽은 아기보다 확실히 컸다. 그러나 건강하다는 느낌은 들지 않았다. 자기 아들 센치요(仙千代)가 태어났을 때의 3분의 2도 안 되는 것 같다. 이 아기가 무사히 자라날까? 이렇게 생각하면서 사쿠자는 오늘 밤 축하를 해야 할지 조문을 해야 할지 알 수 없었다.

"오만 님."

"네."

"대감님께서는 아기의 탄생을 여간 기뻐하시지 않았습니다. 그렇지만 아시다시피 쓰키야마 마님과의 일도 있고 해서……."

"네…… 네."

"당분간 아기의 탄생을 표면화시키지 않는 게 좋겠다는 말씀이 있었습니다. 아기의 안전을 위해서 하신 말씀이지요. 만일 무슨 일이 있어서는 안 되니 부인께서 계시는 곳도 비밀, 아기의 탄생도 비밀로 해야 합니다. 떠나신 아기의 일은 이제부터 사쿠자가 이 집 주인과 의논해 처리할 테니 그렇게 아시고 이대로 이 집에서 몸조리를 잘 하시도록 하십시오."

"저, 이대로 이 집에서……."

사쿠자는 고개를 끄덕이며 재빨리 겐자에몬의 딸이 팔에 안겨준 쪼글쪼글한 갓난아기에게로 눈길을 옮겼다.

"그럼, 도련님. 젖을 많이 먹고 어서 성장하시오. 이만 실례하오."
"아……."
오만 부인은 아직도 무언가 물어보고 싶은 게 있는 듯 손을 들었다. 사쿠자는 이미 앞장서서 안채 쪽으로 걷고 있었다.
겐자에몬은 촛대를 들고 그 뒤를 따르면서 꺼림칙한 듯이 물었다.
"사쿠자에몬 님, 무슨 곡절이 있는 것 같군요."
"들으신 대로요. 알고 있을 텐데."
"그럼, 사망하신 아기님 장례는."
"아직 핏덩어리이니 그대와 내가."
"흠, 그렇다면 살아남은 한 아기의 이름은?"
"그대가 임시로 지어주구려."
"그러시면 사쿠자 님도 다른 한 아기가 쌍둥이의 반쪽이라 자라지 못할 것으로 보십니까."
"그렇지는 않지만……."
겐자에몬은 얼마쯤 노기 띤 목소리로 말했다.
"알았습니다, 알았어요! 어떤 분이 저주한다는 말을 들었소. 좋습니다! 이 겐자가 목숨을 걸고라도 쌍둥이의 반쪽을 건강하게 키워 보이겠소."
"겐자, 이해해 주시오. 주군은 미카와, 도토우미의 태수가 되고도 자기 자식을 자식이라 부를 수 없을 만큼 불쌍한…… 아니, 겁쟁이요!"
사쿠자는 얼굴을 홱 돌리고 입술을 깨물었다.

업화(業火)

오다 노부나가는 도라고젠산 막사 마당에 서서, 아까부터 아사이 나가마사 부자가 들어 있는 오다니성 여기저기에서 깜박거리는 불빛을 바라보며 생각에 잠겨 있었다.

하늘에 별은 있지만 달은 없다. 8월 26일 초저녁으로, 주위 어둠 속에서 때때로 말 울음소리가 들려온다. 기노시타라는 성(姓)을 하시바(羽柴)로 고친 히데요시(秀吉)와 니와 나가히데가 곁에 대기해 있었지만, 둘 다 오늘 저녁은 입을 다물고 있다.

막사 안에서 대기하고 있던 시바타 곤로쿠가 말했다.

"주군, 막사 안으로 들어오시는 게 어떻겠습니까?"

노부나가는 흥 하고 대답했을 뿐 돌아보지도 않았다.

곤로쿠의 아랫자리에는 사쿠마 노부모리와 마에다 도시이에가 역시 시무룩하게 앉아 있었다.

"바보 같은 놈. 우군(友軍) 아사쿠라가 이미 멸망했는데도……."

곤로쿠가 다시 중얼거렸지만 대답하는 자는 없다.

미카와의 이에야스가 나가시노를 함락한 8월 21일은 노부나가로서도 잊을 수 없는 날이었다. 아사이 부자와 손잡고 완강하게 노부나가를 쓰러뜨리려 획책하던 에치젠의 아사쿠라 요시카게가 막다른 골목에 쫓겨 자결하고 그 머리를 노부나가의 손에 넘긴 날이 아닌가.

그날 노부나가는 아사쿠라의 반신(叛臣) 아사쿠라 가게아키라(朝倉景鏡)의 손을 거쳐 에치젠의 이노야마성(亥山城)에서 요시카게의 목을 받았다.

노부나가의 맹공을 받아 이리저리 도망쳐다니던 41살의 요시카게는 종이에 유언시를 남기고 깨끗이 사라졌다.

칠전팔도(七顚八倒)
40년 생애
나도 없고 남도 없네
인간 세상 본디 공(空)이더라.

부인 또한 그다음다음 날 성 밖의 농가 우물에 몸을 던져 죽었다고 한다.

살다보면 좋고 나쁜 구름도
생기게 마련
이제야 숨어드누나, 산 저쪽의 달.

부인은 농가에서 필묵을 빌려 휴지 끄트머리에 이 같은 애절한 글줄을 적어놓고 갔다.

외아들 아이오마루(愛王丸)를 니와 나가히데가 에치젠 스루가 언저리에서 살해함으로써 아사쿠라 가문은 완전히 멸망하고 말았다.

노부나가는 갑옷을 벗을 겨를도 없이 항복한 장수 마에나미 요시쓰구(前波吉繼)를 에치젠의 성주대리로 두고 아케치 미쓰히데, 쓰다 모토히데(津田元秀), 기노시타 이에사다(木下家定) 세 사람을 행정관으로 둔 다음 급히 오미로 돌아왔다. 아사이 부자의 무모한 반격을 막기 위해서이기도 했지만, 가능하면 막냇누이 오이치의 남편과 손잡고 싶은 희망이 있기 때문이었다. 제아무리 발버둥쳐도 이미 아사이와 노부나가의 무력은 비교가 되지 않는다.

'이번에야말로 정신 들었겠지.'

이렇게 생각하고 오늘 아침 이 성채에 도착하자 곧 사자를 보냈는데 상대의 대답은 여전했다.

"우리 부자는 의리를 위해 오다 공과 일전을 벌일 각오이니……."

짓밟아버리기는 쉽다. 더욱이 그 대답은 매부 나가마사의 뜻이 아니고 완고하기로 이름난 그의 아버지 히사마사의 의견이라고 생각하니 참을 수 없을 정도로 분노가 치밀었다. 화나는 대로 누이동생과 세 딸을 한꺼번에 불태워 죽이는 사태가 벌어진다면, 히사마사는 아마도 비웃음을 띠고 노부나가를 경멸하며 죽을 게 틀림없다.

"이것이 바로 오다 공의 짓."

그 비웃음이 눈에 보이는 듯하다.

목숨이 아까워 아첨해 오는 놈은 아무렇게나 마음대로 처리할 수 있었다. 사사건건 노부나가를 방해하던 히에이산의 중들도 깊은 신앙 따위 있을까 보냐며 일소에 부치고 불살라버린 노부나가였지만, 히사마사 부자는 그들과 달랐다. 아버지 히사마사는 완고한 사람. 그 아들 나가마사 역시 목숨을 아끼는 자가 아니었다. 효(孝)를 드높은 덕의 하나로 생각하고, 깨끗이 히사마사와 운명을 함께할 것 같은 생각이 든다.

"도키치!"

잠시 마당을 거닌 뒤 노부나가는 하늘의 별을 보며 히데요시를 불렀다.

"아사이 부자는 결심하고 있는 것 같군."

히데요시는 노부나가의 고충을 알므로 딱딱하게 대답했다.

"예, 항복을 바라기는 틀린 일 같습니다. 오이치 님은 세 따님을 품고 죽을 각오이신 것 같습니다."

"어째서 품고 죽을 각오라 생각하는가, 그대는."

"황송하오나 죽이는 자는 죽임당하게 된다고, 말하자면 중 냄새 물씬 풍기는 야유를 주군께 던지고 싶겠지요."

"그럴까?"

노부나가는 다시 말없이 얼마 동안 별을 쏘아보고, 오다니성의 불빛을 노려보며 걸었다. 히데요시에게 물을 것까지도 없이 그런 것은 너무도 잘 알고 있었다. 그러나 알면서도 묻는 것은 노부나가가 요즘 자신의 의견에 무게를 더하기 위해서였다.

"어떤가, 도시이에. 어떻게든 항복받을 방법이 없을까?"

"예, 아들은 모르겠으나 아버지는."
"완고해서 안 된다는 말이지?"
"예……."
사쿠마 노부모리가 말했다.
"주군, 어떻겠습니까. 만일 부인과 따님들을 살려준다면 아사이 부자의 목은 베지 않겠다고 약속하시면……."
노부나가가 소리쳤다.
"네놈은 가만있어!"
그 정도로 들어먹을 상대가 아니라는 불만 외에, 에치젠에서 노부모리에 대한 노여움까지도 담겨 있었다.
"이렇게 된 이상 노부나가에게도 오기가 있다."
"옛."
"사바타 곤로쿠, 오이치와 딸들을 살릴 방법은?"
"저에게는 좋은 생각이 없습니다."
"흥, 섣불리 대답했다가 야단맞을까 봐 그러는 거지? 그대가 그렇듯 입조심한다면 니와 나가히데는 더욱 입을 열지 않겠지."
"괴로운 심정, 헤아리고 남음이 있습니다."
니와 나가히데는 말하며 조용히 머리 숙였다.
"좋아, 도키치!"
"예."
"그대는 이 성채를 쌓은 장본인, 이것저것 생각한 일도 많겠지. 다케나카 한베에(竹中半兵衛)와 의논해라. 이 노부나가의 고집이 서도록."
히데요시는 두 손을 식어가는 땅에 가볍게 짚고 신중히 대답했다.
"분부시라면."
노부나가는 사람들에게서 홱 등을 돌리고 저도 모르게 히죽 웃었다.
"자신 있구나, 원숭이!"
"예, 조금은."
"못난 것! 조금이어서는 안 돼. 무엇 때문에 그대만 먼저 에치젠에서 돌아왔느냐 말이야. 좋아, 오늘 저녁은 이대로 쉬고 내일부터 전쟁이다!"

그의 말꼬리는 다시 쏘아붙이듯 날카로워졌다.

히데요시는 노부나가의 고집과 초조감을 잘 알고 있었다. 에치젠의 아사쿠라 가문과 인척 되는 혼간사(本願寺) 미쓰스케가 기이(紀伊)의 신도들에게 구원을 청하여 아사이 부자가 함락되기 이전에 가와치에서 거사하려 하고 있었고, 같은 오미의 나마즈에성에서는 록가쿠 요시스케가 다시 불온한 움직임을 보이고 있었다.

노부나가가 만일 사사로운 정에 얽매여 이 전쟁을 질질 끌면, 주고쿠(中國), 시고쿠(四國)의 양상도 북부 이세(伊勢)의 정세도 이상해질 것 같았다. 따라서 노부나가는 전쟁에 이긴 대군을 일단 도라고젠산에 집결시키는 것만으로 아사이 부자의 항복을 받고 싶었던 것이다.

노부나가가 막사로 들어가는 것을 본 다음 자기 막사로 돌아온 히데요시는 한베에를 불렀다.

한베에는 들어오자마자 히데요시가 펴놓고 있는 오다니성의 지도를 들여다보았다.

"군사회의는 어떻게 되었습니까? 역시, 이치히메 님을 살리고 싶은 모양이지요."

히데요시는 한베에의 얼굴은 보지도 않고 말했다.

"무리한 이야기도 아니지. 여기서 이치히메 님과 그 소생들을 죽이게 되면, 대장님은 형제의 정이 전혀 없는 짐승 같은 자라고 후세 사람들이 말하게 될 것 아닌가."

한베에는 웃음 지으며 고개를 끄덕였다.

"그것을 히사마사는 꿰뚫어보고 있습니다. 히사마사는 성과 운명을 함께할 것입니다."

히데요시는 얼굴을 들고 농담인지 진담인지 모를 표정으로 말했다.

"이것 봐, 그렇게 능청 떨고 있으면 어떻게 하나. 대장님을 가리켜 짐승 같은 자라고 말하게 해서는 안 돼. 그리고 이 히데요시로서도 여기가 내 운을 시험하게 되는 곳이야."

한베에는 또 가만히 웃었다. 히데요시로서는 언제 어떤 곳에서도 운을 시험하지 않는 곳이 없었다. 이 사자는 언제나 토끼를 잡는 데 온 힘을 기울였다.

"한베에, 이 히데요시가 오이치 님에게 반했다고는 생각 말게."

"이 상황에서도 농담하시다니 놀랍습니다."

"어떤가, 히사마사를 깜짝 놀라게 할 방법이 없겠는가?"

"깜짝 놀라게 할 사람은 히사마사가 아니겠지요."

"그럼 누군가, 나가마사 쪽인가?"

"아닙니다. 이쪽의 대장 노부나가 공이어야 합니다."

"그렇지. 그래야만 하겠지. 됐다! 그럼, 참모 선생, 우선 이 제자가 의견을 말해 보겠소. 잘못이 있으면 제지하오."

히데요시는 부채 끝으로 오다니성의 구조를 산꼭대기의 본성에서부터 밑으로 훑어내려왔다.

"어떤가, 이 쓰부라 언덕(粒羅岡)의 교고쿠(京極)성을 새벽에 엄습하면. 여기가 본성에 있는 아들과 산오성에 있는 아버지 사이에 쐐기를 박을 가장 좋은 장소라고 생각되는데."

한베에는 고개를 끄덕였다.

"아마 그곳은 미타무라(三田村)와 오노키(小野木), 그리고 아사이 시치로 세 장수가 지키고 있지요. 그런데 주군, 그 쓰부라 언덕을 뺏으면 이치히메 님을 살릴 수 있다고 보십니까?"

"살릴 생각은 없어."

히데요시는 온 얼굴을 주름투성이로 만들고 비로소 크게 소리 내어 웃었다.

"그 고집쟁이 영감에게 목숨을 구걸해 봐. 그야말로 통쾌하다는 듯 거침없이 우리 대장의 욕을 퍼붓기 십상이지. 상대는 오이치 님 모녀를 지옥까지 끌고 가서 우리 대장에게 귀축(鬼畜)의 누명을 입히려는 히사마사야. 구명 따위 한다는 건 헛일일세."

히데요시는 다시 지도 위에 부채 끝을 대더니 성채의 길을 자세히 이리저리 더듬어나갔다.

표고 450미터의 오다니산은 온통 성으로 요새화되어 있다. 나가마사는 맨 꼭대기 본성에 있고, 그 아래 가운뎃성인 교고쿠성을 사이에 두고 아버지 히사마사가 있는 산오성이 쌓였으며, 다시 그 아래 기슭에 아카오성(赤尾城)이 이웃하여 이것을 지키고 있다. 따라서 히데요시는 우선 성곽의 배 부분에 해당하는 쓰부라 언덕의 교고쿠 성곽을 맨 먼저 공격하여 본성의 나가마사와 산오성의 히사마사가 연락을 주고받지 못하게 끊어놓자는 것이었다.

"구명을 청하지 않고 달리 무슨 계교가……."
한베에는 살피듯 히데요시를 마주 보았다. 히데요시는 또 언제나처럼 농담하는 얼굴이 되었다.
"교고쿠성을 함락하면 그길로 곧 산오성과 아카오성 사이에 군사를 투입하는 거야."
"허, 아카오성이 꽤 완강할 텐데요."
"하치스카 마사카츠(蜂須賀正勝) 같은 사나운 놈들에게 시키면 이 쐐기도 박을 수 있다고 보는데."
그러자 한베에는 비로소 명랑하게 웃음 지었다.
"산오성의 히사마사를 고립시키려는 거군요. 저도 그와 비슷한 생각이었습니다."
"그래, 핫핫핫, 이만하면 나도 상당한 전략가가 되었지."
두 사람은 웃고 나서 이어 내일 새벽부터의 병력 배치에 대한 의논으로 들어갔다. 우선 아버지 히사마사가 농성하는 산오성을 고립시키고 그곳으로 항복을 권하는 사자를 보낸다. 그러면 무엇보다도 자존심 상한 히사마사는 거침없이 할복해 죽을지도 모른다.
그것으로 충분했다. 만일 할복했을 경우 본성의 나가마사에게는 그것을 숨기고 협상한다.
"산오성은 손에 넣은 거나 다름없는 일. 아버지 목숨을 살리고 싶거든 일족이 모두 항복하든지, 아니면 오이치 님 모녀를 넘겨달라."
목숨을 살려달라고 애걸하는 게 아니라 어디까지나 강경하게 흥정해 노부나가의 체면을 세울 속셈이었다.
한베에와의 의논이 끝나자 히데요시는 곧 여러 장수를 집합시켰다. 반드시 이렇게 되리라 계산하고 오늘 저녁은 일찌감치 모두들 쉬게 하며 대기시키고 있었다.
선발대로 쓰부라 언덕에 쳐들어갈 인원은 2000명, 히데요시가 직접 지휘하기로 했다. 산기슭에서 몇 겹으로 쌓아올린 성채를 밑으로부터 어떻게 쳐올라가느냐도 자신 있었다. 이 몇 해 동안 여기서 그 일만 연구해 온 부대를 히데요시는 가지고 있다.
"그럼, 새벽을 기다리도록. 대장님 명령은 틀림없이 안개가 걷히기 전에 내릴 거야."
히데요시는 부하를 저마다 시발점으로 돌려보내고 늘 보아온 오다니산의 모습을 다시금 바라보았다. 오이치 부인이 있는 본성의 창은 여전히 밝다. 그 속에서 어쩌면 이제 며칠 뒤로 박두한 성의 운명을 깨닫고 부녀, 부부 사이에 끝없는 이야기가 이어지고 있는 건 아닐까……? 그 생각은 거친 히데요시의 가슴에도 한 가닥의 덧없음이 후드득후드득 가을비를 뿌리게 했다.

"그리 좋은 생각은 아니야……."

히데요시가 생각한 대로 노부나가는 아직 날도 밝기 전에 히데요시의 진막으로 말을 달려왔다. 언제나 대놓고 꾸짖는 말투로 이야기하는 노부나가는 이미 출전 준비를 갖추고 명령만 기다리고 있는 히데요시의 부대를 보자 번쩍번쩍 빛나는 눈에 별을 드리우며 말없이 히데요시 앞에 말을 세웠다.

히데요시는 다가가 어젯밤부터 자신이 계획한 작전을 간결하게 보고했다.

"교고쿠성으로 나아가 본성보다는 우선 노인이 지키고 있는 산오성의 급소를 누르는 게 선결 문제인 듯싶습니다."

노부나가는 대답 대신 오다니산을 흘끗 돌아보았다.

"그래도 나가마사가 말을 듣지 않으면, 밑에서부터 위쪽으로 불을 질러버려—한 사람도 남기지 말고 불태워버려라."

그러고는 말고삐를 홱 오른쪽으로 돌리고 새벽어둠 속으로 사라졌다.

물론 그것이 노부나가의 본심은 아니다. 히사마사의 급소를 누르고 흥정하되, 여전히 오이치 부인과 어린 딸들을 넘겨주려 하지 않으면 그때는 망설이지 말라는 뜻이었다. 그렇긴 하지만 노부나가의 말에는 언제나 속뜻이 있다.

노부나가의 모습이 사라지자 히데요시는 저도 모르게 호들갑스럽게 한숨을 내쉬었다. 노부나가의 말대로 만일 오다니성을 아래에서부터 차례로 불 지르지 않으면 안 될 형편이 되어 그 업화 속에서 오이치 부인도 어린 딸들도 죽게 된다면 아마 히데요시의 목은 그냥 붙어 있지 못하리라. 아니, 목까지 달아나지는 않는다 해도 그 실패로 노부나가의 신임은 사라지고 뿌리 깊은 증오만 대신 남게 될 게 틀림없다.

노부나가의 성격을 알고도 남음이 있는 히데요시는 한숨짓고 나서 곧 행동으로 옮겼다. 노부나가에게서 공격 개시 명령이 내릴 때쯤이면 이미 쓰부라 언덕에 달라붙어 적 부대의 이동을 막으려는 것이었다.

새벽의 공격이라기보다 야습에 가깝다. 한베에를 불러 두서너 마디 의논한 뒤

히데요시는 2000명의 부하들 선두에 서서 도라고젠산을 내려갔다. 가토 기요마사(加藤清正), 후쿠시마 마사노리(福島正則), 가타기리 가쓰모토(片桐且元), 이시다 미쓰나리(石田三成) 등 범 같은 시동들이 눈을 부라리며 히데요시 주위에 있었다.

선두가 오다니산 기슭에 이르렀을 때 별은 아직 머리 위에 있었다. 소라고둥도 불지 않고, 징소리와 북소리도 아침 이슬에 숨죽이고 있었다. 첫 번째 성 아래까지 다가가 날이 밝기를 기다렸다.

이윽고 별들이 숨었다. 가을 산안개가 골짜기에서 나무들 사이로 하얗게 둘러싸기 시작할 무렵 도라고젠산의 노부나가 본진에서 출전을 알리는 소라고둥 소리가 울려퍼졌다.

아사이 군에게 그것은 예정된 일로 받아들여졌음이 틀림없다. 오다니성 망루에서 바라보면 네 길로 나뉘어 오다 장수들의 깃발들이 안개 속에서 한 발 한 발 오다니성으로 다가오는 게 보일 게 틀림없었다.

그때 쓰부라 언덕 바로 밑에서 느닷없이 히데요시 군의 함성이 폭발했다. 아니, 폭발했을 때는 이미 선두의 범 같은 시동들이 앞다투어 성채 석축을 기어오르고 있었다.

교고쿠성은 잠을 깬 순간부터 정신 잃고 혼란에 빠졌다.

"아, 호리병박 깃발이다! 벌써 이 외곽성에 침입했다. 이게 대체 어떻게 된 일이냐!"

교고쿠성의 수비장수 오노키는 허리갑옷을 입으면서 같은 수비장수 시치로에게로 달려갔다. 시치로는 그보다 먼저 달려온 미타무라와 서원 마루에서 자루 달린 긴 칼을 짚은 채 무언가 이야기하고 있었다.

"여러분, 전사할 때가 왔소. 자, 최후의 결전을 벌입시다!"

그들 앞으로 달려가 말하자마자 오노키는 뒤쫓아온 부하의 손에서 창을 받아들었다.

시치로가 손을 저었다.

"기다리시오, 오노키 님!"

"기다리라니?"

"보시다시피 우리 편 군사들에게는 투지가 없소."

"그러나 모든 걸 각오한 마당에."

"아니오."

이번에는 미타무라가 엄숙한 표정으로 머리를 저었다.
"이 성에서 싸울 의사가 있는 사람은 성주님 부자뿐이오. 여기서 그 점을 생각해야만 한다고 의논하던 참이오."
"생각하다니요?"
"이 성을 히데요시에게 깨끗이 넘겨주는 게 상책이 아닐까?"
"그러면 농성하다가 전사하자고 한 것은?"
그러자 시치로는 침통한 얼굴로 말했다.
"우선 들어보시오. 여기를 히데요시 군에게 넘겨주면, 성주님 부자간의 연락이 끊어지오. 두 분이 하나가 되면 멸망의 길밖에 없지만, 두 사람이 따로 떨어진다면 혹시 두 주군께서 정신을 차리시지 않을까 하고……."
오노키는 머리를 흔들었다.
"아니오, 그럴 부자 사이가 아니오."
"그렇지만 누구 못지않게 가신을 사랑하는 주군, 게다가 의좋은 마님은 노부나가 공의 누이동생이오. 그렇잖소, 미타무라?"
"과연 그렇소. 투지를 잃은 자들을 억지로 죽음에 몰아넣으면 오히려 졸개들 중에서 주군을 죽이려 나서는 자가 없으리라고 장담할 수 없소. 그렇게 되면 후세에 이르기까지 웃음거리지."
와하는 함성이 마침내 이 건물을 둘러싸고 있었다.
"지체할 여유가 없어. 주군은 오다 가문의 사위. 결단을 내리세, 오노키."
"목숨이 아까워 항복하는 게 아니오. 주군을 생각하여……."
오노키는 힘없이 창을 내던졌다. 투지를 상실한 것은 졸개들만이 아니다. 그것도 무리한 일이라고는 할 수 없었다. 적은 에치젠 대군을 격파하고 파죽지세로 밀어닥치고 있다. 그에 비해 이편은 십중팔구 이길 자신이 없다고 처음부터 계산되었던 싸움이다. 그러한 전쟁을 감히 하려고 한 게 이미 무모한 짓이었는지도 모른다.
"알았소. 알았으니 내가 가리다!"
오노키는 부르짖고, 일단 버렸던 창을 다시 주워들었다. 그리고 허리에 감아두었던 흰 헝겊을 끌러 떨리는 손으로 창끝에 그것을 매었다.
"전사 준비가 항복 준비로 바뀌었군."
얼굴을 일그러뜨리고 두 눈을 번뜩이며 벌써 성안으로 쳐들어온 히데요시 군

쪽으로 달려갔다.

"항복하겠소. 항복할 테니. 히데요시 님 본진으로 나를 데려다주시오. 항복하겠소……."

어떤 전쟁이든 대장에서 졸병에 이르기까지 지는 싸움임을 알게 되면 손발이 맞을 리 없다. 그런 의미에서 아사이 부자는 지휘를 잘못하고 있었다. 그들은 그들의 깨끗한 마음이 일개 병졸에 이르기까지 공감될 것으로 생각하고, 성과 운명을 함께하려는 결의를 너무 노골적으로 표명했다.

히데요시와 한베에는 그러한 부자의 성격을 날카롭게 꿰뚫어보고 군사를 교고쿠성으로 보낸 것이었으며, 여기에 쐐기를 박기까지 200명 내지 300명의 희생은 각오하지 않으면 안 될 것으로 생각하고 있었다. 그런데 이미 이 성을 지키는 세 장수가 아직 아무 피해도 입기 전에 항복해 온 것이다.

정오에는 교고쿠성이 완전히 손에 들었다. 히데요시와 한베에는 성벽 안으로 호리병박 깃발을 전진시키고 그 아래에서 담소하며 점심을 들었다.

물론 이것으로 끝날 싸움은 아니었다. 빈틈없이 오다니성을 둘러싼 여러 오다군 장수들이 지켜보는 가운데, 히데요시는 오이치 부인을 구출해 내지 않으면 안 된다.

점심을 먹고 나자 곧 하치스카 마사카츠가 히데요시 앞으로 불려왔다.

"마사카츠, 아사이 노인이 있는 산오성과 아카오성 사이를 끊는 데 그대 힘으로 몇 시간이나 걸리겠는가?"

마사카츠는 커다란 얼굴을 일그러뜨리며 빙그레 웃었다. 히데요시의 말투에는 언제나 농담하는 듯하면서도 교묘한 선동이 감추어져 있었다.

"글쎄요, 두 시간이면 충분할 것 같습니다."

"참으로 빠르군. 그럼, 곧 시작해 주게."

히데요시는 진지한 얼굴로 한베에를 돌아보았다.

"마사카츠가 두 시간이면 된다고 하네. 나 같으면 한 시간 반이면 되겠지만 그래도 괜찮겠지."

그러자 하치스카 마사카츠는 입술을 씰룩이며 소리쳤다.

"주군!"

그러나 히데요시는 언제나처럼 태연하게 고개를 끄덕였다.

"알고 있네. 특별히 선발한 정예로 단숨에 아카오성을 치는 것처럼 하게. 우리들도 그 뒤를 따르는 척하겠네. 알겠지? 그리고 적이 성을 사수할 각오를 할 때쯤 산오성과 아카오성의 중간으로 슬그머니 나가는 거야. 어느 쪽도 저편에서 쳐나올 염려는 없지. 우리 편 깃발로 사방이 파묻혀 있으니 말일세. 그럼, 두 시간이야, 알겠지?"

마사카츠는 쓴웃음 지으며 내뱉듯 중얼거렸다.

"주군이라면 한 시간 반이라고."

그리고 힘차게 발을 구르며 일어나 나갔다.

이번에는 소라고둥 소리에 이어 징소리와 북소리가 산을 흔들었다. 만(卍)자 모양 깃발을 선두에 세우고 하치스카 군 약 1000명이 아카오성을 향해 산을 달려 내려간 것이다.

그때 산오성에 있던 나가마사의 아버지 히사마사는 거실마루 밖에 내놓은 국화 화분을 손질하고 있었다.

마루에 앉아 그것을 보고 있던 히사마사의 총신 쓰루와카(鶴若)가 놀라 엉덩이를 들썩거렸다.

"큰주군님, 저것은, 저 함성은?"

히사마사는 애써 돌아보지 않으며 시치미 뗀다. 그는 가위 소리를 내면서 허리 굽힌 채 말했다.

"오다 님은 인생 50년이라며 곧잘 아쓰모리의 한 가락을 춤춘다던데……."

함성 소리가 또 들렸다. 아카오성 쪽에서 화살 소리가 들리고 거기에 총소리가 섞였다.

그러나 국화 떡잎을 자르는 히사마사의 평온한 모습을 보면 말할 수 없이 상쾌한 가을이었다. 정원의 나무 그늘이 선명하게 드리워진 연못 맞은편에 홍백 싸리가 쏟아질 듯 피어 있고 연못 속에서는 잉어가 유유히 흰 구름을 반사하며 헤엄치고 있었다.

쓰루와카는 또 말했다.

"큰일이 일어난 게 아닐까요, 큰주군님?"

히사마사는 볼에 미소를 떠올렸다.

"쓰루와카, 인생 50이라면, 나는 살 만큼 살아온 셈이야. 내 일생은 거룩했네. 믿는 것 외에는 절개를 굽히지 않고 살아왔어."
"그것은 이미……."
"이미 알고 있다면, 최후까지 국화를 사랑하는 내 마음도 알겠지. 나는 져서 죽는 게 아니야."
"그럼…… 저, 싸워보시지도 않고."
히사마사는 비로소 허리를 펴고 웃었다.
"하하하…… 싸운다고…… 쓰루와카, 나는 언제나 싸우고 있어. 새삼스럽게 창을 잡거나 칼을 휘두를 필요는 없겠지."
그렇게 말하고 또 소리 내어 웃었다. 그때 오랫동안 히사마사의 말벗을 해온 후쿠주안(福壽庵)이 황급히 복도를 달려왔다.
"큰주군님! 적이 드디어 아카오성을 치기 시작했습니다. 교고쿠성은 이미 완전히 함락된 것 같습니다."
늘 옆구리를 꿰맨 소매 넓은 옷을 입고 다도(茶道)나 벗 삼는 게 어울리는 예순 넘은 노인이 허리갑옷을 걸치고 손에 창을 쥐고 머리띠를 동이고서 눈꼬리를 치뜨고 있었다.
"후쿠주안!"
"예."
"그대는 누구 허락을 받고 그런 용감한 차림을 했는가?"
"벌써 적이……."
"닥치지 못할까!"
"예."
"이 히사마사는 적이 우리를 포위했을 때 깨끗이 할복한다고 그토록 말해두었는데, 그걸 잊으면 어떻게 하는가."
"그럼, 무장도 하지 않으시고."
히사마사는 천천히 마루에 걸터앉았다.
"무장할 정도라면 무엇 하러 국화 손질을 하겠나? 나는 여기서 오다의 졸병 한두 사람을 베는 것보다 좋아하는 꽃의 성장에 마음을 남기고 가고 싶다네."
후쿠주안은 얼굴을 돌렸다. 그러나 다시 생각난 듯 두 손을 짚고 말했다.
"소원이 있습니다."

"새삼스럽게 무엇인가?"

"큰주군님 마음, 무리한 일이라고 생각지 않습니다만, 아직 춘추가 한창이신 주군님을 위하여, 또 세 따님을 위하여 생각을 바꾸어주시기 바랍니다."

"허, 그러고 보니 그 씩씩한 차림으로 그대도 나에게 항복을 권하러 왔단 말인가."

"가문을 위해서입니다."

"바보 같은 놈!"

히사마사는 그 가냘픈 몸 어디에서 그런 소리가 나올까 싶을 정도로 날카로운 목소리로 호통쳤다.

아사이 후쿠주안은 히사마사의 꾸지람을 각오하고 있었던 듯 말했다.

"꾸중하시는 것은 당연합니다. 그렇지만 큰주군님 말씀대로 오다 대감이 냉혹한 성미라면 큰주군님도, 주군님도, 마님도, 따님들도 모두 불태워 죽이고 시원스럽게 잘 해치웠다고 기뻐할 뿐…… 저는 그것이 분합니다."

히사마사는 그 말에는 대답하지 않고 하늘에 떠 있는 해맑은 가을 구름을 다시금 바라본다. 함성은 아까보다 좀 멀어지고, 화창한 햇볕이 주위를 더욱 따뜻하게 비추고 있다.

"소원입니다, 큰주군님! 아무쪼록 아사이 가문의 뒤가 끊어지지 않도록 이편에서 사자를 보내주시기를."

"후쿠주안."

"예."

"그대도 노망이 들었군."

"예, 노망든 말, 이번만은 꼭 들어주시기 소원합니다."

히사마사는 다시 평온한 목소리로 말했다.

"그대는 출가한 사람이야. 우선 그 무장을 풀고 이 상쾌한 가을 기분을 맛보는 게 어떤가?"

"황송하오나 저에게는, 국화나 나무의 생명보다 가문의 일이 마음에 더 걱정됩니다."

"후쿠주안, 이제 더 말하지 말게. 알겠는가, 이 히사마사의 마음이 그대들 말로 움직여질 때는 이미 지났어."

"가문의 뒷일은 어떻게 되든 상관없습니까?"

"용서해 주게. 어쩌면 노부나가의 천하제패 꿈도 업화, 거기에 맞서 아사이 가문을 멸망으로 이끄는 히사마사의 고집도 그 이상의 업화인지 모르지."

후쿠주안은 입술을 깨물고 입을 다물었다. 그의 생각에 히사마사의 고집은 이미 이성의 범위를 벗어나 있었다. 자신이 아무리 노부나가를 싫어하기로서니 그 때문에 아들도, 손녀도, 며느리도 죽여서 괜찮단 말인가.

히사마사는 자기가 죽이는 게 아니라고 생각하고 있다. 노부나가는 야심을 위해 혈육인 누이동생을 적에게 시집보내고 그런 뒤 죽여버린 귀축이었다고 후세 사람들에게 믿게 하여 자기 고집을 세우려는 것 같다.

후쿠주안은 그것이 얕은 생각이라고 여겨졌다. 노부나가는 부자의 생명은 빼앗지 않겠다는 사자를 자주 보내왔다. 그러므로 일부러 일족을 죽이는 것은 노부나가가 아닌 히사마사라는 생각이 드는 것이다.

"후쿠주안, 알겠지? 어느 쪽이 옳은지는 후세 사람들이 판단할 거야. 자, 그 어마어마한 무장을 벗고 쓰루와카도 있으니 함께 차나 마시세."

후쿠주안은 기운 없이 일어났다.

한번 멀어졌던 함성이 방향을 바꾸어 차츰 가까워진다.

히사마사는 다시 가위를 잡고, 옆에 쓰루와카가 있는 것도 잊은 듯 국화 한 그루 한 그루를 자세히 들여다보기 시작한다.

"큰주군님!"

또 다급한 발소리가 들리더니, 이구치 마사요시(井口政義)가 무거운 무장 차림으로 달려왔다.

"오, 마사요시인가. 적이 가까이 온 모양이로군."

"예, 적의 선봉은 처음에 아카오성을 치는 척하다가 도중에 방향을 바꾸어 이 산오성 쪽으로 오고 있습니다."

"그런가, 알고 있었다. 마사요시, 내 생애는 재미있었어."

"예……?"

"좋아, 지다 우네메(千田采女)와 힘을 합쳐 잡인들을 이 성안에 들이지 않도록 해라."

이리하여 27일은 히데요시 군의 하치스카 부대가 아카오성과 산오성 중간에 군사를 넣은 것으로 끝났다.

날이 밝으면 덴쇼 원년(1573) 8월 28일. 이른 새벽부터 오다니산은 격심한 공방전이 벌어지는 싸움터가 되었다.

히데요시 군이 먼저 탈취한 교고쿠성을 발판으로 오다 군은 나가마사와 히사마사를 따로따로 공격했다. 함락은 이미 시간문제라 해도 좋았다.

산오성의 히사마사는 그날도 무장하지 않았다. 시시각각 알려오는 아군의 고전 보고를 듣고도 결코 항복을 허락지 않거니와 얼굴빛도 바꾸지 않았다.

"그러냐, 수고했다."

오전 10시가 지나 온몸에 화살 3개를 맞은 우네메가 달려와 말했다.

"드디어 산오성 한 부분이 무너졌습니다."

그러자 히사마사는 웃으면서 곁에 있는 쓰루와카와 후쿠주안을 조용히 돌아보았다.

"그럼, 우리도 슬슬 출발할 채비를 할까."

후쿠주안은 오늘 무장하는 대신 가사를 걸치고 있었다.

쓰루와카는 어제부터 히사마사의 침착성에 영향받은 것이리라. 그는 얼굴빛은 매우 어두웠지만 체념해 버린 조용함을 되찾고 있었다.

"우네메, 부탁하네. 우리들이 떠난다고 마사요시에게도 일러주게."

우네메는 순간 치켜올린 눈을 깜박였다.

"부디 편안하시기를. 그럼!"

다시 긴 칼을 고쳐 들고 우네메는 달려나갔다.

"후쿠주안, 술잔을 가져오게."

"예, 곧."

"어떤가. 오늘은 하늘도 개었지만 우리 마음도 활짝 개었지."

후쿠주안도 쓰루와카도 그 말에는 대답하지 않고 고개 숙인 채 작별의 술잔을 준비했다. 술은 히사마사가 평소부터 고이 간직해 온 윤기 도는 호리병박에 이미 준비되어 있었다.

잔을 들자 히사마사는 유쾌한 기분으로 쓰루와카가 따라주는 술을 석 잔 기울였다.

"자, 후쿠주안, 이번에는 그대 차례일세."

후쿠주안은 히사마사를 흘끔 보고 나서 의미심장하게 미소 지었다.

그는 어젯밤, 히사마사를 죽이고 아사이 가문을 구하려고 칼자루에 몇 번이나 손을 댔는지 모른다. 그러나 그것도 쓸데없는 버둥거림이라 체념하고 오늘을 맞았다.

후쿠주안 또한 아사이 일족이었다. 만일 그의 뜻이 나가마사에게 잘못 전해져 사사로움을 위한 반역이었다고 오해받는다면 더욱 눈감을 수 없는 마지막이 되리라.

후쿠주안은 격식대로 세 번 잔을 들고 웃으면서 쓰루와카에게 잔을 돌렸다.

"자, 그대에게는 이 후쿠주안이 술을 따라드리지."

"감사합니다."

미소 머금은 채 쓰루와카가 잔을 비우는 것을 보고 후쿠주안은 말했다.

"주군, 그럼, 불문에 몸담고 있는 제가 먼저 하직하겠습니다."

후쿠주안은 앞자락을 와락 벌리고 담담한 표정으로 아랫배에 칼끝을 찔렀다.

그것을 보고 히사마사는 만족한 듯 고개를 끄덕였다.

"쓰루와카, 목을 잘라주게. 과연 후쿠주안은 내 마음을 잘 알고 있었어."

인간은 어디까지나 아집의 미망에서 벗어나지 못하는 동물인지 모른다. 후쿠주안의 할복은 히사마사에 대한 분노와 주위 정세에 대한 체념을 품고 있었건만 히사마사는 그렇게 받아들이지 않았다.

쓰루와카의 큰 칼에 후쿠주안의 목이 문지방 쪽으로 굴러떨어졌다. 미닫이와 다다미까지 낭자하게 뿌려진 피, 그 속에서 히사마사는 입술을 일그러뜨리며 웃었다.

"알겠는가, 후쿠주안. 이로써 우리들은 노부나가에게 이겼어. 그럼, 이번에는 내 차례일세."

말한 다음 잠시 눈을 감고 있더니 이윽고 천천히 윗옷을 벗었다. 새하얀 속옷 차림이었으며 그의 태도는 어디까지나 태연했다. 눈을 감은 채 칼을 집어들고 혼잣말처럼 중얼거렸다.

"드디어 적이 큰 현관에 들어온 모양이군."

칼끝을 왼쪽 옆구리에 푹 꽂자 쓰루와카가 말했다.

"목을……."

"필요 없다!"

히사마사는 부르짖듯 대답하더니 앉은 오른쪽 무릎을 왈칵 세우고 얼굴을 일그러뜨린 채 단숨에 칼을 오른쪽으로 끌어당겼다. 동맥을 끊은 모양이다. 배에 감은 흰 헝겊이 순식간에 시뻘게지더니 히사마사의 얼굴은 흙빛으로 바뀌었다.

히사마사는 웃었다.

"하하하……."

쓰루와카를 보고 무슨 말을 하려고 한 모양이다. 그러나 그것은 말이 되어 나오지 않았다. 그는 다다미 위로 점점 번지는 피 속에 와락 나동그라지며 숨이 끊어졌다.

쓰루와카는 히사마사의 죽음을 확인하고 칼을 쥔 채 두서너 번 마루 위아래로 뛰어 오르내렸다. 적은 이미 가까이 다가와 칼 부딪치는 소리와 고함 소리가 그를 몰아댔다. 물론 히사마사를 따라 할복할 마음이었지만, 이 경우 난입해 온 적과 싸우다 죽을 것이냐 아니면 할복할 것이냐로 잠시 망설여졌다.

서원으로 세 번째 다시 돌아온 쓰루와카의 등 뒤에서 한 잡병이 창을 겨누고 따라붙었다.

"얏!"

잡병이 찌른 창이 뒤로부터 쓰루와카의 소매를 꿰뚫었다. 소매가 찢어지는 소리가 나고, 쓰루와카의 몸은 마당으로 날았다.

"잠깐 기다려, 잠깐만 기다려줘."

뒤쫓아오는 병졸에게 쓰루와카는 칼과 목소리로 위협하고 애원도 하는 몸짓이었다.

"큰주군 히사마사 님의 자결을 지켜본 다음 저승으로 따라가는 우리들, 구태여 창을 찌를 것 없지 않느냐. 가까이 오면 다친다."

병졸은 한 걸음 물러서더니, 방 안에서 이미 숨이 끊어진 두 구의 시체와 하나의 목을 발견하고 다급히 창을 내리며 집 안으로 달려들어갔다. 뒹굴고 있는 머리를 히사마사의 머리로 생각한 게 틀림없었다.

그 사이 쓰루와카는 정원석에 걸터앉아 자기 배에 칼을 댔다. 이어 쓰루와카의 몸이 맥없이 쓰러졌을 때 주위는 벌써 적과 아군으로 가득 찼다.

이리하여 난세의 업화는 히사마사며 후쿠주안이며 쓰루와카의 죽음 따위에는 한 가닥의 감상도 나타내지 않고, 더욱 격렬한 불길로 번져갔다.

운명의 사자

오다 군의 공격은 나가마사가 지키는 본성에도 끊임없이 계속되었다. 벌써 오후 5시가 되려고 한다. 나가마사 역시 죽음을 각오하고, 검은 실로 미늘을 엮은 갑옷에 비단 가사를 걸치고 붉은 칠을 한 긴 칼을 든 채 망루에 서 있었다.

산기슭에서 피어오르는 안개가 차츰 시야를 흐리게 하여, 교고쿠성이 적의 손에 떨어진 것은 알았지만 그 아래 있는 산오성이며 아카오성이 어떻게 되었는지는 알 길이 없었다.

어쨌든 이 전투는 아사이 가문 3대에 걸친 무인으로서의 고집을 남기려 하는 비원의 싸움이었다. 그것도 한 걸음 한 걸음 마지막을 향해 가고 있고, 이미 아버지 히사마사는 그 시체를 적의 흙발에 내맡기고 있었지만 연락이 완전히 끊어져 여기서는 그것도 알 길이 없었다.

발밑에서 서로 질러대던 함성이 갑자기 그쳤다. 또 사자가 온 모양이다. 나가마사는 이마에 손을 대고 멀리 바라보며 혀를 찼다. 그는 600명의 군사를 5부대로 나누어 적이 다가올 적마다 한 부대씩 내보내 싸우게 하고 있었다. 그런데 그 한 부대 사이를, 달걀을 연상케 하는 둥글고 살결이 흰 노부나가의 사자가 의젓한 몸가짐으로 성벽 문을 향해 오는 게 나무 사이로 보였던 것이다.

엊그제부터 벌써 세 번이나 여기에 왔던 후와(不破)였다. 인간에게는 누구나 저 나름대로 상대하기 싫은 사람이 있는 법이다. 만지면 매끈매끈 미끄러질 것 같으며 목소리조차 둥그런 느낌이 드는 후와는 성실 그 자체인 듯 보이는데도 왜 그런지 나가마사는 거북스러웠다.

후와는 나가마사가 어떻게 생각하건, 얼굴을 찡그리건 전혀 마음에 두지 않았다. 다만 부드럽고 끈덕지게 노부나가의 말만 늘어놓고 돌아갔다.

처음에는 아사이 가문을 배후에서 위협해 온 아사쿠라 가문이 멸망했으니, 이제부터는 형제 의리에 의해 노부나가가 아사이 가문을 후원할 것이므로 무익한 싸움을 피하고 빨리 이 땅에 평화를 이룩하자고, 설교를 잘하는 중이 신도인 선남선녀에게 설법하는 듯한 투로 말했다.

두 번째 왔을 때는, 아버지 히사마사의 목숨을 구하고 아사이 가문을 번영시키는 유일한 길은 나가마사의 결단에 달렸다고 뻔한 사실을 반 시간 이상 되풀이했다.

세 번째는 28일 오늘 아침이었다. 교고쿠성이 이미 함락되었다. 여기서 일족을 모두 죽이고 자기 고집을 세우는 건 의리를 지키는 것 같지만 정말은 무위무책(無爲無策), 어찌할 바 몰랐다는 평을 들으리라. 노부나가는 결코 나쁘게 처리하지 않을 테니 농성을 풀도록 하라……고.

물론 나가마사는 세 번 다 그 제안을 단호히 거절했다.

"우리 부자는 이미 이곳을 죽을 장소로 정하고 있으니, 그러한 설득은 필요 없다. 우리들도 힘껏 싸울 테니 사양하지 말고 공격해라."

그 후와가 네 번째로 찾아왔다. 이번에는 틀림없이 오이치와 딸들 이야기를 할 것이다.

나가마사는 머리끝까지 화가 치밀었다. 이미 남편이며 시아버지와 함께 죽기로 마음먹은 오이치와 어린 딸들의 마음을 뒤흔들어 놓는 게 참을 수 없었다. 연락이 오는 것을 기다리지 않고 긴 칼을 거머쥔 채 한일자로 입을 꾹 다물고 망루를 내려갔다. 이미 그따위 사자와 만나고 있을 때가 아니라고 생각했다. 보다 큰 운명의 사자가 그들 일족을 위해 서방정토(西方淨土)에서인지 허공에서인지 지금 마중하려고 소달구지를 보내오고 있다. 그것이 도착하는 대로 할아버지도, 손녀도, 부부도 다 함께 탈 것이다.

망루를 내려오자 나가마사는 무사들 대기소로 와서 잠시 숨 돌리고 있는 후지카케(藤掛)에게 명했다.

"후와가 또 찾아왔네. 만날 필요도 없다 하고 쫓아보내게."

그러고는 세 딸과 오이치 부인이 있는 내전의 건널복도 쪽으로 향했다.

오늘 새벽, 두 번 다시 건널 수 없을지도 모른다고 자신에게 말하면서 건넜던 복도였다. 한낮이라면 여기서도 산 아래까지 한눈에 굽어볼 수 있으련만 지금은 안개와 저녁 어스름으로 시야가 좁아졌다. 적의 손아귀에 있는 교고쿠성 일대는 불이 났나 싶어 발걸음을 멈추게 할 만큼 시뻘겋다. 싸움에 이긴 오다 군이 지핀 모닥불이 안개에 반사되고 있는 것이다.

나가마사의 모습을 보고 어린 목소리가 불빛도 없는 방에서 들려왔다.

"아, 아버지……."

5살 난 맏딸 자차히메였다.

"어디, 어디야……?"

이번에는 자차히메에게 매달려 그보다 훨씬 작은 모습이 복도 끝에 올라왔다. 4살짜리 다카히메(高姬)였다.

"아, 정말 아버지가 이리 오시네."

나가마사는 천천히 다가가 긴 칼을 왼손으로 바꿔 쥐고 다카히메를 안아올렸다. 29살의 한창나이인 나가마사는 안아올린 조그만 인형에게 볼을 비볐다.

"오, 다카는 울지 않았나?"

"네, 착한 아이라 잘 놀았어요."

대답한 것은 아이들 소리에 급히 일어나 나온 오이치 부인이었다. 시선이 마주치자 두 사람은 약속한 듯 볼을 물들이며 미소 지었다. 어젯밤, 이것이 마지막이라며 관계 맺은 안타까움이 아직도 부부의 가슴에 생생하게 남아 있다. 앞으로도 계속 살아가려고 생각한다면 서로 저마다의 고집도 있겠지만, 죽음을 각오한 부부 사이에는 어린 날의 꿈 그대로의 화합이 있었다.

맏딸 자차히메는 어렴풋이 부모의 화합에 심상치 않은 것을 느끼는 모양으로, 이따금 눈을 크게 뜨고 숨죽이며 두 사람을 바라보는 일이 있었다.

내전에서 이별의 주연을 연 것은 26일. 그때는 아랫성에서 쓰루와카를 데리고 히사마사도 와 있었고, 오이치 부인도 거문고 스승 겐코(檢校)를 참석시켜 오랜만에 춤추고 거문고를 타기도 했었다.

"아직 아랫성에는 이상 없나요?"

"음, 아버님도 버티고 계신 모양이야. 아버님이 살아 계시는 한 우리들이 먼저 죽어서는 안 되지. 자차, 얘, 자차야, 너는 또 왜 그렇듯 시무룩한 얼굴을 하고 있느냐?"

긴 칼을 중방에 걸고 갑옷에 가사 차림 그대로 나가마사는 책상다리를 하고 앉았다. 그때 자차히메가 진지한 눈빛으로 아버지에게 물었다.

"아버지, 언제 전사하셔요?"

나가마사는 섬찟해 오이치 부인과 눈길을 마주했다. 그러고는 전보다 한결 태연하게 웃어 보였다.

"자차는 왜 그런 것을 묻지?"

둘째 딸 다카히메는 아버지 무릎에 자랑스럽게 올라앉아 싱글벙글하고 있지만 자차히메의 둥근 눈동자는 어른들 마음속까지 파고드는 눈빛이 되어 있었다.

"이제 만날 수 없다고 아버지가 오늘 아침에 말했잖아요. 어째서 또 돌아오셨어요?"

"어째서 돌아왔느냐고? 이거 따끔한 질문인데……."

나가마사는 웃으면서 정말 자기는 무엇 때문에 돌아온 것인지 되물어보지 않을 수 없었다. 아름다운 아내에게 아직 미련이 있는 것일까? 세 딸들에 대한 애정 때문일까……?

"글쎄, 어째서 돌아왔다고 자차는 생각하느냐?"

자차히메는 날카로운 눈초리를 아버지에게서 아직 떼지 않고 대답했다.

"모두 함께 죽으려고 오셨지요? 어머니도, 자차도, 다카도, 다쓰(達)도…… 모두 함께 죽으려고……."

나가마사는 저도 모르게 그만 맏딸의 얼굴을 다시 보았다. 너무도 뜻밖의 말이라 순간 그 뜻을 알 수 없었다.

"자차는 성내고 있니?"

"아니요."

그러나 그 눈은 여전히 따지는 듯했고, 표정은 무언가 불안해하고 항의하는 것 같았다.

"여보, 다카히메를 데려가시오. 그리고 자차."

나가마사는 이제 자차히메에게 분명히 말할 수밖에 없다고 생각하며, 둘째 딸을 아내에게 넘겨준 다음 살며시 맏딸을 손짓해 불렀다.

자차히메는 머리를 내저으며 뒷걸음질 쳤다.
"싫어요."
"싫다니, 아버지가 무서우냐?"
자차히메는 고개를 끄덕였다.
"자차는 죽는 게 싫어. 자차는 할아버지가 미워!"
"아니, 이 애가……."
오이치 부인이 깜짝 놀라 자차히메를 타일렀지만, 자차히메는 한번 말을 꺼내면 입다는 할아버지 히사마사와 똑같이 고집스러웠다.
"자차는 안 죽어! 싫어! 싫어! 싫어!"
나가마사는 멍한 얼굴로 아버지의 결정에 온몸으로 항의하는 어린 딸의 모습을 보고 있었다. 나가마사가 없는 동안에도 이런 일이 있었음이 틀림없다. 오이치 부인이 당황해 얼굴을 소매로 가렸고, 옆방에서도 그 너머에서도 시녀들이 이를 악물고 우는 소리가 잔잔하게 넘쳐왔다.
"여보……."
"네."
"자차는 죽어서 가는 곳에 극락세계가 있는 것을 모르는 모양이지."
말하며 흘끗 맏딸의 눈치를 보았지만 5살짜리 반대자는 눈썹 하나 까딱하려 하지 않았다.
'이래서는 일이 닥쳤을 때 오이치 힘으로 감당할 수 없다…….'
그렇다. 그때는 이곳을 마지막까지 수비하게 할 기무라 다로지로(木村太郎次郎)에게 명하여 찌르게 하지 않으면 안 된다—고 생각했을 때, 장본인인 기무라가 툇마루에 두 손을 짚고 말했다.
"오다의 사자인 후와 님이 객실에서 아직 기다리고 계십니다만."
"만나지 않겠다. 그렇게 말하라고 시켰을 텐데."
나가마사는 내뱉듯 말했지만 기무라는 머리를 조금 수그렸을 뿐이었다.
"그 일이라면 저희들이 입을 모아 말했습니다만 막무가내입니다."
"돌아가려고 하지 않는단 말이로군."
"꼭 말씀드릴 중요한 일이 있다시면서."
"알고 있겠지만, 우리들에게 항복을 종용하는…… 것밖에 다른 일이 있을 리 없다."

어느덧 촛대가 날라져오고 주위는 완전히 밤이 되었다. 나가마사의 언성이 높아졌으므로 오이치 부인도, 딸들도 불안한 듯 다로지로와 나가마사를 번갈아보고 있다. 시녀들도 이미 여느 때같이 명랑한 사람은 하나도 없었다. 죽음을 결심한 주군—이라기보다 죽지 않을 수 없는 주군임을 안 이상 이렇게 되는 것도 당연하리라. 아무것도 모르는 것은 둘째 다카히메와 유모에게 안겨 있는 2살 난 다쓰히메뿐이었다.

다로지로는 허리갑옷 자락에 붙어 있는 찢어진 가랑잎을 떼내며 말했다.

"황송하오나 오늘 밤은 여기서 전투를 멈추겠다고 말했습니다만."

"무엇 때문에 멈춘다더냐? 사양할 필요 없으니 야습해 오라고 대답해라."

상대는 또 머뭇거렸다.

"예…… 아직 부녀자와 아이들이 성안에 많이 보인다. 오늘 저녁은 이제 공격하지 않을 테니, 피난시킬 사람은 피난시키라고……."

"닥쳐라!"

나가마사는 당황하며 매섭게 상대를 가로막았다. 오이치 부인을 흘끗 살피니 오이치 부인보다 유모와 그 뒤의 시녀들이 눈을 빛내며 다로지로를 지켜보고 있다.

"이미 여기서 농성하고 있는 이상 부녀자와 아이들이라고 해서 구별할 것 없다. 쓸데없는 걱정 말라고 분명하게 거절해 돌아가게 하여라."

"예……."

"어서 가거라, 이제 더 볼일이 없지 않느냐?"

"황송하오나 한 번 더 생각해 봐주시기 바랍니다."

"무엇을 생각하라는 거냐. 적에게 항복하라는 말이냐?"

"상대는 오다 3만 대군을 뒤에 둔 사자입니다. 만나지 않겠다고 해서 돌아갈 리 없습니다. 바라건대 만나신 뒤 만일 화나시는 일이 있으시면 목을 쳐버리십시오…… 그러지 않으시면 병사들 마음이 바로잡히지 않아 점점 수가 줄어들 우려가 있습니다."

그 말을 듣자 나가마사는 느닷없이 성큼 일어났다.

"만나자, 목을 잘라도 좋다고 했지?"

오이치 부인이 칼걸이에서 칼을 집어주었다.

"모두들 착하게 있거라."

나가마사는 다카히메의 머리를 어루만지고 나갔다. 자차히메는 아직도 말끄러미 아버지에게 반항하는 빛을 보이고 있으므로 쓰다듬고 싶어도 손을 내밀 수 없었다.

다로지로는 서둘러 나가마사의 뒤를 쫓아 사라졌다.

"오늘 밤은 공격하지 않는다니 하루 더 살아남겠군요."

다쓰히메의 유모가 잠든 어린것의 얼굴에 볼을 비비며 입술을 깨물고 흐느껴 울기 시작했다. 오이치 부인은 유모를 나무랐다.

"운다고 해서 될 일이 아니야. 참아야 해."

말하면서 울 수 있는 사람은 아직 행복하다고 생각하지 않을 수 없었다. 솔직히 말해 앞길에 무슨 희망이라도 있다면 오이치 부인도 이처럼 침착하지 못할 것이다. 죽지 않으면 안 되는 몸을 한탄하여 살고 싶다고 버둥대며 미치광이가 되어 있을지도 몰랐다. 그러나 사정은 그런 발버둥을 허용하지 않을 만큼 절망의 병풍을 몇 겹으로 두르고 있었다.

'여기서 살아남은들 앞날에 무엇이 있단 말인가…….'

시아버지와 남편의 결심을 움직일 힘이 오이치 부인에게 있을 리 없고, 홀로 살아남는다 해도 그것은 다만 절망에 찬 삶의 연장에 불과할 것같이 생각되었다.

'또 어딘가로 시집보내져 똑같은 괴로움을 쌓아갈 뿐…….'

그러므로 시아버지를 원망할 마음도, 남편이며 오빠를 미워할 까닭도 없었다.

다만 세 아이들을 보면 견딜 수 없었다. 무수한 바늘이 한꺼번에 가슴을 찔러오는 느낌이 든다. 그러나 이처럼 사랑스러운 아이들을 어머니조차 절망한, 이 참혹한 세상에 이대로 남기고 가도 좋단 말인가? 처음에는 남겨놓아야 한다……고 생각했었지만, 지금은 그렇지 않았다.

"자차히메, 이리 오너라."

아직 아버지가 사라진 쪽을 말끄러미 노려보는 맏딸을 손짓해 부르며 오이치 부인은 웃어 보였다. 지금에 와서는 하다못해 모두 웃는 얼굴로 이 세상을 떠나고 싶고, 떠나가게 하고 싶었다.

자차히메는 순순히 어머니 옆으로 와서 고개를 갸웃했다.

"아버지는 외숙부가 보낸 사자를 베어버릴까요?"

뛰어난 감수성으로 이 아이는 아버지와 가신의 대화까지도 벌써 파악하고 있다. 오이치 부인은 숱 많은 딸의 머리에 살며시 손을 얹었다.

"아버지는 그런 난폭한 짓을 하지 않아요. 마음씨 좋은 분이니까."

"하지만 성내고 나가셨잖아요? 목을 베어도 좋으냐면서……."

"자차."

"네."

"너는 아버지나 어머니가 죽어도 혼자서 살아 있는 게 좋으니?"

자차히메는 대답 대신 이번에는 어머니를 노려보기 시작했다. 어린 생명의 본능적인 항의인 듯.

오이치 부인은 절반쯤 혼잣말처럼 말했다.

"그래, 살고 싶단 말이지? 무리도 아니지, 여자의 일생이 어떤 것인지 모르니까."

자차히메는 경계하듯 어머니에게서 다시 살그머니 떨어졌다. 둥근 눈동자에 빨갛게 촛대의 불빛이 어려 거기에서 말로는 표현할 수 없는 항의의 화살이 차례차례 쏘아져오는 느낌이었다.

'그냥 내버려둘 수 없다.'

오이치 부인은 당황했다. 어린것의 눈길이 또 사정없이 어머니를 나무라고 있는 것이다. 오이치 부인은 공포 속에서 마음을 정했다.

'자차, 용서해 다오…… 이 아이 하나 때문에, 모두의 죽음이 어지러워져서는……'

어느덧 성 안팎이 모두 조용해졌다.

객실에서는 후와와 나가마사 사이에 어떤 이야기가 오가고 있는 것일까?

밥상이 들어왔으므로, 오이치 부인은 어린것 둘을 밥상 앞에 앉혔다. 밥상 앞에 앉아서도 자차히메와 다카히메의 태도는 아주 달랐다. 하나는 여느 때와 다름없이 천진난만하게 명랑했지만, 하나는 잡혀온 작은 매처럼 겁먹은 채 경계의 빛을 보이고 있다. 밥 한 공기를 먹더니 곧 젓가락을 놓았다.

"자차, 왜 그러니?"

그러자 자차히메는 원망스러운 듯 물었다.

"내일은 죽지요?"

"아니, 아직 내일이라고 결정짓지는 않았어. 자, 한 공기 더 먹거라."

말하면서 오이치 부인은 가슴이 뭉클 저려와 그만 허둥지둥 옆방으로 건너가고 말았다. 가능하다면 즐겁게 식사를 시키고 그 뒤에 베개를 나란히 하여 자야지. 아니…… 무심히 잠든 틈을 보아 자차만은 오늘 밤에……라고 생각했는데 어린 넋의 거울에 일일이 그것이 비치는 모양이었다.

'과연 내 손으로 저 아이의 가슴을 찌를 수 있을까……?'

오이치 부인은 옆방에서 눈물을 닦고 울었던 것을 눈치채이지 않으려고 일부러 과자를 들고 나왔다.

"자, 이걸 먹어."

그러나 자차히메는 그 과자에도 손대지 않는다. 독을 경계하는 것일까? 그런 이야기를 언젠가 누구한테서 들은 적 있는 것일까?

"왜 먹지 않느냐, 자차는?"

"배가 불러요."

오이치 부인은 비로소 자차히메가 미워졌다. 아무래도 마음을 모질게 먹자고…… 생각하니 저절로 손이 단검에 이른다.

"어머니!"

어린 몸이 별안간 어머니에게 달려들었다. 그리고 동시에 어머니 무릎 너머로 무언가 토했다. 너무 긴장하여 먹은 게 그대로 나온 것이었지만, 자차히메는 그렇게 생각지 않았다. 밥에 벌써 독이 들어 있었다고 여긴 듯하다.

"잘못했어요! 잘못했어요! 자차도 죽겠어요. 어머니와 함께 죽겠어요."

오이치 부인은 단검에서 손을 떼고 저도 모르게 자차히메를 끌어안았다.

'이렇듯 싫어하는데 같이 죽어도 괜찮은 것일까?'

아이의 장래를 불쌍히 여겨 함께 죽으려는 것은 잘못이 아닐까……? 우는 일이 버릇처럼 되어버린 이 집안은, 이 일을 계기로 또 한 번 심한 오열의 도가니로 바뀌어갔다.

그때 복도에서 다시 발소리가 들리더니 후지카케와 기무라가 매우 흥분한 표정으로 나타났다.

"주군과 사자께서 이리로 오십니다."

"네? 주군과 사자가?"

"예, 빨리 치워주시기를."

시녀들이 밥상과 과자를 허둥지둥 옆방으로 옮겨갔다.

나가마사의 표정은 나갈 때와 달리 이마에서 입술까지 파란 물감을 칠한 듯 새파랬다.

나가마사는 자기와 같은 위치에 노부나가의 사자 후와를 앉게 하더니 가라앉은 목소리로 모두에게 말했다.

"부인만 남고 다른 사람은 물러가라."

자차히메도 다카히메도 데리고 나갔다.

오이치 부인은 촛대 너머로 남편을 바라보며 야릇하게 가슴이 울렁거리는 것을 느꼈다. 남편은 시무룩하게 입을 다물고 끊임없이 시선을 허공으로 보내고 있다. 침착한 나가마사로서는 보기 드문 일이었다.

갑자기 후와가 오이치 부인에게 직접 말을 걸었다.

"마님."

오이치 부인은 남편을 어려워하며 더듬거렸다.

"네…… 네."

"나가마사 님께서 마침내 우리들 청을 받아들여 이 성을 버리고 도라고젠산으로 가시게 되었습니다."

"……."

"나가마사 님 앞에서 하는 말이니 거짓말이 아닙니다. 마님도 따님들과 함께 떠날 채비를 해주시기 바랍니다."

오이치 부인은 자기 귀를 의심했다. 부인의 눈길은 당황한 나머지 남편에게서 후와, 후와에게서 남편에게로 헤맸다.

"그것이…… 그것이…… 참말인가요?"

그러자 이번에는 나가마사가 탄식을 섞어 말했다.

"차비하시오. 사정이 바뀌었소. 산오성의 아버님은 벌써 도라고젠산의 노부나가공 본진으로 가신 모양이오."

"어머나!"

오이치 부인은 비로소 남편이 침울해하는 원인을 알았다.

'하지만 그 완고하신 시아버지 히사마사가?'

믿을 수 있을 것 같기도 하고 없을 것 같기도 하여 선불리 감정을 드러내 보일 수 없었다.

그 혼란을 눈치채고 나가마사는 또 중얼거리듯 말했다.

"아버님도 당신과 딸들이 불쌍해 뜻을 굽히신 게 틀림없소. 나도 곧 갈 테니, 당신들은 먼저 가서 아버님에게 무사한 얼굴을 보여드리시오."

오이치 부인은 자차히메의 시무룩했던 얼굴을 문득 생각했다. 부모가 결정한 죽음에 온몸으로 반항하는 어린것의 불안한 그 얼굴…… 그러나 입에서는 그것과 전혀 반대되는 말이 둑이 터진 듯 쏟아져나왔다.

"싫습니다. 모처럼 마음을 정하고 이 오다니산의 흙이 되려는데…… 싫습니다! 새삼스레 살아서 수치를 당하다니…… 이 이치는 노부나가의 누이가 아니에요. 아사이 주군의 아내입니다."

나가마사는 그렇게 말하는 아내를 뚫어지게 지켜보았고 후와는 연방 고개를 끄덕이고 있었다.

"마님……."

"싫습니다. 저와 딸들은 이대로 여기서……."

별안간 나가마사의 목소리가 날카로워졌다.

"부인…… 그러면 당신은 아버님이 노부나가 님 손에 죽임당해도 좋단 말이오?"

"네? 그럼, 우리들이 산을 내려가지 않는다면……."

"아버님 목숨에 관한 문제요. 자, 내 말대로 딸들을 데리고 한 걸음 앞서 산을 내려가주오. 나도 곧 가겠소."

그리고 나가마사는 엄한 목소리로 명했다.

"후지카케, 기무라 두 사람은 마님과 딸들을 도라고젠산까지 모시도록."

"하지만 그러면……."

오이치 부인이 다시 말하려 하자 나가마사는 엄하게 꾸짖었다.

"서두르라니까!"

그런 다음 곧 목소리를 떨구어 부드럽게 타일렀다.

"자…… 아버님이 기다리시고…… 노부나가 님이 기다리시오, 알겠소? 마음을 가라앉히고."

오이치 부인은 맥없이 마음이 꺾이는 것을 느꼈다. 왠지 크게 소리 내어 울고 싫어졌다. 부자연스러움을 느끼면서도 모두 죽자고 각오한 동안은 마음속 어딘가에 귀신이 살고 있었다. 그것이 지금 거품처럼 사라져간다…….

'이제 딸들이 살 수 있다.'

충분히 기뻐해야 할 일일 텐데도 마음은 오히려 불안에 흔들렸다. 인간은 죽으려고 마음먹을 때보다 살려고 할 때 훨씬 더 소심해지는 것 같았다.

가마가 세 채 준비되었다. 첫 가마에는 오이치 부인, 다음에는 자차히메와 다카히메가 탔다. 마지막 가마에는 다쓰히메를 안은 유모가…….

나가마사는 본성 문까지 전송했다.

맨 앞에는 후지카케, 맨 뒤에는 기무라가 횃불을 들고 따랐다. 문을 나서자 오이치 부인은 남편을 돌아보았다. 나가마사는 붉은 칠을 한 긴 칼을 짚고 물끄러미 아내 얼굴을 바라보고 있었다.

"그럼, 먼저."

"나는 뒤에 가겠소. 딸아이들을 잘……."

오이치 부인은 왠지 가슴이 뭉클 메어 하염없이 눈물이 쏟아졌다.

"어서 가거라!"

"네…… 네."

행렬이 움직이기 시작했다. 휴전 명령이 내려져 있는 듯 어디나 호젓하니 잠잠했고, 오이치 모녀를 맞이하는 오다 군은 길 양쪽에 늘어서서 그들을 지나가게 했다.

"자차……."

오이치 부인이 뒤따라오는 가마에 대고 부르자 자차히메와 다카히메가 입을 모아 대답했다.

"네."

"이제 죽지 않아도 된단다."

오이치 부인은 말하고 비로소 눈을 감았다. 어린것의 목숨을 끊지 않아도 된다는 안도감이 마침내 온몸을 따뜻이 풀리게 했다. 오이치 부인으로서는 어찌할 수 없었던 싸움터에서 한 걸음 한 걸음 봄의 꽃밭으로 나아가는 느낌이다. 슬픈지 기쁜지 알 수 없는 채 마음은 설레기만 했다.

이윽고 교고쿠성 가까이 다다랐다.

앞장선 후지카케가 뭐라고 말하고 있다. 행렬이 멈추었다. 그러자 한 자그마한 사나이가 오이치 부인 가마 옆으로 성큼성큼 다가와 불렀다.

"이치히메 님!"

"아…… 당신은."

"하시바 히데요시입니다. 오시느라 수고 많으셨습니다. 오, 따님들도 건강하시군요."

히데요시는 횃불에 웃음을 벙긋 비치며 크게 턱짓했다.

"어서 통과해라!"

운명의 행렬은 다시 하시바 군이 늘어서 있는 가운데를 천천히 움직여가기 시작했다.

어느덧 산오성이 가까워졌으며 계곡 물소리가 아련히 귀에 들어왔다.

낙화(落花) 향기

아사이 나가마사는 오이치 부인과 딸들의 가마 횃불이 교고쿠성의 화톳불 속으로 섞여들어가는 것을 보고 나서 군사들을 집합시켰다. 본성을 적의 손에 넘겨주고, 그도 또한 산을 내려가 도라고젠산에 있는 노부나가의 본진으로 간다는 약속이었기 때문이다.

"준비가 되셨으면……."

여전히 감정을 겉으로 드러내지 않는 후와가 달걀을 연상케 하는 동글동글한 얼굴로 재촉하자 나가마사는 희미하게 입술을 씰룩이며 대답했다.

"그래, 섭섭하지만 산을 내려갈 수밖에 없겠지."

"그 심중을 이해하고도 남습니다."

나가마사는 또 입술을 씰룩이고 웃으면서 고개를 끄덕였다. 이제 나가마사를 따르는 자는 100여 명, 나머지는 대체 어떻게 되었단 말인가? 싸우다 죽은 자도 있겠지만 항복하거나 달아난 수가 그보다 더 많을 게 틀림없다.

후와의 주선으로 나가마사도, 그를 따르는 자들도 무기를 그냥 가지고 있었다. 오다 군의 전령이 그들보다 앞서 달려가, 양편의 충돌이 없도록 각 지휘자에게 전했다.

밤은 이미 3경(오후 11시~오전 1시)이 가까웠다. 행렬 뒤에는 쓰개치마를 쓴 여자들 17, 18명이 뒤따르고 있다.

성문을 나와 한 계단 아래의 무기고 앞까지 오자 나가마사는 저도 모르게 할

아버지 때부터 3대를 살아온 오다니성 본성을 돌아보았다. 아직 여기저기에서 불빛이 움직이고, 밤하늘에 솟은 새까만 지붕은 나가마사에게 무언가 이야기하고 싶어 하는 것처럼 보였다.

나가마사는 다시금 가슴을 펴고 묵묵히 산을 내려가기 시작했다. 바로 그 뒤를 따라오는 냉정하기 그지없는 후와에게 무언가 격렬한 말을 퍼붓고 싶었지만, 이제는 그것도 허무한 듯했다.

'아버지가 노부나가에게 항복했다는 둥 뻔한 거짓말을 입에 담고…….'

나가마사는 후와가 한 말을 믿고 있는 게 아니었다. 어떤 일이 있어도 노부나가 앞에 끌려가 목숨을 빌 아버지가 아니다—그것을 잘 알면서 믿는 척한 것은 후와의 말에서 아버지가 살아 있지 않다는 것을 분명히 깨달았기 때문이었다.

'아버지는 이미 자결하셨다! 아버지는 돌아가셨다…….'

그렇다면 여기서 철없는 딸들이나 싸울 의사가 없는 자기편 군사들까지 죽음의 길에 동반한다는 것은 사나이로서 나가마사의 체면이 용납하지 않았다. 게다가 무엇보다도 나가마사를 놀라게 한 것은, 맏딸 자차히메의 말이었다.

"……아직 전사하지 않으셨어요?"

그 말을 들었을 때 나가마사는 눈앞이 캄캄했다. 이처럼 통렬한 신의 말씀이 또 있을 수 있을까. 무장과 무장의 고집을 내세워 아무 생각도 없는 이들까지 희생시켜 좋을 리 없었다.

'아버지는 이미 돌아가셨다…….'

나가마사는 그것을 깨달은 순간 아버지의 고집에서 자신의 고집으로 한 걸음 내디디었다. 아내를 살리자, 딸들도 살리자, 가신과 부하들을 하나라도 더 많이 살리자…….

그러한 나가마사의 속셈을 아무도 아는 이 없다. 우선 후와도 귀신처럼 나가마사를 속인 줄 알고 있으리라. 시치미 뗀 빤들빤들한 표정으로 어느덧 나가마사와 어깨를 나란히 하고 있다.

횃불이 후와의 옆얼굴을 부채질할 때마다 나가마사는 생각했다.

'이놈을 어디서 베어버릴까.'

그들은 바로 조금 전 오이치 부인과 어린 딸들이 지나간 교고쿠성에 이르렀다.

이번에도 히데요시가 나가마사를 맞았다. 승리에 취한 공격군 대장이라는 건방진 태도는 없고, 어디까지나 주인 노부나가의 일족을 대하는 태도로 속삭이듯 말했다.

"나가마사 님, 마님과 따님들은 무사히 도라고젠산에 도착하셨습니다."

나가마사는 걷잡을 수 없이 눈시울이 뜨거워졌다. 아버지의 고집도 잘 알고 자기가 취할 길도 정했으면서, 정세의 흐름이 바뀌었음을 새삼 뼈저리게 느꼈다. 고집에 죽고 사는 엄한 무인의 상식으로부터, 행동적인 노부나가와 히데요시의 생활 방식으로 새로이 바뀌고 있다. 더욱이 그 속에 빈축받을 만한 살벌한 비인도성과 뜻하지 아니한 인정이 야릇하게 뒤섞여들어 있다. 히에이산을 불사르고 학살을 감행하여 온 일본을 떨게 한 노부나가는 그야말로 악귀였고 나찰(羅刹)이었지만, 그 노부나가가 이번의 오다니 공격에서 보인 마음은 마치 전혀 다른 사람 같은 느낌이었다.

나가마사는 히데요시를 보았을 때 아버님은 어떻게 하고 계시느냐고 마음껏 놀려주고 싶었다. 그렇지만 히데요시에게 그런 빈틈은 없었다.

"나가마사 님의 통행에 지장이 없도록, 기요마사, 네가 산오성까지 모셔다드려라."

가토 기요마사에게 이르고 극진한 예를 다했다.

나가마사는 목례하고 히데요시의 진중을 지나자 또 분노가 치밀었다. 누구에 대해서인지 알 수 없었다. 노부나가도 아니다. 아버지에게도 아니다. 그렇다고 자신에 대한 분노도 아니었다. 굳이 말한다면 이 천지의 인간 존재에 대하여 견딜 수 없는 짜증이 느껴지는 것이었다.

그 짜증이 마침내 후와에게 폭발한 것은, 이미 적의 손에 넘어간 산오성 옆을 지나 아카오성에 가까워졌을 때였다. 아카오성은 아직 아군이 지키고 있었다. 수비장수 아카오 미마사카(赤尾美作)가 히사마사의 유지를 굳건히 받들어 이곳을 죽음의 장소로 삼고 있다. 여기저기 피어오르는 화톳불이 나무 사이의 어둠을 빨갛게 물들이고 있었다.

나가마사는 침착하게 행동하는 후와를 돌아보았다.

"후와, 그대는 이 나가마사를 멋지게 속여넘긴 줄 생각하고 있지?"

후와는 천천히 나가마사를 올려다보며 미소 지었다.

"천만에요, 나가마사 님은 우리 같은 사람에게 속을 분이 아니십니다."

"뭣이? 그럼, 아까 한 말은?"

"히사마사 님을 하옥했다고 하지 않으면, 마님과 따님들 목숨을 살릴 방법이 없었기 때문입니다."

나가마사는 눈을 크게 부릅뜨고 저도 모르게 긴 칼을 고쳐 쥐었다. 후와는 나가마사가 아버지의 항복을 믿지 않는 것을 알면서 태연히 거짓말했다고 한다. 그렇게 되면 나가마사는 이 달걀을 연상케 하는 사나이에게 뱃속까지 읽힌 셈이 된다. 상대가 침착성을 잃지 않고 있으므로 나가마사의 피는 역류했다.

"건방진 놈, 그렇다면 아버님은 산오성에서 자결하셨구나. 그것을 네놈은 알고 있었지."

"물론입니다."

후와는 여전히 표정을 바꾸지 않았다. 후와의 담담한 대답을 듣고 나가마사는 다그쳤다.

"그럼, 네놈에게 우리를 속이라고 명령한 것은 노부나가냐?"

후와는 천천히 머리를 저었다.

"대장님은 다만 나가마사 님 부자를 살릴 방법을 찾으라고만 말씀하셨습니다."

나가마사는 긴 칼로 힘껏 땅바닥을 내리쳤다.

"그다음 지시는 누가 했느냐?"

"저와 히데요시 님입니다."

"나를 속인 죄, 각오되어 있겠지?"

"물론이지요. 언제든 상대해 드리겠습니다."

나가마사는 발을 굴렀다.

"우리가 만약 도라고젠산으로 가지 않는다면 어찌하겠느냐?"

그러자 후와는 비로소 표정이 엄숙해졌다.

"나가마사 님이 순순히 가시리라고는 처음부터 생각하고 있지 않았습니다."

"뭐? 그것을 알면서 우리들을 여기까지 안내했단 말이냐?"

후와의 목소리가 다시 부드러워졌다.

"나가마사 님…… 마음껏 무장의 의지를 펼치십시오. 우리 대장님은 따님들을 그러한 훌륭한 아버지의 자식이라고 자랑스럽게 생각하며 기르실 테니까요."

나가마사는 다시 한번 나지막하게 신음했다. 이때처럼 노부나가와 그의 심복들의 단합을 부럽게 생각한 적은 없었다. 그들은 나가마사가 무엇을 생각하고 무엇을 원하며 이 싸움에 임하고 있는지 손바닥 들여다보듯 벌써 다 알고 있었던 것이다…….

아버지가 항복했다고 말해온 후와의 속셈을 거꾸로 이용하여, 아카오성의 자기편과 합류해 장렬하게 복수전을 펼 생각으로 산에서 내려온 나가마사의 뱃속을…….

"그런가…… 알고 있었구나."

"수비하는 아군이 의심합니다. 우선—"

그들은 다시 걷기 시작했다.

나가마사는 지그시 검은 하늘을 노려보며 아카오성으로 가는 갈림길에 이르자 잠자코 왼쪽으로 길을 들어섰다. 오른쪽으로 가면 곧장 도라고젠산의 노부나가 본진으로 통한다.

후와는 그러한 나가마사를 붙들려고 하지 않았다.

'나가마사의 죽음은 말릴 필요 없다.'

아버지의 죽음을 알고 노부나가에게 항복할 나가마사가 아닌 것을 노부나가도, 히데요시도, 후와도 너무나 잘 알고 있었다. 그러므로 오이치 부인과 그 딸들을 살릴 구실을 나가마사에게 주기만 하면 되는 것이었다.

아카오성에서는 갑작스럽게 산을 내려온 나가마사를 보고 깜짝 놀라며 기쁨의 환성을 올렸다.

"주군! 큰주군님은 어제 마침내……."

"원통한 일이었습니다!"

잠자코 있던 군사들이 여기저기서 일제히 일어나 성 안팎이 갑자기 웅성거리기 시작했다. 그 웅성거림 속에서 나가마사는 한 사람 한 사람에게 고개를 끄덕이며 안으로 들어갔다. 아직도 후와와 딸들, 아버지 히사마사와 히데요시 등의 얼굴이 유성처럼 망막 속에서 아른거렸다.

드디어 아카오성을 죽음의 장소로 정할 운명은 확정되었다.

'노부나가도 훌륭했다! 져서는 안 된다.'

죽음을 장식하는 것이 아니라 한 사람의 근성을 그 죽음에 아로새겨야만 한다고 나가마사는 생각했다.

나가마사가 최후의 반격을 명한 것은 그다음 날 아침 6시 전이었다. 붉은 칠을 한 큰 칼을 종횡으로 휘두르며 나가마사는 공격군 속으로 세 번 돌격해 들어갔다.

오다 군도 파도가 밀어닥치듯 번갈아 아카오성을 공격해 왔다. 그리고 그 한 물결이 밀어닥칠 적마다 아사이 군의 피해는 눈에 띄었다. 싸우다 죽는 자, 상처 입고 포로가 되는 자, 달아나는 자, 항복하는 자…….

나가마사는 그러한 혼란 속에 거실로 돌아와 불렀다.

"스님은 안 계신가? 스님을 이리로 모셔오너라."

오늘도 가을 하늘은 땅 위의 싸움을 외면한 채 끝없이 맑기만 하다. 산들바람에 싸리가 한들한들 흔들거리고, 때아닌 나비 한 마리가 한가로이 날고 있다.

나가마사가 의지하고 있는 유잔(雄山) 스님을 안내하여 기무라 다로지로가 급히 들어왔다. 칼자루에 핏자국이 나 있고 왼쪽 사타구니를 흰 헝겊으로 동여매고 있었다.

"오, 스님이시군요. 가까이 오십시오."

나가마사는 미소 지으며 귀를 기울였다.

"세 번씩이나 공격했으니, 이제는 적 편에서도 내가 할복할 줄 알고 있을 걸세. 공격해 오는 소리가 멈춘 것 같군."

다로지로가 대답했다.

"예, 마음을 편안히 가지십시오. 목은 제가 베어드리겠습니다."

나가마사는 아무렇게나 고개를 끄덕였다. 유잔 스님은 그러한 두 사람을 보는 둥 마는 둥하며 나가마사 옆에 앉았다.

"따님들에게는 마님이 계십니다. 남길 말씀은?"

"별로."

"그럼, 유언시라도 들려주십시오."

나가마사는 푸른 하늘을 흘끗 올려다보았다.

"그것도 없소."

"무덤은 어디로 원하십니까?"

"글쎄."

나가마사는 천천히 칼을 뽑았다.

"29년의 생애, 꿈속의 꿈……."

새삼 중얼거리고는 다시 한번 바깥의 웅성거림에 귀 기울이는 얼굴이 되었다. 얄미울 정도로 나가마사의 마음을 잘 알고 있는 오다 군은 벌써 숨죽이고 있다.

"적도 없고, 원한도 없고, 슬픔도 없으며 그렇다고 기쁨도 없소…… 그렇군, 무덤은 비와 호수 깊이 가라앉는 게 좋겠소."

유잔 스님은 천천히 고개를 끄덕였다.

"주군이 좋아하시던 지쿠부섬(竹生島) 앞바다에."

"그렇게 해주시오."

"계명(戒名)은 '도쿠쇼지덴 덴에이쇼세이 대거사(德勝寺殿天英宗淸大居士)'라고 제가 지었습니다만……."

"어마어마하게 이름을 지으셨군. 핫핫핫…… 그럼, 다로지로."

다로지로는 피 묻은 칼자루에 팔을 짚고 소리 죽여 울고 있었다. 적에게도, 우리 편에게도 슬픔도, 원한도 없다는 29살 난 나가마사의 죽음은 원한에 사무친 아버지 히사마사의 죽음과는 비교도 할 수 없을 만큼 끝없는 슬픔을 품고 있었다.

"그럼……."

"안녕히."

와락 옆구리를 찔러 세우자 다로지로의 피 묻은 큰 칼이 번쩍 빛났다.

유잔 스님은 눈을 크게 뜬 채 조용히 지켜볼 뿐 합장도 하지 않았다.

또 사각사각 싸리가 흔들렸다. 길 잃은 나비가 차양에서 마루로 들어왔다가 다시 푸른 하늘로 훨훨 날아갔다.

이곳은 도라고젠산의 본진 임시막사.

측근을 물리친 노부나가 앞에 막내딸 다쓰히메를 안은 오이치 부인과 자차히메, 다카히메 두 어린 딸이 인형을 나란히 한 것처럼 앉아 있었다.

자차히메는 다카히메에게 과자를 집어주고 막사 마당에서 꺾은 가을꽃을 나눠주기도 하며 언니 노릇을 했다. 그 무심한 모습을 아까부터 노부나가와 오이치 부인이 말없이 바라보고 있었다.

9월 1일의 한나절이 가까웠고, 오다니산은 벌써 오다 군 손에 완전히 넘어가 화살 소리 대신 졸음이 올 듯한 정적이 찾아들었다.

측근무사가 마루 끝에서 알렸다.

"말씀 올립니다. 아사이 지카마사(淺井親政)와 아카오 기요쓰나(赤尾淸綱)를 본진으로 잡아왔습니다."

아카오성에서 나가마사가 자결한 뒤 포로로 잡은 적의 장수들이었다.

노부나가는 고개를 끄덕였을 뿐 여전히 누이동생 오이치에게 눈길을 주고 있었다. 오이치 부인은 살갗뿐 아니라 몸까지도 투명하게 느껴질 정도로 슬프고 나긋한 모습으로 가만히 아이들을 지켜보고 있다.

"오이치……."

"네."

"아이들을 위해 산다……는 것은 결코 무의미한 일이 아니다."

"대답은 벌써 말씀드렸습니다."

"분명히 죽지 않기로, 자결하지 않기로 마음먹었단 말이지?"

"네, 누구든 오빠 말씀을 거역할 수는 없습니다."

노부나가는 혀를 찼다.

"속 태우지 마라. 네 얼굴에는 아직도 죽겠다고 씌어 있어."

오이치 부인은 오빠를 흘끗 쳐다보고, 다시 조용히 품 안의 젖먹이에게로 시선을 떨구었다.

"너는 그토록 나가마사에게 반해 있었더냐!"

"……."

"나가마사는 너희들을 살리기 위해 자기도 항복한다고 한 거야. 너희들을 속인 것은 노부나가가 아니라 나가마사란 말이다."

오이치 부인은 천천히 머리를 저었다.

"아니에요. 시아버님이 항복했으니 머리 숙이라고 하신 것은 오빠이셔요."

노부나가는 이를 으드득 갈고 또 세차게 혀를 찼다. 아무도 노부나가의 말을 거역하지 못한다—고 말하면서도 감시하지 않으면 자결할 생각인 오이치 부인인 것이다. 그것을 뚜렷이 알면서도 어떻게 할 수 없는 답답함이 노부나가 같은 맹장을 꼼짝 못 하게 만들고 있다.

"너는 강한 여자로구나!"

"아니, 아무 힘 없는 약한 여자예요."
"그…… 그 약함이 강한 거야. 약한 자가 강하다는 것은 못 견디게 화가 치미는 일이다."
또 이를 갈려다가 노부나가는 생각을 바꾸었다. 여기서 고집스럽게 말할수록 오이치 부인의 결심은 강해질 뿐이라고 여겨진 것이다.
"오이치."
"네."
"너는 네가 열녀인 줄 생각하느냐?"
"아니요, 다만 죽은 주인에게 진심으로 사죄할 따름이지요."
"좋아, 그처럼 결심하고 있다면 나가마사한테 보내주마. 남의 손을 빌리지 않고."
노부나가는 진심으로 누이동생이 미워졌다. 오이치 부인은 잠자코 있었다. 베어주겠다는 대신 나가마사에게 보내주겠노라고 했기 때문에 민감한 자차히메도 눈치채지 못했다. 아니, 자차히메의 감수성은 이곳에 도착했을 때부터 이미 생명의 위험이 사라졌다고 안심하고 있는 것 같았다.
"오이치, 왜 말이 없느냐. 나가마사한테 보내주면 불평 없겠지?"
오이치 부인은 오빠를 흘끗 보고 나서 다시 아이들에게로 눈길을 돌렸다.
"저는 불문에 들어가고 싶습니다."
"또 마음이 변했느냐?"
오이치 부인은 천천히 머리를 저었다. 울지 않으려 결심하면서도 다시금 눈앞이 뽀얗게 흐려지며 꽃을 갖고 노는 두 아이가 보이지 않았다.
"오빠 말씀에는 뭔가 속셈이 있어요."
"뭐, 속셈이란 뭐냐? 네 소원대로 저세상에 보내주겠다고 했을 뿐이다."
"고맙게 생각합니다…… 저를 위해…… 저를 살리려고 화내시기도 하고 달래시기도 하고."
오이치 부인에게 그런 말을 듣자 노부나가는 얼굴을 찡그리고 내뱉듯 말했다.
"못난 것! 너는 이 노부나가의 속마음을 알고 있구나. 베지 못할 것을 알고 응석 부리고 있어. 오이치, 나가마사는 네가 살아 있기를 원했다. 그것을 모르는 네가 밉구나."

"그러므로 불문에 들어가겠다는 거지요."
"그 말에 거짓은 없나? 출가하여 아이들의 성장을 지켜보겠느냐?"
"네……."
오이치 부인은 미덥지 못하게 대답하고 넘치는 눈물을 살며시 옷소매에 스미게 했다. 격한 성미의 노부나가는 오이치 부인을 살리려 조바심하고 있다. 그러나 오이치 부인은 살아남을 힘이 자기에게 있는지 없는지조차 알 수 없었다.
스스로도 이상했다. 자신이 원해서 시집간 것은 아니었다. 시집갈 때는 싫기까지 했다. 그런데 그 남편이 언제부터인지 자기 마음을 꽉 사로잡아 돌이킬 수 없게 만들어놓았다.
나가마사의 우람한 가슴에 이유도 없이 불타오른 애정 때문이었으리라. 그러나 남달리 달콤한 속삭임을 나눈 것도 아니고 위로의 말을 들은 적도 없었다. 그렇건만 자기 몸을 아련하고 따사로운 안개 같은 것으로 감싸주었다. 그 말고는 살 보람이 없다고 여기게끔 절로 믿게 하는 마음이 나가마사에게는 있었다.
그 나가마사가 마지막에 처자를 살리려고 한층 더 높은 애정을 보이고 죽어갔다. 그것이 오이치 부인에게는 안타까웠다.
'남편의 애정에 보답해 나도 죽자.'
그렇게 결심한 이면에는 살아 있는 데 대한 두려움이 있었다. 살아 있으면 당연히 재혼 문제가 생긴다. 두 지아비를 섬긴다는 것은 오이치 부인으로서는 생각할 수도 없는 두려움이었다. 그래서 불문에 들어간다는 핑계로 그 자리에서 노부나가의 세찬 추궁을 벗어나려 생각한 것이었는데…….
노부나가는 누이동생의 마음을 손바닥 들여다보듯 아는 모양이었다.
"좋아. 그럼, 불문에 들어가게 해주마."
노부나가는 여전히 무심하게 노는 아이들 쪽을 보면서 언제나의 큰 소리로 옆방에 대고 소리 질렀다.
"그렇게 결정했다. 누구 없느냐? 히데요시를 불러와라!"
노부나가는 히데요시가 올 때까지 오이치 부인과 한마디도 더 말하지 않았다. 자기 누이를 이처럼 세차게 매혹시켜 놓고 간 나가마사의 혼백에, 고집으로라도 질 수 없다는 묘한 감정이 가슴속에서 끓기 시작했다.
'나가마사 놈, 마누라 하나만은 잘 다스렸구나.'

끝내 천하의 대세를 보지 못하고 부자의 정에 이끌려 목숨을 잃은 나가마사였다. 그 순정은 인정하나 뱃심의 크기는 인정할 수 없었다. 노부나가가 생각한 것보다 훨씬 그릇이 작았다고 경멸하고 낙담도 했는데, 그 나가마사가 오이치를 어떻게 그토록 꽉 잡아두었단 말인가……?

노부나가의 마음에 문득 혈육의 애정이 사라지고 심술궂은 생각이 꿈틀대기 시작했다. 자기도 다루기 힘든 오이치를 히데요시 녀석은 어떻게 다룰지 짓궂은 흥미가 느껴졌다.

"부르셨습니까?"

히데요시는 무장한 채 마당에서 들어오더니, 노부나가의 대답도 기다리지 않고 눈을 가늘게 뜨며 마루 끝의 자차히메 곁으로 다가갔다.

"오, 참으로 귀엽구나. 마치 인형 같군요."

히데요시는 실눈을 지으며 두 어린아이의 머리를 어루만졌다.

"부럽습니다! 저에게는 아이가 없지요. 나가마사 님은 이 세상에 이렇듯 사랑스러운 생명의 핏줄을 남기셨습니다. 이 예쁜이들이 또 어디서 어떤 훌륭한 아기들을 낳을지……."

"도키치!"

"예."

"오이치를 노부카네(信包)에게 보내게."

"예."

"그대가 멸망시킨 나가마사의 유족이야. 오이치는 나가마사의 뒤를 좇겠다고 고집스럽게 생각하고 있어. 이 점을 충분히 고려하고 보내주도록."

히데요시는 오이치를 흘끗 보고 난 다음 공손히 머리 숙였다.

"오이치는 말일세, 입으로는 죽지 않겠다고 했어. 하지만 입과 뱃속이 서로 다른 여자야."

"무슨 지나친 말씀을."

"내가 꾸며서 달콤하게 말할 줄 아는가. 알겠지, 도키치? 오이치는 나와 약속했다, 불문에 들어가겠다고."

히데요시는 애처로운 듯 이맛살을 찌푸리며 다시금 오이치 부인을 보았다. 오이치는 도자기 같은 표정으로 여전히 아이들에게 시선을 쏟고 있다.

"그런데 그것은 거짓말이야. 이 자리를 벗어나기 위한 구실이란 말이야!"
"설마하니 그럴 리가……."
"잠자코 듣기만 해. 거짓말인 줄 알지만 한번 약속한 이상 그것을 지키게 해야겠어. 알겠나, 절은 나중에 내가 지시하겠다. 그때까지 먹지 않고 죽으려 하겠지만 그렇게 되어서는 안 되지. 입을 벌리게 해서라도 뭐든지 먹여야 돼. 그래서 그대에게 단단히 일러두는 거야."
히데요시는 순간 입을 딱 벌리고 노부나가를 바라보았다. 그는 기묘한 소리를 내면서 목구멍으로 웃었다.
"놀랍습니다. 설마 마님께서 이 히데요시에게 입에 손대게 하시지는 않겠지요…… 하지만 알겠습니다. 틀림없이 보내드리겠습니다."
은근하게 대답하고 또 자차히메의 탐스러운 머리를 쓰다듬었다.
결국 오이치 부인은 자결하려는 마음을 버리지 않은 채, 히데요시에게 호송되어 기후의 노부카네에게 맡겨지게 되었다.
노부카네는 수많은 노부나가의 동생 가운데 한 사람이며 오이치 부인의 오빠가 된다. 형제 가운데에서 오이치 부인의 불행을 가장 동정할 수 있는 성품으로 보고 노부나가가 선택한 것이다. 노부나가의 뜻은 어떻게 해서든 여동생의 자결을 막으려는 데 있었다.
그것을 알므로 히데요시는 도중에 마음을 고쳐먹도록 하기 위해 일부러 노부나가의 본진에서 자기 진막까지 오이치 부인을 두 딸들과 함께 걷게 했다. 오다니성을 공격하기 위해 히데요시가 뚫은 길이었다. 평탄하게 다진 황톳길 양쪽에는 보랏빛 도라지꽃이 노란 마타리꽃과 뒤섞여 피었고, 싸리 이삭이 새하얗게 빛나고 있었다.
자차히메와 다카히메는 그 자연 속에 천진난만하게 녹아들어 걸어간다. 참새가 있다며 소리 지르고, 들국화가 있다며 그것을 땄다. 그러나 어머니 오이치 부인은 여전히 경치 하나 보려 하지 않는다.
막내딸은 유모와 함께 따로 가마를 타고 갔기 때문에, 쓰개치마 사이로 엿보이는 오이치 부인의 단정한 옆얼굴은 두 딸의 어머니라기보다 언니처럼 젊어 보였다.
길을 절반쯤 왔을 때였다. 별안간 떨리는 목소리로 오이치 부인이 말을 걸었다.

"히데요시 님…… 남편 나가마사 님 목이 어떻게 되었는지 알고 계시겠지요."

히데요시는 무정할 만큼 아무렇게나 고개를 끄덕였다.

"지금쯤 대장님 앞에 바쳐져 있을…… 겁니다."

그뿐 오이치 부인은 다시 입을 열지 않았다.

그렇게 되자 히데요시는 완전히 반대로 부딪쳐볼 마음이 들었다.

"마님…… 마님 마음은 잘 알고 있습니다. 그런 입장에 놓이면 마님이 아니더라도 살고 싶은 생각이 없겠지요."

"알아주시겠어요, 히데요시 님은?"

"결심만 굳다면 자결할 기회는 얼마든지 있습니다. 걱정하지 마십시오."

히데요시는 말하면서 마음속으로는 전혀 반대되는 환상을 그리고 있었다. 오이치 부인이 오늘의 일 따위는 깨끗이 잊고 자기 곁에서 아내로서 섬겨주는 환상이었다.

'만일 그렇게 될 운명이라면, 집에 있는 마누라 네네는 대체 어떻게 되는 것일까.'

히데요시는 쓴웃음 지으며 머리를 저었다. 터무니없는 공상이 우습기도 하고 두렵기도 했던 것이다.

다시 생각난 듯 오이치 부인이 말했다.

"장수 목을 확인하는…… 따위 무참한 일은 언제부터 생긴 관습일까요? 죽은 사람을 욕보이다니, 부처님 뜻에……."

"무슨 말씀입니까. 그 나름대로 좋은 것입니다. 인간의 육체란 요컨대 썩은 냄새를 풍기는 구더기 덩어리, 빨리 보지 않으면 썩어빠져 분별할 수 없게 되지요. 내내 더러운 일만 생각하다가 죽은 시체니까요."

그 말에 오이치 부인의 눈썹이 치켜올라갔다. 노여움으로 숨을 헐떡이는 것을 알 수 있었다.

"마님도 시체가 되면 썩은 냄새와 구더기로 가득 차지요. 그것은 부처님께서 엉큼한 일에 집착하는 인간에게 내리는 벌이겠지요."

오이치 부인은 이미 히데요시를 피하여 아득한 골짜기로 시선을 던진 채 걷고 있었다. 그 눈동자에 조금 전의 노여움은 없고 야릇한 두려움이 가을 별빛과 더불어 가득했다.

히데요시라는 인물

아사쿠라, 아사이 두 집안의 멸망은 노부나가의 패업을 결정적인 것으로 만들었다.

아시카가 막부(幕府)는 이미 교토에 없었고 눈의 가시였던 다케다 신겐의 죽음도 의심할 여지가 없었다. 신겐의 아들 가쓰요리는 아직 아버지의 신하들을 거느리고 강대함을 자랑했지만 이에야스가 굳게 방풍림 역할을 하고 있다.

그동안에 노부나가가 할 일은 혼간사와 그 세력 아래 있는 잇코 신도들의 그칠 줄 모르는 반항을 진압하는 일이었다. 칼에는 칼로, 피에는 피로. 신앙이라는 눈에 보이지 않는 힘을 무력으로 삼아 반항해 오는 잇코 신도에게 노부나가는 그 증오심을 내려칠 시기를 잡았다.

우선 이세의 나가지마(長島)에 은거하고 있는 신도들을 토벌하여 이시야마 혼간사의 한 팔을 끊는 일이었는데, 그 진퇴는 여전히 다른 사람의 상상을 초월하는 움직임을 보였다. 9월 4일 시바타 곤로쿠로 하여금 나마즈에성의 록가쿠 요시스케를 치게 하고, 그길로 가와치(河内)에 침입하는 것같이 보이더니, 6일에는 미련 없이 군사를 거두어 기후로 개선했다.

개선군을 맞아 히데요시는 노부나가 앞으로 나아가 오다니성 공격 때의 은상에 대한 사례를 했다. 이 싸움에서 히데요시의 뛰어난 공을 칭찬하여 노부나가는 아사이 영지 18만 석을 고스란히 히데요시에게 주어 오다니성 성주가 되게 했던 것이다.

"그대는 곧 영내를 돌아보고 좀 더 사나이다움을 보이게."

노부나가는 말한 뒤 목소리를 낮추었다.

"어때, 도키치, 오이치는 염려 없겠는가?"

히데요시에게 부탁하여 노부카네에게 보내진 오이치 부인이 죽을 염려 없겠느냐는 말이었지만, 히데요시는 언제나의 그 모호한 얼굴로 고개를 갸우뚱했다.

"염려 없겠느냐는 그 말씀은?"

"자결을 단념했느냐고 묻는 걸세."

히데요시는 비로소 깨달은 듯 눈부신 모습으로 대답했다.

"아, 그 일 말씀입니까? 그거라면 걱정하실 것……."

"도중에서 그대는 무슨 말로 설득했나?"

"설득이라니요? 황송하게도…… 저는 다만 바래다드렸을 뿐입니다."

노부나가는 얼굴을 찡그리고 혀를 찼다. 무슨 말을 하려 하면 의표를 찌르는 대답을 하려는 히데요시, 그런 버릇을 노부나가가 좋아하는 줄 알고 있는 히데요시, 그것을 알므로 노부나가는 그가 건방지게 여겨진다.

"그렇다면 처음부터 자결할 마음이 없었다는 말이로군?"

"예, 있었다고도 할 수 있고 없었다고도 할 수 있지요."

"답답한 노릇이군. 그것이 지금은 없어졌다는 건가. 무엇 때문에 자결을 그만두기로 했느냐고 묻는 걸세."

그러나 히데요시는 고개를 갸우뚱하며 대답하지 않았다. 노부나가는 여자 마음을 모른다—고 말하고 싶었지만 그것을 뚜렷이 말한다면 노부나가도 오이치 부인도 가엾은 생각이 든다.

"왜, 잠자코 있는 거냐, 도키치?"

"예, 그것은 저도 모르겠습니다. 다만 제가 모시고 가는 도중 마음이 변하셨는데…… 물론 제가 달라지게 한 것은 아닙니다만."

히데요시는 솔직하게 대답하고 살피듯 노부나가를 쳐다보았다.

여느 때와 달리 매우 신중하게 대답하는 히데요시를 넌지시 바라보던 노부나가는 흘끗 좌우를 둘러보았다. 그러고는 서기 세키안과 시동들에게 턱짓했다.

"모두 물러가도록. 도키치……."

"예."

"그대는 이 노부나가가 오다니성과 아사이 영지를 모두 준다고 했을 때 고맙다고 했었지?"

"그랬습니다. 진심으로 감사히 생각하고 있습니다."

"그대는 이 18만 석에 혹이 달려 있는 걸 모르는가?"

"예?"

순간 히데요시의 표정이 달라졌다. 그것은 이전의 히데요시와는 전혀 다른 날카롭게 다져진 채찍 같은 얼굴이었다.

"그대는 오이치가 싫은가……."

"……."

"정직하게 말해봐. 나는 오이치가 가엾어 못 견디겠다. 오이치를 살릴 수 있는 재치를 지닌 사나이, 그 사나이 옆에서 조용히 아이들을 키우게 하고 싶은 거야. 어때, 싫은가?"

"그야…… 대……대……대단히 좋지요."

대답하는 히데요시의 눈언저리가 붉게 물들었다. 부끄러움은 아니다. 상상만 해도 마음 떨리는 아름다움에 대한 동경이며, 그 아름다움의 소유자가 애처로운 신세가 된 데 대한 감상이기도 했다.

"좋다면 어떤가? 오이치를 맡아주지 않겠나?"

히데요시는 머리를 떨어뜨렸다. 어느새 눈물이 뚝뚝 방울져 무릎에 떨어졌다. 절세미인……이라고 해도 좋을 오이치 부인의 아름다움. 죽음을 생각하며 황톳길을 걸어가던 부인의 모습이 눈물 속에 어른거렸다.

노부나가는 히데요시를 지켜보며 대답을 기다렸다.

"황공합니다만……."

"맞아주겠다는 건가? 그대에게는 야에가 있지. 그러니 정실로 삼아달라고는 하지 않겠네."

히데요시는 똑바로 얼굴을 세우고 급히 손끝으로 눈물을 털어버렸다.

"거절하겠습니다!"

"어째서지, 도키치?"

"황송하오나 오이치 마님은 대장님 혈육, 이 히데요시는 선대로부터의 졸개 자식입니다."

"그게 어떻다는 거냐?"

"대장님은 모르십니다. 히데요시의 마음이 어지러워집니다."

"그대 마음이 어지러워진다고……?"

"예, 대장님은 이 히데요시에게 있어 오직 하나밖에 없는 태양입니다. 무엇과도 바꿀 수 없습니다. 정직하게 말씀드린다면, 제가 5만 석에서 18만 석으로 출세한 것…… 그것조차도 두렵습니다. 게다가 대장님 혈육을, 그 때문에 자만심은 생기지 않는다 해도 세상은 그렇게 보지 않으리라 생각합니다. 문중을 꺼려 할 말도 못 하게 됩니다. 충성에 금이 갑니다. 아니, 그런 일보다도 저에게는 마님이 과분하므로…… 이것은 딱 잘라 거절하겠습니다."

"그런가……."

이번에는 노부나가가 눈을 감았다.

"대장님, 그 대신 만일 그 따님들을 기르라고 하신다면 이 히데요시, 성심성의를 다하여 키우겠습니다. 그러니 이 일만은……."

말하고 히데요시는 또 튕기듯 눈물을 털었다.

노부나가는 웃지 않았지만 나무라지도 않았다. 히데요시의 말에 털끝만큼도 거짓이 느껴지지 않았기 때문이다. 확실히 히데요시는 노부나가를 세상에 둘도 없는 절대적인 존재로 섬겨왔다. 그 노부나가의 혈육을 맞아들인다면 문중 사람들의 시기를 받고 생각하는 대로 말할 수도 없게 된다는 것은 얄미울 정도로 급소를 찌른 말이었다.

"그래…… 싫지는 않지만, 노부나가의 누이동생이라 거절한단 말이지?"

"대장님!"

히데요시는 두 눈에 눈물이 글썽해 손을 흔들었다. 오이치 부인을 맞아달라……는 말을 들은 것은 히데요시에게 있어 아사이 가문 18만 석을 차지했을 때보다 더 기뻤다. 그토록 신임받고 있었던가 생각하니 오이치 부인의 애처로움과 더불어 눈물이 멈추지 않았다.

"마님께서는 돌아가시지 않습니다. 아니, 죽지 않으리라고 제가 본 이유를 정직하게 말씀드리겠습니다."

"그럼, 도중에서 무슨 말을 하여 역시 설득시켰군."

"아닙니다. 가는 길에 추한 것을 보여드렸습니다."

"추한 것이라니?"
"적의 병사가 죽어 넘어져 썩은 시체입니다."
"과연, 시체를 보였는가?"
"그 시체에는 가을 파리들이 빈틈없이 달라붙어 파먹고 있어 마치 새까맣게 타 죽은 사람같이 보였습니다. 저는 그 파리들을 쫓고 시체를 보여드렸습니다. 윙 소리 내며 파리들이 날아가자, 새까맣던 시체는 갑자기 새하얘지고, 그것이 일제히 꿈틀거리기 시작했습니다."
"시체가 꿈틀거렸다고?"
"구더기였습니다. 벌써 썩은 살을 파먹은 백골 위의 구더기…… 마님은 그것을 눈 하나 까딱하지 않고 바라보고 계셨습니다만, 갑자기 얼굴을 가리더니 따님들 뒤를 쫓아 달려가셨습니다. 그때부터 어쩐지 죽음의 귀신이 떨어져나갔다……고 저는 생각합니다."
노부나가는 문득 얼굴을 씰룩이며 웃으려다 고개를 크게 끄덕였다.
"그런가. 그럼, 오이치 일은 꺼내지 않았던 일로 덮어두세."
"대장님……."
"뭔가?"
"마님을 맡을 수는 없습니다만, 마님의 유물 삼아 따님 한 분을 저와 제 아내에게 내려주십시오."
"안 돼!"
노부나가는 한마디로 잘라 말했다.
"18만 석을 준 것으로도 시기를 받을 거야. 그대를 위해 더 주지 않는 게 좋아……."
노부나가도 이제 깨달았다. 노부나가는 출발 준비를 시켰다.
히데요시는 안도의 숨을 내쉬었다. 그렇지만 이제 자기 성으로 정해진 오다니 성을 순찰하러 가려니 왠지 몹시 쓸쓸했다. 그 성안에 오이치 마님과 아이들이 없다고 생각하면 성의 가치가 반으로 줄어드는 듯한 기분이 들었던 것이다.
다케나카 한베에와 어깨를 나란히 하고 걸으면서 히데요시는 혼자 마음속으로 중얼거렸다.
'나는 성을 함락하기 전부터 마님에게 반해버렸는지도 모른다…… 마님, 부디

행복하십시오.’
히데요시와 한베에 뒤에 이시다 미쓰나리가 따르고 있었다. 아직 앞머리를 기르고 있는 미쓰나리는 히데요시의 뒷모습을 보며 이따금 이상하다는 듯 고개를 갸우뚱하며 따라갔다.
이코군(伊香郡) 후루바시 마을(古橋村)의 산주사(三珠寺)에서 아기중으로 있던 미쓰나리는 깜찍하리만큼 영리하고 눈치 빠른 아이였다. 그러한 그의 눈에 히데요시가 갑자기 크게 변한 사람으로 보여왔다.
나가하마 5만 석에서 오다니성 18만 석의 성주로 발탁된 때문일까. 시동, 이야기꾼, 졸병에 이르기까지 친구를 대하는 듯 솔직한 말투로 모든 사람을 웃기고는 눈을 가느다랗게 뜨는 히데요시가 지금 와서 갑자기 신중해진 것 같았다.
‘이런 변화가 과연 주군을 위해 좋은 일일까…….’
히데요시 문중의 결속은 거리낌 없고 허물없는 히데요시의 성격에서 오는 것 같이 보였는데…….
히데요시는 바로 며칠 전까지 나가마사와 오이치 부인이 살았던 본성 밖까지 오자 문득 걸음을 멈추고 물끄러미 성곽을 바라보았다. 무언가 매우 감개무량한 눈길이었다. 무리가 아니라고 생각하면서도 미쓰나리는 히데요시의 어깨에서 허리에 걸쳐 말할 수 없는 외로움이 깃들어 있음을 느끼고, 조금 떨어져 도라고젠산에서 나가하마에 이르는 18자 너비의 한길을 바라보고 있는 한베에에게 말을 걸었다.
“다케나카 님, 주군께서 몸이 불편하신 것은 아닐까요?”
그러자 한베에는 미쓰나리 쪽은 돌아보지도 않고 대답했다.
“좀 불편하신 모양이야.”
“어디가 아프신지 말씀이 있었습니까?”
“말씀은 안 하셨지만, 알 만하지.”
“어쩌면 18만 석의 짐이 무거워서…….”
한베에는 말을 가로막았다.
“미쓰나리, 너는 아이들답지 않은 생각을 하는구나.”
“몹시 신중해지셨다……고 여겼더니 그런 게 아니라 기운이 없으신 것 같아서…….”

한베에는 여전히 시선을 다른 데로 돌린 채 고개를 끄덕였다.

"어른에게는 때때로 있는 병이야. 걱정할 것 없어."

"그러시면 혹시 나가마사 님 과부에게……."

그때 한베에가 이쪽을 돌아본 히데요시 쪽으로 성큼성큼 다가갔으므로 미쓰나리는 고개를 갸우뚱하며 다시 따라갔다.

한베에가 다가가자 히데요시는 말했다.

"군사님, 인간에게는 타고난 지위가 있는가 보오."

"그렇습니다, 태어날 때부터 있습니다."

"그렇다면 그 지위에 눌리는 경우도 있겠군."

한베에는 그 말이 귀에 들렸는지 안 들렸는지 말했다.

"오늘 성안 순시가 끝나면, 곧 영내를 돌아보도록 하십시오."

"흠, 그것도 서둘러야 된다고 생각하고 있지만."

"아니, 오히려 그 일을 맨 먼저 했어야 했을지도 모릅니다. 내일 곧……."

"알았네. 그대가 시키는 대로 하겠지만, 지위에 눌리고 만다면 그 사람의 싹은 더 이상 자라지 못하겠지."

전에 없던 약한 소리를 하는 히데요시의 말에 한베에의 눈썹이 문득 흐려졌다. 어떤 때에도 사람을 사람으로 여기지 않는 점에 있어 노부나가 다음가는 히데요시였다. 상대가 누구든 제멋대로 큰소리쳐 놓고 조금도 거리감을 느끼지 않게 한다. 노부나가 속에는 매서운 반골(叛骨) 의지가 드러나 보이지만, 히데요시는 꾸밈없는 맑음으로 뒤에 반감을 남기지 않았다. 타고난 그릇으로 말하면 히데요시가 노부나가보다—크다고 생각하는 한베에였다. 따라서 미쓰나리의 말이 아니어도 히데요시가 변한 것은 한베에의 눈에 먼저 비쳐왔다.

'사나이란 우스운 존재다…….'

히데요시만 한 자신만만한 사나이도 여성의 아름다움에는 꼼짝하지 못한다. 공연스레 자기와 오이치 부인의 부모 신분을 비교하기도 한다. 거기에 히데요시의 일생을 결정하는 위기와 함정이 숨겨져 있는 것 같았다.

한베에는 찌푸렸던 이맛살을 펴고 히데요시의 몸에 닿을락 말락 가까운 자리에 섰다.

"주군, 주군께서는 자신의 풍부한 재치와 타고난 운세를 의심하시는 것 같습니다."

"아니, 별로 의심하고 있는 것은 아니야. 졸개의 자식이 18만 석 성주가 되었으니까."

한베에는 히데요시의 눈을 쳐다보며 천천히 머리를 저었다.

"이 한베에는 18만 석에 만족하는 작은 영주시라면 섬기지 않겠습니다."

"허."

"어쨌든 걸으면서 이야기하겠습니다. 주군은……"

한베에는 말하면서 이번에는 다정하게 미소 지어 보였다.

"어디까지 운이 따를 것인지……"

그러자 히데요시는 눈을 둥그렇게 떴다.

"이거 놀라운걸. 묘한 소리를 하기 시작하는군, 군사께서는."

한베에는 그 말에는 대답하려 하지 않고 말을 이었다.

"이 한베에, 과연 우리 주군님이라고 우러러보았습니다."

"뭘 말인가……?"

"딱 잘라 오이치 마님을 거절한 일 말입니다."

"군사 양반, 정직하게 말하겠네. 사실은 미련이 많지만…… 인간에게는 삼가야 할 일도 있다고…… 아니, 역시 지위에 눌리게 될 것을 겁낸 거야."

"우러러본 것은 바로 그 점입니다."

한베에는 문득 말소리에 힘을 주었다.

"아니, 운도 좋으십니다! 복받으신 분이십니다!"

히데요시는 묘한 표정을 지으며 말없이 걸었다. 한베에가 무슨 말을 하려는지 잘 이해하지 못하고 있는 게 틀림없었다.

한베에는 혼잣말처럼 말했다.

"저도 역시 거절했을 겁니다. 더 높은 신분이 되셨을 때 곤란하지요…… 오이치 마님은 노부나가 공의 누이동생이지만 나가마사의 과부이니까요."

히데요시는 깜짝 놀란 듯 돌아보았다.

'더 높은 신분이 되었을 때 곤란하다……? 그것은 또 얼마나 놀라운 말일까.'

한베에가 말하려는 뜻을 비로소 알고 저도 모르게 휴 한숨이 나왔다.

"주군……"

"음……"

"기후에 계신 마님을 곧 이 성으로 부르시렵니까?"
"네네 말인가? 글쎄, 어떻게 하면 좋을지……."
"아니면 주군을 돌봐줄 여성을 달리 구하시겠습니까? 이대로는 어떻든 좀 쓸쓸하실 테니까요."
한베에는 평소의 그답지 않게 소리 내어 웃었다. 히데요시는 한베에의 웃음에 반감을 느꼈다. 그러나 그 옆에서 눈을 빛내며 듣고 있는 미쓰나리를 의식하자 자기도 너털웃음으로 그 자리를 얼버무렸다.
"아하하하."
그런 뒤 더한층 쓸쓸한 생각이 들었다. 전략이며 세상 돌아가는 형편을 판단하는 데 있어 히데요시는 누구보다도 한베에를 인정하고 있었으나, 그렇다 해서 지금의 쓸쓸한 심정을 옆에 여자가 없기 때문이라고 단정하는 것은 견딜 수 없을 만큼 불쾌했다.
"한베에, 이건 자네가 알 수 없는 일이야. 참견하지 말게."
그렇게 말하고 싶은 게 본심이었지만, 애써 웃음으로 얼버무린 것은 어딘가에서 한베에에게 압도되어 있기 때문인지도 모른다.
히데요시는 생각했다.
'나는 비굴하고 마음이 너무 약해.'
좀 더 마음이 강했다면 노부나가가 시키는 대로 오이치 마님을 맞아 태연히 시바타도, 아케치도, 사쿠마도, 니와도 누를 수 있을 텐데…….
그러고 보니, 히데요시가 기노시타라는 성을 하시바(羽柴)로 고친 것에도 같은 후회가 없지 않았다. 니와 나가히데의 충성과 시바타 곤로쿠의 무용을 본받아 니와(丹羽)의 와(羽)와, 시바타(柴田)의 시바(柴)를 떼어 하시바(羽柴)라고 했다. 그때는 성명 따위, 이를테면 인간의 부호가 아니겠는가, 그렇게 함으로써 문중 사람들의 시기심을 피할 수 있다면 이것도 하나의 처세술……이라고 대범하게 생각했었지만, 거기에는 어쩔 수 없는 자신의 비굴함이 낙인찍혀 있는 것같이 생각되었다.
그날 밤 히데요시는 벌써 수리를 시작하고 있는 본성 앞 진막에서 쉬었다.
밤중에 두 번쯤 잠이 깼다. 그때마다 오이치 부인의 꿈을 꾸고 있었던 데 섬뜩했다.

'좀처럼 없었던 일이…….'

꿈이라면 언제나 전쟁을 하고 있거나 아니면 산더미처럼 쌓인 연공미, 산 또는 하늘을 달리는 것이었는데…….

날이 밝자 한베에는 곧 새로 차지한 영내를 순시할 채비를 갖추고 히데요시를 찾아왔다. 영내 순시에는 두 가지 방식이 있었다. 우선 위풍을 세워 난세의 백성들에게 안도감을 주든가, 아니면 가벼운 차림으로 친근감을 갖게 하는 것이다. 그것은 히데요시의 방침에 달린 일이었다.

그런데 한베에는 가벼운 옷차림에 수행하는 사람까지 정해놓고 있었다. 가토, 후쿠시마, 가타기리, 이시다 등 시동 출신 근위무사에 한베에와 히데요시—매사냥을 간다 해도 초라해 보일 정도의 인원이었다.

"주군의 무용은 아사이 가문을 멸망시킨 것만으로도 온 오미에 쩌렁쩌렁 알려져 있습니다."

한베에는 그러니 이것으로 충분하다는 말은 생략하고 웃었다.

"떠납시다, 주군."

히데요시는 화가 치밀었다. 새 영주의 위풍을 충분하게 나타내어……라기보다 당당한 행차로 오이치 부인의 환상을 쫓아버리려 했는데. 그러나 히데요시는 이때에도 자기 감정을 억눌렀다. 그러잖아도 우쭐대고 있는 사나운 시동들 앞에서 히데요시가 한베에를 나무라는 일이 있으면 뒷날의 결속에 금이 가리라.

따라서 한 군(郡)을 둘러보는 데 이틀씩 모두 엿새 걸려 아사이, 이코, 사카다(坂田) 세 군을 돌아보려고 성을 나선 히데요시는 전날보다 말이 없고 사람이 달라진 느낌이었다.

말을 탄 것은 히데요시와 한베에 두 사람. 키노모토에서 시즈가타케를 넘어 시호쓰로 들어가 하치다군(八田郡), 나가하라(永原) 강변을 따라 스가우라(菅浦) 마을에 이르렀다.

그날 숙소로 정해진 부농의 집인 듯한 큰 집 앞에 섰을 때, 히데요시는 비로소 눈을 둥그렇게 떴다. 뜻하지 않은 아름다운 여인이 주위의 저녁 어스름을 쫓듯 문 앞에 마중 나와 있었던 것이다.

이날 일정은, 빠르면 스가우라에서 쓰즈라오자키(葛籠尾崎)를 돌아 다시 시호쓰로 돌아가도록 짜여 있었다. 그러므로 스라우가에서 꼭 머문다고는 정해져 있지 않았다.

히데요시는 문안에서 마중하고 있는 아름다운 여인과 한베에를 날카로운 눈으로 번갈아보았다.

'한베에 놈, 무언가 꾸미고 있었구나.'

그렇게 생각하자 이번만은 웃어넘길 수 없는 것을 느끼고 걸어서 따라오는 기요마사를 엄한 목소리로 불렀다.

"기요마사! 오늘 밤 숙박할 준비는 되어 있는지 물어보고 오너라."

말하기 무섭게 문 앞에서 한베에에게로 말 머리를 홱 돌렸다. 바로 눈앞에는 아름다운 호수가 있었다.

"한베에!"

"무슨 일입니까?"

"이것은 누구 집인가?"

한베에는 일정을 적은 장부를 천천히 허리에서 끌렀다.

"교고쿠(京極)라고 되어 있습니다만, 그러고 보니 건물이 좀 낡은 것 같군요."

"건물을 말하는 게 아니다. 교고쿠란, 바로 교고쿠 명문 일족을 말하는가?"

한베에는 히데요시가 다그칠수록 냉정하게 대답했다.

"아직 모르고 계셨습니까?"

"알고서 묻는 줄 아느냐? 그 일족인가?"

"일족이라니요. 교고쿠 가문, 즉 오미 미나모토(近江源)씨, 사사키 노부쓰나(佐佐木信綱)의 종가입니다."

"뭐……?"

히데요시는 놀라서 다시 한번 지붕 위에 풀이 난 문을 올려다보았다. 과연 건물은 형편없이 낡았다. 그러나 처음부터 보통 농가가 아닌 어딘가에 영화의 자취가 남아 있는 훌륭한 재목으로 지은 명문의 집이었다.

"노부쓰나는 교토의 교고쿠에 저택이 있었습니다. 그 뒤 사사키라고도 하고 교고쿠라고도 했다지요. 아시카가 막부의 집사(執事), 9지역의 태수, 강북 6군의 영주가 그 가신이었던 아사이씨에게 그 영지를 빼앗기고 이렇듯 호숫가에 숨어 산다니…… 왠지 영고성쇠의 꿈속을 걷고 있는 기분이 드는군요."

히데요시는 한베에를 노려본 채 말이 없었다. 아사이 가문의 영주가 누구였는지는 잘 알고 있다. 교고쿠, 아사이…… 그리고 지금은 자기가 차지하게 된 것이다.

기요마사가 시무룩한 표정으로 문을 나왔다.

"아무 대접도 못하지만 준비는 되어 있으니 언제든 좋다고 합니다."

"누가 말하더냐!"

"예, 집주인은 아직 어리므로 그의 누이가 손님을 맞이한다고."

"누이…… 말도 할 줄 모르는 놈이군, 너는."

교고쿠 가문의 혈통을 이었다면 존칭을 써서 누님이라고 해야 하지 않겠느냐……라고 생각하면서, 히데요시는 조금 전에 엿본 여성의 모습을 다시 생각하고 있었다.

히데요시가 이 세상에서 본 가장 아름다운 여성을 오이치 마님이라고 한다면, 이것은 두 번째로 아름다웠다고 할 수 있다. 아니, 오히려 오이치 마님보다 젊고 싱싱하게 여겨졌다.

"한베에, 그대는 대체 무엇 때문에 여기를 이 히데요시의 숙소로 정했는가? 그대의 대답에 따라 이 집에 묵을지 말지 결정하겠다."

히데요시로서는 전에 없이 감정을 드러내며 시비 거는 말투였다.

한베에는 천천히 말에서 내려 고삐를 부하 손에 넘겼다. 한번 감정을 폭발시켜도 그 뒤에 다시 반성하는 게 히데요시의 성품임을 너무나 잘 알고 있는 한베에였다. 넌지시 히데요시를 올려다보며 말했다.

"무언가 비위에 거슬리는 일이라도 있습니까? 저는 지방관에게 숙소를 선택하도록 맡겼습니다만, 아마도 지방관은 숙적 아사이 가문을 멸망시킨 분이므로 이 집 남매가 기꺼이 맞이해 주리라 믿고 정한 줄 압니다."

히데요시는 그래도 아직 의심스러운 듯 한베에를 마주 보았다.

미쓰나리가 성큼성큼 다가와 재촉했다.

"주군, 고삐를 이리 주십시오."

한베에는 히데요시에게라기보다 이상한 공기에 놀라고 있는 젊은 근위무사들에게 들려주는 것 같은 투로 말을 계속했다.

"시호쓰까지 돌아가려면 밤이 된다. 뭐니 뭐니 해도 아직 새 영지이니 어디에 괴한이 숨어 있을지도 모르지. 이 집 주인은……."

"……."

"주인은 와카도지마루(若童子丸)라고 하며 13, 14살, 그의 동생 기치도지마루(吉童子丸)는 11, 12살, 그리고 주인의 누님 한 분이 있다. 이 누님 후사히메(房姬)는 와카사(若狹) 영주 다케다 모토아키(武田元明)에게 시집갔다가 스스로 돌아온 이름난 여장부지."

옆에서 미쓰나리가 말참견했다.

"그럼, 조금 전 문안에서 우리들을 맞이하던 아름다운 여인이……."

한베에는 담담하게 고개를 끄덕였다.

"후사히메는 북오미에서 으뜸가는 미인으로 와카사의 다케다 가문으로 시집갔는데, 시집갈 때 한 가지 조건을 내걸었다더군. 할아버지와 아버지의 원수를 갚아달라는 것이었지. 원수란 다름 아닌 아사이 부자. 남편 모토아키는 밤낮없이 조르는 후사히메의 등쌀에 못 견뎌했던 모양이야. 또 후사히메 쪽에서도 모토아키에게 그럴 뜻이 없는 걸 꿰뚫어보고, 몇 달 동안 함께 살면서도 몸을 허락하지 않고 있다가 친정으로 돌아와버렸다는군. 그런 집이므로 주군의 숙소로 가장 알맞은 곳……이라고, 나는 생각하는데, 모두들 어떤가?"

그 말을 듣더니 이번에는 입이 무거운 기요마사가 성큼성큼 미쓰나리 옆으로 다가갔다.

"그렇다면 납득이 됩니다. 주군, 내리십시오. 이 댁의 후사히메 님도 원수를 갚아준 주군이 오셨다고 기쁜 마음으로 맞이할 게 틀림없습니다."

그러자 히데요시는 혀를 찼다.

"녀석, 마치 자기 부하에게 하는 말투로군."

말에서 훌쩍 내리더니 터무니없이 큰 기침을 한 번 하고 성큼 한베에의 앞장을 섰다.

해는 어느덧 떨어지고 호수는 절반쯤 엷은 어둠으로 그늘져 있다. 문을 들어서자 남향에 심은 참대가 산들바람에 흔들거리고 있었다.

'한베에 녀석, 역시 일을 꾸몄군…….'

오이치 마님을 아사이 가문의 과부라고 말한 의도를 이제야 똑똑히 알 수 있었다. 그러고 보니 아사이씨는 교고쿠 가문의 중신에 지나지 않았던 것이다…….

오와리 나카무라에 살던 평민의 아들, 오다 가문 선대를 섬기던 졸개의 아들. 그러한 자기가 지금 아사이씨의 주인뻘 되는 교고쿠 가문의 딸에게 새로운 권위로서 환영받고 있다……고 생각하니 히데요시의 핏속에 타고난 장난기가 무럭무럭 되살아왔다.

그 히데요시를 후사히메는 반짝거리는 눈으로 말끄러미 바라보고 서 있었다. 히데요시가 눈앞 12, 13걸음쯤 되는 곳으로 다가가자 후사히메는 머리를 숙이며 또렷한 목소리로 말했다.

"어서 오셔요. 주인 와카도지마루는 이렇듯 누추한 집을 찾아주시는 영주님에게 잘 대접해야 한다면서 하인과 함께 고기잡이를 나가 아직 돌아오지 않았으므로 제가 대신 맞아들입니다. 와카도지의 누이 후사입니다. 그리고 여기 있는 것은 와카도지의 동생 기치도지마루입니다."

히데요시는 여기에서 또 한베에의 계략을 느꼈다. 마주한 후사히메는 곱게 머리를 빗고 향기로운 향냄새를 물씬 풍기고 있다. 어스름 속에서 보는 탓인지, 약속과 다르다 하여 시댁을 뛰쳐나왔다는 이야기에서 연상되는 억센 여자와는 전혀 느낌이 다른, 박꽃을 보는 듯한 아름다움이었다.

"그래, 나를 위하여 주인이 일부러 고기잡이를 갔단 말인가?"

"네, 저희 집안으로선 더없이 고마운 분, 소홀하게 대접하면 선조의 혼백께서 나무라신다고 말했습니다."

"고맙소. 그럼, 신세를 질까."

히데요시는 한베에와 함께 검게 길든 현관마루로 오르면서 거기에서 절하고 있는 기치도지마루의 머리를 쓰다듬었다.

그 무렵부터 이상하게도 마음이 가벼워졌다. 호수가 한눈에 내다보이는 큰방으로 안내되었을 때는 한베에에게 먼저 말을 걸기까지 했다.

"드물게 보는 경치로군…… 저것이 지쿠부섬인가?"

후사히메는 두 사람을 방으로 안내하고 곧 물러갔다.

"주군……."

"무언가, 군사?"

"마음에 드십니까?"

"무엇이?"

"이 집에서 바라보는 조망 말입니다."

"생각했던 것보다 나쁘지 않네만……."

"대개 그렇습니다만 생명이란 탐욕스러운 것입니다."
"뭐, 생명…… 나처럼 말인가?"
"군무(軍務)가 바쁠 때는 마음에 여유가 생기지 않습니다. 내 생명 하나 어떻게 살아남느냐는 것이 선결문제이므로……."
"그런지도 모르지."
"그런데 조금만 여유가 생기면 내 생명만으로 만족하지 않고 자식을, 손자를 미래에까지 살리려는 맹목적인 의지가 활동하게 됩니다."
"알겠네, 그것이 사랑의 원인이란 말이지?"
"그러니 사랑할 수 있을 때는 떳떳하게 하셔야 합니다."
"허, 군사님 말투가 많이 변하셨는걸."
"그러니 눈을 멀리, 마음을 넓게 가지시고 좋은 상대를 제대로 고르지 않으면……."
"알겠네, 알겠네."
히데요시는 손을 저어 제지하면서 이 집 문 앞에 섰을 때처럼 왠지 화가 나지 않는 게 이상했다. 한베에는 그 제지에는 상관하지 않고 말을 이었다.
"분별을 잃은 색정(色情)도 자식은 낳게 하지만, 언젠가 그 자식을 낳게 한 생명까지 위협하는 원인이 되지 않는다고 할 수 없습니다. 몸도 마음도 죽은 남편에게서 떠나지 않는 매미 허물 같은 여자와, 주군에게 오로지 감사하는 여자가 있다면 어느 쪽을 택하시겠습니까? 맹목적인 의지가 저지르는 일이므로 역시 끊임없는 분별이……."
히데요시는 다시 한번 손을 저었다.
"그만둬, 군사 양반. 그대는 마치 이 집 여자가 나를 그리워하는 것처럼 말하는군."
이때 발을 씻은 젊은이들이 줄지어 들어왔다. 히데요시를 둘러싸듯 모두들 자리에 앉자, 이집 주인 와카도지마루가 마을 처녀들에게 촛대를 들게 하고 들어왔다.
주인은 아직 앞머리를 내린 채 어린 티를 보이며 절했다. 명문자제답게 어딘지 기품 있지만 옷차림은 누이보다 못했다.
"그래, 그대가 와카도지마루인가?"

히데요시는 가볍게 절을 받으면서, 이 자리에 다시 후사히메가 나타나기를 기다렸다.

'노부나가에게 천거하여 집안을 다시 일으키도록 도와줘도 좋겠는데…….'

그것을 젊은 주인에게보다 누이에게 이야기하고 싶었다. 그러나 후사히메의 모습은 보이지 않았다. 이윽고 마을 처녀들 손으로 밥상이 들어오고 술이 나왔다.

그 무렵 창밖은 이미 어두웠다. 기슭에서 속삭이는 파도 소리가 희미하게 들려왔다. 기요마사 이하 젊은이들은 술은 사양하고 굶주린 듯 밥을 먹기 시작했다.

히데요시는 어느덧 싱글벙글 웃는 얼굴이 되었다.

"정성을 다한 잉어 요리가 맛있구나. 모두들 먹어봐라."

그렇게 말한 다음 문득 커다란 귀에 손을 댔다. 열세 줄 거문고 소리가 별실에서 새어나온 것이다.

한베에는 히데요시를 흘끗 보고 나서 혼잣말처럼 말했다.

"저 거문고 소리는 구모이(雲井 ; 일본 전통 현악곡의 하나)인 것 같군요."

"과연……."

"후사히메 님이 잘 타신다는 말을 들었습니다만, 일부러 자리를 피해 환대하는 것 같습니다."

"음."

히데요시는 국그릇을 상에 내려놓고 와카도지마루를 돌아보았다.

"어때, 후사히메 님이 여기서 거문고를 타줄 수 없을까?"

"예, 그렇게 전하겠습니다."

와카도지마루가 자리를 뜨고 나서 얼마 뒤 거문고 소리가 멈추고 아랫자리에 촛대가 늘어났다.

한베에는 또 혼잣말처럼 중얼거렸다.

"이 잉어 요리며, 거문고며, 이 집에서는 주군이 오신 것을 여간 기뻐하고 있는 게 아닙니다."

후사히메는 마을 처녀를 시켜 거문고를 먼저 들여보내 놓고 자기는 뒤따라왔다. 그러한 행동의 하나하나까지도 어떤 효과를 계산하고 있는 것 같았다.

"오!"

미쓰나리와 마사노리가 환성을 올렸다. 그늘에서 거문고를 타는 것인데 후사히메는 이미 옷을 갈아입고 더욱 아름답게 화장하고 있었다.
"일부러 말씀하셨다기에, 서툰 솜씨이오나……."
후사히메는 부끄러워하면서 거문고 앞에 앉아 곧 타기 시작했다.

달도 숨어드네, 저 산마루로
서로 떨어져 떠도는 구름을 보면
내일의 이별도 그와 같으리
반해버렸네, 짙은 보랏빛의
…….

히데요시는 어느덧 몸을 앞으로 내밀고 있었다. 옆에 한베에가 있는 것도 잊어버렸다.
'이것이 성주…… 이것이 사나이인 것이다.'
한베에는 호수 위에 달이 떠오른 것을 알았다. 그는 조용히 눈을 감고 거문고보다 히데요시의 마음 변화에 흥미를 가졌다.
무뚝뚝한 젊은이들도 다소곳이 무릎에 손을 얹고 눈 한 번 깜박거리지 않은 채 거문고 소리에 취해 있다…….
후사히메는 두 곡조를 타고 물러갔다. 겸손하다기보다 히데요시의 관심을 끌어당기려는 동작인 것 같았다.
마을 처녀가 거문고를 들고 나가자, 히데요시는 길게 한숨을 내쉬었다.
"군사님."
"뭡니까?"
"세상이란 과연 넓군."
"달이 떠올랐으니 창문을 열게 할까요?"
"아니, 후사히메를 불러 술잔을 내리면 안 될까?"
한베에는 이제 되었다고 생각했다.
"일부러 그럴 필요는 없을 것 같습니다만……."
"아니야, 그래서는 내가 미안하지. 불러오게."
한베에는 희미하게 웃었다.

"주군…… 갑자기 기운이 나셨군요. 와카도지 님, 주군께서 저렇듯 청하시니 다시 한번 후사히메 님을 이곳으로 나오시도록 해주오."

와카도지마루는 또 공손하게 절하고 후사히메를 부르러 갔다.

"모두 물러가 쉬도록 해라. 내일은 아침 일찍 출발해야 하니까……."

히데요시는 마침내 뻔뻔스러운 히데요시로 다시 돌아간 모양이다. 젊은 사람들을 물리치고, 후사히메에게 대체 무슨 말을 하려는 것인지. 한베에는 웃음을 참고 후사히메가 나타나기를 기다렸다.

"후사히메! 그대의 거문고 솜씨가 우리들 넋을 빼앗는 바람에 그만 술잔을 주는 것도 잊었어. 자, 가까이, 이리 가까이……."

히데요시는 손수 잔을 들어 후사히메에게 내밀었다.

"군사도 그 같은 솜씨, 그 같은 아름다운 가락을 처음 들었다고 칭찬했어. 아니! 이 히데요시도 처음 들었고! 자, 가까이……."

히데요시는 한베에가 하지 않은 말까지 태연히 입에 담으며 말을 이었다.

"그런데 후사히메, 모든 일은 서로 의논해서 결정해야겠지만."

"네."

"그대의 원수인 아사이 가문은 내가 멸망시켰어. 그러나 그것으로 만족하지는 않을 거야. 이제는 교고쿠 가문을 다시 일으켜야 하지 않겠나?"

"네, 그것은……."

"어떤가, 내가 동생을 기후의 대장님에게 천거할까?"

후사히메는 놀란 듯 히데요시를 바라보았다.

"참말이셔요?"

"거짓말을 해서야 쓰나. 그러므로 모든 일은 서로 의논해서 해야 한다고 한 거야."

"의논이라면……."

"그대는 본디 오다니성에 살았어야 할 사람. 어떤가, 후사히메가 오다니성으로 온다면 와카도지마루는 내가 책임지고 천거할 테니."

한베에는 참다못하여 웃었다.

"훗훗훗……."

"뭣이 우스운가, 한베에?"

"아닙니다. 우습지 않습니다. 과연 주군다우신 용기라고 그저 감탄하고 있을 따름입니다."

히데요시는 그 말이 끝나기도 전에 다그쳤다.

"어떤가, 후사히메? 오다니성으로 와서 살지 않겠는가?"

"오다니성으로 가서 살다니요……."

말하다가 후사히메는 비로소 그 뜻을 깨달았는지 귀뿌리까지 빨개져서 고개 숙였다.

"싫다고 하지는 않겠지, 후사히메? 내 말은 거짓말이 아니네. 반드시 그대들 남매에게 도움 될 거야. 어떤가, 이 히데요시로서는 믿음직스럽지 못하단 말인가?"

한베에는 끈질긴 히데요시의 설득에 후사히메가 뭐라고 대답할지 궁금했다. 그는 저도 모르게 옆의 와카도지마루를 돌아보았다.

와카도지마루도 역시 깜짝 놀란 모양이다. 아직 어린 티가 남아 있는 눈을 크게 뜨고 얼굴을 붉힌 채 긴장된 자세를 바로잡고 있다. 후사히메와 와카도지마루 사이에 이런 이야기까지는 아직 나오지 않았다는 증거였다.

"한베에, 자네도 좀 말해주게."

후사히메가 말없이 생각에 잠겨 있자 히데요시의 창끝은 한베에에게로 돌려졌다.

"자네도 책임이 전혀 없다고 할 수 없지. 그렇다 해서 내가 18만 석에 만족하고 있는 것도 물론 아니야. 이 일을 두 번째 발판으로 삼아 크게 비약해야지. 과연 떨어지는 저녁 해보다 새벽의 아름다움을 사랑해야만 했어."

"주군께서 하시는 말씀을 저는 잘 알 수 없는데요."

한베에는 미소 지은 채 희미하게 머리를 흔들어 보였다.

"모른다니 말이 되나. 자네 충고가 내 가슴에 새겨진 거야."

"저녁 해보다 새벽이라고 하셨습니까?"

"그렇지. 멸망한 가신보다는 남아 있는 주군 가문이란 말일세."

"갑자기 계산이 분명해지셨군요. 이것은 제가 참견할 일이 아닙니다. 주군 생각대로 하십시오."

한베에가 발을 빼자 히데요시는 다시 후사히메에게로 돌아앉았다.

"성급하게 내놓은 말이라 경솔하다……고 생각하면 잘못이야. 좋은 것은 좋고,

싫은 것은 싫다고 분명히 말하는 게 내 성미지. 그 대신 어떤 대답을 해도 나는 놀라지 않아. 다만 듣고 싶지 않은 대답을 들으면 실망하겠지만."

히데요시는 벌써 오이치 부인에 대한 감상에서 벗어나 본디의 타산적인 사람으로 돌아와 있었다.

'이것이 히데요시의 본디 모습인 것이다…….'

그렇긴 해도 인간의 상호 관계에는 '인연'이라는 무형의 것이 따라다니게 마련이다. 한베에는 그 '인연'이 있는지 없는지를 냉정히 바라보고 있었다.

갑자기 후사히메가 얼굴을 들었다. 오이치 부인보다 더 건강하고 탐스러운 볼, 입술 언저리가 꿈틀꿈틀 떨린다.

한베에는 생각했다.

'거절하려는 걸까?'

"그렇게까지 말씀해 주시니……."

"승낙하는 건가!"

히데요시는 몸을 앞으로 내밀었다.

"거절하면 은혜를 저버리는 것 같아서……."

"그렇고말고, 히데요시만 한 사나이가 이렇게 부탁하고 있으니 말야."

"부탁이시라니…… 무슨 그런 농담 말씀을……."

"그럼, 결정됐다! 술병을 이리 줘. 약속의 잔은 내 손으로 따라주겠다."

한베에는 웃는 대신 정중하게 머리 숙였다.

"경사를 축하드립니다."

"잘되었다. 역시 부딪쳐야 하는 거야. 후사히메, 그렇지?"

히데요시는 눈앞에 놓인 술잔을 들고, 오들오들 떨고 있는 후사히메에게 동의를 구했다. 후사히메는 술잔을 받아들었다. 부조의 원한을 풀려고 모토아키에게 한 번 시집갔던 후사히메, 이제는 자기 가문을 일으키기 위해 히데요시한테 몸을 맡기려고 결심한 것이다.

히데요시는 나른한 눈길로 후사히메가 잔을 들기를 기다렸다.

하늘은 삶이냐, 죽음이냐의 갈림길을 헤매는 사나이에게 외곬으로 순결한 사랑을 좇을 여유 따위 주지 않았다. 만약 그것을 좇고 있었다면 아마도 그 뒤의 히데요시는 큰일을 하지 못했을 게 틀림없다.
히데요시는 술회했다.
"나도 때로 바보가 되는 모양이야."
히데요시의 태도가 매우 진지하므로 한베에는 바로 물어볼 생각이 들었다.
"무슨 일입니까? 후사히메 님 일……?"
"아니, 오이치 님 일 말일세. 대장님에게 일단 거절하긴 했으나 다시 주십사고 부탁할 참이었어."
그 일이었구나 하고 한베에는 마음 놓았다.
"그것도 주군의 한 면, 바보이기는커녕 좋은 점입니다."
히데요시는 손을 저었다.
"아니, 아니야. 맞아들인다면 여럿의 원망을 살 거야."
"과연 그럴까요?"
"그렇고말고, 오이치 님은 시바타 님에게 어울려. 아, 정말이지 참으로 아슬아슬했어."
사랑의 감상에서 벗어나자 히데요시의 눈은 주위 공기를 벌써 정확하게 파악하고 있다. 한베에가 생각해도, 히데요시에게 거절당한 오이치 마님은 시바타에게 시집갈 것 같았다.
"군사님."
"말씀하십시오."
"달빛이 좋군. 호수는 금빛 물결이 넘실거리고."
히데요시는 어린아이 같은 몸짓으로 일어나 창을 열었다.
"나도 여간 아니야. 이제 사사키 미나모토씨의 명문 교고쿠 집안 딸이 내 소실이거든."
"과연 그렇습니다……."
좋은 장난감을 가졌습니다……라고 말하려다가 한베에는 급히 말을 삼켰다. 후사히메에게는 그녀 나름의 목적이 있고, 또 히데요시는 장난감이라도 마음에 들면 결코 허술하게 다루는 사나이가 아니다. 청순한 사랑은 아니더라도 서로를 위해 불행한 결합은 아닌 듯싶었다.
"마음이 변하면 안 될 테니 오늘 밤 첫날밤을 지내겠다. 그러나 오다니성으로 올 때는 당당하게 맞아주겠어."
"후사히메 님이 기뻐하실 것입니다."
"나에게 온 뒤 뭐라고 부르는 게 좋을까? 후사 부인……은 안 되겠지. 역시 여자이니까 교고쿠 님이라고 성을 부르는 게 좋겠어."
한베에는 또 미소 지었다.
'이것이 끝없이 공상의 날개를 펼치는, 만족을 모르는 히데요시의 참모습이다.'
그렇게 생각하자 한베에도 그만 가벼운 농담이 나왔다.
"주군, 맞이할 때의 행렬을 어떻게 하겠다는 그런 이야기는 지금 하시지 마십시오."
"부러운가, 군사님은?"
"아닙니다, 그것은 나중에 잠자리의 정담으로 삼으십시오."
"핫핫핫핫…… 이거 참, 좋은 밤이군. 군사님까지도 들떴어. 오, 보오, 군사님. 호수에서 줄곧 물고기가 뛰노는군."
히데요시는 갑자기 다시 진지한 얼굴이 되어 또 후사히메 이야기로 돌아갔다.
"그건 그렇고, 언제 성으로 맞아들일까."

대지의 탄식

오다니성에서 히데요시가 측실 교고쿠 부인을 맞아 공상의 날개를 분방하게 펼치고 있을 무렵!

고후성에서는 이미 출전 준비를 끝낸 가쓰요리가 연달아 날아드는 패보에 발끈하여 자신의 거실에서 눈썹을 곤두세우고 입을 한일자로 굳게 다문 채 전령의 보고를 듣고 있었다.

10월을 눈앞에 둔 가을이지만 산간지방이라 벌써 서리가 내렸다. 창밖의 푸른 나뭇잎들은 저마다 붉은빛을 더해 머지않아 다가올 추운 겨울을 예고하는 것 같았다.

나가시노성을 이에야스에게 점령당했고, 배반자 오쿠다이라 사다요시 부자를 추격한 다케다 군은 거의 5000명 가까운 군사만 잃었을 뿐 아니라 부자가 진 치고 있는 다키야마산성 하나 함락하지 못했다는 보고였다.

"마사카게는 그때 무엇을 하고 있었느냐?"

가쓰요리가 험악한 목소리로 묻자 다케다 노부미쓰의 진중에서 온 24, 25살로 보이는 전령은 마치 가쓰요리에게 반항하듯 가슴을 폈다.

"나가시노가 함락된 날부터 줄곧 풀 죽은 채로 있습니다."

"노부하루는?"

"맨 먼저 나가시노를 버리고 호라이사 어귀의 후타쓰산으로 퇴각한 뒤 줄곧……."

"사기가 떨어져 있단 말이지?"

"그렇습니다. 이치조 우에몬(一條右衛門) 님도 쇼요켄 님도 전혀 다른 사람처럼 되어버렸다고 저의 주인께서 말씀하셨습니다."

이 말을 들은 가쓰요리는 분노를 억누르기 위해 한동안 말없이 방구석을 노려보았다.

"네 성이 가타야마라 했겠다?"

"예, 가타야마 간로쿠로(片山勘六郎)입니다."

"그들의 사기가 그렇게 떨어진 원인이 무엇이라고 너는 생각하느냐?"

"황공하오나 사기가 떨어진 데는 두 가지 원인이 있다고 여겨집니다."

"그 가운데 하나는?"

"본디 도쿠가와 쪽을 편들었던 야마가 무리인지라 언제 모두 배반할지 모르므로 그것을 경계……."

"알았다. 스가누마 이즈(菅沼伊豆)도 신구로(新九郎)도 믿을 수 없단 말이겠지?"

"아닙니다. 지금 일단 퇴각한 호라이사도, 그 언저리의 들도적들과 농민들도 방심할 상대가 아니라고 말씀드리고 있습니다."

"알았다. 그 정도면 더 듣지 않아도 돼."

가쓰요리는 또 하나의 원인은 굳이 물으려 하지 않았다. 만일 묻는다면 이 젊은이는 거침없이 아버지 신겐의 죽음이 새어나간 탓이라고 대답할 것을 너무도 잘 알고 있기 때문이었다.

가쓰요리가 생각해도 아버지는 분명 위대했다. 그런데 그 위대한 아버지의 죽음이 이렇듯 아들을 괴롭히게 되리라고는 꿈에도 생각지 못했다. 다케다 군의 사기가 오르지 않는 것도, 점령지대의 인심이 뒤숭숭한 것도 이를테면 가쓰요리의 인물됨을 평가한 결과 품게 된 불신감 때문이다…….

'아버지가 너무 위대했던 탓이야…….'

그렇다고 지금 군사를 철수시킨다면 점점 이에야스의 생각대로 되어갈 뿐이다…….

"호라이사 언저리 토착민의 거취까지도 경계할 필요가 있다고 했겠다?"

"예, 분명 그렇게 말씀드렸습니다."

"토착민들을 진압시켜 주마. 됐다, 그만 물러가 쉬어라."

가쓰요리가 말하자 전령은 몹시 못마땅한 표정을 지었다. 아직 무언가 할 말이 있는 것 같았다. 그것도 아버지 생존 당시와 가쓰요리가 다스리기 시작한 뒤의 비교이겠지…… 생각한 가쓰요리는 모르는 척 눈길을 돌렸다.

가쓰요리는 자기의 분노와 탄식의 원인이 대지의 탄식과 연관 있는 것이라고는 미처 깨닫지 못했다. 단지 신겐의 죽음 때문이라고 가벼이 보았다. 그런 생각에 분한 마음이 몇 갑절 더 늘어났다.

아버지만은 못해도 결코 범용한 가쓰요리가 아니었다. 그런 만큼 일족과 가신들의 신망을 받지 못하는 통분함이 가슴을 태웠다…….

'그렇구나…… 모두들 나를 그토록 못 미덥게 생각하는구나.'

신망이 없으면 얻을 때까지 물러서야 한다고 생각해야 할 분별심을 분노의 구름이 가리고 있었다.

전령을 물리친 가쓰요리는 한참 동안 팔걸이에 주먹을 세우고 말없이 앉아 있었다.

"마당 쪽 장지문을 모두 열어라."

시동에게로 흘끔 옮긴 시선에 핏발이 서 있다. 바람에 흩날려 단풍잎이 하나 다다미 위로 너풀 날아들어왔다.

오른쪽에 있던 아토베가 물었다.

"어디 편찮으십니까? 바람이 좀 찬 것 같습니다만."

가쓰요리는 그 말을 들었는지 못 들었는지 시동 가쓰마루(勝丸)에게 분부 내렸다.

"쇼지(庄司)에게 가서 오쿠다이라 부자의 볼모를 끌고 오라고 일러라."

"가쓰요리 님, 볼모를 베시렵니까?"

가쓰요리는 그 말에 대답하지 않았다. 가쓰요리 님이라고 친근스럽게 이름을 부르게 한 것도 아버지의 죽음을 숨기기 위해서였지만, 가쓰요리는 오히려 그렇게 한 것에 화가 치밀었다.

아버지는 자신의 죽음을 3년 동안 비밀에 부치라고 유언으로 남겼지만 그 유언마저도 사기에 꽤 영향을 미쳤을 거라고 여겨졌다. 아버지 신겐의 뜻은 죽음을 비밀에 부치는 3년 동안 가신들의 거취를 확인하고 천하의 움직임을 살피라는 것이었고, 가쓰요리도 그 의미를 뚜렷이 알고 있었으나 가신인 여러 장수들은 그렇게 받아들이지 않는 모양이었다. 신겐이 죽은 것을 알면 노부나가와 이에야스 두 사람이 겐신과 동맹 맺고 침입할 것이니 경솔히 발표하지 말라……는 몹시 소극적인 것으로 받아들이는 듯했다.

옥리(獄吏) 쇼지가 두 졸개를 시켜 손을 뒤로 돌려 오라를 지운 한 여인을 앞세워 마당 저쪽에서 나타났다. 겨우 15살 된 나쓰메 하루사다의 딸 오후였다.

아니, 오후는 여기서 하루사다의 딸로 통하지 않는다. 여기서는 오쿠다이라 일족인 히사베에의 딸이며 사다요시의 적자 구하치로의 아내였다. 그러므로 사다요시 부자가 쓰쿠데성을 떠나 다케다 군에게 일격을 가하기 전까지는 대우도 좋았다.

"꿇어앉아!"

옥리는 날카로운 소리로 명령하고 나서 가쓰요리에게 허리를 굽혔다.

"부르신 자, 끌고 왔습니다."

가쓰요리는 마루로 성큼성큼 걸어나와 덮어씌울 듯한 목소리로 물었다.

"오후, 너는 네가 왜 묶여왔는지 알고 있느냐?"

오후는 고개를 끄덕였다. 15살인데도 눈썹을 밀고 이를 물들인 오후는 어린 나이에 검은 머리를 깎아버린 여승처럼 애처로워 보였다.

가쓰요리는 꾸짖었다.

"너도 구하치로의 아내렷다! 몸짓으로 대답하지 말고 말로 하여라!"

이러한 가쓰요리의 분노를 전혀 느끼지 못하는 것처럼 오후는 옥졸에게 오랏줄 끝을 잡힌 채 조용히 땅 위에 무릎을 꿇었다. 그리고 천천히 고개를 들고 감정을 없앤 목소리로 시름없이 대답했다.

"저는 작은주군의 아내가 아닙니다."

"뭣? 구하치로의 아내가 아니라고?"

"네, 보잘것없는 가신의 딸입니다."

가쓰요리는 당황해 주위를 둘러보았다.

"그러면 너는 아직 구하치로와 예를 올리지 않았단 말이냐? 그럴 테지."

"아닙니다."

오후는 다시 느릿한 동작으로 고개를 저었다. 매우 기질이 센 것인지 아니면 옥에 갇힌 불행에 질려 방심한 탓인지, 그 어느 쪽이라고도 볼 수 있는 태도로 오후는 말했다.

"저는 당신을 속여 여기로 온 것입니다. 이 몸이 처형될 때는 큰주군님의 소원이 이루어졌을 때…… 그때까지는 작은주군의 아내답게 행세하라는 분부를 받고 왔습니다."

"뭣! 구하치로의 아내 행세를 하라고……."

"네."

가쓰요리의 몸이 후들후들 떨리기 시작했다. 그러잖아도 감당 못할 분노가 온몸을 에워싸고 있었는데, 오후의 말은 오물 속에 얼굴을 쑤셔박은 것 같은 굴욕감을 더하게 했다.

"그럼, 오쿠다이라 부자 놈은 너를 고슈로 보낼 때부터 모반할 흉심을 품고 있었단 말이냐?"

"아닙니다."

오후는 다시 목석처럼 고개를 저었다.

"그보다 훨씬 전, 당신을 따를 때부터입니다."

"쇼지! 저년을 베어라!"

견디지 못해 부르짖고 나서 가쓰요리는 황급히 그 명을 거둬들였다.

"아니다, 잠깐!"

'이 어린 계집아이까지 나를 얕잡아보는구나!'

이런 생각이 치솟자 분노가 잔인한 짐승의 야성적 불길로 바뀌었다.

산간지방 바람이 다시 대지 위를 쏴아 달려 너풀너풀 단풍잎이 흩날려 오후 언저리로 날아들었다. 그리고 그 단풍잎 하나가 오후의 머리에 살포시 내려앉자 마치 시골 처녀의 꽃비녀를 연상시켰다.

"핫핫핫."

가쓰요리는 갑자기 웃음을 터뜨렸다. 그리고 태도를 홱 바꾸어 명령했다.

"좋아, 그 포승을 풀어주어라!"

옥리는 고개를 갸웃거리면서 오후의 젖가슴에 파고든 포승을 풀어주었다. 팔이 자유로워지자 오후는 두 어깨를 주무르기도 하고 손가락을 굽혔다 폈다 하기도 했다. 가쓰요리는 그 모습을 지그시 내려다보았다.

"오후."

"네?"
"너는 15살이었지?"
"네."
"너는 대체 누구 딸이냐?"
묻으면서 가쓰요리는 다시 팔걸이 있는 곳으로 돌아가 턱을 괴었다.
"네가 구하치로의 아내가 아니라면 베어도 헛일이야. 살려서 부모한테 보내주마. 이 계략은 대체 누가 꾸민 것이냐? 사다요시냐? 아니면 구하치로냐?"
오후는 멍하니 가쓰요리를 올려보고 또 천천히 고개를 저었다.
"사다요시도, 구하치로도 아니란 말이냐?"
가쓰요리는 오후의 동작이 보통 이상으로 느릿한 것을 보고 까닭 없이 마음이 부글거렸다. 구하치로의 아내 신분으로 볼모가 되어 있을 때와는 완전히 사람이 달라진 것처럼 여겨졌다. 농부의 딸 같은 이런 애송이 계집아이에게 보기 좋게 속아넘어갔구나, 하고 새삼 자기의 너그러움이 후회되었다.
오후는 천천히 고개 저은 뒤 대답했다.
"큰주군님과 작은주군님은 처음에 오히려 반대하셨습니다."
"왜 반대했느냐?"
"이 몸이 불쌍하다고 하시며."
"그것을 권한 것은 누구지?"
"제 친아버지입니다."
"네 친아비 이름은?"
"잊었습니다."
가쓰요리의 수려한 눈썹이 다시 파르르 떨렸다.
"잊었다면 말하지 않을 결심인 모양이구나. 좋아, 더 캐묻지 않으리라. 그런데 네 아비는 뭐라고 권하더냐?"
"다케다 가문은 신겐 공 때문에 버티어왔다고 하셨습니다."
가쓰요리는 옆에 있는 가신들에 대한 체면으로라도 거기서 심문을 중단할 수 없게 되었다.
'여기에도 복병이 있었군!'
생각하면서 이 복병을 보기 좋게 해치우지 않으면 안 되겠다고 마음먹었다.

가쓰요리는 웃었다.

"하하…… 너는 정직한 계집아이구나. 아버님이신 신겐 님은 이 성안에서 요양 중이신데, 그건 그렇고 그래서?"

오후의 얼굴에 가까스로 핏기가 돌았다.

"네…… 가쓰요리 공은 무용은 아버님에 뒤지지 않지만 사려는 훨씬 못 미치니 오후가 충분히 볼모 구실을 할 것입니다, 오후를 우선 고후로 보내놓은 뒤 하마마쓰의 이에야스 공 편이 되시겠다는 결심을 굳히시라고."

"과연 재미있는 책략이구나. 그래 네 아비는 너에게 뭐라고 이르더냐? 고후로 죽으러 가라고 하더냐?"

"네."

"그래서 너는 죽을 각오로 왔단 말이지?"

"네, 그것도 예사로운 처형이 아니라 불에 타 죽거나 톱날 아래 몸이 두 동강 나든가 하는 처형일 테니 그 각오를 하라고 하셨습니다."

오후가 여전히 남의 말 하듯 대답하자 가쓰요리는 별안간 가슴이 뒤집혔다.

"그래 너는 그런 죽음이 두렵지 않더냐?"

"아니, 두려웠습니다."

"그런데 왜 순순히 받아들였지?"

"어쩔 수 없는 일이니까요."

"어쩔 수 없다니, 아비의 명령이라 어쩔 수 없었단 말이냐?"

"아닙니다. 자식에게 그런 명령을 내려야 하는 아버지가 더 불쌍해…… 역시 어쩔 수 없었습니다."

"너는……."

말하려다가 가쓰요리는 성미가 일어나려는 것을 꿀꺽 삼켰다.

"천치냐? 아니면 어릴 때부터 영리하여 선택되었느냐?"

"처형당하기 위해 태어난 여자라고 우시부세(牛伏)의 노파가 말했습니다."

"우시부세의 노파라니?"

"점 잘 치는 쓰쿠데 마을의 무녀입니다."

가쓰요리는 저도 모르게 혀를 세게 찼다. 가쓰요리가 무저항의 느낌으로 이렇듯 심한 저항에 부딪친 것은 처음이었다. 참형은커녕 화형까지도 각오하고 왔다고 한다. 그런데 그런 각오를 하게끔 한 것이 한 무녀의 말인 모양이다.

'대체 이 계집을 감동시킬 급소는 어디에 있을까?'

"오후."

"네."

"이 세상에 남길 말은 없느냐?"

"별로 없습니다."

"있다면 이 가쓰요리가 전해주마. 부모에게도 좋고 사다요시나 구하치로에게 전할 말이라도 좋다."

이 말을 들은 오후는 아주 심각하게 고개를 다소곳이 기울이고 생각에 잠겼다.

"그러면 대감님의 인정을 믿고 한마디만."

"단 한마디라고? 어디 해보아라."

"저는 이 세상에 다시 태어날 때는 짐승으로 태어나고 싶으니 제사 같은 것은 지내지 말라고……."

말꼬리를 흐리며 자못 슬픈 듯 고개를 푹 꺾었으나 곧 전과 같은 무표정으로 돌아왔다.

"허, 내세에는 짐승으로 태어나고 싶단 말이지. 그 까닭은?"

"인간이란 짐승 이상으로 야박스럽기 때문이지요."

"그것이 네가 하고 싶은 말이냐?"

"짐승들은, 새든 무엇이든 정직하게 살아갑니다만 인간은 서로 속이지 않으면 살 수 없지요."

"오후!"

가쓰요리는 비로소 오후 인생관의 급소를 발견한 것 같아 저도 모르게 목소리를 높였다.

"이 가쓰요리가 너를 부모에게로 돌려보내 주마."

그러나 오후의 얼굴에 기쁜 빛은 털끝만큼도 떠오르지 않았다. 믿는 것도 안 믿는 것도 아닌 듯한 표정으로 여전히 고개를 갸웃거리고 있다.

또 찬바람이 오후의 발치에서 쏴아 회오리쳤다. 그리고 흐트러진 머리칼에 걸렸던 단풍을 이번에는 갸름한 목덜미로 몰아넣었다.

오후는 그것을 떼어내려고조차 하지 않는다.
"내 말을 못 믿겠느냐?"
"아닙니다."
"그럼, 살려주어도 기쁘지 않단 말이냐?"
"별로……."
"살아 있어도 재미있는 세상이 아니라는 거로구나."
"네."
"그럼, 너를 기쁘게 해주려면 벨 수밖에 없나?"
"아닙니다."
오후는 또 고개를 젓고 나서 말했다.
"십자가에 매달거나, 끓는 물에 집어넣어 삶아 죽이거나, 불에 태워 죽여주세요."
너무도 놀라운 청에 가쓰요리는 말문이 막히고 말았다. 처음에는 화가 치미는 대로 베어버릴 작정이었다. 그런데 심문하는 동안 그보다는 호라이사 진지로 끌고 가 적군과 그곳 원주민들이 보는 앞에서 가쓰요리를 배반한 자의 말로는 이렇다며 되도록 가혹하게 죽이겠다는 생각으로 바뀌었다.
그런데 오후는 이러한 가쓰요리의 심정 변화를 예민하게 느끼고 있는 것 같은 대답을 하고 여전히 무표정한 얼굴로 가쓰요리를 쳐다보고 있다.
가쓰요리는 그 무표정에서 기묘한 위압감을 느끼고 저도 모르게 숨을 몰아쉬었다.
가쓰요리는 옥리에게 엄하게 명령을 내렸다.
"이 계집을 다시 가두어라."
본디 살려줄 마음은 없었다. 일단 기쁘게 해준 뒤 심한 충격을 주려던 것이었는데 그 계획이 오후에게는 전혀 통하지 않았다.
"나는 내일 아침 성을 출발한다. 그때 호라이사로 데려가 석방해 주마. 끌고 가거라!"
오후는 다시 묶였다.
"일어서!"
옥졸이 고함치며 오랏줄을 끌자 비틀거리다가 한 번 무릎방아를 찧었다. 그러나 오후의 핼쑥한 얼굴에는 여전히 고통의 빛도 실망의 빛도 보이지 않는다.

"지독한 계집!"

뒷모습을 바라보며 가쓰요리는 혀를 찼다. 그러고 보니 오후는 정말 인간의 눈에 보이지 않는 서릿바람 요정 같았다.

앞마당 출입문을 나설 때 옥리 쇼지가 물었다.

"당신은 구하치로 님 마님이 아니었소?"

"네."

"그런데 살려주겠다고 할 때 왜 감사히 그 뜻을 받지 않았지?"

오후는 흘끗 쇼지를 보았으나 잠자코 걸음을 옮겼다. 쇼지의 질문에 대답할 필요를 느끼지 않았던 것이다. 가쓰요리에게 분명히 말했듯 고슈(甲州 ; 가이(甲斐)의 다른 이름) 지방에 있다고 들은, 가마에 넣어 삶아 죽이는 사형이나 불태워 죽이는 화형을 당해 죽는 게 지금의 소원이었다.

'왜 그런 마음이 드는 것일까?'

그 까닭은 분명치 않았다. 오후는 생각한다.

'역시 작은주군에 대한 연모 때문인 것일까?'

오후는 구하치로가 좋지도 싫지도 않았다. 단지 쓰쿠데성의 작은주군으로 섬겨왔다.

그런데 지난해 봄이었다.

낮 동안의 피로로 곤한 잠에 빠져 있는데 무언가 가슴을 압박해 오는 것 같아 눈을 떴다. 오후는 꿈을 잘 꾸지 않으므로 가슴을 압박하는 것이 침소에서 살그머니 빠져나온 구하치로라는 것을 알고서 본능적으로 당황했다. 14살 된 오후는 그때까지 그러한 일을 예상한 적도 없을뿐더러 경계도 하지 않았다.

구하치로는 귓전에서 속삭였다.

"잠자코 있어!"

오후는 그 말대로 했다. 성주의 아들이어서 복종했는지, 또는 좋아서 복종했는지 알 수 없었다. 다만 남녀의 교합이 무엇인지는 알고 있으므로 이런 것이로구나 하고 생각했을 뿐이었다.

지금 생각하니 그때 자기는 감기로 열이 나서 온몸이 화끈거린 것 같았다. 구하치로에게 착 달라붙었던 것도 생각난다.

'왜 달라붙었을까?'

고통을 못 이겨서였는지 좋아서였는지 그것은 지금까지도 모른다. 그러나 그 단 한 번의 교합에 오후로 하여금 지금과 같은 결심을 하게 한 근본적인 원인이 있는 것만 같았다. 오후는 자신의 죽음을 구하치로에게 기억시켜 두고 싶을 뿐이었던 것이다…… 오래오래 그의 기억에 남기 위해서는 사형 방법이 잔인할수록 좋았다.

만일 구하치로가 자기를 위해 단 한 방울의 눈물이라도 흘려주었으면…… 하는 게 가엾은 오후의 오직 하나뿐인 소원이었다.

다음 날, 오후는 말에 태워져 호라이사로 출발하는 다케다 군의 뒤꽁무니를 따라 끌려갔다.

말에는 안장도 있고 오후는 결박도 당하지 않았다. 그뿐만 아니라 옷까지 새로 입혀져 보랏빛 겉옷이 가을 햇빛에 눈부셨다. 다시금 구하치로의 부인 대우를 받는 것만 같았다.

오후는 이것이 서글펐다. 만일 용서받아 돌아간다면 자기는 여전히 구하치로에게 말 한마디 건넬 수 없는 시녀 구실을 해야만 하는 것이다. 아니, 어쩌면 '수고했다'는 한마디만 듣고 성 밖으로 물러나게 될지도 모를 일이었다.

'신이여! 이 오후는 살아서 돌아가기 싫습니다.'

온갖 가을 풀이 조용히 산비탈을 뒤덮고 있는 시나노에서 미카와로 통하는 산길을 더듬어가는 동안 오후는 가끔 눈을 감고 속으로 빌었다.

그러나 도중에서 혀라도 깨물어 자결할 마음은 생겨나지 않았다. 죽음이 두려운 게 아니라, 그렇게 죽으면 구하치로가 그 죽음의 뜻을 모를 테니 그러한 죽음은 오후에게 무의미했다.

가쓰요리의 본진 뒤이며 보급부대 앞머리의 시녀들 틈에 끼어서 가는 여행으로 그들은 사흘 만에 호라이사에 도착했다.

호라이사에 닿자 오후는 곧 본진에서 격리되어 그곳에 갇혀 있는 사다요시의 막내아들 지마루와 함께 있게 되었다.

지마루는 대나무 울타리에 싸인 금강당(金剛堂) 안에 갇혀 있었다. 지마루 한 사람만이 아니고 일족인 오쿠다이라 가쓰쓰구(奧平勝次)의 아들 도라노스케(虎之助)도 함께 있었다.

지마루는 오후의 모습을 보자 통통한 뺨에 웃음을 띠며 반가운 듯 손짓해 불렀다.

"너도 죽임당하기 위해 끌려온 모양이구나."

"아, 지마루 님도 여기 계셨군요."

"오후, 아마도 나는 아버님과 형님을 위한 일을 할 수 있게 될 것 같아."

"그러면 주군님과 작은주군님은 무사하십니까?"

"이에야스 님 원군이 오면 머지않아 나가시노성을 수비하게 될 거라고 진쿠로가 전해주더군."

"정말 다행입니다."

"오후, 너도 불행한 제비를 뽑았지만 너그러이 용서하여라."

"이미 각오하고 있습니다."

오후는 다시금 자기가 석방되지 않을까 하는 생각이 떠올랐으나 여기에서 죽을 장소를 찾았다고 생각했다. 만약 가쓰요리가 놓아준다면 지마루를 따라 자결할 생각이었다.

'그러면 되지!'

오후를 기쁘게 해주려고 지마루는 엉뚱한 말을 꺼냈다.

"너와 우리들 힘으로 아버님과 형님이 적의 손아귀에서 무사히 탈출하셨을 뿐 아니라, 이에야스 님의 보상을 받아 3000석의 새 영지도 늘어났고 또 가메히메 님을 하사받은 모양이더라."

"네? 가메히메 님이라니?"

"이에야스 님 맏따님이지. 그분이 형님 부인이 되셨단다."

아무것도 모르는 지마루는 마치 노래하듯 말하고 싱긋 웃었다.

그날 밤 오후는 한숨도 자지 못했다. 같은 방 속에서 지마루를 사이에 두고 도라노스케와 셋이서 잤는데, 구하치로의 얼굴과 한 번도 본 적 없는 가메히메의 얼굴이 뇌리에 떠올랐다가는 사라지고 사라졌다가는 다시 떠오르곤 했다.

그리고 아직 살아남아 있는 벌레 소리가 귀에 처량하게 들려온다. 이제 얼마 남지 않은 생명인데, 그냥 울어대는 벌레…… 살그머니 고개를 쳐들어 보니 가느다란 심지의 빛 속에서 지마루도 도라노스케도 새근새근 잠들어 있었다.

'각오가 단단히 되신 모양이구나.'

이런 생각이 들자 오후는 자기가 미련을 갖고 있는 것 같아 몇 번이고 눈을 지레 감았다. 끝내 한숨도 자지 못하고 밤을 밝혔다. 조심스럽게 침구를 개어 구석 쪽에 밀어놓고 창밖을 내다보았다. 뿌연 젖빛 안개가 자욱이 끼어 있고 낡은 마루 구석에 희고 검은 얼룩 들고양이가 한 마리 몸을 동그랗게 도사린 채 가만히 눈을 감고 있다.

오후는 저는 모르게 입 속으로 중얼거렸다.

"짐승으로 태어났더라면 좋았을걸……."

하필이면 인간으로 태어났기 때문에 이런저런 생각을 하게 된다. 게다가 생각하는 일, 선(善)이라고 믿을 수 있는 일을 무엇 하나 실현시키거나 실행할 수 있는 세상도 아니었다.

오후는 문득 가메히메가 미워졌다. 아니, 가메히메뿐만이 아니다. 아무리 자기 딸이라도 한 인간을 상으로 하사한 이에야스도 미웠다. 다만 이상하게도 자기를 한 번 범하고 모르는 척하는 구하치로는 미워할 수 없었다.

갑자기 마루 끝에서 찢어질 듯한 참새의 단말마 소리가 들렸다. 잠든 척하고 있던 고양이가 다가온 참새를 입에 물고 어슬렁 몸을 일으키고 있다.

"엉큼한 고양이 같으니……."

그러나 인간과 비교해 본다면 그것도 죄가 작았다. 고양이는 새 한 마리로 흐뭇한 듯 층계를 어슬렁어슬렁 내려갔지만 생각할 힘을 지닌 인간은 훨씬 탐욕스럽다.

"오후, 무엇을 보고 있지?"

등 뒤에서 지마루의 말소리가 들리자 오후는 급히 자세를 똑바로 하고 앉았다.

"편안히 주무셨습니까?"

"오냐, 너도 눈을 좀 붙였느냐?"

"저……."

"그렇겠지, 여자이니까."

지마루는 말하고 나서 희미하게 하늘거리는 심지를 불어 껐다.

"도라노스케는?"

그러고는 마루로 나가 대야에 세숫물을 붓고 있는 도라노스케에게 말을 건넸다.

"도라노스케는 남자입니다."

"오후."

"네."

"오쿠다이라 가문 사람들은 죽음을 두려워한다고 비웃음받지 않도록 너도 침착하게 최후를 장식해 주겠지?"

오후는 다시 가슴이 철렁했다. 자기만은 처형당하지 않고 석방될지 모른다고 어제까지 불안스러워했었는데, 어느새 그 마음이 정반대로 뒤집혀 있었다.

'가메히메를 한번 보고 싶다…….'

보면 반드시 미워하리라는 생각이 들면서도 그런 희망이 어느덧 가슴속에 도사리고 있었다.

"너도 알겠지, 오후. 우리들이 웃음거리가 되면 오쿠다이라 가문 모두 웃음받는 게 된다. 훌륭하게 최후를 장식하자꾸나."

오후는 별안간 웃음을 터뜨렸다. 그러자 거기에 여느 때 짠지만 얹은 상을 날라오는 졸개 하나가 가쓰요리의 순찰을 알리러 왔다.

가쓰요리는 갑옷을 갖춰 입은 늠름한 모습으로 나타나 손에 채찍을 들고 대나무 울타리 밖에서 걸음을 멈췄다.

"저것이 사다요시의 막내아들이냐?"

부하에게 턱짓하면서 묻자 지마루는 마루 끝으로 성큼성큼 걸어나가 또렷이 대답했다.

"제가 지마루입니다."

"좋아, 너를 오늘 처형한다. 왜 처형당하는지 알고 있겠지?"

산안개가 어깨 위로 드리워진 가쓰요리의 모습은 그림처럼 선명했다.

"저도 오쿠다이라 사다요시의 자식, 염려하실 것 없습니다."

"좋아! 그럼, 새삼 말하지 않겠다. 아비의 모반에 대해 본보기로 진행하는 형은 무거우리라."

"끓는 가마에 넣어 삶으시든 십자가에 매다시든 마음대로 하시오."

"풋내기치고는 장한 말이구나."

가쓰요리는 곧장 왼쪽 언덕길로 올라갔다.

오후는 지마루의 등 뒤에서 멍하니 그 모습을 배웅했다. 가쓰요리는 지마루의 처형에 대해서만 말했을 뿐 도라노스케와 자기에 대해서는 아무 말도 하지 않았던 것이다.

'그토록 뚜렷이 살려준다고 했으니 살 수 있을지도 모른다.'

이런 생각이 들자 갑자기 지마루의 얼굴이 눈부시게 비쳤다.

이윽고 아침상이 왔다. 여느 때와 다름없이 소금국 한 사발에 짠지. 지마루도 도라노스케도 그것을 천천히 씹어 먹었다.

"이것이 마지막이로구나."

지마루가 말하자 오후와 동갑인 도라노스케는 창백한 얼굴에 미소 지으며 가슴을 폈다.

"오후, 마음의 준비는 되어 있지?"

그들은 아마 오후도 함께 처형되리라고 여기는 것 같았다. 오후는 대답 대신 고개를 조금 숙였다.

지마루 등을 끌어내려고 17, 18명의 무사들이 나타난 것은 해가 뜨고 안개가 깨끗이 걷힌 뒤였다. 그들을 본 오후는 섬뜩해졌다. 그들이 3치쯤 되는 두께의 십자가 세 개를 세 하인에게 짊어지워 나타난 것이다.

그들은 십자가를 울 밖에 내려놓고 외쳤다.

"오쿠다이라 지마루, 나오시오."

지마루는 오후와 도라노스케에게 핼쑥한 얼굴을 돌리며 웃었다.

"수고했어."

그리고 햇볕이 내리쬐는 밖으로 걸어나갔다. 웃는 얼굴이었지만 우는 얼굴보다 더 애처로웠다.

졸개들이 달려들어 쓰러뜨린 십자가 위에 지마루를 눕히고 두 손, 목, 허리, 다리를 새끼줄로 꽁꽁 묶었다. 그동안 지마루는 눈을 가볍게 뜨고 푸른 하늘을 지그시 쳐다보고 있었다.

"다음은 오쿠다이라 도라노스케."

"오, 너희들 멋대로 해!"

도라노스케는 상대방을 무섭게 노려보면서 어깨를 쭉 펴고 십자가로 다가가더니 스스로 그 위에 벌렁 드러누웠다.

"다음은 오쿠다이라 구하치로의 아내 오후!"

오후는 그렇게 불린 순간 마루에 무릎을 푹 꺾었다.

"나는 구하치로 님 아내가 아니야! 내가 아내일 게 뭐야! 구하치로의 부인은 도쿠가와 가메히메……."

이것이 금수로 태어나지 않은 불행을 탄식하던 오후의 마지막 절규였다. 졸개들이 오후에게 우르르 달려들었다.

오후는 눈을 반쯤 까뒤집고 입술을 깨문 채 상대가 하는 대로 몸을 내맡겼다. 마음속에는 아마도 불만과 불신이 터질 듯 들어차 있을 게 틀림없었다. 새끼동아줄 밑에서 거칠게 숨 쉴 적마다 젖가슴이 크게 들먹거렸다.

"이년이 발광하여 소리칠지도 모르니 입 안에 뭘 좀 처넣어두어라!"

지휘자로 보이는 27, 28살 난 무사가 말하자 오후는 황급히 고개를 저었다.

"아무 말도 하지 않겠어요. 말할 게 뭐야. 말해보았자 아무 소용 없다는 것을 이미 알았으니까!"

기둥에 목을 묶고 있던 졸개가 손길을 멈추고 물었다.

"어떻게 할까요?"

"괜찮겠지. 그럼, 그냥 두어라."

그리고 지휘자는 내뱉듯 말했다.

"모반한 일당, 얄미운 놈들!"

오후는 축 늘어졌다. 아마 노송나무이리라. 뒤통수를 받치고 있는 기둥의 향기가 물씬하게 코를 찔렀다.

'미워하고 있다! 이 사람은…….'

적이기 때문에 미워한다…… 그런데 왜 자기들은 서로 적이 되어 이렇듯 잔혹한 싸움을 벌이지 않으면 안 되는 것인가? 그것은 아무리 생각해도 알 수 없고 어쩔 수 없는 일인 모양이다. 오후는 일단 눈을 감았다. 그러나 문득 생각을 고치고 다시 눈을 떴다. 짐승만도 못한 인간들이 어떤 짓을 하는지 마지막까지 똑똑히 보아두려는 것처럼…….

햇볕은 여전히 밝게 비치고 있었다. 반쯤 단풍 든 나무들 사이로 하늘을 향해 유별나게 벋은 삼나무 가지가 눈에 들어왔다. 어디선가 때까치가 째질 듯 울어대고 있다.

기둥이 허공에 세워졌다. 그러자 바로 눈앞에 지마루와 도라노스케가 묶인 기둥이 이미 앞 골짜기를 향해 서 있었다.

그 골짜기 저편으로 세 잎 접시꽃 무늬 깃발이 보였다. 아니, 세 잎 접시꽃 깃발뿐만 아니라 오쿠보, 이이, 혼다의 깃발도 보였다. 그들도 모두 마른침을 삼키면서 이제 여기에서 행해지려는 참혹한 처형을 지켜보고 있을 게 틀림없었다. 그리고 아마도 새로운 원한으로서 이 광경을 눈 속에 새기고 복수를 기도하리라.

오후는 목을 움직일 수 없으므로 기둥이 흔들거릴 때마다 시야에 들어오는 것만을 차례차례 가슴속에 아로새겼다.

이윽고 기둥이 고정되었다. 주위의 구경꾼들 수가 점점 늘어가는 게 보이지는 않지만 알 수 있었다. 다케다 군이 공포를 주어 배반자를 미리 막으려고 구경하게 하는 토착민들이리라.

"꼴좋다, 모반자의 자식들!"

이런 아부의 말에 섞여 염불 소리도 여기저기서 들려왔다.

'드디어 마지막이구나…….'

그래도 오후는 눈을 감지 않았다. 양쪽 겨드랑이로부터 유방 속으로 파고들 녹슨 창끝을 뚜렷이 보아두려고 생각했다.

갑자기 배후의 군중 속에서 굵직한 사나이 목소리가 들려왔다.

"부탁이 있습니다!"

"뭐야! 가까이 오면 안 돼!"

"저는 오쿠다이라 가문에서 지마루 님을 모시고 온 구로야 진쿠로입니다."

"그러니 어떻단 말이냐?"

"가쓰요리 대장님 허락을 받고 왔습니다. 마지막 작별을 지마루 님과."

이 말을 듣자 오후는 갑자기 눈시울이 화끈거렸다. 진쿠로는 지마루를 보살피던 사람이었다. 어릴 적부터 곁에서 시중들어 아마도 친부모 같은 친근감을 품고 있을 게 틀림없었다. 그가 이제 와서 어떻게 이곳에 모습을 나타냈을까 하고 오후는 화가 치밀었다.

진쿠로가 나타남으로써 새삼스럽게 부모 생각이 떠오른 것은 오후만이 아니라 지마루도, 도라노스케도 역시 같았다.

이번에는 지마루의 목소리가 들려왔다.

"할아범! 오랫동안 신세졌어. 지마루는 할아범이 가르쳐준 대로 웃으며 죽어갈 테니 안심해."
발아래 꿇어앉은 진쿠로는 떨리는 목소리로 말했다.
"지마루 님! 이 늙은이는 지마루 님에게 죄를 빌겠습니다. 지마루 님만 저승으로 가시도록 하지 않겠습니다. 이 늙은이가 모시고 가겠습니다."
"할아범…… 그것은 안 돼."
"무슨 말씀을! 왜 안 된다고 하십니까?"
"쓸데없는 짓이야. 알고 있겠지?…… 살아서 움직여야지…… 죽는다는 건 개죽음일 뿐이야."
"지마루 님!"
진쿠로의 목소리는 아까보다 한층 사납게 떨렸다.
"지마루 님은 병으로 돌아가시는 것도 아니고 죄가 있어 처형당하는 것도 아닙니다."
"그러니 할아범은 살아남아 달라는 거야!"
"죄 없이 처형당하시다니! 웃으시라고 말한 것은 이 늙은이의 잘못, 화내주십시오. 분노를 쌓고 쌓아 귀신이 되어주십시오. 까닭 없이 처형당하시다니! 이 진쿠로도 그 때문에 분사(憤死)의 길동무를 하려는 것입니다. 지마루 님 혼백과 한 덩어리가 되어 이 엉터리 같은 이승의 꼴을 온갖 신들에게 호소하러 가겠습니다!"
누군가가 황급히 꾸짖었다.
"닥쳐라!"
소리뿐만 아니라 두세 사람이 진쿠로에게 달려든 모양이었다.
진쿠로의 목소리가 대꾸했다.
"방해하지 마라! 가쓰요리 공이 허락한 일인데 네놈들이 방해해도 된단 말이냐!"
"닥쳐라! 대장님께서 허락하신 것은 옛날 관습대로의 예법에 어긋나지 않게 하려던 것뿐이야."
"개수작하지 마라, 순사(殉死)란 우리들에게 그 죽음이 납득될 수 있을 때에만 타당한 일이다."
여기까지 들은 오후는 십자가에 묶인 채 별안간 웃음을 터뜨렸다. 비로소 자기의 죽음을 납득한 것인지도 모른다.

"귀신이 될 테야! 귀신이!"

다른 이의 눈에는 아마 미친 것으로 보였으리라. 이렇게 소리친 오후는 다시 깔깔 웃기 시작했다.

"그럼, 지마루 님, 앞서가는 것을 용서하십시오!"

진쿠로가 칼로 배를 찌른 모양이었다. 갑자기 웅성대기 시작한 군중들의 소음 속에서 명령 소리가 들렸다.

"찔러라!"

창날은 눈에 보이지 않은 채 양쪽 겨드랑에 별안간 불에 달군 쇠가 파고드는 듯한 아픔이 느껴졌다. 오후는 눈을 확 부릅뜨고 다시 한번 마음속으로 생각했다.

'귀신이 되자!'

눈은 이미 보이지 않았다. 밝은 가을 햇볕이 일곱 가지 색으로 산산조각 나며 튀고 그 뒤 회색 어둠과 허공의 파문이 번져갔다.

군중들이 점점 더 웅성대는 것 같았으나 그 소리도 이미 들리지 않는다.

진쿠로도, 지마루도, 도라노스케도 모두 의식 속에서 사라졌다…….

'그렇다! 귀신이 되자!'

소리 없는 소리

지마루와 다른 두 사람의 처형이 끝날 때까지 군중은 숨죽인 채 떨고 있었다. 맨 먼저 도라노스케의 숨이 끊어졌고 다음은 지마루, 오후의 순서였다. 지마루의 십자가 바로 아래에서는 진쿠로가 눈을 크게 까뒤집고 목젖을 꿰뚫려 죽어 있었다.

졸개들 손으로 십자가가 쓰러뜨려지자 절에서 나온 두 중이 시체에 물을 뿌려 주었지만 다케다 군을 꺼려 염불 외는 소리는 입 밖에 새어나오지 않았다.

가쓰요리가 다시 그곳에 나타났을 때는 이미 지마루의 시체가 날라져간 다음이었고, 진쿠로의 얼굴에는 가을 파리가 떼 지어 윙윙거리기 시작하고 있었다. 그 시체를 물끄러미 바라보는 가쓰요리의 표정은 몹시 담담했다.

'이만한 일쯤이야!'

그렇게 생각하면서도 한편으로 인생의 무참함이 마음을 적셔왔다. 이제 15살인 오후의 시체는 피려다 만 꽃처럼 보인다. 자기 아내 오다와라(小田原) 부인의 얼굴로도 보이고, 벌써 피가 검게 덩어리지기 시작한 진쿠로는 자신의 말로를 암시하는 것처럼 생각되기도 했다.

'내가 왜 이리 약해졌을까?'

가쓰요리는 자신을 무섭게 질타하면서 오후, 도라노스케, 진쿠로의 순서로 시체가 실려가는 것을 오만스럽게 지켜보았다.

군중들은 소리 없는 공포를 품은 채 한 사람, 두 사람 흩어져갔다.

맞은편 적진에도 이 처형은 충분히 어떤 파동을 일으킨 모양이었다. 그렇게 보아서 그런지 깃발도 인마(人馬)도 물을 끼얹은 듯 잠잠해진 것 같았다.

"그만 물러가시는 게 어떠실지!"

아토베가 작은 목소리로 가쓰요리를 재촉하자 무슨 생각이 들었던지 잠자코 본진으로 발길을 돌렸다.

"피비린내가 코끝에 서려 있구나. 향을 피워라."

그리고 날이 어둑해지자 갑자기 일어나 아토베의 귓전에 입을 대고 말했다.

"아토베, 그대만 따라오너라! 시체를 파묻은 골짜기로."

아토베는 얼른 납득할 수 없어 대답했다.

"어두워 길이 조심스럽습니다만."

"알고 있어. 아무에게도 말하지 마라. 나는 토민들 마음속을 엿보고 싶은 거야."

"그러시면……."

말하려다가 아토베는 비로소 가쓰요리의 마음을 알아차렸다. 시체를 훔치러 오는 자가 있는지 없는지 알고 싶은 것이다. 그렇게 생각하자 가쓰요리가 문득 측은하게 여겨져 만류하고 싶었지만 그만두었다. 한번 말을 꺼내면 뒤로 물러서지 않는 성질을 잘 알기 때문이었다.

날은 이미 저물어 삼나무 가지 사이에 별들이 빛나기 시작하고 있다. 골짜기에서 봉우리로 건너가는 바람이 대지의 울음소리처럼 주위에 감돌았다.

"아, 바윗부리가 솟아 있습니다. 조심하십시오."

"음, 알고 있어. 걱정 마라."

두 사람은 본진과 골짜기 하나를 사이에 둔 오동나무숲 건너편 밭으로 나섰다. 조그만 흙무덤 네 개가 돌덩이를 주워낸 남쪽 구석에 북쪽을 향해 나란히 있었다.

숲속 억새덤불 사이로 몸을 감추듯 가쓰요리는 멈춰 섰다. 한밤중에는 오기 어려운 곳이므로 훔치려면 지금쯤 올 거라고 생각한 것이다.

가쓰요리는 말했다.

"아토베, 얼굴을 가려라. 나라는 것을 알면 재미없으니까."

그들이 흰 헝겊으로 저마다 얼굴을 가렸을 때 흙무덤 뒤에서 검은 그림자가 움직였다.

"역시 나타났구나. 들키지 않도록 하여라."

가쓰요리는 작은 목소리로 속삭이고 혀를 찼다. 누군가 찾아올 것 같은 예감이 있었으나 막상 나타나자 자기 얼굴에 오물 덩어리를 끼얹은 것처럼 불쾌했다.

"무사는 아니로구나."

"예, 농부 같습니다."

"갖고 온 것은 괭이냐, 호미냐?"

"괭이와 꽃입니다. 꽃은 들국화……."

"흠, 우선 가운데에 꽃을 바쳤군. 지마루인가?"

"그렇습니다. 그 오른편은 오후입니다."

농부 같아 보이는 자는 자기 동작이 일일이 감시당하고 있는 것도 모르고 무덤 하나하나에 다가가 꽃을 바치더니 이번에는 땅 위에 웅크리고 앉아 한동안 합장하고 있었다.

아마 괭이를 자루와 분리하여 가지고 온 모양이었다. 이윽고 조약돌을 주워 괭이에 자루를 박았다.

"몇 살쯤 됐을까?"

"40살 안팎이 아닐까 보입니다만."

"오후의 무덤부터 파기 시작하는군. 혼자 어떻게 옮길 셈일까?"

"이대로 놓아두시렵니까?"

"바보 같은 놈! 그러면 처형한 보람이 어디 있어."

농부는 다시 한번 조심스럽게 기둣이 엎드려 주위를 살펴본 뒤 느닷없이 괭이를 한 번 내리박았다. 부드럽고 검은 흙이 한결 어둠을 짙게 했으며, 그 속에서 흰 것이 보이기 시작했다. 농부는 이번에는 한 손으로 그것에 배례한 뒤 다시 괭이질을 했다. 이미 경계 같은 건 염두에 없는 모양이었다.

흙을 털며 안에서 윗몸을 끌어내자 중얼거렸다.

"이렇듯 무참한 짓을……."

가쓰요리가 소리친 것은 그때였다.

"이놈! 무슨 짓을 하는 거냐!"

"앗!"

상대는 깜짝 놀라며 못 박힌 듯 굳어버렸다.

"너는 죄인과 무슨 관계이냐?"

상대는 대답 대신 두 사람의 모습을 가만히 쏘아보았다. 공포와 경계 때문에 한동안은 말도 하지 못했다. 괭이를 든 손이 후들후들 떨렸다.

"누구냐고 물으시지 않느냐!"

아토베가 가쓰요리를 대신하여 소리치자 상대는 갑자기 대들 듯 되물었다.

"묻는 그대들은 뉘시오? 그대들은 나를 죽이려는 거겠지? 죽이려면 죽이라지. 암, 죽어도 좋고말고."

아무래도 용서받기는 틀렸다고 생각하는지 공포와 경계가 오히려 역습으로 바뀌어왔다.

"우리는 진중 순찰을 나온 다케다 무사다. 너는 도쿠가와 편 부하냐?"

"아니, 난 다만 농부일 뿐이오."

상대는 핏발 선 눈을 굴리며 괭이를 다시 내리찍었다.

"난 이 사람들과 아무 인연도 혈연도 없는 사람이다. 그러나 모른 척하면 천벌을 받을 것 같아 온 거지. 가쓰요리 님은 부처님 벌을 모르는 큰 바보란 말이야."

가쓰요리 역시 점점 험상궂은 눈초리가 되어 저녁 어스름 속에 서 있었다.

"이런 세상이라 싸움을 안 할 도리가 없겠지만 싸운다고 해서 인의(仁義)마저 잊어버리다니 될 말이냐. 아무리 적이 밉더라도 죄 없는 여자를 이렇듯 무참하게 처형하다니…… 아니, 처형한 것은 어떻든 그 시체를 장사 지내주려는 나까지 베겠다면 베어도 좋단 말이야. 세상에 태어난 이상 한 번 죽지 두 번 죽나. 나도 당당히 이름을 밝힐 테다. 난 히고로(日近) 마을에 사는 스케에몬(助右衛門). 이번 싸움 덕분에 논밭을 버리고 다케다 군을 위해 일해 온 농부야. 그러나 너무 무참한 처벌을 보다 못해 이렇게 여기로 온 거지…… 자, 아무 데로나 끌고 가 목을 치라고!"

한번 결심한 상대는 부상당한 산돼지처럼 있는 기력을 다하여 지껄여댔다.

"닥쳐라!"

아토베는 농부를 가로막고 가쓰요리를 쳐다보았다. 가쓰요리는 불끈 쥔 주먹을 후들후들 떨고 있었다. 그는 농부가 입을 다물자 떨림을 억누른 목소리로 말했다.

"누가 너를 벤다더냐? 너는 가쓰요리를 가리켜 큰 바보라고 했겠다?"

"암, 하고말고."

상대방은 어깨를 한 번 으쓱해 보이고 다시 말을 이었다.

"큰 바보가 아니라면 나를 칭찬하든가 아니면 이 시체를 저편으로 옮기도록 놓아둘 테지."

"그래……."

가쓰요리는 문득 입을 다문 채 다시 한 걸음 앞으로 나섰다. 베어버리고 싶은 분노와 베면 안 된다는 소리 없는 소리가 그의 가슴속에서 야릇하게 뒤엉켜 소용돌이치기 시작했다. 그가 토착민들을 억압하려고 결행한 처형은 어쩌면 반대로 반감만 돋우었는지도 모르는 일이었다.

"그래, 큰 바보가 아니라면 내가 너를 칭찬할 거란 말이지?"

"두말하면 뭘 해! 너무나 무참하게 여겨졌기 때문에 나는 이 여자의 시체만 마을로 지고 가서 장사 지내주려는 거야. 그러면 다케다 군의 죄업이 소멸될 뿐 아니라 그것을 알고도 모르는 척 눈감아준 가쓰요리 님은 인정 있는 분이라는 칭송을 듣게 되지. 그러면 마을에서 징발되어 와 일하는 농부들도 안심하고 일에 힘을 기울이리라는 것을 모르는가."

"과연……."

가쓰요리의 마음속에서 마침내 소리 없는 소리가 분노를 찍어 누르려 했다. 이 농부의 말에도 분명 일리가 있다고 여겨지기 시작한 것이다. 전투 때문에 가업을 버리고까지 일에 동원되는 농부들의 반감을 산다면 원정은 꼭 실패한다는 아버지 말이 떠올랐다.

"이봐, 스케에몬이라 했던가?"

"그렇다니까. 히고로 마을의 스케에몬이다."

"너는 불심(佛心)이 대단하구나."

"뭐라고?"

"그 여자의 시체를 메고 가서 잘 묻어주어라."

"그럼, 나를 죽이지 않겠다는 건가?"

"너를 죽이면 가쓰요리의 노여움을 살 뿐이다. 이 사실을 보고하면 칭찬해서 보내라고 하겠지."

"그……그것이…… 사실인가요?"

"자, 뒷자리를 잘 다져놓고 메고 가거라. 꽃을 바친 너의 마음을 칭찬하는 뜻으로, 이것을 주마. 도중에 검문하는 자가 있거든 이것을 보이고 지나가도록 하여라."

가쓰요리는 허리춤에서 조그만 도장주머니를 끌러 농부 발치로 던져주었다.

그리고 농부가 꿇어앉아 그것을 줍는 동안 발길을 돌렸다.

"아토베, 가자."

그리고 뒤돌아보지도 않고 그곳을 떠났다.

가쓰요리는 그날 밤 자기 행위를 소리 높여 비웃는 오후의 꿈에 시달렸다. 오후는 가쓰요리에게 어때, 내가 이겼지?—하기도 했고, 그만한 온정으로 내 원한이 사라질 줄 아느냐고 하기도 했다. 아버지 이상 가는 맹장이라고 스스로 자랑할 정도라면 왜 좀 더 강하지 못해!—왜 토착민과 적을 정말로 떨게 하지 못해, 하고 욕하기도 했다. 아니, 그뿐 아니라 이윽고 오후는 가쓰요리가 누구보다도 사랑하는 19살 된 오다와라 부인을 머지않아 자기와 같은 운명으로 만들고 말겠다는 말을 남기고 꿈속에서 사라져갔다.

꿈은 오장이 피로하면 꾼다던가…….

새벽녘이 가까워진 진막의 잠자리에서 가쓰요리는 한참 동안 눈을 감은 채 온갖 상념이 오락가락하는 대로 몸을 내맡겼다. 온몸에 땀이 흥건히 배었다가 그 땀이 다 말랐을 때는 이미 날이 완전히 밝았다.

'가슴병 앓던 아버님도 잠자리에서 곧잘 진땀을 흘렸다고 하셨는데…….'

이런 생각이 들자 죽이는 자와 죽임당하는 자의 거리가 무척 가깝게 느껴지고, 그것은 이윽고 공포와는 전혀 다른 생각을 이끌어내기도 했다.

'전쟁터에서 쓰러지지 않으면 병마(病魔)가 잡아간다.'

'백 년을 사는 자가 어디 있다더냐.'

날이 밝아옴에 따라 이런 생각은 점점 더 강렬해졌으며, 자리에서 일어났을 때는 어느덧 여느 때의 가쓰요리로 돌아가 있었다.

"도쿠가와 따위에 방해되어 아버님 유지를 잇지 못한다면 후세까지 불초자식이라고 웃음받게 되리라……."

가쓰요리가 아침식사를 하고 있을 때 아토베가 나타나 귀띔했다. 끌어 모아온 토착민 일꾼들이 오늘 아침에는 일하는 게 어제와 전혀 다르다는 것이었다.
"역시 처형은 큰 성공이었습니다."
"그래?"
"그리고 또 하나 엊저녁의 그 온정도……."
그리고 목소리를 낮추어 덧붙였다.
"어제저녁 그 농부가 한 녀석을 안내해 왔습니다."
가쓰요리는 고개를 크게 끄덕이고 시동과 아토베에게 명령을 내렸다.
"상을 물리고 그자를 들여보내."
진막 마루 끝에 이미 햇볕이 내리쬐고 있었으나 안개는 아직 활짝 걷히지 않았다. 몇 겹으로 둘러친 방책 안에는 경계가 삼엄하여 풀 한 포기 없는 시뻘건 황토 땅이 살풍경하기 이를 데 없었다.
그 마당을 통해 이윽고 인부 차림의 한 사나이가 아토베를 따라 들어왔다. 외부로부터의 침입자라는 것을 첫눈에 알 수 있었다. 다케다 군이 은밀히 보급하여 치게 한 감색 각반 빛깔과 좀 다르기 때문이었다.
"이자를 엊저녁의 그 농부가 데려왔단 말이냐?"
"예, 대장님 온정에 감동하여 그 도장을 보이고 이곳까지 일부러 데려왔다고 합니다."
가쓰요리는 고개를 끄덕이며 상대를 내려다보고 주위에 명령 내렸다.
"모두 물러가 있거라."
모두들 물러가고 아토베 혼자만 남았다.
"너는 오카자키에서 왔다고 했겠다. 그 증거가 될 만한 것을 가지고 있느냐?"
그자는 머뭇거리며 고개를 들었다. 오카자키성 오가 야시로의 동지 오다니 진자에몬(小谷甚左衛門)의 거무튀튀한 얼굴이었다.
진자에몬은 신경질적인 곁눈질로 품 안을 깊숙이 더듬었다. 그리고 속옷 깃을 잡아당겨 풀어 그 속에서 쭈글쭈글한 종이쪽지를 꺼내 들고 다시 공손히 고개를 숙였다.
"제 이름은 오다니 진자에몬이며, 오가 야시로 님께서 보내신 밀서를 가져왔습니다."
가쓰요리는 그동안 눈길을 떼지 않고 상대방을 노려보고 있다가 아토베가 밀서를 받아 올리자 그것을 펴보기 전에 날카로운 목소리로 물었다.
"야시로의 밀서라면 알리라. 의사 겐케이는 어찌 되었느냐?"
"그것은 이 몸이 여쭙고 싶은 일입니다."
"뭐? 네가 묻고 싶은 일이라고?"
가쓰요리는 그때 비로소 종이쪽지를 펴고 눈으로 읽었다.
"그러면 겐케이는 고슈를 향해 오카자키를 떠났단 말이냐?"
"그렇습니다."
가쓰요리는 고개를 갸웃한 뒤 다시 물었다.
"진자에몬이라고 했지?"
"예."
"너는 내 물음에 바로 대답해야 한다. 미심쩍은 데가 있으면 용서치 않으리라."
진자에몬의 몸이 꿈틀 크게 움직였다. 자기가 야시로의 사자인지 아닌지 의심받고 있는 것을 깨달았기 때문이었다.
"지금 이에야스는 어디 있느냐?"
"하마마쓰에 있습니다."
"노부야스는?"
"오카자키에 있습니다."
"진자에몬!"
"예…… 옛!"
"노부야스의 정실 이름은?"
"도쿠히메입니다."
"측실은?"
쏘아대듯 물으며 가쓰요리는 눈 하나 깜빡이지 않았다.
"예, 아야메 님이라고 합니다."
"나이는?"
"15살입니다."
"그 아야메는 겐케이가 떠난 뒤 어떻게 지내고 있느냐?"
"노부야스 님 총애가 날로 더하여 임신하셨다고 들었습니다."
가쓰요리는 비로소 고개를 크게 끄덕였다. 틀림없는 사자라고 겨우 인정한 모양이었다.

"이 밀서를 읽으니 이에야스가 오다 군에게 원병을 청해 나를 단숨에 멸망시키려 한다고 씌어 있구나. 무슨 말이 없더냐?"

"그 일이라면……."

진자에몬은 말을 꺼내려다가 이마에 떠오른 땀을 손등으로 씻었다.

"만일 하문하신다면 아뢰라는 분부를 듣고 왔습니다."

"말하거라. 원군이 오면 어쩔 작정이라더냐?"

"오다 편에도 여러 가지 사정이 있어 미카와로 곧 군사를 나눠 보낼 수 없을 테니 그동안의 계책으로서 둘 사이를 이간시키겠다고 하셨습니다."

"둘 사이를 이간시킬 계책?"

"황송하오나, 노부야스 님과 도쿠히메 님 사이를 갈라놓는 게 으뜸이라고."

"뭐, 부부 사이를……."

말하다가 가쓰요리는 불쾌한 듯 이마를 찡그렸다. 문득 자기의 어린 정실 오다와라 부인의 아름다운 모습이 눈에 떠올랐기 때문이었다.

"야시로의 계책이란 부부 사이를 갈라놓는 것이란 말이지?"

가쓰요리의 표정이 흐려졌으므로 진자에몬은 황급히 말을 이었다.

"야시로 님은 책략 중에서 가장 무서운 것은 혈육의 정을 이용하는 거라고 하셨습니다."

"아무리 그래도 너무 치졸하구나."

"아니, 작은 계책이 아닙니다. 승리하기 위해서는 빼놓을 수 없는 반드시 찔러야 하는 급소입니다."

진자에몬은 더욱 다급해져서 작은 눈을 연방 깜박였다.

"이미 쓰키야마 마님은 오가 님 뜻대로 되고 있습니다. 마님과 짜고 도쿠히메 님을 줄곧 들볶고 있지요. 그러면 도쿠히메 님의 불만은 오다 님한테로 쏜살같이 흘러들고…… 귀여운 따님이 괄시받는다면 제아무리 오다 님이라도……."

진자에몬이 입술에 침이 마르도록 늘어놓자 가쓰요리는 씁쓸하게 가로막았다.

"닥쳐라! 그런 설명은 새삼 들을 것도 없어."

"예…… 옛."

"쓰키야마 마님은 안녕하신가?"

"예, 요즘 좀 시름시름하시다……고 집안에서는 여기고 있습니다만, 그것은 야시로 님 계략으로 큰일을 눈치채일까 두려워 그렇게 보이게 하고 있는 거지요."

가쓰요리는 다시 혀를 찼다.

"야시로는 책략을 곧잘 쓰는군. 그만하면 됐어. 밀서의 취지는 내가 잘 알았노라고 돌아가 전하여라."

그리고 이번에는 곁에 있는 아토베를 향해 일렀다.

"이 밀사에게 요기를 시키고 본인이 원하는 곳까지 배웅하여라."

"옛. 자, 그럼, 안내하겠소."

두 사람이 사라지자 가쓰요리는 팔짱을 끼고 다시 한번 혀를 찼다.

야시로가 보낸 밀서에는, 요전에 왜 부세쓰까지 오지 않았느냐고 불만을 털어놓고 나가시노에서 결전이 벌어지면 노부야스도 당연히 출진할 테니 그때는 전번의 약속대로 오카자키를 먼저 치라고 씌어 있었다. 뭐니 뭐니 해도 오카자키는 이에야스의 곡식창고이며 본거지이므로 그곳을 쳐서 점령하여 만일의 경우 오다 원군이 올 때 막아야 한다고 씌어 있었다.

그 말은 모두 옳았다. 오다 원군에게 미카와 진입 기회를 주어서는 안 된다. 그러기 위해서 주고쿠와 시고쿠의 군사를 교토로 올려보내든가 혼간사 신도를 선동하는 등 해야 할 대책이 몇 가지 있다.

'그런데 야시로는 쓰키야마의 며느리 도쿠히메를 학대하는 수단이 효과적이라고……'

이렇게 생각하자 가쓰요리의 마음을 한 번 흔들었던 인간 본연의 소리는 흔적도 없이 사라지고 천성적인 투지가 대신 들어앉았다.

"좋아!"

가쓰요리는 혼잣말하고 일어섰다. 아버지보다 뛰어나다고 가신들이 곧잘 말하는 그 무용을 어디까지나 발휘하려고 결심한 것이었다.

진자에몬을 배웅한 아토베가 이번에는 야마가타 마사카게와 함께 돌아왔다.

"가쓰요리 님, 안녕하셨습니까?"

마사카게는 유달리 키 작은 몸을 굽히고 말하더니 가쓰요리 곁으로 거침없이 다가와 앉았다.

가쓰요리는 호탕하게 웃으며 마사카게를 맞이했다. 아버지의 죽음으로 가장

사기가 떨어진 사람 가운데 하나—라는 생각이 떠오르자 가쓰요리는 이 키 작은 무장을 분기시켜 주어야 한다고 어느 결에 마음의 준비를 갖추고 있었다.

"마사카게, 조그마한 나가시노성 하나도 공략하지 못하다니 어떻게 된 것인가?"

"그렇게 물으시는 건 왜 함락하지 못하느냐고 힐문하시는 겁니까?"

가쓰요리가 적극적으로 밀어붙이리라고 예측한 마사카게도 그에 응할 태세를 갖추고 웃었다.

"……그 일에 대해서는 적이 강하다는 것밖에 아뢸 말씀이 없습니다."

가쓰요리는 다시 소리 내어 웃었다.

"하하하하, 강한 적을 만나면 점점 더 강해지는 게 가이의 야마가타 마사카게라고 들었는데."

"가쓰요리 님, 오늘은 감히 아뢸 말씀이 있어 뵈러 왔습니다만……."

"뭔가? 주저 말고 말해라. 그러나 마사카게, 고후로 그냥 철수하자는 의견이라면 헛수고라는 것을 알아둬."

마사카게도 이런 말이 나오리라는 것을 충분히 예측하고 있었던 듯 말했다.

"그 일에 대해서는 저도 이제 아뢰지 않겠습니다. 받아들이시지 않을 테니까요."

"허, 그렇다면 다른 말인가? 좋아, 듣기로 하지."

솔깃한 태도를 보이며 시동에게 벚꽃차를 날라오도록 일렀다.

마사카게는 벚꽃차가 올 때까지 핵심적인 말을 피하고, 진막 마당이 살풍경하다느니, 비가 내리면 골짜기의 불어난 물이 진지로 들어와 곤란을 겪고 있다는 등 다른 말만 늘어놓았다.

"실은 다름이 아니고, 아버님이 병환 중이시라고 해두는 동안만이라도 가쓰요리 님의 용맹심을 삼가주십사는 부탁을 드리러 왔습니다."

"음, 진을 거두라고는 권하지 않겠으나 용맹함을 삼가라는 건가?"

"예, 쓰쿠데의 오쿠다이라 부자가 이에야스에게로 돌아선 뒤 야마가 세 부족들뿐 아니라 들도적과 토착민들도……."

가쓰요리는 가로막았다.

"알았다. 그러한 공기를 알기 때문에 어제 처형을 명령한 것이야. 그러니 조급한 공격을 삼가고 지구력을 갖추라는 것인가?"

마사카게는 먹이를 덮치기 전의 매 같은 눈초리로 손아래 주군을 쏘아보았다.
"황공하오나…… 만일 오다 원군이 나타나 아군 병력을 잃게 된다면 큰일입니다."
"그것은 알고 있어. 그러므로 원군이 오기 전에……."
이번에는 마사카게가 가로막았다.
"주군, 오다는 긴키의 패자임을 잊으시면 안 됩니다."
"그러니 어떻다는 건가?"
"에치고에서 호쿠리쿠에 걸친 우에스기, 미카와와 도토우미의 도쿠가와, 그리고 긴키의 오다 등 세 방면에 강적을 맞아 주군께서는 대체 어디에 주력을 둘 작정이십니까?"
"그러면 나가시노쯤은 무시하고 다른 곳으로 진격하자는 말인가?"
"주군! 세 방면의 강적을 상대하고 있으면 단 하나의 우리 편인 오다와라까지 언젠가 적 편에 붙을지 모른다는 것을 생각하신 적은 없습니까? 적과 아군의 균형을 생각지 않고는 전략을 세울 수 없는 것…… 이것은 마사카게가 아니라 아버님께서 입이 닳도록 하신 말씀입니다."
가쓰요리는 또 아버지 이름이 튀어나왔으므로 불쾌한 듯 고개를 돌렸다.
마사카게는 다시 힘주어 말했다.
"가쓰요리 님! 강적을 세 방면에 고스란히 놔두고 싸우시면 안 됩니다. 둘로 줄이십시오."
"뭐? 셋을 둘로 줄이라고?"
"예, 그러면 균형이 잡히고 아군의 승산이 늘어납니다. 승산이 서면 군사들의 사기는 절로 왕성해질 것입니다."
"마사카게."
"예……."
"그러면 나더러 이에야스에게 고개라도 숙이란 말인가?"
"이에야스 공에게……라고 말씀드리지는 않았습니다. 비록 이에야스 공에게 머리를 숙이신다 해도 오다 공을 꺼려 동맹에 응할 리 없습니다."
"그러면 이에야스의 방패가 되고 있는 노부나가에게 고개 숙이고 동맹을 맺으란 말인가? 그 뱃속 검은 부처님의 원수와?"

마사카게는 천천히 고개를 저었다.

"노부나가 공도 역시 도쿠가와 공을 꺼려 응할 리 없을 것 같고……."

"마사카게, 그대는 이 가쓰요리를 조롱하는가."

"무슨 당찮은 말씀을 하십니까! 시라기 사부로(新羅三郎) 이래 대대로 이어온 미나모토씨 명문에 행여 흠이 생길까 하여 단단히 각오하고 찾아온 겁니다."

"그러면 그대는 이 가쓰요리에게 아버님 숙적인 에치고의 우에스기에게 무릎 꿇고 동정을 빌라는 것인가?"

마사카게는 자신 있게 잘라 말했다.

"그렇습니다! 지금 천하의 여러 장수들을 보건대, 한 가닥 의기를 지닌 것은 겐신 공 외에 없다고 이 마사카게는 확신합니다."

"음……."

젊은 가쓰요리는 맹수와도 같은 신음 소리를 내면서 마사카게를 노려보았다.

"좋다, 어디 이야기를 들어보자. 무슨 구실로 겐신에게 접근한단 말인가?"

마사카게는 그 물음에 직접적인 대답을 피하며 말했다.

"아버님 생존 시…… 아니, 불화가 계속된 시대에도 가이, 시나노 등 바다가 없는 고장 주민들을 위해 일부러 소금을 보내준 겐신 공이 아닙니까."

"알고 있어. 그것은 우리를 휘어잡으려는 간책이었다고 생각지 않는가?"

"또 아버님 서거 소문이 세상에 퍼지자 군사를 거두고 눈물을 흘렸다고 합니다. 그러므로 노부나가 공이 히에이산을 불사르고, 잇코 신도를 적으로 삼는 불도상의 잘못을 들어 천하를 위해 편들어달라고 하신다면 들어주실 만한 분은 그분뿐인가 합니다."

가쓰요리는 무릎에 얹은 주먹을 다시 부들부들 떨었다. 아무리 이리 붙었다 저리 붙었다 하는 난세일지라도 아버지가 후반생 동안 적으로 돌려 싸워온 우에스기 겐신에게 화의를 청한다는 것은 견딜 수 없이 분통 터지는 일이었다.

"겐신 공과 화의가 성립되면 에치고 군으로 하여금 엣추(越中)와 가가(加賀)로부터 에치젠 일원에 걸쳐 있는 잇코 신도들을 끌어들이게 하여 오다 쪽 군사를 그쪽에 묶어놓은 다음 이에야스를 공격하십시오. 그러나 나가시노로 쳐들어가서는 안 됩니다. 오다와라와 힘을 합쳐 엔슈(遠州)에서 이에야스의 거성인 하마마쓰를 우선 쳐야 합니다. 오다 원군은 군사를 보낼 여유가 없을 것이며 그동안 하마마쓰, 요시다, 오카자키를 차례로 함락하면 나가시노뿐 아니라 야마가 세 부족들도 저절로 포위당해 우리 다케다 가문을 등질 염려는 없게 될 것입니다."

가쓰요리는 눈 하나 깜박이지 않았다. 그러나 그 시선은 어느덧 마사카게의 얼굴에서 마당으로 옮겨져 있었다. 풀 한 포기 없는 붉은 마당에서 흙먼지가 천천히 피어오른다.

마사카게는 여전히 한 치도 양보하지 않겠다는 듯한 표정으로 가쓰요리를 쏘아보고 있다.

그 시선을 옆얼굴로 강렬히 느끼면서 가쓰요리는 거칠어가는 호흡을 가라앉히려 애쓴다. 아버지 죽음으로 사기가 꺾였다고 단순히 생각했었는데, 지금 마사카게가 한 말로 그것이 완전히 자신의 착각이었음을 깨달았다. 그들은 아버지의 죽음 이상으로 자신의 전략과 사람됨을 위태로이 여기고 있는 것이다.

군사를 움직이는 이상 필승을 다짐하고 움직이라는 것은 아버지 신겐이 늘 입에 담고 있던 교훈이었다. 상대방이 오다와 도쿠가와 연합군이라면 이쪽은 다케다와 호조와 우에스기 연합군으로 맞서라는 마사카게의 간언은 전략상으로 볼 때 분명 아버지 유지에 어긋남이 없다. 그러나 평생 아버지의 적이었던 겐신과 손잡는다는 것은 견딜 수 없는 일이었다.

가쓰요리가 망설이자 마사카게는 다시 무릎을 들이댔다.

"가쓰요리 님! 결단을 내리십시오. 우에스기와 손잡는 것 말고는 길이 없습니다."

"흠."

"다행히 이제부터 겨울로 접어드니 에치고에 곧 밀사를 파견하십시오. 겐신 공은 반드시 응할 것입니다."

"……."

"그리고 곧바로 도토우미에서 이에야스의 거성 하마마쓰를 칠 것처럼 하는 편이 우리에게 훨씬 유리합니다."

가쓰요리의 시선은 한참 뒤 다시 마사카게에게로 돌려졌다.

"마사카게…… 그러면 그대는 이 나가시노에서 곧 철수하자는 거로군?"

"용병은 천변만화입니다. 불리한 곳에 오래도록 진 치고 있는 것은 무의미합니다. 이런 산골에서 겨울을 맞으면 양식 수송이 어려워질 뿐이며, 그에 비해 도토우미로 나가면 뒤에 오다와라라는 우리 편이 있습니다."
가쓰요리는 대답했다.
"알겠네. 이것은 그대 한 사람만의 의견이 아니겠군."
"그렇습니다. 바바, 쓰치야, 오야마다 모두 같은 의견입니다."
가쓰요리는 씁쓸히 고개를 끄덕였다.
"가신들이 입을 모아 하는 간언이로군."
"모두 유서 깊은 주군의 가문을 위해서입니다."
"알겠어. 알아들었으니 곧 군사회의를 열도록 하지."
마사카게는 자세를 바로 하고 새삼스레 절했다.
"고마운 분부, 이것으로 주군의 가문은 만만세입니다."
마사카게가 물러가자 가쓰요리는 마침내 억누를 길 없는 감정을 폭발시켜 아토베에게 말했다.
"우에스기와는 화평을 강구하겠다. 그 대신 정월까지 이에야스 놈의 목을 반드시 베고 말겠다. 나가시노에서 우리들이 철수하는 줄 알고 놈이 방심한 틈을 타서 단숨에 하마마쓰를 짓밟아버릴 테다!"
아토베는 그 기세가 너무나 사나운 데 겁을 먹고 맞장구쳤다.
"주군이시라면……."
가쓰요리는 힘차게 일어나 진막 안을 거칠게 걷기 시작했다.

쌍거울

달빛이 호수에 비쳐 기슭의 소나무들이 검게 떠오르고 있다.

사방은 이미 밤이었지만, 하마마쓰성에서는 아직 공물로 들어온 벼가마를 부지런히 쌓고 있었다. 이에야스가 직접 총지휘하므로 군졸들도 꾀를 부릴 수 없었다.

"주군, 그만 들어가십시오."

이제 나머지 40섬쯤 짐바리로 실어온 벼가마를 쌀창고에 넣고 나면 일이 끝날 것으로 보고 혼다 사쿠자에몬이 권했으나 이에야스는 못 들은 척 화톳불 곁에서 있었다.

이에야스의 계산으로는 일단 나가시노에서 철수한 다케다 군 주력이 연내에 반드시 이 하마마쓰로 쳐들어올 듯한 생각이 들었다. 그래서 가케가와성(掛川城)에 이시카와 가즈마사를 보내고, 다카텐진성(高天神城)은 오가사와라 나가타다(小笠原長忠)로 하여금 수비하게 했으며, 자신 또한 부지런히 양식 저축에 여념이 없다.

"주군, 벌써 7시입니다."

"그래? 그럼, 돌아가 쉴까."

요즘 이에야스는 좀처럼 가신들과 말다툼하지 않았다. 그렇다 해서 가신들 말을 그대로 모두 따른다고 할 수도 없었다. 느긋한 태도로 버티고 서서 불에 몸을 녹이며 쌀을 져 나르는 하인들에게 가볍게 말을 건넨다.

"수고하네, 수고해. 올해는 서둘러 이곳에 쌀을 저장해 두지 않으면 도토우미의 쌀이 부족해져. 다케다 군이 쳐들어오면 먹는 입이 많아진단 말야. 마을에 그냥 두었다가는 모조리 털려 굶어 죽게 되지."

그날도 일이 끝나기를 기다렸다가 이이 나오마사와 오쿠보 헤이스케 등을 거느리고 성 본채로 돌아갔다. 헤이스케는 다다요의 막냇동생으로 얼마 전 겨우 등용되어 성인관례를 기다리는 중이었다.

"어때, 헤이스케. 고단한가?"

"아니오, 조금도."

"쌀은 농민들의 땀과 기름이니 소중히 다루어야 해."

헤이스케는 무슨 말을 하느냐는 듯한 표정으로 대답했다.

"과중한 공납으로 농민들 불만이 클 것 같습니다."

"불만이 있겠지. 그러나 농민들이 갖고 있으면 곧 없어져. 만약 내년 봄 모내기철에 전쟁이 일어나면 적군에게 쌀을 다 빼앗겨 가을에 굶는 자가 생기게 될 거야."

"그래서 주군께서 맡아두시는 겁니까?"

"헤이스케."

"예?"

"누가 맡아둔다고 했는가. 백성들을 위해 당연히 지켜줘야지. 그 때문에 나는 흰밥은 먹지 않기로 결심했어. 흰밥을 먹는 자를 보거든 꾸짖어라."

헤이스케는 목을 조금 움츠리고 큰 소리로 현관을 향해 소리쳤다.

"주군께서 돌아오십니다!"

세상의 예사 농부나 하인과 다른 생활은 여기서부터였다. 신발을 끌러주는 자, 가죽버선을 벗기는 자, 발을 씻어주는 자…… 그리고 한 발 안으로 들어가면 갑자기 이에야스는 근접할 수 없는 존엄한 존재로 바뀌어간다.

저녁식사는 시동의 시중으로 밖에서 상을 받을 때와 안에서 받을 때가 반반이었다. 그렇다 해서 식사 내용에 차이는 그리 없었고, 늘 현미에 보리를 섞은 밥, 거기에 국 한 그릇, 채소 세 가지로 정해져 있었다.

그날 이에야스는 곧장 안으로 들어갔다. 내전 복도 입구에 오아이가 마중 나와 있었다…… 내전과 바깥의 경계에서 오아이는 시동의 손으로부터 이에야스의 큰 칼을 받아들었다.

밖의 소나무 가지에서는 줄곧 삭풍이 울고 있다. 오아이는 거실로 들어가 칼걸이에 큰 칼을 걸고 곧 차 준비를 했다. 시녀이고 내전감독이며 은밀한 첩이기도 했지만, 오아이는 결코 총애를 뽐내는 티를 보이지 않았다.

이에야스는 찻잔을 들어 손바닥으로 감싸면서 혼잣말처럼 말했다.

"오아이, 아무래도 또 출전하게 될 것 같아. 내가 생각한 대로 다케다 군의 이동이 시작된 모양이야."

"그럼, 도토우미로 싸움터가 옮겨지는 건가요?"

그러자 이에야스는 남의 일처럼 말했다.

"그렇지, 이번엔 대단한 기세로 올 것 같아. 지금 이대로는 그대가 너무 가엾어. 방을 따로 마련하여 들어앉게 하고 시녀도 붙여줘야겠어."

오아이는 이에야스를 흘끗 보았으나 곧 대답하지 않았다. 오아이는 이에야스가 잘난 척하는 여자를 얼마나 싫어하는지 잘 꿰뚫어보고 있었다. 쓰키야마 마님은 사정이 다르지만, 만일 자기가 이에야스의 마음속에서 커다란 위치를 차지하려면 더욱 나서지 않는 태도를 보여야 한다. 그것은 이에야스뿐 아니라 세상 남자들의 공통점이라고 할 수 있다.

시녀가 밥상을 날라왔다. 오아이는 그것을 일일이 자기 손으로 점검하며 이에야스 앞에 고쳐놓았다.

이에야스가 두 공기째 젓가락을 댔을 때였다.

"한 가지 소원이 있습니다. 제 자신은 지금까지의 일만으로도 분수에 넘칩니다. 부디 오만 님을 성안으로 다시 불러들여 주세요."

이에야스는 문득 쓴웃음 지었다.

"뭐? 만을 불러들이라고? 너도 꽤 영리한 여자로구나."

오아이는 가슴이 뜨끔했다. 저도 모르게 이에야스를 다시 쳐다보았다.

"만약 돌아오면 시끄러워지는 것은 그대도 알고 있을 텐데?"

"네…… 네."

"만은 그대보다 생각이 얕은 여자야. 그뿐인가, 아이까지 낳았으니 그만한 대우를 해주지 않으면 성화를 부릴 것이고, 만을 대우해 주면 쓰키야마의 광증이 점점 더 심해질 게 뻔하지."

"그렇긴 합니다만."

"만도, 만이 낳은 아이도 불쌍하다고 말하고 싶겠지? 그것으로 충분해. 그래서 쓰키야마는 쓰키야마대로 나라는 사나이가 자신에게만 냉혹한 게 아니라는 것을 깨닫게도 되고."

이에야스는 말하면서 우적우적 소리 내어 짠지를 씹었다.

"오아이."

"네?"

"나는 지금 여자나 아이에게 마음 쓸 여유가 없다. 나는 자나 깨나 생사의 갈림길에 있어. 여자들에게 이런 점을 깨닫게 해주고 싶어."

"그러하오니 저도 방을 하나 차지하고 들어앉는 일을 사양하지 않을 수 없습니다."

이에야스는 웃었다.

"이런 어리석은 것 같으니! 그대는 정식 측실로 올려 앉히는 게 오히려 늦었어. 만약 내가 전사했을 때 이에야스는 비천한 여자를 데리고 놀다가 그냥 죽어버렸다는 말을 듣고 웃음거리가 되는 것은 그대가 아니라 나야. 이만하면 내 생각대로 하려는 뜻을 알아듣겠지?"

이에야스는 오아이가 어떤 대답을 할지 흥미 느끼며 얼굴빛을 살폈다.

여성에는 나이와 더불어 성장하는 여자와 거칠어지는 두 종류의 여자가 있다고 뼈저리게 느끼는 이에야스였다. 젊을 때에는 어떤 여자라도 제 나름의 아름다움과 현명함을 보이는 개성을 지니고 있다. 그런데 일단 사나이에게 꺾이면 모습이 확 바뀐다. 하나는 심신의 아름다움을 점점 더해가고 다른 하나는 추한 자아(自我)로 늙어간다. 마음의 연마가 그대로 두 여성의 현명함과 어리석음, 아름다움과 추함을 물들여 나눠가는 것이리라. 그리고 그 하나의 전형이 쓰키야마라면 다른 하나의 전형은…… 하고 생각하다가 요즘 이에야스는 생각하게 되었다.

'어쩌면 오아이가 아닐까?'

그러고 보니 오아이의 용모는 요즘 한결 그 깊이를 더한 것 같았다. 머나먼 옛 기억 속에 남아 있는 이 성의 여주인 기라 마님보다 나을 건 없지만 뒤지지도 않는다—고 여기게 된 것은 이에야스 자신의 애정이 오아이에게 기울고 있는 증거이기도 했지만…….

“오아이, 왜 잠자코 있나? 그래도 그대는 지금까지처럼 지내는 게 좋다는 건가?”

오아이는 무릎에 올려놓은 자기 손가락에 시선을 떨군 채 대답했다.

“말대답 드려 죄송합니다만, 오아이는 대감님께 그러한 심려를 끼쳐드리고 싶지 않습니다.”

“오로지 군무(軍務)에만 정진하란 말인가!”

“네.”

“그런 그대가 무슨 까닭으로 만을 불러들이라고 권하는 거지? 만을 불러들이면 내 걱정은 늘어날 뿐인데.”

오아이는 이에야스를 흘끗 살펴보았다. 그 얼굴에 미소가 떠올라 있는 것을 알자 자기도 은은하게 웃음 띠고 말했다.

“이 몸이 얕은 생각으로 말씀드렸습니다. 용서해 주세요.”

“흠—그대 생각이 얕았단 말이지? 그래, 어떤 게 얕은 생각이란 말인가.”

“오만 님을 불러들이지 못하도록 가로막는 게 저라고 성안 사람들이 하는 말을 듣고 싶지 않다는 마음이 어느 구석엔가 있었습니다. 대감님 말씀을 듣고서야 비로소 내 생각이 얕았다는 것을…….”

이에야스는 소리 내어 웃었다.

“그래, 이제 비로소 깨달았단 말이지. 묘하게 피해버리는군. 좋아, 좋아. 나도 속 좁고 그대도 속 좁으니, 속 좁은 사람들끼리 궁합이 잘 맞을 거야, 그렇지? 핫핫하…….”

오아이는 그렇게 말하는 이에야스에게 수줍음을 보이며 얼굴이 빨개졌다.

식사가 끝났다. 오아이는 다시 조용한 태도로 밥상을 물리게 했다.

“분부 내리셨던 손님이 다키야마성에서 와 있습니다만…….”

“뭐! 다키야마성에서?”

“네, 오쿠다이라의 가신 나쓰메 하루사다 님 따님이십니다.”

말하는 오아이의 표정에 질투 비슷한 빛이 흘끗 움직이는 것 같아 이에야스는 또 우스워졌다.

“아, 그래? 그 불쌍하게 최후를 마친 오후의 동생이 왔단 말이지…… 그렇다면 만나야지. 이리로 곧 데려오도록. 오후가 대단한 미인이었다는 소문이 나 있었으니 동생도 역시 아름다우리라. 곧 부르게."

오아이는 이에야스의 농담을 알아차렸는지 모르는지 공손히 절하고 밖으로 사라졌다.

이에야스는 내전에서 마음을 풀고 오아이와 이렇듯 지내는 한때를 요즘 무척 즐겁게 느끼고 있었다. 이에야스가 무엇을 바라고 무엇을 희망하며 살아가는지 오아이가 몸으로 느끼고 있기 때문이리라.

이에야스의 대망이 그대로 이루어질지 어떨지는 물론 다른 문제였다. 저 조심성 많은 다케다 신겐조차 상경 도중 쓰러질 때까지 자기 운명을 몰랐던 것이다.

오아이가 상냥하게 오후의 동생을 안내해 왔다. 이에야스는 눈을 가늘게 뜨며 온 얼굴에 웃음을 떠올렸다.

"허, 그대가 동생이냐?"

아직 13살밖에 안 된 오후의 동생은 그늘에 핀 산도라지처럼 가냘펐다. 그래도 눈은 맑게 빛나고 알 듯 모를 듯 처녀의 향기를 지니고 있다.

소녀가 앉아 두 손을 짚기를 기다려 이에야스는 곧 물었다.

"아버지는 여전하시냐?"

"아버님이라시면…… 양아버님 말씀인가요?"

"뭐? 양아버지……라면 너는 하루사다에게서 어느 집 양녀로 들어갔단 말이냐? 하루사다와는 나가시노 싸움 때 이런저런 이야기를 나눴었다만."

"네, 저는 나쓰메 가문에서 오쿠다이라 히사베에 댁으로 갔지요."

"오, 히사베에…… 그러면 언니 오후 대신 이번에는 네가 양녀로 들어갔단 말이지?"

"네."

"그렇구나. 그런데 그대 이름은?"

"아키(阿紀)라고 합니다."

이에야스는 고개를 끄덕이고 흘끗 오아이를 쳐다보았다. 오아이 역시 두 볼에 미소를 담고 아키를 조용히 바라다보고 있다.

'오아이는 내가 이 소녀를 왜 일부러 다키야마성으로부터 불렀는지 그 까닭을 모르겠지…….'

아니, 오아이뿐 아니라 본인인 아키는 물론 사다요시 부자도, 친부도 양부도 알 리 없다. 그런 만큼 여자를 좋아하는 이에야스가 어디선가 반해서 불러왔다……고 가신들 가운데 억측하는 이들도 있다는 것을 어렴풋이 듣고 있었다.

"오아이, 오늘 밤에는 별다른 볼일이 없다. 이 처녀와 이런저런 이야기를 하련다. 과자를 내오도록 해라."

"곧 올리겠습니다."

오아이는 다시 손수 나가 차와 과자를 차려오라고 일렀다.

"자, 아키에게 주어라. 그런데 아키, 너는 분명 13살이라고 했겠다. 이번 언니의 죽음을 어떻게 보느냐?"

아키는 한동안 살피듯 이에야스를 바라보고 있다가 대답했다.

"가쓰요리 님은 잔인한 대장님……이라고 생각합니다."

"과연……."

"목을 벤다면 또 모르지만 십자가에 매달고 창으로 찔러……."

"너는 언니를 그렇게 죽도록 만든 사다요시 부자를 원망하겠지?"

아키는 섬찟한 듯 표정을 굳히고 고개 숙였다. 13살짜리 소녀로서는 상전을 원망해도 좋은지 어떤지 판단할 수 없겠지만, 그것을 잘 알면서 이에야스는 물어본 것이었다.

"어떠냐? 네 생각을 숨김없이 말하여라. 이 이에야스는 늘 분주하여 너희들의 진심을 들을 틈도 없다. 오늘 밤은 그 이야기가 듣고 싶구나."

아키는 아직도 얼굴을 들지 않는다. 불운한 언니의 최후를 생각해 내고 어쩌면 울고 있는지도 모를 일이었다. 오아이는 살며시 촛대로 다가가 심지를 잘라냈다. 그 얼굴 역시 이에야스가 한 뜻밖의 말 때문에 굳어져 있다.

"무슨 말을 하든 여기에서만 들은 것으로 하겠다. 자, 숨김없이 네 마음을 들려다오."

"말씀드리겠어요."

"오, 원망하고 있느냐?"

아키는 그 말을 부정도 긍정도 하지 않은 채 또렷이 말했다.

"어쩔 수 없는 일이라 생각하고 있습니다."

"어쩔 수 없는 일이라고?"

"이 세상에는 싸움이 있으니까요."

맑은 목소리로 던지듯 말하고 이번에는 진지하고도 떨리는 듯한 눈초리로 이에야스에게 물었다.

"대장님, 가르쳐주세요. 싸움이란 어떤 세상이 되어도 없어지지 않는 것일까요?"

"흠."

이에야스는 신음했다.

'과연 하루사다의 딸답구나.'

이처럼 정통으로 과녁을 맞힌 질문이 또 있을까? 솔직히 말해 밤바람이 몰아치는 한밤중 싸움터에서 이에야스의 가슴을 휘젓는 것도 바로 이런 의문이었다.

"아키, 너는 싸움을 싫어하는 모양이구나."

"네…… 네."

"나, 이에야스도 아주 싫다. 그래서 하루빨리 싸움 없는 태평스러운 세상을 만들었으면 하는 일념뿐이다."

"대장님도……?"

"암."

이에야스는 다시 웃음 짓는 얼굴이 되었다.

"그러나 그렇게 하기 위해서는 이 이에야스에게 누구도 싸움을 걸어올 수 없을 만큼 강해져야 한다. 너도 알아듣겠느냐? 내가 약하면 아무리 내가 싸움을 싫어해도 여기저기서 싸움을 걸어올 테지."

아키는 또 고개를 갸웃하며 생각에 잠기더니 한참 만에 고개를 끄덕였다.

이에야스는 몸을 앞으로 내밀었다.

"알았다면 이번에는 내가 물을 차례다. 너는 내가 이 성까지 왜 그대를 일부러 불러들였는지 알겠느냐? 자, 생각한 대로 대답해 봐라."

아키보다 오아이 편이 더 놀라며 고개를 갸웃거렸다.

"말씀드려도 괜찮을까요?"

"암, 오늘 밤 이야기는 여기서만이라니까."

"대장님 따님이 이번에 우리 작은주군님에게 출가하시므로, 저를 불러 이것저것 오쿠다이라 가문의 사정을 물으실 거라고……."

"네가 생각한 거냐, 누군가 말해준 거냐?"

"양아버님께서 말씀하셨습니다."

이에야스는 웃으며 고개를 저었다.
"그것은 틀렸어, 아키. 그보다 너는 어떻게 생각했지?"
"저는……."
아키는 무릎 위로 다시 시선을 떨구었다.
"언니가 너무 슬픈 최후를 마쳐…… 그 동생인 저를 가까이 두고 부리시려고……."
여기까지 들은 이에야스는 갑자기 엄한 목소리로 말했다.
"아키, 어째서 얼굴을 숙이고 말하느냐? 너는 거짓말하고 있다. 왜 나를 똑바로 쳐다보면서 말하지 못하느냐?"
아키는 흠칫하며 점점 더 고개를 숙였다.
오아이는 고개를 푹 숙인 아키와 이에야스를 번갈아보면서 저도 모르게 숨죽였다. 이에야스가 무슨 생각을 하며 아키를 야단쳤는지, 아키가 왜 고개를 더욱 숙이는지 오아이로서는 전혀 알 수 없었다.
이에야스는 다시 목소리를 부드럽게 하며 말했다.
"어째서 마음먹은 대로 말하지 않지? 괜찮아, 꾸짖는 건 아니야. 자, 네 마음에 생각하는 것을 이 이에야스에게 정직히 들려다오."
아키는 한동안 촛불 빛에 옆얼굴을 드러내고 잠자코 있었으나, 결심한 듯 머리를 들었을 때는 마치 다른 사람처럼 매서운 눈빛이 되어 있었다. 호라이사의 금강당 앞에서 처형된 언니 오후에게도 이런 일면이 있었지만, 이것은 자매가 무엇인가 결심했을 때의 버릇 같았다.
아키는 말했다.
"말씀드리겠습니다. 우리 주군님은 언니가 불운했으니 이 몸을 양육하라고 양부에게 이르셨습니다. 그러면 언니의 혼백이 구원된다고 생각하셨지요."
"과연! 오쿠다이라 가문으로선 그럴 만도 한 일이지."
"그러한 저를 대장님이 하마마쓰로 부르셨습니다. 그러므로 아키는 따님을 오쿠다이라 가문에 보내는 대신의 볼모라고 생각했습니다."
이에야스는 놀라서 눈을 동그랗게 뜬 오아이를 돌아보며 싱긋 웃었다.
"정직하게 잘 말했다. 네 모습을 보니 마음에 무슨 걱정이 있다……고 느껴져 물어본 것이다. 그러나 아키, 이 이에야스의 얼굴을 똑바로 쳐다보아라."

"네."

"나는 너를 볼모로 삼으려는 생각은 없다. 왠지 아느냐? 이 이에야스 자신이 어릴 때 볼모의 괴로움을 뼈저리게 느꼈기 때문이지."

"……."

"내가 너를 부른 것은 오쿠다이라 사다요시가 너를 일족인 히사베에의 양녀로 보낸 것과 같은 생각에서이다…… 알겠느냐, 네 언니 오후가 너무 불쌍했기 때문이야."

아키는 믿을 수 없는 듯한 표정으로 똑바로 이에야스를 쳐다보았다. 그러나 여기까지 들은 오아이는 비로소 떠오르는 생각이 있어 안도의 숨을 내쉬었다.

"나는 오후 대신 너를 행복하게 해주려고 생각한 것이다. 그러려면 우선 너를 만나보아야 할 필요가 있었지. 나쓰메 하루사다의 친딸이므로 믿는 마음이 있었지만 내 눈으로 뚜렷이 확인하고 싶었어. 그래서 부른 거야."

아키는 다시 눈길을 떨구었다. 눈을 내리깐 그 모습도 언니 오후와 무척 닮아 희로애락을 전혀 드러내 보이지 않는 다소곳한 태도였다. 그러나 눈에서 번뜩이는 광채는 곧 사라지고 조심스러운 성품이 애처롭게 그것과 바뀌었다.

"아키."

"네."

"너는 이 이에야스의 눈에 들었다. 그렇지만 네가 싫다면 솔직히 말하여라. 무리하게 권하는 것은 아니니까. 나에게는 아버지가 다른 동생이 있다. 어머니는 같지. 옛 성은 히사마쓰, 지금은 마쓰다이라 사다카쓰(松平定勝)라고 이름을 바꾸었다. 그의 아내로 짝지어줄 생각인데, 어떠냐, 네 생각은?"

이에야스는 다시 속을 떠보려는 듯 눈을 가늘게 뜨고 아키의 표정을 지켜보았다.

이에야스 동생의 아내가 되어달라는 부탁을 들은 아키의 얼굴에서 조금씩 경계의 구름이 벗겨져가는 것을 잘 알 수 있었다. 이 소녀는 어떤 경우에도 갑자기 표정을 바꾸지 않는다는 것을 알고 이에야스는 오히려 그것이 믿음직스러웠다. 생각 깊고, 인내심 있고, 그러면서도 일단 마음에 결심하면 쉽사리 움직이지 않는 점을 지니고 있다.

"어떠냐? 내가 사다요시를 통해 중매 들어도 좋다고 생각하나. 아니면 거절하겠나?"

부드러운 목소리로 묻자 아키의 볼이 발그레해졌다. 물론 히사마쓰 집안의 조후쿠마루였던 사다카쓰를 알고 있을 리 없다. 그러나 전쟁터의 피비린내 속에 자란 소녀의 가슴에도 이미 청춘의 봉오리가 싹트고 있는 모양이다.

"아직은 대답할 수 없는 모양이구나."

"네."

"알았다, 그러면 물러가 푹 쉬어라."

"네."

"오아이, 물러가게 해줘라."

이에야스는 사라져가는 아키의 뒷모습을 흐뭇한 듯 바라보았다.

창밖에서는 여전히 서릿바람이 강하게 휘몰아치고 파도 소리도 드문드문 들려온다. 엄하게 명령 내린 불조심 딱따기 소리가 성벽 밖을 지나갔다. 어느덧 순찰 때인 10시가 된 모양이다.

오아이가 돌아오자 이에야스는 말했다.

"자리를 펴도록."

그런 뒤 좀 자랑스러운 듯이 말을 건넸다.

"어떤가, 이 혼담은?"

오아이는 미소 띠며 쳐다보았으나 조심성 많은 그녀는 아무 대답도 하지 않았다. 섣부른 대답으로 이에야스의 흥을 깨면 안 된다는 오아이다운 마음에서였다.

"오아이, 나는 겨우 한 가지를 깨달았어."

"무엇을 깨달으셨나요?"

"죽이는 자는 죽임당한다, 살리려는 자는 삶을 얻는다."

"어머나……."

"가쓰요리는 오후를 죽였어. 나는 그 동생을 살리자…… 처음에는 이것을 하나의 책략으로 여겼지. 아키를 조후쿠의 아내로 만들면 야마가 세 부족은 나와 가쓰요리의 인간됨을 비교한다. 밀정이나 성채만으로 지킬 수 없는 것은 인간의 마음을 사로잡음으로써 지킬 수 있다고."

"……."

"그러나 이것은 내 생각이면서도 야비하기 이를 데 없다는 것을 깨달았어. 첫째도 책략, 둘째도 책략이라면 서글픈 일. 모든 행동이 하늘의 뜻에 어긋난다면 언젠가는 책략 때문에 쓰러지고 말리라. 그래서 나는 처음 먹었던 생각을 마음속에서 깨끗이 몰아내버렸어. 그리고 아키가 조후쿠의 아내감으로 어울리면 이해관계를 따지지 말고 두 사람을 짝지어주자, 그러면 조후쿠의 가문을 번성시킬 아이도 당연히 태어나리라고 생각을 고쳐먹었어. 어떻게 생각하는가? 아키는 야무진 아이 같은데."

이번에는 오아이도 또렷하게 대답했다.

"좋은 일을 하셨습니다. 그 소녀는 반드시 현모양처가 되리라 여깁니다."

"그래. 그건 그렇고, 그대도 이제 슬슬 어머니가 되어도 좋을 텐데 아직 하늘의 뜻이 움직여주지 않는가 보군."

이에야스는 오아이가 펴놓은 요 위에 팔다리를 쭉 뻗고 미소 지었다.

다음 날 아침 이에야스는 가케가와성으로 보냈던 사카키바라 고헤이타를 데리고 새벽녘에 말터로 나갔다. 늘 그렇지만 일어나자마자 곧 단정히 무장하고 말을 몰며 활을 쏜 뒤 성안을 순찰하는 것이다.

그날 아침에도 바다 위의 안개는 바람에 벗겨져나가 거무칙칙한 수평선에 그림을 그린 듯한 흰 물결이 춤추고 있었다. 한편 마고메강(馬籠川) 건너 들판은 거의 시야가 닿지 않게 안개가 서려 있었다.

한바탕 달리고 난 뒤 하인에게 말을 넘겨주자 이에야스는 혼자 성벽 쪽으로 걸어가면서 고헤이타에게 말을 건넸다.

"고헤이타, 할 이야기가 있네. 어떤가, 다케다 군의 동정은?"

"예, 주군께서 헤아리신 대로 은밀히 엔슈 쪽으로 이동하고 있습니다."

"역시 그렇군. 그런데 에치고의 우에스기 님에게서는 연락 있었나?"

"예, 무라카미 겐고(村上源五) 님을 통해 우에스기 겐신 공은 드디어 조슈(上州)로부터 신슈(信州)로 군사를 내보낼 테니 주군께서도 서둘러 다케다 군을 공격하시라고."

이에야스는 고개를 끄덕였다.

"에치고와의 연락을 게을리하지 말게."

"잘 알고 있습니다."

"고헤이타, 다케다 군은 엔슈로 나와 어디에 발판을 마련할 것 같은가?"
고헤이타는 고개를 갸웃거렸다.
"예…… 가네야다이(金谷台) 언저리에 성을 쌓지 않을까 합니다만."
이에야스는 고헤이타를 흘끗 보고 미소 지었다.
"그러면 가쓰요리가 우에스기에게 화친 사신을 보냈는지도 모르겠군."
"그 말씀은?"
"야마가타 마사카게나 바바 노부하루의 의견이겠지. 우에스기와 동맹 맺으면 방심할 수 없게 돼. 우에스기와 오다와 우리의 연합에 금 가거든."
"그런데 우에스기 가문에서 응할까요?"
"응할지……도 모르지."
이에야스는 문득 멈춰 서서 안개 자욱한 육지를 살펴보았다.
"노부나가 님은 겐신 공의 생각대로 움직이지 않아."
"하긴 그럴 우려도 있겠지요."
"우리에게 군사를 내라고 할 처지이니 오다에게도 반드시 같은 연락이 있었겠지만, 노부나가 님은 긴키의 사정을 생각하면 지금 감히 공격 엄두도 못 낼 거야. 그리하여 만약 우에스기 편에서 불만을 느낀다면 혹시 가쓰요리의 청을 들을지도 모르는 일. 조심하고 또 조심해야지."
"알겠습니다."
이때 강 건너편 한길에서 말 탄 무사가 하나 안개를 뚫고 나타났다.
"고헤이타, 저것을 보게!"
"아, 파발마로군."
"이시카와 가즈마사가 보낸 파발꾼이겠지. 적이 드디어 싸움을 걸어온 모양인가."
"주군! 그러면 곧 쳐나가시겠습니까?"
이에야스는 대답하지 않고 손을 이마에 대고 다가오는 기마무사를 유유히 보고 있었다.
"가쓰요리의 엔슈 침입이 좀 늦었는걸."
"늦었다고요?"
"벼는 벌써 베어버렸어. 나락과 쌀은 이미 창고에 저장되어 있지. 어쨌든 여기저기 불 지르겠지만, 그건 농민과 평민들의 원한만 살 뿐이야."

"주군! 파발마가 성안으로 들어갔습니다. 어서 가시지요."

이에야스는 웃으며 고개를 끄덕이고 성 쪽으로 걷기 시작했다.

파발꾼은 이에야스의 예상대로 가케가와에 있는 가즈마사가 보낸 자였다.

큰 현관 앞 막사에서 상대의 얼굴을 보자 이에야스는 곧 물었다.

"그래 어느 정도 병력으로 밀어닥쳤는가?"

"예, 1만 5000명의 대군입니다."

"선봉은 어디까지 이르렀나?"

"이미 미쓰케(見附)에 도착하여 덴류강의 얕은 곳을 찾고 있습니다. 강을 건너 단숨에 하마마쓰성을 공격할 전법으로 보인다……고 주인님께서 말씀드리라고 하셨습니다."

이에야스는 천천히 고개를 끄덕였다.

"수고했다. 신겐 공 서거 뒤의 첫 출진인 만큼 위세를 보이려고 가쓰요리가 분발하고 있겠구나."

"그렇습니다. 히사노, 가케가와 동쪽 곳곳에 불 질러 토착민들을 떨게 하고 있습니다."

"알았다. 모두 생각했던 대로야…… 돌아가 가즈마사에게 일러라. 상처 입고 날뛰는 산돼지 한 마리를 교묘히 피하면서 총으로 잡으라고."

"교묘히 피하면서 총으로……."

"즉 곳곳에 총을 잠복시키란 말이야. 맞고 안 맞고는 다음 문제, 신겐 공 서거 때도 총이 제대로 구실했다. 가쓰요리에게 있어 총이란 기분 나쁜 것일 게다!"

"그 뜻을 꼭 전하겠습니다."

"그럼, 서둘러라."

그런 다음 이에야스는 다시 불러 세웠다.

"잠깐! 여기저기 총이 잠복해 있으며, 이곳저곳에서 수상한 자의 모습을 보았노라는 말을 주민들에게 퍼뜨리게 하여라. 그러면 마고메강 기슭까지 오더라도 이 성에는 덤벼들지 못하리라. 그럼, 어서 가거라."

파발꾼이 사라지자 이에야스는 곧 출진 준비를 알리게 했다.

앞장설 군사를 11부대로 나눠 우선 그들을 덴류강까지 내보냈다. 한 부대는

60명쯤. 이들이 강을 건넌 적의 배후에서 함성을 올리면 다케다 군에게는 적어도 4000명 또는 5000명의 대군으로 느껴지리라. 그때 이에야스의 본대가 성문을 열고 쳐나가려는 것이었다.

근위대장 혼다 사쿠자에몬은 웃으며 말했다.

"그렇게 하는 것이 좋겠습니다. 주군께서도 이제 전투에 능숙해지셨습니다. 몸소 성을 나갈 필요는 없다고 계산하시면서도 어마어마하게 말씀하시니까요."

이에야스는 사쿠자에몬을 흘끗 보았으나 아무 말도 하지 않았다. 그 말대로였던 것이다.

'공격해 나갈 것까지는 없으리라…….'

여기서는 군사 한 명도 잃는 일 없이 다만 조심성만 뼈저리도록 느끼게 하여 가쓰요리를 그대로 철수시켜야 한다고 생각하고 있었다. 그리하여 시간을 버는 동안 나가시노 방면의 방비는 더욱 굳어진다.

'올해는 그만 싸워야 한다.'

그러한 작전을 가슴에 접어둔 채 한낮이 되자 이에야스는 성문을 열게 했다. 일제히 소라고둥을 불어대고 북을 요란하게 치며 전군이 덴류강을 건너온 다케다 군과 결전을 벌일 각오라고 성 아랫거리에 소문을 퍼뜨리게 했다.

다케다 군이 날쌘 범 같은 가쓰요리를 선두로 덴류강 상류의 얕은 곳을 건넌 것은 바로 그 시각이었다.

"적이 덴류강을 건넜습니다."

"적이 얕은 곳을 건너 마고메강 기슭까지 곧장 진격해 오고 있습니다."

이에야스는 이 같은 보고에 고개만 끄덕일 뿐 여전히 막사 안에 머물러 있었다. 모든 것은 예측한 대로였으며, 이제야말로 이에야스는 가쓰요리의 젊음을 새삼 느꼈다.

더욱이 이에야스에게 그런 눈을 뜨게 한 것은 다른 사람 아닌 바로 가쓰요리의 아버지 신겐이었다. 일찍이 이에야스가 미카타가하라에서 앞뒤 생각 없이 신겐과 결전을 벌였던 것은, 지금의 가쓰요리와 일맥상통하는 입장과 심정이었다고 반성된다.

그때 이에야스는 자신의 운명을 시험하려고 생각했다. 여기서 신불에게 외면당할 정도라면 살아야 보람 없는 인생이라고 골똘히 생각했다. 그러나 그것은 이미 8할쯤 패배를 한 뒤의 젖비린내 나는 생각이었다. 하늘은 스스로 돕는 자를 돕는다. 운명이란 어떤 경우에도 시험해선 안 되는 것이었다. 끊임없는 준비, 끊임없는 전진, 인내에 인내를 거듭하며 다만 철저하게 대처할 도리밖에 길이 없는 것이다.

'미카타가하라 때의 나에게는 또한 노부나가에게 얕보여서는 안 된다는 허욕이 있었다.'

지금 가쓰요리는 그보다 더 괴로운 처지에 있다. 뛰어난 아버지와 비교되면서 가신들에게 무시당하지 않으려는 조급함이 있다.

'그러므로 마고메강 기슭까지 무작정 진격해 올 테지만…….'

그러나 그곳에서 반드시 철수하지 않을 수 없게 된다고 지금 이에야스는 냉정하게 판단했다. 마고메강을 억지로 건너려 하면 당연히 이에야스도 공격하게 된다. 공격하게 되면 이 싸움은 사흘이나 닷새로 승패가 결정되지 않는다. 이시카와 가즈마사, 이시카와 이에나리, 오가사와라 요하치로 등에게 배후를 엿보이게 되고 보급부대 진출을 방해당하면 마을을 불사르는 다케다 군이 곧 군량 부족으로 고생할 것은 불을 보기보다도 뻔한 일이었다. 따라서 가쓰요리는 가네야다이에서 멈추어 스루가, 도토우미를 목표로 단단히 안을 굳혀야 할 터인데 젊은 혈기대로 덴류강을 건너 구태여 주민들의 원한을 사고 있다.

'마고메강 기슭까지 오면 가쓰요리도 자신의 실책을 깨달으리라.'

깨달으면 군사를 돌이킬 것이다. 돌이킨 뒤 땅이 황폐되었을 터이니, 얼핏 보기에 가혹할 만큼 끌어모아 창고에 저장했던 곡식을 풀어 백성들을 구제해야 한다. 중요한 것은 결전을 서두르는 게 아니고 승리의 힘을 저축하는 데 있다.

'바로 그것을 가르쳐준 것도 신겐이었지…….'

그러한 감회로 잔뜩 벼르고 있는 이에야스에게 보고가 들어온 것은 12시 가까이 되어서였다.

"마고메강 기슭까지 와서 적은 별안간 진군을 중지했습니다."

이에야스는 진지한 표정으로 고개를 끄덕였다.

"알았다. 우리도 여기서 요기하도록 하자."

같은 시각—

새벽녘에 미쓰케를 떠난 가쓰요리는 마고메강 못미처에 있는 하시바(橋場)에 이르렀다. 여전히 서릿바람이 들판을 휩쓸고 있었지만, 강행군으로 그도 그의 근위무사들도 갑옷 속은 땀으로 흠뻑 젖어 있었다.

하시바 못미처 있는 소나무숲에서 말을 멈추고 가쓰요리는 근위시동 아토베에게 기세등등하게 말했다.

"아직도 이에야스 놈이 성에서 쳐나올 기척이 없느냐? 마고메강을 단숨에 건너 하마마쓰성 아랫거리를 불 질러라!"

가쓰요리는 하마마쓰성 안의 군사를 2000명쯤으로 헤아리고 있었다. 따라서 마고메강을 건너기만 하면 승리는 자기 것이라는 결론이 나온다.

이에야스가 지금까지 쳐나오지 않는 것은 필경 나가시노, 오카자키 등에 군사를 너무 많이 내보내 승산이 없기 때문이라고 생각했다. 이렇게 생각하면 1만 5000명 가운데 8000명이 넘는 군사를 진격시킨 다케다 군은 그야말로 승리의 기회를 잡은 게 된다.

"이미 정오에 이르고 있습니다. 이쯤에서 군사들에게 요기를 시키시면."

가쓰요리는 크게 웃음 지었다.

"배고프면 싸우지 못한단 말이냐. 좋다, 서둘러 먹도록 해라."

"명령대로 하겠습니다."

이리하여 가쓰요리 자신도 말에서 내려 진막을 치게 했을 때였다. 덴류강 상류 쪽에서 휘몰아쳐 오는 서릿바람을 타고 이상한 함성이 들려온 것은…… 이에야스가 이른 새벽 성에서 내보낸 11부대의 복병들이 드디어 행동하기 시작한 것이다.

가쓰요리는 측근무사가 가져온 도시락을 앞에 놓은 채 고개를 갸웃했다.

"아니, 뒤쪽에서 들리는 것 같은데. 지금 나는 소리는 우리 편에서 나는 것이겠지?"

아토베는 귀 기울이는 표정으로 대답했다.

"설마 가케가와성에서 추격해 오는 것은 아닐 테고……."

"아니, 또 들리는군. 한 군데가 아니다……."

"식사를 중지시킬까요?"

"그럴 수는 없지…… 할 수 없다. 곧 바바의 진으로 척후를."

"옛!"

아토베가 일어섰을 때 니시가와(西川)로 난 사잇길을 질풍처럼 달려내려오는 한 작은 부대가 있다고 아토베의 부하가 보고해 왔다.

"깃발은?"

"바바 님 것입니다."

가쓰요리는 성큼 일어나 장막 밖으로 나가 이마에 손대고 바라보았다.

'무슨 일이 있는 게 틀림없다.'

우익의 바바 노부후사가 직접 말을 몰고 달려오다니…… 노부후사는 20기 남짓한 근위군에 둘러싸인 채 어마어마한 무장 차림으로 순식간에 본진으로 다가왔다.

"웬일인가, 노부후사?"

말에서 내리기도 전에 노부후사는 이마의 땀을 씻으며 말했다.

"주위를 물리쳐주십시오."

측근무사들이 물러갔다.

"가쓰요리 님, 마고메강은 건널 수 없습니다."

"어째서?"

"우리가 이 방면으로 공격할 것을 이에야스는 이미 예상하고 막대한 양식을 거두어 저장했을 뿐 아니라 농성에 필요 없는 인원은 모두 덴류강 서쪽, 즉 우리 뒤에 잠복시켜 놓았다고 합니다."

"뭐라고? 그러면 아까 일어난 함성은?"

그때 다시 와—하는 한 무리의 함성이 바람을 타고 흘러왔다. 모습이 보이지 않는 함성은 한밤중의 홍수처럼 기분 나빴다.

"아무튼 하마마쓰에 잠입시켰던 첩자를 데리고 왔습니다. 직접 들어보십시오."

"좋아, 데려와."

가쓰요리는 입술을 깨물며 걸상에 걸터앉았다.

데려온 첩자를 부르러 노부후사가 직접 갔다.

첩자는 하마마쓰성 아랫거리에서 사카이옥(堺屋)이라는 간판을 걸고 필묵장사를 하는 사나이였다. 나이는 이미 40살을 넘었다. 가쓰요리 앞으로 나오자 그는 침착한 목소리로 이에야스의 동정을 보고했다.

"이에야스는 지나칠 만큼 조심스러운 대장으로, 나가시노에서 철수하자 공물을 다른 해에 비해 2할 감해준다고 포고 내려 이른 벼부터 베게 했습니다. 그리고 벼를 다 베자 삭감해 주기로 했던 2할은 잠시 맡아두겠다며 백성들이 원망하는 것도 모르는 척하고 쌀이며 벼를 성안으로 모두 운반해 불화살이 미치지 못하는 곳에 세운 창고에 쌓았습니다. 이것이 바로 농성할 속셈이 아닐까……"

"추측은 필요 없어! 네 추측은 그만둬."

"예, 그러면 오늘 이른 새벽부터의 동정을 말씀드리겠습니다."

"음."

"성 아랫거리에 망보는 자를 두고, 안에서의 단속을 엄중히 하며, 인원수를 알 수 없도록 성에서 계속 군사를 내보냈습니다."

"네 추측으로 그 인원수는?"

"예, 분명히는 알 수 없으나 200명에서 300명쯤 되는 듯하며 그것이 11번 지나갔습니다."

노부후사는 첩자의 말이 가쓰요리에게 어떤 반향을 불러일으키는지 옆얼굴을 지그시 지켜보고 있었다.

"11부대라는 말인가? 틀림없나?"

"예, 그들과 아직 부딪치지 않았다……면 배후를 칠 계획이 아닐까……"

"닥쳐라! 또 네 생각을 말하는군. 그 밖의 움직임은?"

"제가 직접 살핀 것은 그뿐입니다만, 제 집에 드나드는 통장사가 들은 소문에 의하면."

"소문? 그래, 그 소문은?"

"총부대 군졸 30여 명이 저마다 총을 한 자루씩 가지고 사냥꾼으로 변장하여 주민들 속에 끼어들었답니다."

"총을 가지고……?"

가쓰요리는 매우 언짢은 표정을 지었다.

"좋아, 그만 물러가거라."

"예."

첩자가 물러가자 노부후사는 가쓰요리에게로 몸을 홱 돌렸다.

"적은 농성하여 싸움을 오래 끌게 하고 배후에서 보급부대를 위협해 우리들을 궁지로 몰아넣을 작전인가 봅니다만."

"음, 건방진 놈. 그리고 우리들을 총구로 겨냥할 셈인 거겠지."
"어쩌시렵니까, 이 적을?"
"어쩌다니! 철수하자는 뜻이냐?"
"아니면 단숨에 성을 치시겠습니까?"
"노부후사! 여기서 뻔뻔스럽게 철수하자는 속셈이라면 집어치워. 그러면 먼 뒷날까지 가쓰요리는 이에야스 따위에게 손 하나 쓰지 못한 겁쟁이라는 소리를 듣는다."
"무슨 말씀을. 싸움의 승패는 조그만 국면에 있는 게 아닙니다. 공격할 때는 하고 물러설 때는 물러서야 하지요. 싸움은 언제나 줄다리기입니다."
이때였다, 후미를 맡고 있는 보급부대로부터 황급히 연락이 온 것은…….
가쓰요리보다도 먼저 노부후사가 몸을 내밀 듯이 소리쳤다.
"보급부대로부터 보고가…… 곧 이리로. 설마 보급부대가 습격당한 것은 아니겠지. 진중이니 상관없다. 대장님께 자세히 아뢰어라."
"옛!"
말을 몰아 달려온 파발꾼은 가쓰요리의 어전이라는 것을 알자 주저앉듯 무릎 꿇고 큰 절을 했다.
"덴류강을 건너 막 한숨 놓았을 때, 하류 쪽 골짜기에서……."
"공격해 왔단 말이냐?"
"예, 곧 40여 기로 하여금 맞서 싸우게 하여 겨우 3, 4정쯤 물리쳤을 때 이번에는 상류 쪽에서 다른 한 무리들이……."
"그래, 보급품은 빼앗겼느냐?"
"아니, 아직 지키고 있습니다만 지금 상태로는 걱정입니다. 어찌해야 좋을지, 지시를……."
"알았다. 물러가 있거라. 이자에게 누가 물을 주어라."
노부후사는 말하고 가쓰요리를 쳐다보았다.
"어쩌시겠습니까? 11부대 중의 2부대라고 생각됩니다만."
가쓰요리는 입을 한일자로 다물고 대답 대신 미간을 모으며 눈을 감았다. 눈언저리 살이 꿈틀꿈틀 떨리고 이마에 힘줄이 솟아 있다. 단숨에 하마마쓰를 치려고 했고, 이에야스가 성에서 쳐나오지 않는 것은 군사가 부족하기 때문이라고 가볍게 계산했던 만큼 그 보고는 견딜 수 없이 불쾌했다.
눈을 감은 채 가쓰요리는 말했다.
"교활한 놈 같으니!"
"주군!"
노부후사는 뒷말을 삼켰다. 보급부대가 싸워줄 것을 기대한다…… 그런 무리한 싸움을 아버님 신겐은 하지 않았다……고 말하려다가 황급히 그만둔 것이었다.
"어쨌든 보급부대에 곧 원병을 보낼 지시를."
가쓰요리는 또 혀를 차고 파발꾼을 노려보았다.
"그 밖에 다른 보고는?"
파발꾼은 한 그릇의 물이 오히려 피로를 더하게 한 듯 힘없이 말했다.
"명이 내릴 때까지 주위 경계를 단단히 하고 사수할 각오……라고 말씀하셨습니다."
"알았다, 아나야마 군에서 200명을 내주어라."
가쓰요리는 겨우 분노를 누르고 아토베를 불러 지시 내렸다. 파발꾼은 시동의 안내를 받으며 막사 밖으로 나갔다.
다시 노부후사와 가쓰요리만 뒤에 남았다. 가쓰요리는 노부후사를 보는 게 괴로운지 엷은 햇살 속에 또 눈을 감았다. 한동안 들리던 함성이 멈추고 대지는 삭풍 소리로 가득 차는 것 같았다.
한참 만에 노부후사는 중얼거리듯 말을 꺼냈다.
"가쓰요리 님…… 아니, 지금은 막중한 가이 미나모토씨의 총대장님이신 영주이시자 주군님."
노부후사는 말을 잠시 끊었다가 다시 이어 말했다.
"지금 여기서 하마마쓰성을 공격하는 게 이에야스의 간담을 서늘케 하느냐, 아니면 질풍처럼 닥쳐왔다가 질풍처럼 사라져가는 편이 더 간담을 서늘케 할 것인가……."
"닥쳐라!"
"예! 생각을 방해하지 않겠습니다. 부디 깊이 생각하시기를."
노부후사는 자기도 일부러 얼굴을 돌려 서쪽에 겨우 뚫린 푸른 하늘 조각을 올려다보았다.
여전히 버티는 채로 가쓰요리는 울고 싶었다. 노부후사에게 새삼스레 들을 것도 없이 싸움은 줄다리기라는 것을 너무도 잘 알고 있다. 그런데도 자신의 등 뒤를 마구 밀어대는 눈에 보이지 않는 숙명의 힘을 느낀다.
그러고 보면 오후며 지마루를 처형한 데 대한 후회도 남아 있었다.
'그렇게까지 하지 않더라도…….'
그토록 참혹하게 다루다니……라고 생각하는 마음이 어느 구석엔가 있으면서도 그것을 단호히 막지 못하는 요인이 또한 있었다.
'이렇게 나는 무언지 모르는 채 커다란 비극의 심연으로 스스로 뛰어들어가는 게 아닐까…….'
이번 전쟁에서 민가를 지나치게 불태웠다. 이에야스는 불태울 것을 이미 예상하고 원망을 받으면서까지 농민들로부터 벼를 거두어들였다고 한다.
'그것이 밉다! 속셈을 읽히고 만 것이…….'
속셈이 드러났는데도 진격하는 것은 패배의 원인, 필부지용(匹夫之勇)은 조심해야 한다고 아버지 신겐은 늘 경계해 마지않았다.
잠시 바람 소리에 귀 기울이고 있던 노부후사가 다시 은근히 재촉했다.
"결단 내리셨습니까? 여기서 이대로 철수하면 이에야스가 놀라겠지요?"
"노부후사."
"예?"
"이에야스가 놀랄 길을 택하기로 할까?"
"그것이 상책이라고 생각합니다."
"그러나 이대로 물러가선 안 돼. 자네라면 어떤 조치를 취하고 물러가겠나? 그것을 먼저 나에게 말해보게."
노부후사는 비로소 얼굴을 누그러뜨리며 가쓰요리가 확실히 알 수 있는 끄덕임으로 안도의 숨을 내쉬었다. 이번에는 어떤 방법으로 간언하든 철수시키지 않으면 안 된다고 결심하고 달려온 노부후사였다.
"이 노부후사라면 덴류강의 얕은 곳을 건너고 야시로산(社山)을 넘어서 고슈의 스쿠모타와라에 진을 치겠습니다. 그리고 가네야다이의 축성을 서두르고 후타마타, 이누이(犬居), 고묘(光明), 다타라(多多羅) 여러 성의 법을 정하여 이에야스에게 고슈의 방비가 물샐틈없다는 것을 확실히 보여줄 것이며 그런 뒤 고후로 돌아가 군사를 쉬게 하겠습니다."

"과연! 일단 야시로산을 넘어 물러간단 말이지?"

"그렇습니다. 그러면 이에야스는 대장님께서 일부러 하마마쓰의 수비를 살피러 온 것이라 단정하고 얕보기는커녕 과연 다케다 군이라고 혀를 내두를 게 틀림없습니다."

가쓰요리는 이미 그 말을 듣고 있지 않았다.

'분하구나…….'

생각했으나 그 이상으로 자기를 밀고 나가 넘어뜨리려 하는, 눈에 보이지 않는 힘의 움직임을 두려워하여 안절부절못하고 있었다.

가쓰요리는 그 보이지 않는 힘을 노려보며 말했다.

"좋아! 물러서면 손해가 없고, 나아가면 하마마쓰를 얻든가 아군을 잃든가 둘 중의 하나다. 서두르지 않으리라. 때를 기다리기로 하자."

"그것이 상책 중의 상책입니다. 명령을 내리시도록……."

"좋다! 불러라, 아토베를."

노부후사는 서둘러 막사 밖으로 나가 큰 소리로 근위시종을 불렀다.

서릿바람은 아직도 엷은 햇빛이 덮인 대지 위를 윙윙거리며 휩쓸고 지나가고 있었다.

파우(破雨)

다사다난했던 덴쇼 원년(1573)도 지나고 다케다 군과 도쿠가와 군은 긴박한 대결 속에 덴쇼 2년을 맞았다.

이해 정월 초닷새, 이에야스는 정5품으로 승진하여 하마마쓰성에서 성대하게 축하연이 베풀어졌다.

오카자키에서도 물론 졸개에 이르기까지 술이 하사되고, 오다와 도쿠가와 동맹은 아무리 강한 다케다의 정예부대라 할지라도 이미 깨뜨릴 수 없게 되었다고 아래위 할 것 없이 모두들 기뻐했다.

그러한 가운데 쓰키야마 마님만은 그들과 달랐다. 가쓰요리에게서는 그 뒤 아무 소식도 없었고, 하마마쓰에서 들려오는 풍문은 모두 마님에게 달갑지 않은 것들뿐이었다. 감정상 도저히 견딜 수 없던 오만이 겨우 이에야스의 곁에서 물리쳐졌나 했더니 이번에는 오아이가 애첩으로 자태를 나타냈다. 아니, 그뿐 아니라 오만이 낳은 아이도 은밀한 보호 아래 양육되고 있다고 한다. 이름은 오기마루(於義丸)라고 고토조가 어디선가 듣고 와서 알려주었다.

남자 형제가 없는 노부야스는 화내기는커녕 자기 일처럼 기뻐했다.

"뭐, 내게 아우가 생겼다고? 그거참, 반가운 일이다. 이번에 하마마쓰에 가면 꼭 만나보고 오리라. 그래, 내 아우가 생겼단 말이지……."

그러고는 그날 밤 내전에서 축배까지 들었다고 한다.

'얼간이 같으니……'

이때도 마님은 혼자서 안절부절못했으나, 이제 노부야스마저 어머니 뜻대로 움직일 수 있는 품 안의 자식이 아니었다. 부세쓰와 아스케로 첫 출전한 이래 싸움터에도 몇 번 더 나갔고, 그때마다 아버지에 대한 존경심이 한층 높아져 돌아오는 모양이었다.

'사나이들이란 모두 그런 것일까?'

요즈음에는 밤마다 무용담으로 시간 보내며 가슴을 쫙 펴고 자랑스럽게 이야기한다고 측실 아야메가 알려주었다.

"역시 도카이도 으뜸가는 무장은 아버님이야."

그러고 보니 하루빨리 첫 손자를 보고 싶어 조바심하며 짝지어준 아야메까지 아이를 가졌다고 알리더니 이어서 유산됐노라고 하는 등 예상에 어그러지는 일뿐이었다. 너무 답답해서 올봄에는 일부러 아야메를 불러 주의 주기까지 했다.

"너, 밤 시중이 좀 지나친 게 아니냐?"

그때 아야메는 얼굴이 새빨개져서 고개만 푹 꺾을 뿐이었다.

"네……."

"잠자리가 너무 지나쳐도 잉태되지 않는다. 답답하구나."

너무 심하게 나무라면 도쿠히메에게 총애를 빼길지도 모르므로 그 이상은 더 말할 수 없었다.

그러는 동안 어느덧 봄이 가고 5월이 되었다. 후덥지근한 장마철이 가까워지고 있다. 그날도 정신이 아득해질 것처럼 짙은 녹음 위로 보이는 하늘은 온통 우중충한 회색이었다.

"고토조, 이러다가는 내가 미치겠다. 야시로 님이 하마마쓰에서 돌아왔다고 들었으니 좀 불러오렴. 이것저것 물어보고 부탁할 일들도 있다."

쓰키야마는 고토조에게 명하고 나서 혼자 거울 앞에 앉았다. 거울 앞에 앉아도 마님은 전혀 마음이 설레지 않았다. 거울에 비치는 것은 독수공방을 한탄하는 빛 잃은 여인의 얼굴, 가만히 보고 있노라니 소리 내어 부르짖거나 울고 싶어진다. 그래도 자기 손으로 머리 빗고 입술에 연지를 발랐다. 오랜만에 야시로를 부른 것이다. 아름답게 보이지는 않더라도 미워졌다는 생각을 주기는 싫었다.

야시로가 나타난 것은 그로부터 반 시간 남짓 지난 뒤였다.

"야시로 님, 하마마쓰에서 돌아왔다는 소문을 듣고 이런저런 이야기를 듣고 싶어서……."

얼마쯤 겸손한 투로 말을 건넸더니 오늘의 야시로는 오히려 은근한 태도로 말했다.

"오랫동안 못 뵈었습니다. 여전히 건강하시니 기쁩니다."

그리고 덧붙였다.

"하마마쓰의 대감님께서도 매우 건강하십니다."

"야시로 님, 다케다 군은 이제 미카와로 다시 오지 않을까?"

야시로는 진지하게 고개를 갸웃거렸다.

"글쎄요, 올해는 우선 슨푸에서 도토우미로 들어오겠지요."

"그래요……?"

"나가시노에서 미카와로 남하하는 것은 그 뒤의 일일 겁니다."

"그러면 그대에게 무슨 소식이……."

"소식이라니요?"

쓰키야마 마님은 살며시 주위를 돌아보고 목소리를 낮추어 말했다.

"가끔 밀사가 오나?"

야시로는 담담하게 고개를 저었다.

"그러한 자가 올 리 없습니다. 저는 이제 도쿠가와 가문 사람입니다."

"야시로 님, 아무도 엿듣는 자가 없어. 그렇게 빗대지 말고 사실대로 말해줘."

야시로의 눈초리가 험악해졌다.

"무슨 말씀을! 참말이고 거짓이고 없습니다. 소식이 없으므로 없다고 아뢰었을 뿐, 그러한 일에 동요되어 큰일을 하실 수 있다고 생각하십니까?"

"그럼, 야시로 님은 조용히 때를 기다리자는 거로군?"

야시로는 혀를 찼다.

"그런 지시까지는 하지 않습니다. 이 야시로는 다만 다케다 군이 도토우미로부터 하마마쓰를 실컷 노린 뒤 반드시 다시 한번 나가시노로 온다……고 생각할 뿐입니다."

마님은 고개를 끄덕였다.

"그때가 중요한 때……라는 것을 알았어. 그런데 가이의 오야마다 효에라는 분은 아직 정실을 맞아들이지 않았을까?"

"글쎄…… 잘 모르겠습니다. 아무튼 가이의 일이라……."
"야시로 님."
"예?"
"그대는 왜 그렇듯 세나에게 쌀쌀해졌지?"
"이 무슨 이상한 말씀을 하십니까? 이 몸은 옛날부터 생각한 그대로 말하는 것뿐인데요."
마님의 목소리가 갑자기 날카로워졌다.
"야시로! 그대는 이 세나가 아무 일도 못할 거라고 얕보는군! 그렇다면 좋아. 물러가!"
"무엇이 마음에 거슬리셨는지, 매우 투정이 심하시군요."
야시로는 얼마쯤 비웃음을 띠고 놀리듯 쓰키야마 마님을 쏘아보았다.
마님은 다시 소리쳤다.
"물러가라! 이렇게 되면 나도 여자 고집으로 그대를 가만두지 않겠어!"
"가만두지 않으신다면?"
"야시로, 그대는 모반자야! 만약 이 세나가 목숨 버릴 각오로 수치심을 잊고 입을 열면 어떻게 될까. 그것 봐, 금방 얼굴빛이 달라지는군…… 어차피 살 보람 없는 생명, 호호호…… 나는 각오하고 있어."
"쉬!"
야시로는 마님을 가로막으며 주위를 돌아보았다. 어지간한 야시로도 자기의 계산 부족을 깨닫고 당황한 것이다. 마님은 이미 정상적 궤도에서 벗어난 감정을 지닌 사람이다. 발끈하면 무슨 일을 해낼지 모르는 터였다. 이 점을 야시로는 잊고 있었다.
야시로의 얼굴에서 핏기가 가시고 식은땀이 이마에 번뜩였다.
"마님……."
"호호…… 왜 그러지, 야시로? 살면서 이미 지옥에 떨어진 내가 목숨을 아낄 줄 알았더냐?"
"마님…… 우선 진정하십시오."
"호호…… 이제 허겁지겁해도 늦었어. 나는 결심했으니까. 야시로는 모반자야. 주인의 아내를 홀리고 간통을 저지른 악질이지……."

야시로는 마님에게 후닥닥 달려들어 그 입을 손으로 막았다.

"야시로, 나를 죽일 셈이냐! 자, 죽여다오…… 아, 야시로가……."

"마님! 아무 말씀도 마십시오. 야시로가 나빴습니다. 아니, 야시로는 혹시 누가 엿듣지나 않을까 그것이 걱정스러워 조심했을 뿐, 마님 마음이 시원해지시도록…… 그러니 아무 말씀 마시고 우선 이 야시로의 말을……."

야시로는 마님의 귀에 입을 대고 보채는 아이를 달래듯 말을 이었다.

"이 야시로가 무슨 까닭에 마님을 쌀쌀히 대하겠습니까……? 그렇듯 행동하는 것도 만일의 경우를 생각해서…… 다케다와의 연락도…… 마님, 알아들으셨습니까?"

마님은 입을 틀어막힌 채 이윽고 야시로를 말끄러미 쳐다보기 시작했다. 어깨가 크게 흔들리고 뺨과 입술은 죽은 사람처럼 굳어 있었다.

"알아들으셨습니까…… 마님? 이 야시로는 조심성 많은 마님의 편, 그것을 의심하신다니 너무나 성급한……."

이윽고 마님의 손이 입을 틀어막은 야시로의 손을 잡았다. 야시로의 손은 따뜻했으나, 마님의 손은 얼음처럼 싸늘해져 있다.

야시로는 살며시 마님 입에서 손을 떼었다. 중지 손톱 끝에 연지가 묻어 그것이 불쾌함을 느끼게 했지만, 지금은 노골적으로 그런 기분을 나타내어 좋을 처지가 아니었다.

"야시로 님."

"예."

"지금 한 말, 거짓이 아니겠지?"

"무엇 때문에 거짓말을……."

"그렇다면 그 증거로 그대 손으로 도쿠히메의 아이를 죽여다오. 그러면 나도 그대를 믿기로 하지."

야시로는 흠칫 놀라 마님에게서 떨어지더니 비로소 크게 한숨을 내쉬었다.

한참 만에 야시로는 말했다.

"마님…… 그것은 안 됩니다. 그러한 일 때문에 큰일이 발각되면 더 큰 손해임을 모르십니까?"

쓰키야마 마님은 다시 속을 떠보려는 듯한 눈초리가 되었다. 싫어하는 것을 번연히 알면서도 짓궂게 떠맡기려는 중년 여인의 야릇한 심리를 노골적으로 그 얼굴에 드러내고 있었다.

"마님!"

야시로는 다시 한무릎 다가앉아 이번에는 눈을 딱 감고 마님의 어깨에 손을 감았다.

"아무 말씀도 마십시오. 이 야시로에게 맡기십시오. 야시로도 깊이깊이 생각하고 있으니……."

감싼 손을 그냥 잡아당기니 마님의 몸은 그대로 야시로의 가슴에 쓰러진다…… 가까스로 마님의 표정이 바뀌었다. 냉랭하고 매서웠던 긴장이 풀리고, 살덩어리의 의지가 점점 온몸을 불태워왔다. 야시로는 그 살덩어리의 의지에 혐오가 무럭무럭 솟는 것을 느꼈다. 마음껏 그 뺨을 때리고 침을 뱉어주고 싶었다.

'그러나 그럴 때가 아니지…….'

이번에는 마님 쪽에서 두 팔로 와락 매달려왔다.

"야시로……."

야시로는 체념했다. 이것도 사나이 사업의 일부라고 스스로 자신을 타이르면서 상대의 말에 달콤하게 맞장구쳤다.

"마님!"

"야시로!"

밖에서는 어느새 후드득후드득 비가 내리고 있다. 후덥지근한 녹음의 침침함이 방 안으로 그냥 숨 막힐 듯한 정적을 날라왔다.

물론 방 안의 두 사람은 알지 못했으나 이때 옆방 미닫이문에서 발소리를 죽이며 멀어져간 사람이 있었다. 손에 과자를 받쳐든 도쿠히메의 시녀 고지주였다.

고지주는 두 사람이 추태를 벌이기 전에 주고받은 이야기들을 모두 엿들은 모양이다. 발소리를 죽여 복도로 나갔다. 고지주는 몸을 떨면서 마당으로 내려가 본성 내전 쪽으로 달렸다.

'무서워, 어쩌면 그리 무서운 사람들일까?'

지금까지는 단순히 남편이 돌보지 않는 중년 여자의 대담한 치정 관계라고만 생각해 왔다.

'첫 손녀를 죽이라고 하다니…….'

이것은 도저히 비밀로 해둘 일이 아니었다. 고지주는 도쿠히메의 거실을 향해 복도를 달리며 생각했다.

최근 노부야스의 총애는 아야메에게로 두드러지게 옮아가고 있다. 따라서 언제나 쓸쓸히 아기를 어르고 있는 도쿠히메를 볼 때면 고지주는 자기 일처럼 서글펐다. 그래서 일부러 도쿠히메 대신 그 시어머니 쓰키야마 마님의 비위를 맞추고, 쓰키야마 마님에게서 부부 사이로 파고들 중상(中傷)의 바람을 막으려고 애써온 고지주였다. 그런데 이미 혼자 가슴속에 묻어두기에는 사태가 너무 커지고 말았다.

고지주는 파랗게 질린 채 도쿠히메 방으로 뛰어들어갔다. 고지주는 손에 든 쟁반에서 과자를 떨어뜨렸다.

"주위를 물리치십시오……."

"웬일이냐, 고지주?"

도쿠히메는 의아해하며 두 시녀와 유모를 나가게 하고 고지주 곁으로 다가왔다.

"쓰키야마 저택에 무슨 일이 생겼느냐?"

고지주는 다시 주위를 둘러보았다.

"무서운 일…… 그냥 있을 수 없는 일이 일어났습니다."

고지주는 후들후들 떨면서 들은 대로 모두 이야기했다.

도쿠히메는 한 아기의 어머니가 되더니 훨씬 어른스러워져 있었다. 노부나가를 몹시 닮은 눈매에 날카로움이 더해져 어떤 처절한 요사스러움마저 풍기고 있다.

고지주가 밑에서 올려다보며 작은 목소리로 말했다.

"이것은 기후 대감님한테 아뢰어야 될 일 같은데요……."

"가만히 있어봐……."

도쿠히메는 고지주를 제지하고 입술을 깨물었다. 도쿠히메도 격렬한 아버지의 성미를 이미 알고 있다. 이런 일을 아버지에게 알린다고 해서 결코 무사히 수습되지는 않으리라. 오히려 이것이 원인이 되어 이에야스와 노부야스 부자 사이에 금이 가고 도쿠히메의 입장은 더욱 괴로워질 뿐이다.

"이젠 알겠어요. 아야메 님도 분명 다케다 편의 첩자, 그 밖에 또 내통자가 있을지 모르지요. 만일의 일이 벌어진다면……."

도쿠히메는 다시 한번 고지주를 가로막았다.

"잠깐만! 얼마 동안 이 일을 비밀에 부치기로 하자. 내게도 생각이 있으니까."

"생각이라니요?"

"고지주, 나는 오다의 딸이지만 노부야스 님의 아내, 아내에게는 아내의 역할이 있으니……."

"그러면 작은주군께 말씀드릴 작정이신가요? 그러나 그것은……."

"아니, 내가 말씀드리고 지시받는 게 도리. 그래도 아무 지시가 없다면 그때 기후에 의논해도 늦지 않아."

그러나 고지주는 이 말에 반대했다. 노부야스가 어머니 쓰키야마 마님에게 가담하고 있다고는 믿지 않았지만, 한 사람은 나는 새도 떨어뜨릴 이에야스의 총신 야시로이고 또 한 사람은 생모인 것이다. 그리고 노부야스의 측실 아야메의 존재도 무시할 수 없다. 말하자면 적에게 둘러싸여 있는 노부야스, 과연 노부야스가 도쿠히메의 말을 그대로 순순히 들어줄지 어떨지……?

"우선 은밀히 기후 대감님 지시를 받으시는 게 상책이라고 생각됩니다."

"안 돼, 그것은 아내의 길에 어긋나. 이번 일만은 나에게 맡겨다오."

이 말을 듣고는 고지주도 강하게 반대할 수 없게 되었다.

도쿠히메가 노부야스에게 그 사실을 호소할 기회는 뜻밖에도 빨리 왔다.

지난해 11월 이래 잠잠히 고후에 있던 가쓰요리가 겨우 5월인데 다시 대군을 이끌고 도토우미로 나왔기 때문이었다. 다케다 군과 에치고의 우에스기 군 사이에 어떤 밀약이 성립된 결과인지도 모를 일이었다.

다케다 군은 파죽지세로 도쿠가와 쪽의 다카텐진성을 포위한 듯했다. 사태가 심상치 않다고 보았는지 이에야스는 노부야스에게도 출전하도록 명했다.

"도쿠히메, 드디어 출전이야. 한동안 헤어지게 됐어."

노부야스는 자기가 이미 두 달 가까이 정실의 방을 찾지 않은 것을 잊은 듯한 얼굴로 환하게 웃음 띠고 들어왔다.

오랜만에 노부야스를 맞이한 도쿠히메는 발그레 상기되었다. 밖에서는 장맛비가 주룩주룩 내려 빗물에 젖은 풀잎이 마루에서 새어나오는 불빛을 받아 반짝반짝 빛나 보였다.

"오늘 저녁은 여기서 저녁상을 받겠어. 술을 곁들이도록."

"네, 곧 준비하겠습니다."

술이 들어왔다. 흐뭇한 표정으로 술잔을 기울이는 노부야스를 보고 있노라니 도쿠히메의 마음은 여간 안타깝지 않았다. 출전을 앞두고 찾아온 남편의 기분을 상하게 해서는…… 하고 걱정하는 뒤를 이어, 만약 남편이 없는 틈에 큰 변이라도 생긴다면 하는 근심도 있었다.

"이번에야말로 가쓰요리의 본진을 짓밟아 보이고 말겠어. 이미 나도 도쿠가와의 애송이가 아니야. 전공을 세워 선물로 가져올 테니 기대해."

마침 고지주가 술 시중을 들고 있어서 이따금 독촉하듯 눈을 번뜩여 보였다. 고지주 역시 노부야스가 없는 동안의 일이 걱정스러웠던 것이다.

노부야스의 기분이 아주 좋다고 판단한 도쿠히메가 겨우 입을 열었을 때 이미 노부야스는 잔뜩 취해 있었다.

"작은주군님……."

"왜? 무슨 할 말이 있는가?"

"네, 드릴 말씀이 있습니다."

"들어보지. 무슨 일인데?"

"저, 오가 야시로 님을 어떻게 보시나요?"

"어떻게 보다니? 무용은 대단치 않지만 뒷일은 다 맡아서 잘 해내는 사내지. 그래서 아버님도 그에게 모든 걸 맡기고 계시잖나?"

"그 야시로 님 일로 꼭 드릴 말씀이……."

"야시로 일로?"

"네…… 야시로는 방심할 수 없는 엉큼한 자입니다."

이처럼 대담하게 말하고 한숨을 내쉬자 노부야스는 불쾌한 얼굴로 외면했다.

"도쿠히메, 쓰키야마 마님은 내 어머님이야. 쓸데없는 말을 꺼내 이 노부야스를 불쾌하게 만들 셈인가?"

"아닙니다. 마님에 대한 일은……."

"알고 있어. 야시로가 어머님 방에 자주 출입한다……는 말을 하고 싶은 거겠지?"

"그런 게 아닙니다. 야시로가 엄청난 모반을 꾀한다는 소문을 들었습니다."

"뭐, 모반을?…… 당치도 않아! 핫핫핫핫, 대체 누가 그런 말을 하던가? 이 노부야스도, 아버님도 야시로가 정직하기 이를 데 없다는 것을 잘 알고 있어. 알기 때문에 그처럼 중용하고, 중용되기 때문에 그는 조금이라도 우리 가문을 위하려는 심정에서 자주 어머니를 방문해 위로해 드리는 거야. 그런 소문을 내는 게 대체 누구지?"

"작은주군님!"

일단 꺼낸 말이다. 도쿠히메는 몸을 내밀어 남편 무릎에 손을 놓았다.

"결코 근거 없는 말이 아닙니다. 안 계시는 동안 어떤 일이 벌어진다면 큰일이니 만일을 위해 꼭 한 번 조사해 보세요."

"귀찮게 구는군. 그런 일은 결코 있을 수 없다는데도!"

"아니, 있습니다. 야시로뿐만 아니라 그와 같은 무리가 이 성안에도 살고 있습니다."

"이 성안에? 누구야? 어디 들어보자. 이름을 대어라."

"그 가운데 한 사람이 아야메 님……."

도쿠히메가 말하자 노부야스의 표정에 금방 험악한 빛이 번졌다.

"아야메를 끌어대다니 부끄러운 짓이라고 생각지 않소?"

노부야스는 쨍그랑 소리 내며 술잔을 내려놓더니 이글이글 불타는 눈으로 도쿠히메를 쏘아보았다.

도쿠히메도 이미 그 옛날의 순진한 소녀가 아니었다. 한 아이의 어머니가 되어 자기가 무엇 때문에 오카자키로 시집오게 되었으며, 친정아버지 노부나가와 시아버지와의 관계가 어떠한지 도쿠히메 나름으로 생각하며 파악하고 있었다.

"무슨 말씀인지 모르겠습니다. 아내가 남편 일을 걱정하는 게 부끄럽다니……."

노부야스는 내뱉듯 그 말을 받아넘겼다.

"야비하군……."

그에게도 정실부인을 너무 멀리했다는 자격지심이 있었다. 그 자격지심에 압도되어 도쿠히메의 입을 다물게 하려는 젊음의 폭발이 일었다.

"내가 그대와 아야메를 똑같이 보고 있는 줄 아는가. 말하자면 아야메는 그대의 하녀, 그런데…… 모반이라니…… 그 여자가…… 그런 말을 누가 곧이듣는단 말인가. 그대의 질투라고 사람들의 웃음거리가 되니 삼가도록."

도쿠히메의 볼에서 핏기가 가셨다.

"작은주군님! 제 마음을 그다지도 모르십니까? 증거도 없이 야비하게 아야메 따위를 중상하는…… 그런 여자로 저를 생각하십니까?"

"그렇게 여겨지기 싫거든 쓸데없는 말을 꺼내지 마라. 그대는 아버지가 어머니를 멀리하신 까닭을 아직 모르는 모양이로군."

"아버님께서도 아무 말 하지 말라고는 아니하실 겁니다."

노부야스는 신경질적으로 고개를 내저었다.

"좀 잠자코 있지 못해! 어머니는 성미가 억세어 바깥일에 참견하셨어. 그것이 아버지 판단을 그르쳤기 때문에 멀리하시는 거야. 그대는 어머니와 같은 길을 걷게 될 거야. 노부야스는 주제넘은 그대의 지시 같은 건 받지 않겠어!"

그 말은 너무 과격했다. 도쿠히메는 몸을 떨기 시작했다. 일의 자초지종을 기후에 알리지 않고 혼자 속을 썩여왔으니만큼 더욱 분함이 앞섰다.

'아야메에게 정신 빼겨 이토록 중대한 일도 듣지 않는다니…….'

두 사람이 모두 핏대를 세우므로 고지주는 술병을 든 채 몸이 굳어져 잔뜩 움츠리고 있었다.

노부야스는 일어났다.

"돌아가겠어!"

"작은주군님!"

"붙들지 마. 붙잡으면 점점 화가 치밀어."

"작은주군님!"

도쿠히메는 노부야스의 옷자락을 잡아당겼다.

"여기는 작은주군님의 내전, 어디로 돌아가신단 말씀입니까?"

"또 야비한 말을! 걱정 마라, 아야메에게 가지는 않는다. 바깥침소로 돌아갈 테니까."

"저는 아직 자세한 말씀을 드리지 않았습니다. 말씀을 다 드리지 않고 출진하시게 하는 건 아내의 도리가 아닙니다."

"뭐? 아내의 도리?"

노부야스는 칼걸이에서 칼을 집어들고 얼굴을 일그러뜨렸다.

"질투가 아내의 도리라니, 참 건방진 말버릇이군. 도쿠히메! 그대는 친정의 위세를 등에 업고 이 노부야스를 얕잡아볼 작정인가?"

듣다못해 고지주가 두 사람 사이에 끼어들었다.

"저, 작은주군님…… 내일의 출전을 앞두시고 이렇듯 다투시다니! 도쿠히메 님께서도 진정하십시오."

고지주는 술병을 집어들었다.

"제발 부탁드립니다. 심기를 돌리십시오. 자, 모처럼의 즐거운 술자리이오니."

노부야스는 못마땅한 듯 혀를 차며 거친 동작으로 상 앞에 털썩 주저앉았다. 분노가 사라진 것은 아니었다. 더 따끔한 말로 도쿠히메의 입을 다물게 하지 않으면 가라앉지 않을 젊은 신경질이었다.

"그럼, 도쿠히메, 그대가 지나쳤다고, 잘못했노라고 이 노부야스에게 사죄하겠는가?"

도쿠히메는 남편을 노려본 채 온몸의 피가 머리로 차츰 솟구쳐오르는 것을 느꼈다. 그것을 지그시 참느라고 한동안 말도 할 수 없었다.

"왜 잠자코 있지? 이 노부야스를 또 나무랄 생각인가? 그럴 작정인 모양이로군. 그 눈매가 뭐야. 눈에 분명히 그렇게 씌어 있어."

"작은주군님!"

도쿠히메는 입술을 깨물고 갑자기 격렬하게 어깨를 떨기 시작했다.

"제가 그토록 밉고…… 못 미더우십니까?"

"믿기 때문에 야비하다고 야단친 거야. 야단친 것은 그대를 감싸주기 위한 내 마음임을 그래도 모르겠는가?"

"그토록 저를 생각해 주신다면……."

도쿠히메는 격한 감정을 필사적으로 억누르며 말을 이었다.

"왜 제 말을 일단 들어보시지 않습니까? 오가 야시로는 시어머님을 꾀어 작은주군님을 사지에 몰아넣으려고……."

도쿠히메가 거기까지 말했을 때 노부야스의 손에서 술잔이 마루로 날아갔다. 발(簾)에 술이 튀고 촛대의 불꽃이 크게 흔들렸다.

"아직도 나에게 거역할 셈이냐!"

"무슨 말씀을! 증거가 있어 드리는 말씀인데."

"에이! 그런 소리 듣기 싫다!"

일어나 이번에는 상을 '탁!' 걷어찼다. 공기와 접시가 산산조각 나면서 좌우로 튀었다. 깨진 접시 파편 하나가 도쿠히메의 목덜미에 맞은 모양이다.
"앗!"
도쿠히메는 손으로 목을 누르며 엎드렸다. 새하얀 손가락 사이로 한 줄기 비단실 같은 피가 주르륵 흘러내린다.
"아…… 상처……."
고지주는 내던지듯 병을 내려놓고 도쿠히메에게로 달려갔다.
"도쿠히메 님! 어찌 된 일입니까. 정신 차리세요…… 큰 상처는 아니에요. 작은주군님도 부디 진정하시기를……."
도쿠히메는 이를 악물고 한마디도 하지 않았으나, 이 갑작스러운 일은 나이가 같은 노부야스를 화끈 달아오르게 만들고 말았다.
노부나가의 도쿠히메.
오다 집안과 도쿠가와 집안을 맺는 매듭.
그 도쿠히메를 발로 차서 상처 입힌 것이다.
'이 일을 노부나가가 안다면 대체 어떻게 될까…….'
성급함과 응석과 취기와 당황이, 마음의 뉘우침과는 전혀 다른 발광으로 폭발했다.
"에잇!"
갑자기 노부야스는 아무 죄도 없는 고지주의 검은 머리칼을 움켜잡고 앞으로 낚아챘다.
고지주는 도쿠히메의 상처 입은 모습을 보고 여느 때의 침착성을 잃은 듯싶었다. 갑자기 머리채가 잡혀 쓰러뜨려지자 고지주는 노부야스를 나무랐다.
"무슨 짓입니까! 너무하십니다!"
노부야스는 점점 더 울부짖듯 고함쳤다.
"음, 이제 알겠구나! 우리 집안을 소란하게 만드는 것은 네년 짓이었어!"
고지주는 다시 한번 노부야스에게 휘둘려 기둥 언저리까지 가서 나동그라졌다.
"너무하십니다, 작은주군님!"
내팽개쳐지자마자 고지주는 일어나 앉았다. 일어나 앉자마자 흐트러진 옷자락을 여몄다. 고지주는 아직 냉정함이 남아 있었으나 노부야스에게는 이미 그것이 없었다. 노부야스는 손가락 사이에 잔뜩 빠진 머리칼을 움켜쥔 채 핏발 선 눈길로 고지주를 노려보았다. 그는 가슴을 거칠게 헐떡이면서 나찰(羅刹) 같은 표정으로 서 있었다.

"깊이 살펴 들으십시오. 이 고지주가 잘못한 것은 어떤 방법으로든 사죄드리겠습니다."

"그래도 주둥아리를 놀리느냐?"

"주둥아리를 놀리다니…… 도쿠히메 님도, 이 몸도 작은주군님 말씀을 알 수가 없습니다. 작은주군님을 위해서 드리는 말씀인데 무엇 때문에 그리 진노하시는지…… 그것을 말씀해 주십시오."

노부야스는 성큼성큼 다가와 다시 한번 고지주의 턱을 걷어찼다.

"윽……."

고지주는 벌렁 나자빠졌고 이번엔 도쿠히메가 외쳤다.

"아……."

고지주가 아마 혀를 깨문 모양이었다. 고지주의 입가에 피가 주르륵 흘러나오고 있다.

"작은주군님! 아무 죄도 없는 고지주를……."

"다……닥쳐!"

이 상황 역시 노부야스가 예기치 못한 일이었다. 오늘 밤 일은 그 하나하나가 모두 노부야스를 낭패시키는 방향으로 빗나가기만 한다. 노부야스는 단지 고지주의 침착한 비판의 입을 막고 싶었던 것뿐이었다. 노부야스는 자신이 잘못하고 있음을 너무도 잘 알고 있었다. 그 때문에 다만 입을 다물게 하려고 걷어찬 것이었는데, 일이 또 엉뚱하게 되어버렸다…….

더욱이 이렇게 된 일의 원만한 해결 방법을 도쿠히메는 알지 못했다. 도쿠히메 역시 흥분하고 당황하는 데는 노부야스에게 뒤지지 않았다.

"고지주가 무슨 잘못을 저질렀습니까? 앗! 저렇게 피가…… 누구 없느냐? 빨리 와서 치료를."

"에잇! 사람을 부르지 마라!"

노부야스는 이를 으드득 갈며 느닷없이 단검을 뽑아들었다.

"어머나!"

도쿠히메가 비명 지르며 후닥닥 물러났다. 노부야스 자신도 단검을 왜 뽑았는지 알 수 없었다. 그는 처치하기 난처해진 그 칼로 반쯤 실신해 있는 고지주의 입을 갑자기 푹 찔렀다. 혀를 깨물었으니 도저히 살길이 없다고 무의식중에 계산한 것인지 어떤 것인지…….

"윽!"

기괴한 비명이 고지주의 입에서 새어나오고 가엾은 고지주의 두 손은 허망하게 허공을 휘어잡았다.

도쿠히메는 이미 소리 지를 용기조차 없었다. 눈을 크게 뜬 채 미닫이 곁에 붙여놓은 듯 움츠린 채 떨고 있었다.

"이년! 이년! 이 주둥아리가…… 우리 집에 풍파를 일으키는 원인이었어!"

노부야스는 고지주에게 달려들어 미친 듯이 두 손을 위아래 턱에 대고 입을 마구 찢었다. 노부야스는 완전히 미쳐 날뛰고 있었다. 미쳐 날뛰는 그의 의식 속에는 오로지 아버지의 얼굴만 어른거렸다. 여기서 만약 자기 손이 도쿠히메 몸에 미친다면 자신의 파멸뿐 아니라 도쿠가와 가문이 파멸된다는 공포가 본능적인 분노 뒤에서 한층 더 그의 이성을 휘저었다.

그런 의미에서도 노부야스는 당장 무엇인가를 잡고, 무엇인가에 분노의 초점을 맞추어갈 필요가 있었다. 그렇다 해도 고지주의 입을 칼로 찌르고 아래위 턱을 찢는 것은 너무도 지나친 일이라고 할 수 있었다.

피에 굶주린 한 마리의 맹수……라기보다 그것은 도쿠히메에게 지옥그림 속의 악마를 떠올리게 했다.

"이년! 도쿠히메에게 있는 말 없는 말을 고자질하여 우리 집안을 휘젓는 못된 년!"

칼이 뒤통수까지 꿰뚫어져 고지주는 이미 숨이 끊어져 있었다. 그 시체를 찢으면서 아직 분노를 삭이지 못하는 노부야스를 보고 있노라니, 도쿠히메는 다음에 피 묻은 흉검이 자기 몸에 미칠 거라고 생각할 수밖에 없었다.

온몸의 힘을 쥐어짜듯 노부야스의 얼굴이 시뻘게지자 고지주의 위아래 턱은 점점 더 크게 벌어졌다.

"아……."

공포로 눈도 깜박이지 못하던 도쿠히메의 입에서 드디어 괴상한 비명이 새어나왔다. 그와 동시에 앞으로 풀썩 고꾸라졌다. 너무도 처참한 광경에 그만 정신 잃고 만 것이다.

노부야스는 도쿠히메가 기절한 것을 알자 시체로부터 비로소 살며시 손을 떼었다. 이로써 이 방에는 그에게 거역하는 자가 없어지고 만 것이다.

노부야스는 잠시 도쿠히메와 고지주의 시체, 그리고 피에 흠뻑 젖은 자기의 두 손을 번갈아보았다. 아무리 전쟁터에서 끊임없이 죽고 죽이는 시대라 하더라도 냉정을 되찾고 바라보면 차마 볼 수 없는 그런 광경이었다.

방 안이 문득 어두워진 듯싶었다. 그때 입이 찢어진 채 내던져진 고지주의 시체로부터 너울너울 한 줄기의 괴상한 환영(幻影)이 허공으로 날아오르는 게 보였다. 그것을 노려보며 노부야스는 처절한 표정으로 다시 긴 칼을 집어들었다.

"원귀가 되려느냐, 고지주 년!"

유령이란 있는 것일까 없는 것일까? 인간의 생명이 사라질 때 무언가 보이는 것이 있다고 하지만 그 정체는 알 수 없었다. 다만 노부야스는 그것을 보았고, 그 뒤 그 자리 그 언저리에서 시녀들도 아야메도 때때로 괴상한 환영을 보았다.

"이년, 건방지게도!"

노부야스는 느닷없이 긴 칼을 옆으로 후려쳤다. '콱!' 하고 반응이 느껴진 것은 기둥을 깊이 베어들어갔기 때문이었다.

"작은주군! 이 무슨 짓입니까? 이것은?"

누군가 시녀가 달려가 알린 것이리라. 히라이와 시치노스케가 칼날 아래로 뛰어들어 뒤에서 노부야스의 겨드랑이를 껴안았다. 이어서 들어온 노나카 시게마사가 노부야스의 손에 들린 피 묻은 칼을 쳐서 그 자리에 떨어뜨렸다.

히라이와는 노부야스를 등 뒤에서 안은 채 한 번 뒤흔들었다.

"진정하십시오, 작은주군."

시게마사도 놀라움과 분노를 보이며 노부야스를 질타했다.

"미치셨습니까, 이 무슨 짓입니까?"

노부야스는 거칠게 숨을 몰아쉬었다.

"놓아라! 이놈이 주군을 어쩔 셈이냐!"

그러나 이윽고 노부야스는 온몸에서 힘이 쭉 빠졌다. 그러고는 엎어져 있는 도쿠히메를 보고, 또 불빛을 받으며 무참하게 허공을 거머쥐고 있는 고지주의 시체를 보았다.

"내일의 출전을 앞두고 이 무슨 경거망동이십니까? 만약 도쿠히메 님 몸에 만일의 일이라도 있으면…… 그냥 무사히 넘어가시리라 생각하십니까? 시게마사, 곧 간호를!"

"예!"

노부야스가 진정되었다고 판단하자 시게마사는 도쿠히메를 안아 일으켜 옆방으로 안고 들어갔다.

"누구 없느냐? 어서 자리를! 도쿠히메 님 자리를 펴라."

깨닫고 보니 복도 구석에 많은 여자들이 몰려서서 부들부들 떨고 있었다.

시게마사의 재촉을 받고 고토조의 동생 기노가 떨며 달려왔다. 이 자매만은 야시로와 쓰키야마 마님의 음모를 알고 있다. 그런 만큼 오늘 밤 도쿠히메의 간언도, 노부야스의 분노도 알 것만 같았다. 아니 노부야스가 이처럼 미쳐 날뛰는 것을 보고, 노부야스도 이미 쓰키야마 마님이며 야시로와 뜻을 함께하고 있는지 모른다고 판단했다.

시게마사는 기노에게 자리를 펴게 하고 도쿠히메를 옮겨 깨어나도록 한 다음, 그곳에 있던 겉옷을 집어 무참한 고지주의 시체에 덮어주었다.

노부야스는 정신 나간 듯 온몸의 힘이 빠져 꼼짝도 하지 않았다.

"분별없는 짓을 하셨습니다. 만약 하마마쓰의 아버님께서 아신다면 어쩌시렵니까?"

진정되었다고 판단하여 히라이와가 껴안고 있던 손을 풀자 노부야스는 그 자리에 무너지듯 주저앉았다. 히라이와가 말하지 않아도 노부야스는 아버지 이에야스로부터 어떤 꾸중을 들을까 하는 불안과 두려움이 머릿속에 가득 차 있었다.

"히라이와, 내가 지나쳤던 것 같군."

"이제 깨달으셨습니까, 그것을?"

"그러나 고지주는 고약한 년! 그년은 건방지게 도쿠히메를 등 뒤에서 조종했단 말이야."

히라이와는 잠자코 노부야스 앞에 앉았다.

'고지주가 나쁜 건 아니다……'

어떻든 기후의 마님 눈에 들 만큼 여장부였다고 생각하면서도, 이 자리에서는 고지주에게 잘못이 있었다고 할 수밖에 없었다.

아무 이유 없이 분노가 치솟는 대로 이런 벌을 내렸다고 하면 두 집안 사이에 어떤 오해가 생길지 모르는 일이었다.

"그렇지, 시게마사? 그렇지 않은가? 도쿠히메에게는 아무 잘못도 없어. 단지 이 고지주 년이 아야메 일을 늘 이것저것 고자질했어. 그 때문에 도쿠히메까지 이 노부야스를…… 그렇지 않나?"

말하면서 노부야스 역시 자신이 비참해진 듯 두 눈에서 눈물이 번뜩였다.

히라이와는 아직도 엄한 표정으로 노부야스를 쏘아보고 있었다.

담력은 어디에서

노부나가는 기후 센조다이 대청에서 지금 우에스기 겐신의 사자 야마가타 슈센(山形秀仙)을 위해 주연을 베풀고 있었다. 이미 각오하고 있었던 일이지만 겐신의 사자는 노부나가의 불신에 분개하여 문책하러 온 것이었다.

이해 덴쇼 2년(1575) 3월, 엔슈로 군사를 다시 진격시킨 가쓰요리는 이에 대항하려고 이에야스가 스루가와 다나카성(田中城)까지 나가자 무슨 생각이 들었는지 급히 가이로 철수해 버렸다…… 이것을 겐신은 자기가 눈이 아직 깊이 쌓인 신슈로 나가 오다와 도쿠가와 두 가문의 뒤를 밀어주었기 때문이라고 말해왔다. 그러므로 노부나가도 약속대로 미노에서 행동을 일으켜 다케다 군을 공격해야 했었는데 군사를 전혀 출동시키지 않은 것은 무례한 일이다, 이처럼 노부나가가 약속을 지키지 않는다면 동맹을 파기할 도리밖에 없다, 대체 무슨 생각을 하고 출병하지 않았는가 하는 문책이었다.

노부나가는 사자로 온 슈센에게 결코 다른 뜻은 없으며, 긴키에 아직 말썽이 많고 주고쿠와 시고쿠의 풍문도 심상치 않았기 때문이니, 올가을에는 반드시 출병시키겠다……면서 겐신의 분노를 진정시켜 달라고 신신당부한 뒤 베푼 주연이었다.

슈센은 노부나가의 변명을 가까스로 납득한 듯 오늘은 활짝 갠 표정으로 술잔을 들고 있다.

"우리 주군께서는 잘 아시다시피 의(義)가 철석같이 굳은 분이십니다. 그러므로 약속을 어기면 열화같이 진노하시지만, 그 대신 믿음직스러우신 분이지요."
"나도 잘 알고 있네. 잘 알면서도 화나게 만든 것은 노부나가의 실수, 피치 못할 사정이 있어 그런 것이니 널리 양해해 주게."
노부나가는 말하면서 사자에게 연거푸 술을 권하고 내전으로 들어갔다.
겐신은 화나는 대로 화풀이해 왔다. 그러나 노부나가는 반드시 자신이 잘못했다고 여겨서 빌고 있는 것은 아니다.
'에치고는 역시 에치고……'
노부나가는 은근히 얕보고 있다. 신겐이 살아 있을 때는 겐신과 동맹 맺을 도리밖에 없었지만, 가쓰요리가 대를 이은 이상 사정이 크게 바뀌었다. 단지 겐신과 말썽을 일으켜 싸우지만 않으면 그것으로 좋았다.
'겐신이 가쓰요리를 너무 과대평가하는구나.'
이런 생각으로 표면상 환대하며 겐신의 화를 풀려고 노력했다. 그렇지만 속으로는 문제를 그리 크게 생각지 않았다.
"에이, 피곤해…… 무척 힘든 일이군."
안으로 들어가자 노부나가는 노히메의 도움으로 옷을 갈아입었다. 그러고는 시동에게로 두 손을 내밀었다.
"땀을 씻어라."
총애하는 란마루(蘭丸)가 노부나가의 몸을 다 닦기를 기다렸다가 노히메는 입을 열었다.
"말씀드릴 게 있어요."
"은밀한 이야기인가? 그대는 여전히 조심스럽군. 좋아, 모두 물러가거라. 마님께서 무언가 어리광 부리실 모양이다……."
그리고 그 자리에 그냥 털썩 주저앉았다. 단둘이 되면 옛날 그대로의 개구쟁이가 되는 노부나가였다.
노부나가는 내뱉듯 말했다.
"뭐지, 노…… 나는 에치고의 사자를 상대하느라 지쳤어. 골치 아픈 이야기라면 듣고 싶지 않아."
노히메는 웃지도 않고 목소리를 낮춰 물 흐르듯 조용히 말했다.
"골치 아픈 이야기지요. 오카자키의 도쿠히메에게 딸려보낸 고지주가 살해되었어요."

"뭐? 고지주가?"

"네."

"누가 죽였나? 설마 사돈은 아니겠지. 사위인가?"

"네, 그 노부야스 님에게 도쿠히메가 무슨 간언을 드린 모양입니다."

"음, 그래서?"

"노부야스 님은 그 말에 격노하여 도쿠히메에게는 말하지 못하고 고지주에게 화풀이하신 모양……."

"있을 수 있는 일이지. 그래, 느닷없이 죽였다던가?"

"그것이, 있는 말 없는 말 고자질하여 집안을 어지럽혔다면서 고지주의 입을 칼로 찌르고 그 뒤 두 손으로 찢어버렸다 합니다."

"찢었다고?"

어지간한 노부나가도 눈을 번뜩이며 촛대의 불을 흘끔 노려보았다.

"취했던 모양이군, 노부야스는……."

"그렇습니다."

"흠, 그래서……?"

"도쿠히메가 보낸 편지에 의하면 노부야스 님은 그길로 하마마쓰로 출진한 모양입니다만, 뒤에 다케다 군과 내통하는 자가 있으므로 방심할 수 없다고……."

노부나가는 대답 대신 하하 웃었다.

"한 사람은 오가 아무개, 그리고 또 한 사람은 쓰키야마 마님이라고 씌어 있습니다만……."

갑자기 노부나가는 또 웃음을 터뜨렸다.

"하하하…… 나쁜 며느리로군, 도쿠히메는."

"그럴까요?"

"시어머니 흉을 보다니. 노부야스를 성나게 한 것도 그 때문이라는 생각이 드는데……."

그러고는 다시 허공을 노려본다. 노부나가는 가볍게 다짐을 두었다.

"아무에게도 말하지 마라, 지금 그 일은."

"내버려두어도 괜찮겠습니까?"

"문제 삼으면 결과는 더욱 나빠지겠지. 이 노부나가에게 있어 도쿠가와는 우에스기와 비교도 안 될 만큼 중요해."
"하지만 그대로 두었다가 그 애 몸에 어떤 변이라도 일어난다면……."
그러자 노부나가는 매섭게 말했다.
"그래도 할 수 없지! 그보다 실은 하마마쓰에서 지금 밀사가 와 있어."
"하마마쓰라시면 사돈님에게서?"
"그렇지. 그쪽은 애들 싸움 같은 것이 아냐. 가쓰요리 놈이 일단 군을 철수시킨 것처럼 보이고 다시 엔슈로 나왔다는군."
"네? 다시 엔슈로……."
"무엇인가 있었겠지. 우에스기가 이 노부나가를 못마땅히 여기는 것을 가쓰요리는 알고 있어…… 가쓰요리가 에치고에 매달릴 수도 있는 일이고, 겐신은 의는 강하지만 천하에는 뜻이 없지. 아니, 현실적인 천하보다 시대를 초월한 의에 무게를 두는 무장이야. 가쓰요리는 우에스기가 배후를 공격하지 않는다는 걸 알고 엔슈로 출병했다고밖에 볼 수 없어."
"밀사의 용건은?"
"뻔하지, 이 노부나가에게 직접 원군을 거느리고 하마마쓰로 와달라는 부탁이야."
노부나가는 벌렁 드러누웠다.
"노히메! 다리를……."
주무르라는 말 대신 오른쪽 다리를 휙 내던졌다. 노히메는 부지런히 노부나가의 다리를 주무르기 시작했다. '여전하신 대감……'이라고 생각한다. 그러나 노부나가가 이렇듯 마음대로 자기 몸에 손대게 하는 것은 여자로서는 정실뿐이었다.
한참 만에 노부나가는 다시 생각난 듯 말을 걸었다.
"노부야스는 도쿠히메에게 화냈지만 도쿠히메에게는 손대지 않고 고지주를 베었다고 했지?"
"네, 편지에 그렇게 씌어 있었어요."
노부나가는 무엇을 생각하는지 다시 한참 침묵을 지키면서 흔들거리는 노히메의 그림자를 쏘아보고 있었다. 열어젖힌 마루로 산들바람이 흘러들어와 발이 조용히 흔들리고 있다.

"노히메."
"네, 무슨 묘책이 떠오르셨습니까?"
"무슨 소리야, 건방지게. 이 노부나가는 묘책 같은 것은 생각지 않는다."
"제가 주제넘은 것 같군요."
"다케다 가문의 멸망도 멀지 않은 것 같아."
"그것을 점치고 계셨습니까?"
"그렇지, 가쓰요리는 미친 짓을 하는 거야. 하는 짓이 노부나가보다 훨씬 과격해."
"군사를 움직이는…… 것 말입니까?"
"그렇지, 나는 어쩔 수 없는 전투에만 군사를 움직이지만 가쓰요리는 자기가 강하다는 것을 인식시키려고 싸우고 또 싸운단 말이야. 싸움을 즐겨."
"그럴까요."
"그렇고말고. 지난해 10월부터 11월은 나가시노와 도토우미로 몰아치더니, 2월에는 동부 미노로 들어왔어. 그리고 3월에는 도토우미로 나왔다가 회군하고 5월에 다시 이에야스에게 싸움을 걸었지. 그래서야 어디 군사들이 견디겠나. 한 번 싸움에 1000명씩 잃었다 쳐도 5000명은 잃었을 테니 반년에 5000명씩 잃는다면 3만을 잃는 데 몇 년 걸리겠나?"
"호호호, 또 농담을…… 3년 아니겠어요?"
"바보같이, 그것은 어린아이 셈이야. 3만의 군사가 1만으로 줄어들면 장수와 노신들이 모두 떠나 멸망해 버리지. 2년이야, 이제 앞으로."
노히메는 어린아이를 어르듯 웃었다.
"호호호, 가쓰요리 님도 저처럼 셈이 서투르신 모양이군요."
"그것이야, 장수와 노신들에게 아버지 못지않은 용맹을 보이려 하지만 그 반대로 외면당할 뿐이지. 그렇듯 싸움을 즐긴다면 군사들이 어떻게 견뎌내겠나."
잠시 침묵을 지키다가 다시 말했다.
"이번에는 허리. 노히메, 그대라면 어떻게 하겠나?"
"무엇을…… 무엇을 말씀입니까?"
"하마마쓰에 원군을 보내겠는가, 어쩌겠는가 말이야."
노히메는 고개를 갸웃하며 손가락 끝에서 힘을 빼지 않고 허리를 주물렀다.

"제가 대장이라면…… 원군을 보내지 않아도 하마마쓰성은 함락되지 않을 것이므로 삼가겠습니다."
"왜? 그 이유는?"
"군사를 쉬게 하는 것은 어떤 대장이라도 마음 써야 하는 일이기 때문입니다."
"과연 그렇지, 이것으로 내 결심도 섰어!"
"제 말이 도움 되셨나요?"
"됐어. 노히메, 난 곧 원군 출발 준비를 해야겠어. 결정했어!"
노부나가는 노히메에게 장난꾸러기처럼 싱긋 웃어 보였다. 노히메는 여전히 비뚤어진 노부나가의 대답을 듣고 일부러 눈을 동그랗게 떠 보였지만, 마음속으로는 놀라지 않았다. 마음으로 안도를 느끼면서 말했다.
"또 뜻하지 않은 말씀, 지금 포위당하고 있는 곳은 다카텐진성이라고 들었는데요."
"음, 다카텐진성은 하마마쓰에서 100리 떨어진 작은 성, 그곳에서 오가사와라 요하치로가 농성하면서 다케다 군의 맹공을 견디고 있지."
"이 더위에 그곳까지 군사를 진군시키면 얼마나 지칠까요."
"노히메!"
"네."
"그대는 내 마음을 알아차렸군."
"아니요, 대감께서는 사람의 의표를 찌르는 데 일본 으뜸가는 무장님, 저 따위가 알 리……."
"없다고는 말 못 하게 할 테다!"
노부나가는 느닷없이 노히메의 손을 뿌리쳤다. 그러고는 등을 구부려 어깨를 늘어뜨리고 얼굴을 노히메에게 바짝 들이댔다. 눈은 번들번들 장난기로 빛나고 술기운을 띤 입술은 소년처럼 붉었다.
"과연 그대는 사이토 도산의 딸, 얄미운 여자야."
"어머나, 무서워요!"
"그대를 내가 아내로 삼은 게 다행이지. 만약 내 아내가 아니었다면 그대는 남편의 볼기를 때리며 이 노부나가와 천하를 다투게 했을지도 모르니 말이야."
노부나가는 껄껄 소리 내어 웃었다.

"그대는 이 노부나가의 마음뿐 아니라 이에야스의 마음까지 읽고 있어. 자, 솔직히 자백해 봐."

이번에는 노히메가 손등을 입에 대고 웃어댔다.

"읽었다면 어쩌시겠습니까?"

"글쎄, 원하는 것은 무엇이든 주지."

"이에야스 님은 생각이 깊으신 분, 이미 오카자키에서 노부야스 님까지 하마마쓰로 출진시키면서 겨우 100리 밖에 있는 다카텐진성으로 부자가 왜 함께 진군하지 않는지, 이것이 우선 첫 번째 의문이지요."

"과연 잘 보았어. 부자가 왜 다카텐진성으로 가지 않는 걸까?"

"아마……."

말하려다가 노히메는 고개를 갸웃거렸다.

"오가사와라라는 대장의 마음과 힘……을 시험하려는 게 아닐까요?"

노부나가는 무릎을 탁 치고 노히메의 요염한 뺨을 난폭하게 꼬집었다.

"얄미운 것. 자, 말을 계속해 봐!"

"말하겠어요. 말할 테니 놓아주세요. 아, 아파…… 아마 그 대장은 대대로 내려오는 가신이 아니겠지요. 이전의 이마가와 가신, 달콤한 미끼로 다케다에게 걸려들 우려가 있지는 않나 하여."

"무서운 여자로군, 그대는……."

"그러므로 지금 형편으로는 하마마쓰성에서 나가지 않고 우선 서쪽으로 원군을 청하는 게 득책이라고 생각하셨겠지요. 아무튼 서쪽도 방심할 수 없는 대장인 만큼 곧 원군을 보내줄지 어떨지……? 그것도 이 기회에 시험할까 하여……."

"닥쳐!"

노부나가는 소리친 다음 배를 잡고 웃기 시작했다. 노부나가의 생각과 노히메의 추측이 거의 일치하고 있었던 것이다. 그러나 노부나가는 또 짓궂게 뒷말을 비틀었다.

"역시 여자야. 마지막이 틀렸어. 이에야스가 어찌 나를 시험하려 하겠나. 말조심해, 바보 같으니!"

노부나가의 거친 말을 듣고 노히메는 조용히 고개를 끄덕였다.

'바로 맞혔기 때문에 꾸중한다…….'

그것을 잘 알기 때문이었다.

"노히메."

"네."

"이에야스는 작은 다카텐진성 하나를 문제 삼고 있지 않다……고 그대는 말했지?"

"네, 그렇게 말하고 말을 삼가라는 꾸지람을 들었지요."

"그리 꾸짖은 것은 아니야. 그러나 이에야스의 깊은 조심성에 그대 눈길이 아직 미치지 않았다고 말한 거야."

"그럴까요?"

"그렇다니까."

노부나가의 눈매가 갑자기 정다워졌다.

"여름철 싸움은 군사들만 지치게 만드는 게 아니야. 백성들까지 지치게 하므로 심사숙고해야 돼. 지금은 5월, 겨우 벼가 뿌리내리려는 계절이지. 여름철 싸움이 3년 계속되면 땅이 메마르고 백성들은 굶주릴 게 뻔해. 그것을 아는지 모르는지 가쓰요리는 요 몇 해 동안 덮어놓고 싸움을 걸어오고 있어…… 그 때문에 이에야스는 겨우 100리 되는 곳일망정 군사를 출동시키지 않고 넘길 수 있다면 그렇게 하려고 생각하는 거지."

노히메는 마음속으로 노부나가의 관찰에 동의한 것은 아니었지만 또 조용히 고개를 끄덕여 보였다.

"그대는 이에야스를 자기 생각만 하는 조심스럽고 교활한 대장이라고 보는 모양이지만, 그것만이 이에야스의 전부는 아니야. 이에야스가 이번에 내게 원군을 청해온 것은 원군을 청한 자신의 마음속을 내가 읽을 힘이 있는지 없는지…… 탐색하는 일도 겸해 있다고 보아야 해."

"과연…… 말씀대로일지도 모르겠습니다."

"꼭 그럴 거야. 그런데 내가 원군을 보내지 않으면 어떻게 되는가? 비록 다카텐진성이 함락되고 다케다 군이 하마마쓰, 요시다성으로 밀어닥치더라도 쉽게 함락되지는 않아. 기껏해야 자기 쪽도 피해를 입고, 1년 수확을 날려버려 백성들의 원한만 산 채로 물러가는 게 고작이겠지. 알아듣겠나?"

노히메는 비로소 얼굴에서 미소를 지우고 말했다.

"그럼, 대감께서는 정말로 이 더위에 출군하실 작정이신가요."

노부나가는 자못 유쾌한 듯 고개를 끄덕였다.

"나가지 않으면 이에야스에게 웃음거리가 되지…… 그러나 싸움은 싫어. 전군을 거느리고 놀이 삼아 가는 거야. 서쪽에서 내 대군이 하마마쓰로 잇따라 진군한다는 것을 알면 아무리 무모한 다케다 군이라도 다카텐진에서 더 이쪽으로 나올 염려가 없겠지. 바로 이 점이 이에야스와의 지모 싸움…… 저쪽도 노부야스를 불러 부자가 함께 하마마쓰에서 기다리고 있으니 나와 노부타다, 우리도 부자가 함께 가야겠어."

이 말을 듣고 노히메는 떨리는 목소리로 남편에게 진심으로 사과했다.

"탄복했습니다. 여자의 지혜는 역시 얕습니다."

"노히메."

"네."

"어차피 나갈 바에는 이번에 이에야스를 깜짝 놀라게 해주고 싶어."

"네, 출군하는 것만으로 다케다 군이 물러간다고 이에야스 님도 점치고 계신다면야……."

"무슨 묘안이 없을까. '과연 노부나가!'라고 탄복하게 만들 수단 말이야."

노부나가가 눈을 가늘게 뜨자 노히메는 다시 두 손을 짚고 절하는 자세를 취했다. 그런 묘안을 이미 간직하고 있는 노부나가라는 것을 알기 때문이었다. 노히메의 재촉하는 듯한 자세와 눈초리를 보고 노부나가는 다시 유쾌한 듯이 웃었다.

"또 내 속을 읽었군."

"네, 그 묘안을 듣고 싶습니다."

"말해줄까?"

"삼가 듣겠습니다."

"이것은 이 노부나가와 이에야스의 평생을 통한 교분을 결정할 만큼 중대한 일이야. 알아듣겠나? 상대는 내 속셈을 알려고 했어. 나는 그것에 대해 내 담력으로 분명하게 대답해 주지 않으면 안 돼."

"그야 당연히."

"원군을 보내기만 하면 된다고 생각하지 마. 노히메, 그러면 이에야스는 노부나가를 믿을 만한 친척……이라고만 생각할 뿐이야."
"믿을 만한 친척…… 정도로 인식되면 불만스러우시겠지요?"
"물론이지. 그 위에 '쾅!' 하고 또 하나의 힘을 보태지 않으면 안 되는 것을 알아야만 해."
"싸우지 않고 상대에게 힘을 인식시키는…… 그 수단은?"
"이에야스가 가장 아쉬워하는 것을 보내주겠어."
"이에야스 님이 가장 아쉬워하는 것……?"
"그렇지, 이 3년 동안 계속된 싸움으로 도토우미와 미카와는 거의 기근 상태에 빠져 있어. 그러므로 겨우 100리 밖일지라도 가능하면 싸움 없이 넘기려고 고심하는 이에야스, 그 이에야스에게 황금을 보내주면 근심스러운 눈썹을 펴리라."
노히메는 저도 모르게 무릎을 탁 치고 처녀처럼 부푼 목소리로 말했다.
"참 묘안입니다!"
"전쟁하는 데 비하면 얼마쯤의 황금은 값싸지요."
"뭐 얼마쯤이라고?"
"그러면 20, 30관쯤 보내시겠습니까, 쌀로 환산하면 얼마나?"
노부나가는 또 엄청나게 큰 소리로 웃기 시작했다.
"핫핫핫하…… 노히메, 황금이란 조금 보내면 보내주고도 뱃속이 드러나 보이는 고약한 것이야."
"그럼, 50관?"
"걱정하지 마. 노부나가의 금광에는 황금이 넘쳐나서 오히려 곤란받고 있어. 그대가 30관이라……고 생각한다면 이에야스의 생각도 비슷하겠지. 그 곱절이면 깜짝 놀랄 정도…… 그 정도라면 뒷날 도움이 되지 않는다는 것을 알아야 해. 과연 유복하구나, 하고 감탄하게 하려면 다시 그…… 곱절쯤일까?"
노히메 마님은 숨을 꼴깍 삼킨 채 잠자코 있었다. 황금 5, 6돈쭝은 쌀 한 섬, 100관이면 2만 섬이 넘는다……는 계산보다도 그처럼 많은 황금을 태연히 보낼 수 있다는 것은 이미 부력(富力)으로 상대방을 압도하기에 충분했다.
한참 뒤 노히메는 한숨 섞인 소리로 중얼거렸다.
"대감…… 그야말로 대감답습니다. 이제 오카자키의 도쿠히메에 대해서도 걱정하지 않겠어요. 노부야스 님도 꼭 반성할 테니까요……."

노부나가는 노히메의 얼굴을 장난기 어린 눈으로 지그시 보다가 빙그레 웃었다. 노부나가의 마음속에도 역시 도쿠히메와 노부야스의 얼굴이 떠올라 있었던 것이다.

'그 애송이가 이 노부나가를 만만히 본 모양인데…….'

"그건 그렇고, 노히메, 물!"

노부나가는 다시 벌렁 옆으로 드러누워 먼 대청의 술렁거리는 술잔치 소리를 듣는 얼굴이 되었다.

노부나가의 추측은 옳았다. 하마마쓰성에서는 언제든 성문을 열고 쳐나갈 태세를 갖추었으면서도 이에야스는 날이 새면 본성 앞 막사에 자리 잡고 있다가 날이 저물면 성으로 들어가 다카텐진성으로 도무지 원군을 보내려 하지 않았다.

섣불리 쳐나갔다가 오히려 성안 깊숙이 적을 유인해 들이는 결과가 되면 큰일이었다. 그보다 노부나가의 원군이 도착하기를 기다려 적의 공격 의도를 분쇄하는 게 최선이라고 생각했지만 함부로 그런 말을 꺼낼 수 없었다. 다카텐진에 농성하고 있는 요하치로로부터 연달아 원군을 청하는 밀사가 오고 있기 때문이었다.

밀사가 가져오는 서신의 글도 나날이 험악해져 갔다. 오늘 온 자는 사키사카 한노스케(向坂半之助)라는 요하치로의 심복이었는데, 그는 탄약과 식량이 벌써 거의 떨어져간다고 말한 뒤 덧붙였다.

"하마마쓰에서 겨우 100리 되는 곳인데, 대감께서는 요하치로만 한 전공 있는 자에게 개죽음을 하라시는 건지 분명히 듣고 돌아오라……고 하셨습니다."

이에야스는 묵묵히 고개를 끄덕이고 부드럽게 대답했다.

"곧 원병을 보내도록 하지. 돌아가 내 뜻을 전하여라."

밀사는 눈썹을 험악하게 곤두세우고 쥐어짜는 듯 등에 땀을 흘리며 반격했다.

"황공하오나…… 그 회답이라면 앞서 두 명의 사자가 가지고 돌아간 말씀과 똑같습니다. 이번에는 어느 날 어느 시각까지 다카텐진에 도착하는지 단단히 듣고 가고 싶습니다."

그러나 이에야스는 여전히 똑같은 표정, 똑같이 조용한 태도로 고개를 끄덕였다.

"곧 원병을 보내도록 하지."

같은 대답에 견디다 못해 노부야스가 옆에서 입을 열었다.

"아버님, 이 노부야스만이라도 먼저 출발시켜 주십시오. 이대로라면 오가사와라 요하치로를 비롯하여 농성하는 자들에게 체면이 서지 않습니다."

이에 힘을 얻은 밀사는 다시 말했다.

"그 작은 성에서 5월 12일부터 한 달 동안 줄곧 싸워오고 있습니다."

이에야스는 이런 말을 하는 한노스케를 모른 척하면서 설쳐대는 아들 노부야스를 나무랐다.

"네가 참견할 일이 아니다, 잠자코 있거라."

"그러나 만약 이대로 그 성이 함락되면 저희들 체면이 말이 아닙니다."

"참견 말라는데!"

그리고 한노스케를 향해 말했다.

"내 말대로 전하여라. 그러면 요하치로는 충분히 알아들을 것이다. 자, 가거라."

이 말에 밀사는 다시 할 말이 없어졌다. 그는 원망스러운 듯 푸른 잎의 반사광이 어린 침착한 이에야스의 얼굴을 쏘아보았다.

"그 뜻, 단단히 전하겠습니다."

그리고 장막 밖으로 나갔다.

"아버지!"

"왜 그러느냐?"

"아버지께서는 오다 원군이 오기를 기다리고 계십니까?"

이에야스는 아들을 흘끗 보았을 뿐 대답하지 않았다.

"만약 오다 군이 오기 전에 성이 함락된다면 아버지 생각에는 요하치로가 아버지에게 어떤 말을 하리라 생각하십니까?"

이에야스는 웃지도 않고 냉랭하게 대답했다.

"패배했다는 말을 들을 뿐이겠지."

이에야스의 대답이 너무 차분하므로 노부야스는 순간 멍해졌다.

'무언가 속셈이 없고는 이런 말을 하실 아버지가 아니다.'

이렇게 믿으면서도 여느 때 늘 가신을 사랑해라, 부하들을 아끼라고 가르친 아버지의 이러한 태도를 도저히 납득할 수 없었다. 다카텐진성에는 요하치로 말고도 구요(久世), 와타나베(渡邊), 나카야마(中山), 혼마(本間), 사카베(坂部) 등 엔슈에서 일기당천으로 알려진 용사들 외에 이에야스가 보낸 군사감독 오코우치 겐자부로(大河內源三郞)가 있다. 만약 이 용사들을 전사시키고 성을 적의 손에 넘겨주게 되면 나중의 사기에 영향이 미치리라 생각하니 노부야스는 아버지에게 다시 묻지 않을 수 없었다.

"아버지! 다카텐진을 그냥 희생시키면 아버지는 비정한 대장, 믿음직스럽지 못한 대장이라고 모두들 외면하지 않겠습니까?"

이에야스는 비로소 노부야스에게로 시선을 던지며 입을 열었다.

"싸우는 것만이 전쟁은 아니다, 노부야스."

이에야스는 아들에게 말하고 싶은 것, 가르쳐주고 싶은 것이 잔뜩 있으면서도 노부야스의 이해의 한계를 생각하여 망설이는 것 같았다.

"싸우는 것만이 전쟁이 아니라시면?"

"싸우고 싶을 때 지그시 참으며 움직이지 않는 인내도 역시 싸움의 수법, 가이의 신겐 공은 그 싸움에 강했다."

"그러면 역시 오다 군의 도착을 기다리고 계시는군요."

"아니야……."

이에야스는 고개를 젓고 머리 위의 푸른 잎으로 눈길을 돌렸다. 호수 위를 건너오는 바람이 장막을 펄럭펄럭 때리고 푸른 잎을 뒤집게 하며 눈에 보이는 모든 것이 움직이고 있다. 그 가운데에서 이에야스만이 답답할 만큼 조용했다.

"그러면 어찌하여 꾹 참고 계십니까?"

"노부야스……."

"예."

"가만히 귀 기울여보아라. 이렇듯 날씨가 좋지 않으냐. 논이란 논의 벼들이 지금 쑥―쑥―소리 내며 자라고 있다는 것을 알 거다."

"그야 지금 한창 자라고 있는 중이니까……."

"그 벼를 짓밟아버려서야 되겠느냐? 올해 만족스러운 수확을 거두지 못하면 엔슈 미카와는 큰 기근을 만난다."

곁에 서 있던 고헤이타가 싱긋 웃었다. 그는 이미 이에야스의 속셈을 꿰뚫어보고 있기 때문이리라.

노부야스는 반쯤 알고 반쯤 이해할 수 없는 표정으로 물었다.
"그럼, 아버지는 여기에서 이렇게 참고 있으면 다케다 군이 다카텐진 서쪽으로는 진격하지 않는다는 말씀입니까?"
"올지도 모르지. 그 때문에 이렇게 무장한 채 기다리고 있다."
"온다면 마찬가지로 논밭이 짓밟힙니다. 그보다 나가서 적을 오지 못하게 하는 게 상책이 아닐까요?"
이에야스는 비로소 미간을 찡그렸다.
"귀찮게 구는구나. 그런 말은 나중에 히라이와에게 물어봐라."
"그렇다 해도 이대로는……."
"노부야스!"
"예."
"너는 오다 원군의 힘을 빌리지 않고 적을 쫓아버리고 싶지. 어리석은 놈!"
야단맞고서야 노부야스는 입을 다물었다. 바로 그랬다. 젊은 노부야스의 가슴에는 도쿠히메에 대한 분노 때문에 고지주를 벤 뉘우침이 아직 생생하게 남아 있었던 것이다.
노부야스가 시무룩하게 입을 다물자 이에야스는 다시 달래는 듯한 목소리가 되었다.
"노부야스, 무엇이 이해되지 않느냐? 물어보아라. 알아듣도록 설명해 주마."
아버지의 말을 들은 노부야스는 기회를 놓칠세라 대답했다.
"노부야스는 후원받지 않아도 좋을 싸움에 남의 도움과 은의를 입고 싶지 않습니다. 그만큼 뒷날 의리에 얽매여야 하니까요."
"허, 그러면 오다 가문이 남이냐?"
"남은 아닐지라도 일족은 아닙니다."
"노부야스, 나도 네 생각과 같다."
"예? 그러면 오다 원군을 기다리시는 게 아니란 말씀입니까?"
이에야스는 천천히 고개를 저었다.
"아니야. 꼭 도움을 빌리지 않으면 안 될 처지이기에 빌렸단 말이다."
노부야스는 눈을 번뜩이며 다시 한참 동안 아버지를 쏘아보았다.
"노부야스."

"예."

"오다 원군이 도착하면 다케다 군은 그냥 철수한다. 다케다 군이 철수하면 벼는 무사히 자란다. 이번 싸움에서는 영지 안 백성들을 기근에 빠뜨리지 않는 게 가장 큰 승리, 승리를 위해 원군을 청해야만 되리라."

"그러나……."

노부야스가 나서려 하자 옆에서 히라이와가 나무랐다.

"작은주군!"

너무 집요하다……기보다는 이 자리에서 만약 고지주에 대한 일이 드러나면 안 된다고 경계하여 제지한 것이었는데, 젊은 노부야스는 듣지 않았다.

"원군을 청한 이유는 알겠습니다만, 그 원군이 아직 도착하지 않는 건 무엇 때문일까요?"

이에야스는 사람들을 흘끗 돌아보고 눈을 반짝이며 듣고 있는 고헤이타를 손가락질했다.

"고헤이타, 자네는 어떻게 생각하지, 아직 원군이 오지 않는 이유를?"

고헤이타는 일부러 노부야스에게서 시선을 돌리고 대답했다.

"이 고헤이타는 아마 오다 님께서도 싸움 없이 넘길 수 있으면 넘기려 하시는 게…… 아닐까 생각합니다만."

노부야스는 그 말을 트집 잡아 말했다.

"뭣! 그럼, 싸울 의지가 없는 원군, 그런 원군이 무슨 도움이 되리라 생각하나!"

히라이와가 다시 제지했다.

"작은주군님! 싸움 없이 넘길 수 있다면 그보다 좋은 일이 어디 있겠습니까?"

"하지만 싸우지 않아도 은혜는 은혜, 그 은혜를 입지 않고 넘길 방법은 없겠느냔 말이다."

자리가 얼마쯤 서먹서먹해졌다. 노부야스의 사람됨과 말참견이 지금까지 단결해 온 근위대 분위기에 색다른 바람을 불어넣을 것 같아 근심스러웠다.

그때 마침 혼다 사쿠자에몬이 들어와 노부야스는 입을 다물었다.

"주군! 돌아왔습니다. 오코우치에게 보낸 사자가."

"아, 그래, 돌아왔나. 좋아, 모두들 물러가거라."

"이 노부야스도 말입니까……?"

"암, 너는 아직 싸움에 대해 잘 모른다. 사쿠자, 데려오너라."

이에야스는 불쾌한 듯 어깨를 으쓱대며 나가는 노부야스에게는 눈길도 주지 않고 다시 한번 머리 위의 흔들거리는 녹음에 시선을 던진 채 깊은 생각에 잠긴 표정이 되었다.

모두들 나간 뒤 이에야스는 사쿠자가 한 젊은이를 데리고 올 때까지 머리 위를 가로지르는 바람 소리를 듣고 있었다.

'싸움이란 어려운 것……'

이제 새삼 그것이 뼈저리게 느껴지는 감회였다. 이 이상 냉혹한 계산을 필요로 하는 것도 없고, 이 이상 무참한 결단을 필요로 하는 것도 없었다. 다카텐진성에서 연달아 원군을 청하는 밀사가 오는데도 이에야스 쪽에서는 별도로 군사감독 오코우치에게 첩자를 보내 요하치로의 동정을 살피지 않으면 안 되었다.

"데려왔습니다. 후지사와 나오하치(藤澤直八)를."

"그래."

이에야스는 젊은이에게로 천천히 시선을 옮겼다.

"성안으로 어떻게 들어갔지?"

"예, 아군이 성 밖으로 쳐나올 때를 기다렸다가 그들이 성안으로 철수할 때 잡병으로 가장하여 들어갔습니다."

젊은이는 볕에 탄 이마에 머리띠 흔적을 뚜렷하게 남긴 채 불타는 듯한 눈으로 한쪽 무릎을 꿇고 있었다.

"그래, 그렇다면 적의 첩자도 성안으로 들어갈 수 있었겠구나."

"그렇습니다."

"오코우치는 뭐라고 하더냐. 오다 군이 도착할 때까지 성을 지켜낼 수 있겠다더냐."

"그것이 좀 걱정이라고……"

"걱정된단 말이지? 그러면 요하치로도 역시 마음이 동요되고 있다는 거로군."

"예."

대답한 젊은이는 번뜩이는 눈길로 주위를 둘러보았다.

"아마 다케다 군에게 무언가 서약서를 써준 모양이라고…… 그러나 그 내용은 알 수 없답니다."

이에야스는 고개를 끄덕였다.
"그 내용이라면 알고 있어."
"아신……다면 그 서면을 손에 넣으셨습니까?"
이에야스는 문득 쓴웃음을 짓고 사쿠자와 눈을 마주쳤다.
"손에 넣지 않아도 알 수 있지. 요하치로는 가슴속의 불안과 비밀을 그대로 나에게 말해오고 있어."
"예……."
그러나 젊은이는 납득하는 얼굴이 아니었다.
"요하치로만 한 무사를 이대로 죽일 셈이냐고 대들어왔다. 그런 말을 해올 지경이면 적들도 이미 그 불만을 알게 되지. 내가 가쓰요리라도 이런 불만을 그냥 보아넘기지 않아. 이에야스는 냉혹하고 무정한 사나이, 그에 비해 귀하는 당당한 용장이니 우리 편이 될 마음 없느냐고 유혹한단 말이야."
뒤에 대기하고 있던 사쿠자가 문득 중얼거렸다.
"요하치로도 겁쟁이군요."
"겁쟁이가 아니야. 이(利)를 알고 의(義)에는 얕지. 그리고 자신의 무용에 자만심을 갖고 있어. 그런데 오코우치는 뭐라고 하더냐, 요하치로가 변심할 경우에."
"예, 비록 어떤 일이 있더라도 주군의 명령이 내릴 때까지는 성을 버리지 않을 것이니 안심하시라고 했습니다."
"수고했다. 물러가 쉬어라."
"옛!"
젊은이가 나가자 이에야스는 사쿠자를 돌아보았다.
"다카텐진성은 곧 함락되겠구나."
"그러나 다른 자들도 모두 요하치로처럼 겁쟁이는 아니겠지요."
"아니, 나는 그것을 말하는 게 아니야. 드디어 오다 원군이 온다는 거지."
이번에는 사쿠자가 의아한 얼굴로 눈을 깜박였다.

야시로의 계산

다카텐진성에 관한 한 이에야스의 예측과 노부나가의 속셈은 꼭 들어맞았다. 요하치로는 이미 가쓰요리로부터 성문을 열라는 권고를 받고 성안의 주전론자를 설복하기 시작하고 있었다.

기후를 떠난 노부나가 부자의 원군은 6월 17일 요시다성에 도착하고, 이튿날 18일 요시다성을 출발하여 이마키리(今切) 나루터까지 왔을 때 다카텐진성 함락 통보가 싸움터에서 날아들었다.

이 말을 듣자 이에야스는 곧 노부나가를 직접 방문했다.

노부나가는 이미 행군을 정지시키고 뙤약볕이 모래를 태우는 강가에 장막을 친 다음 쉬고 있었다. 이에야스의 모습을 보자 진지한 표정으로 걸상에서 일어나 반갑게 맞이했다.

"유감스러운 일이오, 우리의 원군이 늦었으니."

이에야스는 노부나가보다 한층 더 진지했다.

"먼 길을 일부러 출병해 주시어 고맙게 여깁니다. 어쨌든 요시다성으로 회군하십시오. 이 이에야스가 안내하겠습니다."

정중하게 그 노고를 위로한 뒤 앞장서서 노부나가를 요시다성으로 후퇴시켰다.

이미 다케다 군은 다카텐진성에 요코타 진고로(横田甚五郎)를 입성시키고 그 주력은 철수하기 시작했다. 노부나가의 원군이 왔음을 알고 마침내 하마마쓰를 공격하지 못한 것이다. 그러므로 싸울 의지가 처음부터 없었던 두 대장 이에야스와 노부나가는 그 상황을 충분히 양해할 수 있었다.

노부나가는 성에 도착하자 곧 싣고 온 황금을 말에 실은 채 이에야스에게 선물하여 자기 담력을 과시한 뒤 21일에 유유히 기후로 돌아갔다. 돌아가는 도중 노부나가는 딸도, 사위 노부야스도 일부러 만나지 않았다.

"가쓰요리는 제 성질에 못 이겨 또 공격해 올 게 틀림없다. 그리고 도쿠가와 공이 있는 이상 이 방면의 적은 걱정 없으리라. 사이좋게 지내자꾸나."

아들 노부타다와 말을 나란히 한 노부나가는 자못 흐뭇해 보였다. 노부나가는 이번 싸움에서 이긴 듯 보이는 가쓰요리가, 실은 노신과 장수들의 반감을 드높여 자기 발밑에 멸망의 구덩이를 파가고 있는 것을 확실히 알았기 때문이었다.

이렇듯 진심으로 만족하여 돌아가는 노부나가를 성 밖까지 배웅하는 야시로는 또 전혀 다른 자신감을 굳혀갔다. 노부나가는 당연히 야시로의 이름을 알고 있을 것이고 야시로도 스스로 자기 이름을 밝혔다. 그러나 노부나가는 그를 완전히 무시하고 말을 걸지도 않고 눈길도 주지 않았다.

그날은 뙤약볕이 찌는 듯 무더웠다. 그러나 왕성 일대에서 쟁쟁하게 이름을 떨치는 노부나가 같은 대장이 말 위에서 한쪽 어깨를 벗어부칠 만한 더위라고 야시로는 생각지 않았다. 그런데 거침없이 한 어깨를 벗어부치고 야하기강의 얕은 곳으로 말을 첨벙첨벙 몰아넣어 마음껏 물을 마시게 했다.

이때 야시로는 생각했다.

'노부나가는 대장 그릇이 못 된다. 두고 봐. 그 목을 반드시 가쓰요리 앞에 바칠 테니.'

이렇듯 음흉스러운 야시로의 눈초리가 등 뒤에서 번뜩이는 것을 아는지 모르는지 노부나가는 야하기강 큰 다리까지 배웅한 노신들에게 호탕하게 웃어 보이며 말 머리를 돌렸다.

"이제 도쿠가와, 오다 두 가문은 만만세다."

야시로에게는 야시로의 계산이 있었다. 아니, 계산만이 아니었다. 그것은 움직이기 어려운 하나의 인생을 보는 눈의 위치이기도 했다. 야시로는 노부나가가 다카텐진성이 함락되기 전에 도착하지 않은 것은 그의 교활함과 엉성한 계산 때문이라고 판단했다.

'싸우는 게 싫다면 어째서 대군을 이끌고 일부러 도토우미까지 이렇듯 온 것일까……'

그것은 교활하면서도 의외로 소심하여 마음속으로 이에야스를 두려워하는 증거라고 단정했다. 만약 노부나가가 자기가 출동함으로써 다케다 군이 철수했다고 자만한다면 그야말로 구제되기 힘든 일로 생각된다.

가쓰요리는 노부나가가 두려워서 철수한 게 아니다. 다케다 군의 신출귀몰한 용병을 알리기 위해 미노에 나타나고, 도토우미를 공격하고, 나가시노를 습격하고, 아스케를 공격해 보인 것이다. 따라서 다케다와 도쿠가와의 결전은 올해 내내 도쿠가와 편을 정신 못 차리도록 지치게 만든 뒤 벌어질 것이다. 그것을 깨달았다면 노부나가는 무슨 일이 있어도 다카텐진성으로 달려가 그곳에서 다케다 군에게 치명적 타격을 주었어야만 했던 것이다.

'그것도 모르고 황금을 선물하고는 그냥 돌아가다니 이 무슨 멍청한 짓일까……?'

솔직히 말해 야시로는 노부나가의 원군이 온다는 말을 들었을 때 장탄식을 했다.

'내 꿈은 깨어졌구나!'

다케다 군이 여기서 철저히 타격 입으면 야시로의 꿈은 산산조각 난다. 졸개의 아들인 자신은 영원히 20개 마을의 지방행정관으로 그 생애를 마치지 않으면 안 되는 것이다…… 그렇다고 해서 엔슈로 나간 오다, 도쿠가와의 연합군 배후는 도저히 칠 수 없을 것이고, 지금의 그로서는 달리 손쓸 도리가 없었다.

그런데 노부나가는 예의도 무시하고 옷을 벗어젖힌 채 뜨거운 햇볕 아래 태평스럽게 돌아갔고, 그가 꿈을 걸고 있는 다케다 군은 새로이 다카텐진성을 세력 아래 넣었을 뿐 아니라 엔슈에서 명성이 자자한 오가사와라 요하치로 이하 용사들을 얻지 않았는가.

'누가 보아도 승리는 다케다 편에 있다.'

이러한 야시로의 확신을 더욱 굳게 해준 일이 있었다. 그것은 10월이 되기 전에 가쓰요리로부터 다시 엔슈에서 하마마쓰성을 공격하고 또 이듬해인 덴쇼 3년(1575) 2월에 나가시노로 출병할 테니 호응하라는 밀사가 12월 첫 무렵에 온 일이었다.

야시로는 혼자 미소 지었다.

'드디어 기다리던 날이 왔구나.'

그에게는 참으로 오랜 인종의 세월이었다. 그가 일부러 성 아랫거리에 자리 잡게 한 마타베에(又兵衛)라는 통장사가 밀서를 가지고 오자 그는 가만히 있을 수가 없었다.

'우선 쓰키야마 마님을 찾아가…….'

찬 서리를 밟으며 집을 나섰으나 생각을 고쳐 본성에 있는 노부야스의 방으로 갔다.

'과연 다음에 일어날 운명의 일전을 알고 있을까 모를까?'

그것부터 먼저 신중히 탐지해 두는 게 이 경우의 방책이라고 생각을 고쳤기 때문이었다.

노부야스는 기분 좋은 듯 화로 옆으로 야시로를 맞이했다. 노부야스는 자기 방에 네 측근무사들을 모아놓고 한창 전쟁 이야기를 하고 있었던 모양으로 야시로를 보자 신명이 솟는 듯 말을 걸어왔다.

"오, 야시로. 그대는 어떻게 생각하지, 다카텐진성의 오코우치 겐자부로의 일을?"

"오코우치 님이야말로 절의(節義)를 아는 훌륭한 무인이라고 생각합니다."

"그대도 그렇게 생각하나? 나는 지금 그 의견에 반대하고 있던 참이었네만……."

노부야스는 말하고 다시 측근무사들 쪽으로 몸을 돌렸다.

"요하치로가 항복하려 한 데 대해 오코우치가 완강히 반대한 것은 나 역시 칭찬하고 있어. 끝까지 항전을 주장하고 한 치도 양보하지 않은 점은 훌륭한 군사 감독의 태도였다고 생각하지만 그 때문에 사로잡혀 감옥에 갇혔다면 말도 안 되지. 역시 항복에 반대한 구요 산시로(久世三四郎)며 사카베 마타주로(坂部又十郎) 등은 죽어도 다케다를 섬길 수 없다는 절개를 굽히지 않고 하마마쓰로 돌아왔잖은가. 그들에 비하면 사로잡힌 오코우치는 그 생각이 한 단계 아래야."

듣고 있던 야시로는 웃음이 나올 것 같았다. 다카텐진성 함락 이야기를 지금까지도 화제에 올리고 있는 노부야스도 우습고, 진지한 얼굴로 듣고 있는 히라이와, 시게마사, 곤도 이키(近藤壹岐) 등의 얼굴도 멍청이처럼 보였다.

다카텐진성 함락 때 와타나베, 나카야마, 사이토 등은 요하치로와 함께 다케다 편으로 갔고, 구요, 사카베 등은 항복과 동시에 하마마쓰로 탈출해 돌아왔다. 그 가운데 군사감독 오코우치 겐자부로만이 이에야스의 밀명을 지켜 끝까지 항전을 주장하다가 마침내 사로잡혀 지금 성안의 돌감옥에 갇혀 있다고 한다. 그 오코우치를 노부야스는 하마마쓰로 돌아온 자들보다 한 단계 아래라고 말하는 것이다.

노부야스의 그 유치함이 야시로는 참을 수 없을 만큼 우스웠다. 오코우치는 지금껏 돌감옥에 갇힌 채 이에야스가 다카텐진성을 탈환할 것이라 믿으며 절개를 굽히지 않고 있을 게 틀림없다. 그러므로 현명하든 어리석든 따질 것 없이 노부야스로서는 아무리 칭찬해도 좋을 인물이었다.

'그런데 돌아온 자보다 한 단계 뒤진다니…….'

하긴 그러한 노부야스인 만큼 이미 볼 장 다 보았다고 야시로는 생각하는 것이었지만…….

노부야스는 다시 야시로 쪽으로 돌아앉았다.

"그렇지, 야시로…… 살아 돌아와야만 다음 충성도 할 수 있는 거야. 그대라면 일단 절개를 굽힌 듯 보여 돌감옥에서 나온 뒤 틈을 보아 하마마쓰로 탈출하는 게 상책이라고 생각지 않는가?"

이 말은 야시로를 좀 놀라게 만들었다. 야시로는 마음속의 당황을 감추고 조용히 미소 지었다.

"아닙니다, 그런 생각은 털끝만치도."

"그럼, 그대도 돌감옥에서 몇 년이든 견뎌내겠다는 건가?"

"물론이지요. 그것이 무사의 기개인 만큼."

"과연 그대도 역시 그렇군. 핫핫핫하, 이거 내가 졌는걸. 아니, 진 것이 아니야. 실은 나도 그대들과 같은 생각이지만 그대들 마음을 시험해 보았을 뿐이야."

야시로는 이 바보 같은 풋내기가 흥…… 하고 생각하면서도 공손히 고개 숙였다.

"말씀을 듣고 겨우 안심했습니다. 과연 젊은 주군이십니다."

"그런데 야시로, 가쓰요리가 다음 번에는 어디에 나타날 거라고 그대는 생각하나?"

노부야스는 다시 즐거운 듯 말을 이었다. 밖에서는 삭풍이 계속 몰아치고 서릿발이 그대로 눈발로 바뀔 것 같았지만, 안에서는 화롯불이 젊은 노부야스의 뺨을 늠름한 붉은빛으로 물들여주고 있었다.

"하마마쓰냐, 부세쓰냐, 나가시노냐, 아니면 다시 미노로 쳐들어올 것인지 그대 판단으로는 어디일 것으로 생각하느냐?"

"온다면 우선 하마마쓰일까 싶습니다."

야시로는 말하고 나서 그 자리의 사람들 얼굴빛을 흘끗 엿보았다.

"핫핫핫, 그건 당치도 않은 판단인걸!"

노부야스는 무릎을 치고 몸을 뒤흔들며 웃었다.

"이번에는 반드시 나가시노로 올 거야."

야시로는 뜨끔해하며 말했다.

"그것을 작은주군께서 어떻게……."

"모르겠느냐, 아버님께서 나가시노성에 드디어 오쿠다이라 구하치로를 넣었기 때문이지."

"왜 오쿠다이라 님이 들어가면 다케다 군이 나가시노를 칠까요?"

"어리석은 질문이구나. 오쿠다이라 부자는 가쓰요리를 한 번 편든 일이 있는 자, 그를 나가시노에 버젓이 살려둔다면 가쓰요리의 면목이 서겠느냐?"

"그러면 대감께서도 그렇게 계산하시고 나가시노에……."

노부야스는 고개를 끄덕였다.

"말할 필요도 없지! 그곳으로 드디어 다케다 군을 유인해 들여 다시는 재기할 수 없도록 두들겨주겠다는 것이 아버님 계략이야. 덴쇼 3년은 멋진 해가 될걸."

야시로는 감탄하는 표정으로 말했다.

"그렇게 말씀하시니 눈이 번쩍 뜨이는 것 같습니다. 과연 오쿠다이라 님을 나가시노에."

그리고 마음속으로는 스스로에게 말했다.

'이제 이겼구나!'

이에야스가 가쓰요리를 유인하려고 구하치로를 나가시노에 들여보냈다면, 가쓰요리의 작전은 훌륭히 그 윗길을 가고 있다. 가쓰요리의 계산은 나가시노를 우선 에워싸 이에야스의 주력을 유인한 뒤 야시로와 호응하여 오카자키성을 점령하려는 속셈인 것이다.

야시로는 이제 노부야스에게 아무것도 물을 필요가 없어지고 말았다.

'이렇듯 큰일을 함부로 내뱉을 정도라면.'

드디어 도쿠가와 가문의 운도 다 됐구나 하고 생각하는 뒤를 이어 노부야스가 몹시 불쌍하게 여겨졌다. 고지주 사건이 있은 뒤로 노부야스의 성격은 한결 편협해진 것 같았다. 가신들에게 얕보이지 않으려고 연방 무용담을 꺼낼 뿐 아니라 몹시 화를 잘 내게 되었고 거드름을 피웠는데, 그 이면에는 아내 도쿠히메의 친정을 두려워하는 마음이 숨어 있었다. 두려워하면서 두려워하지 않는 듯 보이려고 초조해하는 것을 역력히 알 수 있었다.

그러므로 노부야스에게 정면으로 간언하는 자는 거의 없게 되었다.

'그것으로 됐어. 이런 풋내기가 나 정도 되는 사람에게 마구 대하다니…… 이건 세상이 잘못된 거지.'

야시로는 조금 더 있다가 노부야스의 방에서 물러나 곧 내전으로 향했다. 드디어 큰일이 눈앞에 다가왔다. 쓰키야마 마님보다 우선 도쿠히메의 비위를 맞춰두는 게 먼저라고, 야시로의 계산은 어디까지나 세심했다.

도쿠히메는 고지주 사건 이래 가끔 헛것에 놀라 심한 발작을 일으켰다. 시어머니 쓰키야마 마님은 물론 아야메도 시녀들도 자기편이라고 생각하지 않았다. 그러므로 남편의 사랑과 고지주만이 도쿠히데 마음의 기둥이었는데 이젠 그 고지주가 죽고 남편의 사랑도 허무해졌다.

오늘도 도쿠히메는 그 발작이 막 가라앉은 뒤였다. 핼쑥한 눈에 아직도 공포가 깃든 채 고토조의 동생 기노에게 관자놀이를 주무르게 하고 있었다.

그때 마쓰노(松野)라는 시녀가 야시로의 방문을 알려왔다.

"오가 야시로가……?"

도쿠히메는 그 이름만 듣고도 기노에게 구원을 청하는 듯한 눈길이 되었다.

"무슨 일일까, 기노?"

기노 역시 긴장된 표정으로 대답했다.

"무슨 일인지 아무튼 만나보시는 게 좋지 않을까요?"

"그럼, 들여보내."

급히 머리를 매만지고 자세를 바로잡았다.

야시로는 다음 방 문지방까지 거만하게 걸어와 그곳에 깍듯이 꿇어 엎드렸다.

"올해도 추위가 심한데 도쿠히메 님께서 여전하신 모습을 뵈니 더 이상 기쁠 데가 없습니다."

"야시로 님도 이 일 저 일에 바빠 수고 많으시리라 생각합니다."

야시로는 다시 한번 정중하게 고개 숙이더니 갑자기 엉뚱한 말을 했다.

"드디어 내년에 도쿠히메 님의 운이 활짝 열리게 되셨습니다."

"운이 열리다니요?"

"올해도 그랬습니다만 내년에는 이 댁에서 기후 대감께서 얼마나 소중한 분인지 확실히 알게 되겠지요."

도쿠히메는 꺼림칙한 듯이 다시 기노를 보았다. 다케다와 내통하고 있는 사나이. 노부야스에게 호소해도 전혀 믿지 않을 만큼 교묘히 노부야스에게 깊이 파고든 뻔뻔스러운 자라고 여기는 자가 불쑥 찾아와 하는 아첨 비슷한 말인 것이다.

"도쿠히메 님, 저는 이 댁의 큰 은혜를 잊지 않는 사람입니다."

"그러시겠지요."

"그 때문에 다른 사람들과는 다르게 충성하려고 늘 마음 씁니다만, 이 댁의 암(癌)은 뭐니 뭐니 해도 쓰키야마 마님인가 싶습니다."

도쿠히메는 다시 긴장하며 고개를 갸웃했다.

'이 사나이는 대체 무슨 말을 꺼내려는 것일까……?'

"눈에 거슬리는 난행(亂行)은 어떻든, 작은주군이며 아야메를 선동하여 고지주를 베게 했으니…… 이제 이 야시로도 가만히 있을 수만은 없게 됐습니다."

"야시로 님, 그런 말을 내 앞에서는."

"삼가라는 말씀이지요. 그 마음씨에 비하면 얼마나 심술궂은 마님의 성품이신지. 도쿠히메 님!"

야시로는 한무릎 와락 다가앉았다.

"이 야시로가 마님 편인 척하고 알아낸 것 가운데 하나가 이 댁의 중대한 일로 생각되므로 아뢰겠습니다. 아니, 효심이 깊으신 도쿠히메 님, 듣고 싶어 하지 않으실 줄 알면서도 야시로는 여기서 내 마음에 있는 말을 털어놓겠습니다. 용서해 주십시오."

야시로는 도쿠히메를 똑바로 바라보며 싫으니 좋으니 말할 수 없게 하는 자세가 되었다.

"덴쇼 3년은 다케다와 도쿠가와와 오다 세 가문의 운명을 결정짓는 해가 될 겁니다. 그 중요한 시기에 쓰키야마 마님은 자기 한 몸의 소원을 이루려고 온갖 수단을 강구하고 있습니다. 마님의 소원 가운데 하나는 도쿠히메 님 친정아버님을 이마가와 요시모토 공의 원수로 삼아 원한을 풀겠다고 노리는 일, 또 하나는 아내를 돌보지 않는 남편에 대한 복수입니다."

야시로는 도쿠히메가 몸을 와들와들 떨기 시작하자, 이번에는 허공을 쏘아보면서 조롱하듯 말을 이었다…….

"남편에 대한 복수는 다케다와 도쿠가와의 결전에서 도쿠가와 편을 패배로 이끌면 이루어집니다. 또 요시모토 공의 원수는 그 결전이 벌어질 때 신의를 지키려 기후에서 미카와로 출전하는 노부나가 공을 오카자키성이나 요시다성으로 끌어들여 살해함으로써 이룰 수 있습니다."

"……."

"그런 일이 이루어질 턱이 있겠는가, 하고 이 야시로도 얕은 아녀자의 꿈이라며 웃었지요. 때문에 오늘날까지 아무 말씀도 드리지 않고 내 가슴속에 넣어두었습니다만…… 그것이 점점 백일몽이 아니게 되었습니다. 왜냐하면 작은주군 노부야스 님은 역시 피를 나눈 친어머니인지라 차츰 그 감화를 받아 이제 안심하고 있을 수만 없다는 생각이 들어, 도쿠히메 님이 불쾌하실 것을 각오하고 말씀 올리는 것입니다. 다케다, 도쿠가와의 결전이 벌어지면 반드시 기후 대감께서 원군을 거느리고 오실 터인데 방심하여 두 집안에 큰 불행을 초래하게 되면 어찌하겠습니까. 그리하여 이 야시로는 앞으로도 빈틈없이 살펴보겠다는 것을 말씀드립니다."

할 말을 다한 뒤 야시로는 비로소 곁의 기노에게로 시선을 돌리고 말했다.

"기노 님."

"네…… 네."

"나는 그대의 마음속을 꿰뚫어보고 있소. 처음에 그대는 쓰키야마 마님의 명령을 받고 작은마님을 모시게 되었지만 지금은 진심으로 작은마님의 편. 알겠소, 앞으로도 작은마님을 모시는 데 방심하는 일이 없도록 하시오. 충실히 섬길 것을 신신당부하겠소."

기노는 당황하여 얼굴이 붉으락푸르락했다. 지금은 확실히 도쿠히메에게 동정하고 있지만 그렇다 해도 야시로는 대체 무엇을 생각하고 있는 것일까?

'정말 쓰키야마 마님을 감시하기 위해 접근해 갔던 것일까……?'

그렇게 생각하면 그런 듯싶기도 하고, 사태가 불리하게 돌아가자 마음이 바뀐 것으로 보이기도 했다.

"그럼, 이만 물러가겠습니다. 부디 몸을 소중히 하십시오. 그리고 빨리 세자를 얻으신다면 작은주군의 마음도 옛날처럼 되리라고…… 이 야시로는 오로지 그것만 염원하겠습니다."

야시로는 다시 공손히 절한 뒤 조용히 일어섰다.

여기서도 삭풍이 지붕 위에서 울고 있다.

도쿠히메도, 기노도 멍한 어지러움 속에 내던져져 인사말을 건네는 일조차 잊고 있었다. 그 효과를 야시로는 온몸으로 맛보면서 복도로 나오자 입 속으로 중얼거렸다.

"그러면 다음에는 동지들과 다시 한번……."

그는 본성 현관 쪽으로 걸음을 옮겼다.

'이로써 노부나가는 원군 보내기를 꺼리리라.'

이런 생각이 들자 저절로 얼굴에 웃음이 번졌다.

야시로가 집으로 돌아가니 이미 동지들 가운데 구라치 헤이자에몬과 야마타 하치조 두 사람이 와서 기다리고 있었다. 이제부터 부르러 보낼 작정이었으므로 야시로는 좀 의아했다.

'어쩌면 이들도 밀서의 도착을 알고 있는 것일까?'

"여, 잘들 왔네. 뭐, 급한 일이라도 생겼나?"

두 칼을 허리에서 끄르고 화로 곁으로 다가가자 하치조가 언제나의 호걸수염을 요란스럽게 움직이며 입을 열었다.

"큰일이오, 야시로 님. 아무래도 일이 탄로 나고 있는 것 같소. 방심할 수 없소."

"뭐? 일이 탄로…… 그 일이란?"

야시로는 시치미를 뗐다.

"지난해 다케다와 내통한 그 일 말이오."

"자네는 그것을 어떻게 알았나?"

하치조는 살며시 주위를 둘러보고 겁먹은 듯 목을 움츠렸다.

"쓰키야마 마님의 시녀 고토조가 가쓰요리 공이 보낸 밀서를 훔쳐보고 그것을 아비에게 누설했다 하오."

야시로는 고개를 갸웃하며 생각한 다음 가볍게 말했다.

"그거라면 걱정 없어. 그 밀서에 겐케이의 이름은 있지만 우리들 이름은 없으니까."

구라치는 야시로를 쏘아보았다.

"그렇게 간단치 않을걸. 그렇지, 하치조?"

그리고 고개를 갸웃하며 하치조를 보았다.

"실은 고지주 살해사건도 아마 이것과 관련 있으리라 싶으니 말이야."

"그렇소. 일은 고지주에게서 작은마님, 작은마님에게서 기후 대감, 기후에서 하마마쓰로 샐 우려가 충분히 있지."

야시로는 여전히 대담한 미소를 띤 채 말했다.

"그것도 고토조와 기노의 아비로부터 나온 모양인데, 만약 그렇다 해도 걱정 없도록 손써놓았네."

"어떤 방법을? 그것을 들어봅시다."

하치조는 다시 몸을 내밀며 호걸수염 끝을 파르르 떨었다.

"우리들은 불안해 견딜 수 없소. 기후에서 하마마쓰로 통보가 가면 언제 목이 잘릴지 모르는 일이라."

"하하…… 그럴 수 있을지도 모르기에 기후에서 통보할 수 없도록 해두었지만, 그처럼 근심된다면 정월 첫 무렵에 우리가 다시 한번 대담한 방법을 강구할 수도 있지."

"정월 첫 무렵에……?"

구라치의 말에 이어 하치조도 다그쳤다.

"그 대담한 방법이란?"

야시로는 순간 서릿발이 설 만큼 험악한 표정을 짓고 오른손을 세워 왼쪽 손바닥을 탁! 때려 보였다.

"대담하게 쓰키야마 마님을."

"옛? 마님…… 마님은 우리 편이 아니오?"

야시로는 또 웃었다.

"하하하…… 나는 마님을 한편이라고 생각하지 않아. 그 때문에 만약 의혹의 눈길이 우리에게 번뜩인다 싶으면 우리가 자진하여 마님의 내통을 대감께 밀고하여 사정없이……."

다시 한번 왼쪽 손바닥을 탁 치고 야시로는 눈을 부라려 보였다.

하치조와 구라치는 숨죽이고 다시 얼굴을 마주 보았다. 야시로는 그것이 우스워 견딜 수 없었다.

'얼마나 겁쟁이들인가…….'

두 사람 다 평생 비참한 말단으로 지내게 되어 있다. 이렇게 생각하자 야시로는 얼마쯤 두 사람을 조롱하는 투로 말했다.

"우스운 사람들이군. 쓰키야마 마님을 없앤다 해서 뭐 그리 놀라나. 우리들은 본디 대감님의 목을 노리고 있던 게 아닌가. 대감님의 목을 노리는 자들이 쓰키야마 마님의 목을 치지 못할 이유는 없을 걸세."

"듣고 보니 그럴듯하지만……."

"쓰키야마 마님뿐 아니라 필요하면 노부야스도 히라이와도 시게마사도 거침없이 없애야지. 이만한 일들을 해내지 못하고 어찌 한 나라, 한 성의 주인이 되겠나?"

애써 조용히 말하고 야시로는 밀서를 꺼내 두 사람에게 보였다.

"쓰키야마 마님 일을 걱정할 시기가 아닐세. 불은 이미 붙었어. 2월에는 우리 운명도 결정되겠지. 어떻게 생각하나, 두 분은?"

하치조는 낮게 신음했고 구라치는 눈을 확 부릅떠 밀서를 노려보았다. 두 사람 다 한동안 말이 없다.

야시로는 혼잣말처럼 말을 이었다.

"걱정할 것 없어. 정월 첫 무렵부터 싸움 준비를 시작하여 하순까지는 작은주군도 나가시노로 출전하게 되겠지. 히라이와, 시게마사, 히사마쓰, 노미(能見 ; 마쓰다이라 시게요시(松平重吉)) 등이 모두 작은주군을 따를 것이므로 사카이 우타노스케 정도가 성을 지키러 오겠지…… 그러면 오다 원군이 만일 오더라도 노부나가 공은 아마 이 성에 들어오지 않을 걸세. 이에 대해서도 나는 손써둘 자신이 있어!"

구라치가 억누른 목소리로 말했다.

"그런가. 2월에 가쓰요리 공이 온단 말이지?"

"그렇지, 3월에 오카자키성 주인은 우리들로 바뀌어 있을 거야."

하치조가 야시로의 말을 가로채어 말했다.

"그렇다면…… 더욱 쓰키야마 마님을 없앨 필요 따위……."

"없단 말인가?"

"마님은 본디 가쓰요리 공 편이니 가쓰요리 공으로부터 질책받으면……."

야시로는 혀를 차고 싶은 것을 억지로 참았다.

'이런 어리석은 녀석 같으니……'

그런 생각이 들자 야시로는 견딜 수 없이 답답해져 평생 궁색하게 살 것 같은 이 사나이에게 무언가 한마디로 설명해 주고 싶었다.

"하치조, 자네는 쓰키야마 마님에 대해 왜 그리 마음 쓰나? 알겠나, 대감님이 포로가 되어 우리 앞으로 끌려오면 서슴없이 그 목을 쳐야 할 우리들이 아닌가. 더욱이 지금 한 말은 일이 탄로 날 우려가 있을 때 처치하겠다는 것일세. 베어버리면 송장은 말이 없는 법, 가쓰요리 공에게는 마님이 대감님께 비밀을 고백할 우려가 있어 베어버렸다고 하면 끝날 일, 걱정할 것 없네. 이제부터 동지들을 이곳에 모아 모든 계획을 세울 작정이니 어리석은 말은 삼가주게."

야시로는 자못 즐거운 듯 눈을 가늘게 뜨며 문득 어조를 바꾸어 말했다.

"앞으로 두 달 뒤면 승부가 나니 말일세."

소심소의(小心小義)

그날 밤 하치조가 야시로의 집을 나선 것은 11시가 지나서였다. 검은 하늘을 휩쓸고 지나가는 서릿바람을 향해 그는 중얼거렸다.

"대단한 사나이야! 그 정도의 인간이 아니면 한 나라 한 성의 주인이 될 수 없어."

이것은 물론 오늘 밤의 야시로에 대한 그의 감개였다. 정말 오늘 밤의 야시로는 명검(名劍)처럼 날카로워져 있었다. 동지들을 모두 앞에 두고 그는 온갖 경우의 온갖 의문에 대해 한마디 막힘없이 명쾌한 해답을 주었다.

하치조는 처음에는 몹시 마음이 꺼림칙했으나 쓰키야마 마님 암살에 대해 이제는 충분히 납득할 수 있게 되었다. 비록 쓰키야마 마님에게서 이 음모가 새어나갈 우려가 없다 하더라도 일이 성사되기에 앞서 살해되지 않으면 안 될 운명의 사람이었던 것이다.

그 이유의 하나는 마님이 야시로와 간통하고 있다는 것…… 더욱이 마님은 상황이 자기 뜻대로 되지 않으면 그 비밀을 태연히 입 밖에 낼 위험하기 이를 데 없는 고집을 갖고 있다. 만약 마님 입에서 그런 사실이 샌다면 야시로의 꼴은 말이 아니다.

둘째 이유는 마님이 노부야스의 어머니라는 사실이다. 일이 성사되어 오카자키성으로 가쓰요리를 맞아들이면, 마님은 반드시 노부야스의 목숨을 살려달라고 빌 것이 틀림없다. 그 결과 야시로에게 가담하지 않은 노부야스가 만일 그대로 오카자키 성주 자리에 주저앉게 되면 일이 성사되어도 이루어지지 않은 것과 같다. 따라서 음모 탄로는 어떻든 가쓰요리 입성 전에 마님을 없애야만 한다고, 동지 오다니 진자에몬이 하치조와 똑같은 의문을 말했을 때 야시로는 명쾌하게 대답했다.

"만일 오카자키 성주로 주저앉지 않더라도 노부야스에게 우리 영지를 나눠줘야 할 것은 뻔한 일, 이해하시겠소? 나중의 그러한 성가신 일을 없애기 위해서도 마님을 그냥 둘 수는 없소."

하치조는 자기 집이 보이는 큰 느티나무 아래 어두컴컴한 그늘에서 자신에 찬 야시로의 모습을 그려보고 다시 스스로에게 말하듯 중얼거렸다.

"분명히 승리한다! 승리하여 이 성의 주인이 될 사람이다……."

이런 감회를 느낀 것은 하치조만이 아니리라. 오늘 밤 모인 모든 동지들의 가슴에 아로새겨진 감회일 것이 틀림없다. 그만큼 야시로의 계획은 면밀하고 냉정하여 잘못될 우려 따위는 티끌만치도 느껴지지 않는다.

그런데도 하치조는 왠지 마음에 망설임이 남는 느낌이었다. 잠시 전부터의 혼잣말도 그 망설임을 쫓아내려는 무의식적인 노력인 것 같았다.

'나는 남보다 겁쟁이일까?'

겁쟁이가 아니라고 할 수는 없었지만, 그러나 그것과 지금의 이 떨쳐버릴 수 없는 마음의 그늘은 다른 것 같았다.

"자꾸 생각해 뭘 하나. 일은 이미 결정된 거야!"

하치조는 입 밖으로 소리 내어 자신을 꾸짖은 뒤 집 문 앞에 이르렀다.

"마누라, 문 열어."

집 안에서는 응답이 없었다. 세 아이를 데리고 하루 종일 부지런히 일하는 마누라 오쓰네는 지쳐서 곤한 잠에 떨어진 게 분명했다.

'여자란 우스운 거야. 아니, 불쌍하다고나 할까……?'

이제 두 달 뒤면 일이 성사되어 자기가 미카와 서쪽 어느 성의 주군이라고 불리며 들어앉게 될 것을 꿈에도 모르리라. 그때는 마누라 오쓰네도 마님이 되겠지만…….

이런 생각을 하면서 살그머니 문을 열었다. 주군—이라고 듣는 신분이 되면, 자기는 오쓰네를 지금처럼 다룰까? 성주가 되면 시녀도 곁에 두어야 하고, 그 가운데 만일 마음에 드는 여자가 있다면…… 하고 문득 생각하자 낯이 간지러웠다.

"마누라, 이제 돌아왔어."

하치조는 일부러 들리지 않도록 다시 한번 입안말로 말하고 장지문을 열었다. 단 두 칸뿐인, 객실이 되고 거실이 되고 침실도 되는 그 방에는 희미한 불빛을 받으며 네 처자가 시시각각 다가오는 행운도 모르는 채 바보처럼 잠에 빠져 있었다.

"아니, 이런."

질린 표정으로 하치조는 자기 이마를 쳤다. 한 아이는 아내 젖통 밑에 머리를 쑤셔박고, 한 아이는 다리를 되는 대로 내던졌으며, 또 한 아이는 허공을 쥔 채 으스대고 있다.

"이건 강아지 집이나 마찬가지로군……."

그러나 그 강아지들의 잠든 얼굴에서 피어오르는 훈훈함이 하치조의 털북숭이 얼굴을 온통 웃음으로 바꾸어갔다.

허공을 거머쥔 둘째 딸이 불렀다.

"아빠……."

"뭐야, 깨어 있었나?"

그러나 그것은 잠꼬대로 그 뒤는 무엇인지 알 수 없는 입안말로 바뀌었다.

"아, 요것이 꿈속에서까지 나를 만나 어리광이구나."

하치조는 칼을 풀어 옆에 놓자 몸을 굽혀 그 아이의 뺨에 자기 뺨을 비벼댔다. 순간 아이는 얼굴을 찌푸리며 돌아누웠다. 그리고 금방 웃음을 터뜨릴 듯한 표정으로 다시 입술을 놀렸다.

"꿈을 꾸고 있구나. 무엇을 기뻐하는 걸까?"

하치조는 금방 잠자리에 들기가 아쉬워 저도 모르게 머리맡에 앉아 싫증도 내지 않고 아이들의 잠든 얼굴을 또 들여다보았다.

"아무것도 모를 테지. 모두들 곧 훌륭한 신분이 되리라는 것을……."

이 아이들이 하인을 거느리고 예복을 깔끔하게 걸치고 걷는 모습을 상상하자 다시금 야시로의 소리가 들린다.

"대감도 우리와 조금도 다름없는 인간이야. 대감의 조상인 도쿠아미는 비렁뱅이 중, 비렁뱅이 중과 졸개의 자식, 신분의 차이도 그리 없겠지. 문제는 그놈이 갖고 태어난 근성과 재치……."

그 재치가 오가 야시로에게는 있다……고 하치조는 마음속으로 중얼거렸다.
"알겠느냐, 언제까지나 이 꼴로 있을 아비가 아니야."
그때 아내 오쓰네가 부스럭 움직이면서 눈을 살포시 떴지만 곧 입을 멍하니 벌렸다. 볕에 타지 않은 목 아랫부분이 눈에 두드러지게 희었고 드러난 유방이 몹시 동물적인 느낌으로 눈에 비쳤다. 그러자 그 순간이었다. 하치조의 등골을 오한이 오싹하게 스치고 지나간 것은…….
오한은 순식간에 하치조의 온몸에 스며들었다. 자기 일은 어떻든, 문득 이런 생각이 든 게 오한의 원인이었다.
'이것이 마님이라고 불릴 만한 여자일까……?'
다 해어진 솜옷 같은 아내. 일은 부지런하게 잘하지만 그 밖에는 내세울 만한 재치가 없는 아내. 가만히 입고 있으면 따뜻하지만 여러 사람이 있는 곳에서 보면 창피한 마누라로, 이런 의미로 볼 때 하급관리와 고용인들을 시원스럽게 부리는 야시로의 아내에게는 도저히 미치지 못하는 여자였다.
'이 여자는 마님이 될 팔자를 타고나지 못한 것 같구나…….'
이런 직감이 하치조를 몹시 당황하게 했다. 이 마누라에게 그런 운이 없다는 것은 곧 그의 운명과 직결된다. 자기만이 성주가 되고 이 여자는 여전히 오막살이 집에 사는…… 일이 과연 있을 수 있는 것일까?
하치조는 살그머니 손을 뻗어 마누라의 머리맡 거울을 집어들고 자기 얼굴을 비춰보았다. 거울 속에는 한 호걸풍 사나이가 텁수룩한 수염에 어울리지 않게 겁먹은 새끼 곰 같은 눈매를 한 채 비치고 있었다.
하치조는 급히 거울을 내려놓았다. 이것은 성주가 될 얼굴 같기도 하고 오막살이 한구석에서 평생을 보낼 얼굴 같기도 했다.
'아니, 이건!'
하치조는 팔짱을 꼈다. 만약 자기에게 운이 없다면 어떻게 될 것인가. 모의한 일이 드러난단 말인가? 아니면 성공하더라도 자기만이 출세를 못 하고 처진단 말인가……?
새삼스레 바라보니 아내의 얼굴뿐 아니라 아이들 얼굴까지 갑자기 운이 없어 보였다.
"아무리 봐도 시종을 거느리고 턱짓으로 부하를 부릴 상이 아니구나."

"뭐라고 하셨어요?"

오쓰네가 마침내 잠에서 깨어났다. 눈을 가늘게 뜨고 웃으려고 애쓰며 말했다.

"머리께가 근질근질한 것 같더니 역시 돌아오셨군요. 어서 주무세요."

"뭐가 근질근질하단 말인가. 내가 이라도 된단 말인가. 이봐!"

"네……."

오쓰네는 남편에게 홱 등을 돌리고 벌써 또 잠들려는 목소리였다.

"이봐, 만약 우리가 5명, 10명씩 하인을 부리게 되면 어떻게 할 테야?"

"아이…… 내일은 새벽부터 일어나야 해요. 이야기는 아침에 해요."

"아니, 오늘 밤에 듣고 싶은 게 있어. 꾸물거리지 말고 정신 좀 차려."

하치조는 좀 거센 말투로 말하고 한숨 쉬었다. 다시금 오쓰네의 잠든 숨소리가 들렸기 때문이었다.

"역시 오막살이에서 평생을 마칠 여자야."

"네…… 뭐라고 했어요?"

"일어나란 말이야!"

"어머나…… 웬일이에요? 별안간 큰소리를 다 치고."

"임자가 열이고 스물이고 하인을 부리게 되면 어떻게 하겠느냔 말이야?"

"열이고 스물이고……."

오쓰네는 알 수 없다는 듯 고개를 갸웃거렸다.

"당신 또 야시로 님한테 부채질받고 왔군요. 그만둬요. 그분은 입만 번지르르한 사람이니까."

매몰차게 말하고 그대로 부스럭부스럭 일어나 앉았다.

"뭐? 야시로 님이 입만 번지르르한 사람이라고? 아는 체하지 말아!"

하치조는 아내를 꾸짖었으나 일어나 앉은 오쓰네는 그리 화내지도 않고 말했다.

"입만 번지르르하다는 말이 잘못되었다면 쌀쌀한 분이라고 해도 좋아요. 자기에게 소용될 때는 상냥하게 굴지만 별 볼 일 없으면 인사해도 모르는 척하는 분이에요."

"소용될 때는 상냥하게 굴지만……."

하치조는 여기까지 말하고 저도 모르게 혀로 입술을 핥으며 입을 다물어버렸다. 쓰키야마 마님을 없애야 한다고 냉정하게 말한 야시로의 표정이 떠올랐던 것이다. 아니, 그뿐 아니라 어리석은 아내의 눈에조차 그렇게 비친다는 건 허술히 보아넘겨서는 안 될 커다란 의미를 지닌 일로 여겨지기 시작했다. 확실히 싸늘한 사람이라고 할 수 있었다. 소용없어지면 버리고, 방해되면 없앤다. 하치조가 어쩐지 석연치 않았던 점은 바로 그 싸늘함 때문이 아니었을까……?

하치조는 다시 공연히 마누라를 꾸짖었다.

"이젠 자. 자란 말이야."

"이상한 사람이네요, 일어나라고 해서 일어났는데."

"아직 일러, 더 자란 말이야."

오쓰네는 별로 거역하지 않고 다시 잠자리에 들었다. 하치조도 마치 무엇에 쫓기듯 아이들을 가운데 끼고 오쓰네와 반대쪽에 몸을 눕혔다.

"불 꺼. 눈부셔 견딜 수 없잖아."

오쓰네는 시키는 대로 목을 늘여 불을 끄고 곧 고른 숨소리를 내기 시작했다.

하치조는 어둠 속의 한 점을 응시하며 소리가 되지 않는 소리로 중얼거렸다.

'아니다…… 우리들이 그런 팔자가 못 된다는 것과 야시로가 싸늘한 인간이라는 것…… 이 두 가지 사이에 무슨 연관은 없는 것일까……?'

다른 또 한 사람의 하치조가 대답했다.

"있지! 너는 필요 없는 사내, 필요 없는 사내에게 녹(祿)을 준다는 것은 헛일이지……라고 여기면 미련 없이 버리든가 베어버리는 게 야시로다."

이 소리를 들었을 때 하치조는 까닭 없이 몸을 부르르 떨었다.

만약 버림받든가 참형당하게 된다면 조상 대대로 섬겨온 이에야스에게 당하고 싶었다.

'아무래도 내가 잘못한 것 같군…… 이대로 지내면 모두들 무사할 텐데 운 없는 자들을 거느리고 성주가 되려는 꿈을 꾼 탓으로 모두 십자가에 매달리기라도 한다면 어떻게 되는 거지…….'

이튿날 아침 하치조는 누구보다도 일찍 일어나 우물가로 나가 물을 뒤집어썼다. 정월이 가까운 바깥의 추위. 서릿발이 가득한 하수구 앞에서 물을 끼얹은 몸을 마른 수건으로 닦아내자 온몸이 화끈화끈 달아오르듯 훈훈해졌다.

무엇보다도 아내나 아이들에게 들키기 싫었다. 곧 젖은 머리칼을 빗어올리고 이번에는 조그만 불단에 불을 밝힌 뒤 잠시 축원을 드렸다. 그래도 그의 아내 오쓰네는 그의 가슴속에서 거칠게 소용돌이치는 것을 눈치채지 못한 것 같다.

"그래도 좋아. 그래서 오쓰네는 행복한 거야……."

아내와 아이들과 함께 아침식사를 하고 하치조는 쫓기듯 집을 나섰다.

지난밤에 한숨도 못 자고 생각한 끝에 그는 처자를 위해 야시로의 비정함보다는 이에야스의 무관심을 선택하기로 결심한 것이었다.

'나…… 나 하나만 죽어야 되는 거야.'

본성에는 아직 아무도 등성하지 않았다.

활터에서 돌아온 노부야스가 현관으로 들어가려고 할 때 하치조는 맨 땅에 꿇어앉아 떨리는 목소리로 말했다.

"아뢰니다! 야마타 하치조, 작은주군님께 은밀히 아뢸 말씀이 있으니 들어주시기를."

노부야스는 이상하다는 듯 곁에 있는 히라이와를 보고 나직이 물었다.

"어떡할까?"

히라이와가 물었다.

"작은주군께만 아뢸 말이냐?"

"황송하오나 작은주군님께만 아뢰려 합니다만……."

"좋아, 들어보자. 내 방으로 오너라."

"고마운 분부……."

거실로 들어가자 노부야스는 앞가슴의 땀을 닦으면서 하치조의 비장한 표정에 웃음을 참았다.

"그대는 떨고 있군."

"예, 너무나 중대한 일을 아뢰러 왔으므로."

"중대한 일이면 떨리는 것이냐. 핫핫핫…… 좋아, 좋아. 자, 듣자, 그 중대한 일을."

화로를 끌어당기고 그 맞은편을 턱으로 가리켰다.

"어려워할 것 없어. 말해봐."

"예, 실은 이 성안에 적과 내통하는 자가 있습니다."

노부야스는 이 말을 듣자 갑자기 험상궂은 표정이 되어 고개를 돌려버렸다.

"그 일이냐? 내 말이 틀리면 틀리다고 하여라. 그것은 오가 야시로와 쓰키야마 마님에게 관련 있는 일이겠지?"
"예…… 예, 작은주군님께서는 이미 알고 계십니까?"
"하치조."
"예!"
"그 말을 두 번 다시 하면 용서치 않으리라. 너는 야시로의 출세를 질투하는 못된 놈이야!"
"억울한 말씀입니다. 이것은 확실한 증거가 있어 아뢰는 말씀입니다. 아니, 저도 그 일당인 것처럼 가장하여 계획에까지 관여했습니다."
노부야스는 일갈했다.
"시끄럽다! 야시로가 정말로 모반을 계획했다면 너 같은 자와 상의할 것 같으냐, 얼빠진 자 같으니! 네가 너무 얼빠져 보여 조롱한 거라고 생각지 않느냐! 물러가거라!"
노부야스는 앉았던 화롯가에서 일어나 옷을 갈아입으러 옆방으로 성큼 들어가고 말았다.
하치조는 한동안 멍하니 있었다. 야시로는 틀림없이 일이 성사된다고 장담했는데, 정말 용케도 이렇듯 신용을 얻었다고 새삼 감탄했다. 여기서 더 이상 무슨 말을 하다가 오히려 야시로를 부르러 보내기라도 한다면 큰일이었다.
하치조는 힘없이 일어섰다. 이제 두 달만 있으면 싸움이 벌어지고, 싸움이 벌어지면 이 성은…… 이렇게 생각하니 속이 타서 견딜 수 없었다.
'좋아, 이렇게 된 이상 쓰키야마 마님에게 아뢰자. 누구보다도 먼저 마님이 놀림받고 있으니까…….'
하치조가 결심하고 본성 현관을 나서려 할 때 곤도 이키(近藤壹岐)라는 하급무사가 등성하면서 말을 건넸다.
"하치조, 안색이 왜 그런가? 해수병이라도 앓고 있나?"
하치조가 알고 있는 이키는 하급무사일망정 뼈대 있는 자였다. 비록 상관이라 할지라도 잘못된 말을 하면 당장 매섭게 반말을 한다. 상급자로부터 비뚤어진 자라고 인정되어 그것이 출세에 지장 있다는 소문을 듣고 있다. 그러한 이키가 말을 걸어왔기 때문에 하치조는 문득 중요한 의논을 해보려고 마음먹었다.
"이키 님, 실은 긴히 의논할 말이 좀……."

"뭐, 내게 의논할 말이 있다고…… 이상한 일도 다 있군. 나는 그대 같은 가짜 호걸은 좋아하지 않아."
"말이 험상궂으시군. 나는 가짜 호걸도 아무것도 아니오. 단지 수염이 남다를 뿐이지."
"핫핫핫하, 정직하게 말하는군. 그대 같은 자를 소심하다고 하지. 정도가 좀 더 지나치면 겁쟁이고. 그런데 특별히 할 이야기가 있다니 모른 척할 수도 없고 듣기로 하지. 어디서 이야기할까?"
"지불당(持佛堂) 담장 밖 양지쪽에서라도."
"날씨가 춥군. 뭐, 괜찮겠지. 얼굴빛이 심상치 않은 것을 보니 무언가 고민이 있는 모양이군. 그럼, 그리로 가세."
밖에는 이미 햇살이 퍼지기 시작하고 앙상한 나뭇가지와 서리 위에는 힘찬 새들의 지저귐이 일고 있었다.
"때까치야. 저놈들은 추위를 안 타거든."
"이키 님, 새해가 되면 드디어 다케다와 결전을 벌인다는 소문이 있는데 정말일까요?"
야시로에게서 들은 말을 야시로와는 정반대인 호탕하고 곧은 이 사나이가 어느 정도 알고 있는가 싶어 나란히 걸으며 하치조는 떠보았다.
"이번에는 대단한 싸움이 되겠지."
"역시……."
"그래서 나도 곧 하마마쓰로 가네. 대감님 근위대로 뽑혀서."
"부럽소. 실은 내 의논이란 그것과 연관 있는데……."
두 사람은 본성 문을 나서자 길을 오른쪽으로 꺾어 지불당 돌담 밖까지 나왔다. 그곳에는 베어낸 나무 그루터기가 그냥 남아 있었고, 그림자 없는 햇볕이 바람을 피해 벌써 돌담을 따뜻하게 해주고 있었다.
"뭐, 내년의 싸움과 연관 있는 일이라고…… 그럼, 그대도 대감님 근위대가 되고 싶은가? 그런 의논이라면 들을 것 없어. 그대의 무예를 나는 대단치 않게 여기니까. 그런 자를 추천하는 것은 불충이지."
"너무 가혹한 말씀을 하는군."
말과는 반대로 하치조는 그 꾸밈없는 말에 오히려 믿음직스러움을 느끼면서 나무 그루터기에 걸터앉았다.
"이키 님, 이것은 이 야마타 하치조가 이 성에서 단 한 사람 당신을 참다운 무사라고 믿고 터놓는 말이니 부디 의견을 말씀해 주시오."
"이건 또 새삼스럽게 무슨 소리인가? 좋아, 곤도 이키, 진지한 마음으로 듣기로 하지."
"고맙소, 실은 이 성에 다케다 군과 내통하여 모반을 계획하는 자가 있소."
"뭐, 모반?…… 이봐, 온당치 못한 말이군그래. 누군가, 그것은?"
이키의 눈초리가 송골매처럼 번뜩이자 하치조는 다시 한번 주위를 둘러보았다.
"모반의 괴수는 오가 야시로, 대감님과 작은주군께서 나가시노로 출전한 틈을 타 아스케 한길로부터 이 성에 가쓰요리 공을 끌어들일 준비가 빈틈없이 되어 있소."
"뭣이!"
말하자마자 이키의 손이 번개같이 하치조의 상투를 잡았다.
"이놈! 다시 한번 말해봐! 비틀어 죽일 테다."
하치조는 당황하여 이키의 손을 뿌리쳤다.
"이 무슨 성급한! 성급하시오, 이키 님!"
"뭐가 성급하단 말이냐. 네놈이 뻔질나게 야시로에게 들락날락하는 것을, 이 이키는 침을 뱉어주고 싶은 마음으로 보고 있었단 말이다……."
올려붙이듯 말하고 이키는 생각을 고쳤다. 여기서 지나치게 하치조를 겁나게 하는 것이 과연 좋을까 하고.
이 소심한 자에게 의는 없을지언정 계산은 있을 것이었다. 소심한 자의 소의(小義)는 언제나 타산에서 우러나지만 그 타산이 얄미워 중요한 일을 헛듣는다면 분명 성급한 탓이라고 할 수밖에 없다.
이키는 다시 그루터기에 걸터앉았다.
"얄미운 놈, 하치조. 네놈은 야시로에게 아부하다가 이번에는 그를 배반하려고 한다. 그러나 그것은 아무래도 좋아. 그대가 나를 믿고 의논하겠다니 그 점을 참작해 화내지는 않겠다."
하치조는 애원하는 듯한 눈매로 고개를 숙였다.
"제발 그래 주었으면 고맙겠소. 이 하치조가 야시로에게 접근한 것은 여러 가지로 생각이 있어서였소."
"생각 없이 접근하는 놈이 어디 있나!"
"……그런데 접근해 보니 이번 음모를 의논하는 것이었소. 나는 놀라 자빠질 뻔했소. 그래서 곧 작은주군께 이 말씀을 드렸더니 들어주지도 않소."
"뭐, 작은주군께 말씀드렸다고……?"
"그렇소, 방금 말씀드렸소. 작은주군은 오가 야시로에게 네가 조롱당한 것이다, 만약 사실로 모반을 꾀한다면 너같이 멍청한 자에게 그런 큰일을 말하겠느냐고."
이키는 찌를 듯한 눈초리로 물끄러미 하치조를 쳐다보며 직감했다.
'이것은 거짓말이 아니다!'
그도 또한 야시로와 쓰키야마 마님의 관계는 물론 아야메와 도쿠히메의 불화도 듣고 있었다. 그러나 그의 호탕하고 곧은 성격은 그런 일에 관여하는 것을 용인하지 않았다. 그래서 늘 모르는 척하며 지내왔으나 모반이라면 문제가 달랐다.
"그럴 테지. 작은주군은 그대 말이라면 믿지 않겠지……."
"이키 님, 작은주군은 틀림없이 이 일을 야시로에게 말할 것이오. 멍청이 같은 하치조가 이러이러한 말을 하기에 꾸짖었노라고 할 것이오. 그렇게 되면 하치조의 충성은 무시당하고 도리어 야시로에게 죽게 되오. 의논이란 이것인데 무슨 좋은 수가 없겠소?"
이키는 어리석은 하치조의 텁석부리 얼굴에 침을 뱉어주고 싶은 혐오를 느꼈다. 이 사내의 의논이란 역시 공포와 타산. 노부야스가 야시로의 모반을 믿지 않는다면 이번에는 야시로에게 배반자로서 죽게 된다……는 것을 정직하게 털어놓으며 떨고 있는 그 점에 오히려 사건의 진실성이 강하게 아로새겨져 있었다.
"그래? 난처하게 됐는걸."
혐오를 누르고 이키는 시무룩하게 팔짱을 끼고 있는 하치조의 어깨를 툭 쳤다.
"좋아, 내가 맡겠다. 이 이키가 반드시 그대의 충성이 통하도록 해주마. 그때까지 그대는 시치미 떼고 야시로에게 접근해 있는 거야. 알았나? 야시로가 눈치채면 그야말로 그대 목은 달아나고 만다. 배반자에게 죄를 뒤집어씌워 없애는…… 그런 지혜를 남아돌아갈 만큼 가지고 있는 야시로니까."
"그야 물론…… 아, 이제 백만 원군을 얻은 듯 든든하오."
하치조는 눈시울을 붉히며 연이어 고개를 숙였다.

하치조와 헤어져 이키는 태연스레 등성했으나 그날은 온종일 거의 아무하고도 말을 주고받지 않았다. 이미 설 준비가 시작되어 부산스러운 성안 분위기였으나, 과연 묵묵히 바라보니 오카자키성 안에 한 가닥의 요사스러운 구름이 감돌기 시작하고 있다.

'이 성에 아직 모토야스라고 불리던 때의 젊은 주군을 모셨을 때는 이런 분위기가 아니었는데…….'

이키는 그 무렵 이에야스의 활기 넘치면서도 겸허했던 모습을 아직 생생히 기억하고 있다.

—그날 이키는 비번이어서 들로 나가 논의 잡초를 뽑고 있었다. 오카자키 사람들이 가난의 구렁텅이 속에 있던 시대였으므로, 유사시 싸울 때 입는 무장 한 벌과 등성용 의복 한 벌 말고는 상투 끈 하나도 절약하던 무렵이었다. 그러므로 논의 풀을 뽑고 있는 이키의 모습은 어떤 농부보다도 못한 삭아가는 허수아비 그대로의 모습이었다. 머리는 짚으로 묶고 있었다.

영내 순시를 하던 이에야스가 그곳을 지나갔다. 이키는 얼굴을 들지 못했다. 가난이 부끄러워서가 아니다. 자기 가신이 이런 모습으로…… 하고 젊은 이에야스를 탄식하게 만들고 싶지 않았기 때문이었다.

그런데 이에야스는 일부러 발을 멈추고 모르는 척 일하는 이키에게 말을 걸었다.

"여보시오, 농부."

이키는 화가 났다. 잠자코 지나쳐가 버리면 좋을 텐데…….

"그대는 내가 오는 것을 보고 고개를 돌렸다. 무슨 못마땅한 게 있어서 그랬느냐? 숨기지 말고 말해보아라."

할 수 없이 이키는 논에서 나가 원망스러운 듯 이에야스를 쳐다보았다.

"성주님께, 성주님 가신의 가난함을 차마 보여드릴 수 없었기 때문입니다."

순간 이에야스는 온몸을 굳히고 숨을 들이마셨다.

"그랬군. 좋아, 일하게. 그대가 지금 한 말을 기억하겠네."

이 말을 했을 때 그렇게 보아서 그런지 눈에 눈물이 맺힌 것 같았다. 그리고 3년 뒤 특별히 불러가 50섬의 녹을 올려 받게 되었는데…… 그 무렵 오카자키 사람들은 서로 마음이 통한다고 믿고 있었다. 그런 믿음이 가난을 초월한 명랑함과 활기를 성안에 넘쳐흐르게 했고, 모든 이의 얼굴을 밝아 보이게 했다.

그런데 지금은 어딘지 침울한 침체된 분위기가 감돌고 있다.

'역시 작은주군의 버릇없음이 원인일까?'

신하의 마음이 노부야스에게는 통하지 않는다고 단정해 버린 체념이 모든 활기를 죽이고 있는 건 아닐까.

이키는 생각한다.

'만일 이 이키가 이제부터 노부야스를 만나 야마타 하치조와 똑같은 말을 아뢴다면 귀 기울여 들어줄까?…… 아니, 하치조와 똑같은 취급을 당하겠지.'

저녁때가 되자 이키는 다시 묵묵히 성에서 물러났다. 이 일은 노부야스에게 아뢰어도 헛일이고, 이에야스에게 아뢰어도 금방 믿지 않으리라. 그만큼 야시로는 그의 재치로 도쿠가와 가문을 손아귀에 쥐고 있다.

'자, 그러니 이 일을 어찌하면 좋을까……?'

하치조의 낭패는 마침내 이키의 고민거리가 되었다. 이리하여 이키가 하마마쓰로 출발한 것은 전쟁의 기세가 차츰 무르익어 가는 1월 12일이었다.

탄로

그날 이에야스는 오부미(尾踏)의 나카무라 겐자에몬네 집에 들러 오만의 배에서 태어난 자기 아들과 처음 대면했다. 물론 정식 대면은 아니었다. 이해의 첫 매사냥을 나간 길에 우연히 겐자에몬 집에 들른 것으로 하여 서원 마루에서 차를 마시면서 겐자에몬의 아내가 데려온 오기마루를 만난 것이었다.

오기마루는 한 손에 방울을 들고 다른 한 손에는 조그만 도깨비탈을 들고 나와 이에야스 앞에 앉혀지자, 대체 어떤 놈일까? 하는 표정으로 아버지를 쳐다보았다.

"음, 꽤 자랐구나."

이에야스는 그렇게 말했을 뿐 다른 말은 하지 않았으나 가슴속은 어쩔 수 없이 뿌듯해졌다. 쓰키야마 마님을 꺼려 성에도 두지 못하는 자식. 안아올려 뺨을 비벼도 되건만…… 생각하면서도 그렇게 할 수 없는 이에야스였다.

'올해야말로 다케다 군과 자웅을 겨루지 않으면 안 될 해……'

그 사실을 알고 있는 만큼 자기만이 혈육의 정에 젖어든다는 것은 꿈에도 생각지 못할 일이었다.

이번 1월 2일에는 가신들 눈이 휘둥그레질 만큼 호화롭게, 성안에 탈춤 무대를 만들어 위아래 할 것 없이 즐기게 한 뒤 말했다.

"알겠느냐. 이제부터 이 탈춤을 우리 가문의 관례로 삼으리라."

그 말로 가신들을 깜짝 놀라게 했던 것도 그런 속마음에서였다.

'대장은 늘 병사의 몇 곱절은 고생해야 하는 것……'

고생도, 인내도 남들보다 잘 참아내지 않으면 무리를 통솔할 자격이 없다고 스스로 타이르는 이에야스였다.

싸움이 시작되면 또 숱한 부하들이 처자와 헤어져 생명을 잃어가리라. 처자에 대한 애정에 연연하고 있는 것을 용납지 않는 난세이니만큼 이에야스는 마음속으로 아들에게 빌었다.

'알겠느냐, 용서하여라. 오기마루……'

"데리고 나가 놀게 하여라. 이놈, 낯선 사나이가 나타나니까 이상하다는 듯 노려보고 있군."

겐자에몬의 아내에게 오기마루를 데리고 나가도록 했다.

"겐자에몬, 오카자키의 노부야스는 정말 난처한 놈이야. 나에게 오기마루를 꼭 만나라지 뭔가. 그리고 자기도 형제로서 만나 인사 나누고 싶다고 하더군. 동생이 없기 때문일까?"

"고마운 뜻이라고 생각합니다만……"

"아니, 그렇지 않아. 만일 병졸이나 하인배의 아들이 그랬다면 자연스러운 인정에 들어맞는 일이라고 할 수 있지만, 대장의 마음가짐과는 어긋나 있어. 내가 왜 만나지 않으려는지 그 속을 모른단 말야."

말은 이렇게 했지만 이 일에 관한 한 이에야스는 노부야스가 잘했다고 생각하고 있었다. 노부야스가 자주 그런 말을 하지 않았더라면 이에야스는 겐자에몬의 집에 들를 마음이 우러나지 않았으리라.

겐자에몬의 집을 나오자 이에야스는 자신의 하마마쓰성을 멀리 바라보면서 문득 생각했다.

'나도 언제 전사할지 모르는 일……'

그러자 우스워졌다. 오기마루와 만날 마음이 우러난 그 속에는 한 번 만나보지도 못하고 죽는다는 것은 좀…… 하는 약함이 있었을지도 모른다. 만약 그런 마음이 있었다면 자기가 가쓰요리를 두려워하는 게 되는 셈인데…… 생각하며 마을 끝까지 말을 몰고 왔을 때 한 무더기의 젓꼭지나무숲에서 성큼성큼 걸어나와 이에야스의 말 앞에 꿇어앉는 자가 있었다.

오카자키에서 온 곤도 이키였다.

이에야스는 고삐를 잡아당겨 말을 세웠다. 때가 때인 만큼 자객이 아닌가……하고 순간 섬뜩했다.
"대감님! 곤도 이키입니다."
감개 어린 상대의 얼굴을 보고 이에야스는 안심했다.
"이키냐, 느닷없이 나타나…… 깜짝 놀랐구나."
"부르심받고 오카자키에서 하마마쓰로 오던 도중 대감님께서 매사냥 가셨다는 말을 몰이꾼에게서 듣고 여기서 기다렸습니다. 말고삐를 잡게 해주십시오."
이에야스 뒤쪽에서 사쿠자에몬이 말했다.
"이키답군. 주군, 잡게 하십시오."
"그래. 그럼, 함께 가자."
이키는 그 말이 끝나기도 전에 말에 바짝 등을 돌려대어 재갈을 잡고 걷기 시작했다.
'여기서 만나다니 이 얼마나 좋은 기회인가!'
이런 생각이 들었지만, 그러나 일이 일이니만큼 야시로의 모반에 관한 보고를 어디서부터 말해야 할지 선뜻 알 수 없었다.
"이키, 오카자키에도 이미 모든 준비가 되어 있겠지?"
"예, 모든 게 빈틈없이……라고 말씀드리고 싶습니다만……."
"그럼, 아직 미비한 점이 있단 말인가? 오가 야시로가 있으니 보급대 일은 맡겨도 좋으리라 안심했는데."
"대감님! 실은 그 야시로에 대해 말씀드릴 게 있습니다."
"뭐, 야시로에 대해?"
이에야스는 말 위에서 흐뭇하게 웃음을 띠었다.
"야시로는 그대들과 달리 싸움터에서 생명을 버릴 수 있는 사나이는 아니야. 그러나 적과 맞서고 있는 그 배후를 튼튼하게 지켜주는 것도 힘든 일이지."
말하다가 문득 생각을 바꾼 듯 다시 말했다.
"할 말이 있으면 성에 돌아가 하기로 하세."
"예."
이키는 다음 말을 꿀꺽 삼키고 조급해하는 자신을 타일렀다.
'그래도 괜찮다.'

대감 역시 야시로에게 속고 있다.

'그런 만큼 이 일에 대해 상대를 납득시키기 힘들겠지만……'

그러나 이키는 이미 야시로의 모반을 의심하지 않았고 이 일에 대해 침묵을 지킬 수도 없었다.

하치조에게서 그 놀라운 이야기를 듣고 나서 그 사실 여부를 가리기 위해 하치조에게 명령도 해보았었다.

"좋아, 그러면 그대 집에 동지들을 불러 이야기를 나누어보도록 하게."

그러나 야시로는 하치조의 집에 나타나지 않았다. 오다니 진자에몬과 구라치 헤이자에몬 두 사람은 하치조의 집에 나타나 가쓰요리가 입성하는 날의 일에 대해 하치조와 줄곧 의논했다. 이키는 마루 밑에 숨어 그것을 일일이 기록해 가지고 왔다. 그러나 이키 자신이 기록한 것인 만큼 이에야스가 믿지 않으면 어쩔 도리 없는 일이었다.

"이키, 야시로를 좀 이해해 주어라. 이번 싸움은 창을 들고 적과 싸우는 것도 중요하지만 적의 눈에 띄지 않는 곳에서 주판알을 튕기는 것도 큰일이니까…… 그런데 야시로의 일 이외에 별다른 일이 오카자키에 일어나지는 않았느냐?"

이에야스로서는 문중의 감정 분열을 머릿속에 두고 물은 것이었지만, 이키는 다시금 입막음을 당한 꼴이 되어 순간 대답할 말이 없었다.

"다른 일은 없느냐? 노부야스와 도쿠히메 사이는 정다운가?"

이에야스는 다시 물었다.

"예…… 예."

이키는 예사 각오로는 안 될 일이라고 자기 마음을 점점 채찍질했다.

'곤도 이키, 싸움터에 나가 죽는 것만이 무사가 아니다. 생명을 걸어라. 목숨을 내던져라……'

"성으로 돌아가신 뒤 이키가 뵈올 것을 허락해 주시겠습니까?"

"노부야스와 도쿠히메에 대해 할 말이 있나?"

"예…… 예."

"그러지, 밤참 전에 안으로 들어오너라."

이키는 무뚝뚝하게 고개 숙이고 말했다.

"감사합니다."

그러고는 다시 금방 자신을 꾸짖었다. 싸움터에서의 활약과 달리 남의 험구를 하는 것이 그의 성질에는 맞지 않았다. 그 서투른 솜씨로 상대를 설복한다…… 이런 언변에 이르러서는 전혀 자신이 없어진다.

그 뒤 그는 어디를 어떻게 걸었는지 잘 알 수 없었다. 아무튼 하마마쓰성에 닿아 주어진 자기 처소에서 감발을 풀고는 금방 울음을 터뜨릴 듯한 표정으로 저녁 어스름 속에 털썩 주저앉았다.

"아직도 좋은 생각이 떠오르지 않으니……."

야시로에 대해서는 말하지 말라고 두 번이나 입막음당했다. 그런 만큼 이키는 말을 꺼낼 실마리를 아직 찾지 못한 채였다.

이키가 이윽고 당당하게 눈썹을 곤두세우고 본성 내실로 들어간 것은 7시 무렵이었다.

이에야스는 이미 식사를 마치고 목욕하고 있었다. 이키는 약속되어 있다면서 휴게실에 들어가 앉았다.

"대감님께서는 이키 님이 피로해서 안 오시는 모양이라고 말씀하셨습니다만……."

오아이의 말에 이키는 입을 뾰족하게 내밀며 쏘아붙였다.

"가문의 중대사를 앞두고 지쳐버릴 그런 약골은 아니오."

말투가 시비조로 들려 오아이는 고개를 갸웃하며 입을 다물었다.

이윽고 이에야스가 뺨을 번들번들 빛내면서 목욕탕에서 나왔다.

"오, 이키, 와 있었군."

"대감님!"

이키는 오른쪽 어깨를 세우며 물어뜯을 듯한 눈초리가 되었다.

"무슨 일이냐? 노부야스가 어떻게 된 거냐?"

"작은주군 일이 아닙니다! 오늘 밤은 이 이키를 죽여주시기 바랍니다."

"뭐라고…… 베어달라고? 그대는 무슨 실수를 저지르고 왔나?"

"천만에, 대감님은 어리석기 짝이 없는 분이십니다!"

"이키……."

"대답은 하지 않겠습니다. 할 말만 하고 목을 잘리겠다는 각오로 왔습니다. 야시로에 대해서는 말하지 말라고 가신의 입을 스스로 막는 대감님은 바보입니다.

눈뜬장님입니다!"

이에야스는 불쾌한 듯 눈을 찡그리며 팔걸이를 끌어당겼다.

"이키, 그대는 야시로를 헐뜯으러 왔구나. 좋아, 소원대로 베어주마."

"아, 그래 주십시오! 저를 베신 뒤, 야시로를 포박해 주십시오."

이키는 다시 기세등등하게 소리치면서 두 눈에 눈물이 가득 어렸다.

"야시로에 대해 아무리 말해도 작은주군은 외면하고 대감님은 듣지 않습니다. 그런 줄 알고서 각오하고 온 이키, 목이 잘린 뒤 야시로를 포박해 준다면 그래도 좋습니다."

이에야스는 어이없는 듯 이키를 쳐다보다가 다시 꾸짖었다.

"허둥대지 마라, 이키! 그래, 무슨 꿈이라도 꾸고 왔느냐? 할 말이 있거든 알아듣도록 말해."

이키는 팔꿈치를 한층 더 곤두세웠다.

"그러니까…… 야시로가 모반을 꾀하고 있다지 않습니까. 틀림없습니다. 놈은 주제넘게 주군이 인간이라면 나도 인간, 주군이 성주라면 나도 성주가 못 될 것 있느냐고 큰소리치고 있습니다."

"얼빠진 놈, 그것은 모반이 아니라 험구로구나. 혼동하고 있어, 중요한 점을……."

"험구뿐이 아닙니다. 그런 생각을 하며 입에 올리는 놈이라 마침내 모반을 꾀한 거지요. 대감님이 작은주군과 함께 나가시노로 출전하면 우선 쓰키야마 마님을 베고 아스케 한길로부터 가쓰요리를 오카자키성에 끌어들인답니다…… 그러면 오다 원군을 오카자키에서 막아낼 수 있고 대감님은 소중한 옛 영지를 잃어 자멸하리라 계산하고 있지요. 이런 엄청난 일을 대감님은 알려고도 하지 않습니다. 그래서 멍청이라 했는데 무엇이 나쁩니까?"

"누가 나쁘다고 했느냐."

이에야스는 그 무렵부터 비로소 얼굴에 매서운 긴장을 보이기 시작했다. 이키는 거짓말할 사나이가 아니다. 그뿐만 아니라 성급한 마음에 지리멸렬하게 떠들어대고 있을망정 미간에 죽음을 각오한 처절한 기백이 느껴졌다.

그렇다 해도 이 무례한 거동을 그냥 용서할 수는 없었다. 이에야스는 큰 소리로 꾸짖었다.

"이키! 흥분하지 말고 말해. 야시로가 모반을 꾀하고 있다고 고발하고 싶은 거냐?"

"예, 믿지 못하시면 목을 치시라는 겁니다."

"혼자서 모반을 꾀할 수는 없겠지. 한패가 있을 거다. 그것까지 알아냈느냐?"

"물론입니다. 일당을 모두 알 수는 없지만 야시로가 대장이고 그 밑에 오다니 진자에몬, 구라치 헤이자에몬이 낀 것만은 알고 있습니다. 이들을 그냥 놔두고 싸움을 시작한다면 어찌 되겠습니까?"

이에야스는 무슨 생각을 했는지 곁에 있는 오아이에게 턱짓했다. 누군가를 부르라는 것이리라. 눈치채고 오아이가 사라지자 곧 사쿠자에몬과 고헤이타가 나타났다.

"이자를 끌어내 근신시켜라. 이자는 미쳐가고 있어. 어차피 목을 벨 테니 할 말이 있다면 들어두어라."

"알았습니다."

고헤이타는 고지식하게 고개 숙이고 이키의 오른손을 잡았다.

"어전이다. 이키! 일어서라."

그러나 사쿠자는 엷은 웃음을 띤 채 말했다.

"자, 따라오게, 이키. 할 말은 내가 듣고 대신 아뢰마. 그것이 측근의 소임, 남의 직권을 방해 마라."

그리고 앞장서 성큼 거실 밖으로 걸어가고 있었다.

이키가 뭐라고 소리치면서 두 사람에게 이끌려나가자 이에야스는 고개를 갸웃거리며 옷을 갈아입었다. 야시로가 모반을 꾀한다……는 것도 믿을 수 없지만 이키가 터무니없이 야시로를 중상한다고는 여겨지지 않았다. 아니, 그 이상으로 이에야스를 놀라게 한 것은 이키가 소리친 말의 한 구절이었다. 만약 누군가가 오카자키를 적의 수중에 넘기려 계획한다면, 이키의 말대로 이에야스의 주력을 나가시노로 끌어다놓고 노부야스가 없는 틈을 타 가쓰요리를 성안으로 끌어들일 게 틀림없다. 그리고 노부야스가 출전하면 먼저 쓰키야마를 벤다는 것도 마음에 걸렸다. 상당히 음모가 진행되기 전에는 상상도 못 할 일이라고 할 수 있다.

"밖으로 나가겠다. 오늘 밤은 돌아오지 못할 게다."

옷을 갈아입고 나자 이에야스는 오아이에게 이 말을 남긴 뒤 긴 복도를 건너 바깥거실로 갔다.

"나오마사, 오쿠보 다다요에게 밤이지만 급한 일이 있으니 들라고 해라."
바깥거실로 온 이에야스는 다시 눈을 가늘게 뜨고 계속 생각에 잠겼다.
시각은 이미 9시가 되려 하고, 주방 언저리에 사람이 웅성거리는 것 외에는 넓은 성안이 야릇하게 정적에 싸여 있었다. 소나무를 흔드는 바람도 없고, 날씨도 하루하루 봄날답게 따뜻해져 가고 있다.
지금은 노부나가에게 사자로 보낸 요시다 성주대리 사카이 다다쓰구가 돌아오는 것과 가쓰요리가 움직이기를 기다릴 뿐. 나가시노성에는 가메히메의 남편 오쿠다이라 구하치로가 이미 정예를 거느리고 입성해 벼르고 있을 터였다.
호젓한 성안에 다다요의 헛기침 소리가 울리더니 말했다.
"대감님, 부르셨습니까?"
"오, 다다요, 어서 들어오게."
"밤중에 무슨 급한 정보라도 들어왔습니까?"
이에야스는 다다요가 화로 맞은편으로 가까이 오기를 기다리며 중얼거렸다.
"있을 수 있는 일이지……."
"무엇이 말입니까?"
"오가 야시로가 적과 내통했다는군."
그렇게 말하고 다다요를 지그시 보니 다다요는 고개를 끄덕였다.
"역시…… 지금이니 말씀이지만 놈은 충분히 그런 일을 할 만큼 교활합니다."
"그대도 그렇게 생각하나?"
"예, 그놈 하나 때문에 중신들도 모두 고개 돌리고 대감님께 생각하는 바를 아뢰지 않습니다. 모두들 주군께서 그 백여우한테 홀리셨다면서 말입니다."
이에야스는 그 한마디를 매섭게 마음에 새기면서 겉으로는 가벼이 들어넘기는 척했다.
"그래? 그런 말들을…… 그것은 어떻든 다다요, 그대는 내일 새벽 오카자키로 가서 일의 진위를 살피고 오너라. 포도대장 오카 스케무네(大岡助宗)와 협력하여 일당을 한 놈도 놓치지 마라. 아, 그렇군. 와타나베 한조를 데리고 가는 게 좋겠네. 내가 들은 일당은 구라치 헤이자, 오다니 진자 등인데, 정말 어처구니없는 놈들이야."
다다요는 이에야스의 말 한 마디 한 마디를 마음에 새기며 대답했다.
"잘 알겠습니다. 포박한 뒤 지시를 받기로 하지요. 아무튼 이제 문중이 밝아지겠습니다."

야시로의 모반은 사뭇 당연한 일이라는 듯한 태도로 나갔다. 이에야스는 다시금 고개를 갸웃거리지 않을 수 없었다.

그날 야시로는 등성하자 곧 쌀창고로 갔다. 수많은 인부들을 부려 군량을 가마니에 넣어 머잖아 하마마쓰로 수송하기 위해서였다.

"수고들 한다. 오늘은 작은주군께서 순시하실 터이니 열심히 일하여라."

그는 반쯤 흐린 하늘 아래 가끔 웃음이 터지려는 것을 애써 감추려 하지도 않고, 부푼 벚꽃 봉오리에 일부러 코를 갖다 대어 냄새를 맡기도 했다.

"하마마쓰에서 오쿠보 다다요 님이 오셨다. 드디어 출전하게 된 모양이다. 명령이 떨어지면 곧 수송할 수 있도록 빈틈없이 준비해 두어야 한다."

누구에게 하는 말도 아니게 중얼거리다가 문득 등 뒤에서 인기척을 느끼고 천천히 뒤돌아보았다.

"아니, 오쿠보 님이셨습니까?"

"야시로, 여전히 열심이군. 오마쓰도, 아이들도 별고 없나?"

야시로의 아내 오마쓰는 전에 오쿠보 집에서 일하던 하녀였기 때문에 다다요는 지금까지도 반말투였다. 야시로는 그 말에 그리 화내지 않고 여행 차림의 다다요와 그 뒤를 따르는 세 부하들을 보며 물었다.

"덕분에 모두들 잘 있지요. 그런데 오쿠보 님께서는 곧 다시 하마마쓰로 돌아가십니까?"

다다요는 그 침착한 태도에 화가 치밀기도 하고 또 우스꽝스러운 생각도 들었다.

"음, 일이 곧 끝나니 일단 돌아가 대감님 지시를 받고 와야 해."

"그럼, 드디어 출전하시는군요. 무운을 빌겠습니다."

"야시로."

"예."

"구라치 헤이자는 오카가 잡으러 갔는데 반항하다가 칼날 아래 쓰러지고 말았다."

"예…… 저 구라치 헤이자에몬이?"

"포교(捕校) 이마무라 히코베에(今村彦兵衛), 오카 덴조(大岡傳藏) 두 사람이 베었지. 그리고 오다니 진자 놈은 와타나베 한조가 잡으러 가자 뒷문으로 뺑소니쳤어. 지금쯤 한조와 술래잡기하고 있겠지."

말하면서 다다요는 야시로의 표정 변화를 지그시 지켜보았다. 야시로의 얼굴은 마치 백지장처럼 새하얗게 되더니 이어서 대담한 웃음이 서서히 입가에 주름을 잡았다.

"그래서 남은 것은 너 한 명. 얌전히 허리에 찬 칼을 내놓아라. 그러면 이 다다요의 일도 우선 끝나니까."

"그럼, 구라치며 오다니 무리와 이 야시로가 동류란 말입니까?"

"아니, 동류가 아니지. 너는 수령이니까. 놈들은 송사리, 너는 큰 물고기야. 대어(大魚)라면 대어의 각오가 있겠지."

야시로는 문득 소리 높여 웃었다.

"이거 고발이 늦은 모양이군요. 구라치 헤이자의 거동이 수상하여 나도 가담한 척 가장하고 탐색 중이었습니다만……."

다다요는 얼굴을 찌푸렸다.

"야시로, 야마타 하치조의 말을 흉내 내지 마라! 너는 어젯밤 작은주군의 근위무사가 너희 집 마루 밑에 숨어 있었던 것을 모르는 모양이구나."

여기까지 말한 다다요는 너덧 자 뒤로 껑충 뛰어 물러났다. 야시로가 갑자기 칼을 뽑으며 달려들었기 때문이다…….

"반항할 작정이냐, 야시로?"

뛰어 물러남과 동시에 다다요는 세 부하에게 눈짓했다. 한 사람이 야시로의 손목 가까이로 달려들어 수도(手刀)로 다시 칼을 쳐든 야시로의 팔꿈치를 쳤다.

야시로는 팔이 저렸다. 칼을 잡은 손가락 끝의 감각이 없어져 다시 한번 칼을 내려쳤을 때는 빈손이었다. 칼은 등 뒤로 나동그라졌다.

"순순히 따르지 못하겠나!"

"꼴 보기 흉하다."

주판과 웅변과 두터운 배짱은 누구에게도 뒤지지 않는 야시로였지만 칼을 잡으면 어린아이나 다름없다. 다다요의 일갈을 받았을 때는 이미 양쪽에서 두 팔이 비틀어 올려져 땅에 뺨을 쑤셔박고 있었다.

"됐다, 칼을 뺏고 사카다니의 돌감옥으로 끌고 가거라."

야시로는 저항하지 않았다. 어지간한 그도 마음의 동요를 감추지 못해 얼굴빛이 다시금 창백해졌고 잡아 일으켜진 무릎이 보기 흉하게 떨리고 있었다.

"걸어가!"

다다요의 부하가 오랏줄 끝으로 야시로의 옆머리를 때렸다.

"거친 짓은 하지 마라. 이제 슬슬 각오할 때가 되었을 테니까."

다다요는 말하고 나서 앞장서 걷기 시작했다. 어느덧 인부들이 일손을 쉬고 주위에 사람 울타리를 만들고 있었다.

"이봐! 일손을 쉬지 마라."

그 목소리가 부하의 것이 아니므로 다다요는 깜짝 놀라 뒤돌아보았다.

"나는 싸움을 일찍 끝내고 백성들을 곤경에서 구하려다 끝내 잡히고 말았지만, 이것은 너희들과 상관없는 일…… 모두 쉬지 말고 일들 해라."

이것이 야시로의 입에서 나온 말인 줄 알고 다다요는 어이가 없었지만 한편으로는 감탄스럽기도 했다.

'정말 우스운 녀석이로구나…….'

스스로 침착해지기 위해 일부러 한 말인 모양으로, 인부들을 향해 말하고 나자 야시로는 제법 안정된 걸음걸이로 걷기 시작했다.

엷은 태양은 어느덧 그늘지고 돌감옥 입구에 들러붙은 이끼의 푸름이 눈에 스몄다. 돌감옥 문은 이미 열린 채 잡혀오는 사람을 기다리고 있었다. 그것을 보자 야시로는 쓴웃음 지으며 안으로 들어갔다. 방금 전까지 다다요가 출전 준비를 재촉하러 온 것으로 생각하고 이 성의 성주가 될 날을 공상한 자기가 우스워진 게 틀림없다.

"나는 이놈과 할 말이 있다. 너희들은 밖에서 기다려라."

다다요는 야시로의 뒤를 따라 창살문 안으로 들어갔다. 여기는 벼랑에 파인 옥으로 오랫동안 갇힌 자가 없었다. 세 군데는 단단한 바위이고 한 면만 굵은 창살로 막혀 있다. 넓이는 10평쯤 될까. 안쪽에 판자가 놓인 곳이 3평쯤 되었다.

야시로는 들어가자 성큼 그 판자 위로 올라가 입구 쪽을 향해 편히 앉았다.

"오쿠보, 결박을 풀어다오. 여기는 이제 옥 안이니까."

너무도 뻔뻔스러워 다다요는 분노가 치솟았으나 말없이 오라를 풀어주고 야시로와 스칠 듯한 자리에 편히 책상다리를 하고 앉았다.
"야시로, 정신이 좀 드느냐? 일이 탄로 난 이상 버둥거리지 않는 게 좋아. 뒤에는 오마쓰도 있고 아이들도 있으니까."
다다요의 말에 야시로는 눈꼬리가 파들파들 떨렸으나 이내 의젓하게 태도를 바로잡았다. 입가에 이지러진 미소를 띠고 눈은 옥 창살 밖을 내다본다.
"이제부터 이 다다요가 너의 처자를 잡으러 간다. 오마쓰에게 할 말은 없는가?"
"……."
"왜 잠자코 있지. 아무 할 말 없느냐, 야시로?"
"다다요."
야시로는 태어나 처음으로 다다요의 이름을 거침없이 불렀다.
"그대는 싸움터에서 칼을 휘두르며 처자의 일을 생각하나. 이 야시로는 그처럼 미련을 갖는 사내가 아니야."
다다요는 다시 화끈 달아올랐으나 지그시 분노를 억눌렀다.
'이놈, 아직 제정신이 아니로군…….'
오마쓰와 야시로는 예사로운 부부가 아니었다. 졸개의 아들과 딸이 서로 고생을 함께하며 중신 지위를 얻을 때까지 보통 이상의 노력을 쌓아온 부부였다. 그런데 야시로는 최근에 첩을 얻어 아이까지 낳았다. 오마쓰는 그것을 나무라는 대신 그 여자가 낳은 아이를 자기 자식과 차별 없이 기른다는 소문이었다. 말하자면 오늘날 야시로의 지위는 그 그늘에 오마쓰가 있었기 때문이었다.
"그래, 아무 말도, 용서를 빌 것도 없단 말이지?"
"……."
"그대의 첩까지 선뜻 받아들여 일가의 번영을 바란 오마쓰, 그러나 이것저것 모든 게 이제 허사가 되었구나."
야시로는 낮은 소리로 웃었다.
"쓸데없는 참견! 다다요는 창과 칼은 감정할 줄 알아도 이 세상 판단은 잘 못하는군."
"뭐라고!"
"예로부터 이 세상이란 헛된 일인 줄 모르고 부지런히 헛일만 해가는 노름판이야. 만약 이것을 헛일이라고 본다면 대감님이 하고 있는 일도 헛일이지."

"그러면 너를 그토록 신임했던 대감님께 너는 털끝만 한 은혜도 느끼지 않는단 말이냐?"

야시로는 다시 미소를 입가에 띠었다.

"어이 은혜를 잊으랴. 이 야시로에게 인간의 지혜와 힘의 사용법을 가르쳐준 대감님인데……."

"그것은 야유냐, 아니면 잡힌 자의 넋두리냐?"

"흐흐흐…… 다다요의 머리로는 풀 수 없을걸. 그대는 태어날 때부터 오쿠보 집안의 후계자였다. 하지만 나는 짚으로 상투를 묶고 1년의 반을 흙탕물 논에서 보낸 졸개의 아들이야."

"졸개의 자식에게는 어차피 충성도 의도 없으며, 있는 것은 다만 출세욕뿐이란 말이냐!"

다다요가 저도 모르게 몸을 내밀며 질타하자 야시로는 또 싸늘하게 비웃었다. 아무래도 이것은 허세가 아니라 성격에서 우러나오는 진실 같았다.

"다다요, 그대는 내가 생각했던 것보다 훨씬 옹졸한 사내군그래. 그대는 적의를 품지 않고 내 본심의 소리를 들을 배짱은 없는가?"

야시로는 말하고 나서 자기편에서 다다요의 얼굴을 어르듯 들여다보았다. 다다요는 야시로를 무섭게 흘겨보았다. 흘겨보면서 좀 돈 게 아닐까 하고 고개를 갸웃거리는 심정이 되었다.

"어차피 십자가에 매달리거나 효수당할 몸이다. 할 말이 있으면 해봐라."

"그럼, 들을 생각이 있단 말이로군."

야시로는 여전히 비웃는 말투였다.

"나에게 힘과 지혜를 쓰는 법을 가르쳐준 게 대감님이라고 했지. 이것은 비꼬는 것이 아니야. 나는 대감님을 처음 모시게 되었을 때 두려움과 존경으로 기를 펼 수 없었다. 아니, 대감님뿐만이 아니지. 다른 중신들 앞에서도 목소리가 떨려 제대로 말도 못했어. 그런데 그 중신들이 모두 나보다 못한 재치밖에 없는 하잘것없는 무리들이라는 걸 곧 깨달았지."

"뭐, 너보다 못하다고……?"

"그렇다. 그렇게 발끈하지 말고 듣게. 대감님도 마찬가지, 배가 고프면 밥을 먹고, 여자가 탐나면 여색에 빠져 지낸다. 영지, 돈, 쌀, 명예 등이 아쉬워 죽을 지경이고, 미운 자를 경원한다…… 대감님 역시 나와 조금도 다름없는 한낱 인간…… 아니, 이런 대감님의 가치를 나에게 뚜렷이 인식시켜 준 것은 쓰키야마 마님이었지."

참다못해 다다요는 질타했다.

"야시로, 너는 눈알이 뒤집혀 이런 지경에 이르러 마님 이름까지 끌어댈 작정이냐!"

야시로는 웃어젖혔다.

"하하하하, 그러니까 들을 배짱이 있느냐고 따진 거야. 극형받을 각오를 한 야시로가 어느 누구도 꺼릴 것 없이 내뱉는 말이 너무 진실하여 귀가 아프냐? 하지만 그러니만치 좀처럼 들을 수 없는 말이다. 듣기 시작한 이상 잠자코 듣거라…… 사실 나는 쓰키야마 마님을 농락했지. 농락해 보니 내 마누라보다도 못한 보잘것없는 계집이었어……."

"다……다……닥쳐라, 야시로!"

"천만에, 나는 그 쓰키야마 마님과 한 이불 속에 누워 이런 여자 하나 제대로 못 다루는 위인이었는가 싶어 대감에게 혐오증이 솟고 불쌍하기도 하고 딱하기도 했다. 그뿐이랴, 그런 마님의 배 속에서 태어난 사람이라고 생각하니 작은주군 얼굴을 대하는 게 우스워 견딜 수 없었지. 이런 여자가 낳은 아이에게 충성이니 의리니 하는 의무를 지고 왜 모셔야 하는가…… 그래서 일단 주종 관계를 떠나 인간을 깊이 통찰하고 이 세상을 다시 볼 필요가 있다……고 생각하게 된 거야."

다다요는 이제 숨이 막힐 지경이었다. 마님과 간통한 사실을 태연히 입에 올릴 뿐 아니라 한 이불 속에 누워 있는 동안 모반심이 생겼다고 고백하고 있지 않는가. 생각하기에 따라서는 모반의 원인을 이에야스에게 보고하지 못하게 하려는 교활한 꾀가 만들어낸 거짓말이라고도 볼 수 있었지만, 지금의 다다요에게는 그런 데까지 생각이 미칠 여유가 없었다. 그저 갈가리 찢어 죽이고 싶은 분노 속에서 어떤 긍정이 날카로운 손톱처럼 파고드는 것이었다.

'그런 일도 있을 수 있겠지.'

아무튼 이에야스의 총애를 한 몸에 받은 야시로였다. 그런 만큼 고지식하고 무뚝뚝한 노신 따위 어리석은 존재로 보이고, 간부(姦夫)의 위치에서 바라볼 때 그 남편이며 자식이 우스꽝스럽게 보였을 게 틀림없다.

"할 말은 그뿐이냐, 야시로?"

다다요가 칼을 집어들고 일어서려 하자 야시로는 또 짓궂게 웃었다.

"더 이상 들을 용기가 그대에게는 없으리라. 가는 게 좋을 거야."

야시로의 욕설은 또다시 다다요의 발걸음을 그 자리에 못 박게 했다. 체포되어 온 자의 넋두리라고 생각하기에는 너무도 날카로웠고, 자포자기하여 함부로 내뱉는 말이라고 판단하기에는 그 태도와 이론이 매우 정연했다.

"이 다다요에게 더 들을 용기가 없을 거라니, 고백할 것이 더 있다는 말이냐?"

다다요가 돌아보자 야시로는 침착하기 이를 데 없는 말투로 받았다.

"들을 용기가 있다면 말해주지. 그대가 평생 다시는 들어보지 못할 말일 것이다."

"그럼, 오가 야시로에게 모반을 결심하게 한 것은 출세 욕망도, 건방진 망은의 결과도 아니고 쓰키야마 마님과의 불의였다는 거냐?"

"그렇게 단순히 생각하지 마라. 다다요, 나는 단지 마님과 대감님으로 말미암아 인간으로서의 눈을 떴다고 말할 뿐이야."

"너 따위에게 무슨 눈이 있어! 있다면 이렇듯 비참한 꼴이 되지는 않았으리라."

야시로는 다시 나직이 웃었다.

"하하하, 그게 다다요의 해석이냐! 어리석구나. 이 야시로가 하려는 말은 대감님도, 노신도, 마님도 결국 모두 똑같은 인간이라는 것이다. 그것을 깨달았을 때 내 생각이 완전히 뒤바뀌었다고 말하고 있는 거야…… 대감님이 미카와, 도토우미의 경영을 생각한다면, 이 야시로인들 생각해서 안 될 것 없지. 아니, 오히려 나는 내 생각대로 행동하여 만일의 경우에는 대감님과 작은주군을 내 부하로 삼아 살려줘도 좋다고 생각했다. 알겠느냐, 다다요? 대감님은 다케다 군에게 승리할 것이라 굳게 믿고 열심히 싸운다. 그러나 싸움이란 쓸데없는 낭비가 많은 법이지. 따라서 영내의 백성들은 모두 도탄에 빠져 있어. 칼을 잡으면 대감님이 강할지 모르지만 주판은 이 야시로가 훨씬 윗길이야. 내 생각으로는 다케다 군에게 승산이 있고 대감님에게는 없다. 그러므로 여기서는 일단 다케다 군에게 승리를 거두게 하여 쓸데없는 낭비를 피하게 함으로써 백성들을 고난에서 구출하는 게 뒷날을 위하는 일이라고 계산한 거야. 어때, 이 오가 야시로의 생각이 얼마쯤 다다요에게 통했나?"

다다요는 그 자리에 한 무릎을 세우고 칼을 꽉 거머쥔 채 너무도 어이없어 할 말을 잃었다. 만일의 경우에는 대감님도 작은주군도 부하로 삼아 살려주려 했다니, 이 얼마나 뻔뻔스러운 배짱인가.

'일이 탄로 나자 이놈은 역시 정신이 나간 모양이다. 그렇지 않고서야 이렇듯 자기에게 불리한 말을 거침없이 내뱉을 리 없지.'

"그래? 잘 알았다."

다다요는 어느새 분노를 미소로 바꾸고 말했다.

"그러면 너는 세상에 보기 드문 의인이었구나. 백성들의 고난을 없애려고 다케다에게 배반해 갔단 말이지."

야시로는 고개를 끄덕였다.

"그렇지. 백성들뿐이 아냐. 가능하면 그대들 생명까지도. 그대들은 세상을 전혀 볼 줄 모르는 대감의 가축이므로."

"그래? 네가 내 일까지 걱정해 주었구나. 핫핫핫핫, 정말 우습기 짝이 없군."

이번엔 다다요가 큰 소리로 웃었다. 이젠 도저히 웃을 수밖에 없는 일이다……라고 생각하면서도 다다요는 자기 얼굴 한구석이 야릇하게 굳어가는 것을 깨달았다.

다다요가 껄껄 웃어대자 야시로는 시무룩하여 시선을 돌렸다.

"다다요는 아무래도 이 야시로의 마음을 알아줄 만한 인물이 아닌가 보군."

"음, 그런 모양이야. 내가 일부러 이곳까지 들어와 너의 개소리를 묵묵히 들어준 것은 네 마누라와 아이들이 너무 불쌍해 무언가 인간다운 말을 한마디라도 할까 해서였다. 그런데 네놈에게는 털끝만 한 인정도 없어. 아무것도 모르는 마누라와 아이들을 자기 야심의 희생물로 만들고도 전혀 후회하지 않는, 사람의 탈만 쓴 놈이었어."

야시로는 이제 다다요를 보려고도 하지 않았다.

"다다요는 오마쓰와 이혼하라고 권하고 싶은 모양이군."

"그렇다. 이혼만 하면 오마쓰는 산다. 오마쓰가 살면 여러 아이들 가운데 한둘쯤은 살려주도록 말씀 올릴 작정으로 일부러 여기 온 거다."

그러나 야시로는 여전히 못 들은 척했다.

"다다요도 얼간이로군."

"뭐……뭐라고!"

"발끈하지 말게. 인생의 주판을 튕기는 데는 이 야시로가 그대보다 한 수 위란 말이야. 일이 탄로 났다고 해서 이것저것 잔꾀 부리는 그런 재치 없는 사내는 아니지. 대감님께 돌아가 멋대로 처리하라고 해."

다다요는 일어나서 말없이 허리에 칼을 차더니 갑자기 오른쪽 주먹에 입김을 불어 야시로의 머리를 콱 쥐어박았다.

"이것은 네 아내와 아이들의 주먹이라고 생각해라."

"흐흐흐, 할 말이 없으니까 주먹질까지 하는군."

"그래, 너하고는 할 말이 없다."

"그럴 거야. 대감은 우리 내외와 자식들을 어떤 방법으로든 처형할 수 있다. 처형은 할 수 있지만 단 하나 할 수 없는 일이 있지."

"또 지껄이느냐, 이놈!"

"싫으면 듣지 마라. 그러나 마음을 가라앉히고 소리 없는 말을 잘 듣는 게 좋아. 알아들으면 대감께 그대로 아뢰어라. 나의 처형이 만일 대감 개인이 처벌하는 게 아니고 백성들과 하급무사들이 모여서 하는 협의라면 야시로의 목을 베라고 할 자는 거의 없으리라고—"

화가 치밀어 나가지도 못하고 있는 다다요의 등을 향해 야시로는 승리자처럼 목소리를 높였다.

"대감의 처형이 비록 올바른 것이라 하더라도 이 야시로의 충의는 그대로 빛나리라. 대감은 이번 일을 계기로 훨씬 성장할 것이다. 그러한 충의의 계산은 야시로가 아니면 할 수 없는 일. 야시로 일족의 피가 대감을 성장시킬 비료가 될 거라고 말해라."

다시 야시로의 머리에서 딱! 하고 울리는 소리가 났다. 나가려던 다다요가 성큼성큼 되돌아와 이번에야말로 힘껏 후려갈긴 소리였다. 때린 뒤 날카롭게 외쳤다.

"간사스러운 놈!"

침을 퇴! 뱉고 다다요는 날 듯이 밖으로 나갔다. 그래도 야시로는 얼굴에서 이지러진 웃음을 거두려 하지 않는다. 옆머리의 침을 천천히 손수건으로 닦고 스스로에게 말했다.

"오가 야시로…… 탄로 나고 말았구나. 성공하기 일보 직전이었는데, 하하하하……."

아내의 입장

야시로의 아내 오마쓰는 그날 아침부터 성 아랫거리에서 일어난 소동에 대해 아직 아무것도 몰랐다.

'남을 부리는 자는 스스로 모범이 되어야……'

오마쓰는 늘 이렇게 말하며 조심해 왔다. 오늘도 우물가에서 부지런히 아이들 속옷을 빨고 있었다. 하녀는 모두 넷, 그 밖에 야시로의 첩 오야스(於安)가 있었다. 그러므로 여자들은 늘 오마쓰에게 빨래를 그만두게 하려 했으나, 어느새 대야 앞에 웅크리고 앉아 부지런히 손을 놀렸다. 더욱이 오마쓰가 빤 것과 다른 여자들이 빤 것은 그 깨끗함에 차이가 있었다.

"마님, 세상 사람들의 이목이 있습니다. 빨래는 저희들이."

미카와 오쿠군(奧郡) 20개 마을의 대관(代官)을 지내고 또 중신 자리에 있는 분의 마님이라고 고용인들이 말할 때마다 오마쓰는 웃으며 손을 저었다.

"나는 가난한 졸개 집안에 태어났어요. 그것을 잊으면 천벌이 내리지."

오늘도 날씨 걱정을 하면서 속옷 6, 7벌을 다 빨고 나서 막 헹구려 할 때 하인 하나가 달려와 오쿠보 다다요가 찾아왔다고 알렸다.

"뭐, 야마나카(山中)의 나리님이?"

젊을 때 야마나카의 오쿠보 집에서 일한 적 있는 오마쓰는 아직도 다다요를 나리라고 부르며 반가운 듯 손을 씻고 현관문으로 돌아왔다.

"어머나, 나리님은 대감님을 따라 벌써 나가시노로 출전하셨다고 들었습니다만……."

다다요는 그 아낙에게서 눈길을 비키듯 하고 말했다.

"그래, 아이들은 잘 있는가?"

"네, 덕택에 저도 아이들도 편안히 지내고 있습니다. 모두 대감님 은덕이지요."

"반갑군…… 그런데 아이들은 몇이었지?"

이래서는 안 된다고 마음속으로 당황하면서 다다요는 또 묘한 질문을 했다. 그리고 그때 현관마루에서 절하는 오마쓰의 손을 보고 말았다. 야무지다고 소문난 여자, 옛날 생각을 하여 아직까지도 손수 물에 손을 담근다는 오마쓰. 오마쓰의 손가락이 소문대로 빨갛게 젖어 있는 것을 보고 다다요의 가슴은 뭉클했다.

재주가 뛰어난 재녀는 아니다. 그러나 어딘지 대나무 같은 탄력과 겨울철의 붉은 매화를 연상시키는 건강한 한창나이의 여자 향기가 느껴진다.

오마쓰는 천천히 대답했다.

"네, 모두 여섯이지요. 주인은 마침 성안에 갔습니다만 좀 올라오세요."

"음, 그런가. 실은 그대에게 좀 특별히 할 이야기가 있어서."

다다요가 말하자 오마쓰는 나가서 발 씻을 물을 손수 떠왔다.

다다요는 그 물에 발을 담그며 자기 손이 가늘게 떨리는 것을 깨달았다.

'아무것도 모르는구나, 오마쓰는…….'

하다못해 어떤 소문이라도 듣고 있었으면 좋겠다고 생각하며 긴장한 채 객실로 들어갔다.

"아이가 여섯이라고?"

객실로 들어가자 다다요는 다시 하지 않아도 좋을 말을 했다.

'이번에야말로!'

몇 번이나 마음을 채찍질하면서도 오마쓰의 밝은 얼굴을 보니 엉뚱한 방향으로 말이 빗나가버린다. 그만큼 오마쓰의 표정에는 그늘이 없고 자기가 행복하다고 믿는 소박한 감사가 행동 하나하나에 넘치고 있었다.

"네, 여섯입니다."

"모두 그대가 낳은 아이인가?"

"네, 그렇게 생각하며 고맙게 키우고 있어요."

"그러면 첩의 몸에서 난 아이도 기르고 있구먼."

오마쓰는 정직하게 대답했다.
"네, 끝의 두 아이는…… 그러나 남이 낳은 아이라고 생각하면 안 되므로 내가 낳은 아이라고……."
다다요는 자기가 물어놓고는 듣기 괴로워 황급히 가로막았다.
"알았다, 알았다. 야시로도 이제 첩 한둘쯤은 둘 만한 신분이 되었으니."
"네, 고마운 일이……라고 생각해야 되지요."
"알았다…… 그렇게 생각해야만 되는구나, 그대로서는."
오마쓰는 다시 싱글벙글 웃음 지었다.
"네. 신분 낮은 저희들 부부를 이토록 발탁해 주시니 대감님 은혜를 결코 잊어선 안 되지요. 그 은혜를 마음의 거울로 삼아 말먹이와 물일은 평생 누구 손을 빌리지 않고 직접 해나갈 각오로 있어요."
"대감의 은혜를 잊지 않기 위해서 말이지?"
"네, 대감님께서 싸움터에 계시는데 우리들이 수고를 아낀다면 천벌을 받지요."
"듣거라…… 나는 그대들을 좋은 부부, 잘 어울리는 부부라고 생각하고 있었는데…… 그대들도 역시 대감님과 쓰키야마 마님처럼 큰 비극의 부부였어."
"네? 뭐라고 하셨나요?"
다시 티 없는 목소리로 되묻는 말을 듣고 다다요는 소리를 꿀꺽 삼켰다.
"오마쓰."
"네, 뭐라고 말씀하셨지요?"
"그 큰 은혜를 입은 대감께 만일 그대 남편 야시로가 모반을 꾀하는…… 일이 있다면 어떻게 하겠나?"
"네?"
오마쓰는 의아스럽다는 듯 고개를 갸웃거렸다. 다다요의 말을 입 속에서 되풀이하는 모양이더니 웃음을 터뜨렸다.
"그런 일이, 호호…… 만약 그런 일이 있으면 그때는 천벌을 기다릴 것도 없이 이 몸이 꼭 할복시키겠습니다."
다다요는 그 말을 덮어씌우듯 날카롭게 외쳤다.
"오마쓰!"
말을 멈추었다가 다시 이었다.

"실은 대감님께서 야시로에게 어떤 의혹을 품으셨어."
"네……? 다른 사람은 몰라도 야시로만은 결코 그런 일이."
"있어서는 안 될 일이 있었기 때문에 의혹을 품으신 거야. 알겠나, 그 의혹을 푸실 때까지 그대와 아이들을 별성으로 데려가 가두게 되었어. 정신을 바짝 차리고 준비하도록."
단숨에 말하고 다다요는 그만 눈길을 피했다.
오마쓰는 다다요가 예상하고 있던 것처럼 놀라지는 않았다. 잠깐 고개를 갸웃거리며 생각하더니 침착한 소리로 되물었다.
"그러면 대감님께서 남편 야시로에게 무언가 의혹을 품으셨다는 말씀입니까?"
"그래, 빨리 준비해야겠어."
오마쓰는 다시 무슨 말인가 하려고 입술을 움직였으나 생각을 고친 듯 두 손을 짚었다.
"분부대로 하겠습니다."
다다요는 또 얼굴을 외면하고 고개를 끄덕였다.
오마쓰는 역시 아무것도 모르고 남편을 믿는 듯싶었다. 지금 여기서 이러쿵저러쿵 말해 의심을 더 깊게 하면 안 된다고 생각한 모양이리라. 조용히 절하고 밖으로 나갔다.
다다요는 집 안에서 일어나는 소리에 온 신경을 모았다. 지금까지 오마쓰가 아무것도 몰랐다 하더라도 이젠 무엇인가를 어렴풋이 짐작할지도 모른다. 이 집은 밖이 삼엄하게 경비되고 있다. 경비하는 누구 한 사람에게 물어보면 오늘 일에 대해 환히 대답해 주리라.
'아무에게라도 물어봐주면 좋겠는데.'
그리고 남편의 잘못을 사죄한다는 구실로 자결해 주었으면…… 하고 은근히 바랐다.
'야시로는 미운 놈…… 그러나 오마쓰는…….'
오마쓰가 깨끗이 자결한다면 그 아이들을 위해 손써줄 수단이 전혀 없는 것도 아닌데…….
그러나 그것은 다다요의 허망한 희망에 불과했다. 오마쓰는 다다요가 말한 모반이라는 말 한마디를 혹시 잘못 들은 것은 아닌지, 아니면 비천한 집에 태어난 탓으로 난세의 형법이 얼마나 엄한 줄 모르는지…… 모반자는 어느 나라, 어느 가문을 막론하고 처자 일족을 모두 효수하든가 극형에 처한다고 정해져 있건만.

"오래 지체되었습니다, 나리님. 그럼, 따라가도록 하겠습니다."

오마쓰는 전과 다름없이 밝은 표정으로 여섯 아이를 데리고 객실로 돌아왔다. 13살짜리 장남을 선두로 아장아장 걷는 막내딸까지, 그리고 이들 6명이 줄줄이 서서 다다요 앞에 두 손을 짚고 인사했다.

"아저씨, 어서 오세요."

그때 다다요는 정체 모를 분노가 온몸에서 수증기처럼 퍼져오르는 것을 느꼈다.

'바보 같은 야시로 놈! 그 악당 놈…….'

갈가리 찢어 죽이고 싶은 분노를 억누르고 다다요는 성큼 일어섰다.

"절은 하지 않아도 좋아. 자, 가마가 기다리고 있으니 서두르도록."

"네."

어린 목소리들이 서로 뒤질세라 힘차게 대답한다.

"네."

"네."

"네."

다다요는 걷기 시작하면서 오마쓰에게까지 공연히 화가 불끈불끈 치밀었다. 6명 중 2명은 첩의 몸에서 태어난 아이라 한다. 오마쓰가 흔해빠진 상민 출신의 질투심 많은 여자였다면, 이 첩의 아이 둘은 생모와 함께 혹시 어느 곳으로 도망쳐 몸을 숨겨도 근본이 상민이라 그리 큰 문제로 삼을 사람도 없을 텐데…….

"오마쓰! 그대는 비정한 여장부로군. 아니, 그대는……."

"뭐라고 하셨나요?"

"아, 아무것도 아냐. 아무것도 아니니 어서 가마를 타도록."

다다요는 엄하게 명하고 현관으로 내려섰다.

예사로운 일이 아니다—라고 오마쓰가 느낀 것은 별성의 하녀 방에 감금되고 나서였다. 다다요는 그곳까지 함께 오지 않았다. 포도대장 휘하의 이마무라가 오마쓰 모자를 격리시킨 뒤 오마쓰 하나만 어두컴컴한 다다미 6장 깔린 방에 가두었던 것이다.

"좀 여쭙겠습니다만, 그이가 무슨 잘못을 저질렀나요?"

조심조심 이마무라에게 묻자 이마무라는 온 얼굴에 노기를 띠고 꾸짖었다.

"뻔뻔스럽게 묻는군. 찢어 죽일 모반자의 아내가!"

"모반자…… 아니, 그런 일은 없습니다. 그이만은……."

"닥쳐! 구라치 헤이자에몬, 오다니 진자에몬, 그리고 야마타 하치조 등과 짜고 작은주군이 안 계실 때 이 성을 다케다 쪽에 넘기려고 꾀한 일, 하치조의 밀고로 의심할 여지가 없단 말이야!"

이렇게 말하고 나가려는 이마무라를 오마쓰는 필사적으로 붙잡았다.

"잠깐만, 이마무라 님. 그것이 정말인가요?"

"정말이니까 너희들이 이렇게 잡혀왔지."

"그래도 그건…… 무언가…… 저, 그이는…… 술만 마시면 때때로 이상한 말씀을 하는 나쁜 버릇이 있어요. 혹시 그런 말이 대감님 귀에 거슬리시지나 않았는지."

그러나 이마무라는 대답하려 하지 않고 울타리를 둘러친 마당에 침을 탁! 뱉고 사라져버렸다.

"저, 여보세요."

오마쓰는 점점 불안해져서 자기에게 딸린 파수병을 불렀다. 그리고 이 젊은 감시병의 입을 통해 비로소 사건의 전모를 들을 수 있었다. 그 말에 의하면, 남편은 하마마쓰의 이에야스보다도 노부야스를 불덩이처럼 노하게 만들어버렸다고 한다…… 모반도 물론 사실이어서 구라치는 이미 죽고, 오다니는 다케다 영지로 도망쳤으며, 하치조의 손으로 쓰인 연판장까지 바쳐졌다는 것이었다.

"그럼, 하치조 님은 어찌 되나요?"

감시병은 씹어뱉는 듯한 투로 말했다.

"밀고했기 때문에 무사할 거야."

오마쓰는 오들오들 떨면서 어쩔 줄 몰라 했다. 무엇보다도 우선 물어야 할 일을 물었다.

"그러면 우리들은 어떻게 되나요?"

"뭐, 어떻게 되느냐고?"

"네, 저와 아이들 말이에요."

"물론 십자가에 매달리겠지. 그러나 시각과 장소는 아직 결정되지 않았어. 얌전히 극락왕생이나 비는 게 좋을 거야."

"십자가에…… 저 철없는 아이들까지?"

오마쓰는 비로소 방 한가운데 돌부처처럼 앉아 생각에 잠겼다. 아직도 남편의 모반을 도저히 믿을 수 없었다. 출세를 질투하여 누군가 중상한 게 틀림없다.

'내가 그 일을 그토록 두려워하여 주변에 신경 쓰며 살아왔는데…….'

오마쓰는 살며시 고쳐 앉은 다음 마음속으로 남편에게 빌었다.

"미안해요, 여보……."

책임의 대부분은 역시 자기에게 있다고밖에 생각할 수 없는 오마쓰의 성품이었다. 이 오마쓰 앞에 포도대장 오카 스케무네가 나타난 것은, 해가 저물어 얼어붙을 듯한 추위가 사방에 떠돌기 시작할 무렵이었다.

오카는 이마무라에게 촛대를 들게 하고 나타났다. 그는 침착해 보이려고 애쓰며 오마쓰 앞에 앉았다.

"바람이 부는 모양이군, 이마무라."

소나무를 흔드는 바람 소리에 잠시 귀 기울이다가 이번에는 오마쓰에게 말을 걸었다.

"실은 다다요 님이 직접 그대를 만날 작정이셨지만, 차마 얼굴을 볼 수 없다고 하셔서……."

"네…… 네……."

"그래서 내가 그 뜻을 받들고 왔어. 그건 그렇고, 오가 야시로는 정말 대단한 일을 꾀했어."

"포도대장님께 말씀드리겠습니다."

"무슨 말인가?"

"그이는 나쁜 버릇이 있습니다. 술이 지나치면 꿈과 현실을 구별하지 못하고 저에게도 이따금 한 나라 한 성의 주인이 되어 마님이라고 불리게 해준다며 어처구니없는 말을 한 적이 있지요. 아마 이런 대단치 않은 일을 밀고당한 게 아닌가 생각됩니다만……."

"그 일에 대해서는 다시 말하지 마라."

"그러나 저에게는 그이가……."

"그 말을 듣기 괴로워 다다요 님께서 나를 보낸 거야. 알겠나? 야시로는 이미 자백했을 뿐 아니라 차마 입에 담지 못할 말로 주군을 욕하고 있어."

"설마…… 그럴 리가……."

오마쓰는 입술까지 하얗게 질린 채 또 무슨 말을 하려 했으나 오카는 그것을 억눌렀다.

"다다요 님은 가능하면 야시로에게 이혼장을 쓰게 하여 그것을 가지고 돌아가 주군께 그대들의 구명을 탄원하려고 일부러 옥 안에까지 찾아갔었지."

"어머나, 이혼장을……."

"그런데 야시로는 이혼은커녕 거만스레 다다요 님을 어리석은 자라고 꾸짖었다더군."

오마쓰는 찢어질 듯이 눈을 크게 뜬 채 감히 대답도 하지 못했다.

'대감님 다음으로 큰 은혜를 입은 오쿠보 다다요 님에게…….'

아무리 생각해도 오마쓰는 역시 믿을 수 없었다.

"다다요 님을 꾸짖었을 뿐 아니라 야시로 일족의 피로 대감님을 교육해 준다며, 대감님보다 자기가 인간으로선 더 훌륭하다고 큰소리쳤다지."

"그……그것이 사실이라면 그 무슨 죽을 짓을…… 용서해 주십시오."

"그래서 다다요 님은 어이가 없어 더 이상 말씀을 못 하셨는데…… 생각해 보면 아무것도 모르는 그대들이 불쌍해 견딜 수 없다며…… 다다요 님도 주군의 마음을 반드시 움직인다고 장담할 수는 없지만 아무튼 탄원해 볼 테니 그대와 아이들의 구명 탄원서를 그대 손으로 쓰라는 말씀이었어."

그리고 날카로운 반감이 서린 눈으로 찌를 듯 오마쓰를 바라보고 있는 이마무라에게 가볍게 말했다.

"종이와 벼루를……."

이마무라는 거친 동작으로 일어나 어디선가 그것을 가지고 오더니 내던지듯 오마쓰 앞에 놓았다.

오마쓰의 아이들은 한 칸을 사이에 둔 맞은편 방에 있는 듯했다. 그때 어린 여자아이의 울음소리가 새어나오고 그것을 달래는 큰 아이들 목소리도 들렸다.

"자, 그대는 아무것도 몰랐다, 만일 알고 있었다면 반드시 할복하게 했을 것이다……라고 쓰는 거야. 가나(假名 ; 한자의 일부를 따서 만든 일본의 독특한 음절문자)로 써도 좋아."

"네……."

대답했으나 오마쓰는 벼루에 손이 가지 않았다.

오마쓰에게 있어 야시로는 더없는 남편이었다. 부부가 사이좋게 올바르게 살자고 맹세했으며, 그 마음을 합하여 한 계단 한 계단 끈기 있게 지금 자리까지 올라온 두 사람이었다. 그 도중에 몇 번이나 서로 손잡고 울었으며 웃었단 말인가.

"모든 게 당신 덕분, 나는 좋은 아내를 가졌어."

처음 세 마을의 대관 자리를 맡았을 때 야시로의 기뻐하던 모습이 지금도 눈에 선하다. 그때 야시로는 오마쓰의 손을 잡고 그 손에 절했다.

'그 남편이 대감님보다 뛰어난 인간이라고…… 그런 엉큼한 말을 했을 리 없다.'

오마쓰의 생각은 절망의 못가에서 애처로이 떠돌 따름이었다.

"자, 붓을 드시오. 그대에게 글이 떠오르지 않으면 내가 불러주어도 좋아."

"네…… 네…… 그러나."

"무엇을 망설이지? 다다요 님의 온정인데."

"네, 그 점에 대해서는 깊은 감사를……."

오마쓰는 마침내 오카 앞에 두 손을 짚었다.

"참으로 말씀드리기 어려우나 그 탄원서를 내일 아침까지 기다려주실 수 없겠습니까?"

"뭐, 지금은 쓸 수 없다는 건가?"

"네, 좀 더…… 마음을 가라앉히고…… 잘 생각해 볼까 합니다."

오카는 한숨을 내쉬었다.

"그런가? 그대는 그러한 여자……라고 다다요 님께서도 말씀하셨지만…… 그러나 다다요 님은 내일 새벽 일찍 오카자키를 떠나시게 돼. 대감님께 야시로의 처분을 지시받기 위해서야. 그러니 내일 아침이면 늦는데……."

"……."

"좋아, 이렇게 하지. 내가 오늘 밤 11시까지 다시 한번 오겠어. 그때까지 잘 생각해서 써두는 게 좋을 거야. 새삼스레 말할 것도 없지만 그대는 전혀 몰랐다는 뜻을 자세히 적도록 해."

"황송합니다. 그럼, 11시까지."

곁에서 이마무라가 답답하다는 듯 혀를 찼으나 오카는 눈짓으로 그것을 나무라고 일어섰다.

"번거롭게 해드려 죄송합니다."

오마쓰는 오카가 사라진 뒤에도 다다미에 두 손을 짚은 채로 있었다. 어느덧 아이들 소리는 잠잠해지고 바람 소리만이 무서움을 주듯 지붕을 휩쓸고 있다. 오마쓰는 살그머니 얼굴을 들고 떨리는 목소리로 망막 속의 남편을 불렀다.

"야시로 님…… 당신은 이 오마쓰에게 왜 이혼장을 쓰지 않았는지요……."

다다요가 내일 이른 아침 하마마쓰로 야시로 처형에 대한 의논을 하러 간다는 소식을 들은 오마쓰. 오마쓰는 사건의 진위보다도 이미 처형이 움직일 수 없는 사실로 받아들여져 가슴을 짜릿짜릿 죄어왔다.

모반자와 그 처자. 아무것도 모르는 처자에게 남편과 똑같은 형벌이 가해진다는 데 대한 잘잘못 따위는 생각되지 않는다. 다만 함께 죽을 것인가 어떻게 할 것인가만이 안타깝고 거세게 가슴을 쳐오는 것이다.

"야시로 님……."

오마쓰는 다시 고개를 푹 숙인 채 입술을 깨물고 울기 시작했다.

약속한 11시에 오마쓰를 찾아온 것은 오카가 아니고 다다요였다. 다다요는 역시 이마무라에게 안내되어 나타났다.

"오마쓰, 깊은 밤이라 오카에게 폐 끼치는 게 미안해 내가 다시 왔어. 옛정을 생각해서."

말하고 오마쓰 앞에 그대로 놓인 종이와 벼루를 보더니 크게 한숨 쉬며 오마쓰 앞에 앉았다.

"역시 쓰지 않았군."

오마쓰는 여전히 꺼져들 듯이 앉아 있었다. 다다요를 쳐다보는 오마쓰의 눈동자 속에 이전보다 더 맑은 한 줄기 외곬 같은 빛이 느껴졌다.

"자주 찾아와주셔서 다만, 다만…… 고맙게 여길 뿐입니다."

오마쓰는 말하더니 살며시 옷깃을 여몄다.

"은혜는 결코 잊지 않겠어요. 하지만…… 탄원서만은 용서해 주시기 바랍니다."

"아무래도 쓸 마음이 없다는 건가?"

"네, 황송하다고 생각됩니다만, 저는 야시로와 함께 죽고 싶을 뿐입니다."

"흠, 아마 반드시 그러리라고 생각은 했다만."

"나리님, 야시로는 역적, 그 역적이 이혼장을 쓰지 않는 것은…… 저에게…… 아내에 대한 애원인가 싶어요."

"그럴지도 모르지만, 그러나……."

"나리님! 그이는 옛날부터 제가 곁에 있어주지 않으면 쓸쓸해 견디지 못하는 못난이였어요. 그런 그이에게 엉큼한 역적질을 하게 한 것은 역시 제 죄였다고 이제야 겨우 깨달았습니다."

다다요는 마른침을 삼키고 오마쓰를 쳐다보았다. 오마쓰의 얼굴에 발그레 홍조가 떠오르고 눈매 속에 미소가 서리기 시작했다.

"그러면 그대는 야시로가 그대를 의지하므로 혼자 저세상으로 보낼 수 없다는 것이로군."

"네, 야시로가 의지할 수 있는 상대는 지금 이 세상에서 저 하나뿐…… 이제는 야시로의 음모를 몰랐다고 하지 않겠어요. 야시로의 최후를 어지럽히게 해서는 더욱 가엾은 일, 오마쓰는 개구쟁이 자식을 하나 둔 셈 치고 어디까지나 함께 따라가주고 싶습니다."

"그런가, 그것이 생각해 낸 그대의 결론이로군. 그럼, 모든 일을 흐르는 대로 맡길 도리밖에 없겠지."

"네…… 옥중에서 큰소리치고 있는 야시로의 마음을 저만은 알 수 있을 것 같습니다. 야시로가 하는 일에 언제나 거역하지 않고 오로지 복종해 온 이 몸입니다. 이번에도 그러리라고…… 널리 용서해 주십시오."

다다요는 이미 할 말을 잊었다. 이것이 과연 양처인지, 열녀인지도 알 수 없었다. 하지만 그곳에는 다다요가 헤아릴 길 없는 야릇한 부부의 애정이 애달픈 끈기로 열 겹 스무 겹 얽혀 있다.

'그렇게 하면 야시로에 대한 정은 다하게 되겠지만 아이들에게는 나쁜 어미가 되지 않겠는가…….'

이렇게 말하려다가 다다요는 생각을 바꾸었다.

"그런가, 잘 알았네. 그대의 말도, 야시로의 말도 대감께 그대로 아뢰도록 하겠네. 잘 알았어……."

다다요는 스스로에게 타이르듯 고개를 끄덕이고 그대로 방을 나가버렸다.

심판하는 자

다다요가 오카자키에서 돌아오자 이에야스는 곧 부르는 대신 나오마사를 통해 명령 내렸다.

"일단 조사한 대로 써서 올려라."

그러고는 그냥 거실에 들어박혀 무사 인명록 조사를 계속했다.

드디어 나가시노를 중심으로 전기(戰機)가 무르익으려 하고 있다. 다케다 영지에 들여보낸 첩자로부터 통보만 오면 곧 행동을 일으킬 것이다.

이렇듯 절박한 공기 속에서 오가 야시로의 모반은 참으로 청천벽력과도 같은 일. 야시로만은 믿고 있었다. 싸움터에서는 써먹을 길 없는 사나이였지만 공물이나 전비(戰費) 염출에서는 그를 따를 자가 없었다. 더욱이 비천한 신분에서 발탁된 은혜를 생각해 이에야스를 신이나 생명처럼 생각하고 있다. 그렇게 믿고 재정을 거의 맡기고 있었던 만큼 마음속의 당황이 이만저만 크지 않았다.

'설마 야시로가…….'

출세를 질투하여 누군가 올가미를 씌운 것은 아닐까…… 하고 이에야스 자신도 몇 번인가 고개를 갸웃거렸을 정도였다. 그런데 이제 한 점의 의심도 없다. 고지식함 그대로이던 야시로가 실은 으뜸가는 엉큼한 인간이었던 것이다.

'나에게 부하를 보는 눈이 없는 것일까?'

곧 쌀창고, 무기고, 돈창고 등 하마마쓰의 것은 손수 조사하고, 오카자키성은 노부야스와 히라이와에게 명하여 조사시켰더니 불행 중 다행으로 장부와 남은 수량이 꼭 들어맞았다.

'이상한 사나이로군. 돈이나 쌀을 빼돌린다면 또 모르려니와 다케다 군과 내통하여 노부야스와 내 목을 노리다니……?'

그러나 다다요가 바친 야시로의 구술서를 읽고 그 의문도 풀렸다. 고지식한 한 사나이가 너무나 뛰어오르듯 출세하여 꿈과 현실의 차이가 모호해진 탓이라고 이에야스는 반성했다.

'너무나 빨리 중용했어…….'

그러고 보니 지나치게 출세한 자에게는 온갖 것이 가능해 보이는 모양이었다. 그 점을 미처 생각지 못했다고 깨닫자 이에야쓰는 이번의 전투 배치를 다시 검토해 볼 필요를 느꼈다. 이기기만 하는 자와 온갖 고전을 경험한 자를 혼동해서는 안 되었다. 그 둘을 엄격히 구별하여 저마다 알맞은 곳에 배치하지 않으면, 얕보다가 실패하거나 너무 신중하여 때를 놓치는 자가 나올지도 모른다. 거실에 들어박혀 일일이 인명록을 보며 그 점을 재검토하기 시작했는데, 그 배치에는 아마도 잘못이 없는 것 같았다.

서류를 치우고 이에야스는 비로소 나오마사에게 명했다.

"다다요를 들게 해라."

아직 야시로를 어떻게 처형할 것인지 가슴속에 결정한 바가 없었고 미심스러운 점, 묻고 싶은 점 등에 대해서는 다다요의 대답을 들은 뒤 결정할 작정이었다.

시각은 오후 2시.

서원 창에 따뜻해 보이는 햇볕이 쬐고 있었지만 파도 소리는 드높아 먼 곳에서 대지가 울고 있는 느낌이었다.

다다요가 들어와 엎드리자 이에야스는 부드러운 목소리로 물었다.

"이번 사건에서 노부야스는 어떤 태도를 취했는지, 그것부터 먼저 들어보기로 할까."

다다요는 이에야스 곁으로 다가갔다. 그리고 좀 거친 말투로 우선 노부야스를 비난했다.

"솔직하게 말씀드리면 오카자키에서 가장 놀라신 분은 작은주군이셨습니다."

이에야스는 좀 불쾌한 빛을 띠었지만 곧 그것을 감추었다.

"그래? 노부야스가 가장 놀랐나? 놀랐다는 건 당황했다는 의미이겠지."

"예, 전에도 야시로에게 수상한 점이 있다고 거듭거듭 말한 자가 있었지만 도무지 들으려 하지 않았답니다. 그러므로 오카자키의 중신들은 무슨 말을 해도 헛일이라고 체념하고 본척만척 지내는 것 같은 분위기를 느꼈습니다."

"흠, 노부야스가 너무 버릇없다……고 그대는 내게 말하는 것인가?"

다다요는 또렷이 대답했다.

"예. 그러나 모든 게 야시로의 간사한 꾀 때문입니다. 야시로 놈이 대감님에게는 대감님이 좋아하시도록, 작은주군에게는 작은주군이 좋아하도록 부자 사이의 의가 상하게 도모한 흔적이 있다고 히라이와도 말했습니다."

"다다요—"

"예."

"두 번째로, 이번 사건에 있어 쓰키야마에 관한 소문은 듣지 못했나?"

"전혀."

다다요는 시치미 떼고 고개를 저었다. 무슨 말이든 직언하는 다다요였지만 그 문제만은 언급하기 싫은 모양이었다.

이에야스는 다다요의 얼굴빛으로 그것을 알아차렸다. 그것은 다다요뿐 아니라 오카자키의 가신들 모두 말하기 싫어하는 문제임에 틀림없다. 말하기 싫어하는 거라면 그 문제는 덮어두어도 좋다고 이에야스는 생각했다.

"그럼, 셋째로 야시로에 대한 가신들의 감정, 분위기를 알고 싶은데……."

"그것은 미워한다……는 한마디로 대답할 수 있을 것입니다."

"그래? 그자가 왜 그토록 미움을 받았을까? 이상스럽군그래."

"아닙니다, 이상할 것 전혀 없습니다."

다다요는 다시 지나치게 난폭한 말투가 되었다.

"이상스럽게 여기시는 것은 대감님과 작은주군 두 분뿐이십니다."

"허, 우리 부자뿐이란 말이지?"

"두 분 다 여우 같은 야시로에게 홀리셨다고 하급무사들까지 수군거리고 있었습니다."

"과연, 그것까지는 노부야스에게 간언하기를 꺼렸겠지…… 그런가. 그럼, 넷째로 야시로가 했다는 말인데, 정말 다케다 군이 승리한다고 자신 있게 말했나?"

"미친 자의 자신감입니다만, 분명 그렇게 말했습니다."

"그리고 이 이에야스가 야시로보다 못하다는 말을 광란상태에서 지껄였나, 아니면 제정신으로 말했나?"

다다요는 답답한 듯 말했다.

"대감님! 놈은 제정신이 아닙니다. 콧대가 높아진 것이라고 생각합니다. 그러므로 어떤 경우에도 얄미울 만큼 침착했습니다."

그 말에 이에야스는 문득 미소 지었으나 그 미소는 알 듯 모를 듯 이지러졌다.

"그리고 야시로는 마음대로 처형하라고 큰소리쳤단 말이지?"

"예, 그뿐만 아니라 만일 대감 한 분의 심판이 아니라 하급무사나 농민 및 그 밖의 백성들에게 의논시킨다면, 아마 야시로를 죽이라는 자는 한 사람도 없을 거라고까지 말했습니다."

"뭣이! 백성들에게 뜻을 묻는다면 죽이라고 할 자가 하나도 없다고?"

그때까지 온화하던 이에야스의 표정이 그 한마디로 갑자기 험악하게 바뀌었다.

"분명 그렇게 말했단 말이지, 다다요?"

이에야스의 눈이 별안간 날카롭게 빛나기 시작했으므로 다다요는 저도 모르게 가슴이 철렁했다. 백성들에게 묻는다면 죽이라고 할 자가 하나도 없다…… 이 한마디가 그토록 이에야스에게 심한 타격을 주는 것일까……? 다다요는 그것보다도 이에야스를 가리켜 자기만 못한다고 한 야시로의 말에 격노하리라 예상하고 있었던 것이다.

"예, 분명 그렇게 말했습니다."

"그런가! 얄미운 놈이로군, 야시로는."

"대감! 그리고 야시로의 아내에 관한 일입니다만, 제가 잡으러 가서 끌고 나올 때까지 아무것도 모르고 있었습니다."

"그런가……."

"어린아이들도 많으므로 대감님의 자비를 빌고자 탄원서를 쓰면 전해주겠다고 했으나 끝내 쓰지 않았습니다……."

"그런가? 건방진 여자로군."

"아니지요, 꿋꿋했습니다. 그 머리가 돈 악마에게 절개를 지켜 야시로와 함께 죽겠다고 눈물 흘리면서……."

"뭐…… 그건 누구 말이냐?"

"야시로의 아내 말입니다."
"다다요!"
"예!"
"야시로의 처형은 결정했어, 결정했단 말이야."
"그의 아내와 아이들 일입니다. 대감님, 어떻게 할까요?"
이에야스는 비로소 다다요의 말을 깨달은 모양이었다.
"그놈의 아내는 살고 싶다고 하더냐? 지금은 이미 싸움이다. 야시로의 처형은 전시의 법을 따라야겠지만, 야시로 녀석이 그따위 말을 했다면 놈이 납득하도록 죄를 가려주자. 그런데 그 아내가 어쨌다고?"
"야시로에게 절개를 지켜 함께 죽고 싶다고 했습니다."
"그대 의견은?"
"그러므로 그 아내는 어쩔 수 없습니다. 야시로와 함께 십자가에 매달리든 효수를 받든 상관없습니다만……."
여기까지 말하자 이에야스는 다다요의 뒷말을 막듯 말했다.
"아이들 가운데 가장 어린 두 딸만은 살리도록 하여라."
"예? 계집아이 둘만."
"알겠지? 살려주는 것처럼 하지 말고 살려서 아비의 이름을 모르도록 키우는 거다. 그 일에 대해선 그대에게 맡기마. 부디 가신들에게 너그럽다는 말을 듣지 않도록 각별히 조심해라."
그리고 이에야스는 다시 한번 신음했다.
"그래—놈이 그렇게 말했단 말이지."
다다요는 자기가 하려던 말을 이에야스가 앞질러 하자 가슴이 뭉클해졌다. 그는 이에야스에게 오마쓰가 낳은 계집아이 하나를 살려주도록 빌고 처형 때 그 소식을 오마쓰에게 넌지시 들려줄 수 있다면…… 하고 그것만 부탁할 작정이었는데 이에야스는 선선히 둘을 살려줘도 좋다고 한다…….
다다요는 그 말에 사로잡혀 이에야스가 야시로의 욕설에 어째서 그토록 구애받는가 하는 점까지는 미처 생각지 못했다.
"다다요, 야시로 놈은 이 이에야스에게 정면으로 도전해 왔군."
이에야스의 말을 듣고 다다요는 비로소 제정신이 들어 되물었다.

"예……?"

"야시로 놈은 진심으로 제가 나보다 올바른 자라고 믿고 있는 거야."

이에야스는 다다요가 의아해하는 것을 꾸짖는 말투로 나무랐다.

"그대는 아직 그 점을 깨닫지 못했나? 멍청이 같으니."

"하오나 그것은 미친 자의……."

이에야스는 날카롭게 다다요의 말을 가로막았다.

"그렇지 않아! 놈은 나를 배반하는 게 백성들을 행복하게 하는 거라고 믿고 있었던 거야. 놈이라면 평화롭게 할 수 있는 일을, 이에야스는 싸우고 또 싸워서 백성들을 괴롭힌다……고 지금까지도 그렇게 생각하는 게 틀림없어."

다다요는 그만 이에야스를 다시 보며 입을 다물었다.

'듣고 보니 그럴지도 모른다…….'

야시로의 뻔뻔스러움 속에는 탄로를 두려워한다기보다 어딘지 승리자 같은 광적인 태도가 엿보였다.

"대감님! 대감님께서는 좀 전에 야시로의 처형을 결정했다고 하셨지요?"

"그렇다. 결정했어!"

"그럼…… 대체 어떤…… 십자가형이나 효수형이 아닙니까?"

이에야스는 천장 한구석을 지그시 노려보듯 하며 고개를 저었다.

"십자가형이 아냐. 놈의 소원대로 백성들에게 죄를 가리게 하자."

"예? 백성들에게?"

이에야스는 천천히 고개를 끄덕였다.

"그렇다, 알겠지? 이것은 나와 야시로의 싸움이 아냐. 내가 경건히 신불에게 뜻을 묻는 행사라고 생각해라."

"예……?"

"중요한 싸움을 앞두고 모반을 꾀한 야시로 놈을 톱질형에 처한다."

"……톱질형?"

이에야스는 시선을 허공에 던진 채 고개를 끄덕였다.

"처자는 오카자키성 밖 넨지 들판(念志原)에서 십자가에 매달아도 좋다. 그 준비부터 한 뒤 야시로를 옥에서 끌어내라."

"처자의 처형부터 앞서 하는 거로군요."

"앞서 하는 것이 아니야. 야시로에게 보여주는 거지. 야시로는 안장 없는 말에 돌려 앉아 태워라. 그리고 죄상을 밝힌 팻말을 세우고 넨지 들판에서 하마마쓰로 끌고 오너라."

"그럼, 하마마쓰에서 톱질형에 처하게 됩니까?"

이에야스는 여전히 허공을 노려본 채 고개를 저었다.

"놈이 희망하는 대로 오카자키를 비롯한 하마마쓰의 백성들에게 놈의 모습을 빠짐없이 보여주는 거야. 하마마쓰에 닿거든 다시 오카자키로 끌고 가라."

여기까지 듣자 다다요는 고개를 갸웃거리지 않을 수 없었다. 톱질형이라는 잔인한 처형은 옛날이야기에는 있었지만 지금껏 본 일도 들은 일도 없었다.

'대감님께서 정말 노했구나…….'

이렇게 생각했을 때 이에야스는 비로소 다다요에게로 시선을 옮겼다.

"알아들었겠지. 알겠나? 이제부터가 중요하다. 잘 들어두어라. 오카자키성 밖까지 끌고 가서 놈을 생매장하는 거다. 목만 내놓고 팻말에 이자를 가증스럽게 여기는 통행인은 목에 한 번씩 톱질하고 지나가라고 쓴 다음 그 옆에 대나무톱을 놔둬."

이에야스는 비로소 싱긋 웃었다. 다다요는 잠시 이에야스의 진심을 알 수가 없었다. 처자는 넨지 들판에서 십자가에 매달아라. 그것을 하마마쓰로 끌고 오는 도중 야시로에게 보여주라고 한다. 그리고 하마마쓰에서 오카자키로 다시 끌고 가 오카자키 변두리에 생매장하여 톱질형에 처하라는 것이다. 더할 데 없이 참혹한 형벌인데 이에야스는 웃고 있다.

"어때, 알았느냐, 다다요?"

다시 재촉받고 다다요는 비로소 무릎을 탁 쳤다.

"그럼, 생매장한 뒤 대나무톱을 갖춰놓고 통행인에게 처형시키는 거로군요."

"그렇지."

"만일 통행인 중에 야시로의 은혜를 생각하는 자가 있을 때는……."

"그때는 살려주겠지."

이에야스는 다시 한번 미소 지었다.

"통행인이 살려주느냐, 아니면 증오하여 톱질해 죽이느냐, 야시로냐 이에야스냐…… 그러니 감시자는 둘 필요가 없다."

"예!"
다다요는 저도 모르게 두 손을 짚으며 목이 메었다.
'과연 우리 주군!'
"곧 오카자키로 되돌아가 분부대로 준비하겠습니다."
이에야스의 거실을 나오자 다다요는 그길로 오카자키로 돌아갔다.
야시로가 안장 없는 말에 태워져 옥에서 끌려나온 것은 그로부터 이틀 뒤였다.
하늘은 구름 한 점 없이 맑았다. 죄상을 밝힌 팻말을 받쳐든 6명의 망나니들이 앞장서고, 그 앞뒤를 20명쯤 되는 졸개로 경호시켜 시구문을 통해 성 밖으로 끌고 나왔다. 길 양편을 메운 구경꾼들에게서 조약돌이며 흙덩이가 야시로를 향해 빗발치듯 날아왔다.
그러나 야시로는 여전히 가슴을 펴고 오만하게 주위를 둘러보았다. 행렬은 성 동쪽 거리를 벗어나 넨지 들판에 이르자 멈춰 섰다.
오른쪽 솔밭 너머로 오마쓰와 네 아이를 처형하기 위한 형장의 참대울이 선명하게 빛나 보였다. 5개의 십자가가 나란히 늘어서고 겨울철 대지에 포근한 햇볕이 내리쬔다.
어디선가 꾀꼬리가 울기 시작했다.
처음부터 야시로를 미워해 온 이마무라가 일부러 다가가 말을 걸었다.
"야시로, 보이느냐? 네놈의 악심 때문에 죄 없는 처자의 말로가 저렇게 되다니. 봐라, 왼쪽 막사에서 끌려나오는구나."
그러나 야시로는 대담한 미소를 띠고 중얼거렸다.
"십자가 수가 다섯 개인가. 흐흐……."
의식적으로 다섯 개의 조그마한 사람 그림자를 똑바로 보며 주위에 들리라는 듯이 말했다.
"나도 곧 뒤따라가마. 저승에 가서 즐거이 살자꾸나."
"그것이 죽어가는 자의 넋두리냐, 야시로?"
"흐흐흐, 네까짓 것이 알 게 뭐냐, 이 야시로의 심경을."
그리고 그대로 고개를 돌리더니 그 뒤로는 이마무라가 무슨 말을 해도 대꾸하지 않았다.
행렬은 도중에서 하루 묵은 뒤 다음 날 하마마쓰성 아래 이르렀다. 여기에서는 야시로에 대한 가신들의 증오가 오카자키보다 더 심하여 야시로의 얼굴에 온갖 오물이 퍼부어졌다.

이에야스는 끌려온 야시로를 보려고도 하지 않았다.

넨지 들판에서는 거만하게 가슴을 펴고 있던 야시로도 하마마쓰에 닿았을 때는 이미 보잘것없이 꾀죄죄해져서 말 위에 가만히 타고 있는 게 고작이라는 보고가 있었기 때문이었다. 무술로 단련하지 않은 육체가 의지와는 달리 꼴사나운 피로를 드러낸 것이었다.

야유를 잘하는 사쿠자에몬은 일부러 야시로의 말 곁으로 다가가 소리쳤다.

"야시로, 수고한다."

그러나 야시로는 대답할 용기가 없었다.

다다요가 처형에 대한 이에야스의 말을 전한 것은 온 하마마쓰를 끌려다닌 야시로가 다시 오카자키를 향해 끌려가려 할 때였다. 야시로는 당연히 하마마쓰에서 처형당하리라 믿고 있었던 듯 이때 비로소 비명 지르며 이에야스를 저주했다.

"다시 오카자키까지…… 장난감을 만들 셈이냐, 비정한 놈!"

다다요는 그날 아침부터 내리기 시작한 보슬비 속에서 말 위의 야시로 등에 농부 도롱이를 씌워주었다.

"야시로, 대감님 말씀을 전한다. 알겠느냐, 너는 이제부터 오카자키로 끌려가 거리 어귀의 네거리에 생매장당하게 된다."

"뭐, 생매장을……."

이렇게 외친 야시로는 이미 가엾은 공포의 덩어리가 되어 있었다.

"그렇다. 그리고 목만 땅 위로 내놓고 대나무톱에 끊겨 죽는 거야."

"머……머……멋대로 해라! 귀신이 될 테다. 반드시 귀신이 되어 원수를 갚을 테다!"

다다요는 저도 모르게 웃었다.

"네놈의 허세도 기껏 사흘뿐이었구나."

"……."

"알겠느냐. 그것도 모두 네놈의 말을 들어주시기 위한 조치다."

"저주할 테다, 귀신이 될 테다!"

다다요는 엄하게 꾸짖었다.

"진정해! 꼴불견이구나. 네놈은 그곳에서 네 멋대로 지껄일 수 있다. 통행인에게 네놈과 대감님 중에 누가 올바른지, 올바르다고 믿는 자는 나를 파내어 살리라고 말이지."

"뭐, 내가 말할 수 있다고?"

"그렇다. 네놈은 백성들에 의해 심판받는다. 네 소원이 아니었더냐? 지나가는 행인들이 네놈을 살려내든가 아니면 대나무톱으로 목을 자르든가. 감시자는 두지 않겠다. 고맙게 생각하여라."

그러고 나서 다다요는 명령했다.

"행렬, 앞으로!"

야시로의 눈에 다시 생기가 돌았다. 관자놀이에서 흘러내리는 빗방울을 핥듯이 하며 하나의 희망으로 마음을 모아갔다.

'그래! 네거리에 파묻히고 대나무톱이 옆에 놓인단 말이지…….'

자유로이 말할 수만 있다면 대나무톱을 자기 목에 대려는 자에게 어떤 담판이라도 할 수 있다.

'말이라면 자신 있다…….'

야시로는 감각이 없어진 엉덩이의 아픔만 생각하는 일에서 구원받아 지그시 허공을 노려보기 시작했다. 비가 내리는 탓인지 길 양쪽의 구경꾼은 올 때의 4분의 1도 못 되었다.

야시로가 오카자키 교외 작은 밭도랑가에 생매장당한 것은 그다음다음 날 아침이었다.

땅속에 키만큼 구덩이를 파고, 그 둘레에 동그랗게 6자 판자로 둥그렇게 흙막이가 쳐졌다. 발바닥 아래의 흙이 싸늘하고 축축했으나 물은 없었다. 위는 네모난 판자를 둘로 쪼개 그 가운데에 목이 나올 만큼 구멍을 뚫었으며, 그 쪼갠 것을 어깨 위에서 다시 맞춘 뒤 양쪽에 예닐곱 관쯤 되는 돌이 놓였다. 발돋움하여 허공에 뜬 자세가 아니라면 자기 힘으로 젖혀버릴 만한 무게였지만 야시로의 자세와 힘으로는 어쩔 수 없었다.

그리고 위를 막은 판자 가장자리에 사슬이 달리고 그 사슬 끝에 푸른 대나무를 들쑥날쑥 파서 만든 대나무톱이 달려 눈앞에 내던져져 있었다. 뒤와 양옆 세 곳에 울타리가 둘러지고, 죄상을 적은 팻말은 목 뒤쪽에 세워져 야시로에게는 보이지 않았다.

이마무라가 이 진기한 작업을 마치고 돌아가자 맑고 투명한 아침 햇볕 속에 어디선지 상인과 농부들이 모여들었다.

한때는 꼴사납게 침착성을 잃었던 야시로였지만, 이때는 요사스러운 힘의 뒷받침으로 한결 침착을 되찾고 있었다.

'내가 한 일은 정말 선일까, 악일까?'

야시로는 생각하다가 황급히 고개를 저었다.

'그따위 생각은 할 필요가 없다…….'

지금 이에야스는 누가 올바른지 백성들에게 물으려 하면서 그 취급이 몹시 공평하지 못하다……고 야시로는 생각했다. 모반을 기도한 괘씸하기 짝이 없는 놈이라고 뒤에다 써놓고 몸의 자유를 엄하게 제한하고 있다. 이런 불공평함에 맞설 수 있는 것은 단 하나의 혓바닥과 야시로의 두뇌였다. 그러므로 여기에서는 그 남아 있는 무기를 충분히 활용하여 대항해야 할 일이지 사건의 선악을 반성할 경우가 아니라고 생각했다. 오늘 아침까지는 그래도 죄인으로서 보리밥이 주어졌지만 이제부터는 굶어야 한다. 굶으면서 과연 며칠 동안이나 목숨을 부지할 수 있을 것인가…….

이렇게 생각하고 있을 때 나그네인 듯싶은 장사꾼 차림 사나이가 성큼성큼 앞으로 나섰다.

"이 대악당 놈, 내가 첫 톱질을 해주마."

그러더니 다짜고짜 톱을 들어 야시로의 목에 대려고 했다.

야시로는 외쳤다.

"기다려라! 대악당이란 대체 누구를 가리킨 말이냐?"

대나무톱을 집어든 30살쯤 된 그 사나이는 어이없는 듯 구경꾼을 돌아보았다.

"아니, 이놈 좀 보게. 소중한 대감님 목을 노리고도 자기를 선인이라고 생각하는가 보군."

그러자 군중들 속에서 60살쯤 된 보기에도 선량해 보이는 늙은 농부가 대꾸했다.

"나도 그놈이 대관일 때는 훌륭한 사람이라고 생각했는데 정말 이럴 수가 있담. 엊그제만 해도 자기 때문에 처자가 처형당하는 것을 웃으면서 보고 지나갔어. 그놈은 야차야! 피도 눈물도 없는 개돼지."

"그럴 테지. 그러니 내가 첫 톱질을 해주려는 거야."

"잠깐! 기다려 내 말을……."

하지만 그때 그 장사치 같은 사내는 쑥—한 번 긋고서 서둘러 등 뒤쪽으로 숨어버리고 말았다.

야시로는 이를 악물고 아픔을 참았다. 재수 없게 처음부터 엉뚱한 녀석이 튀어나온 것이다. 이따위 놈은 인간의 존재 가치도, 논리도, 도리도 모른다. 겨우 가죽이 찢어진 것만으로 그친 것은 다행이라고 생각했다.

"자, 누가 뒤따라 톱질하지 않겠나? 이따위 놈을 이대로 놓아둔다면 미카와의 수치가 아닌가."

누군가가 다시 외치자 이번에는 17, 18살 된 젊은이가 성난 고양이 같은 눈매로 야시로의 머리를 짚신 끝으로 갑자기 탁! 걷어찼다.

"바보 같은 놈! 무……무례하지 않느냐?"

젊은이 역시 뒤돌아보며 입을 뾰족하게 내밀었다.

"흥, 제법 높은 사람처럼 내뱉는군. 은혜도, 의리도, 부모 자식의 정애도 모르는 놈은 짐승이다. 무례라니, 뭐가 무례하냐, 악당 같으니!"

이번에는 더럽기 짝이 없는 발바닥을 야시로의 머리 위에 턱 얹고 흐트러진 머리칼 위를 마구 비벼댔다.

모두들 요란하게 손뼉 치면서 떠들어댔다.

"기다려, 이 야시로의 말을 들어봐. 나는 이 미카와에서 싸움이 없어지지 않으면 백성들이 구제받지 못한다고 생각하여 눈물을 머금고 꾀한 일이야."

"뭐라고, 대감님을 죽이고 다케다 군에게 항복하면 싸움이 없어진다고 지껄이는 거냐!"

"그렇지. 도쿠가와 가문이 있기 때문에 다케다 군도 쳐들어온다. 나는 그 싸움의 근원을 없애려고 꾀했다. 이쪽에서 먼저 사이좋게 지내자고 하면, 받아들여줄 다케다 군과 뭐가 좋아 밤낮 싸움만 하느냐 말이야."

모두들 웃음을 터뜨렸다.

아까의 그 늙은 농부가 다시 말했다.

"이 무슨 뚱딴지같은 소리람! 옛날부터 이마가와와 사이좋게 지내려면 이마가와, 오다 님과 사이좋게 지내려면 오다 님 때문에 싸워야만 했어. 싸움이란 우리 대감님께서 가장 강해지기 전에는 없어지지 않는 거야!"

"그렇지, 그렇고말고. 우리 영주님 대신 다케다 무리들에게 혹사당하는 건 죽어도 싫어. 야마가 농부들에게 물어봐. 다케다 무리들은 사람을 거칠게 다룰 뿐 아니라 쌀을 뺏고 말을 약탈해 가서 아주 진저리 난다고 투덜거리니까."

"기다려! 다시 한번 내 말을 잘 들어보는 게 좋을 거야."

야시로는 이때라고 생각하며 다시 소리를 높였으나 그 말을 다하기도 전에 막혀버리고 말았다. 잠자코 있던 25, 26살쯤 되어 보이는 기술자 같은 사나이가 성큼성큼 걸어나와 야시로의 입에 말똥을 쑤셔 넣고 말았던 것이다.

야시로는 퇴! 퇴! 침을 뱉으면서 비로소 자기 계산이 잘못되어 있음을 깨닫기 시작했다. 백성들은 자기편이 아니라 다룰 수 없는 어리석은 폭민(暴民)에 불과한 모양이었다. 이렇게 생각되자 그는 걷잡을 수 없이 화가 치솟아 이미 이성적인 응대를 할 수 없게 되었다.

"바보 같은 놈들! 개새끼들! 짐승 같은 놈들!"

야시로의 욕설과 조약돌, 흙덩이, 말똥의 대결이 벌어진 뒤 이윽고 모두들 흩어졌을 때 야시로의 목에는 7, 8줄의 톱날 자국이 남아 있었다.

그래도 밤이 되자 야시로는 냉정을 되찾았다. 그는 자신의 믿음에 따라 살아온 것이다. 하늘에 반짝이는 별 속에서 누군가가 내려와 목 옆의 판자를 벗겨줄 것 같은 느낌이 들었지만 그것은 끝내 몽상에 그치고 말았다.

그가 파묻힌 지 사흘째 되는 날, 그 눈앞으로 노부야스가 이끄는 오카자키 군이 묵묵히 요시다성을 향해 진군해 갔으며, 그는 그다음다음 날인 닷새째 황혼녘에 자기편이어야 할 백성들 때문에 드디어 동맥이 끊어져 숨지고 말았다.

싸움의 시작

고후의 봄은 아직 일렀다. 사방을 둘러싼 산의 그늘진 곳마다 녹지 않은 눈이 반짝이고 뜰에 서릿발이 가득 내려 있었다.

그 서리를 밟고 가쓰요리는 성 안팎에 집결한 군사들을 순시했다. 사람도, 말도 용기백배하여 그의 눈에는 믿음직스러워 보였다. 성안을 한 바퀴 돌자 그는 안뜰을 지나 거실로 가며 뒤따르는 보쿠사이(卜齋)를 돌아보았다.

"나는 이번 출전의 전조가 이처럼 좋을 줄 몰랐어."

"모두 융성하실 조짐이겠지요."

아버지 호인(法印)과 더불어 신겐의 말벗이었던 시의(侍醫) 보쿠사이는 공손하게 웃었다.

"솔직히 말해서 나는 이에야스가 우리를 배반한 오쿠다이라 구하치로를 나가시노성에 넣었다고 들었을 때 그냥 내버려둘 수 없다고 생각했지."

"지당한 말씀입니다."

"그런데 지금은 그때의 생각과는 모든 규모가 크게 바뀌어 있어."

가쓰요리는 즐거운 듯 아침 해를 우러러보며 단아한 옆얼굴에 꿈을 좇는 듯한 황홀한 표정을 떠올렸다.

"아와지(淡路)의 유라(由良)로 피신해 있었던 요시아키 공으로부터 급히 상경하라……는 연락이 올 때까지는 다만 이에야스 놈을…… 하고 아주 작은 생각만 하고 있었던 거야."

"그것이 중요한 상경전(上京戰)으로 바뀌었지요."
"그래, 아버지의 생전 소원이었던 상경전으로 말일세."
"아마 아버님 혼백도 지하에서 기뻐하시리라 생각합니다."
"그렇고말고. 요시아키 공은 이에야스를 비롯하여 이에야스의 어머니 친정인 가리야 성주 미즈노 노부모토에게도, 에치고의 우에스기에게도 격문을 보냈다더군. 빨리 가쓰요리와 화해하고 상경하여 노부나가의 횡포를 응징해 천하의 재흥을 도모하자고. 물론 그 효과를 지나치게 계산하지는 않아. 그러나 이 밀사를 맞은 자의 마음에 얼마쯤 동요는 반드시 있었을 거야."
"주군님은 그 밖에도 강한 동맹자를 갖고 계시지요."
교토 태생인 보쿠사이는 왕성에 대한 자기의 꿈을 가쓰요리에게 걸고 있었다. 따라서 이번 출전을 은근히 찬성하는 사람 가운데 하나였다.
"오, 그것도 빈틈없이 손써놓았네. 혼간사와 히에이산, 엔조사(園城寺) 등도 모두 우리들의 상경을 기다린다더군."
"쇼군님은 요리요시(賴慶) 님을 우에스기 가문에 사자로 일부러 보내주셨다면서요."
가쓰요리는 고개를 크게 끄덕였다.
"그렇네. 그것은 내가 청한 일이야. 우에스기와 혼간사와 나, 세 사람이 맺어진다면 오다는 아무것도 아닐 테니까."
"하지만 우에스기에 대한 방비는……."
"그것도 생각했지. 우리들과 동맹하지 않는 한 우에스기 군은 한 명도 통과시키지 않겠다고 가가 엣추에서 잇코 종도들이 굳게 맹세한 서약서를 보내왔어. 게다가……."
가쓰요리는 눈을 가늘게 떴다.
"고육지계를 써서 오카자키에 곧 입성할 수단이 마련되어 있지. 하하…… 처음에는 나가시노를 칠 셈이었는데 아버님 유지를 받들어 천하쟁탈 싸움이 되고 말았어."
그는 유쾌한 듯 웃고 나서 문득 자기 거실 쪽을 보며 눈살을 찌푸렸다. 자기가 없는 동안 중신과 장수들이 모두 옆방에 모여 있는 것이 뜰아래에서 보였던 것이다.

"모두들 웬일이냐?"

가쓰요리는 일부러 사나운 목소리로 말하며 뜰아래에서 높은 마루 층계를 성큼성큼 올라갔다. 그들이 찾아온 뜻은 물론 알고 있었다. 그들은 지금에 와서 이 출전을 만류하려고 한다. 그것이 혈기에 넘치는 그로서는 견딜 수 없이 불쾌했다.

"모든 건 이미 결정된 일. 이제 와서 새삼 겁이 난 것은 아닐 테지."

가쓰요리는 숙부 쇼요켄으로부터 야마가타 마사카게, 바바 노부후사, 사나다 노부쓰나(眞田信綱), 나이토 마사토요(內藤昌豊)를 노려보듯 둘러보았다. 나가사카 조칸(長坂釣閑)과 오야마다 효에까지 뒷줄에 조용히 앉아 있다.

"마사카게, 왜 잠자코 있나? 이미 곳곳의 선봉들에게 사자를 보냈어. 본대가 늦어져선 안 되지."

노부쓰나가 입을 열었다.

"옳은 말씀입니다만, 이에야스는 오카자키성에 있던 구하치로의 아비 사다요시에게 오구리 다이로쿠(小栗大六)를 딸려 기후로 원병을 청하고 있답니다."

"알고 있어. 노부나가는 물론 미카와에 원병을 보내겠지. 보내지 않으면 미노를 공격할 때 무거운 짐이 되니까. 나중의 짐을 먼저 덜기 위해 그러는 줄 모르나?"

마사카게가 작은 몸집의 무릎을 발딱 세우고 모두들 앞으로 나앉았다.

"죄송하오나, 주군께서는 총의 위력을 어떻게 생각하십니까? 그것을 여쭈어보고 싶습니다."

"적에 비해 총이 적다는 건가?"

"노부나가 님은 온 힘을 기울여 총을 사들이고 있는 중이라는 첩자의 보고입니다."

가쓰요리는 웃었다.

"하하…… 총이란 화승에 불을 붙이랴, 총알을 장전하는 등 손이 많이 가는 무기다. 빗속에서는 쓸모없고, 탄환을 재는 동안 덤벼들어 짓밟아버리면 큰 염려가 없을 거야. 아니, 알았다. 명심하도록 하지. 적에게 사격 준비가 되어 있다고 보았을 때는 비를 기다려 습격하기로 하자. 그러면, 괜찮겠지?"

"말씀 올리겠습니다."

이번에는 조칸이었다. 조칸은 주전파였다. 그런데 제법 심각한 얼굴로 모두의 뒤에 따라와 있는 것이 가쓰요리에게는 수상쩍었다.

"우리들은 숨기지 않고 말하는 게 선대 주군님 때부터의 관습이라 솔직히 말씀드리겠습니다."
"오, 말해봐."
"지난해 다카텐진성을 함락하고 이 고후성으로 개선하여 넓은 대청에서 전승축하연을 열었을 때……."
"그때 어쨌다는 거냐?"
"다카사카 단조(高坂彈正) 님이 잔을 들고 이 사람을 돌아보며 뚝뚝 눈물을 흘렸습니다."
"무슨 일로 단조가 울었느냐?"
"이것은 다케다 가문 멸망의 술잔, 슬픈 일이로다, 하고 중얼거리시며."
가쓰요리의 눈이 단번에 불타올랐다.
"뭣이! 다카텐진성은 아버님도 몇 번이나 치면서 끝내 함락하지 못한 성이었다. 그것을 내 대에 와서 짓밟았어. 그것이 멸망의 조짐이라는 거냐!"
"황송하오나 말씀대로입니다. 아버님도 함락하지 못한 성을 함락한 것이 자만심의 근원이라고…… 그 뒤 다카사카, 나이토 두 분이 주군님께 이것저것 간했으니 그 뒤는 말씀드리지 않겠습니다. 다만 그러한 공기가 문중에 감돌고 있다는 것을 마음에 단단히 접어두시기 바랍니다."
조칸은 역시 주전파였다. 그는 이렇게 말함으로써 반대로 가쓰요리를 부채질할 생각임에 틀림없었다.
가쓰요리는 잠시 숨결을 누르며 조칸을 노려보았다. 아버지조차 손대지 못했던 성을 함락한 일은 아버지가 돌아가신 뒤 가쓰요리의 단 하나의 자랑이었다. 그것을 다케다 가문 멸망의 조짐이라니, 이 얼마나 아버지에 대한 뿌리 깊은 사모인 것일까. 더욱이 그 사모는 늘 자신에 대한 경멸과 불신을 동반하고 있다. 조칸은 그것을 마음에 새겨두라고 한다. 일부러 새겨두라고 들을 것도 없이, 가쓰요리로서 이보다 괘씸한 일은 없었다.
잠시 뒤 그는 노여움을 누르고 한숨지었다.
"그래……? 모든 게 내 가문을 위하고 내 몸을 생각해서 하는 말이니 탓하지 않겠다."
조칸은 그러한 가쓰요리의 마음속을 세밀하게 계산한 표정으로 말을 이었다.

"요컨대 그런 주장을 하는 사람들은…… 오다, 도쿠가와와 화친을 맺어 우리 가문은 동쪽으로 날개를 펴는 게 좋다고 생각하는 것입니다. 좀 더 자세히 말하면 노부나가 공의 아드님 고보마루(御坊丸) 님에게 동미노를 주고, 이에야스 님의 의붓동생 히사마쓰 겐노스케(久松源之助) 님에게 스루가의 조토(城東)군을 주어 주군님 누이를 출가시키고, 반대로 오다와라를 공격하시는 게 상책이라 믿고 있는 겁니다."

"조칸, 그만 말해라. 오다와라는 내 아내의 친정이다."

"잘 알고 있습니다. 그 때문에 이번의 서쪽 정벌은 그러한 의견을 품는 분들을 잘 납득시키지 않으면 사기에 영향을 미치는 큰일일까 해서……."

좌중이 숙연해졌다. 가쓰요리가 부채로 팔걸이를 찰싹 때려 조칸의 입을 봉했기 때문이었다.

"알았어! 잘 말했다."

창백한 이마에 김이 올라, 그의 볼은 목욕하고 난 뒤처럼 불그레해졌다.

"보쿠사이!"

그는 마루까지 와서 가신들 뒤에 앉아 있는 보쿠사이를 큰 목소리로 불렀다.

"광지기한테 명하여 보물광에서 스와 호세이(諏訪法性) 갑옷과 대대로 내려오는 깃발을 이리로 가져오게 하여라."

보쿠사이가 대답하고 일어서려 하자 마사카게가 한무릎 나앉으며 보쿠사이를 제지했다.

"주군! 잠깐!"

"돌아가신 아버님도 좀처럼 손대지 않으셨던 조상 대대로 내려오는 갑옷을……."

"닥쳐라, 보쿠사이, 빨리 이리로 가져와라."

"옛."

보쿠사이는 다시 일어나고 좌중은 얼어붙은 듯 엄숙한 침묵에 빠졌다. 어떤 때라도 이 가보를 들고 나가는 싸움에는 이의를 말하지 말고 생명을 바치라고 전해져오는 물건들이었다. 그것을 날라오게 하는 건 이제 누구도 아무 말 해선 안 된다는 뜻이었다.

좌중은 처음의 엄숙함에서 차츰 낮게 고개가 숙여지기 시작했다. 그렇듯 눈물짓는 사람들을 조칸만이 심술궂은 눈으로 말끄러미 보고 있다.

불그레한 볼로 가쓰요리는 머리를 숙였다.

"모두의 마음은 나도 잘 안다…… 이 가쓰요리의 평생에 두 번 다시 없을 호기(好機), 아버지 유지를 잇게 해다오. 미카와 군 따위…… 나가시노성은…… 단숨에 짓밟아 보이겠다. 작은 의견 차이를 버리고 미약한 가쓰요리를 도와다오."

한구석에서 코를 훌쩍이는 소리가 났다. 살며시 손등으로 눈물을 씻고 있는 것은 신겐과 똑같이 닮은 그의 동생 쇼요켄이었다.

다케다 군이 가쓰요리의 지휘 아래 고후를 떠난 것은 복사꽃도 벚꽃도 아직 꽃망울이 단단한 2월 끝 무렵이었다. 동미카와를 곧 공격한다고 소문을 퍼뜨렸다. 그리고 그 방면으로 이전의 나가시노 성주 스가누마 일족의 군사를 이동시키면서, 가쓰요리는 그보다 서쪽인 부세쓰 가도를 향해 나아갔다.

가쓰요리의 평생에 두 번 없을 호기라고 하며 시라기 사부로(新羅三郎) 이래의 가보를 들고 나오자, 이 싸움을 위태롭게 여기는 노신들도 입을 다물고 따를 수밖에 없었다.

부세쓰 가도에서 가쓰요리를 오카자키성으로 단숨에 맞아들이기로 한 오가 야시로는 이미 이 무렵 이 세상 사람이 아니었건만 가쓰요리는 아직 모르고 있었다. 야시로의 일당 중 단 한 사람, 덴류강을 헤엄쳐 건너 다케다 영지로 도망친 진자에몬이 고후에 숨어들었을 때는 가쓰요리가 성을 출발한 뒤였기 때문이었다.

스루가, 도토우미의 길과 달리 기소(木曾)산맥을 오른쪽으로 보며 산과 산 사이를 지나는 이 행군은, 엄청난 짐을 거느리고 있어 뜻밖에 시간이 걸렸다. 가쓰요리가 뱀고개 마루를 넘고 나미아이(波合)로부터 네하(根羽)에 이르렀을 때는 골짜기에서부터 봉우리까지 온통 쏟아질 듯한 산벚꽃이 피어 있었다.

와고강(和合川) 골짜기 계곡에서 말에게 먹이를 주며 가쓰요리는 문득 중얼거렸다.

"부세쓰에 들어가면 기쁜 소식이 있겠지."

적의 반응이 어떻든 가신들 분위기가 가쓰요리를 이미 한 발자국도 물러나지 못하게 만들어버리고 있었다. 그러므로 이에야스의 허점을 찔러 오카자키성으로 단숨에 입성하는 공상은 가쓰요리를 즐겁게 만들었다.

부세쓰 근처의 이나바시(稲橋)에 닿았을 때 보슬비가 내렸다. 봄 향기를 짙게 머금은 비단실 같은 빗발이라, 전쟁길의 감상과 천지의 부드러움이 홀연히 스쳐 만날 듯한 날이었다.

그 보슬비 속에 말을 멈추고 척후로부터의 소식을 기다리고 있을 때, 근위장수 오야마다 마사유키(小山田昌行)가 고개를 갸웃거리며 가쓰요리 곁으로 왔다.

"말씀드립니다."

"뭔가, 시무룩한 얼굴로? 부세쓰에서 무슨 사자라도 왔는가?"

"그것이……."

마사유키는 가쓰요리 앞에 한 무릎을 꿇고 다시 고개를 갸웃하며 말했다.

"얼마 전 제 부하가 거동이 수상한 나그네를 붙잡고 심문했더니, 매우 이상한 말을 하더랍니다."

"이상한 말이라니…… 무슨 일이 있었느냐, 부세쓰성에?"

"아니, 오카자키입니다. 오카자키에서 오가 야시로라는 자가 생매장당하여 톱으로 목이 잘려 끊긴 것을 보고 왔다고 합니다."

"뭣이, 야시로가?"

"예, 모반한 죄라고 뚜렷이 팻말에 씌어 있었다고 주장했습니다."

"그자를 이리로 불러라! 적의 간첩이 틀림없어. 바보 같은 소리!"

가쓰요리가 다그치자 마사유키는 아직 미심쩍음을 버리지 못하는 표정으로 곧 진막 밖으로 나갔다.

조금 떨어진 삼나무 아래 한 덩어리가 되어 비를 피하고 있는 사람들에게 마사유키는 소리쳤다.

"여봐라, 그자를 이리로 끌어오너라."

"예!"

젊은 무사가 오랏줄을 잡고 왔다.

끌려온 사나이는 첩자 노릇 같은 건 도무지 해낼 것 같지도 않은 60살을 넘은, 자못 어리석어 보이고 살이 오동통하게 찐 늙은이였다.

"그대는 오카자키에서 무슨 일로 이곳에 왔느냐?"

"예, 저는 이 너머 네하(根羽)에서 딸과 손주를 데리고 사는 늙은이입니다. 예,

목화씨를 팔러 갔다가 다 팔았기에 돌아오는 길입죠."

"그런데 어째서 진지를 여기저기 기웃거리고 다녔느냐?"

노인은 두려움을 역력히 드러내 보였다.

"아닙죠, 기웃거리다니 벼락 맞을 일—제가 이리로 지나려 하면 장수님들, 저리로 지나려 하면 또 장수님들…… 그래서 오금이 말을 듣지 않아 나무 아래 웅크리고 있었습니다요."

마사유키는 가쓰요리를 흘끗 보고 지시를 기다리는 얼굴빛이 되었다.

"장군님, 혹시 난리로 네하가 불타버린 것은 아닐까요?"

가쓰요리는 지그시 늙은이를 쳐다보며 입을 열었다.

"그대는 내가 누군 줄 알고 있는가?"

"참으로 황송합니다. 진막의 문장(紋章)으로 다케다 님 편인 줄은 알지만, 장군님 이름까지는……."

"그걸 몰라서 이곳을 통과하지 못하게 한다면 어쩌겠소?"

"제발 빕니다. 사위 녀석이 요전번 싸움에서 빗나간 화살을 맞고 죽었습죠. 두 손자와 딸년…… 딸년은 그때부터 병석에 누워 제가 일하지 않으면 손자들이……."

가쓰요리는 그제야 상대가 이곳 토박이 주민인 줄 알아차린 모양이다.

"할아범! 그대는 오카자키성 문밖에서 무엇을 보았다고? 톱으로 목이 베어진 죄인을 보았다고?"

"예…… 예, 어찌나 참혹한지 그때부터 음식이 목구멍에 넘어가지 않고 식사 때마다 토할 것 같습니다."

"그자의 모습을 본 대로 여기서 말해보아라."

"예, 얼굴은 온통 푸르죽죽하게 부어오르고 지나는 사람에게 발길로 채이고 짓밟혀 이마의 살가죽은 벗겨지고 입술은 석류마냥 갈라져 있었습죠."

"그래서……."

"그것이 큰 소리로 살려주시오! 하고 저희들에게 애원했습니다요. 이 구덩이에서 꺼내준다면 나중에 어떤 사례라도 하겠다, 나는 미카와의…… 무슨 지방장관이라든가. 예, 모두들 깔깔 웃었습죠. 그런 높으신 무사가 어린애같이 소리 내어 엉엉 울겠느냐고……."

"그만, 알았다. 그런데 그자의 이름은?"
"예, 오가 야시로인가 하는 악당이라고 팻말에 씌어 있었습니다."
가쓰요리는 이마의 땀을 닦았다.
"마사유키, 곧 사람을 보내 사실을 확인시켜라. 이자는 그 소식이 올 때까지 부세쓰성에 붙들어둬라."
"일어나!"
"장군님, 저는 결코……."
노인은 끌려나갔다.
가쓰요리는 걸상에서 벌떡 일어나 진막 밖으로 나갔다. 비는 여전히 나무들의 새싹을 움트게 하려고 부드럽게 내리고 있다. 봉우리와 봉우리 사이, 다리로부터 골짜기 앞쪽에 젖 같은 안개가 끼어 있었다.
"그런가, 야시로는 실패했구나……."
가쓰요리는 가슴을 젖히고 상처 입은 매처럼 사방을 노려보며 돌아다녔다. 운명은 가쓰요리에게 가혹했다. 야시로의 처형—이라는 하나의 차질은 가이 군에게 있어 결코 작은 일이 아니다. 그러므로 여기서 냉정히 작전을 고쳐야 할 터인데, 사태는 반대로 부채질하고 있었다. 가쓰요리는 마음속의 낭패를 숨기기 위해 필요 이상 감정적이 되었다.
그는 막하 장수들에게 말했다.
"야시로의 죽음 따위는 문제가 아니다. 오카자키가 먼저냐, 나가시노가 먼저냐, 짓밟는 싸움의 순서가 달라졌을 뿐이야."
그리고 곧 작은 부세쓰성으로 들어가 작전회의를 열었다. 야시로의 내통이 탄로 난 이상 오카자키성의 대비는 철통같다고 보아야 한다. 따라서 오카자키성을 치면서 여기서 만일 날짜를 끌면 서쪽에서 오는 오다 원군과 동쪽의 하마마쓰와 요시다 군으로부터 협공당하게 될 것이다.
"오카자키는 문제 삼지 말자. 여기서 창을 돌려 나가시노성을 짓밟아라."
그러면 여기까지 나온 것도 헛일이 아니다. 그들은 다케다의 본대가 오카자키를 찌르는 줄로만 믿고 나가시노의 군사를 쪼개고 있다고 가쓰요리는 우겨댔다.
이리하여 나가시노성 도면이 마침내 여러 장수들 앞에 펼쳐졌다.
도요강(豊川) 상류, 오노강(大野川)과 다키자와강(瀧澤川)이 합쳐지는 곳에 쌓인 험준함을 자랑하는 산성에는 두 가닥 강물이 합쳐지는 정면 절벽에 노우시 문(野牛門)이 있고, 거기에 가늘고 긴 다리가 걸려 있었다. 그것을 와타리아이(渡合)라고 하며 그 서북쪽에 본성이 있고, 본성을 향해 왼편에 단조성(彈正城), 뒤는 오비성(帶城), 또 그 바로 뒤에 도모에성(巴城), 후쿠베성(瓢城)으로 이어진다. 중신들 집은 단조성 밖에 있으며 정문은 서북쪽, 뒷문은 동북쪽에 있었다.

이것을 단숨에 짓밟으려면 남쪽으로는 정면인 와타리아이로부터 공격하고, 서쪽으로는 다키강을 끼고 대치하며 동쪽은 오노강을 넘겨보는 도비노스산(鳶巢山)을 중심으로 한 나카야마(中山), 기미가후세도(君伏戶), 우바가후토코로(姥懷) 등에서 쳐야만 했다.

온갖 경우에 대비한 작전회의를 대충 끝내고 마사유키가 물었다.

"본진은 어디에 두시렵니까?"

가쓰요리는 얼른 대답했다.

"성 북쪽, 이오지산(醫王寺山)에 두겠다. 3000명 예비대는 여기에 두고 내가 지휘하겠다. 괜찮겠지?"

맨 먼저 노우시 문 언저리의 진두에 선다고 하지 않을까 걱정하던 사람들은 그야말로 마음 놓이는 모양이었다.

바바 노부후사가 물었다.

"다음, 전군을 몇 대로 나누시렵니까."

"북쪽, 서북쪽, 서쪽, 남쪽, 동남쪽, 그리고 본진—여섯으로 좋겠지. 의견이 있으면 말해보아라."

마사카게가 입을 열었다.

"황송하오나 그 밖에 유격군과 후군(後軍)의 8대로 나누는 게 좋을까 합니다."

"뭐, 유격군? 그런 험한 산중에서 유격군의 출몰이 위력 있겠는가."

"있든 없든 그렇게 하는 것이 병법의 이치인 듯싶어서……."

"알았다! 그 지휘는 누가 하나?"

"이 마사카게와 다카사카 단조가 맡아 아리우미 마을(有海村) 언저리에서 대기할까 합니다."

"뭐, 아리우미에……."

가쓰요리의 이마에 어느덧 힘줄이 불끈 돋았다.

"마사카게, 그대는 처음부터 겁먹는 게 아닌가? 패전 준비를."

마사카게는 시무룩하니 입을 다물고 대답하지 않았다. 가쓰요리는 그 성난 모습을 눈치채고 스스로 웃으며 말했다.

"아니, 농담이었어. 농담이긴 하지만 나가시노성에 지금 병력이 얼마나 있다고 생각하나?"

마사카게는 무뚝뚝하게 대답했다.

"500명이나 600명쯤 되겠지요. 그들을 치는 데 가이, 시나노, 우에노 세 지역 군사 1만 5000명이 공격에 가담하는 겁니다. 그러므로 만일 실수가 있다면 후세에까지 비웃음받을 겁니다."

"좋아. 그럼, 그대와 다카사카는 유격군, 후군에는 아마리 사부로시로(甘利三郎四郎), 오야마다 효에, 아토베 가쓰스케(跡部勝資) 세 사람에게 2000명쯤 주어 예비대로 대기시키자."

"기꺼이 받아들이셔서 황송합니다. 그럼, 다음에는 공격군 배치를."

가쓰요리는 여기서 부하 장수들의 신망을 잃지 않으려고 표면상 순순히 고개를 끄덕였다. 그리하여 결국 나가시노성을 먼저 짓밟은 다음 구원하러 달려오는 도쿠가와 군을 나가시노와 요시다 사이에서 거꾸러뜨리고, 그런 다음 오다 군에게 대항하기로 작전이 결정되었다.

성 북쪽 다이쓰지산(大通寺山)에 다케다 노부토요, 바바 노부후사, 오야마다 마사유키의 2000.

성 서북쪽 정문에 이치조 노부타쓰(一條信龍), 쓰치야 마사쓰구의 2500.

성 서쪽 아리우미에서의 공격군은 나이토 마사토요, 고바타 노부사다(小幡信貞)의 3000.

성 남쪽 노우시 문에 다케다 쇼요켄, 아나야마 바이세쓰, 하라 마사타네(原昌胤), 스가누마 사다나오의 2000.

성 동남쪽 도비노스산 방면에 다케다 노부자네(武田信實)를 총지휘관으로 와다(和田), 미쓰에(三枝)가 이끄는 1000.

거기에 본진 3000, 유격군 1000, 후군 2000의 물샐틈없는 전열이었다.

그 군사회의가 결정된 지 이틀째 되는 날 야시로 처형에 관한 확실한 소식이 가쓰요리에게 전해졌으며, 다케다 군은 드디어 나가시노로 진로를 바꾸어 나아가기 시작했다.

한편 나가시노성에서는 이 무렵 아직 성채 수리를 끝내지 못하고 있었다. 아버지 사다요시를 오카자키성으로 보내고 혼자 이 성에 들어와 있는 오쿠다이라 구하치로는 지금 부하들을 지휘하여 북쪽 다이쓰지산에 면한 성채를 구축하느라 바빴다.

"이러다가 다케다 군이 오면 대체 어쩔 셈이지?"

"들으니 2만인지 3만이나 된다던데."

"이 성에는 무사가 겨우 250명밖에 안 돼. 이래서야 상대도 되지 않잖아."

흙 나르는 인부들이 염려스러운 듯 이따금 쑤군대는 것을 구하치로는 채찍질하듯 독려했다.

"이 험준한 지형은 군사 3000, 5000보다 훨씬 낫다. 반드시 이겨 보일 테니 염려하지 마라."

구하치로는 이 싸움을 자신의 젊음으로 매우 단순하게 계산하고 있었다.

"나가시노성이 함락되는 것은 도쿠가와가 멸망한다는 것을 뜻한다."

그렇게 말한 이에야스의 말을 그대로 받아들이고 있었다. 이 성에는 이에야스의 단 하나뿐인 딸 가메히메가 출가해 와 있다. 따라서 이에야스가 자기 사위가 패하는 것을 그냥 내버려둘 리 없다고 굳게 믿고 있었기 때문이다.

사랑하는 가메히메를 여기 보낸 이상 이에야스의 원군은 반드시 온다…… 아니, 만일 그 원군이 오지 못하여 다카텐진성처럼 슬픈 운명에 놓이더라도 이에야스를 원망하지는 않으리라고 구하치로는 굳게 각오하고 있었다.

가메히메와 자기가 나란히 성과 운명을 같이해야만 할 때……는 웃으며 죽어 보이리라. 적어도 아버지 이름만은 더럽힐쏘냐 하고 입버릇처럼 말하기도 했다.

그 뒤에는 가메히메에 대한 그의 애정의 승리가 커다란 버팀목이 되어 있었으나 그 자신은 그것을 깨닫지 못하고 있었다. 그러고 보면 가메히메는 그가 이 성에서 가장 최초로 맞은 큰 적이었다고도 할 수 있다. 처음부터 남편 구하치로를 산속의 원숭이 정도로 깔보며 첫날은 하루 종일 말도 하지 않았다. 첫날밤 신방에서 가메히메는 구하치로를 쫓아냈다.

"배가 아프니 혼자 있게 해줘요."

세상의 여느 감정을 지닌 사람이었다면 아마도 온몸을 떨며 격노했으리라. 그러나 구하치로는 원숭이는커녕 간에 털이 난 한 마리의 맹호였다.
그는 웃었다.
"하하…… 가메히메는 내가 싫은 모양이군."
"싫다……고 한다면 어쩔 셈이지요?"
"그냥 내버려두지. 여자란 그러한 것이야. 머지않아 그것을 알게 될 테니까."
"그것…… 그것이란 뭐예요. 아이, 징그러워라."
"그것이란…… 이 구하치로가 그대 아버님 눈에 들 만큼 훌륭한 사나이라는 걸 알게 된다는 거지. 나는 그대와 아버님을 같은 가치를 지닌 사람으로 생각지 않는다."
그렇게 말하고 성큼 방을 나가버렸다. 가메히메는 너무도 기가 막혀 그때는 대꾸할 말을 찾지 못했다.
이를테면 그것은 두 사람이 싸우게 된 첫 신호탄이 되었고, 가메히메는 내전의 여자들 아무에게나 입술을 비죽이며 말했다.
"나는 비록 혀를 깨물고 죽는 한이 있어도 성주님과 자지 않겠어."
그러나 구하치로는 태평스러웠고, 밤이 되면 측근무사를 거느리고 가메히메를 찾아왔다. 식사를 하고 무용담으로 밤을 새우며 순진한 표정으로 물었다.
"아직도 골이 안 풀렸나?"
그리하여 노여움에 불타는 가메히메의 눈길을 만나면 소리 내어 웃었다.
"하하하."
그러고는 미련 없이 밖으로 나갔다.
이런 일이 거듭되자 가메히메는 묘하게도 구하치로가 마음에 걸리기 시작했다.
'어쩌면 여자를 싫어하는 게 아닐까?'
바깥시동 중에 마음에 든 자가 있어 자기 따위는 무시한 채 일생을 보낼 수 있는 사람인지…… 생각하기 시작했을 때 가메히메의 마음에 패색이 깃들기 시작했다.
"아직도 골이 안 풀렸나?"
같은 질문을 받고 가메히메는 입을 뾰로통하게 내밀며 따져 물었다.
"풀렸다면 어쩔 셈이에요?"
"뭐, 풀렸다고……."

훌쩍 나가려던 그는 다시 성큼성큼 돌아오더니 느닷없이 가메히메를 안아올려 난폭하게 볼을 비벼댔다.

"그때는 이렇게 하지. 그러나 오늘 저녁은 바빠."

그대로 털썩 내던지고는 나가버리고 말았다. 자신의 생애에서 그때만큼 당황한 일은 없었다고, 요즘에 와서 가메히메는 구하치로에게 고백했다. 느닷없이 안아올려졌을 때는 온몸이 노여움으로 화끈 불탔다고 가메히메는 말했다. 그래서 힘껏 그의 뺨을 때려주려고 번쩍 오른팔을 들어올렸다. 그러나 가메히메는 그때 벌써 창피한 모습으로 가신들이 아직 물러가지 않은 장지문가에 내던져져 있었던 것이다.

"무슨 짓이에요! 가냘픈 여자를…… 기다려요, 성주님!"

당황해서 흐트러진 옷자락을 여미며 외쳤지만, 그런 일로 돌아보거나 걸음을 멈출 구하치로가 아니었다.

"오늘 저녁은 바쁘다고 했잖은가?"

돌아보지도 않고 성큼 밖으로 사라져갔다.

"이대로 끝나지 않게 하겠다. 이런 모욕을 당하다니……."

가메히메는 그날 밤 한숨도 잠들지 못했다. 하마마쓰의 아버지한테로 곧 사자를 보내 이혼하게 해달라고 할까 생각했지만, 그것만으로는 분이 풀릴 것 같지 않았다.

"그렇다, 무언가 큰 창피를 주고 나서……."

그 이튿날 밤도 구하치로는 아무렇지도 않은 표정으로 나타났다. 그리고 또 소리 높여 에치고의 우에스기가 어떠니 오다의 장수가 어떠니 하며 무용담에 흥겨워했다. 그것이 끝나기를 기다렸다가 가메히메는 자기 쪽에서 구하치로에게 몸을 던져갔다. 상대에게 창피를 주기 위해 그렇게 접근하여 나중에 얼굴도 들 수 없을 만큼 매섭게 거부하려는 것이었다. 그런데 구하치로는 그때 공손히 가메히메의 몸에서 손을 빼었다.

"오늘은 조부님 제삿날이오. 부인도 삼가시도록."

그 말에 가메히메는 그만 세 번째 작전에 걸려들고 말았다. 같은 수단으로 거절당한다면 상처 입는 것은 구하치로가 아니라 자신이 된다. 그러한 가메히메의 망설임에 교묘하게 파고들어 구하치로는 가메히메를 억눌렀다.

"그대가 몸과 마음을 바쳐 내 아내가 되기까지 몇 년 걸릴까 은근히 걱정했었는데, 뜻밖인걸. 마음속으로 그대는 나를 좋아했던 모양이지."

사랑의 교합이 끝난 다음 구하치로는 언제나의 무관심한 태도로 담담하게 말했다.

"좋은 아내가 되시오. 그것이 여자의 행복이지."

마땅히 따귀가 한 대쯤 날라올 거라고 구하치로는 생각하고 있었다. 그러나 그때 가메히메는 멍하니 잠시 동안 허공을 본 다음 구하치로에게 매달려 소리 내어 울었다. 왜 울었는지 지금도 알 수가 없다. 그러나 그 뒤부터 가메히메는 구하치로에게 있어 나무랄 데 없는 아내가 되었다. 잔소리가 좀 많은 경향은 있었지만 세세한 점까지 정말 놀랍도록 눈치가 빨랐다. 그리고 이번의 성곽 수리가 시작되고부터는 자주 그 진행을 아버지 이에야스한테 편지로 써보내는 모양이었다. 가메히메는 구하치로를 통해 비로소 아버지 입장까지 이해하게 된 것 같았다.

"만일의 경우에는 저도 이 성에서 성주님과 함께 죽겠어요."

지금은 또렷이 그렇게 말하고 있다. 그 말 속에는 이에야스가 우리 부부를 저버리지 않을 것이라는 확신이 숨겨져 있었다.

그러한 구하치로에게 최초의 원군이 닿았다.

그날은 아침부터 내리는 비로, 노우시 문에서 내려다보니 왼쪽에서 흘러오는 오노강 물이 시뻘겋게 흙탕물 져 있었다. 그 탁류는 오른편에서 흘러오는 푸른 물줄기를 안고 분마(奔馬)처럼 흘러내려갔다. 그 강물 소리에 지워져 구하치로는 처음에 아군의 인마 소리를 듣고 적이 내습해 온 줄 알고 급히 노우시 문 옆 망루로 올라가보았을 정도였다.

구하치로가 급히 다리목까지 마중 나가자 선두에 서 있던 마쓰다이라 지카토시(松平親俊)가 말했다.

"당신과 힘을 합해 목숨 걸고 이 성을 지키라는 대감님 분부입니다. 성 수리는 끝났습니까? 만일의 경우에는 농성해야 하지요. 인원수는 적은 편이 좋다면서 모두 250명 보내셨습니다."

구하치로는 순순히 고개를 끄덕였다.

"250명…… 우리 군사와 합하면 500명. 한 사람이 10사람 몫씩 해내면 5000명을 대적할 수 있소. 고맙소. 아무튼 성안으로 들어와 휴식하시오."

"오쿠다이라 님."

뒤이어 말을 건넨 것은 뒤에서 말을 몰아온 마쓰다이라 가게타다(松平景忠)였다. 그는 자기를 따라온 한 젊은 무사를 돌아보며 말했다.

"아들 고레마사(伊昌)입니다. 그대와 우리 부자, 그리고 지카토시 네 사람이 지휘하라는 말씀이었소. 잘 부탁드리오."

말하면서 말에서 내렸다.

"이제 마음 든든합니다!"

구하치로는 꾸벅 머리 숙여 보이고 대범하게 웃었다.

"이렇게 모였으니 가이의 산골 원숭이쯤 마음껏 놀려댈 수 있겠소."

"오쿠다이라 님."

"무엇입니까?"

"부세쓰에 모습을 보인 다케다 군이 나가시노로 진군 중임을 아시오?"

"아니, 아직 아무 연락 없소. 하지만 이제 어디서 오든 놀라지 않습니다."

"그럼, 그 인원에도?"

"5000이든 7000이든 맞아서 혼내주는 건 마찬가지일 것이오."

"그것이 5000이나 7000은 아닌 것 같은데."

"그럼, 1만이라도 쳐들어옵니까."

"1만 5000은 넘으리라고 하마마쓰에 보고가 들어왔소."

"으핫핫핫……."

구하치로가 너무도 큰 소리 내어 웃었으므로 가게타다의 아들 고레마사는 깜짝 놀라 주위를 둘러보았다.

"500에 1만 5000이라, 싸울 보람이 있겠군."

"오쿠다이라 님."

"예."

"이것은 싸울 보람이 아니오. 죽을 보람일 거요."

"아니, 아니오."

구하치로는 고개를 저었다. 아주 무신경스러워 믿음직하다기보다 오히려 한심스러울 정도로 단순해 보이는 고갯짓이었다.

"나는 도쿠가와 가문의 사위, 이 산성에서 결코 죽지 않소. 한 사람이 30명을 당해내면 되지요. 싸움터가 좀 북적거리게 될 뿐, 그러니 두 분께서도 안심하시오."

구하치로는 성큼 앞장서서 그들을 성안으로 인도했다.

원군이 성안으로 들어오자 곧 군사회의가 열렸다. 네 사람은 새로 수리한 나무가 여기저기 섞인 낡은 서원에서 구하치로가 그린 도면을 펼치고 의논을 시작했는데, 아무튼 1만 5000명을 500명 병력으로 맞서기란 참으로 어려운 일이었다. 대여섯 번이나 함께 밖으로 나가 망루에도 올라가고 동서남북을 둘러보기도 했다. 어느 쪽을 보아도 온통 산뿐이었다.

가게타다가 말했다.

"과연 산이 많은데, 이것이 모두 적의 진지가 되겠지."

지카토시도 맞장구쳤다.

"1만 5000명이면 그렇게 되리다."

그러나 구하치로는 그러한 일을 걱정하는 빛은 털끝만큼도 없었다.

"밖이 모두 적병으로 메워지더라도 이 성에는 손이 닿지 않겠지요. 나는 이 성을 버리고 달아난 스가누마를 생각하면 웃음이 나옵니다."

"그럴까요?"

"그 녀석은 몹시 허둥대는 자였던가 봅니다. 5, 6일 치 식량이 아직 남았는데도 손들었으니."

가게타다의 아들 고레마사가 구하치로의 말꼬리를 잡아 입을 열었다.

"5, 6일……."

구하치로도 그때만은 엄격한 표정이 되어 단호히 말했다.

"그렇지, 5, 6일 치 식량이면 쓰기에 따라 반달은 충분히 버틸 수 있어."

그가 보기만큼 무신경하지 않은 것은 말할 필요도 없었다. 아니, 그 반대로 1만 5000명의 대군이 밀어닥친다는 걸 알면서 겨우 250명의 병력밖에 보내주지 않은 이에야스의 의도를 그는 나름대로 매섭게 분석해 보았다.

'이것은 농성하라는 의미.'

싸움의 대세는 성 밖에서 결정된다. 그러므로 결판날 때까지 어떤 일이 있어도 성을 버리지 마라, 그대와 가메히메가 있는 성을 저버릴 까닭이 없다는 힘찬 자신감을 풍기는 이에야스의 목소리가 어디선지 들려오는 듯했다. 그러므로 지카토시에게도, 가게타다 부자에게도 그 각오만은 확실히 시켜두어야 한다고 구하치로는 생각했다.

그날 밤은 가메히메도 참가해 대청에서 조촐한 주연이 베풀어졌다. 농성에는 무엇보다 단결이 으뜸이다. 누군가 문득 내쉰 탄식이 원인이 되어 전군의 사기가 어지러워지는 경우가 흔히 있다. 그리고 새로 참가한 지휘자와 오쿠다이라 가문 중신들 사이에도 빈틈없는 우정을 두터이 해두어야 한다.

서로 주고받는 의논이 끝나고 한 차례 술잔이 돌았을 무렵 구하치로는 자못 소박한 말투로 말했다.

"여러분, 지금 난세의 일본 안에서 가장 강한 것은 다케다 군이라 일컬어지고 있소. 둘째로 강한 것은 미카와 군이라고 하오. 이번 싸움은 그 잘못을 바로잡을 절호의 기회인 줄 믿소. 성 북쪽에 먹으면 힘이 되는 황토가 산처럼 있으니, 미카와 용사들은 흙을 먹고 다케다 군을 무찔렀다는 우스개 이야기를 뒷날에 남기고 싶소이다."

그 말에 모두들 와 웃었다. 그러자 이번에는 가메히메가 웃음 띤 목소리로 뒤를 이었다.

"여러분, 나도 이 산골로 시집온 덕분에 황토밥을 지을 줄 알지요. 취사는 내가 앞장서 할 테니 마음껏 싸워주세요."

가메히메는 어느덧 말투까지 구하치로를 닮아 있었다. 부부 애정의 불가사의함을 드러내 보여주는 일의 하나였다.

1만 5000명이 맹공격해 오는데 성병 500명으로 어떤 수단을 써서라도 대항해 간다. 그러는 동안에 이에야스가 노부나가와 함께 결전을 벌이러 온다. 그때까지는 무슨 일이 있어도 이 성이 함락되게 해서는 안 된다. 만일 이 성이 적의 손에 들어가면 승리한 다케다 군은 파도치듯 요시다성으로부터 하마마쓰를 엄습하고 다시 오카자키로부터 오와리로 쏟아져 들어갈 게 틀림없다. 다케다 군에게 만일 오와리 땅을 밟게 하는 일이 있다면 그때는 도쿠가와 가문이 이미 지상에 없을 때이다. 그 의미를 구하치로는 주연에서 넌지시, 그러나 되풀이하여 모두들에게 인상 지워주었다.

이튿날부터 더위가 더욱 기승을 부리는 햇빛 아래에서 흙부대며 말뚝이며 성채며 지휘자며 인부가 한 덩어리가 되어 일했다. 이 성에 있는 자의 운명은 대장도, 졸개도, 남자도, 여자도 이미 하나였다. 다케다 군을 무찔러 도쿠가와 가문이 운을 크게 열어가는 데 쐐기가 될 것인가 아니면 모두들 성을 베게 삼아 백골을 눕힐 것인가…….

계절은 5월로 들어섰다.

산두견새가 성의 노우시 문에서 류즈산(龍頭山)의 녹음 쪽으로 날카로운 소리를 내며 곧잘 날아갔다. 성곽 수리와 방어 시설이 끝나자, 날이 새면서부터 성 여기저기에서 격심한 백병전이며 야습 연습 소리가 꼬리를 이었다.

"얏!"

"엿!"

어디서 적이 오든 반드시 격퇴해 보이겠다……는 것은 적에게 조그만 방심만 있어도 곧바로 쳐나가 그 허점을 찌르는 공격력을 지녀야 한다는 것이었다.

"알겠느냐, 쥐 죽은 듯 성안에 들어박혀 있기만 한다면 멀리 우리를 포위하고 있는 적들은 요시다로 병력을 쪼개 보낸다. 그렇게 하지 못하도록 막아야 한다. 빼도 박도 못하게 못질한 다음 틈을 봐서 간담을 서늘케 하는 것이 우리들 소임이다. 잊지 마라."

짚단을 베는 자, 흙부대를 찌르는 자, 돌을 들어올리는 자, 활을 쏘는 자들을 순시하고 나면 구하치로는 반드시 큰 소리로 웃었다.

"와하하핫…… 이제 우리는 이겼어, 승리한 거야."

처음에는 구하치로의 웃음에 맞장구치는 자가 드물었다. 그러나 날마다 이어지는 훈련이 그들을 이윽고 대담무쌍한 활력으로 이끌어가, 지금은 구하치로가 웃으면 모두들 입을 크게 벌려 목젖을 햇빛에 드러내게 되었다.

5월 7일 아침이었다.

가메히메가 지난밤의 달콤한 속삭임을 그대로 꿈길 속으로 끌어들이며 가만히 실눈을 떠보니 옆에 이미 구하치로의 모습이 없었다. 가메히메는 깜짝 놀라 일어났다. 이처럼 긴박한 공기 속에서 남편이 일어난 것도 모르고 잠들어 있던 자신이 몹시 미안하고 부끄럽게 여겨졌다.

구하치로는 아버지를 닮아 아침에는 반드시 웃통을 벗어부치고 큰 칼을 휘둘렀다. 처음에는 300번씩 했지만, 지금은 500번으로 늘어났다. 장소는 침실 바로 뒤 동산 그늘이었다.

뜰에 있는 나막신을 걸치고 가메히메는 동산 옆으로 나갔다.

"성주님, 벌써 다 끝나셨나요?"

그러자 동산 위에서 구하치로의 목소리가 들렸다.

"오! 왔다, 왔어. 여기 올라와보오, 이쪽도 저쪽도 물결 같은 깃발. 야, 굉장한걸."

가메히메는 남편의 밝은 목소리에 이끌려 자기도 웃으며 동산으로 올라갔다. 남편이 손가락질하는 성의 사방을 둘러보는 동안 온몸이 굳어지고 무릎마디가 떨리기 시작했다. 1만 5000명이라는 수효는 사람들에게서 자주 듣고 있었지만, 이처럼 엄청난 것인지 상상도 못 했었다.

"저것이 이오산, 저기는 다이쓰지산, 저쪽은 우바가후도코로, 저쪽은 도비노스산, 그 옆은 나카야마, 저것은 히사마산……."

손짓하는 곳마다 인마로 메워져 있다. 적이 나타난 것을 안 순간 이미 이 성은 사라져버릴 듯 조그맣게 느껴졌다.

만일 그때 살며시 뒤돌아본 남편의 옆얼굴에 여느 때와 다른 긴장이 조금이라도 보였다면 가메히메는 땅바닥에 주저앉고 말았을지도 모른다.

"어때, 굉장하지?"

"네…… 네."

"무장으로 태어나 한 번이라도 좋으니 이만한 대군을 지휘해 보고 싶군."

"빨리 무장을 하셔야지요."

구하치로는 콧방귀를 뀌었다.

"뭐, 서두를 건 없어. 적은 이제 겨우 밥을 짓기 시작하고 있어. 우리들 밥은 벌써 다 되어 있지. 그럼, 돌아가 배불리 창자를 채울까."

가메히메는 한숨을 내쉬며 남편 뒤를 따라 동산을 내려왔다. 얼굴뿐만 아니라 남편은 해맑은 아침 대기 속에서 걸음걸이도 침착성도 여느 때와 전혀 다름없었다.

구하치로가 편한 자세로 식사하기 시작하자, 중신들로부터 어느 방면에 진을 친 것은 누구인 것 같다는 보고가 차례차례 들어왔다.

"그래?"

그럴 적마다 밥을 씹으며 대답할 뿐 구하치로는 아무 지시도 하지 않았다.

"노우시 문으로 급히 오시도록 지카토시 님이 고대하고 계십니다."

그 말에는 이렇게 대답했다.

"특별히 서두를 것 없다. 기다리던 자가 기다리던 때 왔을 뿐이니."

그러고 나서 볶은 된장 맛을 칭찬하고 옆에서 지켜보는 가메히메에게 말을 걸기도 한 다음 슬슬 무장하기 시작했다.

노부나가가 날쌔게 무장하는 일은 여기까지도 소문나 있었지만, 구하치로는 그 반대였다. 여기저기 천천히 즐거운 듯 살피며 매어간다.

그러나 일단 준비를 갖추자 그때부터의 명령은 추상같았다. 다다미를 모두 걷어내고 장지문을 말끔히 떼어내게 했다. 만일 적의 불화살을 맞더라도 곧 불을 끌 수 있도록, 건물 안 어디서나 늘 칼을 휘두를 수 있도록, 화약광의 수비와 소총대 이동이 언제든지 이루어질 수 있도록, 음료수 사용을 엄격히 절약하도록, 그 지시는 상세하기 이를 데 없었다.

그날 적은 어디에서도 싸움의 불꽃을 터뜨려오지 않았다.

"행군의 고달픔을 쉬고 있을 게다. 이쪽은 심심해서 힘이 남아돌아 난처하건만."

그러나 다음 날 8일이 되자 성 남쪽에 진을 친 쇼요켄 군부터 움직이기 시작했다. 다케다 군은 이 천연 요새에 어디부터 손댈까 생각하다가 마침내 남쪽을 선택한 모양이었다.

인간의 마음속에는 고약한 벌레가 살고 있다. 이 벌레는 일단 각오를 정할 때까지는 우스우리만큼 '죽음'을 겁낸다. 그러나 그 '죽음'에서 무언가 납득할 수 있는 이유만 찾아내면, 이번에는 지나치게 대담해진다. 생사일여(生死一如)니 어쩌니 하고 깨우친 듯한 말을 하면서 충분히 살 수 있을 때에도 죽음을 택하려 하는 것이다. 쇼요켄의 부대가 노우시 문밖의 격류를 건너려는 것을 발견한 오쿠다이라 군이 바로 그러했다.

본성 현관 앞에 쳐진 진막 속으로 오쿠다이라 가쓰요시(奧平勝吉)가 알려왔다.

"주군, 드디어 싸움을 걸어왔습니다. 우리들 정예를 선발하여 강가로 내려보내 적에게 한바탕 본때를 보여줄까요."

구하치로는 꾸짖는 대신 미간을 모았다.

"가쓰요시, 그대는 정신이 돌았나?"

"무슨 말씀입니까? 적의 간담을 먼저 서늘케 해주려는 것이지요."

"닥쳐라!"

구하치로는 일어나 노우시 문 쪽으로 걸어갔다.

"정면 절벽은 높이 20간, 내려갈 때까지 희생이 얼마나 날 줄 아느냐?"

"싸움에는 희생이 따르는 법, 15, 16명쯤 잃은 각오라면……."

구하치로는 걸으면서 매서운 눈초리로 가쓰요시를 노려보았다.

"그대는 500명과 1만 5000명의 주판질을 못하는가 보군. 헛되이 한 사람 잃는 건 30명을 잃는 것이다. 20명을 잃으면 600명이 되는 것을 모르나. 경솔한 출격은 단연코 용서 않겠다. 화려한 전사보다 고통을 참으며 끈질기게 참아내는 게 이번 싸움의 용사임을 알아라."

가쓰요시는 입을 다물고 말았다.

"그대뿐만이 아니다. 모두들에게 그것을 잘 알려둬라. 30명에 한 사람 꼴 싸움이니 성급한 죽음은 개죽음이라고."

구하치로는 그길로 가쓰요시 쪽은 돌아보지도 않고 노우시 문밖으로 나가버렸다.

이날도 20간 눈 아래 강물에 엷게 안개가 끼어 있었다. 강폭은 대략 40간. 그 상류로부터 고함 소리와 함께 잇따라 뗏목이 떠내려오는 게 보였다.

"아마도 다케다 군은 뗏목으로 강을 뒤덮으며 건너오려는 작전인가 싶군."

"과연 수많은 병력으로 힘들여 공격하는군."

여기에 뗏목다리가 걸쳐지기까지 대체 어느 정도의 유실을 계산하는 것일까…… 생각하는데 이번에는 상류에서 넷으로 짝지은 뗏목이 보였다.

'이상한걸, 저것은 무엇을 달고 있을까.'

안개가 끊어진 사이로 눈길을 모으고 바라보다가 구하치로는 무릎을 탁 쳤다.

'옳지, 참으로 잘 생각했는걸.'

그것은 굵은 삼밧줄로 만들어진 거대한 그물이었다. 그 굵은 밧줄 그물을 강 가득히 치고 그것으로 뗏목의 유실을 막으려는 것이었다. 보고 있는 동안 그 그물은 차례차례 떠내려오는 뗏목을 주렁주렁 멈추게 했다.

그 작업을 구하치로는 눈도 깜박이지 않으며 지켜보고 있었다. 결코 건너올 수 없다고 여겨진 그 불가능을 처음부터 가능하게 만들어보려는 것이 다케다 군의 작전인 모양이었다.

구하치로의 뒤에서 누군가 격한 소리로 말했다.

"주군! 건너기 시작했습니다. 어떻게 하시렵니까?"

이 엄청난 적의 작업을 지켜보고 있는 것은 결코 구하치로 혼자가 아니었다. 이 천연의 험준함을 정복하고 다짜고짜 노우시 문을 깨뜨리려 하는 다케다 군의 계산은 얼른 보기에 매우 무모한 짓 같으면서도 무모한 게 아니었다. 여기서부터 만일 적을 성안으로 들어오게 하는 일이 있다면, 첫 싸움부터 아군은 그 신념을 잃고 말게 된다.

모두들 여기만은 건널 수 없을 거라고 얕보고 있었다. 누군가 또 말했다.

"아, 꼬리를 물고 건너온다. 주군! 어떻게 하시렵니까?"

구하치로는 바위처럼 움직이지 않는다. 그로서도 이것은 참으로 뜻밖의 일이었다. 적이 이 노우시 문에 닥쳐올 무렵에는 동, 서, 북쪽의 적도 반드시 움직여올 게 틀림없으며 그의 명령이 내리기 무섭게 아군은 곧 쳐나가리라. 그러나 만일 그렇게 되면 첫 싸움부터 불꽃 튀는 난전이 되어 승패는 겨우 2, 3일로 결정된다.

'초조해하지 마라!'

구하치로는 스스로를 꾸짖었지만, 그 고뇌를 결코 드러내 보여서는 안 될 때였다.

적의 선두가 이쪽 기슭으로 건너왔을 때 구하치로는 비로소 큰 소리로 웃으며 말했다.

"핫핫핫…… 소총대를 이리로 오게 명해라."

"옛, 궁수들은?"

"필요 없다. 이제 이겼다, 핫핫핫."

기슭에 오르자 적은 대뜸 벼랑에 갈고리를 걸고 밧줄을 던져 바위벽을 오르기 시작했다. 그 동작은 다케다 군이 가장 장기로 여기는 것으로, 이윽고 두 가닥의 목숨 줄이 수직으로 중턱의 턱진 데까지 올라갈 길을 만들었다.

"주군, 적이 벌써……."

"가만있어."

구하치로는 가볍게 누르고 나서 뒤에 와 대기하고 있는 80자루의 소총대를 돌아보았다.

"잘 들어라. 저 줄 하나에 30명쯤 달라붙으면 두 방 쏜다. 한 방은 곧바로 사람들을 쏘고, 한 방은 밧줄을 끊는다. 겁먹어 빗나가게 해서는 결코 안 된다."

그리고 겨냥이 빗나갈 경우를 대비해 한 가닥에 셋씩 화승줄 점화를 명했다. 성안이 뜻밖에 조용하므로 중턱의 파인 데까지 밧줄이 걸리자 다케다 군은 곧이에 달라붙어 구하치로의 예상대로 차례차례 올라오기 시작했다.

구하치로는 큰 소리도 내지 않고 한 손을 홱 흔들며 말했다.

"자, 잘 겨냥해라."

차츰 안개가 걷히기 시작하여 격류를 사이에 둔 골짜기 한쪽에 선명한 아침별이 드리워지고 있다.

탕! 탕!

총소리와 동시에 두 가닥 밧줄은 보기 좋게 끊어졌다. 총소리는 메아리치며 마치 백 개의 천둥이 울리는 듯했다.

양쪽에 매달려 오르기 시작하던 사람들은 겨우 기슭에 이른 자기편 머리 위로 곤두박질치며 떨어졌다. 밑에서 비명이 솟구쳤다.

구하치로는 그것을 지그시 바라보며 낮은 목소리로 손을 흔들었다.

"귀중한 총알이다. 그만 쏘아라."

지은이
야마오카 소하치(山岡莊八)

그린이
기노시타 지카이(木下二介)

옮긴이
박재희(청춘사도대학교 일문학 전공) 김문운(니혼대학교 일문학 전공)
김영수(와세다대학교 일문학 전공) 문호(게이오대학교 일문학 전공)
유정(조치대학교 일문학 전공) 추영현(서울대학교 사회학 전공)
허문순(경남대학교 불교학 전공) 김인영(숙명여자대학교 미술학 전공)

도쿠가와 이에야스
대망 3
야마오카 소하치 지음/책임편집 박재희 추영현 김인영
1판 1쇄/1970. 4. 1
2판 1쇄/2005. 4. 1
2판 21쇄/2024. 1. 1
발행인 고윤주
발행처 동서문화사
창업 1956. 12. 12. 등록 16-3799
서울 중구 마른내로 144 동서빌딩 3층
☎ 546-0331~2 Fax. 545-0331
www.dongsuhbook.com
잘못된 책은 구입하신 곳에서 바꾸어드립니다.
*

사업자등록번호 211-87-75330
ISBN 978-89-497-0294-0 04830
ISBN 978-89-497-0291-9 (세트)

冨嶽三十六景
神奈川沖
浪裏

葛飾北齋畵